宕渠情歌

唐敦教 著

中国文联出版社

图书在版编目（CIP）数据

宕渠情歌 / 唐敦教著．--北京：中国文联出版社，2017.11（2024.6重印）

ISBN 978-7-5190-3261-6

Ⅰ.①宕… Ⅱ.①唐… Ⅲ.①长篇历史小说—中国—当代 Ⅳ.①I247.5

中国版本图书馆CIP数据核字（2017）第285754号

著　　者　唐敦教
责任编辑　刘　旭
责任校对　李佳莹
装帧设计　中联华文

出版发行　中国文联出版社有限公司
地　　址　北京市朝阳区农展馆南里10号　　邮编　100125
电　　话　010-85923025（发行部）　　85923091（总编室）
经　　销　全国新华书店等
印　　刷　三河市华东印刷有限公司

开　　本　710毫米×1000毫米　1/16
印　　张　29
字　　数　652千字
版　　次　2024年6月第1版第2次印刷
定　　价　99.00元

内容简介

故事发生在商朝末期。

賨人青年唐泰从商军手中将美丽姑娘龚栗救回，二人产生好感，定为婚姻。龚栗在出嫁坐歌台的时候，被帝辛派到紫金关征粮选美的三公子、司徒崇飞所带人马掳入王宫。龚栗被关入御春苑，借刺绣《万里山河迎春图》之机，绣制巴山映山红手绢表达思念未婚夫唐泰之情。唐泰寻妻遇賨王宫长史庹嵩，入王宫做侍卫。唐泰得知祖父唐戱牺牲经过。

庹嵩将怀孕妻子夕姝献帝辛。賨王鄂桓出征北狄救帝辛立功后，帝辛大王将美女夕姝赐给鄂桓。庹嵩成为賨国王宫书吏。帝辛催收赋税和美女，兵伐賨国。鄂桓谴责帝辛横征暴敛，带领全国军民奋起反抗。镇平关总兵唐戱被俘后，头碰帝辛龙辇而死。帝辛在受到賨国的有力抗击和王宫受到严重威胁的情况下，被迫与賨国签下停战和约。

夕姝按照庹嵩的计谋，骗得了鄂桓宠爱，毒杀罗王后，夺取了王后之位。鄂桓废掉太子鄂然，另立夕姝生的儿子鄂赵，弓I起宫廷内乱。鄂赵、鄂然和鄂桓在内乱中先后遇害。

忠臣唐诚等拥立鄂桓的孙子鄂旺为王位。庹嵩蒙骗鄂旺深居简出，不问朝政；安插亲信，培植党羽；滥杀亲王和功臣，并将冢宰唐诚打入监牢。

庹嵩在篡权阴谋败露、幺儿擅闯御道杀死护路卫队多人的紧急情况下，提前发动叛乱。唐泰在平叛中立功。庹嵩逃往朝歌，受到帝辛重用，成为賨国一大祸患。

鄂旺醒悟后，惩处乱国奸臣庹嵩同党；纠正唐诚冤案；微服察访。在巴林县，被恶霸夕虎勾结县令督策关入死牢。龚睿捉住督策、夕虎，救回鄂旺。鄂旺深刻反省，招得罗毅等贤才，调整赋税，发展生产，励精图治，严惩贪官，振兴賨国。数年后，物阜民富，国力大大增强。

隐藏在朝廷中的庹嵩同党罗聪用李代桃僵之术，将钦犯督策、夕虎放走。崇飞怂恿帝辛强征鄂蕾做妃。鄂旺不从。帝辛派三公子、将军闻伦、司徒崇飞率精兵五万，浩浩荡荡杀向賨国，强迫鄂旺献出鄂蕾。鄂旺号令全国军民日夜练武备战。鄂蕾主动向自己的武术教师唐泰表爱慕之意。唐泰为不背弃与龚栗的婚约和不伤害鄂蕾，悄然离开鄂蓉。

武成王鄂典率两万賨军抵抗商军，因军纪涣散和轻敌，遭受重创，血战而死。罗黑率残部退守茅坪寨。龚睿临危受命，将严重违反军纪的亲王鄂全斩首，整肃了军纪：率军将商军阻击在茅坪寨下。

商军分兵袭击尼龙关。賨军守将罗川渎职，到云梦阁行乐，致使商军连破数关，攻入宕渠城。龚睿力主坚壁清野御敌。鄂旺、唐诚等带着城中百姓转移到龙潭别都，顽强阻击商军于龙潭别都山下。鄂旺夜审罗川，将其斩首以整肃军纪。

商军偷袭别都。鄂蓉被劫持，幸得武士昝牛奋勇相救脱险。

商军被困宕渠城，无援无粮，不得不向賨军缴械投降。

鄂蓉幻化昝牛为唐泰，同他私订终身，受到王太后及鄂旺的反对后私逃。鄂旺下令杀死昝牛。鄂蕾殉情跳下漩洞。

商兵强占唐泰的家乡巴林县。督策重做县令，大肆催粮催赋。唐家寨民众杀死强行逼赋的闾胥。唐泰等被迫投奔西岐，受到周文王姬昌热情接待和妥善安置。唐泰抗击商军，被姬昌封为賨人都尉。唐泰在同商军作战失利后，前往摩天峰拜巴山老祖督罡为师，将敌击退后，奉命驻防孝泉城。

鄂蕾跳漩洞遇救，拜孤苦老人为义父义母；杀死妄图霸占自己的闾胥后，携二老投奔西岐；途中，被督罡收为徒弟。孝泉城被闻伦攻占后，唐泰派唐乾恳请督罡下山协助退敌。鄂蕾随督罡一同前往孝泉城参战。督罡智复孝泉城。鄂蓉再次向唐泰表白爱情。唐泰表示自己忠于龚栗的决心不变。

唐泰受周武王派遣联络賨国讨伐帝辛，带领乡亲回到家乡，智捉督策、夕虎二犯献给鄂旺。鄂旺派龚睿率领賨军一万，随同唐泰一道参加武王伐辛义战。龚睿、唐泰带领賨人义师在牧野，歌舞凌殷，大败商军，立下赫赫战功。

朝歌王宫。龚栗将《万里山河迎春图》交给唐泰，为伐纣大军指明了进攻路线。朝歌城下，龚睿、唐泰率领賨人义师高唱战歌，跳着战舞勇猛地冲破商军大阵，追杀帝辛直抵鹿台。鄂蕾用飞镖打伤了帝辛的左臂。帝辛用飞箭射死了鄂蕾。唐泰带领賨人义师奋力攻打鹿台。帝辛在绝望之中杀死妲己后自焚。賨人在伐纣战争中立下了丰功伟绩，受到武王隆重封赏。龚睿、督罡、唐泰、唐坚婉谢武王的高官厚禄。

龚栗逃离御春苑监牢，不惧商军散兵游勇胁迫；不受三公子封为王后引诱，毅然投水自尽。龚栗得救后，拜渔翁夫妇为义父义母；施展医术，救死扶伤，深受老百姓称赞。

唐泰在寻妻路上，被山大王督玲欲留作婿。唐泰说明不能背叛自己妻子的情况后，督玲礼送下山。唐泰得知三公子、崇飞、庹嵩等组建复商军的情况以后，说服督玲组建山寨义军剿灭叛军。唐泰与妻子龚栗战地重逢。

唐坚历经千辛万苦，潜心写作《賨国志》和《賨国助周伐辛纪事》，记下了賨国的历史及伐辛战争中唐泰、龚睿、龚栗、鄂蓉等人的英雄事迹。唐坚还办塾馆，教授蒙童。罗聪罪行暴露外逃中，撞入唐坚家，被追赶而来的捕快。鄂旺定下以文治国方针，将唐坚《賨国志》和《賨国助周伐辛纪事》列为大小官员的必读之书。

太后举办六十大寿庆典时，将龚栗收为义女，命鄂旺为唐泰和龚栗举办隆重的结婚典礼，展示了賨国太平盛世的欢乐景象。

人物简介

賨国

鄂桓	賨国国王
鄂然	鄂桓太子，鄂旺父
鄂赵	鄂桓子，夺太子位
鄂典	賨国武成王
鄂旺	继任賨国国王
鄂蕾	鄂旺妹
唐诚	冢宰
唐严	太傅
唐戬	忠烈将军
唐仁	唐戬子，唐泰父
唐泰	唐仁子
唐坚	唐泰弟
田丰	官渡总兵
唐纯	唐氏族首
龚先	医师
龚睿	龚先子
龚栗	龚先女
龚山	武术教师
罗黑	将军
督罡	商朝镇殿将军
督玲	督罡孙女
夕金	山寨军师
罗聪	司寇
罗川	驸马
龚善	巴林县令
夕义	将军
罗毅	巴山农夫
督策	巴林县令
夕虎	土豪
庹嵩	賨国王宫长史

夕姝　　　　庹嵩妻，鄂桓王后

周国

姬昌　　　　文王
姬发　　　　武王
姜子牙　　　丞相

商国

帝辛　　　　纣王
闻仲　　　　冢宰
闻伦　　　　大将军
崇飞　　　　司徒
比干　　　　帝辛叔父
妲己　　　　王后

南蛮国

洛智立　　　国王
洛定　　　　国王弟

目录

引　子

西江月
巴山渠江月朦胧
铭记賨人行踪
板盾车弩凝智慧
宕渠展辉煌
牧野称英雄
賨人歌舞气如虹
抗暴宁死不屈
助周侠肝义胆
爱恨情仇著华章
忠贞挚爱堪颂

賨族是远古时期生活在大巴山区，今四川东部、陕西南部、湖北西部的一支重要民族。据晋人常璩著《华阳国志》记载，賨人所建賨国，都城名宕渠城（今四川省渠县土溪镇城坝村）。賨人持板盾，使牟弩，因而又被称为板盾蛮。賨人以勤劳质朴。忠诚善良。能歌善舞。勇猛剽悍。能征惯战。杀虎驱豹。爱憎分明。不畏强权等优秀品质著称。賨族从大禹指导组建邦国（辖北自秦岭南麓，南至长江，东起湖北西部，西至嘉陵江的广大区域）至武王伐辛的一千多年间，一直为夏、商邦国，历史从未中断。

本故事发生在商朝帝辛末期。

公元前 1046 年 2 月 5 日。天空乌云密布，大地被雾霾遮盖得严严实实。突然闪电发出耀眼的光芒，一声惊雷震得天摇地动。周武王率领的讨伐帝辛联军与商王帝辛率领的商国大军在广阔的牧野大地上相遇，展开生死激战，这就是《尚书》所记载的武王讨伐帝辛的牧野大战，史称武王革命。武王伐辛得到了许多国家的帮助，其中賨国最为突出。在战场上，賨人高举板盾，“歌舞凌殷”促使“殷人倒戈”，立下了赫赫战功。八百余年后，汉高祖刘邦看到賨人歌舞，受气势雄壮感染，十分赞叹地说："这是（賨国帮助周国）武王伐辛之歌舞啊！"

牧野大地上，周字白色大旗迎风飘扬，賨、巴、庸、蜀、羌、髳、微、卢、彭、濮旗帜紧随其后并进。周军战车不多，服装各异，但步伐整齐，斗志昂扬。特别是"賨"字旗下，矫健、粗犷的賨人左手持板盾、右手握刀枪，身背牟弩，高唱战歌："賨人雄起，賨人雄起！盾挡敌锋，弩射仇敌！賨人雄起，賨国不灭；賨人雄起，不畏暴虐；賨人雄起，众志成城！賨人雄起，助周伐辛！賨人雄起，誓灭暴辛！"跳着战舞，勇猛地冲向商军。"商"字黑色大旗下，战车整齐排列不见首尾，数十万大军旌旗遮天蔽日，刀光闪耀，衣冠鲜艳，整齐划一，威风凛凛，把五万之众的周军映衬得渺小力弱，不堪一击。战鼓擂响，两军开战，商军如狼似虎，以排山压倒之势猛扑周军。周军前锋被暴风雨般的飞箭射倒无数，被迫后退。姜子牙挥动令旗，大声发令："唐泰将军率部上前挡住飞箭！"

唐泰大声回应："末将遵令！"率领賨军，用板盾挡住了商军的飞箭，用牟弩飞箭镇住了商军战车的凌厉攻势。賨人歌舞以进，带动伐辛联军昂首阔步，勇猛直前。商军被伐辛联军气势震慑，抵挡不住伐辛联军勇猛冲击，阵营大乱，有的惊恐万分，手足不知所措，有的向后狂逃，有的举戈投降。

"周"字大旗下，武王指着冲在最前面的賨军激动地对姜子牙说："军师请看，賨国义军真棒！现在已冲到最前面，大挫商军，为我军赢得了主动权！"姜子牙点点头赞扬地说："这支队伍英勇无比，唱着战歌跳着战舞带头攻打商军，商军被他们的雄壮歌舞镇住了，有的阵前倒戈，有的狼狈逃跑，有的举戈投降。我伐辛联军士气大振了！"武王赞赏地说："賨人英勇无畏，带头冲锋，所向无敌！真是神勇之师啊！"姜子牙点头称是："賨人不仅不畏强暴，而且武艺高强，个个是英雄战将，以前就曾数次打败帝辛的征讨，演绎了许多以弱胜强的传奇故事。"

武王生怕姜子牙忘了："请军师记着，伐辛战争胜利后，对賨军义师应予重赏！"姜子牙点头："微臣遵旨。賨国是个小国。在此之前，賨军同帝辛的军队就曾多次交锋，多次迫使帝辛放弃灭亡賨国的图谋。賨国虽然弱小，就是有这么敢于斗争的一股子硬气。賨人不畏强权，不怕帝辛霸气！敢打必胜，深受世人传颂！"

武王肯定地说："天底下就是需要賨人的这种志气！没有这种志气，帝辛的暴虐统治就很难推翻！百姓就得永远受他的奴役压迫，不得安宁！"姜子牙赞同地说："大王说得对，推翻帝辛暴虐统治，賨人功不可没。特别是唐家兄弟，是不可多得的人才。伐辛成功之后，应予重用。"

说不完道不尽武王和姜丞相对賨人的赞美，一曲古诗概括了賨人的高贵品质：

滔滔渠江育温柔
巍巍巴山铸脊梁
板盾车弩凝智慧
剽悍健勇著华章
助周代辛留青史

歌舞凌殷志气昂
爱恨情仇谱新篇
賨人美名天下扬

商王帝辛高大俊美，筋力超劲，手格猛兽，能敌百人，屡次兴兵，建立了“百克”战绩，大大扩张了商国疆土；资辩捷疾，闻见甚敏，继承和发扬了商国文化，时人称为“殷哲王”O

可是，周武王姬发联合庸、蜀、羌、髳、微、卢、彭、濮八个南方小国（賨国为何不列名《尚书》记载之中，在后面再作交代）讨伐帝辛，一战而胜：在牧野鏖战，将帝辛七十万大军一举击溃；再战朝歌，将朝歌坚固城池瞬间破灭；迫使帝辛逃入鹿台，完全成了孤家寡人，落得个自焚而亡的下场，因此被谥为“帝辛”。

帝辛之名传了三千多年，成了暴虐的代名词。此后为帝辛鸣不平者大有人在。战国时代，有人为帝辛鸣不平，问大学问家孟子：“周人伐帝辛是不是弑君？”孟子斩钉截铁地说：“我只听说周武王诛杀了一个独夫，没有听说那是弑君啊！”孟子肯定姬发伐帝辛是诛杀独夫的正义之举，批驳弑君之说，成了儒家对武王伐纣的定论。但是，后人为帝辛鸣不平的也不少。那么，帝辛到底该不该受到讨伐呢？

賨人为什么要帮助周武王讨伐商王帝辛？賨人同商王帝辛之间有过什么纠结？賨人在参加伐辛之战中有什么作为？賨人如何看待自己的伐辛成果？賨人参加伐辛义战，为什么不被《尚书》列名？

故事还得从賨王鄂桓遵从商王帝辛之旨，亲率大军参加征伐西狄之战说起……

第 1 章

鄂桓奉命征西狄　唐戬立功留纣廷

唐诚、唐戳等拜谒唐家祠堂，被鄂桓紧急召回宫中

大巴山高山连绵，陡峭险峻；小岭平坝交相点缀，蜿蜒小溪环绕穿行其间；湛兰江水碧波荡漾，辉映白云蓝天。一座小山上苍松翠柏挺拔入云，云雾缭绕交相掩映。数座茅屋高耸，正房影壁上，“唐家祠堂”几个大字闪闪发光。两厢茅屋中传出琅琅书声。

少年唐泰走出塾堂书房，远远地看见唐诚、唐严、唐戱、唐仁等一行人沿山道逐级登上这座小山头，止于唐家祠堂高大草堂前，便立即退回书房坐下。先生唐纯见唐泰随意走动，叮嘱道：“唐泰，你要认真读书！”唐泰躬身答道：“学生听从先生教诲。”

唐诚一行人走到唐家祠堂房前，只见横匾高悬“唐氏忠祠”金光闪闪；两侧竖联“仁爱为本牢记尧祖御训”“忠义传家不忘禹王嘱托”耀眼夺目。唐仁向唐诚问道：“大伯，我们先去见族首唐纯吗？”唐诚摆摆手：“他教授顽童要紧，不必打扰他。我们先去祠堂筹办为先祖上香之事，明日是清明祭祖之节，必须好好筹备，不可稍有疏漏，才能表达我们祭拜先祖的虔诚之意。”

唐诚、唐严、唐戬、唐仁等进入祠堂正殿上香，跪下磕头：“四十八代裔孙唐诚、唐严、唐戬跪拜先祖！”唐仁磕头：“四十九代裔孙唐仁跪拜先祖！”唐诚、唐戬、唐仁等上香跪拜结束，走出正殿，向厢房望去，只见厢房墙上高挂大匾：“育人胜地。”两侧对联高竖：“书山通日月；学海疗愚顽。”唐诚看看天：“天色已晚，该放学了。走，看族首去。”唐诚等一行人便慢慢地向塾堂走去。

塾堂内。唐纯正襟危坐，指着墙上一个巨大的“賨”字，朗声讲道：“我们賨人这个‘賨’字饱含极为深刻的大义，是先王大禹在治理我们这里水患时，见这里的民众勤劳善良，忠诚质朴，命建邦国，特发明这个字，赐予我们这个国家的。这个字含义深远：上为‘宗’，老祖宗的宗；下为‘贝’，象征财富。大禹将两个字合在一起，就是要我

们賨人永远不忘老祖宗‘以仁义为本，忠义传家’的遗训，把賨国建设成日益繁荣富强，人民幸福安康的美好家园。”学童们发出感叹：“果然含义深远！”唐纯继续讲道：“先王大禹对我们这里的唐氏还情有独钟，为我们题写了含义深远的族训族规对联。”

唐纯讲到此处，从窗户看到了唐诚、唐戲等人，立刻停止讲授：“学童起立！迎接唐冢宰、唐太傅、唐戲将军一行荣归故里！”唐纯带领众学童起身走出塾馆相迎。众学童走出塾馆，齐声说道：“迎接唐冢宰、唐太傅、唐将军！”

唐诚、唐严、唐戬等对唐纯拱手行礼：“唐纯兄弟，传道授业解惑教授蒙童辛苦了。”唐纯谦逊地还礼：“兄等过奖了。兴我唐氏，培育后代，何敢言辛苦？”

唐泰、唐坚飞跑到唐戲身边：“孙儿拜见爷爷！”唐戲一手抱起一个孙子：“好哇，两个孙儿都长高了，听话不听话？读书认不认真？”唐泰、唐坚：“我们听话，读书认真。”

唐纯夸奖地说“你这两个孙儿读书可认真了，不到一年，都能背诵《尧典》前几章了。”唐戲：“好哇，孙儿们有出息，我们唐家就有希望。”唐纯：“对，儿孙强，我们唐家就强。唐家强，我们賨国就大有希望。”唐戲：“你们练功了吗？”唐泰、唐坚下地做出武功姿势：“好不好？”唐戲边纠正边称赞：“这样就好了。”众：“他们从小就这么练，长大后一定都是万人莫敌的将才！”

唐诚：“你这个族首当得好啊。兴我唐家，你还要加倍努力啊。明日清明祭典还有什么需要准备？”唐纯：“请诚兄放心，一切已准备妥当。明日请你主祭。”唐诚摇手推辞：“不不不，主祭自然应当由你族首来做！”唐纯：“大哥是朝廷冢宰，官位最大，小弟怎敢越上做主祭？”唐诚：“兄弟此言差矣。我虽然在宫中算官位最大，但是在族中就只是小小一员了。族中族首才是最大。按族规这个主祭非你莫属。”

艳阳高照。唐家寨。唐家祠堂。红烛高烧，香火熊熊。唐诚等排列整齐跪在神祖牌前。唐纯：“祭祀大典开始。”顿时，鞭炮炸响，鼓乐奏鸣。族人跪拜如仪。

山路上。罗川领着一行人马飞奔而至，远远地高声叫道：“唐冢宰、唐太傅和唐戲、唐仁将军接旨。”

唐诚、唐严、唐戬、唐仁立即跪于祠堂前，齐声应道：“微臣、末将等跪拜接旨。”

罗川高声宣读圣旨：“应天顺时，受兹明命，賨王诏曰：顷接帝辛圣旨，西狄祸乱我国北方，掳掠男女，抢劫粮食，夺走牛羊财物，致百姓寝食难安。帝辛决定御驾亲征，命賨、周、巴、彭等邦国组军参战。命本王火速组军五千，随帝辛征讨西狄以靖边境。朕特令冢宰唐诚、太傅唐严、镇殿将军唐戬、殿前都尉唐仁等一同回宫商议国事！钦此！”唐诚等：“微臣等遵旨。”

唐家寨下大道。唐诚、唐严与唐家送行人挥手告别。唐戬、唐仁等跨上战马正要前行，少年唐泰、唐坚边跑边喊：“爷爷、爹爹，等等我！”唐戲跳下马来，抱起两个孙子：“泰儿、坚儿，要爷爷等你们做啥？”唐泰：“爷爷，我要和你一起上战场去打敌人！”唐坚：“我也要上战场打敌人！”

罗川称赞道：“好哇，将军的孙子从小就有这么大的志气！长大以后一定是封王封侯的朝廷干臣！”

唐戬：“孙子们真有志气！爷爷高兴。不过，你们现在年纪才十岁、八岁，等你们长大了，爷爷带你们一起打仗消灭敌人去！孙子，快快长大！”唐泰、唐坚：“我要快快长大！”

唐仁接过儿子，放下地：“乖儿子，别缠爷爷了，我们马上出发了！”唐戱挥手：“好孙子，再见！”唐泰、唐坚挥手：“好爷爷、好爹爹再见！”唐戱叮嘱：“你们要好好读书，好好练武功！”唐泰、唐坚：“遵从爷爷教诲，我们一定读好书，练好本领！”

鄂桓率唐戬随帝辛征西狄救驾立功

朝歌城。商朝王宫大殿巍峨挺拔高耸入云。晨钟鸣响，列班早朝。定远将军闻伦出班奏道：“启奏大王，近年来，经大张挞伐，多数蛮夷之人已归顺我朝，天下得到太平。但是，前不久，西狄又蛮性不改，经常骚扰我商国边境，掳掠牲畜、粮食、财宝和男女民众，现在已侵占我西北河间大片土地，成为一大祸患。对西狄应当严惩，但是，目前我们大军正在对东方严狁用兵，无法抽调。征伐西狄，朝中兵力不足，请大王发令各邦国组军相助。”冢宰闻仲奏道：“启奏大王，英明大王登基十余年，东征西讨，建’百克'不世之功，享’殷哲王'美誉，一统天下，谐和四方。但是，现在仍然是北有鬼方，西有西狄羌，南有九苗，东有东夷几个桀骜不驯之族不时挑起祸端。前不久，大将军闻伦率大军征伐鬼方，已初见成效。今西戎尚无异常之举，可以暂不管它。现在只是西狄为患，微臣以为征伐西狄无须惊动天下，只需征调賨、巴、羌、髳、周等数国之兵相助可也。”闻伦：“冢宰所言极是。賨、巴、羌、髳、周这几个邦国之兵战斗力皆强。但是，近年来，他们对大王的征战，也不时传播出大王好大喜功，不体恤百姓疾苦等流言，也都有些不听调遣。”从冢宰贺灿：“伐西狄是国家大事，他们胆敢抗旨不遵，不服从大王调遣就该大张挞伐！”都尉崇飞：“普天之下，莫非王土；率土之滨，莫非王臣。今大王为天下共主，谁敢不服？轻则责令悔过，重则派大军剿灭！”

帝辛：“这些小国竟敢攻击朕的政绩，简直岂有此理！应当严加批驳！不过现在不是批驳的时候。当务之急是攻征伐北狄。朕决定立即向这些小国传达圣旨：命各邦国国王亲率五千军马，到河间围歼西狄！贺灿到賨国，罗素到周国……若这些小国不遵从圣旨，朕将在征伐北狄后再行挞伐！”众：“遵旨。”众人出宫而去。

宕渠城。房屋低矮，街道狭窄。唐诚、唐严、唐戱、唐仁飞马穿街过巷回到王宫大门前，下马快步走进大殿，跪见大王鄂桓：“微臣拜见大王。”鄂桓：“赐座。”唐诚、唐严、唐戱、唐仁：“谢大王。”

鄂桓：“众爱卿，帝辛大王将征西狄，派从冢宰贺灿前来传旨，令我賨国组军五千，前往参战。你们对此有何谏言？”唐戱：“启奏大王，微臣认为，兵者凶器也。战端一开，将士伤命，百姓奔波，伤命伤财。不可不慎。帝辛自登位以来，东征西讨，战事连绵不断。虽然取得了’百克'战绩，扩大了疆土，却也给百姓带来了难以承受的负担。特别是近年来，帝辛越来越刚愎自用，越来越暴戾恣睢，对各国颐指气使，随意征发，造成百姓痛苦不堪，天下离乱。我国近几年连遭天干水旱，帝辛强征暴敛，弄得百姓缺衣少食，苦不堪言。我们是否找些理由，不去应诏参战？”武成王鄂典：“微臣也赞成唐戲将军的意见。近几年天灾人祸，国力大为减弱。我们无力承担这么大的战事了。拒绝出征为好。”

鄂桓：“唐冢宰有何见解？”唐诚：“自古至今，英明君王对战争都十分谨慎，不到万不得已不轻启战端。武成王和唐戲将军所言都是我国现在的实际情况，他们所提的意见都很有道理，可以减轻国家负担和百姓的痛苦。但是，这次帝辛征伐西狄，乃为义举。西狄扰边，危害百姓，不予惩处，有失天下公理。因此，讨伐西狄之战，非打不可。那么，由暴虐帝辛发动的讨伐西狄之战，我们应不应该参加呢？微臣认为，帝辛虽暴戾恣睢，但此次是秉持靖边护民大义而征伐西狄，师出有名，一定能得到天下百姓的首肯和支持。今商国乃泱泱大国，普天之下，莫非王土，率土之滨，莫非王臣，帝辛有号令天下之威权。我们賨国是商国的一个小小邦国，理应遵从帝辛调遣。帝辛虽在强征暴敛方面有过失，颇为天下百姓所诟病，但是，他现在是天下共主，掌握了卫国护民的正义主动权。他发诏征西狄，我们不应诏组军参战，既失天下一统大义又失人臣大礼，恐为天下人所不齿。”

鄂桓：“接诏之初，朕考虑到近年来遭受天灾，帝辛又征收税赋太重，民不堪重赋，怨声四起，也不大愿意应诏。后来反复考虑，觉得只从小国利益考虑，不组军应诏，没有道理。帝辛近年来越来越变得暴虐不仁，我们应当用仁义去辅佐，去感化他。这次征西狄，正是我们用仁义去辅佐、感化他的一次极好机会。因此，朕决定立即用我们智勇双全的战将为主将、副将，用最有战斗经验的军人组成军队前往应诏，以表我賨人识大体顾大义的高风亮节。同时，朕亲自率军出征，以表示对帝辛的尊崇。请众爱卿举荐以哪两个将军担此大任为好？”唐诚：“微臣举荐足智多谋、能征惯战的武成王为主将，张我国威。”鄂典急忙摇手：“冢宰此言差矣。本王勇虽尚可，智则不足。请另选高明。”罗川：“末将举荐唐戲、唐铜二位将军为主将副将。”众：“对！这二位智勇双全，担当此任最为恰当！”鄂桓：“朕考虑，我賨国周边也不平静：西有戎狄，南有南蛮，东有白虎，时常骚扰。为防他们乘我征伐西狄，内防空虚，侵犯我国，朕决定留武成王在国内调度指挥，以防不测。唐戲为主将，唐铜为副将，统军五千随朕前去参战。以示我賨国尊重帝辛，顾全大局的诚意。”唐戲、唐铜：“末将遵旨。”众：“大王考虑周全！”

鄂桓：“朕出征后，宫中日常事务由唐冢宰全权处理。”唐诚：“大王，宫中大事应由太子鄂然处理，微臣辅佐。”鄂桓：“冢宰考虑稳妥。只是太子年轻，历练不够，不能将大事全托付给他。王儿鄂然听旨：朕出征之后，宫中大事要多听从老冢宰的谏言，你不得随意决断！”鄂然：“儿臣遵旨。”唐诚：“大王考虑周到，部署得当。微臣当竭力尽心辅佐太子处理好宫中大事。”鄂桓：“传鄂旺。”鄂旺走到鄂桓面前：“鄂旺拜见大王爷爷。”鄂桓抚摸鄂旺的头，高兴地说：“好孙子，爷爷出征去了，你要好好读书习字，练习武功，爷爷回来要考你。”鄂旺：“孙儿好好读书练武就是。”鄂桓：“孙子，賨国的希望靠你们传下去，没有知识文化不知治国大义，不练武功，不能抗击敌人欺凌。懂吗？”鄂旺：“孙儿懂。等爷爷凯旋之时，孙儿请爷爷好好考考。”鄂桓：“真是好孙儿。读书去吧。”鄂旺：“遵命。”

鄂桓率领賨军晓行夜宿，浩浩荡荡飞奔至河间，走进帝辛征纣西狄大营，下马向帝辛躬身行礼："大王，小王鄂桓遵命率五千人马前来参战，请您明示我賨军征战方略。"帝辛上前扶住鄂桓："好啊。西狄扰我边地，抢我粮食、牛羊、财物和男女，罪恶滔天。所以朕亲征西狄，救民于水火。此次征讨务必取胜，以解除我国北方之患。今得你賨军和巴、羌、髳、周等雄师劲旅相助，定能马到成功！现在，巴、羌、髳、周等雄师已陆续到达作战位置。賨师劲旅正好做朕的左翼，立即向敌发起进攻！"鄂桓："遵旨。"

陡峭山峦下，两军排列。西狄悍将战马长嘶，气势汹汹地出阵高喊："帝辛，快将粮食、女人献来，饶你不死！""商"字旗下。帝辛："闻伦将军向右攻击，鄂王向左攻击，朕居中攻击。大家齐头并进！"唐戲："启奏大王，末将观察，中部地势低洼，灌木丛生，谨防西狄在此布有伏军！"帝辛："朕知道，你们放心进攻去吧。立下战功，朕有重赏！"

闻伦率军向右，鄂桓、唐戲、唐铜等率军向左，分路出击，跃马扬戈直冲敌阵。西狄大字旗下，人头纷纷落地，军士败逃。帝辛率中路军猛追敌人。突然，埋伏在灌木丛中的西狄人马向帝辛侧后猛冲过来。帝辛率身边商军将士奋起反击。帝辛挥动大戟一连杀死几个西狄军将士。西狄军将士拈弓搭箭，飞箭如雨，不少商军将士中箭倒地。帝辛也中了数箭，鲜血直冒。一些将士见状，面露胆怯之色，纷纷后退。帝辛奋力拔下箭镞，高声喊道："些许小伤于朕何妨！杀敌有赏！将士们冲啊！"众将士重振精神，抵抗敌军进攻。西狄将士疯狂地步步逼近帝辛，高喊："杀呀！活捉帝辛！"

帝辛身负重伤，面对西狄军士的疯狂冲杀，不得不带领身边卫士边战边退，很快被逼到了悬崖边，情况万分危急。唐戲挥舞大刀正在向西狄右翼军队发起冲击，斩瓜切菜般地杀死了不少敌人，回头一望，突然发现帝辛的危险处境，立刻向鄂桓报告："大王，帝辛被逼到了悬崖边，十分危险，前锋继续攻敌，我率兵一支回救帝辛！"鄂桓急忙发令："快！你回救帝辛！唐铜率队继续攻敌！"唐铜应声遵命，率队勇猛地杀向敌人。

唐戲一马当先，杀向围攻帝辛的西狄将士。鄂桓带领众将士紧紧跟随。西狄军士不敌唐戲大刀的砍杀，纷纷抱头而逃。帝辛正在危难之际，突然看见一支高举"賨"字大旗的将士，在唐戲的率领下飞快地冲到了自己身边，便指挥身边将士配合賨军杀退了西狄将士。鄂桓跑到帝辛身边："大王受惊了，小王救驾来迟，请大王治罪。"帝辛感激地说："谢賨王及时救援！賨军勇猛，名不虚传！朕将厚赏于你。"鄂桓谦让地："救驾是小王的责任，不敢受大王厚赏。"唐铜飞马回到鄂桓身边："启奏大王，我军已将西狄右翼消灭，斩获甚丰！"

鄂桓对帝辛说："大王，我军已将西狄右翼歼灭！"帝辛："好哇，反击西狄，賨军得了首功，朕将予以重赏！"

闻伦驰马来到帝辛身前，跳下马背施礼："启奏大王，西狄军大败而逃，我军已将河间失地全部收回！是否乘胜直捣西狄老巢，焚他的帐篷，掠他的妇女、马匹和财物？请旨定夺。"帝辛环视茫茫荒野，不见西狄人马，询问道："众卿有何见解？"崇飞："微臣认为，我军大胜，正是灭掉西狄的天赐良机，不可错过。"姬昌奏道："西狄已远逃，无须动用大军追击。"唐戲奏道："启奏大王，微臣认为现在不是灭掉西狄的最佳时刻。"帝辛："你认为现在该怎么办？"唐戲："末将认为，应当乘胜即收。"帝辛："为什么？"唐戲侃侃而谈："一是大王您龙体急需马上回宫治疗，不宜随营征战。您离开军营后，对士气必然发生不利影响。同时，大批受伤将士也急需治疗。”

这时一列军士抬着伤员从帝辛身边走过。帝辛走到一伤员身边，揭开战袍，只见其肠子已从伤口滑出，说道：“这是快死的人了，将他埋了算了。”随军医师龚先上前奏道：“大王，这个战士杀敌十分勇猛，现在伤势虽重，余气未断，尚可有救。”帝辛：“你真能将他治好，朕重赏你！”龚先：“救死扶伤乃行医之大义，小医救命不为赏。只要他还有一口气，小医都不会将他埋进土里，都将竭尽全力医治他的伤痛。”帝辛：“好，抬下去吧。”龚先：“谢大王！”

帝辛转过身来：“你接着说。”唐戲：“大王，大军乘胜直捣西狄老巢，焚他的帐篷，掠他的妇女、马匹和财物，虽然痛快，但是，这必将引发西狄民众对商军的仇恨，从而形成同仇敌忾于我不利之势。西狄人不分男女老幼，皆善骑善射，我军到西狄腹地作战，地形不熟，语言不通，给养难继，从而大大减弱了我军的优势。西狄如鸡犬，驱之易，灭之难。我大军能否一战而灭其国，尚属不可预料之事。”

崇飞：“唐将军说得对，到西狄腹地不能不要诸邦国军队参与作战，也不能不让他们掳掠。”唐戲：“大王您不可能强令邦国交出他们掳掠的东西给商军。西狄本来就地瘠民穷，不管是商军还是邦国军队，都不可能掳掠到多少东西。西狄地方寒冷荒凉，深入其境，掳掠不多，没有必灭其国的把握，反倒劳师动众，得不偿失。俗话说，好事不出门，坏事传千里。商军在西狄的种种掳掠行为必将传扬天下，我泱泱商国王者之师不也成了盗寇之师吗？既蒙污名，又不能得其实惠，损失可就大了。不如就此息兵，既可保持王者之师的好名声，又可保持宣示王威威震天下好名声，乘胜即收，让各邦国军队尽快回国，才是当前最佳的选择。”

帝辛连连点头“这位将军条分缕析，十分中肯，拨开了云雾，使朕看清了当前的形势。那么，你认为对西狄应当施行什么样的策略？”唐戲：“古人说，物必自腐而后虫生。国力强大了，西狄自然不敢对我国轻易挑衅。末将建议，大王可在北方要隘驻扎大军，守卫相望。民众亦可结屯结寨居住，奖励耕战，互助互保。若西狄侵扰，一有军情，军民相互驰援，可保北方无事。”帝辛：“这位将军睿智超群，乃治国干才也。传旨：立即举行庆功大会。各邦国军队各回邦国，商军各回原地驻防！”闻伦：“遵旨。”上马而去。

帝辛率众走进朝歌城：“传旨，到女娲庙烧香。”帝辛走进女娲庙神殿：“上香！”帝辛烧香结束后，起身走到帷幔前，十分得意地说：“朕北征北讨，战功赫赫，大大超过前人，功高盖世，岂不是天意吗？”

微风吹拂，帷幔微动，露出女娲仙足。帝辛见了说道：“据说女娲美丽无双，何不一睹女娲倩容？左右快快掀开帷幔让朕观看观看！”闻伦：“启奏大王，女娲是人类的始祖，不可窥视，不可亵渎。”帝辛眼放阴冷凶光，怒气冲天：“朕贵为人王，建不世功业，光同日月，有什么不可以观看？快快将帷幔拉开，让朕观看！”闻伦无可奈何地说：“遵大王命。内侍，快将帷幔拉开！”帷幔慢慢拉开，露出女娲精艳绝伦神像。帝辛上前仔细观看，拉着女娲的手，连连称赞：“女娲果然美貌无双。朕贵为人王，聚天下美女于后宫，不下万人，哪一个能同女娲相比？”帝辛摇头晃脑地赞美后，迈步走向殿门。

刚走两步，又回过头来观看，捋了捋胡须，唏嘘不已：“内侍拿御笔来！”内侍看着闻伦，闻伦不得不点头，示意奉上御笔。内侍递上御笔：“大王，御笔在此。”帝辛接过御笔，略微思索片刻，随即在女娲神像侧墙壁上题诗一首：“朕为人王贵如天，嫔妃个个争奇艳。女娲面前个个丑，倘伴一宿心也甜！”题毕，重念一遍，然后怅然离去。

唐戳被帝辛召作殿前都尉

帝辛宫大门前。“大王英明，一统天下！”从房上传来清脆悦耳的声音把鄂桓、姬昌、唐戱等吓了一跳。他们四处张望，不见房上有人。鄂桓惊问：“难道是神仙在同我们说话？”姬昌：“神仙不可能这样说话。”唐戱眼尖，看见大鸟笼内一只大鹦哥正在活泼乱动地跳着：“是大鹦哥在同我们说话。”姬昌叹道：“帝辛真会使用糊弄人的奇招！”

庆功宴上，帝辛一一接受鄂桓、姬昌等邦国国王及征伐西狄有功之臣的庆功敬酒。闻伦大步入宫跪奏：“启奏大王，闻伦将军捷报。”封王：“念！”闻伦高声念道：“秉大王天威，末将进军神速，已殄灭鬼方军五万，俘男女十万，占地方圆五百里。”帝辛：“好哇。朕方胜西狄，又传来伐鬼方捷报，举国大喜啊！大家举杯同贺！”众人一齐举杯：“举国大喜，帝辛万岁！”

唐戬举杯上前敬酒：“帝辛万岁！”帝辛见唐戬身材魁伟，想起了伐西狄遇险，唐戱冲在最前面救援和能言善辩，献治边之策的情景，想道:“此人不仅武功不凡又足智多谋，是个难得的人才。何不将他留在身边为朕所用？一则显示朕广纳天下人才；二则削弱賨国抗我之力，何其美哉！”想罢，便向鄂桓问道：“賨王，这位将军是谁？”鄂桓上前回答道：“他是我军的主将忠烈将军唐戱。”帝辛：“唐戱？”唐戱：“末将姓唐名戱。”

帝辛暗自想道：“朕早听说賨国文臣武将多为唐家之人，唐氏是賨国的顶梁柱。昨日的谈吐，令朕耳目一新。唐戱将军器宇轩昂，非等闲之辈。一定要将他留在朕的身边，为朕治理天下出谋划策。这样既能减少鄂桓的实力，增强朕的力量，还可增进两国的情谊，真是一箭多雕，何其美哉？”他转过头去对鄂桓说：“賨王，请将唐戱将军留给朕做殿前都尉如何？”鄂桓一惊，委婉推辞：“泱泱商国，人才济济，将军如云，何须要我蕞尔賨国之小将？”

帝辛：“朕身边武将虽然不少，但都是些只知弄枪使刀之辈，少有此多谋善断、武功高强之人。强我大商国力，你们邦国自然也就不会受到外族的欺凌了。朕深爱唐将军既勇猛又多智慧，真是世上难得之才。为大商天下长治久安之大计，鄂王不会不同意让唐戱将军留在朕的身边吧。”鄂桓迟疑了一下：“大王此举，真是剜我心头肉了。不过，我賨人懂得小局必须服从大局之大义，小王不敢坏了这个规矩。大王旨意已定，小王不便推辞。唐戱将军快向大王谢恩吧。”唐戱躬身向帝辛施礼：“末将深谢大王隆恩。”

帝辛高兴地拍了拍唐戱的肩膀：“辅佐朕好好治天下，保天下。唐将军，你在朕身边好好干吧，朕不会亏待你的，立下功劳，有你世世代代享受不尽的荣华富贵。”唐戱：“谢大王。”

帝辛：“鄂王，唐铜将军迅速消灭西狄右翼，战功赫赫，应予重赏。朕决定也一同留宫中为殿前校尉如何？”鄂桓有些不快地说：“大王一下收走我两员大将。”帝辛笑了笑：“鄂王，你刚才不是说小局必须服从大局吗？只有大商强大，才是天下百姓之福！你不要认为朕太贪心。朕知道你竇国人才济济，文武双全之人多的是，你不会在乎这两员将军。鄂桓无可奈何地：“大王看得起我竇国人，是对我竇国人的信任，也是我竇国的荣幸。”帝辛高兴地说：“鄂王真是知大义识大体顾大局之人，朕对你的支持深表感谢。两位将军就留在宫中吧。”唐戲、唐铜：“诺。”

帝辛转向鄂桓：“鄂王，你救朕于垂危之际，立下大功，又献出两员大将，朕不能亏待你，必须给你补偿。你希望朕赏赐些什么？是黄金？白银？锦绣绸缎？还是美女？”鄂桓推辞：“小王不敢妄想大王厚赏。”

帝辛笑着问：“你宫中有多少后妃？”鄂桓：“小王在小国，非大国可比，妃子一共只有十人。”帝辛：“寒碜，怎么那么少？”鄂桓：“先王立国以勤俭为本，定下规矩，后辈不敢逾越。”帝辛：“鄂王，先王建国之初，小国寡民，依据当时的情况定下当时的规矩是对的。时代在变迁，事物在发展，我们的思想和行动就得与时俱进，也就是要依据时代的变化而变化。老是按先人定下的规矩办事就会谨小慎微，拘泥不前，把事情越办越糟。比如这王宫，先祖只有三间茅草房，现在仍然守着那三间茅草房行吗？多年来，朕悟出了一个道理：循规蹈矩办不成大事，成不了大气候！实话告诉你，朕宫中现在已有后妃八千人，还在不断选取天下美女充实后宫，方能显示朕为天下共主的身份和气派！”鄂桓：“竇国是小国寡民，怎可与泱泱大国巍巍大王您相比？”

帝辛：“不必自卑。鄂王，人生一世，一定要想大事干大事。你的弱点就是循规蹈矩，谨小慎微，限制了你的眼界。你要知道，大国必须有大国的派头和风度。你大小也是一国之主，十个宫女怎么行？一些富商大贾也远远不止这个数。朕的王公大臣哪个没有成百上千个美女陪伴。你身为竇国国王，仅有十个宫女，在朕的王公大臣面前怎么抬得起头？窈窕淑女，君子好逑。英雄爱美女，乃天下之公理。哈哈，大男人怎会不喜欢美女？爱美女是朕的一大爱好。朕决定，回宫以后，赏你十个美女，排列三十个美女让你随意挑选。哈哈！”帝辛说到此不觉一怔，心中暗暗想道：鄂桓对朕并不是十分忠诚，要是鄂桓挑选了自己最宠爱的美女怎么办？赐他什么样的美女，回去还是先与妲己商议商议再定。朕虽然不惧内，不相信妇人之言，但是，在如何对待宫妃方面，妲己有独特的见解，朕还是先听听她的谏言为好。鄂桓沉吟良久后答道：“谢大王隆恩。小王一个不要是对大王美意不尊，就选一个吧。”帝辛高兴地答道：“也好。”

帝辛回到后宫对王后妲己说：“竇王救驾有功，朕打算赐他十个美女，爱妃认为赐哪十个美女为好？”妲己立刻应道：“何不就将刚进宫的竇女赐给竇王？”

帝辛立即想起了崇飞献竇女之事。

崇飞奏报帝辛

帝辛王宫。崇飞带着庹嵩躲到凤阳鸣钟亭下，远远地看见帝辛走进了御书房，便对庹嵩说：“你到御书房门外等候，我先进入御书房向帝辛奏报后再来喊你觐见大王。”庹嵩：

“请大人多多美言。”崇飞快步走进御书房跪下：“启奏大王，微臣到賓国征粮选美，诸事顺利，已完成旨令。粮已入库，美女已安置在待命宫。请大王择时召见。”帝辛：“爱卿辛苦，按旨嘉奖，领赏去吧。”崇飞：“微臣另有一事奏报：“今有賓人庹嵩求见。”帝辛：噎人求见？所为何事？”崇飞：“他是一个大忠臣，要向大王进献美女。”帝辛：“美女？他是賓国什么人？能献出什么美女？他所献的美女真美吗？”崇飞：“大王，庹嵩是賓国少有的富豪。他所献的美女真美。微臣所见美女不少，除了妲己娘娘，还没见过比她更美的美女。”帝辛：“你别花言巧语胡诌诳朕。”崇飞：“微臣就是长了十个脑袋，也不敢欺骗大王。”帝辛：“这么说来，庹嵩所献之人真是个大美人了。你为朕立了一功，朕要好好赏你。庹嵩为什么要主动向朕献美女？”崇飞：“庹嵩虽然富豪，但无一点功名，他又是一个上进心很强的人，总希望谋个一官半职光宗耀祖。”帝辛：“他为什么不去投靠鄂桓？”崇飞：“鄂桓软硬不吃，对庹嵩不予理会，所以他希望通过献美女，在大王身边谋个一官半职，光耀门庭。”帝辛：“哈哈，鄂桓不会用人，成不了大气候！朕胸怀宽广，如海纳百川！对凡是忠于朕的人都给予重用！”崇飞谄媚地说：“海纳百川所以能成其大；大王能用忠于自己的人所以能统治天下。”帝辛：“只要真正对朕忠心，谋个一官半职何难？庹嵩是一介平头百姓，你是怎么认识庹嵩的？”崇飞：“大王，这恐怕是上天赐下的机缘。此次微臣到賓国催赋选美，日夜奔走，跋山涉水，明察暗访，看了不少地方举荐的美女，无一个真正称得上是美女。微臣心灰意懒，正打算回宫请求大王处罚之时，有幸与庹嵩在朝晖酒肆相识。”

第2章

庹嵩朝晖识崇飞　献妻帝辛谋腾达

庹嵩在朝晖酒肆款待崇飞

鼓锣山下。驿丞领着崇飞走出驿馆，走进朝晖酒肆。崇飞仔细观看酒肆池映假峰赛华山，楼亭迭次比王宫。房中灯碧辉煌，陈设华丽，赞不绝口：“本官去过不少地方，没见过这么富丽堂皇，优雅别致的好酒肆，这个酒肆不亚朝歌名肆。”驿丞：“在下也听到不少人称赞。这个老板是个富豪，又特别精明，爱结交天下达官贵人和社会名流，所以把园林修造得十分精致。凡各国使者和高贵来客，我都在此招待，个个都十分满意。”

驿丞领着崇飞穿廊过巷，只见一大水池中有一精致小亭。蓝天白云和小亭在水中相互衬映，令人心旷神怡。驿丞领着崇飞沿曲折小桥走进水中小亭坐下，高声叫道：“当差的，快去喊庹老板来！”当差咼喊：“庹老板，驿丞大人来了！”庹嵩急忙迎了过去：“驿丞大人光临，蓬荜生辉，请问有何吩咐？”驿丞：“上官到了，你赶快将最好的清酒、山珍摆上，为上官接风！”庹嵩答道：“遵命。”立即转身召唤下人：“膳夫小工，你们速去办来！”

酒宴摆上，庹嵩亲自把盏：“上官，这是我们賨国最好的清酒，请慢慢品尝。”崇飞举卺一饮而尽：“好酒！本官一闻就知是賨国上等清酒。”庹嵩指着菜盘：“这是麂子、黑鸡、岩燕、银耳，都是我賨国特产，营养丰富，色香味俱全，上官请慢用。”崇飞挑了一大块黑鸡肉放进口中慢慢嚼了一阵：“嗯，味道不错，厨师手艺高超。”庹嵩：“这厨师是从宕渠城中最好的餐厅聘请来的。请将酒和菜一齐入口，味道更佳。”崇飞一试甚佳，点头称赞道：“老板真是美食高手。照你的方法品味，真好，賨国的美酒、山珍令人心醉！老板也一同就餐。”庹嵩谦逊地推辞道：“在下不敢。”崇飞：“来来来，有什么不敢？”驿丞：“上官要你陪酒你就坐下陪上官饮几卺嘛。”庹嵩坐下：“谢大人，在下失礼了。”

崇飞：“别客气。本官此次前来賨国选美还要靠你这个大老板出大力啊。”庹嵩：“上官是商国朝廷重臣，能与上官相识是小人的荣幸。上官有用得着小人之处，小人一定尽心尽力为大人效力。”崇飞：“这就对头。你是大老板，朋友交得多，见多识广。你一定清楚，你们这里有美女吗？”庹嵩：“这里美女倒是不少，不知上官要哪一种美女？”崇飞：“美女还要分几种？”庹嵩：“是的。”崇飞：“你仔细道来。”

庹嵩：“据在下观察，美女可分为上、中、下三等。有外表美而无内涵者，这样的美女只有一张漂亮的脸蛋和身材，而无气质，这种美女很多，只能称为下等。”崇飞点头“这中等呢？”庹嵩：“外表美又颇具内涵者，这种美女较少，能称中等。”崇飞：“有见地。”庹嵩：“不仅外表美而且具内涵，还聪慧伶俐，精通琴棋书画者为上等，此种美女世间极为稀少，当为上品。”崇飞：“老板此说让本官耳目一新。如此说来，你这里一定有外表内涵皆为上乘，且精通琴棋书画之上等美女。”庹嵩：“小人不敢肯定，只能这样回答上官：也许有，也许没有。”崇飞：“庹老板真是个精明能干之人。本官拜托你，帮我寻找这上等美女好吗？”庹嵩：“小人一定尽力而为，不负上官之托。”崇飞：“谢谢你了，切记切记。”

夕姝陪崇飞歌舞

夜幕降临，远处传来鼓乐之声。崇飞：“何处传来鼓乐之声？”庹嵩：“上官，今天是巴渝舞节。人们欢聚在一起载歌载舞欢度佳节。”崇飞：“走，看看去！”

巴渝舞场。篝火熊熊，锣鼓咚咚，琴声悠扬。舞场中，一群人围着篝火载歌载舞。不少人站在舞场周围争相观看，不时发出赞美的呐喊。舞场中，一群男女手拉手围着篝火踏着鼓乐节拍，边跳边唱：“花开花落凭谁问？賨人青史几人知？巴山夜雨洗污浊，渠水多情留倩影！”

崇飞：“庹老板，你们賨人巴渝舞节这个节日真热闹啊！”庹嵩：“是啊，崇大人，这是賨人最快乐的时候。人人既当观众，又当演员，谁的舞蹈跳得最好，歌唱得最好，还可得到奖赏。上官大人，您也请去跳舞吧。”崇飞：“你们賨人舞蹈舞姿优美，变化复杂，我还没学会。我不认识这里的人，不好意思随便去邀请舞伴，也不可能有人来邀请我去跳舞，我孤身一人怎么去跳啊？”庹嵩：“这个不难。我给你介绍个舞伴。夕姝，快请崇大人跳一曲！”夕姝走近，做出邀请姿势：“崇大人请吧。”崇飞转向庹嵩：“庹老板，夕姝这么漂亮，是你的什么人啊？”庹嵩：“崇大人请随便跳去，不会有事的。夕姝是在下的新婚妻子。夕姝，你要好好陪上官大人跳舞，不可怠慢了上官大人啊！”夕姝：“知道了。上官大人，请吧。”

崇飞在火光摇曳中，只见夕姝面若满月，眼若晶珠，貌若天仙，对庹嵩说道：“庹老板，你真有福气，娶了一个这么艳丽绝伦的妻子。本御史奉帝辛之命前来賨国催赋选美，看过那么多美女都赶不上你的妻子美丽，想不到在这深山沟里还有如此艳丽之人！庹老板真有眼力，这就是你说的上乘美女吧？”庹嵩：“大人过奖了。请去跳舞吧。”夕姝娇滴滴地说道：“请大人跳舞吧。”

崇飞与夕姝步入舞池，翩翩而去。庹嵩默默地在一旁观看，心里打起了主意：“这个崇飞是帝辛的宠臣，有幸认识他是上天赐给我的一个机会。我一定得想办法紧紧将他抓住……”

崇飞跳完一曲，走到庹嵩身边：“庹老板，你给本官介绍的舞伴很不错啊。”庹嵩从沉思中醒来，走到崇飞身边：“大人，夕姝跳得还可以吧？”崇飞：“跳得太好了。你妻子既是绝代佳人，又是舞林高手，帝辛见了，一定会非常满意。不知她琴棋书画通不通？”庹嵩：“她琴棋书画也很精通。刚才大家唱的’花开花落凭谁问？賨人青史几人知？巴山夜雨洗污浊，渠水多情留倩影！'就是她创作的。听起来还可以吧？”崇飞：“美极了。歌中有画，歌中有情。是否可叫她弹奏一曲？”庹嵩取来一琴，夕姝立即纤手斜拈，轻弹慢拨，调韵清雅，时而如悬瀑，狂风暴雨般鸣响山间；时而如春鸟，婉转入云般扣动心弦。顿时全场歌舞戛然而止。人们凝神屏气静听夕姝弹奏，全场不再有一丝杂音。突然琴声戛然而止。人们如同从梦中醒来，怅然若失地高喊：“仙女，再弹一曲！仙女，再弹一曲！”场面十分热烈。

崇飞为庹嵩指引晋见帝辛之路

崇飞大喜，叹道“这等上等美女埋没在山间实在太可惜了。”庹嵩：“上官有何高见？”崇飞：“她现在是你的宝贝，我岂敢他想？”庹嵩：“宝贝握在自己手中不一定就是宝贝。”崇飞：“庹老板难道对自己的宝贝还不怎么满意？”庹嵩：“宝贝只有在它最能显示自己价值的时候，才能成为真正的宝贝。”崇飞：“你认为她应当在什么地方才能显示出宝贝的价值？”庹嵩：“在下一名布衣，深感埋没了她的价值。她要是在王公贵族府中，才能显示出她宝贝的珍贵价值。”崇飞：“可是，她已成了你的妻子。”庹嵩：“如果她真有成为宝贝的机会，我决不会成为她的绊脚石。”崇飞：“难得庹老板如此深明大义！”庹嵩：“等闲之辈若要夺我宝贝，我将与他拼命！”崇飞：“要是帝辛要夺你手中的宝贝呢？”庹嵩：“她若果有入宫机会，何须大王来夺！”崇飞：“你将怎么办？”庹嵩：“我将虔诚地敬献大王。”崇飞：“你真是聪明绝顶之人！你要是将夕姝献给帝辛，何愁没有一个好的晋升？”庹嵩：“可是我连帝辛王宫都进不去，更不要说拜见大王，我怎样才能将夕姝献给帝辛呢？”崇飞：“夕姝既通琴棋书画，你叫她将自己的容貌绘成图献给帝辛。”庹嵩：“谢上官指点。小人永世不忘。”崇飞：“你妻子会同意吗？”庹嵩：“如此美事，她焉有不同意之理？”崇飞：“那就好，那就好。”

庹嵩开导夕姝

茅屋。微弱松明光照耀着庹嵩心情凝重的目光：“娘子，我庹嵩太对不起你了。”夕姝十分惊讶：“夫君，你我既为一家人何出此言？”庹嵩将夕姝揽入怀中：“你美若天仙，才智超群，却跟着我吃苦，我太愧对你了。”夕姝诚恳地：“只要你我夫妻恩爱，我心愿已足，不怕吃苦。”庹嵩闪出希冀的目光：“我倒有一个解脱你我都不吃苦的好办法。”夕姝：“什么好办法？”庹嵩：“刚才陪你跳舞的崇飞御史大人，到我们賨国来为帝辛选美，他打算把你选取献给帝辛。你一旦做了王妃，那就有享不尽的荣华富贵了。”

夕姝生气地说：“你疯了，你把我当成什么东西随便送人了？你要把我拿去献给帝辛？”庹嵩：“娘子，你要听我给你说。”夕姝：“你把我当成什么东西？是条猫是条狗？你想送哪个就送哪个！我知道，女人在你的眼中只不过是扫帚。需用时才拿到手中，不用了，便随便抛弃。你不喜欢我了，玩腻了，就想着方法儿抛弃我了。我活着还有什么意思，我去死了算了！”夕姝猛地打开门跑了出去。庹嵩急忙出门追上夕姝，将她紧紧抱住：“娘子，你要到哪里去？”夕姝：“我要去骂狼心狗肺的崇飞！我要去找他拼命，叫他别打我的鬼主意，叫他死了那条心！”庹嵩：“娘子，我求求你，你不能错怪崇大人，你不能得罪崇大人！我们回屋好好地商量。”

夕姝被强行拉回屋中坐下，流着眼泪说：“不，夫君，我已经是你的人了。我不要做什么王妃，不要什么荣华富贵，我要的是你我夫妻恩爱的平淡生活。我不能让崇飞破坏我们的平静生活！”庹嵩：“不。娘子，你天生丽质，跟我过一辈子平淡生活有什么意思？”夕姝：“王妃有什么意思？帝辛的妃子成千上万！”庹嵩：“有谁能比得过你的美丽？有谁能比得上你聪明？有谁能比得上你多才多艺？”夕姝：“你怎么知道没有人能比得上我美丽？夫君，天下比我美丽的美女多的是！比我聪明的女人多的是！比我多才多艺的女人多的是！”庹嵩：“崇飞大人说，他见过帝辛宫里所有的宫娥彩女，没有哪个可与你相比。”

夕姝：“荣华富贵有什么意思？王妃又有什么意思？我不稀罕！”庹嵩：“夫人，你知不知道自己的责任？人生一世上要为祖宗争光，下要为子孙造福。这就是人人都在追求的目标和责任。当王妃，既是为祖宗争光，又是为子孙造福，怎么没有意思？人生一世很不容易，为什么不能风风光光、舒舒坦坦地过一辈子呢？你别目光短浅，错过这个大好时机。我们吃点苦倒没什么，不能叫你肚子里的孩子都跟着我们一起吃苦，更不能让我们的世世代代子孙都吃苦啊！这样吧，让孩子成了帝辛的儿子以后，你跑出王宫，你我夫妻重新团聚好不好？”夕姝：“将孩子留给帝辛？”庹嵩：“娘子，你不知道我的使命……”夕姝一惊：“你有什么使命？”庹嵩拿出一本秘籍指给夕姝看：“我们賨国创建之时本应由我庹家为王，不想被鄂朗抢了去。千百年来，我庹家誓将王位夺回来。我从小立志，誓要完成祖宗遗命。娘子，你是我完成遗命最好的法宝。”夕姝：“夫君言重了，为妻怎会是你完成祖宗遗命的法宝？”庹嵩：“我将你送帝辛，孩子出世以后就是帝辛的儿子了，他将来就可以封王封侯，就可以请求帝辛将他封为賨国国王，夺回我庹家失去的王权。到那时，不仅实现了夺回我庹家失去千年王位的夙愿，而且还可以世世代代永享荣华富贵。夫人，到那时，你就为我庹氏家族立下了万世之功了。”

夕姝：“夫君想得太天真，做起来哪有那么容易？”庹嵩：“世上无难事，只要有心人！关键是你敢不敢那么去想，愿不愿那么去做！”夕姝：“你想登天！”庹嵩：“谋事在人，成事在天！”夕姝：“夫君之言虽有道理，只是把为妻当成一只猫狗送来送去太不应该！”庹嵩：“不！你不是一只猫狗，你是一颗能够扭转江山社稷闪闪发光的珍珠！”庹嵩拔出宝剑跪于地上：“我的好妻子，为夫求你了。为了实现为夫的愿望，你就委屈一下吧。你若执意不允，为夫活着也没有多大意思了！”

夕姝拉住庹嵩握剑的手："夫君快快请起，你不能这样。"庹嵩放下宝剑长叹道："为夫连娘子都说服不了，还谈什么夺回江山社稷建功立业啊！"夕姝："为妻是为自己的名声、为丈夫的名声着想。"庹嵩："什么名声？胜者为王败者寇！你做了帝辛妃，人家巴结你都还嫌来不及，哪个敢说你半个不是！"

夕姝："一个女人，在家从父，出嫁从夫，身不由己，为妻只好从了夫君罢了。为了肚子里的孩子，为了子孙世代都能得到荣华富贵，为妻只好依从你了，你想怎么办就怎么办吧。"庹嵩欣喜若狂地将妻子抱起来打圈子："你真是我的好妻子。请受我向王妃娘娘一拜！"夕姝："免礼免礼，折煞为妻了。"庹嵩："你画出自己的尊容吧。"夕姝对着铜镜认真地描绘出了一张美女图。庹嵩拿在手中赞不绝口："太美了，娘子真是聪慧无比，本事超群！定能得到帝辛宠幸！好，快与为夫立即随崇大人赶赴朝歌！"

夕姝坐上车，崇飞、庹嵩骑着马在前引路，向朝歌飞奔而来。一路上，只见荒野中，饿殍、白骨蔽地；村镇上乞讨之人皮包骨头，惨不忍睹。官府门前，手握锄头、木锨等劳动工具的人群，蜂拥而至。官府冒出腾腾火焰。官军大刀挥舞，砍杀百姓，妇女儿童哭声震天。被绳索捆绑串联成队的囚徒蹒跚而行，官差杖击其身，囚徒哀号于天："冤枉啊！""老天啊，救救我们无辜百姓吧！"走近朝歌城，只见到处是高耸入云的建筑脚手架。背负重物，赤脚爬行的人群，吃力地向上爬去。处处可见骨瘦如柴的人的愁容，流泪的眼睛，挥舞皮鞭的监工。一人昏倒从脚手架上滚下，监工用脚将他踢置路旁。庹嵩问道："上官，这些工匠在干什么？"崇飞："他们在修建王家御苑和肉林酒池。"庹嵩赞叹道："这是多么浩大的工程啊！"崇飞："只有这样，才能显示泱泱大国大王的崇高与威严啊！"庹嵩连连点头："帝辛伟大！帝辛伟大！"

庹嵩向帝辛献夕姝

朝歌。王宫大殿。庹嵩跪拜殿中："启奏大王，为庆贺大王征西狄凯旋，草民庹嵩自愿将表妹夕姝奉献大王。现有绘画献上，请大王御览。"帝辛："把画献上来。"崇飞将画展开："启奏大王，微臣见过夕姝，人比画中美女还美艳十分。此人琴棋书画皆通，此画就是她自己绘的。她是美女中上品的上品，直接召入后宫吧？"帝辛："先让她为朕奏一曲听听。"夕姝走入大殿，操起琴瑟，弹拨击打悠扬之声，充盈殿宇。帝辛听得入神，不觉手舞足蹈起来。一曲结束，帝辛连声叫道："再奏一曲！"一连奏了好几曲，引得众宫人纷纷凑近大殿偷听。

王后寝宫。一宫女跌跌撞撞地跑了进来："启奏王后娘娘，大殿中琴声悠扬，引得众宫人偷听，娘娘是不是也去听听？"妲己："琴声为何人所弹奏？"宫女："据说是賨国的一位美女在为大王弹奏。"妲己："走，看看去！"

夕姝弹完一曲后，低声奏道："启奏大王，民女手指弹麻木了，恐失韵律。请歇息一阵再弹。"帝辛："准奏，送入后宫歇息。"夕姝由寺人送往后宫而去。

庹嵩上前拜道："草民庹嵩拜谢大王。"帝辛："庹嵩，朕问你，你必须如实回答。如有谎言，休怪朕对你不仁！"庹嵩："草民庹嵩不敢有半句谎言。"帝辛："你不将你表妹献给你们賨王鄂桓，却前来献朕，是不是受鄂桓指使，另，有用心？如实招来！”庹嵩申辩道：“大王冤枉草民了。大王有所不知，鄂桓乃我庹家世仇……”帝辛笑了笑：“你们两家结仇在賨国建国之时，朕怎会不知道？不过，古人有言怨仇宜解不宜结。事情已逾千年，早该化解，你为何还如此记刻在心？”庹嵩：“先人传下报仇之意，小人不敢不遵。鄂桓役使賨国百姓如马牛，百姓多有怨恨，哪像大王您光同日月，温暖天下百姓，受世人称颂。小人投靠大王，不仅可舒胸中郁气，而且可惠及子孙，还可解天下黎民倒悬……”

帝辛：“看你言辞恭顺，句句在理，甚称朕心。庹嵩，你想要朕赏赐你些什么？金钱、土地还是官位？”庹嵩：“小人不敢妄想金钱、土地和官位。”帝辛：“那你希望得到什么回报？”庹嵩：“小人别无他求，只求在大王身边伺候大王。”崇飞：“庹嵩是夕姝的表兄，是他一手操办将夕姝献给大王的。庹嵩一片赤诚之心可嘉，且精明能干过人，可选作随侍伴大王左右。”帝辛：“庹嵩，你有什么特长？”庹嵩：“小人精通诗书礼乐律法……”帝辛："准崇爱卿所奏。难得庹嵩一片忠心，就留在宫中做书吏，随侍朕左右吧。”庹嵩：“谢主隆恩！”

妲己走到大殿前，只见偷听的人已散去。便派人打听賨国美女的下落。一宫女上前奏道：“大王已派人将賨女送到颐和宫去了。”妲己怒气冲冲地：“走，到顺和宫去！”

妲己献计，帝辛将夕姝赐鄂桓

帝辛满面春风地走进颐和宫。夕姝立即跪拜帝辛：“小女拜见大王！”帝辛眼中闪光：“崇飞所言不虚，果然艳丽非凡。平身吧。来人！伺候夕妃作画！”几个宫人立刻在几案上铺下白绸：“请夕娘娘作画。”夕姝：“请问大王要小女作什么画？”帝辛：“绘一幅仙女踏青图吧。”夕姝：“小女遵命。”帝辛：“从现在起，你不要再称小女，该称臣妾了。也不要说遵命，应该说遵旨了。”夕姝：“臣妾遵旨。”夕姝操起绘画笔，几笔几画就勾出一个轮廓来。帝辛赞道：“好手法。”

妲己怒气冲冲闯入，一把掀翻几案：“大王，何处又弄来个妖女在此施展雕虫小技？”帝辛：“夕姝见过王后娘娘。”夕姝跪拜妲己：“賨女拜见王后娘娘。”妲己怒气愈甚：“此賨女妩媚有余，庄重不足，定是个毁坏社稷江山的孽种，大王切不可被她的雕虫小技所惑，就亲近于她！”帝辛笑脸解难：“爱妃不必妒性大发。夕妃退下。”夕姝起身：“谢过大王，谢过王后娘娘！”

夕姝离开后，帝辛抚着妲己的肩膀：“爱妃是不是醋性太烈了？”妲己余怒未消：“非是臣妾醋性太烈，此女妖气太甚。大王不信，请大王祈祷上天显示吉凶。”帝辛不得不赞同地点点头：“好，拿龟板来。”帝辛焚香祷告后打出一卦：“得之则凶。”妲己见了如释重负地说道：“大王，上苍的警示您不会怀疑吧？这不是臣妾的醋性太烈吧？大王，臣妾学过相面术，一看这个女人就是个克夫命相，就是个祸乱天下倾覆社稷的尤物，大王切不可被她的美色迷了心窍。”

帝辛征询地问：“这个女子已纳入后宫，名声已传出宫外。朕不将她纳为妃子，如何处置这个賨女为好？”妲己回眸笑问：“大王，你觉得賨王鄂桓可靠不可靠？”帝辛坦诚地说：“以前鄂桓对朕多有不敬之处，不过，此次征西狄，他不但出了大力，还在朕处于十分危急之时救了朕一命。”

妲己故藏玄机地说:“如此说来,也算是天意。”帝辛不解地问:“王后娘娘是什么意思？此话怎讲？”妲己不做正面回答,再绕圈子:“鄂桓对你有如此大功,你打算怎样奖赏他？”帝辛似有所悟地：“爱妃是说将此賨女赐给鄂桓？”妲己亮出底牌：“不如来个顺水推舟，将这个美女赐给鄂桓，一则让鄂桓更加忠心耿耿地效忠大王；一则让她去克鄂桓。她说不定尔后还能为大王在賨国派个大用场。”

帝辛叹了口气：“天意如此，爱妃聪明过人，只好就按爱妃所言办理了。庹嵩又作何处理呢？朕打算将他留在宫中做书吏。”妲己：“留在宫中不妥。”帝辛：“为什么？”妲己:“臣妾看庹嵩头上长有反骨,留在宫中必然成为祸害。”帝辛:“那又怎么处置为好？”妲己“让他做媵臣,陪那妖女回賨国。一则可去掉大王身边隐患,一则还可用他监视賨王。”帝辛：“王后高见。传庹嵩。”

庹嵩跪拜：“小人拜见大王。”帝辛：“你的忠心朕已完全笑纳。朕经过反复考虑，决定将夕姝赐给鄂王，你做媵臣前去服侍鄂王好吗？”庹嵩：“这个……”帝辛："做媵臣可以在王宫随侍鄂王，凭你的本事取得鄂王的信任，同样可以获得一官半职，同样可以享受荣华富贵。同时，你还可以经常与你的表妹相见，免除思念之苦。”庹嵩眼珠转动，内心思忖：我本想将儿子留在帝辛身边，蒙个封王封侯的好位，不想却被派到鄂王身边。真是人算不如天算。也罢，鄂王虽小，毕竟还是个王。我的儿子做他的儿子同样可以封个小王侯。从而有了更多夺回王权的机会，也许是天意安排吧，反而更能方便地报鄂家夺位之仇。古人说不入虎穴焉得虎子。现在得此亲近鄂桓的机会，是老天赐我复仇的极好时机，不可错过。跪下再拜：“谢大王信任草民！赴汤蹈火在所不辞！”

帝辛：“庹嵩，你知不知道朕将你赐给鄂王还另有深意。”庹嵩：“草民愚钝，请大王明示。”帝辛：“好吧，朕给你明说：鄂王对朕并不忠诚可靠。朕早就想找一个忠诚可靠的人到鄂王宫中掌握鄂桓的情况。时机成熟，就由可靠的人代朕执掌賨国王权。你到賨国王宫后，每个月向朕写出秘奏，向朕报告鄂桓及賨国的情况。鄂桓若对朕有任何叛逆举动，朕就派大军灭了他！到时候就由你做賨王，代朕掌控賨国。你的夺取王权美梦就可以实现了。你敢向朕发誓保证按时汇报鄂桓情况吗？”庹嵩越听越兴奋，连连点头：“大王旨令，小人敢向天明誓：如有丝毫违背，天打五雷轰！”帝辛：“君子之诺重如山，我相信你不会食言！”庹嵩：“大王之命，小人赴汤蹈火，在所不辞。小人回賨国之后，请大王随时派人向草民传达旨意。”帝辛：“你在賨王身边要时时处处小心，稍有差错就会掉了脑袋！今后朕将派崇飞随时向你传达朕的旨意。”庹嵩：“大王之命，小人时刻牢记在心。”

颐和宫。妲己:嘖女,本宫以仁慈为本,赐你一条生路。不过,还得看你自己的造化。”夕姝痛哭流涕：“小女为何如此命薄？妲己娘娘，您杀了我吧。”妲己：“你生了这样的贱命，哪个都救不了你。大王和本宫发慈悲，决定将你赐给鄂王，那可是一个好去处。你如得到了鄂王宠幸，便可得到一生的荣华富贵。到时候可不要忘了大王和本宫对你的大恩大德！”夕姝：“小女若有再生之时，一定不忘帝辛和娘娘大恩大德！”妲己：“若鄂王对你不好，你只能认命，可别怨恨大王和本宫对你手下无情！”夕姝：“小女深谢王后娘娘大恩大德。”妲己：“快去打扮打扮听命吧。”夕姝惴惴不安地离去。

第3章
帝辛无奈赐鄂桓　庹嵩侥幸入賨宫

帝辛无奈将夕姝赐给鄂桓

帝辛宫。琴声悠扬，笙鼓奏鸣。舞女婆娑。酒宴欢乐气氛正浓。帝辛举卺："鄂王再饮此杯。"鄂桓："大王，小王已醉，不能再饮了。"帝辛："这可是你賨国的清酒。香气浓郁，绵甜净爽，醇美可口，世间少有。朕是喝了又想，喝了又想，总是不醉啊。哈哈！"鄂桓："谢大王看得起我賨国清酒。小王我满饮此卺！"帝辛："哈哈，爽快！鄂王真是朕的知心兄弟。"

鄂桓举卺一饮而尽。帝辛凑近鄂桓："朕留下你的得力战将唐戱、唐铜将军，你心痛吗？"鄂桓："为了天下安宁，小王再心痛也不敢违忤大王心意。"帝辛："识大体懂大义的好兄弟！朕知道你心痛，也知道你一定能顾全大局。朕早就说过，要给你重赏作为回报。你需要什么？土地？牲畜？金银？财宝还是女人？"鄂桓："小王不贪婪，也不敢奢想。大王您随便赏赐点什么都行。"帝辛："不不不，朕不能亏待你。朕知道你什么都不缺，最缺的是女人。一国之主，只有十个宫女，这太叫天下人笑话，也令朕过意不去。现在赐给你十个绝世美人。该可以了吗？"鄂桓："小王王宫狭小，容不下十个美女。"帝辛："王宫狭小？王宫狭小可以修建嘛。朕的王宫原来也不大，现在正在大大扩建，大修宫阁亭苑，才能展示泱泱大国气派！"鄂桓："小国寡民，没有多少民力可用。也不能滥用民力。"帝辛："民是奴隶，也是牛马。你鞭打，它就前行。你停鞭，它就停止前进。可别娇惯了那些奴隶！"鄂桓："女人多了小王实在供养不起，只求大王赐一个足矣。"帝辛："小肚鸡肠成不了大气候。也罢。朕宣十名美女出来，由你任中挑选一个吧。传旨，宣十名美女上殿！"

顿时，随乐声响起，十位花枝招展美女翩翩起舞，列队上殿，踏着节律，跳着轻快的舞步，缓缓地从帝辛、鄂王面前走过。鄂王为这一群美女的出现惊喜不已："大王，这些女子个个都是绝世佳人，令小王大饱眼福。”帝辛：“此十妃就赏给你了。”鄂桓拜辞：“此乃大王爱妃，小王不敢夺大王之爱。我刚说过，小国寡民供养不了这么多美女。对大王美意，小王却之不恭。只取一人可也。”

帝辛：“你仔细挑选吧。”

十名美女车轮般地在帝辛和鄂桓面前不停地走过。几个美女向鄂桓挤眉弄眼，搔首弄姿，希望鄂桓挑选自己，把鄂桓看得眼花缭乱。夕姝故作矜持之态，走到鄂桓面前，只是微微点头，把鄂桓惹得心旌摇动，双眼一动不动地停留在她身上。帝辛见鄂桓已将自己设定的人看中，心中高兴，用手在鄂桓眼前晃了晃，鄂桓双眼仍然一动不动。帝辛大声问道：“鄂王，你选中了哪一位？”鄂桓回过神来：“小王失礼了。”帝辛：“君子一言既出驷马难追。朕说出的话岂能反悔呢？你仔细瞧瞧，看中了哪一位立即告诉朕吧。”

鄂桓：“太让大王劳心费神了，小王实在过意不去。大王美女个个身材高挑，舞姿婀娜，红嘴媚眼，逗人喜欢。”接着手指夕姝：“就是这一位吧。”帝辛如释重负地点了点头：“好。”鄂桓：“多谢大王！”帝辛手指夕姝：“桓王既然相中了你，朕就将你赏赐给鄂王了。小女过来拜见鄂王！”一舞女误以为鄂桓是在指自己，走上前来向鄂桓行礼：“小女拜见桓王。”

帝辛见此女不是夕姝，急忙摇手道：“你错了！是后面那位。鄂王，你就挑她两个吧。”鄂桓固执地说：“一个够了。”帝辛：“一个够了？你看朕成千上万都还不够，一个怎么够了？你到底要的是哪一个？快说。”鄂桓还是指着夕姝：“小王还是挑她。”

帝辛点头：“好，你真有眼力。她叫夕姝，是你们賨国人。朕宫中有很多賨国美人。你们賨国美人赛天下，风情万种，甚称朕心。这个夕姝是刚从你们賨国挑选入宫的，她聪慧无比，你看她的自画像吧，真是有绝世的功力。这么美丽多才的賨国美女，朕本想留她作妃子，但是，你救命大恩无以回报，只有割爱相赠……”鄂桓："大王如此厚赏，令小王感激涕零。”

帝辛：“朕给你派的媵臣也是你们賨国人。他是朕宫中书吏，叫庹嵩。此人文武皆能，做事精明干练，甚称朕心，是个不可多得的人才。说真心话，朕还真有些舍不得将他赐给你。可是他身为賨人，十分思念家乡賨国，连做梦都在想回到你们賨国去。朕不想违背他思念家乡这个美好心愿。这美女是他的表妹，让他做媵臣，兄妹相伴，回到賨国，正好合力同心，好好伺候你，为你效力。希望你不要埋没了他的才能，更不要辜负了他报效賨国的一片赤诚之心。”

鄂桓：“大王如此器重人才，令小王深为敬佩。大王成人之美，令人称颂。庹嵩既是賨人，想回賨国，小王理所当然应予欢迎。小王遵大王旨意，就留他在小王身边做书吏就是了！”帝辛：“桓王如此理解朕意，朕就高兴了。此人有你们賨人忠厚诚实诸多美德，文武兼备，你好好使用，一定能为你賨国兴旺发达做出强有力的贡献。”鄂桓：“谢大王时刻为我賨国兴旺发达谋划指导，还为小王推荐人才，小王感激不尽。”帝辛拍拍鄂桓肩膀："哈哈哈，鄂王，你賨国兴旺发达也大大有助于我大商兴旺发达啊！賨王善解朕意，真比朕的亲兄弟还亲啊！你随朕看看朕的王宫，朕的朝歌城，朕的鹿台楼，开开眼界吧。”

鄂桓随帝辛慢步行进在假山重叠、绿水环绕、巍峨城楼、绿树掩映、百花簇拥之中，赞不绝口：“大王将天下美景尽收入宫中了。”帝辛开怀大笑：“朕为人王，当享尽人王之乐！桓王，你虽为邦国小王，朕视你同亲兄亲弟没有什么区别。今战事结束，你回到賨国，也应当将你的王宫好好地修葺修葺，扩建扩建，享享人王之乐吧。”鄂桓：“谢大王教诲。”

宫门前。鄂桓看着侍女庹璞伺候美女上轿。夕姝看到鄂桓，急忙来到鄂桓身边行礼：“臣妾拜见大王，臣妾有幸侍奉大王真是前世之缘。”

鄂桓再次被夕姝的美艳惊呆了，回过神来：“爱妃，此话怎讲？”夕姝：“臣妾也是賨人。幼时，父母请一仙师看相，仙师说，此女长大必为王妃。昨日，臣妾被选入帝辛宫中，臣妾以为可以圆王妃梦了。可是，帝辛连看都不看臣妾一眼。臣妾非常失望，自己不可能做帝辛妃，此生就再也不能做王妃梦了，心情十分沮丧。昨夜，臣妾刚刚入睡，一个金光道人对臣妾说：’你的王妃梦即将实现，好好侍奉大王吧。'臣妾正惊疑间，忽听寺人高声传旨，命臣妾更衣整容，随九美女入宫候选。臣妾迷迷糊糊地走进大殿。不想被大王选中，臣妾还以为是在做梦呢。现在真正同大王起程回国，这不是前世有缘是什么？”

鄂桓：“真是前世有缘。夕妃如此美丽，也是朕前世修来的艳福。”庹嵩上前恭维地说道：“大王舍生忘死立下救王殊勋，本应得到特别的回报。”

鄂桓惊奇地问：“你是何人？”庹嵩跪下行礼：“微臣庹嵩。”鄂桓：“请起，请起。你便是帝辛令做媵臣的那个賨国人吗？”庹嵩：“微臣正是。微臣的父亲随帝辛征西狄阵亡后，微臣便被帝辛留在身边做书吏。微臣无时无刻不在思念家乡賨国，为賨国和大王奉献绵薄之力。”

鄂桓：“朕欢迎你回国效力。你有何特长呢？”庹嵩：“微臣吹拉弹唱都能凑合，武能开一百二十石弓，文能属文，并深研律理之术，曾做宫廷塾馆教授。”鄂桓：“好，你就侍朕左右，治文案、律理。啊，对了。唐冢宰原兼做宫廷教授，现在有了你，可以减轻他的一些负担了，你兼教朕的子孙读书吧。”庹嵩：“谢大王信任！”

庹嵩骑马在前带路，辇车随后，离宫而去。正行进中，庹嵩飞马来报：“启奏大王，巴林县令龚善前来接驾。”鄂桓掀开辇帘，走到跪伏在道旁的龚善面前亲切地说道：“龚爱卿请起。”龚善：“巴林县令龚善率乡民长老及员吏恭迎大王得胜回朝，祝大王万岁万万岁！”众：“祝大王万岁万万岁！”鄂桓：“乡亲们生活可好？”龚善：“托大王洪福，原本生活很好。只是近几年来，天灾不断，帝辛又年年增加赋税，弄得不少人困苦不堪。”鄂桓：“帝辛增加赋税？龚县令，可不能增加老百姓负担啊！”龚善：“帝辛派来官员催索，微臣实在难以应付，不增加老百姓负担不行啊！”鄂桓：“将帝辛的赋税欠着。老百姓实在交不起就不交，必须让老百姓生活得下去。宁可得罪帝辛，不可欺压老百姓，不可将老百姓逼上绝路。”龚善：“大王真是爱护百姓的好大王！”众：“大王真是爱护百姓的好大王！”

王宫大门前。罗王后:“臣妾率众宫女跪接大王！”鄂桓“王后请起！夕妃拜见王后！”夕姝向罗王后施礼：“臣妾拜见王后娘娘。”罗王后扶起夕姝：“免礼免礼。”鄂桓：“你们姐妹要协力同心管好后宫。”罗王后：“臣妾遵命。”夕姝：“贱妾不知宫廷礼仪，还请王后娘娘多多关照。”罗王后：“你我姊妹好说好说。”鄂桓：“你们回后宫去吧。”罗王后拉着夕姝的手向后宫走去。

鄂桓护庹嵩

王宫大门前。唐诚率百官跪迎鄂桓：“微臣等恭迎大王凯旋。”

鄂桓：“众爱卿平身！此次救帝辛立下殊功，皆赖唐戲、唐铜以及众将士之力。唐戲、唐铜二位将军已被帝辛要去殿前为官，这是帝辛对我賨国的信任。不仅如此，帝辛赐给我一名绝世美女，并把他的书吏派做媵臣。现在向大家介绍帝辛赐的这位媵臣，他名叫庹嵩，也是賨人。以后你们大家合作共事，要和睦相处。”庹嵩向大家施礼：“请各位大人不吝赐教。”唐诚：“请问大王，对庹嵩作何安排？”鄂桓：“庹嵩文武全才，留作宫中书吏。”鄂典：“启奏大王，宫中书吏已有多人，不宜再将庹嵩派做书吏。”鄂桓：“宫中书吏多多益善嘛。”他转向唐诚：“庹嵩协助你做些文案事情，减轻你一些负担。对了，庹嵩在帝辛宫中做过教授，他可在学宫代你讲授一些功课，也可减轻你一些劳顿之苦。”唐诚：“谢大王关怀。”庹嵩仔细观察着唐诚，只见举止文雅，颇有风度，暗自想道：“这唐诚老儿是官场老手，不是个容易对付之人。鄂典五大三粗，容易对付。我初到宫中，要站住脚，还得处处小心为妙……”

庹嵩授课

御案。鄂桓：“庹嵩教授学生读书有好几天了，走，看看去。”内侍：“是。”鄂桓走进学宫。庹嵩指着墙壁上一个斗大的“商”字，正在向鄂然、鄂旺等几个学生讲课：“商是我们国家的名称。盘庚大王将国都迁到殷地以后又称殷。现在我们国家大王叫帝辛。帝辛大王是上天派来治理天下人的儿子，简称天子，天子是天下的共主。所以天下人都要忠于帝辛大王，孝敬帝辛大王。否则就是叛逆天意，就犯了弥天大罪。”鄂桓走到讲堂门前。庹嵩急忙上前跪迎：“大王驾到，请恕臣未曾远迎之罪！”鄂桓：“免礼。学生们学得怎样？”庹嵩：“学生们学习都很用功。”鄂桓：“娃儿们！庹老师教得好不好？”鄂然：“庹老师教得好。不仅教我们识字写字，知书明理，还教我们练武强身。”鄂旺：“老师说我们是国家栋梁，不仅要学文增长智慧，还要强身习武，练好以文治国以武安邦的真实本领，才能成为国家的栋梁之材。”鄂桓：“你们都愿意学吗？”鄂然：“大家都愿意学，都学得很认真。”

鄂然：“禀告父王，老师的本事可大呢！可举千斤重物，打飞镖百发百中。还教我们把马驯得服服帖帖。”鄂桓：“先生真如帝辛所言，是个文武全才。爱卿教授朕的子孙，使他们个个成为文武全才，咱鄂氏天下就大有希望。朕真该好好谢谢你呀！”庹嵩：“大王言重了。微臣为大王社稷江山的巩固和繁荣，培养王子王孙尽微薄之力，怎敢受大王之谢呢？”

鄂桓：“鄂然，你学得怎么呢？”鄂然：“在老师的教诲下，儿臣小有进步。”鄂桓：“要刻苦努力，才担当得起治国重任。”鄂然：“儿臣听从父王教诲。不敢懈怠。”

鄂桓转向众学生：“朕没有时间经常来看你们读书，你们要刻苦读书啊！”

众：“是。”庹嵩：“全体起立，恭送大王！”鄂桓：“好，好。”

庹嵩目送大王远去后：“今天的课就上到这里，大家玩耍去吧。”学生们陆续散去。庹嵩走到鄂然面前施礼：“太子请留步。”鄂然：“先生找我何事？”鄂然同庹嵩回到学馆房中，庹嵩拿出一卷竹简：“您要的《尧典发微》微臣给你刻好了。”鄂然边翻边说：“太好了。先生，太让您劳神费心了。”庹嵩：“为了能让您早点看到此书，我这三个月通宵达旦地刻写，昨晚终于刻好了。”鄂然：“老师辛苦了。你真是我的好老师，我永远不忘恩师大恩。”庹嵩：“快别这样说。微臣能为太子效犬马之劳就心满意足了。”

庹嵩看着鄂然远去的背影，暗自说道：“他是名正言顺的王位继承人。有了他，我的儿子就没有登上王位的希望。要想鄂赵登上王位，必须除掉这个拦路虎！怎样才能除掉这个拦路虎呢？古人说，如欲取之，必先予之。只有乘其不意，攻其不备才是最好的方法。我得多想办法接近他，使他对我深信不疑，才好寻找机会除掉他。”

鄂然离开后，庹嵩乐滋滋地背着双手来回踱步，脑海里不断地勾画着夺取王位的宏伟蓝图。

突然，宫人一声传令打破了他的美梦：“庹书吏，唐冢宰传唤你！”庹嵩急忙应答：“是！”他匆匆地向冢宰府走去，边走边想：“唐冢宰足智多谋，是我夺取王权的拦路虎，看来，我还得想办法先除掉他！”

走进冢宰府，庹嵩施礼：“小吏拜见冢宰大人。”唐诚：“国家地舆图被鼠咬损坏，你重绘一幅如何？”庹嵩故作为难地说：“小吏才疏学浅，恐难担此大任。”庹嵩刚一出口，顿觉失言，想道：“掌握国家地舆图，正是我夺取王权必须掌握的情况。唐老头儿送我大好良机，我怎么愚蠢地推掉呢？”于是立即改口道：“冢宰交付之命，就是天大困难，小吏也应赴汤蹈火在所不辞。”唐诚坦诚地说“你如果确实感到为难，我也可以改派他人。”庹嵩：“冢宰大人，不用改派他人。困难再大，小吏也一定要尽心尽力完成使命。不过，有些地方图舆损坏，恐怕要实地考察才能画成。”唐诚：“你需考察的地方如实报来即可。”庹嵩：“小吏遵命。”

庹嵩走出冢宰府，心中更加高兴：“老天真要给我夺取王位的好机会吗？唐诚将国家重要机密交付于我，使我对全国山川河流了若指掌。今后如用兵，何愁不明方向？如征赋，何愁心中无数？”庹嵩想到高兴之处，觉得头上已戴王冠，手舞足蹈起来：“庹嵩啊，原来千方百计投靠帝辛，只想依靠帝辛夺取王权。帝辛说要将我赐给鄂桓，我当时心都凉了。对帝辛还有些怨气，以为此生夺取王位再无指望了。想不到是老天才是给我了一条夺取王位的捷径。感谢您啊，帝辛！”

庹嵩野心膨胀

王宫大殿。张灯结彩，鼓乐喧天。庹嵩指挥宫人洒扫庭除，累得满头大汗。鄂桓左右手各抱一个婴儿，十分高兴地说："夕妃为朕生了个儿子，鄂然为朕生了个孙子，大喜啊！"唐诚："大王喜事重重，举国欢庆啊！赐名吧。"鄂桓："朕的儿子赐名赵，应上天赵星之吉兆。朕的孙子赐名旺，应兴旺发达之旺！"众："太好了！这是上天赐予我们賨国兴旺发达的吉兆啊！"鄂桓："大家举邑同喜啊！庹嵩怎么不见了？"

夕妃寝宫。庹嵩喜滋滋地跪拜："恭贺夕娘娘喜得贵子。"夕姝压低声音说："你少进后宫，可要避嫌啊！"庹嵩有恃无恐地："你喜得贵子，大王对你更加宠爱，对我也更加信任了。怕啥？"夕姝目示远处的宫女："侍女庹璞渐渐长大也知晓事理了。"庹嵩点点头，压低声音说："好，防着她点。你生了儿子，要好好利用这个优势，进一步获取大王的宠爱。"夕姝："我不想与罗王后争宠，平平安安过一辈子算了。"庹嵩："你把我给你说的大事忘了！"夕姝："不忘你的大事又能怎样？"庹嵩："我是为你好啊。大事不成，我们就无法再团圆。"夕姝："再团圆？"庹嵩："大事成功之后，帝辛许我做賨王。我做賨王之日就是我们再团圆之时！"

王宫大殿。侍人奏道："庹书吏向夕妃娘娘贺喜去了。"鄂典："这个庹书吏经常去见夕妃娘娘干什么？"唐诚："他一点不懂内外有别的规矩。"鄂桓："庹书吏为他表妹贺喜不值得大惊小怪。对了，唐冢宰，近些年，宫中议事，朕总觉得没有以前和谐，经常相互龃龉是何原因？"唐诚："启奏大王，宫中议事，意见不一致，本是正常的事情。可是有人故意只支持大王难于施行的主张，贬低大臣的正确谏言，表面看是在维护大王的威信，实际是在挑拨离间君臣关系。请大王要多加小心。"鄂桓："我也察觉到有时我的主张难于施行，可是庹嵩仍然竭力维护和支持，这显得不太正常。朕觉得，他的心还是好的，不能往坏处想。"唐诚："庹嵩的心到底是怎么想的，不能随便揣测，只能看他的所作所为进行判断。请大王今后要仔细观察。"鄂桓："庹嵩入宫以来处处维护朕的权威，对一些歪风邪气敢于当面批评，不能说不对。"唐诚："一国之中，当然必须坚决维护大王您的权威。不然，就会政令难行。但是，大王，您是开明的大王，也知道权威只能靠正确的行动来维护。只靠王权去压往往会适得其反。防口甚于防川，封住人家的口，不让人说话，是维护不了王权的。比如说您提出扩建王宫，不少大臣谏言不要劳民伤财。庹嵩大声斥责发言的大臣说：'大王的决定是正确的，无须再议！'他哪里是在朝堂上批评歪风邪气？是在借您的威望，树立他自己的权威！"鄂桓："朕认为，庹嵩的做法虽然有些过分，但是心意是好的。"唐诚："这种心意实际是对大王权威的一种伤害。幸好您及时收回了扩建王宫的决定，做出了符合当前国情的正确决断，挽回了不良影响。微臣发觉，庹嵩经常以支持您的名义擅自揽权。"鄂桓："表现在哪些方面？"唐诚："比如推荐人才本是太傅唐严主管的事，他却抢着去办，而且经常迈开唐严秘密向您奏报。微臣认为他秘密奏报，既越权又越位，是别有用心。"鄂桓："他越级越位向朕荐举人才也无大错。"唐诚："庹嵩经常与所荐人员秘密聚会，行踪诡秘，微臣认为他是拉帮结派，培植私人势力。还有，他与夕妃娘娘交往密切。这有损王宫内外有别的规矩。"鄂桓："夕妃是他的表妹，在一边谈谈兄妹之间的悄悄话，见见面，不值得大惊小怪。"唐诚见鄂桓对庹嵩毫无戒备之心，无奈地摇了摇头。

夕妃寝宫。庹璞带着鄂赵、鄂峰高兴地跑回夕妃寝宫，见庹嵩正在与夕姝有说有笑地谈话，尴尬地说："娘娘，小王爷要吃糖。"夕姝边给鄂赵拿糖边说："庹璞快去给庹书吏沏杯云雾茶来。"庹嵩斜着眼笑眯眯地看着庹璞离去。夕姝轻声地说："鄂赵今年七岁正式进了学馆，也是个懂事的孩子了。这后宫人多嘴杂，庹书吏你经常到后宫来，要防止有人在大王面前进谗言。"庹嵩十分镇静地从腰部掏出一块金牌："娘娘不必惊慌，我早就考虑到了这个问题。我对大王说，王子王孙的国家的栋梁，不仅要识字明理，精通武艺，就是平时的行为习惯也要多观察多教导。大王对我的谏言深为赞许，特地赐给我一块随时可以出入后宫的金牌，允许我随时来后宫看望王子们的饮食起居，行为习惯，以便有针对性地进行教育开导。另外，我还有要事与娘娘商量。"夕妃："鄂赵，带着鄂峰到书房写字去吧。"庹璞知趣地带着鄂赵、鄂峰向书房走去："谨遵王娘之命！"

庹嵩待庹璞、鄂赵、鄂峰离开后，上前拉夕姝的手："我随时都想着你啊！"夕姝生气地甩开手说："你这该死的老色鬼，鄂赵都快长大成人了，你要给我母子带来麻烦，我可饶不了你！"庹嵩："娘娘请息怒。我原本只想将你和鄂赵送给帝辛大王，自己好在帝辛大王那里谋个美差，光耀我庹氏门庭……不想帝辛大王却给了我们一个更好图蒙大业的机遇。"夕姝："什么大业？"庹嵩眨眼："大业就是社稷江山。你看鄂桓有多威风！只要我做了大王，你就能够像罗王后一样的威风！"夕姝："你想得倒美，做起当大王的美梦来了。我早就说过，不希望什么荣华富贵。"庹嵩："娘娘忘了我们进宫前我给你讲的话：当年大禹封国，本应我祖为王。不想鄂朗抢去了王位。千多年来，我庹家忍辱负重却得不到鄂氏重用。现在，帝辛给了我一个夺回王位的机会，可以说是上天对我庹氏格外的恩典！这是我庹家千载梦想的时机，如今落到我身上了。古人说天予不取，必受天罚！既然老天给了我们夺回王位的大好机会，我们就不能错失良机！"

夕姝："你想夺王位你自个夺去，别把我拉扯进去。"庹嵩："不是我要把你拉扯进来。你和我怎么能分开？你别忘了你是我的妻子，是怎样做了桓王的宠妃的；原本与鄂桓毫不相干的鄂赵现在却成了桓王的亲儿子，被桓王宠爱成了掌上明珠。"夕姝："别说了！"庹嵩："这是犯的诛灭九族的欺君大罪！你我都脱不了干系！我们现在是身在虎口里，随时都有被吞噬的危险！"夕姝："你想吓死我？"庹嵩："此事一旦被察觉，你和我以及你我心爱的儿子鄂赵都必死无疑！"夕姝无可奈何地说："老天啊，我该怎么办啊？"庹嵩冷酷无情地说："你我是偷梁换柱的始作俑者，是拴在一根藤上的蚂蚱，生死与共，荣辱相依！现在唯一的办法是同心同德，共谋大业，你不能满足现在眼时的快乐，不顾将来的祸患啊！更不能忘恩负义，丢了你心爱的丈夫啊！"夕姝："你不说，我还真以为靠着鄂桓，就能平平安安过一辈子了，真还没考虑到事情会有这么严重。你这样一说倒真把我夕姝吓出了一身冷汗。你说我们现在到底该怎么办呢？"庹嵩："你要知道，夺回庹家王权的梦想，不是我一个人的梦想，也是我庹家族人的梦想！"夕姝瞪大眼睛看着庹嵩："难道庹家族人都有这个梦想？"庹嵩点点头："是的。我们家族都支持我领头夺回王权。夺权必须有军队，我们已组建了庹家军，现已招募三千多人，分别在三个地方进行训练。他们的热情很高，使我充满了信心。"夕姝："太好了。不过，三千人还是太少。"

庹嵩："只这三千人当然不够。我的行动不是单打独斗，还有帝辛的支持。帝辛派人传来旨令，一旦夺取王位的时机成熟，他就派大军支持我的夺位行动。”夕姝：“事情很快就可以办成了？”庹嵩：“现在时机还不成熟。鄂家王朝根深蒂固，主要是有唐家这根顶梁柱的支撑。要搞垮鄂家王朝这座大厦，不去掉唐家这根顶梁柱不行！”

夕姝：“唐家文臣武将甚多，去掉这根顶梁柱不容易。”庹嵩：“当然不容易。不过，我已想好了办法。”夕姝：“什么办法？”庹嵩："据我入宫这些年来的观察，唐家文臣武将虽多，核心人物就两个，首先是唐诚，其次是唐严，去掉这两个人，唐家就掀不起大浪了。”

夕姝：“怎样才能去掉这两个人？”庹嵩：“你必须很好地配合。”夕姝：“你要我怎样配合？”庹嵩：“我会一步一步告诉你的。现在，你要向鄂桓多说这两人的好话。”夕姝瞪大眼睛：“那样不是使鄂桓更加信任他们了吗？”

庹嵩狡诈地笑了笑：“你不知道，鄂桓最担心的是什么？鄂桓最担心的是别人觊觎他手中的大权，失去手中的大权……鄂桓越信任他们，便会给他们更多的权，让他们办更多的事。他们的权越多，办的事越多，越容易引起鄂桓对他们越权的猜忌。鄂桓一旦对他们产生了猜忌之心，离他们倒台的日子就不远了。”夕姝：“这就叫如欲取之——”庹嵩：“必先予之。”二人相视而笑。

第4章
唐戬被迫回賨国　唐诚大义缚贺灿

帝辛杀龚武

帝辛王宫大殿。帝辛：“近几年来，一些国家以种种借口，不再按时向朕缴纳贡赋是何原因？”闻仲：“世风日下，世人各自只图自己安逸享乐，长幼尊卑混乱，忠诚之心日见淡薄。”贺灿：“闻冢宰一语破的，十分深刻，把当今社会弊端看得十分透彻。”威武将军龚武：“微臣另有一说不知当讲不当讲？”帝辛：“细细讲来。”

龚武：“古人说，上有所好，下必甚之。要改变世风，必须从王公大臣做起。”贺灿：“胡说，难道我们的王公大臣还做得不够好吗？你这话表面看来，是在指责王公大臣做得不好，实际上是在说大王做得不好。狼子野心何其毒也！”闻仲：“龚武，你用心何其险恶！”

龚武：“请诸位大人听我解释，微臣只是针对朝中实际情况发表的看法，绝无攻击大王之意！”贺灿：“说的比唱的还好听！你对大王不敬，不仅仅表现在这一句话上面。你平时一言一行无不暴露出你对大王的不敬。你完全是站在那些叛逆者的立场上，看待当前朝中发生的一切事情。”

龚武：“微臣决不会与叛逆者站在同一条路线上攻击大王。”帝辛：“龚武，为何四处散布流言，攻击朕穷兵黩武，赏罚不公，扰乱军心！”龚武：“微臣对大王频繁征伐，伤国本，加之赏罚失当是有一些意见。希望大王早日察觉，及时纠正，但是绝无扰乱军心之意。”帝辛：“事实俱在，你怎么拒不认罪？”闻仲：“拒不认罪，死路一条！”龚武：“微臣本无罪，有什么罪需认？”贺灿：“你纠合朝中賨人，散布攻击大王言论，鼓动军民对大王不满，是罪不是罪？”

龚武拔出宝剑：“你红口白牙血口喷人，老子斩了你！”贺灿：“大王，龚武当着您的面都敢对朝廷大臣行凶动武，您看他心目中还有没有您这个大王？还有没有半点王法？”帝辛：“龚武，你这个野蛮賨子，蛮性不改，真想在这里撒野？”龚武：“他们无中生有，血口喷人，污蔑賨人是蛮子，污蔑我野性不改！微臣怎能容得下这些侮辱话、冤枉话！”贺灿：“大王，你看他手握利剑、红起眼睛竖起眉毛，不是想杀人还是想干别的什么？”龚武：“大王，微臣受不了这侮辱我賨人的话！”

帝辛：“谁侮辱了你？你所说之言，大家听得清清楚楚，谁冤枉了你！”

龚武摇动手中利剑：“恨不能手执三尺剑，杀尽天下诬陷我賨人的恶人！”帝辛：“龚武如此横蛮，目无王法，来人，将龚武拿下，推出午门问斩！”龚武摇动手中剑：“大王，您这是逼微臣造反啊！”帝辛：“龚武，你谋逆之心早已有之，这句话是你谋逆之心的大暴露！来人，将龚武推出斩首示众，将他满门抄斩！”

龚武：“帝辛，你暴虐无道，不得好死！”三公子：“众武士还不上前将其拿下！”龚武挥舞手中剑杀死几个武士，渐渐靠近帝辛。闻伦挺剑从侧后刺中龚武。龚武连喊：“帝辛不得好死！帝辛不得好死！”倒地而亡。

三公子挥动手中剑高喊：“众武士随我去抄杀龚武全家！”众武士随三公子向龚武家而去。

唐戳被迫回賨国

殿前都尉府。唐戲突然觉得心神不定、心惊肉跳：“这就怪了，家将速去城中打听，是不是龚武将军家发生什么大事了？”

家将迅速回府禀报：“启禀将军，大事不好。三公子带领御林军围住龚武将军府，正与龚将军家人血战！”唐戲气冲斗牛：“拿剑来，前去救援龚将军！”

威武将军府前。唐戲见人山人海围住龚武将军家，高喊：“让开！”三公子见是唐戲，高喊：“唐戲是龚武将军的师弟，不要让他靠近龚武家！”御林军立刻将唐戲包围起来。唐戲挥动宝剑同御林军厮杀起来。御林军有的倒地，有的逃走。唐戲冲进龚武家院，只见尸首狼藉，凄惨无比。唐戲泪流满面：“师兄，小弟救援无力，让你家人遭此大难！”

家将：“唐将军，又一支御林军向这里杀来了，我们快撤走吧。”唐戲：“我不能让师兄家人的尸体再遭蹂躏！”家将指着远处：“将军请看，御林军马上就到，我们再不撤就来不及了！”唐戲：“你们走吧，我与他们拼了算了。”家将边扶边说：“将军，要活下来才能为师兄报仇！”唐戲叹了口气：“对，活下来才能报仇！唉，走吧。”

龚先逃回賨国隐居山林

龚武家。家将刚向龚武家人讲完龚武被杀之事，三公子一行人已闯进大门。家将急忙逾墙跳进龚先后院，激烈地撞响后门。激烈的撞门声惊动了正在为人治病的龚先和徒弟罗薪。罗薪打开后门，家将狂奔到龚先身旁，上前拉着龚先就跑：“先生，快跑！”他们跑出城门上了一座山头。家将见后面无人追赶上来，才停下来讲了龚武被杀，家人受屠的经过。

龚先尽力掰开家将抓住自己的双手：“我大爹死得冤枉，我要回去为他报仇！”家将死死抓住不放："先生，大将军死得冤枉，但是你我都报不了这个仇！你虽医术高超，但手无缚鸡之力，怎么报得了这个仇？我看还是从长计议，保存性命要紧，报仇之事以后再说！"

罗薪："师父，龚校尉说得对，凭我们这几个人，报不了龚将军的血海深仇。朝廷中不少人对賨人不满，这次找到了借口，我们都是帝辛要杀戮的对象，久留朝歌十分危险。"龚先："我们现在怎么办？"家将："快回賨国老家去。"龚先："万一賨王听从帝辛旨意也抓我们怎么办？"罗薪："如果賨王要抓我们，又跑就是。"家将："我们的家乡在巴山老林，谅帝辛一时也难以追到那里去。我们回到家乡不要声张，待事情平静了再说。"龚先："事已至此，也只好这么办。"

唐戳回賨国任镇平关总兵

唐戲晓行山路夜宿山洞，十分疲惫地绕道走进賨国。坐在山泉边，捧起泉水连喝数口："家乡水真甜呀！我终于回到可爱的家乡賨国了。鄂桓大王，微臣回来了。你还收留我这个离你而去之人吗？我能先去拜见大王吗？对，不能太冒失，还是先去拜访老兄唐冢宰吧。"

冢宰府。唐诚："老弟，你终于回来了，我很高兴。我们一起去见大王吧。"唐戲："听说大王对我离开賨国心中很是不满。现在帝辛通缉我，威胁他，如果不将我交给帝辛，将会受到严厉的追究。我贸然去见大王将会是什么结果？"唐诚："兄弟考虑得很周到。这样吧，我先去见大王，如他有执行帝辛圣旨之意，你就不必去见他；如果他没有执行帝辛圣旨之意，你就马上去见大王，以便尽快安下心来为国出力。"唐戲："好，大哥速去速回。"

賨王宫。鄂桓看过帝辛圣旨，气愤地扔下，对唐诚说："帝辛将朕的几个爱将强行要去又将他们几个逼反，现在又要朕当他的鹰犬，为他捉拿被他逼反的爱将。还说朕若不从，便要治朕包庇纵容之罪，真是岂有此理！帝辛在用我賨国之时，假惺惺地说将朕当作兄弟看待，现在稍不顺心，便颐指气使，不把朕当人，真是欺人太甚！"唐诚："大王，帝辛欺我賨国弱小，所以对我国颐指气使，如奴仆看待。现在利用龚武将军事件，大肆抓捕、迫害在朝廷中的賨人。我们决不能按他的指令抓捕他要抓捕的人。这几位将军如果回国，不仅不能治他们的罪，还应当委以重任，让他们为国出力！"鄂桓："冢宰说得是。这几个将军回国了，特别是唐戲回来了，你马上带他来见朕。朕将委以重任，决不会亏待他。"唐诚："微臣遵旨。"

唐戳随唐诚进入鄂桓御书房。唐戳："微臣拜见大王。"鄂桓："唐戳将军，帝辛将你强行要去，真是剜了朕的心头肉。现在你回来了，朕十分高兴。朕本想将你留在宫中，但是，会与帝辛发生直接碰撞。这样吧，你现在到镇平关去做总兵吧。"唐戲："微臣为大王添麻烦了。"鄂桓："帝辛仗恃大国王权声威，将天下人都视作他的牛马，朕不吃他那一套。你放心去给朕守好镇平关就是了。"唐戲："末将遵旨。"

庹嵩作镇平关从总兵

王宫后花园。庹嵩:“夕妃娘娘生了鄂赵,越来越受大王宠幸了。”夕姝:“这要感谢你。我在宫中虽然有了正式的名分,但是,我儿鄂赵夺太子大位看来是没指望了。”庹嵩:“你要利用你的姿色超人,鄂桓又妒忌心强的特点,设法让大王相信太子对你有非分之想,就可挑动大王对太子的怨恨。大王一旦对太子产生了怨恨之心,他的太子之位就必不可保。你的鄂赵立太子之事就顺理成章了。只是我在这宫中难有作为。你要设法让我到镇平关做总兵。我掌握了兵权,对鄂赵以后登基就可出大力了。”夕姝:“镇平关不是有唐戱老将军在做总兵吗?大王特别倚重他,不可能将他撤掉。”庹嵩:“我先去做副总兵,在军中有了立脚点,以后掌握军权就容易了。”

夕王后寝宫。夕王后:“大王为何近日郁郁寡欢?”鄂桓:“爱妃有所不知,近日西狄对我边境多有骚扰,朕正在调集人马充实边关。”夕姝:“大王考虑好了人选了吗?”鄂桓:“总兵之职,朕已安排好了。只是副总兵之职尚未完全考虑好。”夕姝:“大王认为庹嵩能做个副总兵吗?”鄂桓:“这些年来,庹嵩对朕倒是忠心耿耿,只是,他从未带过兵,骤然去到边关做副总兵,恐怕会弓I起议论,不一定妥当。”夕姝:“大王您不是经常称赞他武功好,文武双全,聪明睿智吗?何不派他到镇平关在唐戱老将军手下做个副职?庹嵩做副总兵,由唐戱老将军带他几年,庹嵩不是就可以独当一面了吗?”鄂桓:“难得爱妃提醒了朕。好吧,就派庹嵩到镇平关去做副总兵。”

帝辛伐賨国

帝辛王宫。帝辛:“扩建王空,新建鹿台,工程进展得怎么样了?”司空:“启禀大王,今鹿台修至三层缺工缺料,是否停工待料?”帝辛:“缺工,向尚未完成徭役的郡县、邦国征发徭役;缺料,立即传旨尚未完成送料任务的郡县、邦国进赋进贡;如还不够,就从国库拿钱购买。”司空:“启禀大王,今国库十分空虚。”帝辛:“我泱泱大国,四方进贡纳赋,岂会国库空虚?”司空:“近年来,王宫和鹿台修建费用开支很大,加之邦国和郡县欠贡、欠赋很多,所以国库空虚。”

帝辛:“欠赋欠贡是什么原因?”闻仲:“原因很多。有的受灾,有的故意拖欠不交。”帝辛:“冢宰立即查明郡县、邦国欠贡、欠赋情况没有?欠贡、欠赋最多者是哪些地方?”闻仲:“微臣已查明,欠贡、欠赋最多者有四十余郡县,三百余邦国。”帝辛:“拖欠时间长的有多少?”闻仲:“拖欠时间长达十年的就有一百多个邦国。这种情况如不及时制止,引起连锁反应,将后患无穷。”

贺灿:“启奏大王,唐戱逃回賨国,鄂桓不仅不按圣旨将其押送朝廷由大王治罪,而且还将唐戱封为镇平关总兵。鄂桓包庇叛逆,对抗朝廷圣旨之意昭然若揭!对这种叛逆之辈,不及时惩处,后果不堪设想!”

帝辛:“左冢宰所言极是。朕决定,兵伐賨国!”闻仲:“启奏大王,仅以包庇叛逆罪名就兵伐賨国,理由还是显得不够充分。”帝辛:“还需什么理由?”闻仲:“賨国不是欠赋吗？”帝辛：“对！賨国既欠赋税，又公然任唐戲为镇平关总兵，是对朕的严重挑衅！治鄂桓拖欠赋税，不献美女，窝藏逃犯、抗旨不遵之罪！捉拿叛逆，武力催收贡赋，这就是兵伐賨国的最充分的理由！”

三公子：“儿臣已派出使臣到賨国催赋，并派兵五万，进驻与天锋关紧邻的紫荆关，只要父王一声令下，随时可以灭了賨国。”闻伦：“启奏大王，灭賨国并非容易之事。賨人十分强悍，唐戲等叛逆回国后，战将云集，将更加难于将其消灭。”

帝辛：“不可长他人志气，灭自己威风！賨人再强悍，也就那么一两百万人，怎比我大商亿万之众？麋集了几个叛逆就难以征讨？这么一个小小的賨国都难于征讨，朕何以威慑天下、驾驭海内？正因为它难以征讨，我先将它征服了，不正可以收到杀一儆百的效果吗？”

比干：“大王，唐戲回国被授予镇平总兵之职应予谅解，不应兴师动众讨伐賨国。”帝辛：“不惩治叛逆？不讨伐賨国，朕的威严怎么保持？将来怎么号令天下？”比干：“臣闻古人言，’非危不战'，’以数胜得天下者稀'。大王治理天下应当以仁爱为本，不应随意征发，劳民伤财，伤人性命。”帝辛：“伤人性命？这是什么昏话？叛逆之人的性命值得怜惜？天下者朕之天下，百姓皆为奴仆。谁不听话，理应受到殄灭！”

闻仲连忙抢着说道：“大王英明，先征服賨国可以震慑天下，收到杀鸡儆猴之效。其他小国就不需要再用动刀枪了，真是一举多得啊！不过，微臣认为，古人有言，刀兵凶器也。不战而屈人之兵上之上者也。我们在派出大兵之前，可不可以派一特使前去賨国，晓以利害：如賨国马上交来叛逆和赋税，献上美女，可给予宽慰以至重赏；否则大兵伐賨，叫鄂桓国破身亡！看鄂桓能不能有所醒悟。”

三公子：“冢宰的建议不可行。賨国桀骜不驯，岂可几句话就能让他降服？”闻仲：“我们可以派人带上帝辛诏书，许以高官或王位先对賨国的唐冢宰和驻防镇平关总兵唐戲进行诱降，或许能收到好的效果。”

帝辛：“冢宰所说，也是一种办法。左冢宰贺灿，着你到賨国去会见唐戲将军，劝他重返朝廷，朕可对他既往不咎，不仅让他官复原职，还将高升爵位，世世代代永享荣华富贵，同时劝说唐冢宰归顺于朕！朕将委以重任，子孙世袭厚禄！你完成此命之后，朕还将重赏于你！”贺灿：“谢大王，微臣遵旨去办。”

贺灿诱降唐戳受窘

宕渠城。夕王后寝宫。贺灿：“微臣拜见王后，给王后请安。”夕姝：“左冢宰大人，帝辛派你到賨国来有何公干？”贺灿：“帝辛恼恨鄂桓忘恩负义，近年来不交国赋，不送美女，已调动大军前来问罪。王后娘娘可知，现在的賨国已危若垒卵。为了不致生灵涂炭，帝辛特地派微臣前来请王后娘娘劝鄂桓向帝辛交清国赋，立可息兵罢战。”夕姝“兵戈之事，鄂桓从来不准我过问。”贺灿：“帝辛命臣向你提醒：不可忘了他对你的嘱托。”夕姝：“哀家时刻不忘帝辛嘱托，请回去告诉帝辛，只是我一时难有作为。”贺灿：“只要能够说动鄂王按时缴纳赋税，献上美女，就能制止这场战争，就可解救天下百姓，这就是一种大作为。庹嵩先生在什么地方呢？”夕姝：“庹嵩已到镇平关做副总兵。”

镇平关。庹嵩：“末将现在虽为兼署副总兵，但实际还是宫中一个小小的书吏。军中之事仍然插不上手脚，难有大的作为，请直接找唐戲总兵商谈。”

总兵府。家院：“启禀总兵大人，门外有人求见。”唐戲：“请进。”贺灿走近唐戲施礼：“将军近来安好？”唐戲：“左冢宰到此有见教？”贺灿：“无事不登三宝殿。只因受帝辛之托，前来请将军重回王宫，不要再为鄂桓卖命了。帝辛念及当年你对他有救命之恩，请你重返朝廷，不计前嫌，不追究你的任何过错，殿前都尉照当，还封你为侯，世世代代享受荣华富贵。”

唐戲：“贺从冢宰，我唐某做事向来以忠义为先，离开帝辛决非意气用事。我唐戲也绝不是反复无常朝商暮賨之人，决无重返帝辛朝廷之理！帝辛无道，欺小凌弱，杀害忠良，奢靡荒淫，人性泯灭，我等怎能助纣为虐呢？我愿为生我养我的国家和人民做贡献，虽苦无憾！”贺灿：“唐将军，你如不遵帝辛之令，一定会为賨国招来灭国灭种之祸，一定要好好考虑这样的严重后果。”唐戲按剑：“请冢宰不要再说了，快出去。否则，休怪我手下无情！”贺灿退出门外：“真是一个整行头。”

唐戲：“庹总兵，速回王宫奏报贺灿来此动摇我军心情况，请大王监视贺灿行踪。”庹嵩：“是！”

庹嵩包庇罗聪脱险

宕渠城。庹嵩走进王宫大殿，听见冢宰唐诚正在奏报“启奏大王，帝辛一边调兵遣将，重兵压境，迫我交出所谓叛逆；一边派贺灿催缴贡赋美女。据报，朝廷中有人吃里爬外，暗中与贺灿勾结。”鄂桓恼怒地问：“谁敢与贺灿暗中往来？”唐诚：“正在查证。”鄂桓：“殿前都尉罗聪你可知道？”罗聪：“回大王，微臣不知。”鄂桓：“唐冢宰，可有线索？”唐诚：“有人举报罗大人与贺灿私相往来……罗大人昨夜是否到过国宾馆？”罗聪急忙申辩：“此是诬告，昨夜我没有去过国宾馆。”鄂桓：“罗聪，你为何私下与贺灿往来？”罗聪矢口否认：“微臣从未私下与贺灿往来。”鄂桓：“唐爱卿，着你立即查清这个问题，务须准确，不得有误！”

唐诚正要回话，庹嵩急忙上前奏道：“启奏大王，唐冢宰公务繁多，现在多地旱灾严重，唐冢宰正在处理赈灾大事，救灾如救水火，顷刻分心不得。灾民嗷嗷待哺，人命关天，不宜分心清查这件事情。”鄂桓：“唐冢宰，现在救灾赈济大事进展如何？”唐冢宰：“只有三成灾区得到了救济，其余地方正在进行。”鄂桓：“唐冢宰不能分心，就不要管清查之事了。庹爱卿，你从镇平关回来有何要事？”庹嵩：“唐总兵派我回来请求增加军队和粮草、器械。”鄂桓：“增加军队和器械，朕已有安排。你离京之前，负责清查罗聪与贺灿私下交往这件事，不得有误！”庹嵩：“微臣遵命。”

书吏房。庹嵩：“罗大人，你与贺灿真有来往？”罗聪“这……”庹嵩声色俱厉地说“大王真要知道了，你小命难保。”罗聪扑通跪下：“书吏大人一定要想办法救下小尉性命，小尉逃过此劫，今生今世不忘大人恩情！”

庹嵩："救了你的性命，我自己的小命可就难保了啊！"罗聪："大人救下小尉性命，就是小尉再生父母。小尉愿永远听从大人之命，一定唯大人马首是瞻。"庹嵩："君子一言既出一"罗聪："驷马难追！"庹嵩："救你性命，在下力量有限。"罗聪："那我该怎么办？"庹嵩："去求夕妃娘娘。"罗聪为难地："我与夕姝娘娘没有任何交往。"庹嵩："难道你与大表哥也无交往？"罗聪："让我找大表哥求她？"庹嵩："这不难吧。"罗聪："我马上就去。"

太子宫。罗聪："请大表哥一定救表弟一命。"鄂然："表弟你叫我怎么说你！大王命你做殿前都尉，是对你，也是对你们罗家的信任。你倒好，与贺灿私下来往，叫我怎么救你？"罗聪："大表哥，你不救表弟，表弟被砍头，你的面子也无光啊！"鄂然长叹一声："你们罗家就你一根独苗，不救说不过去。叫我向父王怎么开口？"罗聪："大表哥向大王明说，表弟必然被砍脑袋。你只需奏请大王不要再追查下去就行了。"鄂然："事关国家安危，叫我怎么向父王启齿。"罗聪："大表哥，您不能眼看着表弟去挨刀，罗家绝后啊！"鄂然叹气道："我只好硬着头皮去闯了。"

御书房。鄂然："孩儿奏请父王安。"鄂桓放下手中奏章："孩儿有什么事？"鄂然："听说父王正在追查罗聪与贺灿私下交往之事。"鄂桓："此事事关国家安危，不可不查清楚。"鄂然："父王，儿臣认为罗聪不可能与贺灿私下交往。这么查下去，闹得人心惶惶，于国于您都大不利啊。"鄂桓："有什么不利？"鄂然："我母后去世不久，你就对母后娘家亲侄儿开刀，一定会招来天下人非议。"鄂桓："事关国家安危难道不查？"鄂然："我看罗聪于情于理都不会有叛国之举。"鄂桓："你心地太善良了。王权这个东西，哪个都想啊。难道罗聪就一点也不想？古代亲友相斗，父子相残的事不少，对罗聪不能不有所警惕！"鄂然："父王的警惕是对的，但也不能搞得满城风雨、人人自危啊！"鄂桓叹了口气："王儿，今后你是要登王位的。你若不处处留心，王权随时都有可能被夺走的！"鄂然："孩儿听从父王教导，提高警惕就是。但是，现在军国大事这么紧迫，把庹总兵留在宫中查罗聪与贺灿私相交往的事，是不是有些小题大做了？我看庹总兵应当马上到镇平关协助唐总兵抗击商军。罗聪的事就不必再查了。"鄂桓："我儿你长进了，知道轻重缓急了。好好历练，父王才放心把王权提前交给你。"

庹嵩快步走进王宫大殿："启奏大王，微臣经七天没日没夜地调查，没有查出罗聪与贺灿私下交往的情况，特地前来奏报大王。"鄂桓："庹爱卿，所有的线索都查清了吗？"庹嵩："启奏大王，微臣已将所有的线索核查清楚，没有发现任何蛛丝马迹。"鄂桓："好吧，此事到此为止。你赶快回镇平关协助唐总兵做好防务去吧。"庹嵩长长出了一口气："谢大王。"罗聪显示出扬扬得意的样子。唐诚见状，只好摇了摇头。

殿前都尉府。罗聪："在总兵大人前往镇平关之时，小弟特备薄酒为总兵大人饯行。"庹嵩："恭贺大人，你已渡过了这次难关。大王不会再追查你与贺灿私下交往的事了。"罗聪倒身下拜："我罗某能够逃脱此次大难，全赖大人庇护。大人真是我的再生父母。今生今世我忘不了您的大恩大德！今后大人不管有什么事情，请尽管吩咐，我都一定赴汤蹈火，在所不辞！"庹嵩将罗聪扶起："你我兄弟同心，力可断金！一切事情都好说，好说！”

唐诚忠义缚贺灿

冢宰府。贺灿：“小可受帝辛之命专程前来拜见冢宰大人。”唐冢宰：“两国交兵在即，上官受帝辛之命专程前来见我，有何见教？”贺灿：“帝辛说，经多方考察，你是一个知天命懂大义，值得信任的人。賨王鄂桓不忠不义，必受天谴。帝辛决定废除鄂桓，賨国国王大位由您来坐。您有什么困难，帝辛将为你一一排解。”

唐冢宰：“帝辛现在采取了些什么措施？要微臣做些什么？”贺灿：“一是派微臣前来当面告诉你，二是已发大兵向賨国进伐。请你做好内应准备。”

唐诚：“帝辛对微臣如此信任，微臣简直是受宠若惊。”贺灿：“帝辛十分信任你，相信你能担当起这个重振賨国雄风的重任。帝辛知道，鄂家王朝能维持上千年，全靠你们唐家全力辅佐。现今你们唐家在賨国朝野文臣武将众多，要想取代鄂家王朝，你唐冢宰只要发句话，可说是不费吹灰之力。唐冢宰你若是担心力量不够，帝辛说，你唐冢宰只要发话，要兵有兵，要钱有钱，帝辛将全力支持你取代大位。”

唐冢宰:“上官说得都很好。只是在下没有当王那个福分。”贺灿:“在下颇懂相面之术。唐冢宰，你生就是做王的面相，完全有当王的福分。”唐冢宰：“来人，将奸细贺灿拿下送大王处置。”

賨王宫。众家丁将贺灿捆绑送入王宫。唐冢宰：“启奏大王，帝辛在派大兵武力进攻我賨国之时，又派来奸细要微臣做内应，篡夺您的王位，彻底灭亡賨国。微臣已将帝辛派来的策反奸细押解到此，请大王处置。”鄂桓：“将奸细押上来！”

鄂典：“奸细报上名来！”贺灿：“在下乃帝辛特使，并非奸细！”鄂典：“特使？拿文书来！”贺灿：“文书在途中丢失。”鄂桓：“你冒充特使到賨国来干什么？”贺灿：“奉帝辛命，给你们指一条生路！”

鄂桓：“帝辛处心积虑要灭我賨国，想动员唐冢宰做内应灭我賨国。他哪知道唐家世代忠良，唐冢宰不忘祖训，是忠君爱国之臣。帝辛想灭亡我賨国真是痴心妄想！刀斧手，将贺灿斩首示众！”贺灿:“鄂桓，你这不忠不义之人，帝辛绝对饶不了你，你必不得好死！”

鄂典：“刀斧手还不快快将这个奸细推出斩首，还愣着干什么？立刻推出斩首！”唐诚：“慢！大王，自古两国交兵不斩使臣。今贺灿虽犯賨国死罪，但他不仅不是賨国人，而且是商朝左冢宰。因此，不能将其斩首。”鄂桓：“你说怎么处置？”唐诚：“将他礼送回国。”鄂桓：“如此甚好。”

鄂典瞪了瞪眼，不情愿地将宝剑放回剑鞘。罗聪想起了三公子送来的旨令：“应设法怂恿桓王杀贺灿。若桓王不杀贺灿，可派人在贺灿回国途中将其杀死，嫁祸于桓王，才能激起两国开战。灭掉桓王后，你才有当王的希望！”微微一笑。贺灿千恩万谢地拜辞鄂桓、唐诚后，走出王宫。罗聪随即跟出王宫，对卫士庹虎耳语数句后，庹虎随带几个卫士飞身上马，风掣电驰般地向贺灿回国的方向追了过去。山道上，几个蒙面人将贺灿一行人杀死后，呼啸而去。

帝辛亲率十万大军伐賨国

帝辛宫。闻仲："启奏大王，鄂桓不仅不遵从圣旨，押回叛逆，交来贡赋美女，反将我特使贺灿斩首，反叛之心暴露无遗。"帝辛："果有此事？"

闻伦："鄂桓在朝堂将贺灿礼送回国，以向世人显示文明大度之态；又派人在途中将贺灿刺杀，以掩世人耳目。用心极其狠毒！"帝辛："鄂桓竟敢如此大胆，害我爱卿！明目张胆地向朕挑衅，朕岂可与他善罢甘休！"帝辛转向众臣："朕早就认为策反之事效果不佳，果不其然，鄂桓藐视于朕，将朕爱卿杀害。朕岂能忍受一个小小的賨国如此羞辱！众爱卿听令：立即发兵讨伐賨国，剪除鄂桓！"

闻仲："大王，兵伐賨国，何人为帅？"帝辛略作思考："此次征讨賨国，须用精兵良将，一战告捷。何人做统兵元帅为好呢？"武成王闻冠出班奏道："神策将军殷伦、镇西将军扈明、定远将军闻伦等皆可担此重任。"

帝辛："着三公子为监军，定远将军闻伦为统帅，司徒崇飞为监军，加上已驻扎在天峰关前的五万人马，共十万大军讨伐賨国。"三公子："遵父王令。"闻伦："末将遵旨。"

校场。旗帜飘扬，时隐时现"商"字"闻"字。刀枪林立，战车排列，队列齐整，号角阵阵。闻伦："诸位将士听令，此次出征賨国，以褚洪为参军，以童彤为先锋，立刻出伐！"诸将士："诺。"

第5章
帝辛大军伐賨国　鄂桓御驾战帝辛

鄂桓坚决抗暴辛

王宫大殿。鄂桓：“我賨国自禹王封国以来历经一千余年，虽屡受强族侵扰，但我历代先祖自强不息，所以社稷稳固。传至我代初期，商朝帝辛与我交好，我也为帝辛立下许多汗马功劳，曾受多种赏赐。近年来，帝辛穷兵黩武，权欲膨胀，以天下为私财，以百姓为家奴，贪婪成性，苛索不已，令老百姓困苦不堪。现在大军压境前来催缴贡赋美女，硬逼强要，还要交出所谓叛逆，这可如何是好？请众爱卿多献计策来！”鄂典：“帝辛暴虐，横征暴敛，殊求不已，天下共愤。我们必须以武力对抗武力，打他个有来无回。”众：“抗战到底，保卫家国。”

唐诚等急匆匆走进王宫大殿：“镇平关总兵唐戣已按旨意回镇平关组织御敌去了。不过，他兵力不多，请求增加兵员和器械，请大王做好支援准备。”鄂典：“启奏大王，帝辛攻打賨国并非一关一城，我们需做全面抗击准备。”唐诚：“对。兵力调配，粮草运送，民心的安定等等都得全面谋划，不能顾此失彼。”鄂桓：“武成王和冢宰考虑周全。你们要随时掌握前方战况。”武成王、唐诚：“遵旨。”

巴山巍峨罩黑烟，渠江水波映烽火；呐喊之声冲云霄，賨人杀敌勇向前。賨国边塞镇平关后烽火台。鸣网声震山谷，一柱狼烟腾空而起。远处烽火台迅速升起狼烟，传递警讯。镇平关下，河岸战场。战车辘辘，刀枪闪光，人喊马嘶，战鼓擂动，激烈冲杀。在飘扬着斗大“商”字战旗下，头戴盔帽，身穿战袍的商军将士高踞战车，车轮滚滚，斧钺整齐，气势如虎。盛气凌人地杀向賨军。在飘扬着斗大“賨”字战旗下，唐戣、虒嵩等率领賨军奋力抵抗。步兵们头上两个弓形头髻相叠，披着长发，穿着绣花边短衣短裙式衣服，左臂握板盾，右手持刀枪，赤着脚的賨军将士排列整齐，高唱战歌，跳着战舞；骑兵骑着战马纵横驰骋，枪戟耀眼，气势如虹。战场一侧，商军战车冲入賨军阵中大肆砍杀，賨军将士血流如注，纷纷倒地。战场另一侧，賨军步兵歌舞冲锋，商军人头落地，狼狈逃窜；賨军骑兵纵横冲杀，枪戟刺挑，商军将士头落臂断，纷纷毙命。大火熊熊燃烧，沟渠中流淌着鲜血。战车侧翻，人马尸体纵横交错倒卧于地。唐戭大声喝道："闻伦将军，为何无端兴师伐我賨国？"

闻伦："唐总兵听着，本将军此次前来并非轻动干戈，是奉帝辛御旨问罪賨国，为何包庇重用叛逆？近年来为何不按时缴纳赋税、进献美女？"

唐戭："闻将军所言皆为无稽之谈！帝辛暴戾恣睢，只顾自己享乐，一点不顾百姓生死安危，造成怨声载道！现在竟以大国威风，无理伐我賨国。闻将军岂不闻'师出无名必败'之理？"闻伦无言回答，举枪就刺。唐戭举枪相迎。两人大战暂不细表。

烽火台。飞緭鸣响，狼烟升空。不远的山头，狼烟随之点燃，似一条烟龙由近而远迅速飞传。别都龙潭山上的烽火台顿时升起滚滚狼烟。商军突袭镇平关的紧急军情，通过沿途设置的烽火台立即传送到賨王宫中。烽火台升起的厚厚云雾笼罩在宕渠城上空。路人匆匆，惶恐不安："商军攻打我国了，我们怎么办啊？""年轻人赶快拿起刀枪，上前线杀敌啊！"

賨国国都宕渠城外东山上狼烟腾空而起。一校尉骑马飞奔向王宫大殿而来。武成王鄂典："启奏大王，烽火台校尉有紧急军情奏报，是否立刻传见？"鄂桓："立刻传见。"

烽火台校尉入殿行礼毕："启奏大王，东山烽火台已接到军事要地巴林县镇平关传来的特急狼烟，帝辛军队已攻占我天锋关，正攻打我镇平关。狼烟显示：镇平关守军与敌军战斗激烈，情况危急。东山烽火台校尉奏报完毕。"鄂桓："朕已知道了，你退下。"校尉："是！"

大殿鸦雀无声，众大臣十分紧张地注视着鄂桓，等待他发话。鄂桓眉头紧锁，起身来回踱步。又一校尉快速跑进大殿，上气不接下气地奏报："启奏大王，小校受镇平关总兵唐戬所派，有紧急军情奏报。"鄂桓："速速报来。"校尉："启奏大王，小校奉唐戭将军将令，日夜兼程，回来奏报镇平关军情：前天，商军一部突然向我镇平关发起进攻，唐将军率部已与商军激战数次。探事从朝歌城中传回确切消息：帝辛以责问我国奉旨不遵，不将叛臣唐戭等人押送朝歌交帝辛治罪，又拖欠贡赋和不进贡美女的罪名，命三公子和闻伦、崇飞统领十万人马向我賨国杀奔而来。镇平关虽有险可据，但守关将士人数太少，难敌十万之敌。请大王速定退敌之策。小校奏报完毕。"说完倒地。殿尉急忙将他抬出大殿。

鄂桓："众爱卿，请速献良策。"殿前校尉夕光："启禀大王，可否暂交一年赋税以作退兵之计？"唐诚："三公子和闻伦既已向我国杀奔而来，如离弦之箭，岂可以交一年贡赋就令其中途停止行动？此计不可行。"

唐严："微臣认为，帝辛的所谓叛臣，实际是反对他暴虐的忠臣。今天下欠赋者甚多，帝辛专门发大兵进攻我賨国，绝不是为催收一点贡赋，目的是灭我賨国，以收杀鸡儆猴之效。大家知道，帝辛欲壑难填，交一年贡赋不可能中止商军进兵。"鄂典："微臣赞成唐太傅的意见。战火已迫在眉睫，我国只能以武力对付商军，对帝辛不能抱任何不切实际的幻想。"

鄂桓："诸爱卿之策皆有可取之处。帝辛欺我国小兵少，先打我賨国，目的很明显，是企图收杀一儆百之效。我賨国别无他路可走，只能坚决抵抗。殿前都尉唐仁听旨："命你即刻带领五千人马火速支援镇平关！"唐仁："末将遵旨。"

鄂桓："现在立即进行全国总动员，有人出人，有钱出钱，有粮出粮，实行全面抗战。武成王鄂典负责指挥前方战事。太傅唐严负责组建地方民军。唐冢宰，立即派出使臣带上国书到周、巴、庸、蜀、羌、髳、微、卢、彭、濮等邻近友好国家求救，向他们讲明唇亡齿寒的道理。我想友邻邦国是不会见死不救的。有了邻邦的支援，我们就不怕商军的进攻了。"鄂典、唐严："遵旨。"唐诚："大王考虑周全，微臣马上派使节分赴邻国求救。"

鄂桓："但是，我们也不能把希望全寄托在邻国的支援上面，关键还在于我们能不能抵抗得住商军的正面进攻。现在立即由武成王鄂典带领三万人马，前往镇平关御敌，策应唐戳将军，务求扛住商军的进攻势头，等待友邦军队的到来。"

鄂典："末将遵命。请大王令镇平关总兵唐戲做先锋，賨城总兵罗川做军司马，骠骑将军庹嵩做左先锋，殿前都尉唐仁做右先锋，罗聪做粮草官，确保首战得胜！"鄂桓："准卿所奏。"

唐仁智挫童彤锐气

賨旗飘扬，车轮滚滚，人喊马嘶，浩浩荡荡兵发镇平关。

镇平关。山峰壁立，沟壑纵横。一条河流滚滚由北向南而流。山壁上，一座雄关高耸。关前，河流岸边一块小平地上，两军队列整齐。商军先锋童彤使戟跃马出阵高叫："賨国将士听着：你们抗贡、抗赋，惹恼了大王。今大王发大兵催缴。识相的，速速上缴赎罪，以免灭国之灾！"

賨军阵中冲出唐仁，挺枪直奔童彤："童将军有礼了。"童彤："你们既知天兵到来，就该早早交出叛臣、贡赋及美女，跪地迎接天兵，表达谢罪诚意！为何抗我天兵！"唐仁："将军无须口出狂言，以大欺小。可知你所说罪名一件也不成立，我賨国无罪需谢！"童彤："无知小儿，你賨国久久不向大王进贡交赋，更不献美女，藐视大王圣旨，罪不容诛，竟胆敢说无罪需谢！你不怕死就前来对阵！看戟！"

唐仁举枪相迎。两将在阵中厮杀一阵后，唐仁："罢了，看将军远道而来，疲乏未消，且回营歇息去吧。"童彤："看你倒还通些人性。也罢，你回去禀报鄂桓，速速进贡缴赋，献出美女，即可免除血光之灾！不然，我天兵将马踏宕渠，你賨人将血染渠江。世界上再无賨国之名！到哪时就后悔莫及了。"两人各拨转马头回阵而去。

商军大营主帅大帐。三公子："童先锋，刚上阵为何就罢战而归？是害怕賨军不成？"童彤："启禀三公子，非是末将害怕賨军。賨将见我远道而来，疲乏未消，让我回营歇憩后再战。我见他尚通人性，所以罢战而归。"三公子："岂有此理！想不到久经征战的大先锋竟会中賨将的缓兵之计！我大军远道而来，利在速战。兵贵神速，正当一鼓作气乘势而进！速速再去战来，务必踏平賨营而归！"童彤："是！"

賨军大营。鄂典："商军人数虽多，却训练无方，战斗力不强。唐先锋，此次交战刚一接触就撤回营中，是不是畏敌怯战了？"唐仁："武成王息怒，末将历经沙场，从不畏敌怯战。刚才退回营中，是末将的一条小计：古人说一鼓作气，二而衰，三而竭。商军人多势壮，威风凛凛来到此地，锐气正盛，想一鼓作气，利在速战；我兵力弱小，若与他硬拼，正中他的下怀。末将口说他远道而来，让他歇息，实际是削减他的锐气，示弱于敌以滋长他的骄气。我们今夜就好偷袭他的军营。古人说，骄兵必败。退敌胜算在我而不在敌。"

鄂典不屑一顾地把手一挥："我也知道唐将军平时不畏敌怯战。你的想法虽然也有些道理。但是，你也把我们賨军说得太软弱无力了。事已至此，你就快去准备夜战，挫敌锐气吧！"唐仁："遵令。"

唐戬大刀战童彤

校尉："启禀将军，商军再次搦战。"唐戬："待我前去对阵。"

镇平关外战场。战鼓擂动，两军再次开战。童彤挥舞大戟杀入賨军阵内如砍瓜切菜，人头纷纷落地。唐仁、庹嵩上前交战，不数合，渐渐抵敌不住。先锋唐戬手提大刀上前接战。童彤："唐戬将军，你救帝辛有功，帝辛封你为殿前将军，屡建战功，屡受封赏，当年是何等荣耀！想不到你不在上国安享高官厚禄，却到这卑微小国做此卑贱之职，是何原因？"唐戬："帝辛暴虐不仁，只知自己享乐，一点不体恤苍生，天下人共厌共弃。无数忠臣良将舍生忘死为他保江山，他不但不进行抚慰奖赏，反而随意猜疑贬职，滥杀忠臣良将，能不令人寒心！良禽择木而栖，贤士为明君而仕。我回到生我养我的賨国，为自己的国家和父老亲乡效力，有什么不妥？童将军是个有见识之人，却明珠暗投，现在还在为这样的昏王卖命，实在可悲可叹！"童彤："人各有志，各为其主。看戟！"

两人大战十余回合不分胜败。闻伦挺枪杀来。唐戬抖擞精神大战二十余回合，因腹背受敌，抵敌不住，急速后撤。闻伦乘机大肆掩杀。賨军被杀戮不少。唐仁、庹嵩掩护賨军后撤。商军一直追到镇平关下。鄂典指挥賨军从关上万箭齐发，止住了商军的进攻。

商军大帐。闻伦："三公子，童将军得了首功，应当立即向帝辛申报嘉奖！"童彤："元帅相助之功不可埋没！"三公子："童将军此次获胜诚然可嘉，但是首阵退却有罪。功罪相抵，暂不申报嘉奖。待日后立功，再作申报不迟。"闻伦："遵从三公子旨意，暂不申报。"童彤不悦而退。

賨军夜袭取胜

賨军大营。鄂典："初战失利，坏我军心，唐仁负有不可推卸的责任。罚打军棍一百，以惩效尤！"庹嵩："请武成王息怒。不可责罚唐仁将军，以免动摇军心！"唐戬："武成王不必忧虑，今晚夜袭商军定能马到成功。"

鄂典："众将士，商军外强中干，不值得可怕！今晚夜袭商军，大家务必勇猛向前！"

众："遵命！"

夜。唐戲、罗川、庹嵩、唐仁各率一支人马偷袭商军，斩获不少。鄂典在营门前迎接胜利归来的唐戲、庹嵩、唐仁："唐将军计谋果然奏效。今夜好好休息，养精蓄锐，明日再挫敌锐气！"众："是！"

红日高照。战鼓擂动。镇平关战场。两军对垒。鄂典派右路将军符志出战。战二十余回合，符志被商军将领斩于马下。商军乘势冲击賨军阵地。賨军又被斩杀不少，有的被逼入河中淹死。賨军左路将军习范奋勇抵抗，亦被斩于马下。先锋唐戲大喝一声杀入商军阵内，左冲右突，勇猛杀敌，连杀商军数将士，稳住阵脚，将商军阻挡在镇平关下。

賨军大营。鄂典："商军连胜我三阵，斩杀我将士不少。各营选择两三个临阵懈怠的军士斩杀之，以儆效尤！"唐戲："武成王，胜败乃兵家常事，大敌当前，切不可轻易斩杀内部人员。"庹嵩："武成王，末将有一建议，为振奋我军士气，请武成王立刻奏请大王御驾亲征，振奋军心，挽此危局。"

鄂典："我军刚与商军三战就请大王御驾亲征？"唐戲："现在我军虽然受挫，但元气未丧，现在正是大王御驾亲征的时候。如果我军丧了元气才请大王御驾亲征，恐怕就难以挽回危局了。"鄂典："不要把我賨军看得太无能了。明日本王亲自上阵杀敌，战后再视情况而定。"众："是。"

镇平关战场。賨军阵内。鄂典："賨军将士们！你们个个是杀敌的猛士，今日开战，大家务必协力同心，勇猛杀敌！"众："诺！"

鄂典："唐戲、庹嵩压住阵脚，右先锋唐仁将军随本王出战。战车同时出动冲阵！"唐仁："是！"

唐仁同鄂典率先，冲入商军阵中大砍大杀。賨军战车紧紧跟进，士气大振，人人争先杀敌。商军抵敌不住，被杀死不少，有的跳水而亡。闻伦连派数将拦截鄂典和唐仁，都被斩于马下。闻伦急令乱箭齐发，将鄂典和唐仁及战车挡住。闻伦见状急令鸣金收兵。两军罢战。

賨军大帐。鄂典略显骄矜之色："今日众将士齐心杀敌，取得大胜，展示了我賨军威力，可喜可贺！着令嘉奖！看来商军也不过是外强中干，明日再战，大家再接再厉，务求全胜！"众将士："遵令！"

鄂典骄躁阵前失利

镇平关战场。两军号角长鸣正在列队布阵，突然，商军战车向賨军步兵阵地快速冲杀而来。战车上的商军居高临下，猛杀賨军。賨军将士抵敌不住，被商军杀死不少，纷纷后退。商军战车迅猛冲击，杀入镇平关。賨军撤退到翠竹关。商军追到关下，发动攻城。賨军抵挡不住，退到天峰关。商军追到天峰关下。鄂典急令将士用板盾挡住商军的飞箭，又猛烈射出飞箭，挡住商军的攻势。商军鸣金收兵。

賨军大帐。鄂典："我军连失数仗，连丢两关。现在退到我賨国最为险要的天峰关。此关如破，我賨国腹地很少险隘可守，京城宕渠城就岌岌可危。现在是请大王御驾亲征的时候了。左先锋唐仁将军听令，命你速回宕渠城，奏请大王御驾亲征。”唐仁：“是！”

鄂桓御驾战帝辛

賨王府大殿。御案前。唐仁：“末将叩见大王。今商军连胜我数阵，连得我两关，我賨军才胜他一阵。我賨军伤亡不少，士气有些低沉。现在，商军已进至天峰关下，形势十分危急。武成王特令我启奏大王，恳请您御驾亲征，振奋士气，将商军赶出镇平关之外。”

鄂桓一惊，然后镇定地对众大臣说：“众爱卿各抒已见，为朕献上良策。”

太子鄂然沉稳地说：“父王，胜负乃兵家常事，几次小挫，不必大惊小怪。”

夕光附和太子：“太子之言极是。微臣以为，大王乃一国之主，不宜轻言御驾亲征，以免引起国人震恐。”

唐诚捋了捋胡须：“大王，微臣以为商军侵入我镇平关军事要地早已引起万民震惊，今又连胜我几阵，占我两关，进至我国北方最为重要的军事要地天峰关，这更不可能不使国民震动。此关若失，商军将长驱直入窥我京师宕渠城。商军此次进攻，气势汹汹，绝不可小视。大王御驾亲征可振奋士气，将商军赶出国门之外。千万不可让商军攻破天峰关酿成危局后再做补救！”

鄂桓：“唐冢宰之言甚佳。朕深知帝辛绝不是为所谓叛臣和一点贡赋向我开战。他向我开战的目的是要灭我賨国，警示天下。我国如被消灭，帝辛将更肆无忌惮地残害天下百姓。我賨国扛住了帝辛，就能使许多小国不致被帝辛消灭，就能为天下百姓解除许多苦难！此次抗纣之战，只能成功，不能失败！当然我们一个小国要抗击强大的商国，是非常困难的，因此，必须联合与我唇齿相依、休戚与共的周、巴、庸、蜀、羌、髳、微、卢、彭、濮等国，共抗商军，才有打败商军的希望。唐冢宰，派到这些国家的使臣有回音没有？”

唐诚镇定地说：“这些国家与我国山水相隔，路途遥远，派到这些国家的使臣暂时还没有回音。我相信我们的友邦是会大力支援我国的，只是周、巴等国之兵恐怕一时难以赶来相救。大王高瞻远瞩，方略正确，要求我们立足自救，这是十分正确的。我们还是立于自救为好。”

鄂桓点头：“冢宰之言正确。我们要立于自救，加强对商军的抵抗。朕审时度势，亲征之意已决，明日起程！朝中之事由太子办理。众卿随朕前往天峰关御敌。”众：“遵匕”旨。

天峰关战场。鄂桓：“将士们！帝辛以追缴贡赋为名，发大军抢夺我们的妻子、女儿和财物，霸占我们的土地，要灭我賨国，你们答应不答应？”众：“不答应！”鄂桓：“大家有没有决心打败商军？”众：“有决心！”

鄂桓环视威武雄壮的队伍十分高兴：“打败了商军，我们才有好日子过，对不对？”众：“对！”鄂桓：“齐心协力共灭商军，杀！”众：“杀！杀！杀！”

战鼓擂动，战阵排列。唐戲、庹嵩、唐仁三将冲出阵地，随后战车出动，步卒紧紧跟随。唐戲连斩商军四员大将。庹嵩连刺商军两员大将。唐仁率战车冲入商军阵内如入无人之境，将商军数十辆战车砸烂，并放火焚烧。一时火光冲天，商军向后溃退。闻伦连忙大喊：“给我顶住！给我顶住！”商军乱成一团，毫无抵抗之力。童彤：“元帅，顶不住呀，快后退二十里。”三公子：“保存实力要紧，快撤！”三公子、闻伦等败退一阵之后，童彤：“三公子，还是不行啊，再撤三十里！”商军败退。

鄂典、唐戲、庹嵩、唐仁等追击一阵，斩获不少。唐戲：“武成王，我军已收回翠竹关。是不是暂停追击？”鄂典：“不能停止追击。必须一鼓作气收复镇平关！”唐戲：“好！继续追击！”大军前进，收复镇平关后又追击了二十里，占据了紫金关。唐戲：“启禀武成王，我军已深入商国之地，占据了商国的军事要隘紫金关，不可再追，快快回军收集战利品吧。”鄂典：“好，鸣金收兵。”

商军大营。三公子：“想不到鄂桓御驾亲征，我军遭到如此重创。不仅收回去两关，还占去了我国的军事要地紫金关。这怎么好向父王交代啊？”闻伦：“各营快快清点人马。”童彤：“启禀元帅，此次作战，我军损失了两万三千人、一万三千匹马、一百二十辆战车。”闻伦：“士气如何？”

童彤：“将士们十分害怕賨军的板盾牟弩，士气低落。”闻伦：“损失惨重，士气低落，这可如何是好？”童彤：“賨王御驾亲征提高了士气，我们也请帝辛御驾亲征吧。”三公子：“本不该劳动他老人家，但事已至此，别无他法，也只好这样办。你速回朝歌，请父王御驾亲征，方可解脱困境。”

朝歌王宫大殿。御案前。童彤参拜在地：“微臣参拜大王。我军进至镇平关，先胜賨军数阵，斩获颇多。连占他两关后，进至天峰关。眼看即可攻下天峰关时，不料賨王鄂桓突然御驾天峰关。賨军士气大振，一战即损失我两万三千多人及很多战车、战马。为此，监军和闻元帅命我回朝奏请大王御驾亲征，振我士气，挽回危局。请旨定夺。”

帝辛：“鄂桓如此冥顽不化，实实的可恼可恨！待朕再亲率五万大军前去剪灭賨国，将鄂桓碎尸万段！”闻仲：“微臣以为，大王需审慎行事。据报賨国已向周、巴等国求救。賨与周、巴等国联合起来对抗我军，我军便很难灭了賨国。同时，今鬼方、西狄等都虎视眈眈，随时想进攻我中原膏腴之地。请大王不要御驾亲征，以防止腹背受敌的险情发生。”帝辛：“无须多虑。灭亡一个小小的賨国，花费不了多少时日。周、巴等小国不过是一群乌合之众，賨国与他们纠集起来，也没有多大力量。朕亲灭賨国，花费不了多少时间，无须大惊小怪。鬼方、西狄其奈我何！”众大臣：“大王天威，定能旗开得胜，马到成功，速灭賨国！”

龙辇滚动，华盖揽云。紫金关外的商军大营。一身戎装的帝辛走出龙辇，左手执钺，神采奕奕地向众将士挥手致意。众将士齐声高呼：“大王万岁！”

帝辛高声讲道：“众将士！你们为国为朕东征西讨，忠勇可嘉！你们流血流汗，朕时时刻刻都挂念着你们！朕灭賨国之后，将重重地奖赏你们！现在，一个小小的賨国胆敢抗我天兵，真是螳臂当车，早晚必亡！朕亲自上阵，与众将士一道杀敌，务求全胜！”众将士：“听从大王旨令，务求全胜！”

庹嵩战崇飞定下除唐戳毒计

战场。庹嵩与崇飞交战："末将庹嵩拜见恩人。"崇飞："庹嵩，大王派你到賨国已久，未见你有什么作为，是不是忘了大王交给你的旨令？"庹嵩："末将时刻不忘大王之命。请将军转告大王，微臣进賨王宫中以后，鄂桓对我并不信任，唐诚、鄂典等又不断提醒鄂桓对我要严加防范，所以，我不得不处处小心。经过多年谨言慎行，夕妃按我的计划才夺得王后大位，我借王后之力才到镇平关做了个副总兵之职。"崇飞："大王兵临镇平关，你做内应，活捉鄂桓，灭了賨国，你不是就可以大有作为了吗？"庹嵩："将军，我现在还做不了内应。"崇飞："你身为副总兵怎么做不了内应？"庹嵩："我虽然做了副总兵，却还没有培植好自己的心腹，孤掌难鸣，难做内应。"崇飞："不用你做内应，大王也可一鼓荡平賨国，灭了鄂桓。由你掌管賨国。"庹嵩："末将目前尚未形成掌握賨国的气候。现在灭了鄂桓，只不过是为他人作嫁衣裳。"崇飞："此话怎讲？"庹嵩："鄂氏家族控制賨国千余年，在唐家的全力辅佐下，深得人心。鄂桓被除，鄂氏家族随时可另立大王。"崇飞："那么，现在怎么办？"庹嵩："请大王先除掉唐戲。唐戲不仅武艺高强，足智多谋，而且深得人心。除掉唐戲就是拆掉了鄂桓的一个有力支柱，就为我日后掌控賨国创造了有利条件。"崇飞："现在除掉鄂桓，不是更好吗？"庹嵩："微臣回国之后逐步取得鄂桓的信任，已偷偷地建立了一支三千人的庹家军，进行着紧张的军事训练。我可利用鄂桓任命我为副总兵的机会，更多地积聚力量，待羽翼丰满以后再寻机除掉鄂桓。"

崇飞："现在这场仗就不用打了？"庹嵩："这场仗还是要继续打。请大王尽量多消灭賨国的战将，特别是一定要除掉掌握精兵的唐戲，使鄂桓失去反抗您的生力军，他就不得不听从您的旨令了。"崇飞："好，你回去继续隐蔽，获取鄂桓对你的信任。你的想法我马上奏报大王。"庹嵩："谢将军。明日之战，请作这样部署……"崇飞连连点头："好好。"

紫金关下战场。两军列阵毕。两王在众将士簇拥下向阵中靠近。鄂桓在马上欠身致礼："賨王鄂桓向大王请安了。"帝辛："鄂桓，你可知罪吗？"

鄂桓："本小王无罪，因此不知罪。"帝辛："鄂桓，当年征西狄，你救驾有功，朕厚赏你黄金百斤、美女夕姝、书吏庹嵩，难道你全忘记了？"鄂桓："小王一时一刻也不曾忘记。"帝辛："朕给你重赏后，你对朕不仅不感恩戴德，反倒学起姬昌、苏护等人来了：收容叛臣，不交贡纳赋，不献美女。你可知道，惩罚叛臣、缴贡纳赋和献美女乃天经地义之事，你賨国却欠贡欠赋多年，不送粮食，不贡宝物，不献美女，其罪难容！今天兵前来问罪，你不但不低头认罪，还带领你那么一点羸弱之兵对抗天兵，强占我紫金关。今朕亲自到此，还不快快下马谢罪，意欲何为？"鄂桓："启禀大王，小王深谢大王厚恩，知道缴贡纳赋是天经地义之事，非是本小王不尊敬大王，故意欠贡欠赋。实因近年来天旱水涝，民不聊生，无力贡赋所致。大王请看，賨国之地，百姓皆面带饥色，哪里有一座新房？大王可知有多少百姓妻离子散流离失所？大王治天下，抚百姓，本应待民如子，体恤民情，今日却兵刃相加，屠戮生灵，天理难容！请大王即亥叫攵兵，勿留下暴虐百姓的骂名！”帝辛：“鄂桓，你休得鼓唇弄舌，编辞搪塞，朕一看你就是个不忠不孝不义的奸猾之徒，非得用刀枪好好教训你不可！众将士一齐上前，屠此狂徒，灭此小国，方解朕恨！”帝辛边说边挥钺向鄂桓杀来。鄂桓急舞手中长枪迎战。

第6章
唐戳壮烈撞龙辇　帝辛被迫签和约

唐戳当面斥帝辛暴虐

鄂桓战十余回合，体力渐渐不支。唐戲见状，立即拍马上前以大刀架住帝辛大钺。帝辛：“好个唐戲，当年你同鄂桓护驾有功，朕将你纳入宫中重用，给你重赏，留你在宫中做殿前都尉要职，待你不薄。你却恩将仇报，暗中勾结龚武等人反叛朝廷，已是罪不可赦！现在又随同鄂桓抗我天兵，这种叛逆大罪，当诛灭九族！但是，朕以宽大为怀，你若立刻归降于朕，朕可既往不咎，不仅官复原职，还要加官晋爵，让你子孙世代享受荣华富贵。下马投降吧。”唐戲从容斥道：“我原以为你是爱护天下百姓的明君，所以对你忠心耿耿。你不辨忠奸，枉杀龚武、龚崇等将军，令稍有正义感之人无不寒心。我路见不平，挺身相救，你又派军追杀我，我才不得不逃回賨国。事实证明，你已成为地地道道的昏君暴君！你若迷途知返，就当幡然醒悟，及早退兵，免除老百姓的痛苦！”帝辛怒气冲冲：“一派胡言，你完全背叛了你老祖宗尧帝仁爱为本的御训，看戟！”唐戲从容不迫，以大刀挡住大钺：“本想辅佐你为尧舜明君，你却冥顽不化，执意要做暴君到底。可悲至极。看刀！”帝辛仍然想挽回唐戲：“朕这些年来多多少少也曾为老百姓做过好事，你却将朕做过的一些小事无限夸大，使朕声名狼藉，是何居心？”唐戲大义凛然：“做了一点好事就牢记在心，便可以对天下百姓胡作非为？”

两人大战。鄂桓率鄂典、唐仁、虒嵩等上前围攻帝辛。闻伦等上前迎战。两军相互冲杀，鏖战一场。

唐戳劈童彤，为救鄂桓被俘

两军在阵前冲杀，唐戲、鄂桓与帝辛在阵中恶斗。闻伦、童彤上前助帝辛；鄂典、庹嵩、罗川、唐仁立即拍马舞刀上前参战，将闻伦、童彤数将与帝辛隔开。帝辛力大无穷，武艺高强，力战唐戲、鄂桓。闻伦、童彤等上前将鄂典、唐仁、罗川、庹嵩挡住。鄂桓渐渐力所不支。唐戲上前护住鄂桓，与帝辛恶战。唐仁、鄂典、罗川、庹嵩奋力冲杀，帝辛、闻伦、童彤等也渐渐有些难敌。童彤上前协助帝辛，唐戲力战帝辛、童彤。童彤不敌，被唐戲一刀劈死。帝辛紧逼鄂桓，将鄂桓头盔挑落，正挥动大钺再次向鄂桓劈来时，唐仁立即跃马挺身上前，把鄂桓护在身后，接住帝辛厮杀。唐仁上前大战帝辛，不几回合，不幸被帝辛砍下左臂。唐仁滚下马背。商军上前捕捉唐仁，唐戬跃马杀退商军。賨军将唐仁救回。帝辛向唐戲杀来，唐戲接住厮杀。闻伦等上前助战，鄂桓、鄂典、罗川、庹嵩上前接住厮杀。帝辛、闻伦寡不敌众，慌乱中，帝辛头盔被唐戲挑落，左臂被划伤。帝辛大怒，不顾自己的伤痛，挥动大钺向唐戲杀来。鄂桓见状，上前厮杀。帝辛力战唐戲、鄂桓，乘隙举钺向鄂桓头上打去。唐戲见势不妙，立即挺身上前护住鄂桓：“勿伤我王！”

帝辛大喝一声：“着！”击中唐戲坐骑马头，唐戲被掀翻倒地。唐戲从地上爬起来准备再战，不想被商军长矛架住，动弹不得。鄂典拍马急救唐戲，因相隔太远，救援不及。庹嵩本可救援唐戲，却兜转马头正好被闻伦拦住厮杀。罗川高叫：“唐将军！”被商军挡住，却无法相救。

庹嵩边与闻伦厮杀，边高叫：“唐将军小心！”

帝辛见唐戲被商军刀枪架住，高叫：“捉活的！”

唐戳头碰纣辇壮烈殉国

唐戲被蜂拥而上的商军捉住押到帝辛面前。帝辛冷笑几声，奚落地：“唐戲将军，你在朕朝中高官不做，大福不享，却跑回蕞尔賨国去甘愿受苦，所为何来？”唐戲冷笑以对：“我唐戲遵循尧帝仁爱为本御训，本想辅佐你成为明君，为天下百姓谋福祉，不料你却穷兵黩武，暴虐不仁，成了危害天下百姓的祸星！”帝辛盛气凌人：“大胆，朕为一统天下，建不世之功，成就伟业，你胡编乱造给朕横添恶名该当何罪？”唐戲义正词严：“你为建不世之功，残杀天下生灵，罪行累累，世人皆知。其他人不说，龚武对你忠心耿耿，你却杀害他兄弟两家十余人。你为享乐，抢夺美女，拆散了天下多少美满夫妻，和谐家庭？你大修楼台亭阁，使多少人疲于奔命，曝尸荒野？你自己说说，你是天下的仁君还是残忍的暴君！”

帝辛仍想挽留唐戲：“别扯远了，朕念你武功高强，智谋过人，只要你重回朝中做个忠臣，与朕共建不世伟业，朕对你以前的过错可一概不咎。朕仍然让你官复原职，不减俸禄。”唐戲昂首挺胸：“我返回生我养我的賨国，报效生我养我的家乡父老有何过错？你以为给高官厚禄，我就会背叛尧祖御训，向你出卖灵魂？”帝辛威胁地：“人的生命只有一次，你死到临头，难道你就没有丝毫的惧怕之心？悔改之意？”唐戲大义凛然：“为践行祖训，虽死犹生！要杀便杀，岂有他说！”帝辛气急败坏地：“将士们，将他乱刀剁成肉酱！”

唐戬昂头挺胸：“慢来！我乃尧帝嫡系子孙，堂堂将军，岂可受无名小辈屠戮之辱！”

帝辛冷笑："你死到临头还要摆什么谱？"唐戲豪气冲天："暴虐昏王，你也太小看我唐氏族风了！大丈夫死何惧之！昏王，你可用箭射我，你看我会不会眨一下眼睛；你可用大钺劈我，你看我会不会有一丝一毫的躲闪！"帝辛狡狯地说："唐戲，朕看你是个人才，有壮士气魄，真心想留你！"唐戲昂首阔步向前："死则死耳，更有何说？"帝辛眼中发出诡谲的光线："朕不忍心亲手杀你，你自裁吧！"

唐戲视死如归，面向賨国慷慨陈词："賨国父老乡亲们，我本想为你们铲除祸星，带来福祉和安宁，不想今日落于暴君之手，壮志难酬，我去也！"唐戲说完，头碰帝辛龙辇而亡。

帝辛："唐戲真壮士也，惜不为朕所用！快快将他尸体撂开，保护好！不能让这样的壮士尸体受辱。将士们！向賨军发起进攻！活捉鄂桓！"

庹嵩佯战帝辛骗得鄂桓宠爱

帝辛、闻伦重振精神再次向鄂桓杀来。鄂典、庹嵩一齐上前抵敌。帝辛再次大喝一声，手中大钺直劈鄂桓。庹嵩急忙上前抵挡，护往了鄂桓，自己却被帝辛的大钺划伤了左臂。庹嵩大叫一声跌于马下。鄂典上前挡住帝辛。賨军众将士奋勇上前，将庹嵩救回賨军大营。鄂典同帝辛激战，乘隙，扎了帝辛坐骑头部一枪。帝辛马失前蹄，重重地摔到地上。鄂典正待上前刺杀帝辛，被闻伦截住激战。商军将士蜂拥上前将帝辛救回大营。帝辛下令鸣金收兵。战场上，死尸狼藉。

賨军大帐。鄂桓心情沉痛地对鄂典说："唐戲、罗川、庹嵩将军舍身救朕，不然朕就没命了。唐戲壮烈殉难，迎回尸体，好好保护，给予厚葬重恤！唐仁、庹嵩受伤要好好医治。"鄂典："大王说得是，微臣照办。只是微臣对唐戲被俘感到十分真蹊跷！"鄂桓："嗯？"鄂典："唐戲为您挡住帝辛大钺，马头被砸，倒于地下。庹嵩距唐戲最近，完全可以直冲上去救下唐戲。可他兜转马头却正好与闻伦相遇，接住厮杀。怎么会有这么蹊跷？"鄂桓："朕也有点奇怪。但是，调转马头更好用力也是对的。"鄂典："再说，庹嵩为您挡住帝辛大钺也有些令人生疑。"鄂桓："怎么个令人生疑？"鄂典："帝辛力大无穷，庹嵩从正面也很难挡住帝辛的千钧之力；庹嵩却从侧面挡住了帝辛大钺的打击，怎能不令人生疑？"鄂桓想了想说道："不能对庹嵩看不惯就对他的一举一动都处处生疑。不管怎么说，庹嵩救了朕一命，就是立了大功。"

鄂典："庹嵩是帝辛赐给您的，难道庹嵩挡住帝辛大钺是帝辛故意设下的一个棋局？"鄂桓："你也太有点草木皆兵了。庹嵩到宫中十多年，对朕忠心耿耿，无可挑剔。庹嵩真要是帝辛设下的棋局，早该暴露无遗了。"鄂典："庹嵩本可救下唐戲却不去救，他的力本不能挡帝辛大钺却恰恰挡住了。这能不令人生疑吗？"鄂桓："朕身遭大险却能逢凶化吉，这很可能是朕的福气大，有神灵在暗中护佑。今镇平关总兵唐戲以身殉国，庹嵩正好接任总兵一职，爱卿以为如何？"鄂典："庹嵩受了伤，大王还要用他做总兵？"鄂桓："朕知道他的伤只是表皮伤，无大碍。"鄂典："大王，镇平关之兵是我国最精锐之主力；镇平关乃我国北大门，直接关系着国家安危。庹嵩有诸多疑点，不能直接掌握重兵住守险要之地。”鄂桓：“虞嵩文武双全正好镇守北方大门。”鄂典：“用这样可疑之人能放心让他为您守住北方大门？”

帝辛后院突遭西狄袭击

商军大帐。帝辛：“賨人骁勇善战，果然名不虚传。众将士厉兵秣马，准备明日大战。”

战场。賨军奋勇抵抗，但不敌商军排山倒海般的冲击，纷纷后退。帝辛：“将士们，杀死鄂桓，消灭賨军，立功就在此时！朕有重赏！”众：“杀！”

帝辛带领商军勇猛冲杀。殿前都尉飞马赶到：“启奏大王，请立即停止进攻！”

帝辛：“为何要停止进攻？”殿前都尉：“今鬼方、西狄乘大王亲征賨国之际，联合进攻我国，旬日之间，已占领我国北部、东部大片土地，正向国都朝歌步步逼近。朝歌危在旦夕，举国震恐，形势万分危急。我受妲己娘娘之命，昼夜兼程前来奏报。娘娘请你立刻回师救援京城！”帝辛：“无须惊慌，殄灭賨国只在旦夕之间，先将賨国灭掉再回救朝歌不迟。”闻伦：“大王，賨国一时难灭，而我朝歌危在旦夕。鬼方乃豺狼之邦，毫无人性可言。京城一旦城破，妲己王后和众大臣的家眷都在朝歌城中，将不知受到什么样的污辱与伤害。千万不可为一小小賨国使我朝歌有所闪失，造成不可弥补的损失啊！”

帝辛眼前浮现妲己依依不舍的身影，耳边响起妲己银铃般的声音：“大王早去早回，勿使臣妾久久期盼啊……”转向众臣：“众爱卿，朝歌急如星火而賨国又一时难灭，大家说怎么办？”闻伦：“我们要尽快结束賨国战事。若鄂桓同意缴纳贡赋美女，我们即可休兵罢战，立即回去打鬼方、西狄。”帝辛：“闻将军高见。但是，如果鄂桓不同意向我进贡赋献美女怎么办？”三公子：“先停战一天观察鄂桓的动静，不要让鄂桓知道我们有后顾之忧。”

鄂桓止战观动静

賨军大营。军校：“报大王，商军突然挂出停战牌，不知是什么用意。”

鄂桓：“众爱卿，大家分析分析帝辛突然停战是什么意思？”唐诚：“我们援军未到，势单力弱，商军人多势众，本可乘势而进，今日反而首先停战，是什么原因值得深思。”鄂典：“帝辛一定是遇到了什么大麻烦的事了。”

参军：“我们正好趁帝辛停战偷袭他的后方，断绝他的粮草。”

唐诚：“大王，微臣认为，弱国对付强国当以保民为本，攻心为上，不必马上去偷袭他的后方。现在我国凭借地利挡住了帝辛的进攻势头，保住了老百姓就是大胜利。帝辛兵多将广，粮草丰富，大大优于我国。我賨国地域狭小，兵少将微，粮草有限，对帝辛短期抗衡是可以的，要想战胜帝辛是不可能的。若拖延时日过久，对我国是极为不利的。我国之力只可对帝辛的进攻做一时的抗拒，友邦国家只能援助我一时，不能援助我一世。我们只有奋发努力，强大自己才能立于不败之地。我国不要贪图眼前利益坏了长远利益。还是静以观变为好。”鄂然：“唐冢宰分析正确。我们现在还谈不上消灭商军。还须从长计议。”鄂桓:“现在帝辛突然停战,是对我们智慧和谋略的一大考验。不可盲目行事。”

帝辛被迫主动要求停战

鄂桓:“立刻来见。”闻伦走进賨军大帐御案前向鄂桓施礼:“商军特使闻伦拜见賨国鄂王,本使受帝辛之命,前来与你商谈停战一事。商军大军云集,本可一鼓荡平賨国,灭你賨族;但是,帝辛昨夜梦见太上老君相劝,不要残杀生灵。帝辛顿生厌战之心,决定即刻息兵罢战。不知鄂王意下如何?”鄂桓:“賨国本无对抗帝辛之意。此次两国交兵,涂炭生灵,非朕所愿。今帝辛愿息兵休战,当然是件大好事。请特使讲明息兵休战条件。”

闻伦:“一、立即缴清历年所欠贡赋。二、选送二十名美女入宫。三、上交清酒三百钟。四、上交蕁贝、天麻、杜仲等药材各一百斤。五、上交银耳、黑耳、银杏、香菌、黄花、巴山豆等土产特产各一千斤。六、保证以后按岁纳贡,不再拖欠。七、商军一旅驻扎宕渠城。”鄂桓:“特使请到偏殿稍候,容朝议后再作答复。”闻伦:“请尽快作答。”走出大殿。

鄂桓:“众爱卿速献良策。”鄂典:“微臣认为,帝辛所提条件,一项也不能答应。”鄂然:“儿臣认为,贡赋一点不交说不过去。药材、特产可适当给一点。”鄂桓:“为什么?”鄂然:“帝辛,号令天下,兵强马壮,本可灭賨。现在放下架子求和,是给了我们一个很大的面子。我们如果不给他一点面子……”鄂桓:“你害怕他的淫威了?”鄂然:“儿臣非是害怕他的淫威,是为保全我百姓身家性命。”鄂桓:“我賨人何曾怕死?”鄂然:“在能够不死的情况下应当尽量不死。”鄂桓:“他的条件什么都答应?”鄂然:“当然不能件件按他所提应允,应当减少数量。只有驻军一条绝对不能应允。”唐诚:“美女不能送。”鄂桓:“朕心中有数了。传特使。”闻伦:“特使拜见大王。”

鄂桓乘势停战

鄂桓:“賨国遵从祖制,恪守贡赋制度,原来并无拖欠贡赋之事,近十来年,灾害连年发生,百姓无力交赋,不少人流离失所。帝辛不仅不予减免贡赋,反而大大增加数量催收,致使我国也出现了拖欠贡赋的事情。帝辛本应体恤民情,减免历年欠赋,现今不但不予减免,却以武力胁迫催收,导致战事发生,生灵涂炭。若帝辛立即撤兵,贡赋,我国可酌情上缴一部分。选送美女一事,賨女貌丑,难于挑选,应于免送。今年,因天旱粮食歉收,无粮煮酒,清酒应于免交。药材、土特产等因天灾无收,也应免除。按岁缴贡应具备以下条件:一是无天灾;二是帝辛不得随意增加贡赋份额。至于商军驻扎宕渠城,不合古制,不能接受。唐戲将军回到賨国,服务桑梓,无可厚非,更不能视作叛逆!商军应送回唐戬等賨军将士的尸体,不得有任何侮辱行为。”闻伦:“賨王与帝辛所谈条件相差太远,是否还应再作考虑?今商军大军压境,鄂王应当知道帝辛大王的脾气,不依条件停战,将招致灭国灭种的恶果!”

鄂桓:“賨国虽然人少地狭,賨人却是顶天立地的賨人,宁可站着生,绝不跪着活!帝辛要开战,我賨国奉陪;帝辛要讲和,我賨国也决不刁难。我们讲和的条件已讲明,不需再作考虑。”闻伦：“本使立即回复帝辛。”鄂桓：“恕不远送。”

帝辛被迫签和约

商军大帐。御案前。帝辛：“闻伦将军已将賨王停战条件告诉大家，众爱卿以为如何？”武成王：“賨王无一点悔罪之意，认为唐戬回国不是叛逆大王，若承认他的条件，他将更加桀骜不驯，全国反叛气焰将会更加嚣张，诸侯将更加轻慢我商军和大王。此鸡不杀，何以儆猴？开此先例，将为天下人所笑！微臣认为，今大军在此，立可将賨国击为齑粉。先灭賨国，再打鬼方、西狄！”右冢宰：“武成王休夸海口。今周、巴等国支援賨国的军队即将来到賨国，对我军是一个很大的威胁；我军怎能一举灭掉賨国？现在令我们十分头痛的事情是鬼方、西狄见大王亲征賨国，后方空虚，便乘虚而入，已侵入我腹地，使京城朝歌危在旦夕。”左冢宰：“妲己娘娘和满朝文武大臣的家眷全在京城朝歌城中，盼我们回救京城如大旱盼甘露。京城一旦不保，我们将进退失据，何以安身？賨国乃弹丸之地，现在灭之不肥我体；现在不忙灭他也不会损伤我皮毛。微臣认为，此地不需久留。賨王已有悔罪之意，微臣认为，正好借梯下台，就按他答复的条件签约。”众大臣：“臣等完全同意左、右冢宰的意见，马上与賨国签约。”

帝辛叹了口气：“唉！本想杀鸡儆猴，剪灭賨国，怎奈天不佑朕，周、巴等国及鬼方、西狄趁火打劫，使朕顾及不暇。这些国家，待朕以后一个一个地去收拾他！对！回救京城朝歌要紧，不能让爱妃妲己和你们的亲眷受到惊吓。奈何奈何？罢罢罢，就按鄂桓之意暂时签下停战之约，以礼送去唐戬等賨军将士尸体，以彰显朕宽厚仁德之意。我商军不驻宕渠城，驻賨国与商国交界处镇平关及葭香关，派兵占领巴林县潜河东部，既可达到监视賨国的目的，也算是朕御驾亲征的一个收获。”右冢宰：“大王英明！立即照办。”

庹嵩回宫做长史

賨军大帐。御案前。鄂典递上和约文书：“大王，帝辛已与我賨国订下停战盟约，兵回京城朝歌去了。”鄂桓：“好。唐冢宰，你立刻派出使节将此情况告诉周、巴等国军队，并向周、巴等国送上厚礼，感谢他们对我国的支援！用真诚加深我们相互间的信任与友谊！请他们回国，不用再劳师动众来到賨国了。”唐诚：“大王考虑周到，微臣立刻就办。”

鄂典：“大王，镇平关总兵一职由谁担任？”鄂桓：“庹嵩真不行吗？”

鄂典：“庹嵩真不能用。”鄂桓：“暂无他人。”鄂典：“官渡总兵田丰可兼任。”鄂桓：“对庹嵩作何安排？”唐诚：“可将他放在大王身边做事，以便对他的所作所为有所监控。”鄂桓：“将他放在镇平关仍可进行监控。”鄂典：“独掌一关兵权谁可进行监控？若大王决意用他，我就辞职回乡！”

鄂桓：“你的蛮劲又来了！也罢，就按冢宰之意办，令庹嵩随朕回宫任长史之职。”唐诚：“大王，古人说请客容易送客难，这长史要职一”鄂桓：“这也不行，那也不行，叫朕怎么办？”鄂典：“大王请不要生气，只要不给庹嵩兵权就行。不过长史要职也一”

鄂桓："行了行了，朕意已决，你们去吧。"众："谢大王！"

鄂桓礼谢姬昌等友邦援賨

山道上。周字大旗迎风飘扬。一支大军飞速来到賨军帐前。姬昌拉着鄂桓的手关切地问道："賨王兄弟，商军现在何处？"鄂桓："感谢周王兄长光临敝国。现在商军已撤回商国去了。"姬昌："为兄来迟，还请兄弟见谅。"

鄂桓："兄长不用客气。你率周军日夜兼程一路辛苦，劳师动众助我賨国，长我賨军志气，我賨国君臣和老百姓深表感谢！"姬昌："周賨两国唇齿相依，何言辛苦？你看，巴、微、卢、彭等国援军也到了。你与他们应酬去吧。为了不增加賨国的麻烦，賨国既已无事，周军立即返程，就此告辞。"

鄂桓："兄长考虑周到，恕不远送！"姬昌："不需远送。他日有事，相召就是。"鄂桓："太傅送周王回国！"唐严："遵旨。"

鄂桓与巴、微、卢、彭等国王相见，互道平安后相继送离。

鄂桓以国礼厚葬唐戳

唐家寨。哀乐声声。鄂典一行登上唐家寨，走进唐戲家院。唐仁引着鄂典一行去到唐戲家后山法场。只见巫师指挥几个人在地上挖了一个长一丈、宽二尺、深一尺的大坑，在坑里装满用青杠木锻烧成的炭。点火以后，他们用竹扇扇动火坑中燃烧的杠炭火，使之发出白炽的光芒。大巫带领几个巫师披头散发，身穿法衣，手执法剑和令牌，赤脚在炽热的杠火坑上来回走动，口中念念有词："天灵灵，地灵灵，拜天拜地祭亡灵！唐戲将军为国身遭不幸，乞求天地救冤魂。生前冤情一笔销，将军魂魄上天庭。妖魔鬼怪快让路，放我将军早超生！将军为国建奇勋，理当再生进豪门！"人们纷纷赞叹："玉皇宫仙师道法真高！"一人大声说道："这全靠唐戲将军护佑！"

唐仁引着鄂典一行走进唐戲家大院，只见大门口竹竿高竖，悬挂长布，上疏斗大一个"奠"字。堂屋内设置唐戲灵堂。巫师做一阵法事之后，将堂屋正中神龛顶上系一匹白布，经过堂屋直通大门外，系在竖起的一根竹竿上，为亡灵搭起了登天的天桥。再做一阵法事之后，将神龛上方房屋茅草拆去三尺见方，让其通天，称为开天门。再做一阵法事之后，在天门口摆放一架纺车，倒纺数下，让逝者亡灵升天。此时堂屋正中搭起了灵台，灵台上安放着唐戲安息的一副巨大的白木棺材。巫师大声宣布："一齐祈祷！"唐仁立即带着唐泰、唐坚等一齐到棺材前跪下。鄂典、庹嵩等随后依次跪下。巫师吹响海螺、唢呐，敲打锣、鼓、钹、木鱼。掌坛巫师挥舞令箭（剑）、令牌，打卦作法，超度亡灵。院中及院外，跪满了大臣和军士和百姓。

一阵法事做完后，大巫大声宣布："出殡安灵！"棺材由八人抬起。唐仁端着灵牌在前引路，唐泰、唐坚披麻戴孝随后。棺材向墓地行进。鄂典、庹嵩率众人护送棺材向墓地走去。

坟冢高耸。鄂典在高大的“镇平关总兵唐戲将军之墓”前，带领庹嵩等大臣行礼毕，高声讲道:“唐戲将军发扬唐氏族人优良族风，忠心赤胆，仁爱百姓;抗击暴辛，大义凛然;宁死不屈，献身国家，功与日月同辉，正气永驻人间！唐戲将军为国殉职，巴山含悲，渠江垂泪，举国同哀！唐戲将军赤胆忠心，勇于献身，为我们賨人敢于反抗暴虐帝辛，不畏强权，爱国爱家的崇高品质和斗争精神树立了光辉的榜样！唐戲将军为国捐躯是我们賨国的光荣，也是你们唐家的光荣！我们要继承唐戲将军的遗志，化悲痛为力量，保卫我们的国家！我们全体賨人，特别是你们唐家人要像唐戲将军那样练好武功，为唐戲将军报仇雪恨，随时听从国家的召唤抗击侵略者！”鄂典的讲话深深地打动了人们的心。唐仁“感谢大王的关怀，感谢武成王的教诲，我一定要继承父亲遗志，教育子女练好本领，为国效力。”唐泰、唐坚：“爷爷安息吧，我们一定继承您的遗志，爱国护民！一定要报此国恨家仇！”

鄂典：“好样的，唐泰、唐坚！你们有这么大的志气，不愧是唐将军的子孙！不愧是铮铮賨人男子汉！希望你们长大后，为国家建立比你祖父更大的功勋！”唐泰、唐坚：“我们一定努力！”

第 7 章
唐诚力献强国策　庹嵩私建庹家军

唐诚献强国之策

賨王宫。后院。庹嵩走近正在练剑的鄂然："太子累了吧？"鄂然收剑："先生辛苦。"庹嵩："今帝辛已签和约，天下太平，太子不必这么苦练了。"鄂然放下手中剑："先生教诲的是。"

庹嵩走进王宫大殿："启奏大王，微臣遵旨已传令刀枪入库，各地民军还乡，举国欢腾，庆祝抗纣伟大胜利。"唐诚："什么？刀枪已入库？这怎么行？"鄂典："大王，除巴林县潜水河东部外，商军已撤离賨国，我们可以举行庆功大会了。"鄂桓："武成王这个谏言，众爱卿以为如何？"有人表示赞成有人表示反对。庹嵩生气地说："难道帝辛的和约一点用处都没有吗？"唐诚："帝辛的和约只是最近有点用。"庹嵩："将来呢？"唐诚："帝辛是个不讲信义的人，为了他的所需，随时可能撕毁和约。"庹嵩："我不相信他作为大国之王会干下三烂的事情。"唐诚："帝辛暴虐又贪婪，干下三烂的事情还少吗？"

鄂桓："大家不要争了。现在和约已经签订，朕也认为可以松口气了。所以命庹长史传达朕的旨意：刀枪入库，民军返乡，让百姓喘口气。"唐诚："微臣斗胆谏言，大王，您的看法是不对的。帝辛虽然与我国签下和约，退出了賨国，但是，他仍在镇平关、紫荆关及葭香关附近驻扎重兵，却仍然强占我巴林县一部分土地。这说明他在签约之时就没有打算履约。可见帝辛并没有因为签了和约就一定会履行和约，他仍然对我国虎视眈眈，时刻想灭我賨国之心没有丝毫改变。我賨国绝不可因为有了一纸停战盟约就麻痹大意，松懈警惕。"鄂桓："这次大战，我賨人死伤惨重、满目疮痍，该让百姓休养生息，好好疗伤，喘口气再说。"

唐诚："大王英明，国人是该好好疗伤喘口气了。但是，疗伤喘气之时，绝不能忘了帝辛灭我的野心。古人说，忘战必危。我们忘了帝辛灭我的野心就会使国家陷入非常危险的境地。”鄂桓点头：“对，刀枪不能入库，马不能放南山，要继续备战！”唐诚：“微臣认为，当前最重要的是安定民心。一些不怀好心的人传言，说什么我们反对帝辛就是对商朝廷不忠，是一种叛逆行为。我们必须分清什么是忠，什么是叛逆这个大是大非的问题。我们只能坚持捍卫仁政的大忠，不能做只忠于帝辛一人的愚忠！这是一个要不要仁政，捍不捍卫仁政的大是大非的问题。不将忠与叛分辨清楚，不让百姓分清是非，必然会引起很大的思想混乱。”鄂桓：“立即在全国进行一次集中的忠孝宣传和教育，让大家懂得，我们反帝辛暴虐，并不是造反，更不是叛离商国。”唐诚：“我们是商国臣民，永远忠于商朝的仁政，永远尊重商廷的忠心不会有丝毫改变。我们反抗暴辛，不是反抗朝廷，而是反对随便欺凌我们的暴虐帝辛。”

鄂桓：“对，我们作为商国的邦国，必须尊重商国朝廷。以前帝辛向四方征讨，我们都是踊跃听令。前次征讨西狄，朕也亲自率军参战，解除他的危险，救了他的大命。这些年，尽管遇到天灾，我们也是尽力上缴贡赋。帝辛是朝廷之主，我们尊重他，没有丝毫懈怠。但是，作为邦国，我国也应有邦国的尊严。我们只有坚持逢恶不怕逢善不欺的原则，才站得住脚根。”唐诚：“人之常理是有理走遍天下，无理寸步难行。我们邦国和宗主国家之间也要坚持这个原则平等相待，以礼相处。微臣谏言，要立即派出使臣到周、庸、蜀、羌、髳、微、卢、彭、濮等周边国家宣传我国反抗暴辛的理由及这次抗辛获胜的情况，增强相互间的团结和反抗暴辛的信心。”鄂桓点头：“这一点很重要。反抗暴辛要理直气壮。理直气壮才能不害怕暴辛的武力压迫。兄弟国家团结起来就不怕暴辛压迫。”唐诚：“对国内百姓也要加强不怕暴辛的教育。这场战争我们虽然取得了胜利，但也牺牲了不少人，使不少人陷入了悲痛之中。要让百姓懂得，这种牺牲是必需的，是值得的。我们要让牺牲的烈士得到应有的荣耀，让他们的亲属得到恰当的抚恤。同时要立即大张旗鼓地奖赏有功之人，以激励百姓爱国之心。”鄂典：“奖赏有功之人是激励人心最好的办法。微臣谏言，对此次镇平关大战中的阵亡将士应及时抚恤；将唐戳将军遗体运回唐家寨安葬；对唐戬之子唐仁要好好医治；令唐戬之孙唐泰、唐坚等烈士后代读书习武，使之成为国家栋梁。”

鄂桓：“准卿所奏。此次我国能战胜帝辛，全靠全军将士忠心报国。没有忠勇将士浴血奋战，我们賨人早已沦为帝辛的奴隶。忠勇将士是我賨国的脊梁，我们应当永远不忘他们流血牺牲的宝贵贡献！特别是唐戳将军大义凛然，为国捐躯，英勇悲壮，可说是惊天地泣鬼神之举，值得国人永远悼念和发扬！对他的慷慨就义，朕深感痛惜！必须举行国葬以示褒奖！武成王代朕为唐戳将军扶棺到唐家寨进行安葬，虎嵩将军等一同前往送葬。其他为国捐躯将士也要依军阶品级由地方官员主持隆重葬礼。安葬烈士，一律采用演傩戏、跳火坑等隆重仪式超度他们的灵魂升天，使之早转人身。对其家属要优待抚恤，使为国捐躯的烈士受到安慰与尊敬，以弘扬爱国精神之正气。”

鄂典：“国家强盛全靠军队。要想抗击帝辛压迫，必须建立一支强大的军队。我们国家除广泛动员百姓习武备战外，应进一步加强国家常备军队的力量，召集将士后代参加国家常备军队，收编一部分战斗力强的民间自发组织的武装充实国家常备军，驻守镇平关、紫荆关、葭香关的将士不可丝毫懈怠，随时准备反击商军入侵和异族骚扰。”鄂桓赞同地说：“对，忘战必危，有备才能无患。军队要扩充，将士训练要加强。”

唐诚指着地图说：“我们賨国现在所处环境十分险恶，东北有殷商，北有鬼方，东有东戎，南有南蛮，西有西狄，受四面包围。他们经常侵犯我国，掠夺我们的土地、财产和美女，真可说是国无宁日。面对险恶局势，我们单打独斗不行，必须与周、巴、微、卢、彭等国保持睦邻关系，实现睦邻友好。”鄂桓：“朕早就注意这个问题了。”唐诚：“国家是否强盛，老百姓是否有吃穿，是一个重要标志。因此要大力发展生产，多种粮食、棉花、青麻，还要种桑养蚕。国家强盛了，我们才有抵抗外来入侵的能力。我们对帝辛以强凌弱的所作所为，才能进行坚决有力的反击！”鄂桓：“帝辛不进犯我国，我国不主动进攻帝辛，帝辛胆敢进犯我国，我国必须进行坚决反击，使他知道賨人的骨头硬，賨人绝不可欺！”唐诚：“对，我们不能主动挑起事端。我们要尽量地和商国以及周边国家和平相处，能避免同他直接发生战争就尽量不发生战争。我们要看清帝辛随时想灭我賨国的野心，绝不能被他一些花言巧语或小恩小惠迷惑。要随时做好战争准备，做到不战则已，战之必胜。这样才能保证我们賨国立于不败之地，而不致受到帝辛欺侮和其他国家的侵略。”

唐诚：“兵为国之利器，民为国之邦本。器不利则国家容易受欺侮，民本不固则国家更加危险。我国地域狭小，地瘠民贫，人口不多，不能为了增强利器便让所有身强力壮的老百姓都来当兵。军队又必须有一定的数量，才能保证国家的安全。军多会伤农，军少伤国力，必须统筹兼顾，才不会顾此失彼。”鄂典：“微臣认为，土地是我们百姓安身立命的根本。失去土地我们的百姓便无所依存。因此，要让百姓树立人人守土有责的爱国爱乡思想。我们先辈创造的将兵分为离土离乡的兵和不离土离乡的兵，寓兵于民这个办法很好。一有战事，大家都能拿起武器抗击敌人。”唐诚：“国家之兵贵精不贵多。凡是没有离乡离土又身强力壮的人，都参加军事训练，平时在家生产，战时参加打仗。这样，我们所有的賨人都是兵，庄稼有人种，战时有人打仗。还怕帝辛来侵略吗？”

鄂桓：“对，寓兵于民这个办法很好。我们賨国是一个弱小国家，没有那么多粮食和钱财养活一支庞大的常备军队。没有强大的军队，帝辛派大军来攻打我们，我们就不可能进行强有力的抵抗，不能进行强有力的抵抗，就不能保卫我们的国家。要解决兵力不足的问题，必须提倡和奖励全国的老百姓都学会武术，都能参加保卫自己国家的战斗，才能有效地抗击敌人的侵略。我们賨国之所以历经千余年不灭，历史证明藏兵于民这是一种行之有效的方法。”鄂典：“现在的问题是，很多地方对国家所处险境缺乏认识，因而组织涣散，训练松懈，流于形式。这种情况令人担忧。”鄂桓：“这种情况的确令人担忧。目前之所以出现这种状况，主要是对百姓进行国家存亡人人有责的教育不够，同时缺乏一套切实可行的办法。怎么办？朕决定各县、乡、里选拔武艺高强的人员担任千夫长、百夫长、十夫长，农闲时加强国家存亡人人有责教育和组织青壮年练武，战时带领青壮年配合国家常备军打仗。这种不离土离乡的军队就叫民团吧。对王宫内的青壮年也要进行军事训练。此事由鄂然负责。”鄂然：“儿臣遵旨。”鄂典：“国家常备军哪里去招人呢？”鄂桓：“国家常备军需要人，随时可将优秀的民团队伍和人才编入国家常备军。唐冢宰、武成王二位爱卿要把这件事抓紧办好。”唐诚、鄂典：“遵旨。”

钓鱼台旁草坪。鄂然带领宫中人员进行军事训练。不一会儿，鄂赵丢下枪矛坐下：“累了，歇歇吧。”鄂然上前搀扶：“弟弟，开初感到累是正常的。坚持下去就好了。”鄂赵：“不嘛，我就要歇歇。”庹嵩上前搀扶：“小王爷快练。”鄂桓走了过来：“鄂赵坐着干什么？”鄂赵：“我累了。”鄂桓：“不能吃苦，哪能练出真实本领？快练！”鄂赵不动。鄂桓一巴掌打到背上：“快练！”庹嵩急忙护着：“大王息怒。”鄂桓气愤地离开后，鄂赵瞪了一眼，跟着庹嵩练了起来。

庹嵩教了一会儿：“大家认真练吧。我一会儿就来。”他转过假山，走到夕姝面前：“向王后娘娘请安。”夕姝：“免了。赵儿学武术有长进吗？”庹嵩：“有长进。但缺乏吃苦精神，你要好好劝导他。”夕姝：“你要把真功夫教给他。”庹嵩：“他是我的亲儿子，我当然会把一切都教给他。”

寝宫。夕姝：“赵儿，吃不了苦怎么能为人上人啊？”鄂赵：“我不是太子，怎么能为人上人啊？”鄂桓：“王丿儿本身就是人上人嘛。”鄂赵：“那我更不需要吃苦了。”鄂桓：“不！人上人也需要吃苦，才能管理好国家。父王对你寄予了很大希望啊！”鄂赵：“难道能让我当太子？”鄂桓：“看来，朕的儿子还是有志气嘛。”鄂赵：“儿臣的志气全靠父王赏赐啊！”鄂桓：“志气靠自己树立，哪能靠父王赏赐！”夕姝：“你父王心中只有太子，哪有你的份呢。”鄂桓：“他们在父王的心中都是一样的。”

庹璞戎装从内室走出来：“娘娘，奴婢穿这套戎装合体吗？”鄂桓仔细端详：“合体合体。”庹璞：“谢大王。大王，宫中所有的人都要习武吗？”鄂桓：“这是朕的旨令。”夕姝：“臣妾身板硬了。”鄂桓：“习武，身板就灵活了。走，随朕一起习武去。”

庹嵩组建庹家军

賨国王宫。钓鱼台旁。庹嵩正向御书房走去，一人喊住了他：“大人请止步。”庹嵩见一高大武士向自己施礼，急忙还礼：“壮士有什么事？”武士自我介绍道：“小人庹龙，原在帝辛宫中做小卒。现受帝辛派遣，专程给你送来圣旨。”庹嵩展开圣旨：“庹嵩听旨：鄂桓公然与朕交战，罪不容恕！着你尽快让夕姝夺取王后大位。”庹嵩将圣旨揣入怀中：“我知道了，你回去复旨吧。”庹龙：“小人不需回旨。小人受帝辛命留在你身边助你完成使命。”庹嵩：“你留在我身边无名分。”庹龙：“小人愿拜你为义父。”庹嵩：“好。”庹龙跪拜：“儿拜过义父。义父，儿受家父之命，请你到我家去走一趟。”

庹家坝。庹龙带庹嵩走进庹家祠堂。房中早已坐定十余个中老年人。大家一齐起立施礼：“我等恭迎庹大人！”庹嵩还礼：“各位宗亲，庹嵩有礼了。”

一老翁高声讲道：“大人返家，我庹家荣幸之至！本人庹槐窃居族首之位，愧对族亲。有一言禀告大人。”庹嵩：“请讲。”庹槐：“鄂家执政，我庹家备受欺凌。现在宗亲做了朝廷大官，请不要忘了我们族人，救救我们族人。”庹嵩：“要救族人，仅靠几个族人不行，得全体族人齐心协力……”庹槐：“怎样才能使全体族人齐心协力？”庹嵩从怀中拿出一捆竹简边慢慢打开边说：“我庹家千百年来没有出头之日，皆因当年争王位受了委屈！”庹槐：“有什么委屈？”庹嵩：“难道你还不知道？我们先祖庹黄毛与鄂朗竞争王位失败后，我们庹家受欺压已上千年……”庹槐："现在大人已进王宫，可为我庹家出口气了。”庹嵩：“本人身为小吏，出得了什么气？”庹槐：“把王位夺回来！”庹嵩：“一个小吏能将王位夺回来？”庹槐：“现在是小吏，将来也不能做大官？”庹嵩：“就是做冢宰也难夺大王之位。”众：“那就自己做王！”庹嵩：“弄得不好会掉脑袋。”庹槐：“为了给我庹氏扬眉吐气，就是掉脑袋也值，怕什么？”庹嵩：“要人、要钱……”众：“我们出！”

庹嵩：“各位宗亲，我实话告诉你们，夺回王位之心我比你们哪一个都更加迫切！我原想依靠帝辛实现自己的愿望。我将妻子献给帝辛，想在帝辛那里谋个一官半职，既可以光宗耀祖，又可以依靠他的力量夺回王位，没想到帝辛却将我赐给鄂王做了个书吏，一下子干了这么多年。在前次賨商大战中，立下救王功劳，我才升任为长史。但是武成王鄂典和唐诚冢宰诸人却把我看作眼中钉肉中刺，时刻想将我除之而后快。我小心翼翼地伺候大王，幸得大王庇护，才没有受到戕害。现在在朝中终日胆战心惊如履薄冰。”庹槐：“小心是对的。你只要赢得了大王信任，武成王和唐冢宰诸人就不能把你怎么样了。他们没有多么可怕，把他们看得太凶恶就不对了。对了，你是帝辛大王赐给鄂桓大王的，你要经常与帝辛保持联系，只要能得到帝辛的支持就更好办了。”庹嵩：“有了宗亲的支持，我就更有信心了。这样办“我在朝中想办法你们在外面想办法，形成里外配合才有力量。”庹槐：“我们在外面怎么想办法？”庹嵩：“夺回王权没有武力不行。我们必须建立一支随时能为自己使用的庹家军，才有主动权。”庹槐：“我们私下建立庹家军，一旦暴露是会掉脑袋的。”庹嵩：“鄂桓已下令全国加强民军组织。我们可利用这个机会将青壮年一律编成民军队伍，由我们自己的十、百、千夫长进行训练。一旦有事就打出国家常备军的旗号出征，就有正式的名分了。现在只做分散的训练，有了一定的基础，再集结成营训练作战方法好不好？”众：“好！”庹嵩：“这支军队的总头领就是族首大人！”庹槐：“不，我们只能听从长史大人的号令！”众：“对！我们只听从长史大人的号令！”

庹嵩：“好。现在选出三个千夫长，分别召集队伍在三个地方进行训练。庹龙做三个队的总联络官。”庹龙行礼：“遵命。”庹槐：“我们的军队叫什么名字？”庹嵩：“对外称庹家坝民军，对内就叫庹家军。”众：“好！就叫庹家军！”庹嵩声色俱厉地说：“不能公开叫庹家军，一旦暴露，这是全族掉脑袋的逆天大罪，大家要严守秘密！”众：“遵从大人教诲，一定严守秘密！”

王宫御书房。鄂桓放下手中书卷，对庹嵩问道：“为何说人心难测？”庹嵩被吓了一大跳：“难道大王知道我组建庹家军的事了？不会吧？我得沉住气，察言观色后再做对策！”他从容不迫地答道：“大王，这人想什么，看不见，摸不着，所以无法揣度。”鄂桓：“这倒也是。”庹嵩松了口气：“这人心不能揣测，只能从他的行动，才能对他心里所想的做出判断。”鄂桓想起了往事……

寝宫。鄂桓疲惫地脱下铠甲。罗王后边接铠甲边说：“大王，帝辛已签下停战和约，不用再这么操练了。”鄂桓：“妇人之见。”罗王后：“让年轻人去练吧。”鄂桓无可奈何地：“朕是老了。”鄂然大步走进屋内：“父王不老。”鄂桓：“父王命你好好练武，怎么这么早就不练了？”鄂然：“大家都觉得太累。再说，这仗一时半会也打不起来。”鄂桓：“给你说过多少次了，怎么还是这样没长进？父王像你这把年纪，早已登基称王打了好几次大仗了。”鄂然：“儿臣有父王罩着不用那么操心。”鄂桓：“你比起赵儿可让父王费心多了。你让父王少操点心好不好？”鄂然：“儿臣遵命。”罗王后：“赵儿小小年纪当然不用您多操心。”鄂桓：“不是年纪小就不用操心。”罗王后：“那又是为什么？”鄂桓：“赵儿成天手不释卷。见了朕，捶背捏腿，嘘寒问暖忙个不停。你倒好，对朕爱理不理的。”罗王后：“然儿是大人，还成天给您捶背捏腿，还要太监宫女干啥？”鄂桓：“好，他娘始终护着然儿，你也护着然儿，把然儿都给宠坏了。你要是死了，然儿又怎么办？”罗王后生气地说：“您就是看着我这个黄脸婆不顺眼，随时都想我死！”鄂桓气愤地大步走出寝宫。鄂然：“王娘，你别气坏了身子。”罗王后：“以后不许惹你父王生气！”鄂然心中燃起一丝对鄂赵的仇恨：“王娘放心，儿臣知道了。”

夕姝故意让鄂桓亲近罗王后

夕妃寝宫。夕姝跪接鄂桓：“臣妾请大王安。”鄂桓急忙扶起夕姝：“爱妃不必行此大礼，快快请起。”夕姝：“臣妾受大王如此恩宠，真是三生有幸。只是……”鄂桓：

“只是什么？快说。”夕姝：“臣妾只是担心大王冷落了罗王后。”鄂桓：“哈哈，你真是一个聪慧的好女人。别的女人争宠还来不及，你倒担心起罗王后来了。不过，我们是多年的老夫妻，不存在冷落之事。你放心，她不会介意的。”夕姝：“大王这么豁达，使臣妾不胜感激。但是，罗王后她也像大王这么想吗？大王还是到她那里由她侍寝吧。”鄂桓：“爱妃，朕走了，你不感到寂寞吗？”夕姝：“罗王后是正分啊！”鄂桓：“好，朕这就去陪陪罗王后。”夕姝看着鄂桓远去，咬牙切齿：“他的心还是在罗氏那里，我必须想办法尽快夺过来。”

罗王后寝宫。夕姝：“王后在上，臣妾这厢有礼了。”罗王后：“好妹妹，快别称王后。我听大王说，你处处关心我胜过关心你自己，太难为你了。妹妹，在这后宫你是我真正的知心人。你我姐妹相称多亲热啊！”夕姝施礼：“折煞臣妾了。”罗王后：“你我同伺大王，姐妹称呼最好。贤妹不必多礼，请坐。”夕姝：“谢坐。姐姐，小妹昨日得了一颗夜明珠，晚上光亮无比，特地前来献给姐姐把玩。”罗王后：“贤妹留着自己用吧。”夕姝：“小妹粗野之人，不配玩此珍贵之物，千万请姐姐收下。”罗王后：“谢谢贤妹。”

夕妃寝宫。床塌。鄂桓：“夕妃，你是美人中的美人，朕早前让十个女子伺候过，但都没有你这样使朕感到过陶醉和满足。你真有让朕销魂失魄入云天，逍遥快乐赛神仙的感觉。”夕姝：“大王真对臣妾感到满意，臣妾就是为大王马上去死，也心甘情愿。”

鄂桓突然发现夕姝胸前的夜明珠不见了：“爱妃，朕赐给你的夜明珠怎么不在了呢？是不是被寺人、侍女偷走了？朕查出来一定要砍他们的头！”夕姝：“请大王恕罪，此宝物臣妾已转送与罗王后了。”鄂桓：“岂有此理！她怎么能随便收下我给你的赠物呢？

朕这就去将它取回来！”夕姝：“大王不可。此宝物放在姐姐处还是放在臣妾处都是讨大王高兴的，放在哪个寝宫都一样。臣妾是妃，她是后，此宝物放在她那里更为恰当，否则，让世人知道了，会给大王带来喜新厌旧的恶名。”

夕姝枕头告状

鄂桓：“夕妃通情达理，心地善良，真是朕的心肝爱妃。”夕姝：“罗王后也十分贤惠善良，我们亲如姐妹，情同手足。只是太子之事不好言语……”

鄂桓：“太子对你怎么了？”夕姝流泪说：“恕臣妾直言。太子背着你总爱对我说些奉承的话，有时还动手动脚的。”鄂桓惊奇地问：“他是这等的逆子？”

夕姝：“他仗着以后要当大王，不仅对那些宫娥彩女肆无忌惮地进行淫乱，而且对臣妾也进行挑逗，使臣妾不知如何是好。”鄂桓生气地说：“这畜生对帝辛畏惧如虎，朕早就怕他会毁了鄂氏天下。还不知道他在后宫有这些非人之举……大胆畜生，老子宰了他！”夕姝：“大王息怒，太子虽然有些失礼，但是臣妾守身如玉，绝不会做对不起大王之事。”鄂桓：“爱妃，朕是信任你的。”夕姝：“大王切不可将太子在后宫非礼之事告诉罗王后，以免引起她对臣妾的忌恨。”鄂桓：“朕知道。”

夕姝向庹嵩求计

翡翠亭下，夕姝向蒙馆张望。庹嵩见状立刻停止讲课：“各位王爷，请拿出刀笔，刻写'家''国''天下'这几个字，我出一下恭就回来，大家不要随便走动。”学生们认真地刻写起来。

庹嵩走到夕姝身边：“夕妃娘娘，有事吗？”夕姝支开庹璞后，大声地：“鄂赵读书认不认真？”庹嵩也提高声音：“鄂赵王爷学习认真，又天资聪颖，不会辜负您对他的厚望。”夕姝压低声音：“厚望，鄂然已立为太子了，我对鄂赵还能有什么厚望？”庹嵩小声地：“你设法让大王废掉鄂然，将鄂赵立为太子不就行了吗？”夕姝小声地：“废掉鄂然，谈何容易啊！”庹嵩压低声音：“大王刚愎自用又贪色，你要充分发挥自己美色超群和鄂赵受宠这个优势，让他色迷心窍，对你言听计从，成就你夺王后和太子位。”夕姝压低声音：“罗王后深得大王信任，身体又很健壮，我怎么夺得了她的王后大位？”

庹嵩面呈凶狠之色：“你可以将她毒死嘛。”夕姝一惊：“毒死她，我一暴露，不是也就完蛋了吗？”庹嵩：“你真是聪明一世，糊涂一时。毒药不要下得过猛嘛，慢慢地让她中毒，就不容易被人发现。”夕姝：“哪里去找毒药？”庹嵩：“我已经给你准备好了，主要由砒霜、红豆、乌药、没药等调和而成，一次不要用得过多。你以后可以经常请罗王后吃她最喜欢吃的麂子、任河鱼、百里龟、巴山黑鸡、银耳、黑耳，放上药，尽量劝她多吃，你也陪着她吃，她才不会起疑心。”

夕姝：“那不把我自己也毒死了吗？”庹嵩从怀中掏出一包毒药：“这药是剧毒药，一次不要用得过多，要让它日积月累多了才发生作用，这样就不会露马脚。你不要吃得太多，送走她之后，你马上将食物呕吐出来，就不会中毒了。”夕姝接过庹嵩手中的毒药：“我一时真有点不敢下手。”庹嵩：“你必须痛下杀手！不除掉罗王后，你怎么能当王后？鄂赵怎么能夺得太子大位？”夕姝急速藏起毒药：“好吧。”

夕姝侍罗王后宴

夕妃寝宫。夕姝：“王后娘娘，今日特地请您来我这里尝尝我亲手做的菜。这是你最爱吃的银耳，我昨天通夜未眠，亲手将它熬成羹，你要多吃点。还有这麂子、任河鱼、百里龟、巴山黑鸡，都是我亲手做的，你一定要多吃点。”罗王后吃了一口：“好妹妹一片深情，当姐的领情了。这味道真合我口味。不过，以后让下人去做吧，不要累坏了妹妹的身子。”夕姝：“能为姐姐尽一点孝敬之心，是妹妹最大的心愿。下人手脚不干净，他们做，我不放心。”罗王后：“太感谢妹妹一片真情了。”夕姝：“姐姐，你再吃点。”罗王后：“吃饱了，再不能吃了。”夕姝：“请姐姐每两天到我这里来一次，我亲手给你做菜，一定让你吃得满意。”罗王后：“太难为妹妹了。”夕姝：“这是我当妹妹的应当做的。”罗王后：“好好，我每两天到你这里来一次。”夕姝：“谢姐姐看得起我这个妹妹。”

夕姝的忠心

御案。鄂桓：“内侍，罗王后怎么今天又不来陪朕用膳呢？”内侍：“启奏大王，罗王后到夕妃娘娘那里用膳去了。”鄂桓：“走，看看去。”

夕妃寝宫。夕姝与罗王后拿起筷子正准备用膳。鄂桓步入夕妃寝宫。二人立刻双双跪接：“臣妾不知大王驾到，未曾远迎，请乞恕罪。”鄂桓：“不须多礼，起来起来。哈哈，你们正在吃巴山鲵、巴山黑鸡、银耳羹……这么好的美食，怎么不请朕一起吃呀！”夕姝：“大王要在臣妾这里用膳，臣妾马上去做。来人，将这残汤剩水全部撤去！”鄂桓：“不用撤，朕随便吃点就行。”夕姝：“大王，这些残汤剩水，臣妾已吃脏了，你不能吃。”鄂桓：“哈哈，脏了？你们不是用嘴吃的吗？你们的嘴不脏！”夕姝：“臣妾把这些东西吃脏了，传了出去叫天下人笑话。”罗王后：“夕妹妹，就让大王吃了算了，不必再去麻烦。”夕姝：“姐姐，大王吃我们吃过的东西，传出去这要叫天下人笑话！”罗王后：“我们不是还没动手吗？”夕姝：“不管怎么说，不能让大王吃我们臣妾吃的东西掉了身份。奴仆们，快撤！”鄂桓：“夕妃对朕一片忠心可嘉！”罗王后：“夕妹妹，大王感激你啊！”夕姝：“谢大王，谢王后。”

学馆外。夕姝对庹嵩说道：“有一天，大王突然驾临我的寝宫，要同我与罗王后一起用膳。我急忙命侍女把还未动筷的食物撤了。”庹嵩：“你做得很巧妙。”庹妃：“我担心还会遇到这样的事。”庹嵩：“你可先约大王用膳，他不来你才放药嘛。你也可以借故到厨房只给罗王后的银耳羹放药。”

夕姝：“多谢指点。罗王后吃了你拿的药已半年多了，怎么毫无动静？”庹嵩：“快了。性急吃不得热豆腐，你必须坚持下去！”夕姝：“好，我一定坚持下去。”

罗王后毒发身亡

罗王后寝宫。半夜。罗王后：“这是怎么回事？我腹痛不已。”鄂桓：“你吃了什么不洁之物？”罗王后：“没有。”鄂桓：“你在哪些地方吃过东西？”罗王后：“除了每两天到夕姝妹妹那里去吃饭以外，顿顿都只在自己宫中用膳。”鄂桓：“那天庹妃为什么不让朕同你们一起用膳呢？当时你们还没有动筷子？”

罗王后:“我们还未动筷子。她不让你一起用那现成的膳，我真以为是她对大王的尊重。现在不说那些了，肚子痛得受不了了。”鄂桓：“传御医。”

御医：“大王，罗王后所得之病，恕我医术浅薄，实在是查不出什么原因，请治臣无能之罪。”鄂桓：“你们会诊也查不出病因？”御医：“臣认为有点像食物中毒。”鄂桓：“速用解药！”众御医：“用过几种解药，都不见效。臣等毫无办法。”鄂桓：“你们再治不好王后的病……”罗王后：“大王，臣妾生病是命中注定，不能治御医之罪。”鄂桓：“爱妃，你的病治不好，看到你一天天消瘦下去，朕忧心如焚……”

夕姝：“臣妾拜见王后。姐姐，你身体好好的，得的是什么病？”罗王后：“妹子，郎中查不出是什么病。看来我这病是治不好了，后宫的事就拜托妹妹多料理了。”夕姝：“姐姐啊，您心肠好，不会得什么大不了的病。老天啊，为什么不让我顶替我姐姐得病？让我仁慈的姐姐平平安安地生活啊！姐姐啊，天有阴晴，人有病痛，都是常事。您的病一定能够很快治好的。老天会保佑您的。”

夕姝暗喜，脑海中迅速闪过庹嵩交药，自己请罗王后用膳的情景。

鄂桓:“罗爱妃，朕与你永结同心，誓白头偕老。你现在病成这个样子，朕心如刀绞。”罗王后：“大王，臣妾本想伴你终生，可惜老天不给我这个福分。臣妾别牵挂，只是拜托你一定要照看好然儿……”鄂桓点头：“爱妃你请放心……”鄂然：" 母后，儿臣一定请太医好好给你治病，你的病一定能治好，你一定要好好地活下去。”罗王后：“儿呀，娘并不怕死，只是放心不下大王和你。我死之后，你一定要好好听你父王的话。”

罗王后说完将头一偏咽了气。鄂然大声号叫：“母后，母后，你别丢下我不管啊……你不能死啊！”鄂桓：“爱妃，你就这样走了吗？就这样离我而去了吗？唐冢宰，唐太傅，你们去好好筹划，一定要用最隆重的礼仪安葬王后。”唐诚、唐严、鄂典、庹嵩等：“遵匕”旨。

夕姝升王后

王宫后花园。夕姝：“夫君的办法果然奏效，毒死罗王后没有留下半点蛛丝马迹。可是罗王后已死这么些天了，大王却不将我升为王后，说不定大王另有人选，我该怎么办？”庹嵩：“王后丧期未满，立即升你为皇后，对你和大王名声都不利。当然，想当王后的，适合当王后的人很多，不能肯定大王一定会升你为王后。”夕姝：“难道我阴谋使尽仅仅是为他人垫桥铺路。我该怎么办啊？"庹嵩："别太担心。你有两个优于其他王妃的有利条件：一是你美艳超群；二是你为大王生了三个他最宠爱的儿子。你要很好地利用你这两个优势，抓住大王的心。王后大位就非你莫属了。"夕姝："谢夫君指点。"庹嵩："你千万小心，丝毫不能让鄂桓怀疑我们有暧昧之情。他一旦产生怀疑，你我就前功尽弃，彻底完蛋了。"夕姝："这我知道。"

夕妃寝宫。床榻。鄂桓："爱妃，你真好！既让朕玩得高兴，又让朕顿顿吃得舒服。你教导得好：鄂赵、鄂峰、鄂丹兄弟天天问安，十分孝顺。这后宫的事就烦你多操心了。"夕姝："能够让大王满意，是臣妾最大的幸事。在后宫多操点心，臣妾也愿意。只是，我在姐妹中无名无分，怎好对别人去指手画脚？"鄂桓："对了。罗王后的丧期已满。可以册封你为王后了。"夕姝："谢大王。"

鄂桓突然问道："有人说，罗王后生病之前，你经常请她吃饭，是不是饭菜中做了什么手脚？"夕姝："这真是天大的冤枉。我亲手给她做饭，一直陪着她吃一样的饭菜。我为什么没得病？大王您切莫上了挑拨是非的人的当，把臣妾对您和王后的一片忠心当成恶意，您一定要为臣妾做主啊！"鄂桓想起夕姝寝宫膳食热气腾腾，便要与罗王后、夕妃一起用膳，夕妃急忙令撤膳等情景："朕知道，你对朕一片忠心。朕也知道，这后宫中你们姐妹之间感情最深。朕也不相信你会使什么坏心眼。在后宫中这么多人，你要使坏心眼，早就有人看出来了。朕是相信你的，立即册封你为王后。"夕姝："谢大王。"

夕王后寝宫。庹嵩："末将请王后娘娘安。"夕姝："你怎么回宫了？"庹嵩："镇平关大战结束后，大王命我回宫做长史。"夕姝："恭贺你呀，我们又可以时常见面了。"庹嵩："不值得贺！做长史虽地位显赫，却没有实权。"夕姝："权权权，你的心中没有我，只有权！"庹嵩："我的心中哪能没有你呢？"

太子鄂然中计

夕王后寝宫。庹嵩："娘娘，您可知道大王准备禅大位给太子了？"夕姝："不知。"庹嵩："真禅大位了，我们以前的心血全泡汤了。"夕姝："什么？"庹嵩："我们的儿子休想登大位了。"夕姝："我们该怎么办？"庹嵩："附耳过来，如此这般。"夕姝连连点头："好好。"

御钓亭。鄂然："夕娘娘，快取钩，鱼儿上钩了。"夕姝看了看假山后鄂桓的身影，躬身弯腰伸手去拿鱼竿，顺势跌入水中。鄂然大惊："夕娘娘别慌，儿臣来救你！"身材高大魁梧的鄂然跳入水中，抱起夕姝向岸边走去。可是岸陡，鄂然走了几个地方都上不了岸，只好顺着水池的边缘抱着夕姝吃力地绕道走向御钓亭。夕姝两手用力他抓住鄂然的手臂，头依偎鄂然怀里。鄂桓走到池边大喝一声："畜生，你在干什么？"上前劈脸打了鄂然一耳光："逆子太无礼！老子宰了你！"

鄂然："父王，夕娘娘落水，儿臣去救她，有什么错？"寺人、宫女："大王息怒，太子救王后娘娘，的确没有过错。"夕姝："大王息怒，臣妾失足落水，完全是臣妾的过错，不关太子的事。"鄂桓："老子一剑劈了这个逆子！"夕姝拉住鄂桓："太子快走！"

鄂然狼狈而逃。

鄂然难解鄂桓的误会被废太子大位

太子宫。鄂然惶恐不安地:“父王误会了我的一片孝心,反认为我对夕娘娘有非分之想。这个误会怎样才能解除?对了,必须让母后给儿解此危难。我应当把母后给我的手镯献给父王,让他回想起与母后的恩爱之情。”

王宫。御案前。鄂然手捧木匣,跪在鄂桓面前:“儿臣拜见父王。”鄂桓:“你手中捧的木匣里装的是什么?”鄂然:“父王请看,这是父王迎娶母后时送给她的最珍贵的手镯。”

鄂桓仔细观看:“你母后对朕忠心耿耿,朕对她一片真心,你现在把它拿来干什么?”鄂然:“母后临终时告诉我,若遇父王对儿臣有重大误会时,将手镯献与父王,可将误会解除。”鄂桓:“你不拿玉镯来我的气还小些,见了玉镯,朕的气就更大了。你完全忘了你母后对你的教诲!”鄂然:“父王,儿臣有不白的冤屈。”鄂桓:“你有什么冤屈?你的所作所为是父王我亲眼所见,并非他人告发,你有什么冤屈?你贪生怕死,屈服帝辛的淫威;你奢靡淫乱,真是罪不容诛!宫中美女如云,你却打起你继母的主意来了。真是衣冠禽兽!”鄂然:“父王,儿臣对父王、对夕娘娘只是敬重的一片真心,毫无非分之想。请父王不要上了歹人挑拨离间的当。儿臣冤枉啊!”

鄂桓:“那是父王我亲眼所见,你还敢狡辩!”鄂然:“儿臣见夕娘娘落水,急忙去救,并无丝毫歹意。”鄂桓:“你们为什么约会在御钓亭?你们私会了多少次?传出去叫父王有何脸面面对天下百姓?朕不杀你,废你太子之位,仍做然王,坐镇官渡,这是对你最大的宽恕和关怀!”鄂然:“儿臣虽然有不妥之处,但绝无大的过错,罪不该废。请父王三思!”鄂桓:“你死有余辜,还说是罪不该废,还不快到大殿接旨!滚!”

鄂然垂头丧气地向大殿走去。

王宫大殿。鄂桓:“文武百官听着,朕决定废鄂然太子之位,改封然王,驻官渡,无王命召唤,不得入京。”鄂然:“父王明鉴,儿臣冤枉啊!”鄂桓:“家丑不可外扬,你立刻起程到官渡去吧。”鄂然:“儿臣拜别父王。”

鄂桓拂袖而去……

御书房。鄂桓:“宫中烦心事越来越多,朕年纪越来越大,越来越感到力不从心,想早日退位歇息了。”庹嵩故作惊讶地:“大王,国家可离不开您啊!”鄂桓:“朕也是从社稷长治久安着想。再说,禅让之后,也不是完全撒手不管,还得扶赵儿一程……”庹嵩:“大王可真正是尧舜之王啊!”鄂桓:“你去为朕好好筹办吧。”庹嵩:“要是唐冢宰、武成王他们不同意由我来操办此事呢?”鄂桓:“去喊唐冢宰、武成王前来议事。”庹嵩:“是。”

第 8 章
唐诚鄂典防庹嵩　唐泰仗义救龚栗

唐诚、鄂典商议提防庹嵩之策

冢宰府。唐诚："武成王前往唐家寨安葬唐戲，一路辛苦，值此归来之际，特备薄酒一杯为武成王洗尘。请！"鄂典："请！老冢宰太客气了。本王受大王之托，为护国忠臣致哀，受点辛苦是应该的。"唐诚："武成王，恕微臣直言：唐戲被俘我总觉得有些蹊跷。"鄂典："老冢宰说得对，本王也觉得有些蹊跷。"唐诚："武成王发觉了什么蛛丝马迹？"鄂典："唐戲为救大王，直接与帝辛交战。我正与崇飞大战脱不了身，罗川与唐戲距离也远，唐戲马头被砸，随马倒于地上；庹嵩与唐戲近在咫尺，掉转马头时却正好与闻伦相遇接战，造成商军将唐戲俘获，这里面有许多疑点。我看庹嵩压根就是不愿意救唐戲。"唐诚："你认为他为什么不救唐戲？"鄂典："我看庹嵩是为了夺取天峰关总兵职位。"唐诚："这恐怕只是原因之一，不仅仅是为了夺取总兵职位。"鄂典："难道说是为了取悦帝辛？"唐诚："你说的这些原因都不能排除，微臣总觉得庹嵩这个人有很多可疑之处。"鄂典："是呀，他是帝辛赐予的大王的媵臣，可见他与帝辛的关系非同一般。我多次提醒王兄，不可对他过于相信。王兄说，他对他本有戒心。一次到玉皇宫进香，行至悬崖边，突然天降大雨，轿夫在陡峭的山路上站立不稳，脚下打滑，王兄被抛出龙辇。在千钧一发之时，庹嵩一把将王兄拉了回来，救了王兄的命。进玉皇宫后，王兄惊魂未定，命大巫求签。大巫求得一个上上签'遇险得解，永保平安'，王兄便认定庹嵩是自己永远的救星，对他不再有任何怀疑了。此次庹嵩挡开帝辛大钺，使大王逃脱了成为帝辛刀下之鬼的厄运，对他更是深信不疑了。唐戲将军遇难，我虽对庹嵩的行为有些怀疑，可又拿不出什么真凭实据。"

唐诚："此人疑点甚多，我们对他可更要多提防点。"鄂典："老冢宰说得对。哦，忘了告诉您，今天是安放唐戲将军灵位的日子。我要求族首一定要通过隆重仪式教育后人树立爱国之心。”唐诚：“武成王考虑周到。”

唐泰、唐坚立誓继承祖父遗风

唐家祠堂。一大群族人肃静地跪在祠堂前，看着唐泰在唐仁的引导下，捧着唐戬的灵牌进入祠堂大堂。族首唐纯接过灵牌，安放在牌位上。唐仁、唐泰、唐坚跪在灵牌前叩头。唐纯：“现在举行唐戲将军牌位安放仪式。唐戲将军为国捐躯，是我们賨人不畏帝辛暴虐的典范，也是我们唐家的光荣。”唐仁：“谢族首夸奖。”唐泰、唐坚：“我们一定继承爷爷的遗志，长大后全心全意为国出力，为祖宗争光！”

唐纯：“唐戬将军灵位安放完毕。再叩首！”唐仁、唐泰、唐坚继续磕头。唐泰、唐坚：“爷爷，我们长大以后一定为你报仇雪恨！一定像你那样保卫国家，保护百姓！”唐纯：“唐仁，回家好好教导孩子吧。”唐仁：“遵族首训导。”

深夜。唐家祠堂院坝。唐仁教导唐泰、唐坚、唐修、唐翔等几个少年练习武术。练了一阵以后，唐坚：“爹爹，我累了，该歇一下了。”唐仁：“练功就是要不怕累，要吃得苦才能学到真本领。再练一会儿。”唐泰：“我的腿抬不动了，臂也伸不直了。歇歇吧！”唐仁：“做任何事情都要能吃苦，才能把事情做好。特别是练武，更要吃得苦，才能练好本领。为了给你爷爷报仇，为了我们賨人不受欺压，必须克服怕苦怕累的思想，练好真实本领。我小时候学武术，你们的爷爷对我要求可严了。学习必须全神贯注，一个动作只教三遍，如果还没学会就要挨板子了。”

唐泰：“爷爷是向哪个老师学的？”唐仁：“你爷爷的老师是督罡的父亲，他是向督罡的父亲学的。”唐泰：“督罡父亲的名讳呢？”唐仁：“督罡的父亲名督虔。他的武功可高强了。”唐坚：“督虔又是向哪个学的呢？”唐仁：“督虔的武术据说是他祖上一代一代传下来的，已有上千年的历史，有许多绝招，是防身杀敌的真本领。”

唐泰：“督虔教了多少弟子？”唐仁：“可多了。我是从督虔的儿子督罡那里学的。”唐坚：“太好了。爹爹学到家没有？”唐仁：“我也只学到了大部分。”唐坚：“为什么没有全部学到手？”唐仁：“武功太深奥了。老师只能指点方向，不可能把过硬本领全部传给学生。”唐坚：“为什么？”

唐仁：“老师只能讲个基本原理。”唐泰：“学生怎样才能掌握到真实本领？”唐仁：“必须根据老师讲的原理，自己勤学苦练和不断领悟才能具有真本事。”唐泰：“听了爹爹的一番教导，我不怕吃苦了，爹爹，你教我们更难的动作吧。”唐坚：“爹爹，教我们更难的动作吧。”唐修、唐翔：“大伯，教更好的功夫吧。”

唐仁“孩子们，你们想学好武术的心情我很理解，但是，不要想一口吃成一个胖娃娃。你们不能好高骛远，急于求成。学习武功必须扎扎实实地从基本功学起。我们賨人为了生存，刻苦探索，练就了一些抗御强敌和克敌制胜的真实本领，人称賨人功夫。主要有賨人风雷掌、賨人阴阳拳、巴山拳、巴山飞腿等等。要掌握这些功夫，必须先从简易的基本动作学起，练好基本功，逐步增加难度才能真正掌握这些过硬的本领。不然就成了好看不中用的花拳绣腿了。”唐泰、唐坚等：“好，扎扎实实练好基本功。”

唐仁："冲拳、踢腿、弯腰、转身是最基本的动作，大家随我做。"几个青年人认真地练习基本功，冲拳、踢腿、弯腰、转身虎虎生风。唐泰、唐坚等在冲拳、踢腿、弯腰、转身中逐渐成长壮大。

唐泰等打虎巡山

唐家寨山梁上。比长紧急地敲锣数声后，高声喊道："近来发现一只猛虎又来到了我们巴林县黎明乡一带，已叼走牛羊牲畜无数，咬死咬伤多人。各邻里乡亲要互相转告，出门要自带武器，老人小孩不要外出。会武功的青壮年要结队上山搜寻，发现猛虎要立即捕杀。各乡邻要互相救助，以免猛虎伤人。大家听清楚没有？"远处传来应答声："听清楚了。"

村口。山间小道。一壮实青年，身材高大，英俊潇洒，披发左衽，头戴鹖冠，手握投枪，腰挂青铜宝剑，脚穿草鞋，边前行边警觉地向山间巡视。一条猎犬紧紧跟随他的身旁。唐坚、唐修、唐翔等一行披发左衽的青年，手拿投枪，腰挂青铜宝剑，匆匆地向壮实青年走去。唐坚远远地向壮实青年问道"泰儿哥，我们是一起巡山，还是分头行动？"唐泰回答说"诸位兄弟，我们賨人是著名的打虎英雄，射杀猛虎是我们的长项。大家都会武功，一起行动，所见地面不宽，疏漏地方就多；分头巡视，所见地面宽，疏漏的地方少，就能早点除掉猛虎。分开行动为好。发现猛虎要沉着镇静，不可惊慌失措。各位兄弟要多加小心！"唐修说："泰儿哥说得对，我们賨人不害怕猛虎。不过发现猛虎，要及时告诉大家，以便大家齐心协力将猛虎搏杀！"唐坚："对，发现险情，要互相救援。泰儿哥，我再说一个大家要注意的事情：前不久，商军侵占紫金关，经常到我们唐家寨一带骚扰，使我们不得安宁。这些商军夺我财物和粮食，抢我姑娘，比猛虎还厉害，可得更要提防啊！"唐泰："是呀，帝辛欺负我賨国弱小，时刻想灭我賨国。发现商军抢劫，我们必须坚决予以打击。"唐翔："我们什么时候才能不受商军欺凌呢？"唐泰："只有推翻帝辛，把商军彻底消灭了。"唐翔："推翻帝辛，那要等到什么时候呀？"唐坚："天下老百姓都深恶痛绝帝辛的残暴统治。只要有人领头，还怕推翻不了暴虐帝辛？现在我们要练好本领，时机一到就能在推翻帝辛的战斗中建功立业。"

唐泰："推翻帝辛不是一朝一夕的事。我们要练好本领，壮大我们賨国的力量，推翻帝辛就不会太久。我们现在必须做好眼前的事。各位兄弟分别行事。请了。"大家正要分头行动，唐破一手提着长矛，一手提着裤子，边跑边喊："泰儿哥，等等我！"唐泰："莽儿兄弟有什么事？"唐破："我跟你们一起去打猛虎。"唐泰为唐破扎好裤腰带："回家躲着去吧，像这样垮垅稀带，莫被猛虎吃了！"唐破扬了扬长矛："我叫猛虎吃这个！"唐泰："好样的，坚儿弟弟带好莽儿弟弟。"唐坚："走！"青年们互相道请后分头散去。

三公子、崇飞奉命催赋选美

紫金关高耸入云。紫金关城楼上商字大旗高高飘扬。崇飞快步走进大厅，向三公子施礼："三公子在上，末将有礼了。"三公子指着侧边的座位："崇将军无须见礼，请坐。"崇飞坐下后，三公子不无忧虑地说"这几年父王不断派人到各地催赋选美，效果不见看好，为何不发下圣旨，命各地按时上交得了？"崇飞："三公子有所不知，大王圣旨发了不少，无人遵从。"三公子："为什么？"崇摇头："世风日下，圣旨不起作用啊！"三公子突然提起精神问道："崇将军，你知不知道，父王为什么派本公子来到賨国巴林县催赋选美？"崇飞："三公子，末将揣测，大王这次派你到巴林县有两重意思：一是要你了解賨国不奉圣旨的原因；二是选到让大王满意的美女，才好让你在你们众兄弟中脱颖而出！这是大王在着意栽培你。"三公子："哪里是着意栽培哟，我看是父王在故意为难我。"崇飞："三公子为何有如此想法？"三公子："父王想把我栽培成什么？接他的大位？可惜我不是老大老二是老三。"崇飞："你虽然不是老大老二，但是你比老大老二都聪明，我看大王早有让你登上太子大位的打算。他随时让你办最难办的事，是在锻炼你办事的能力。"

三公子似乎恍然大悟地说："崇将军很有见地。我知道，随着我们兄弟一天天长大，父王把立太子的事放在了嗓子眼上。诸多兄弟要武功没武功，要文化没文化，干正经事窝窝囊囊，干歪门邪道精明无比，争太子大位一个个争得雷昂地吼。他们都知道賨国桀骜不驯，到賨国催赋选美，不能大张旗鼓地去办，只能悄悄地进行。他们都知道这是不容易办到的事情。他们一个个都当缩头乌龟，不敢来。几经商议，父王才把我派到賨国来。我深知，这是我在父王面前展示我办事能力的一次极好的机会。如能使他满意，他就可能将太子大位赐予我。如果不能使他满意，我就什么也别想了。"崇飞："三公子既然明了大王的用意，可得要竭尽全力的办好这件事情，让大王满意啊！"

三公子："你知道我为什么要你随我一起来？因为你精明能干，是朝中有名的智多星，能给我出好主意。你帮助我登上了太子大位，你就是我的第一个有功之臣，自然少不了你的高官厚禄和荣华富贵。你这个智多星可得要多为本公子出把力啊，本公子能不能抓住这个大好机会建功立业就全靠你了。"

崇飞："三公子您请放心，催赋选美之事，我一定为你办得巴巴实实。"

三公子："本公子到此已住了好多天了，你可找到了完成催赋选美任务门路没有？"崇飞："不瞒三公子说，微臣早已向附近各县令、闾胥、比长作了训示，他们都答应尽快筹集贡赋粮食。"三公子迫不及待地反问："这贡赋征粮能使父王满意吗？"崇飞："微臣当然知道，征粮再多，也不一定能使大王满意。"三公子："你知道是为什么吗？"崇飞："我侍奉大王十多年，还不知道大王的喜好吗？"三公子："知道就好。他最大的喜好是什么？"崇飞："一是色，二是权。大王最喜欢美色，可说是达到了疯狂的程度。他拜女娲娘娘神殿，明明知道不可亵渎神灵，他却敢冒禁忌，硬要窥视女娲娘娘真容，看到女娲娘娘真容以后，在墙壁上题写了一首要女娲娘娘陪睡的淫诗，真是色胆比天大！二是权。他把自子看作是上天的儿子，讲究的是唯我独尊。他认为自己的一言一行都代表上天的旨意。所以，他目空一切，唯我独尊，国中凡是有不顺从他的旨意的人都看成是叛逆，都要进行严厉的惩罚。"

三公子："你既然知道父王好色，快说，向县令、闾胥、比长布置了找美人的事吗？"

崇飞狡猾地故意顿了顿："三公子别急，这賨国是个出美女的地方，美女多得很。据潜龙乡闾胥朴明说：这潜龙乡龚家寨就有个貌胜天仙的大美人。"三公子："为何不立刻将她召来？"崇飞："朴明说，明召，这个美女的家族绝对不从。龚家寨人强悍无比，族群又十分团结，争斗起来，会闹出大事，不能草率行事。"

三公子："这可如何是好？对了，赶快派一些精明强干之人前去寻找机会，快快将那个美女抢来送回朝歌奉献大王。"崇飞："此事急不得。我们既要抢到美人，又不要弓I起大的风波才好。末将打算派几个人悄悄地前去龚家寨，寻找机会抢人。"三公子："这个办法好，马上去办。"崇飞："末将遵命。"

龚栗、龚先父女采药遇险

唐家寨。崇山峻岭，林木茂盛。山间小道上，行进着父女二人。父:"帝辛催赋逼得很紧，没钱交赋，公差就用吊打、抄家、捆绑、关监各种手段进行催逼，搞得不少人遍体鳞伤，不得不四处躲藏，不少人妻离子散，家破人亡。这世道，穷人真是没法活命了！"女:"爹爹，我们家还欠多少赋税没交清？"父："欠多欠少咋个说得清？我们賨国原来一年只交一次赋税，可是，现在帝辛派兵占了紫金关以后也向我们直接征赋税。闾胥、比长随时传达帝辛旨令，叫交多少就交多少，哪里有个定数？"女："难怪那么多人逃亡。"父"这世道逃得到哪里去？哪里不是帝辛的天下？好在我们祖宗给我们传下治病和采药的方法，多了一条谋生之路，不然我们还不是早就逃亡去了，说不定早就死在他乡外里了。"女："父亲，我们是为交清赋税才上山采药的吗？"

父："采药不完全是为了交清赋税，也不只是为了挣生活。我们行医采药还为的是救死扶伤，解除病人的痛苦。"女:"难怪你治病从不收取别人的高价钱。因此人人敬重你，称赞你是药仙，大善人！"父："栗儿，另脱那些夸奖为父的话了。我们已来至唐家寨，此地有天麻、首乌、黄荆、杜仲、贝母、党参等多种名贵药材，可要仔细寻找。"龚栗："爹爹说的是，我们仔细找来。爹爹，快来看，这里有党参。"父："快快去挖。"龚栗："爹爹，你看，好大一块党参啊，平时很难看到这么大的党参。"父："是啊，今天运气好，我们一下就挖到了这么好的药。前面还有杜仲、首乌，我们快快寻去。"龚栗："对，我们今天一定可以采到更多的好药。"父女二人向深山走去。

唐泰仗义救人

唐泰正向老林深处走去，突然传出一老人急促的呼救声："救命啊！抢人啦！"唐泰闻讯，急忙向丛林中飞奔而去，远远地听见一挖药人在声嘶力竭地呼救。他便向挖药人手指的方向望去，只见一行五人，其中一人背着一个拚命挣扎的人向丛林深处奔去。唐泰取出号角立即吹响，并取下腰间的青铜宝剑，带着猎犬飞快地向前追去："站住，你们为什么抢人？"歹徒背着人不停地向前跑去。后面的四个歹徒见唐泰追来，立即一齐手持利剑凶狠地向唐泰猛扑过来："快快躲开，否则老子要你的命！"

唐泰向旁边一闪，躲过了歹徒：“你们立即停止作恶，免得老子动手！”歹徒手持利剑恶狠狠地将唐泰围在垓心，唐泰与四人大战。猎犬追上背人的歹徒，咬住了歹徒的腿。背人歹徒抛开背着的人，抽出宝剑向猎犬刺杀。机敏的猎犬躲过歹徒的宝剑，前后跳跃，不时咬歹徒一口。唐泰勇敢地与四个凶手对战起来。不一会儿即杀死了一个歹徒。三个歹徒更加凶狠地猛攻唐泰。

唐坚、唐修、唐全、唐翔等听到号角声，立刻向飞奔而来投入战斗，将三个凶手杀死。剩下一个凶手见势不吵，立即向紫金关方向逃去。猎犬飞快地咬住了他的腿。唐泰等健步如飞，将凶手截住：“站住！还不快快放下武器！”歹徒扑通一声跪下：“壮士饶命！壮士饶命！”唐坚上前缴了歹徒的武器：“你们是什么人？为何大白天在此行劫？”歹徒：“我们是……”唐泰：“快说！”歹徒：“我们是商军。”

唐泰：“你说你们是商军，为何不穿商军的衣服？”歹徒：“我们是奉崇飞司徒之令装扮成本地山民，专程前来迎接龚家美女进宫。我们已跟踪数天无法下手，今日得此机会，不想却遇到了壮士。请壮士饶命！”唐泰：“你是商军有什么为证？”商军从腰间摸出一块木牌：“请看，有腰牌为证。”

唐泰：“你们如此欺凌我賨国人，岂可饶得你性命？”唐修上前，一剑刺死了商军。唐坚：“商军作恶多端，是该遭受这样的下场。快把这几个尸体丢到深不见底的漩洞里去喂蝎蛇鱼虾，免得商军发现尸体后来报复我们。”

大家很快地将商军尸体一个个丢进了漩洞，再回过头来看受伤的人：原来是一个身穿筒裙，头绾仙髻，耳戴玉环的青年女子。

唐泰、龚栗喜相识

挖药人将青年女子抱在怀里，急切地叫道：“我儿，快醒醒，快醒醒，英雄把你从坏人手中救回来了。”龚栗睁开眼睛问道：“爹爹，我是生还是死？”挖药人急切地解释道：“我儿，你还活着，你还活着。你看，是这位英雄和这几位小兄弟把你从歹人手中救回来的。快快谢谢他们！”龚栗看见身旁说话的救命英雄是一位二十来岁的青年，急忙要翻身下跪，可是周身疼痛：“多谢了几位哥哥，小妹永世不忘你们的救命大恩！周身疼痛，无法施礼，敬请原谅

唐泰急忙用手势止住龚栗“小妹妹不要动，不消大礼。除恶救人，这是我们应该做的。”唐泰细看龚栗，眼睛一亮，心中暗自说道：“这是哪里来的天仙啊！水灵灵一双大眼，黑浓浓一头青丝，圆润润一张小口，处处显示着青春与活力、聪明与智慧，这姑娘是多么的可爱啊！”

龚栗细看唐泰，也怦然心动，暗暗惊叹“炯炯闪亮的一双大眼，高高耸起的一个隆鼻，有力的一双大手，伟岸的一副身材，处处显示着刚强与毅力。这英俊男子是何等的威武啊！”两人相视良久。唐泰转向挖药人：“请问大伯，小妹是怎么落入歹人手中的？”

挖药人：“我爷儿俩一早来到唐家寨，正在山上采药，突然从树丛中跳出五个人来，强行要我女儿跟他们到紫金关去。我问他们是什么人，他们说他们是商军，专门来接我

女儿到帝辛宫中去享福。我知道对这些歹徒讲礼是没有用的，便急忙用挖药锄向歹徒打去。我哪里是歹徒的对手！药锄没有打到歹徒，歹徒反倒把我打倒在地上。女儿躲避不及，被一个歹徒打伤后背着就跑。我边追边呼救，幸亏遇到了你们，不然，我的女儿就没命了。”唐泰：“请问大伯，你们是哪里人？”挖药人：“我的家住在潜龙乡龚家寨，离你们唐家寨只有五十多里路程。我家世代为医。今天一大早赶来，是想采点天麻、杜仲、党参、首乌之类的药材。一则用于治病，一则换些银钱缴纳赋税。我以前也来这里采过这些药材，没有遇到过坏人。不想今天却遇到了坏人。”唐坚：“这里原本是清平世界，没有发现过坏人。自从商军进驻紫金关以来，商军不时到这方来骚扰，便经常发生抢劫、强奸、杀人之事了。最近几天听到了虎叫声，比长要我们年轻人巡山打虎。不想今天你们就碰上了商军作恶。商军这个’老虎'比山里的真老虎还要凶。”

唐泰：“请问老伯贵姓大名？”挖药人：“免贵姓龚，名先。我家世代采药行医，有点小名声，因此，人们叫我龚药仙。敢问小哥们贵姓？”唐泰：“不敢言贵。贱姓唐，名泰。他们都姓唐，他叫唐坚，他叫唐修，他叫唐全，他叫唐翔。我们就住在这唐家寨。”龚先：“老朽谢谢你们了。我们龚、唐两个寨子虽各属一乡管辖，但同为巴林县之地，相距不远，今后你们有什么事，我们也好前来相助。”唐泰：“大全叔，坚儿、修文、小翔几个兄弟，这里没事了，大家还是继续巡山吧，以防发生意外。这里的事我来处理。”唐坚等：“好！泰儿哥，有什么事立即招呼我们！”说完旋即离去。

唐泰告诉龚先自己学武来历

龚先：“小哥小小年纪就有这么好的武功，请问是怎么学来的？”唐泰：“我家世代家传一些拳脚功夫，我的爷爷唐戲是镇平关总兵，在抵抗帝辛入侵賨国的战斗中，为保护国王鄂桓惨死在帝辛之手。我的父亲唐仁是一位将军在战斗中失去了左臂。国王鄂桓派武成王鄂典亲自护灵，将我爷爷的遗体运回唐家寨安葬。此后我的父亲遵从国王御旨，便在家乡教我们几个年轻后生练习武艺。”

龚先：“真是三生有幸，今天遇见了贵人。你们是忠勇之家，世代武功高强，打虎远近闻名。久仰久仰！”唐泰谦逊地：“不敢不敢。天色不早了，小妹又受了伤，何不到寒舍暂歇，等治好了伤再去采药不迟。”龚先：“原本不敢相扰，既蒙相邀，天色已晚，只好暂借贵府歇息了。”

第9章
巴渝舞节庆打虎　龚先盛赞唐家寨

龚先、龚栗到唐泰家做客

山间小道。龚先和唐泰轮换地背着龚栗来到一依山傍水村庄。龚先仔细观看周围景色，只见高山含黛衬映蓝天白云，小河流水荡漾绿水清波。依山傍水小河岸边，搭建着茅草房数座。房前屋后秀竹果树松柏苍翠欲滴；水田旱地布列整齐如棋。眼看林木郁郁葱葱；耳闻鸡鸣犬吠，牛羊欢唱，一派生机盎然，不觉脱口称赞道："这里山清水秀，真个是个地灵人杰的风水宝地啊！"唐泰："感谢大伯夸奖。"

三人走进农家小院院坝，唐泰高声喊道："母亲，来客人了！"泰儿娘罗蓉手刺绣活，应声从房内走出来："贵客到来，快快请坐。"泰儿娘边说边放下手中的刺绣活，热情地将龚先父女接进房中，用抹布在凳子上拂了拂灰尘。龚先边扶龚栗坐下边说："谢过大嫂。小女不幸被商军凶手抢走，多亏贵公子和几位小哥相救，救命之恩永世不忘！"唐泰："大伯过奖了。赶快给栗妹治伤吧。"龚先："还是泰儿想得周到。我只顾说话，忘记给栗儿疗伤了。栗儿肩胛被摔脱臼了，上点药很快就会好的。"龚先便急忙拿出草药为女儿疗伤。

唐仁杀猛虎受伤

唐仁左手袖空空，右臂耷拉着提着青铜宝剑，一步跨进院坝："娃他娘，泰儿回来没有？"罗蓉："回来了。"唐仁："我在唐家湾后山杀死了一只猛虎，喊他找几个人一起去抬！"唐泰从房中走出，高兴地说："爹爹，来客人了。"

唐仁表示欢迎地说："客人在哪里？快快递烟奉茶嘛。"龚先起立同唐仁见礼："见过大哥。"唐仁连忙还礼："贵客请坐。"龚先突然看见唐仁手臂流血："老兄手臂怎么在流血？”唐仁：“我的左臂早已在同商军作战中失去了，刚才杀虎，不慎踩虚了脚，跌倒后右臂被猛虎抓伤。”

龚先：“我有治伤药，可以马上给你治。”唐仁：“多谢贵客。”龚栗：“爹爹，我来给唐大伯治伤吧？”龚先：“你先把自己的伤养好了再说。我来给他治。”唐仁：“这小妹儿也懂医？”龚先：“她不仅懂医，还是绣花能手，是我的乖女儿啊！”龚栗被说得不好意思起来：“爹爹，你说哪儿去了啊！”

龚先边上药边称赞：“老兄真英雄啊，手臂骨头撕裂了，伤得这么重还杀死了猛虎。”唐仁：“贵客过奖了。我手臂受伤后，顾不了伤痛，只好猛斗猛虎。当时不斗不行，不是我杀死猛虎就是让猛虎吃掉。”龚先：“难道不痛吗？”唐仁：“痛，当然很痛，我顾痛就杀不了猛虎。当时心中只有一个念头：杀死猛虎自己才有生的希望。你这药真好，一擦上去就真的不痛了。你的医术真高明。”

龚先：“这是我家家传秘方。你这伤虽然是骨头有点撕裂，但未折断，只要是皮肉伤，容易医治。我老爹治罗薪的伤那才叫绝。罗薪是王宫侍卫，随帝辛征鬼方，被敌人打断了手、脚，内脏也掉了出来，只剩一口气没有断。帝辛说将他埋了算了。我老爹整着将他内脏按回肚里，用丝线缝合伤口，给他敷药喂药，然后将他手脚复位，敷上药，绑上夹片。十来天，罗薪就能下地走路了。半年后，罗薪完全恢复了武功，仍然做宫中卫侍。”龚栗：“这个罗薪命真大。”唐仁：“罗薪的运气真好，要是不遇到你爷爷医术那么高明，也完了。”唐泰：“难怪大伯治我老爹的伤见效这么快。”

唐仁：“泰儿，快喊坚儿和附近几个人去把死虎抬回来。坚儿这娃儿一天都窝在书房读书。叫他也干点力气活！”唐泰：“我只顾听老伯讲罗薪的故事了，我马上喊人去抬。”他走到院坝一侧，对着里屋高声地：“坚儿弟，你赶快喊几个人同我一起到唐家湾后山抬死老虎去！”唐坚书房。唐坚合上竹简，立刻应答：“好，我准备好松明火把，马上就去！”龚先：“我也一起去抬虎吧？”唐仁：“兄弟请坐。让年轻人去抬就行了。”龚先：“唐兄这手臂是什么时候没了的？”

唐仁怒气冲天：“当年帝辛攻打我国，我和父亲奋起抗击，帝辛捉住我父亲后，要我父亲投降。我父亲怒斥帝辛残暴罪行后，头碰帝辛辇车为国捐躯！我前去救父，被帝辛大钺打掉左臂，幸得众军士拼死相救，才留得性命。”

龚先：“你们父子都是爱国反纣的英雄，令人钦佩！”

龚栗教罗蓉刺绣

松明下。龚栗拿起罗蓉的刺绣仔细观看着。罗蓉：“小女子，我年老眼花，绣得不好，看了可别见笑。”龚栗：“大娘，你绣得很好。”罗蓉：“我绣的是鲤鱼跳龙门，鱼鳞、水波绣得都不像，你看该怎样丢针才好？”龚栗：“我也才学。大娘，是不是前七针向上，后三针向下，右五针向里，左三针向外更能现出鱼鳞、水波的动感来？”罗蓉：“对，我恰恰弄反了，所以显得很呆板。你这么一说，我就明白了。看来你小小年纪就是刺绣高手了啊。真聪明！”龚栗：“大娘过奖了。我说得不一定对，是门外之谈。”罗蓉：“龚栗姑娘，你说得很在理。明天帮我绣一下鱼鳞、水波好吗？”龚栗：“大娘如不嫌弃我绣得不好，就在这松明下绣吧。”栗儿娘：“晚上光线不好，莫伤了眼睛，还是明天白天给我绣吧。”龚栗：“不妨事的。我们年轻人眼睛清亮，我在家里也经常在松明下刺绣。”

龚栗在松明下仔细地刺绣起来。没过多久，一片闪闪发光的鱼鳞绣成了；再过一会儿，荡漾水波绣成了。罗蓉接过去仔细观看着，啧啧称赞：“真是会者不难，难者不会。龚栗姑娘这不大一会儿，比我几天还绣得多，绣得好。这姑娘真能干。”龚栗：“大娘，我只不过是给你补了一些缺空。”

罗蓉：“你这个缺空补得好，几针几线就把一幅画给点活了，真是画龙点睛。你看，这鱼一下子就鲜活蹦跳起来了，水的波浪也动起来了。活灵活现，十分逼真。姑娘真正是心灵手巧。”龚栗：“谢谢大娘的夸奖。”

比长、族首等观虎

山间小道。唐泰、唐坚、唐修、唐全、唐翔等一行人举着松明火把走进山中，将死虎抬回唐泰家院坝。院坝齐聚着众邻里观看。族首唐纯高声说道：“请罗比长验视死虎。”

比长罗千围着死虎走了一圈，高兴地拍着唐仁的右臂说：“感谢唐仁大哥用伤了的一只手把猛虎给杀死了，为我们地方除了一害。真是独臂英雄啊！唐纯族首，你这个族首当得好，把你们唐家族人个个培养成了能人。恭喜唐家打虎英雄又立了新功！”唐纯：“罗比长过奖了，还不是你比长平时把我们这些人训导得好。”罗千环视了一下乡亲：“这下可好了，我们把这只死虎抬到巴林县府去，可以抵消一次赋税了。”众：“帝辛的赋税太多了，催收得又紧，搞得我们简直没法活了。”罗千：“是呀，我这个比长简直没法当了。我们賨人本应只给賨国交税，可是，帝辛派重兵驻在我们这里，强征强要没完没了。商军时常直接派人到我们这里来要闾胥朴明和我帮着征粮派款，搞得民不聊生。我明明知道有的家庭确实无钱交赋，但是在闾胥朴明和公差的逼迫下又不得不昧着良心催赋，把一些家搞得妻离子散、家破人亡。我于心不忍，但又没有办法。我这个比长真是太难当了。”

唐仁：“比长说出了我们的心里话。你能不能将百姓的痛苦上告闾胥朴明，请他宽容宽容？”罗千：“别说这个闾胥朴明了，他不但积极帮助帝辛催粮催款，有时还乘机加码，将多收的粮款装进自己的腰包。”众：“这个朴明也太可恶了。”

罗千：“闾胥朴明虽然可恶，但是他有县府的委任状，又得到商军的支持，他有权管理我们这一方土地的人，我们把他有什么办法啊？”众邻居：“管人的人真是比老虎还可怕呀。”罗千：“是啊，老虎再凶，我们还可以躲一躲，甚至还可以将它杀死。管人的人，我们是莫法躲，更不敢杀的啊！现在商军竟然在光天化日之下出来抢劫民女了，这叫什么世道！”

巴渝舞节庆打虎

远处传来锣鼓的敲击声，有人已跳起了欢快的巴渝舞。唐仁：“说起我们穷人的伤心事就没完没了。忘了今天是巴渝舞节这个好日子。”比长：“唐仁老兄为我们打死了猛虎，应该借巴渝舞节好好庆贺庆贺！”

族首唐纯：“我们賨人快乐惯了，日子不管有多苦，也要黄连树下弹琵琶——苦中寻乐啊。大家把锣鼓敲起来跳舞去吧。”众：“好。跳起来！”

远亲近邻听得打虎喜讯，敲锣打鼓，弹琴奏乐，一齐拥向唐仁家院坝，燃起篝火，手拉手跳起了高亢激昂的巴渝舞。

唐坚：“哥哥，快去请你的客人跳舞。”唐泰走龚栗面前：“妹妹跳舞吧。”龚栗不好意思地：“真对不起，我的伤还有些痛，不能陪你跳舞。”

唐泰：“妹妹好好歇着，等伤好了我再请你跳舞。”

唐坚拉着唐泰的手，边跳边说：“泰儿哥，今天我们几下子就把几个歹徒杀死了，干得非常漂亮，要不是爹爹带领我们刻苦练功，哪能有今天除恶的威风！”唐泰：“兄弟说得对。”

唐泰回忆艰苦练武

鸡鸣声起。唐仁喊：“泰儿、坚儿，该起床练武了。”泰儿伸了伸懒腰，翻身起床同走向院坝，同唐坚、唐修等站到一起练拳。唐仁：“今天教巴山阴阳掌，大家一齐跟我学。”唐泰、唐坚、唐修等模仿唐仁练拳，整齐的拳脚之声呼呼作响。

唐坚见唐泰若有所思：“泰儿哥，你在想什么？”唐泰从沉思中惊醒：“我想起了小时练武的情景。”唐坚：“在你的带动下如今我也学了一些武术，不过没有你学得那么精通。”唐泰：“坚儿弟，你从小就喜欢读书，你能文能武是全才啊！”唐坚：“你也读了不少书，更是全才啊！”

唐坚回忆刻苦读书

东方刚刚发白。罗蓉高声喊道：“坚儿，该起床读书了。”唐坚：“天还没亮呢。”罗蓉：“五更起，半夜眠，苦读书才能有长进，不早点去，读得到啥名堂？”唐坚提着书篮上学堂，边走边唱：“太阳出来喜洋洋，提起书篮进学堂。苦读诗书强本领，要为祖宗争荣光。”唐泰：“坚儿弟弟真用功，小小年纪就能出口成章。”唐坚：“哥哥快别夸我，小弟愚笨，哪能像哥哥学文学武吹糠即见米。”唐泰：“学文学武都不是件容易办到的事情，你学文我学武，你我弟兄取长补短，相互学习，相互促进。”唐坚：“好！我们互相帮助，永远不分离。”

茅草房前。夕婆走进院坝，拉着罗蓉的手，边跳边说：“恭贺罗家妹子，你家又出了一个惩凶除恶的少年英雄。你们唐家老子能干，儿子也能干，真是能人辈出，个个能干呀！”罗蓉：“夕婆婆太夸奖泰儿了，还不是托你夕婆婆的洪福，以后还要请你多多关照呀！快快请坐！”夕婆：“我这个没用的老婆子，哪有什么能耐关照你家泰儿呀！”罗蓉：“你夕婆婆是远近闻名的大媒婆，快别推辞，需得你老人家关照的时候多着呢。”夕婆“我老婆子别的不中用，牵线搭桥倒还在行。有用得老婆子的时候，尽管吩咐就是了。”

罗蓉：“这才对嘛。”二人迅速消失在舞池中。

龚先盛赞唐家寨賨人巴渝舞

院坝中。夜。篝火熊熊。人们手拉手围成圆圈，边跳巴渝舞边唱道：“泰儿除恶，护我賨民，可歌可颂，真正英雄。仁哥杀虎，更添喜庆。是人是虎，勿来扰民，若犯我地，定惩不饶！尔等远避，不准害人。惩恶扬善，賨人品性！”

龚先、龚栗坐在院坝一侧。龚先看着跳舞歌唱的人群，十分高兴地：“这里的人巴渝舞跳得真好呀！”龚栗：“我要不是受了伤，也跟他们一起去跳。”龚先：“这种巴渝舞你没学过，不会跳。”龚栗：“你把女儿看得那么笨，难道现在就不能学？”龚先：“哎呀，我怎么就把聪明的女儿当成傻瓜蛋了呢？”父女相视笑了起来。院坝。人们载歌载舞，笑语连连。

唐破救牛显神力

突然，一人高声喊道：“牯牛掉进漩坑里了，快来帮忙救上来啊！”

人们举着火把拥向漩坑，只见一头大牯牛在漩坑里挣扎。这牯牛少说也有七八百斤，人们用绳子往上拉拉不动；用木杠往上撬，使不上力；用绳子绑好后往上抬，也抬不上来。唐修文说：“办法都想尽了，始终无法把牯牛拉出漩坑，这可怎么办啊？”唐破走到漩坑边转了一圈，跳下漩坑，站稳了脚跟，双手托起牛肚，大喝一声：“起！”将牛举了起来，轻轻地放在平地上。牯牛挣扎几下，站起来，走向青草地啃起草来。人们欢呼起来：“唐破真神力呀！”唐破憨厚地笑着走开了。

唐仁、龚先同赞巴山老祖武艺高强

龚先：“这小伙子力气真大呀！”唐仁：“我师叔督罡比这小伙子力气还大。”龚先：“督罡是你的师叔？”唐仁：“我的父亲唐戲是督罡之父督虔的徒弟。”龚先：“我的叔父龚武也是督虔的徒弟。你我是真正的兄弟啊！”

唐仁：“对。你我是真正的兄弟。督罡当年为救我父亲和唐铜担了很大的风险，不知后来情况怎样？”

罗震背着朴七跌跌撞撞地走进唐仁院坝。唐泰急忙上前问道：“二位老兄是怎么回事？”罗震：“我们收山货遇到了商军，货物被抢劫，他被打成这样。我们又饥又困，只好到你这里来歇息一下了。求求你行行好，给这位兄弟一碗米汤喝。”泰儿娘急忙端来一碗米汤慢慢给朴七喂。龚先上前摸脉：“这小伙子伤得不轻，快给他熬药。”唐泰熬好药给朴七喂下。朴七呻吟一声后问道：“这是什么地方？”罗震：“这是唐家寨。我们在恩人家。”朴七：“商军呢？抢劫我们财物的商军呢？”他挣扎着要坐起来：“走，找商军报仇去！”龚先：“别着急，治伤要紧。”罗震：“先生说得对，治好了伤再寻商军报仇去！”唐仁：“就在我家治伤吧。”罗震转向唐仁：“多谢恩人了。”唐仁：“救人危难，是我家的传统。不用客气。”朴七：“多谢恩人施救，永世不忘！”

龚先告辞：“唐家兄弟，多谢热情款待，后谢有时，在下就此告辞了。”

罗蓉：“栗儿伤还未好，在我家多将息几天吧。”唐仁：“龚先生不必急忙回家，你可在这山上再采些药回去嘛。”龚先：“谢谢唐兄美意，女儿需回家养伤，我们还需要早些回家为乡邻治病。”唐仁：“你我兄弟不必介意。”

龚先：“救命之恩未报，此番又打扰太甚，心感不安。还是早点带小女回家治伤吧。”罗蓉对龚先：“栗儿姑娘有伤，不便自己行走，商军又时常作恶，路上很不安全，让泰儿送你们回家去吧。”龚先：“救命之恩尚未报答，怎敢再添麻烦！”

唐泰礼送龚栗回家被窥视

唐仁：“些许小事何足挂齿！就让泰儿送送你们吧。再说，你给我治伤，我还没有给你酬金，还没有感谢你呢。”龚先：“哪里话来。你的骨头撕裂了，我已经敷上药，很快就会好的，但是，半年之内不能用大力。千万注意，不然就残废了。”唐仁：“多谢老兄指点。泰儿，快送客人吧。”唐泰：“是。”

龚先再三推迟后：“实在不好意思，那就多谢了。”

山间小道。唐泰与龚先轮换背着龚栗踏上了到龚家的路程。高山重峦叠嶂，山间瀑悬白练。崎岖山路随山峦回转，上上下下随峡谷蜿蜒。路旁山花开放，鲜艳夺目；空中小鸟自由飞翔，歌声嘹亮。

树丛中，一个身着賨人服饰的中年人窥视着龚栗发出惊叹：“这女子貌若天仙，是哪家的女子呢？待我细看她会在何处落脚，再作道理。”

他鬼鬼祟祟地跟踪龚先一行。龚先等毫无察觉。

唐泰冒雨救老人受罚

苍松翠柏。云雾缭绕。唐家祠堂茅屋高耸。“唐氏宗祠”几个大字闪闪发光，两侧竖联“仁爱为本牢记尧祖御训；忠义传家不忘禹王嘱托”光耀夺目。唐泰等正行进中，突然雷鸣电闪，大雨滂沱。唐泰：“大伯、栗妹，大雨来临，快到我们唐家祠堂躲雨！”

他们一起跑到唐家祠堂大门前避雨。龚栗刚站稳，突然手指半山腰：“不好了，前面那个老太婆在桐子树上上吊了！”唐泰：“我去救她！”

唐泰冒雨背着老太婆来到大门前，飘雨冲洒，无地方避风雨，便将老太婆背进祠堂大堂放下：“老太婆，你为什么要寻短见？你有什么解不了的难事？”

龚栗急忙上前为老太婆诊脉掐人中。老太婆回过气来：“我命苦啊，儿子被抓去服徭役死在他乡外里，女儿刚才又被乡正朴明抢走了。我一个孤苦伶仃的老婆子活着还有什么意思？我不想活了！”

大门打开。一群人冲进祠堂。族首唐纯一把抓住唐泰：“你好大胆，竟敢背这个丧门星进祠堂大堂，污秽我祖宗神灵！犯我族规，拿族法来，鞭笞一百！”唐泰：“族首大人，我和龚伯、栗妹在祠堂前躲雨，看见老太婆在一棵桐子树上上吊，把她解救下来，将她背进祠堂避雨。冒犯了族规，情愿受罚！”唐纯“老太婆，这小子说的没假？”老太婆：“这娃儿说的全是实话。”龚先：“唐泰说的的确是真话。”唐纯：“老太婆，你为何上吊？”

老太婆：“里正朴明规定今日交粮，我家实在无粮可交，他便把我女儿抢走。我别无办法，只好上吊。”龚先：“这个朴明太凶残了。”

唐纯：“唐泰虽然救人有功，但违反族规该罚。族法不严，谈何族兴！宗族不兴，谈何国兴！国家不兴，老百姓何以安生？拿族法来，鞭笞一百！”

唐仁冒雨跑进祠堂：“族首大人，我儿唐泰犯了族规，要罚该罚我教子无方。请鞭笞我一百吧。”唐纯：“你教子有方。唐泰救人有功，但不该进我祠堂大堂污辱神祖，所以该罚！按族规本该鞭笞一百，念你伸张了我唐氏救人危难的爱民大德，从轻处罚，罚跪两个时辰！”唐仁：“唐泰虽然做了点好事，但是，没有达到从轻处罚的标准。族规不能改，鞭笞一百不能少！”

老太婆：“都是我这死老婆子惹的祸。我死都不怕，情愿代恩人受罚！”

唐纯：“你不是我唐氏族人，我不能用唐氏族规处罚你。我作为族首，族规不严，也应受罚！执法吧。”唐仁、唐纯、唐泰跪在神祖牌前被鞭笞一百。老太婆跪地：“你们唐家族规大，个个是好人！都是我的罪过啊！”

龚先扶起唐泰：“泰儿，你就不用送我们了，回家去养伤吧。”唐仁：“泰儿，帮人帮到底，把龚伯伯送到家。”唐泰：“是。”

龚先“泰儿，看你年纪轻轻就宁愿自己受罚也要救人性命，你这么关心受苦受难的人，是受唐尧先帝的传教吧？你真是尧帝的孝子贤孙啊。”唐泰谦逊地说：“大伯过奖了。说我是尧帝的后代倒是不错，据家谱记载，我是尧帝的五十代孙。先祖唐尚随禹王治理渠水，大功告成后，禹王命鄂朗建賨国；命先祖唐尚协助賨王鄂朗治理賨国。我们唐家便定居賨国了。老伯夸奖我是尧帝的孝子贤孙，我虽然是尧帝的子孙，可离孝子贤孙还远得很啊！”

龚先“你具备了尧帝的许多优良品德，说你是尧帝的孝子贤孙一点也不为过。”唐泰：“大伯，你不是救死扶伤，同样关心老百姓吗？”龚栗：“老百姓生病没钱，我老爹一样给他治疗。”唐泰：“老伯关心老百姓比我做得好得多啊！”

唐泰、龚先共议百姓苦难根源

龚先：“我们老百姓不互相帮助，谁来管你？帝辛只顾自己享乐，他任用的官吏，个个贪赃枉法。我们穷苦百姓要想活命真难啊！”唐泰：“怎么才能改变这种状况呢？”龚先：“古人说，老百姓要想过上好日子，必须圣人出。只有把暴虐的帝辛推翻了，把贪官污吏打倒了，才能过上好日子。”

唐泰：“大伯看得真透！帝辛可不是随便可以推翻的啊！”

龚先：“时间过得真快，说着说着就走到我家了。”龚栗高喊：“母亲，来客人了！”

龚栗家小院。栗儿娘急忙端来凳子：“客人请坐，请喝蜂蜜茶。”唐泰双手接茶：“谢谢大娘。”栗儿娘仔细端详，夸奖道：“好英俊的后生呀！”

龚先向栗儿娘介绍：“这后生不仅英俊，而且是惩凶的英雄！真是名不虚传，唐家出英雄。昨天，我爷儿俩正在山上采药时，突然蹿出五个商军恶棍将栗儿抢走。我拼命呼救，全靠这位英雄及时赶到并吆喝几位唐家兄弟一起搭救，不然，我们的栗儿就被商军恶棍抢走了。”栗儿娘：“唐家后生小小年纪就能惩治商军恶棍，真是了不起呀！我家世世代代也忘不了你的救命大恩呀！”龚先：“这后生品德高尚，救老太婆犯了族规被抽一百鞭，不出一声怨言，还带伤将我们送到家。”栗儿娘：“真是大好人啊！”

这时从外面走进来三个人高马大，虎背熊腰，两眼炯炯有神的青年。龚先介绍：“这是我大儿叫龚睿，这是我幺儿叫龚木，这是我的义弟叫罗黑。”

龚睿抱拳施礼：“泰儿兄弟如此行侠仗义，挺身救人，佩服，佩服！”

龚木施抱拳礼：“看唐哥比我大不了多少，却这么能干，真是我的楷模呀！”

唐泰还礼：“多谢大伯大娘和兄弟们的夸奖！罗叔、昆哥和本弟，你们气宇轩昂，非等闲之辈。我们唐家寨子紧临商国边界，经常受到商军骚扰，今后需要你们龚家寨帮助支援的事还多着呢！”龚睿：“用得着我们时，招之即来！”

唐泰喝完蜂蜜茶，随即起身向龚先夫妇告别：“大伯大娘，兄长弟弟，泰儿就此告辞了。以后请多到我们山上采药，并请到我家歇脚。有用得着泰儿处，尽管吩咐。”栗儿娘：“哎哟，刚坐下，怎么就说走呢？我家虽贫寒，你耍几天还是招待得起的。我们还要好好地感谢你的救命大恩呢。快别说走的话。”

唐泰：“古人说君子施救不言报。我救栗妹是应该的，大娘快别说谢，只要栗妹平安就好。我回家后还要参加巡山打虎，就此告辞了。”龚先：“你救命之恩永世不忘。以后请多到寒舍做客。”龚栗：“请唐大哥一路慢行，以后常到我家做客！”唐泰：“栗妹要好好养伤，多多保重。大伯大娘，我以后会常来看望你们的。”

村口。山间小道通向远方。龚先全家将唐泰一直送到村外。龚栗依依不舍，向唐泰挥手送行。唐泰也多次回头看龚栗，然后拱手告别而去。龚栗目送唐泰远去。栗儿娘：“女儿，客人已走远，我们回家去吧。”龚栗不应声。栗儿娘走上前去：“女儿，该回家了。”龚栗回过神来：“母亲，你先回去吧。”龚木：“姐姐，你心中只有客人，忘了回自己的家了。”龚栗：“我打你这个乱嚼舌根的调皮鬼！”龚木故意大声喊叫：“哎哟！”做个鬼脸，笑嘻嘻地跑开了。龚栗目送着，直到唐泰身影完全消失在群山峡谷之中才慢慢地向自己的回家路上走去。

第 10 章
唐泰龚栗订婚约　夕义龚花表爱意

朴明恃权逼婚

树丛中。跟踪人发出了狰狞的笑声："这女子原来是龚药仙的女儿。想不到我这个潜龙乡间胥朴明还这么有艳福。我身为间胥，大小也是个官，收她做小，也不失她的身份。对，此事宜早不宜迟，赶快找兰媒婆作伐去。"

潜龙乡间胥家。朴明："兰媒婆，请你再到龚先家去走一趟。"兰媒婆："又是要我到龚家去为你去提亲？我已经去碰过几鼻子灰了。人家龚家硬是不答应啊！"朴明："好事多磨嘛。求求你再去走一趟嘛，事成之后，我绝不会亏待你，一定重重谢你。"兰媒婆："我的脚都跑大了。"朴明："我这一百文賨钱就作为你这一次的跑路钱。事成之后再重重谢你。"兰媒婆："好吧，我再去试试运气吧。"

夕婆作伐

唐泰家院坝。夕婆走进院坝，恰与唐坚相遇。唐坚："夕婆婆，又到哪家去做媒呢？"夕婆答道："你夕婆婆生来爱与人作伐。今日闲下无事，想起你家那天来的那个女娃儿，长得白白净净水水灵灵的，十分乖巧。不知定亲没有？谅你娃儿也不晓得。我不妨前去问问你娘。那个女娃儿与泰儿十分般配，要是说成了这门亲事，不仅成就了两家人一桩好姻缘，自己也可捞个猪头吃吃，真是两全其美啊！"唐坚："夕婆婆说得好，要是把栗姐说到我家当了我的嫂嫂，太好不过了。夕婆婆心好运气好，定能将此媒做成。"夕婆："你也回家总成总成。"唐坚："我要去巡山，就此告别。"

唐泰家茅草房。夕婆："罗家妹子开门！"罗蓉："夕婆来了，快快请坐。"夕婆："罗家妹子，泰儿年纪也不小了，该定亲了。这兵荒马乱的，还是早点订婚的好。"罗蓉：

“是呀，是该定亲了。”夕婆：“我看前段时间来你家那个女娃儿就很好嘛，我以为就是给泰儿定亲的来了呢。”

罗蓉：“泰儿过来，母亲有话问你。”唐泰：“母亲，你问嘛。”罗蓉：“你还记得你那天救的龚栗姑娘吗？我看龚栗人品不错，给你定这门亲事要不要得？”唐泰：“记得记得。龚栗美丽大方，聪明伶俐，倒是最好。只是我刚救了她的命，现在就去与她订婚，人家会不会笑话我不仁不义呢？”罗蓉：“怎么会说你不仁不义呢？”唐泰说：“知道者认为我们是情义缘分，不知道者认为我是借有恩于她便要挟于她。”

夕婆：“你救了她的命，正好应了'有缘千里来相会'这句古话嘛，别人怎么会说你不仁不义？你说句心里话，到底喜欢不喜欢龚栗姑娘？”唐泰：“龚栗姑娘是我理想中的人，但不知她订婚没有？不知她的父母同意不同意我们之间的婚事？”罗蓉：“这好办。你带夕婆到她家去走一趟就晓得了。”

山间小道。夕婆：“阳光明媚春光好，正是作伐好时辰。泰儿，今天的喜事准成。”唐泰：“感谢夕婆不辞辛苦。”夕婆：“作伐哪能怕苦累？”

唐泰带着夕婆走到龚先家茅草房前，向龚先施礼：“大伯大娘，这是我的邻居夕婆。今日特地前来拜访你们。”龚先夫妇：“贵客请坐。龚栗献茶。”

龚栗连忙回答：“来了来了。”夕婆被迎进客厅坐下，说：“感谢热情款待。无事不登三宝殿，有事才到这方来。”龚先：“既蒙不嫌弃，有话但讲不妨。”

夕婆对着龚先夫妇说道：“你们龚唐两家我是知根知底，我看真正是门当户对，正好结为好婚姻。老身特地前来给你们提亲，不知你们心意如何？”

龚先：“感谢夕婆不辞辛苦来到我家，撮合婚姻好事。我们非常敬佩。”夕婆：“唐家是你们亲眼见，忠厚纯朴，左邻右舍都称赞。你龚家姑娘嫁到唐家做媳妇，这个幸福婚姻包你美满又美满！”

兰媒婆胡搅蛮缠受辱

院外。兰媒婆高声问道:“请问龚药仙在家吗？”龚先:“谁呀？”兰媒婆:“龚家兄弟，好事到了。”龚先：“你能有什么好事？”兰媒婆：“闾胥朴明再三求我来向你家栗妹儿提亲。依我说，这么好的人户，打起灯笼火把也难找，你们不要再犹豫了，还是早点答应才好。”栗儿娘：“人家说做媒人的脸皮厚，我看你是真的厚脸皮。不管怎么说，我龚家的女儿不是嫁不脱。这门亲事你再跑百趟千趟我都不会答应！”兰媒婆:“哎哟喂，好妹子，这兵荒马乱年月，人家朴明大小也是个官嘛，成了亲，对你家大凡小事也好有个照应嘛。人家闾胥朴明虽说年龄大了点，早有了妻房，俗话说，他这个官不大不小，刚刚把我们管倒。你不答应这门亲事，今后在朴明的胯脚下恐怕有些不好过啊！”龚木：

“兰媒婆，你想逼婚是不是？你想用什么威势来压人！快滚！”龚木上前连推带搡将兰媒婆推出了院子。兰媒婆边走边说：“哎呀呀，你们龚家有什么了不起？你们不要敬酒不吃想吃罚酒！不答应这门亲事，今后有你们家好看的！”

洛桑购刺绣

洛桑带着随从走进院坝："老板，又刺绣了几匹锦绣？"栗儿娘："商家请坐。"洛桑："你的刺绣为上品中的上品，上次将你的刺绣送入宫中，被几个王妃看中，她们都争着要，把我为难极了。后来王后出面，才搁平了。我这次来，她们点明要你绣的'芙蓉出水''天女散花女娲炼石补天'等等，有多少我买多少。"

栗儿娘展示刺绣品："现成的只绣成了五幅，还是我栗儿赶绣出来的。"

洛桑："绣得太好了。只是数量太少了。还能不能再找邻居凑上五十幅？价钱不会亏待你们的。"栗儿娘："栗儿，你去龚花家问问有多少？"龚栗："昨天花妹说她家有五幅。"栗儿娘："多问几家嘛。马上去。"龚栗："好。"

洛桑："龚先生，你还需要些什么药材？"龚先："红花、羚羊角、虫草、雪莲花带来了吗？"洛桑打开货担："请你挑选。"龚先："好。"

不一会，龚栗返回："娘，共凑到三十五幅。"洛桑："三十五幅又抢着要怎么办？"栗儿娘："绣一幅至少要五个月，商家在这里等候？"洛桑："我只好将这三十五幅送回去后再来。你们一定要抓紧时间刺一百幅好不好？"栗儿娘："你算算绣一百幅所需时间再来取货吧。"洛桑："我做生意向来是诚实守信，老少无欺。我一定准时前来送货取货。再见！"

夕婆夸唐泰

院坝外，高树下。夕婆："龚家兄弟，你是知道的，泰儿这娃儿的爷爷唐戲是爱国阵亡将士。他的父亲唐仁在杀敌中受伤，为人忠厚老实，十分讲信义，是打虎能手。泰儿 2 岁时，就开始学武艺。这孩子悟性强，也刻苦，每天第一次鸡叫就起床操练，不分春夏秋冬。到"十来岁时，两个大人也斗不过他了。这娃儿对父母十分有孝心，也有恒心。一次，他为母亲请郎中，天雨路滑，腿脚都跌破了皮，流了不少血，走路一颠一簸的，硬是把郎中请到了家。郎中都称赞这娃儿将来一定有出息。这娃儿从小同唐坚一起读书，知书达理，能文能武。说个话，编个词，唱个歌是要人赶的。这姓儿还很有爱心。他还救了一个上吊的老太婆……"

栗儿娘听了夕婆的介绍，十分高兴地："我们龚家的族规也一样的严格。我相信你说的都是真的，唐泰这孩子的表现我们当大人的都亲眼所见，完全值得信赖，没什么说的了，不知两个年轻人有什么话说。你可问问他们自己。"

唐泰、龚栗两相悦

大树下。夕婆将拉到一旁问道："泰儿，我问你，你一定要说真话。"唐泰："夕婆，你问吧，我一定说真话。"夕婆："你看龚栗长得乖不乖？"

唐泰："世上姑娘处处有，没有龚栗长得乖。"夕婆："你喜不喜欢她？"唐泰："自从那天见了面，几月过后不能忘。”夕婆：“你喜欢她什么？”唐泰：“妹妹的歌声笑声赛天仙，绣花绣朵数她强。”夕婆：“这些都是你的真心话？”唐泰：“君子一言既出，驷马难追！”

几案旁。夕婆走进屋内坐下，问龚栗：“姑娘，你要选个什么样的郎君？”

龚栗脱口而出：“人要诚实心要正，会打猎来会耕耘。做人要靠真本事，对人一定要忠诚。”夕婆：“你看唐泰这小伙子怎么样？”龚栗：“花中之王是牡丹，他比牡丹美十分。”夕婆问：“你爱不爱唐泰？”龚栗：“哥哥魁梧像梧桐，凤凰爱歇梧桐树，叫我咋个不爱他？”夕婆：“你说的可是你的真心话？”龚栗：“小女虽然口舌笨，句句话儿是真心。”

夕婆作伐成功

院坝。夕婆对唐泰：“栗儿姑娘已表心意，你也该向她表真心。”唐泰：“感谢妹妹表真心。我当快快回家去，制办礼物来相聘。”夕婆对龚先夫妇说：“龚栗、唐泰两人互表心意，情真意切，是前世的姻缘。好了，龚家弟妹，我们回去就找八字先生合八字，只要生辰八字相合，这个婚姻就成了。在我们即将告别之时，老婆子还有一句话不知当讲不当讲？”栗儿娘：“请你讲来。”夕婆：“终身大事非同儿戏，说话做事要讲个规矩，该下聘书要下聘书，该送礼时要送礼哟！”栗儿爹、母亲：“夕婆讲得对，不依规矩不成方圆。请夕婆放心，婚事一旦确定，谢媒的礼品也是一点不会亏欠你的。”

夕婆：“我老婆子心不贪，随你们两家的心意打发点就行了。”

唐泰：“告别大伯、大娘和小妹，我回家上告父母，速速送来聘礼。”

龚先夫妇：“感谢媒婆一路辛苦，龚睿、龚木两个娃儿和我们一起送客。”

龚睿、龚木：“是。”龚睿、龚木同父母及妹妹一起将唐泰、夕婆送了两三里，才挥手告别。唐泰与龚栗以目传情，依依不舍。

龚栗赠唐泰红杜鹃绣花荷包

唐仁家。唐泰对父母说：“父亲母亲，多亏夕婆说媒，龚栗父母已给了生辰八字，我们二人生辰八字相合。我们就该送去聘礼，把这门婚事定下来，及时签订婚约。”唐仁：“既然如此，我们快快置办聘礼吧。”罗蓉：“龚家既然已同意，定情之物是不能少的。我打算送大山羊一头，大红公鸡两只。老头子，你看这些礼物要不要得？”唐仁：“要得，你的考虑很好。婚姻大事非同寻常，我家虽然不富裕，也不可叫人看低俗了。”

龚栗家客厅。唐仁带着唐泰及媒婆走进龚栗客厅。夕婆：“泰儿，献上八字先生对你们生辰八字相符的批语、礼物和订婚聘书。”唐泰一一向龚先献上八字批语、礼物及订婚聘书。唐仁：“龚家兄弟妹子，送上薄礼，表达我们唐家心意。你我唐家龚家从此结成亲家，让年轻人恩恩爱爱一辈子。”

龚先：“这个事就这么定下来了。我们龚唐两家永结良缘，世代友好。”唐仁和龚先双方在婚约上签字画押，互相交换画押婚约。夕婆："订婚仪式完毕。你们两家正式结为亲家。"

龚先送给夕婆礼物："媒婆辛苦，谢礼菲薄请莫闲弃。"夕婆假意推辞："哎哟，只要你们两家满意就行，送这么多礼物就见外了。"唐仁劝说夕婆："夕婆不必推辞，谢媒人自古成章，我们两家今后绝不亏待夕婆。"夕婆："哎哟，老婆子心不贪，你们看着办就成。"

唐仁对龚先说："亲家，你我两家婚事已定，我们就此告辞了。"唐泰："大爹、大娘和小妹，我们告辞了。"

院坝。栗儿娘："全家送客。"

山间小道。唐泰边走边对龚栗："妹妹，你与我真是有缘分，不遇商军我们不可能相识。现在夕婆作伐写下了婚约，你我从此结鸾凤，恩恩爱爱终生相伴。"龚栗对着唐泰："哥哥真情让我感动万分。我愿与哥哥相随相依，永不变心。"

龚栗从怀里掏出一个绣着巴山映山红的荷包套上唐泰的脖子，叮嘱地："哥哥，这个荷包是我亲手所绣，上面绣的是巴山映山红。因为是初学，刺伤了手，留有我的血迹。希望哥哥不要忘记它，时刻将它记心中。"

唐泰："妹妹的礼物太珍贵了，我一定将它时时刻刻挂在胸前，见包就当见到妹妹面，就当妹妹时刻陪伴在我身边。我赠妹妹一块玉，纯洁又刚强。我对着前面大山向你赌个咒：哥哥一生只爱你，若起外心变马牛。只是我家有些穷，妹妹同我一起受苦我心痛。"

龚栗："哥哥，妹妹的心就像玫瑰开花朵朵红，我有心跟哥就不怕受穷。哥哥是个能干人，人穷志不穷，白手兴家有智谋。只要哥哥对妹妹情意浓，虽苦犹甜妹妹心里同样乐融融。"

二人沿着山间小道步步登高，欣赏着绿水青山蝶飞花红的美丽风景。龚栗："妹送哥哥走过了九道弯，送时容易回时难：送时有哥同步走，回时一人好孤单。"唐泰："妹妹，我与你是同样的心情，是一样的难分难舍。"龚栗："哥哥，我们什么时候正式结婚？"唐泰："喜庆的日子很快就要到来了，结婚就定在九九重阳节。"龚栗："妹妹我记下了这个美好的重阳节。"

山路旁，大树下。夕婆："如今亲事已经定下来了，不是我老婆子心贪嘴馋，该说说谢谢我媒婆的事情了。"龚先："夕婆请放心，谢媒的礼物我已想好，送你细麻布一匹，定叫媒婆过年穿上新衣。"唐仁："媒婆放心，十斤猪头不会少的，还有些礼金到时给你送上门来。"

夕婆："你们两家诚实本分，绝对不会捉弄我这个老婆子。相信你们说的句句都是真话，也不枉了我媒婆路跑大、脚跑肿、口说干、费力劳神。你们生了胖小子，还须谢谢我这大媒人的。哈哈！"众："哈哈哈哈！"

唐泰、龚栗难舍难分

山垭路口。六人边走说话，缓缓行至山垭口，在高高的松树下停住。唐仁对龚先和栗儿娘说道："请亲家公、亲家母就此留步。'唐泰向栗儿爹母亲行礼："大伯大娘，请留步，泰儿告辞了。"

龚先："送君千里，终需一别。好吧，我们就此分别吧。婚事既定，你我两家不是外人，就要常来常往，不分彼此了。"

夕婆："两家好事做成，可别忘了我这个老婆子啊。"唐、龚两家："当然忘不了你这个大媒人啰。"五人高高挥手："再见！再见！"

唐泰、龚栗二人以目传情，难舍难分。

朴明设计诈龚先，苟正露丑

闾胥朴明家。兰媒婆："闾胥大人，你的差事我办不了。我路跑大，口说干，龚家把我臭骂一顿给轰出来了。"闾胥朴明咬牙切齿："量小非君子，无毒不丈夫！龚栗，老子让你有好看的！来人，到龚先家收赋税去！"苟正："大人，带几个人去？"朴明："多带几个人去！"苟正："好。闾丁们集合，跟老子收赋税去！"众："是。"

龚先家院坝。苟正："龚先出来。"龚先："原来是苟十夫长到了，唤我何事？"苟正："闾胥大人有令，命你今日务必将近几年来所欠赋税一律交清！"龚先："十夫长是不是搞错了，在下从来不欠一分赋税。"苟正："你推得倒很干净。把你交赋税的单据拿来仔细核对核对！"龚先："你说我欠赋税的依据何在？"苟正："我办公事从来不冤枉一个好人。你要看依据，我幸好把账簿带来了。苟二，把账簿拿出来给他看！"

苟二抱出一大沓账簿："龚先你看，前年你欠粮一石，欠银二两。昨年欠粮一石五斗，欠银五两。今年……"苟正："慢着。龚先，你到底欠不欠赋税？"

龚先："不欠！前年我应交粮二石，实交粮三石。昨年我应交粮二石五斗，实交粮四石。前年应交银二两，实交银四两。昨年应交银三两，实交银八两。"苟正："你是大大的超交了？"

龚先："当然超交了。还有县府发的优秀证明在此，请看！"苟正："这就怪了。闾胥说你欠赋税，你倒拿出来了优秀证明。苟二好好核对核对！"苟二："十夫长，在下拿错账本了，这是超交记录本。"苟正："浑蛋！不管怎么说，闾胥说你欠赋税你就是欠赋税！快按刚才说的交清。"龚先："我并不欠赋税，怎么按你刚才说的交清？"苟正："先按我说的数字交清，等查证清楚了，该退还你就退还给你。再不然就抵今年的赋税。"龚先："今年的赋税我也早已交清了。"苟正："少啰唆，你倒是交也不交？"

龚先："我不欠赋税，当然不交！"苟正："你不交，我有办法要你交！小的们，到屋里去搜！"众："是，到屋里去搜！"龚栗母亲："光天化日之下，谁敢进屋去搜！"苟正："老娘们儿让开，不让搜，老子今天要打人！"

罗黑担柴走进院坝，放下肩上的柴火："哪个敢在这里行凶打人？"苟正："老子就敢打人！"罗黑："你欺负老百姓欺负惯了，想打谁就打谁？"苟正："老子今天执行公务，谁不听话老子就打谁！"苟二挥拳向罗黑打来："叫你尝尝老子拳头的厉害！"罗黑一拳将苟二打了个狗啃泥。苟正："小的们，好好教训教训这小子！"

众人一齐上前围住罗黑狂打。罗黑毫不畏惧地同闾丁们打斗起来。龚先上前阻止，被闾丁打倒在地。龚栗母亲上前阻止，也被闾丁打倒在地。龚睿、龚木放下肩上的柴火："罗叔，什么人在此行凶？"罗黑："闾丁在此行凶！"

龚睿、龚木："闾丁住手！"苟正："你也想挨揍？小的们，将这两个小子一齐揍！"

龚睿、龚木一齐上前，三拳两脚将闾丁们打倒在地。苟正："壮士饶命！小的不知好歹，冒犯虎威，以后再也不敢胡来了！"龚睿："你们是受谁的指使？快说！"苟正："小的受闾胥朴明之命行事。"罗黑："老子真想斩了这几个兔崽子！"龚睿："今天饶了这几个狗腿子，以后再要行凶，绝对饶不了他们！"龚木："还不快滚！"

龚善惩朴明

龚善带几个县衙差役，行至龚先院坝，与苟正撞个正着："你们为什么斗殴？"苟正指着龚先等人："是他们欠赋税不交，还阻挠我执行公务！"

龚先："他想吃诈，要我重交赋税！"

龚善看了龚先送上的单据，生气地问："快说，谁让你们这么干的？"苟正："你是什么人胆敢干涉我执行公务？"县衙差役："他是县令大人，还不快快跪下！"苟正暗自叫苦："糟了，今天碰到丧门星了！"急忙跪下："县令大人饶命！"龚善："走！引我们去见你们的乡正！"

朴明家。朴明等跪在龚善面前："请县令大人千万饶恕下官一次！"龚善："你还坑害过多少百姓？"朴明："下官从不坑害百姓，这件事都是苟正私下背着我干的。"龚善："本县将严查你坑害百姓之事，小心你的脑袋！"朴明："请县令大人包涵，下官再不敢胡作非为了！"

龚善走远了，朴明对着龚善的背影啐了一口："威风什么，老子马上上疏朝廷，叫你很快从县令宝座上滚蛋！苟正，拿笔墨来！"苟正送上笔墨："大人快上疏，把这个老儿撵了，也给老子出口气！"苟正："大人，龚家太厉害了，他们一点也不把大人放在眼里，打狗也不看主人，小的们这次是倒了大霉了。"朴明："吃点眼前亏算了，本大人一定找机会给你们报仇！"众："谢大人！"

龚栗哭嫁

龚先院坝。天刚亮。罗黑、夕义、龚睿、龚木等挑水扫地，搭桌安凳，摆设鲜花，搁放糖果，忙进忙出。很快将歌台布置停妥。

明月当空，云淡星稀。巍巍巴山下，滔滔渠江旁。篝火熊熊。龚先家院坝一角。琵琶、三弦、唢呐、芦笙、箫、笛等演奏手卖力地演奏着婚庆的乐曲。鼓锣手阵阵敲打，似伴奏又似独立演奏。另一角，七八桌酒席、茶桌宾客满座，有的交谈，有的猜拳划令。路上，来客边走边互相打招呼。

小路上。亲友："药仙龚先嫁女，吃酒去！"乡亲："龚先是个大好人，治病卖药从不收我们高价钱；救死扶伤，给我们医治病痛，做了那么多好事，今逢女儿出嫁，我等前往恭贺喜事礼应当。”邻居：“众位请。”

龚花：“母亲，栗儿姐哭嫁坐歌台，我们快点去看吧。你听，有人在唱歌了。快走啊，歌台就要开始了！”龚花娘：“我们快快走吧。”

龚先家院坝。龚山：“老兄嫁女，喜事临门，小弟特来祝贺！”龚先：“兄弟光临，不胜荣幸。这边请坐。”龚山：“谢坐。”龚睿：“大叔请。”

龚山：“请。”龚伦等又一批客人到来，龚先迎上前去：“感谢龚伦兄和众位亲朋好友邻居光临寒舍。男士请在这边吃茶饮酒；女士请到歌台唱歌。”众男宾客坐下后，划拳猜令，一片欢腾。女宾客围坐歌台。

院坝中。龚先为篝火添柴：“皎洁明月当空照，篝火熊熊升起来，我女龚栗喜事到，热热闹闹摆歌台。栗儿娘，快把歌台摆起来呀！”栗儿娘：“老头子，来啦，来啦！”龚花母女随一群人拥出头戴鲜花、身着新衣、即将出嫁的姑娘龚栗，围着篝火载歌载舞。栗儿娘捧出一束鲜花边舞边唱道：“女儿长大成人了，男婚女嫁该成家。今夜请来众姐妹，临别说说知心话。”栗儿娘将鲜花递给一个姑娘：“幺妹子，你来开个头唱个陪嫁歌好吗？”幺妹子：“谨遵大婶旨令。”姑娘接过鲜花，边舞边靠近新娘唱道：“新娘赶快起歌头，歌头起了歌伴接。歌堂新娘把头排，大家才好唱起来。”幺妹子把鲜花递到龚栗手中：“请新娘领头唱起来。”龚栗接过鲜花，唱道：“栗儿从小口舌笨，歌头难起口难开，众位姐妹莫笑我，还望姐妹莫挨台。”龚栗唱完，将鲜花递给身旁的姑娘：“姐姐请唱。”姑娘接过鲜花，接着唱道：“今夜姊妹来相陪，明天姐姐出绣楼。我唱一支祝福歌，婚姻美满又幸福。”姑娘唱完，将鲜花递给龚栗的姐姐：“栗儿妹妹喜事到，你是大姐你来唱。”栗儿大姐：“姐妹相处十多年，朝夕相处情谊长。打骂之事快丢开，互相关爱切莫忘！我是姐姐来帮忙，先给大家发喜糖。”栗儿大姐唱完，边发喜糖边将鲜花递给下一位姑娘。

夕义向龚花表爱心

院坝一侧。夕义从姑娘手中一把抢过鲜花：“龚大姐做事欠公平，怎么不给我发喜糖？”龚大姐：“自古的规矩，唱歌坐歌台是我们女孩儿家的事，没有你们男娃儿的份。”夕义：“这个规矩要打破，坐歌台怎么只是你们女孩儿家的事？我们男娃儿也要坐歌台送新娘添喜庆！”龚大姐：“你们男娃儿只会吼那些粗犷的山歌，怎么能够坐女娃儿文雅的歌台？”夕义：“哪个说的我们男娃儿只会吼粗犷的山歌，不能坐女娃儿文雅歌台？”

龚花：“你什么时候唱过优雅的歌？想坐歌台唱优雅歌，莫把你憋死了！”

夕义：“唱个优雅歌就会憋死我？唱出来比你好，把你羞死了！”龚花：“你敢唱个来听听？”夕义：“唱就唱。你敢和我比一比？”龚花：“比就比。”

夕义装成女声唱道：“叫我唱来我就唱，祝贺喜事礼应当。哪像你个罗毛丫头样，到上阵之时打晃晃。”大家齐声笑起来：“夕义唱得好，把老鹰都吓哭了。”夕义：“总比龚花唱得好。”说完做个鬼脸，逗得大家大笑起来。

院坝中。龚花接过花在空中挥舞着，边舞边唱：“姐妹歌多如流水，我在一边急得慌。来时走得太匆忙，歌本未能带身上。大姐有歌（本）借一本，二姐有歌（本）借一双。”

“我说莫得我唱得好嘛，还要硬撑能干。这下要向姐姐借歌本了吧，丢人不丢人？”夕义讥讽地边说边要去拿鲜花，被另一个姑娘挡住了。夕义做了一个鬼脸，逗得大家笑了起来。夕义向龚花努努嘴，便向小河边走去。龚花向相反的方向走去，被一个姑娘拦住，指着夕义的背影：“方向错了！”龚花：“我才不是去找他呢！”

龚花绕道走到小河边。夕义跳入河中捞起一条大鱼送给龚花：“妹妹，这是我今下午刚捉到的。”龚花：“龚栗姐坐歌台唱歌正热闹，你要我到这里来就是为的给我这条鱼？”夕义：“想向你表达我的心意。”龚花：“表达什么心意？”夕义：“我想问问你什么时候也像栗妹唱那样的歌？”龚花：“我什么时候也唱那样的歌关你什么事？”夕义：“我好早做准备操办喜事啊。”龚花：“你想得倒好，我母亲还没有同意呢。”夕义：“大娘什么时候才会同意我们的婚事呢？”

龚花：“母亲要你读书识字，走正道，不要成天东游西逛，油嘴滑舌不学正经。”夕义：“你知道我是在做什么吗？我是在寻师学习武术。我终于找到了好老师。”龚花：“你的好老师是哪一个？”夕义：“龚山。”

龚花：“龚山倒是个好老师。可是，学武术有什么用？”夕义：“武术的用处大得很，小可以防身，大可以为国立功。”龚花：“你这个样子都想为国立功？”夕义：“你别小看人了，我学武功就是为的为国立功当将军，为的光宗耀祖，保家卫国。”龚花：“看不出来，你的志向还不小呢。”夕义：“年轻人就是应当有大志向嘛。”龚花：“真正有远大志向的人哪个像你那么张扬？”夕义：你“我不说话，你说我像个死木头；说话多了，说我张扬。你叫我怎么办才好？”龚花：说过之后“说话要说正经话，闲话少说。”夕义：“你我不是很少说闲话了吗？”龚花：“为人处世不能凭一时心血来潮，看一个人也不是看一时一事。随时随地都要正经做人。”夕义：“我保证从今以后一定按你说的去做行吗？”龚花：“好吧，看你今后能不能说到做到。”夕义：“我保证能够说到做到！”龚花：“能够做到就好。我们还是去听唱歌吧。”

夕义：“不，我要你给我一个肯定的答复！”龚花：“答复什么？”夕义：“我的心意你还不知道？”龚花：“不知道。”夕义：“是真不知道还是假不知道？”龚花：“真不知道。”夕义：“昨天，夕婆婆到你家来做啥子？”龚花抿嘴一笑。夕义便伸手到水里向龚花打水花，龚花也向夕义打水花。二人嬉笑追逐打闹。夕义：“暂停暂停！你什么时候和我订婚？”龚花：“说话怕不怕丢人？”夕义：“男婚女嫁，正儿八经，丢什么人？”龚花：“你就不怕人家不答应？”夕义：“我是一个脑灵活体格强健，堂堂正正，还有远大志向的好男人，你怎么会不答应？”龚花：“别自夸了，我母亲还没有答应。”夕义：“你答应了，你母亲还会不答应？什么时候和我订婚？”

龚花：“明年！”夕义高兴地跳了起来，将一块石头投入河中，看着溅起的水花：“这才对嘛！”龚花：“看把你乐的！”夕义傻笑着：“不该乐吗？好啦，我也决有婆娘啰！”龚花：“不要脸！”笑着向夕义打水花。

夕义：“暂停。不过，我现在还不能娶你，我一定要当了将军才来娶你。”

龚花：“你赶快去当将军啊。”夕义：“好，我赶快去当将军！”

龚花：“你我都是苦命人。你我的父亲都在同商军作战中死去了，你的母亲也死去了，你成了孤儿。你还是另外学个手艺平平安安过一辈子好了，何必一定要当将军！”

夕义：“花妹，你这样说真让我伤心！男儿有志报效国家，战死沙场是值得的！”龚花：“当将军夫人很荣耀，女人谁不羡慕？可是，一旦守寡，谁又知道她的悲哀？”夕义：“人世间生老病死是经常发生的事。一个人的眼光不能只盯着自己，应当以国家的喜怒哀乐作为自己喜怒哀乐，这样活得才有意义。”龚花：“想不到哥哥真是个志存高远之人。好吧，我等着你实现将军梦！”

第 11 章

龚栗哭嫁遭劫难　唐龚两族攻紫金

唐泰家热热闹闹筹办婚宴

院坝。篝火在呼呼欢笑，欢乐的歌声在山间回荡。龚花回到歌台唱道：“今夜我们坐歌台，欢欢喜喜度今宵。想必唐家宾客多，一定更是很热闹。”

渠江岸边，唐家寨上，新郎家，张灯结彩，热闹非凡。茅草房屋檐上高挂两个贴了双喜大字的大红灯笼，门框上贴出了大对联：“巧遇成连理；挚爱结同心。”横批是“天作之合”。门板上两个大红双喜字特别耀眼。

院坝边。临时搭建的灶台热气腾腾，几个人忙忙碌碌，洗锅刷碗，舀水添柴。罗蓉一边做针线活，一边指挥帮忙打杂的人淘米洗菜，杀鸡宰鸭。突然，一头大肥猪从猪圈里跑了出来。几个人跟着追了过去，在屋前屋后绕了几圈。大家好不容易才将大肥猪捉住。只见一人拿出杀猪刀刺向肥猪的喉咙。肥猪嚎叫着，四脚狂蹬，稀泥溅起，把唐坚涂了一个大花脸。唐坚：“泰儿哥办喜事我先沾光！”有人开玩笑地：“你娃儿读书人就是爱抢彩头！”大家狂笑不止。唐全、唐修、唐翔等人按住猪腿，将猪杀死，接着用开水淋着去毛。

院坝前小路上。唐仁扛着从邻居家借来的一龚桌子回到院坝高声问罗蓉：“泰儿他娘，快点把猪吆出来杀吗？”罗蓉：“泰儿他爹，他们已经把猪杀了。你再到朴三家借桌凳去！”唐仁：“你好好安排吧，我马上就去。”

屋檐下。邻居龚大娘同庹虎嫂等几个人一齐上前开玩笑给罗蓉头上抹了一把盐，逗笑地：“罗大嫂，当咸（闲）老婆婆了，该享清福了，看把你都笑得合不拢嘴了。”罗蓉：“是呀，喜事临门，咋不高兴呢？感谢你们的祝福。这还不是搭伴龚大娘你老人家的洪福，盼来了好日子。”龚大娘：“哎哟，我哪有什么洪福给你沾光的，这完全是你前世修炼得好，才有今生这种好福分。我才是沾你的光呢。”

门前小路上。唐泰同龚大娘的儿子唐修抬着刚扎好的一乘小花轿走进院坝屋檐下，立即同唐坚、唐修、唐全、唐翔端茶递水招呼应酬。龚大娘：“你这个新郎官该歇歇气呀，也忙成这个样子。”唐泰：“我倒没什么，倒是把几个兄弟累坏了。”唐修：“给泰儿哥的好事出点力是应该的，只不晓得二天我办喜事泰儿哥帮不帮忙？”唐泰：“哪有不帮忙的道理！”说着揍了唐修一拳，二人嬉笑着离去。院坝中。远亲近邻纷纷来到唐家院坝祝贺。

院坝边。几个人围着媒婆议论：“你这个大媒有好眼力，该啃一个大猪脑壳呀！”夕婆“你们哪个有儿子要娶媳妇，有女儿要找婆家，快快给我拿猪头来呀！”唐坚急忙将血淋淋的猪头抱来直往夕婆怀里送：“夕婆婆，我给你送猪头来了！”夕婆边退边说：“这个猪头我不要。你娃儿把人家的屁股拿来做脸，有本事拿你自己家里的猪头来。”唐坚：“这个猪头你到底是不是不要？你真不要我就拿走了啊！”夕婆接住猪头：“这猪头是泰儿的，要送我，只能是泰儿送我。泰儿送我，我当然要啰！”唐坚一把将猪头夺过走：“你说的不要就不能要，还抱着做啥？”夕婆边擦衣服上的猪血边指着唐坚：“你娃儿要是找不到婆娘吔，总有个时候要来求我。”

唐坚：“对不起夕婆婆，你大人要大量些。我给你赔个礼，给你把猪血擦干净就是！”唐坚边说边用自己沾满猪血的血衣给夕婆擦猪血，不仅没擦掉猪血，反而越擦越多。夕婆只顾退让，把大家逗得哈哈大笑起来。一群小孩在院坝追逐嬉戏，把个唐家院子闹得欢天喜地。

龚栗深谢父母养育恩

院坝。唐坚：“圆月冉冉升起来，可惜不能到新娘龚栗家看歌台。”夕婆：“你娃儿那么能干，飞过去看就是了嘛。”唐坚龚开双手做翅膀，边跑边喊：“我飞起来了啊！”大家欢快地笑了起来。

歌台哭嫁也进行得很好。栗儿姐叮嘱地唱道：“妹妹明天出了阁，与郎组成新家庭。不能只顾夫妻情，忘了父母养育恩！”龚栗在歌台另一侧答道：“感谢姐姐教诲，妹妹一定将姐姐之言牢记在心。”然后走到父母面前跪下，然后边哭边唱（哭嫁歌）：“女儿是娘身上肉，女儿是爹骨和筋。父母恩深很难表，话到喉咙难出唇。”栗儿大姐见栗儿伤心得哭唱不下去了，便走上前去接着哭唱：“父母恩情深似海，十月怀胎受苦深。娘恩诉到伤心处，叫儿怎么不哽咽！”栗儿大嫂见栗儿大姐哭唱不下去了，便走上前去接着唱：“自从女儿生下地，精心哺育操碎心。爹娘恩情实难表，临别之时哭哑声。”

龚栗接着哭唱：“带我带到四五岁，就教识字和用针。生活技能样样教，待人处事讲理性。带我带到十七八，爹娘为我操碎心。眼看女儿长成人，刚刚懂得尽孝心，便要嫁到别家去，远离爹爹和娘亲。女儿虽成别家人，定报爹娘养育恩。”栗儿爹母亲将龚栗扶起。栗儿娘唱教女歌：“结婚本是大喜事，女儿不必太悲伤。谷子熟了遍地罗，女儿大了该离娘。嫁到别家当媳妇，勤俭持家第一桩。兴家为人靠勤劳，切忌只顾享现成。为人做事守礼仪，要有志气有纲常。夜晚早早关门睡，起床莫等大天光。知人待客分轻重，说话做事有教养。对待夫婿要恩爱，家和日子才兴旺。做个贤妻人称赞，养儿育女受敬仰。”龚栗：“多谢母亲谆谆教诲，女儿一定牢记在心。”

龚先递给栗儿娘一龚绣花被面。栗儿娘将绣花被面展示给众人看：“这是我构的图，栗儿亲手绣的被面，请大家观看。我家贫穷没有好布料，大家看了不要笑。构幅好图表心意，祝愿女儿夫妻花好月圆，幸福一生，与郎君相伴永远！”众：“火红太阳当空照，富贵牡丹朵朵红，一对鸳鸯翩翩舞，当中挺立大青松。寓意幸福伴一生，烘托美事喜中喜！富贵牡丹如意花，恩爱鸳鸯比翼飞！栗儿妹妹多幸福啊！花好月圆早来到！”

一个姑娘摊开另一幅床单：“你们看，双飞蝴蝶戏牡丹这一幅绣得多漂亮！”众：“春来大地百花开，水镜遥遥映远山。牧童骑牛吹竹笛，翻飞蝴蝶扑面来。”

龚栗唱感恩歌：“看着嫁妆眼泪涌，半是高兴半心酸：爹娘养女多艰辛，还为女儿做陪妆。爹娘养女不容易，含辛茹苦不畏难。半生积蓄一朝花，置办嫁妆很周全。爹娘大恩永牢记，定报爹娘养育恩！”

三公子命崇飞率兵抢龚栗

紫金关大厅。闾胥朴明跪在三公子、崇飞面前：“禀告王爷、崇大人，大事不好了。绝代佳人龚栗明日重阳节就要嫁人了。今晚正在坐歌台。”崇飞：“前段时间我们派出的几个人前去查访，至今音信俱无，人也不知跑到哪里去了。”三公子：“那些人不用管他，眼前的事如何办？”朴明：“唯一的办法就是去抢！王爷，这里的賨人强悍善斗又很齐心。你们去抢的人少了，不但抢不到龚栗，恐怕去抢的人连性命也难保。”三公子：“崇将军，我们多带点精兵强将火速去抢，一定要把龚栗抢到手！”崇飞：“遵命！”

山间小道。一支人马在飞速行进。兵丁向崇飞报告：“将军大人，前面听得音乐锣鼓、歌唱之声不绝，想必是距龚家寨不远了。”崇飞：“传我命令，快快前去抢龚栗，不得有误！”众兵丁：“是！”

歌台。乌云遮月，狂风骤起。马蹄声急，夜鸟惊飞。一彪人马举着火把冲向歌台。崇飞骑着高头大马，头戴花翎，对着惊慌失措的人们吼道：“帝辛的天兵来到，还不快快跪地迎接！”他见众人不理睬他，便挥舞鞭子向人们打去：“违抗王命，统统拿下！”一群如狼似虎的士兵一拥而上，将唱歌跳舞的姑娘们绑缚起来。

栗儿娘厉声问道：“你们是什么人？为何捆绑我们良民百姓！”崇飞高声呵斥：“大胆刁民，竟敢盘问起我们来了。实话告诉你们吧，本将军是帝辛殿前将军崇飞。今奉大王之命到此催赋选美。你们敢不服从王命？”栗儿娘：“我们一没有招惹你，二没有犯王法，为什么捆绑我们？”崇飞：“你们不迎接大王使臣就犯了王法。本将军奉大王之命到各地催赋选美，有违抗者，一律处死！”

崇飞环视被捆之人，目光落在新娘身上：“把这个如花似玉的姑娘给我带走！”几个士兵一拥而上，将新娘龚栗按到马背上捆扎起来。

龚栗求救，亲友战商军

马背上。龚栗拼命地挣扎着：“母亲救我！爹爹救我！哥哥救我！众姐妹救我！众乡亲救我！”

龚睿、龚木冲向商军：“光天化日之下，你们公开抢人，还有没有王法！”

崇飞：“你们懂不懂什么叫王法？小的们给我打！”众人一齐拥向崇飞：“你们不能随便抓人！”崇飞：“小的们举起刀矛，谁上前就杀死谁！”

龚栗愤怒地骂道：“你们这些遭天杀的流氓！放开我！”龚先、栗儿娘：“你们这些遭天杀的强盗！不准带走我的女儿！”龚先、栗儿娘扑向女儿，但被士兵拦截打昏在地。龚睿、龚山、龚木、罗黑、夕义等众亲友及邻居同商军厮打起来：“不准抢人！栗妹子，我们救你来了！”

罗黑抓住一个商兵：“你们在干什么？”商兵：“我们是奉三公子之命到此抢美女。壮士饶命，不关我的事！”罗黑摔下商兵向崇飞扑去。崇飞不敌，大叫道：“快撤！”

龚睿、龚木等有的赤手空拳，有的手提板凳同商军对战。龚睿、龚山夺过商兵的刀枪，迅速打翻了几个商兵。商兵向紫金关狂奔。龚睿、龚山、龚木、罗黑等向商军追去。商军飞箭如蝗，众亲友有的被射死，有的被射伤。龚睿等受伤昏倒在地。妇女和儿童哭声震天。

罗黑扶起龚先：“老哥子，快醒醒！”龚先醒来：“你是什么人？”罗黑：“我是逃难之人，路见不平，拔刀相助……”龚先：“谢谢好兄弟，逃难之人？你有何难处？”罗黑：“我家在宕渠城，我的妻被庹嵩强奸，我的店铺被强占，报仇不成，被追杀，路过到此……”龚先：“你准备到什么地方去？”罗黑：“没有目的地……”

龚先：“兄弟就在我家暂且落脚好吗？”罗黑：“落难之人，得大哥收留，我这一辈子绝不会忘记你的大恩大德。”龚先：“如今天下太黑暗，罗黑老弟与我同为受难之人，何分彼此？”罗黑：“天下乌鸦一般黑，走到哪里，都逃脱不了这些坏蛋对我们的迫害。我们唯一的办法就是反抗！”

龚花飞跑到夕义身边，将血泪吐向商军：“你们这些遭天杀的强盗，一定要遭到恶报！”

商军迅速消失得无影无踪。天空响起炸雷，大雨滂沱，顿时将熊熊篝火扑灭。栗儿娘被亲友救醒，泪如泉涌：“老天啦，这是什么世道？”大家七手八脚救醒了龚睿、龚木等人。龚睿：“商军跑到什么地方去了，赶快去追！”

大家七嘴八舌：“他们带着龚栗骑着快马飞奔紫金关而去，追不到了！”龚睿：“遭天杀的帝辛，不报此仇，誓不为人！”栗儿娘：“我可怜的女儿啊，我们母女还有重逢的时候吗？”

龚家寨山头。闾胥朴明发出奸笑：“龚栗，你不陪老子玩，就去陪淫乱暴虐的帝辛玩吧。有你的好果子吃的！哈哈！”

唐家盼喜变悲哀

唐家寨。唐泰家喜气洋洋。松明下，几个姑娘正在为新郎扎大红花，议论着大小是否合适。唐坚和唐修给唐泰戴上大红花，左看右看。唐泰傻傻地笑着："行了，行了。"唐坚："人生大事只有这么一遭，必须戴端正，马虎不得！"夕婆上前拉开唐坚："你娃儿懂啥子？我来！"唐坚逗笑地说："夕婆婆昨天没有吃到猪头肉，今天生我的气。不对头吧？"夕婆："你娃儿二天不给我送两个猪脑壳，休想叫我夕婆婆给你说婆娘！"唐坚："夕婆婆，你心莫那么贪嘛。"夕婆："对别人不能贪，对你娃儿心就是应该狠点！"说得大家都大笑起来。

院坝边。唐仁不时地向天空张望，只见明月高悬，月光如水，十分高兴地："好，明天又是个艳阳天。"罗老头开玩笑地说："唐老表着什么急，反复看花轿子做啥子？媳妇马上就要给你抬进门了。"唐仁笑着说："我是看天色，哪里是看抬儿媳妇的花轿子嘛。人人都像你罗老表那么着急接儿媳妇？"

院坝里。遮阳席下，松明高照。人们打牌的吆五喝六，下棋的与看下棋的争论不休，一些人围坐吹牛谈天。小孩们活蹦乱跳追逐嬉戏。几个妇女凑在锅灶边烧火添柴，不时发出欢快的笑声。突然，雷声轰鸣，大雨滂沱。唐仁："糟了。明明是个大晴天，怎么突然就变了天了呢？"唐泰冲出里屋："这可如何是好呢？"众："没事的，这雨不会下很久的。"

东方露白。唐泰家。唐仁："天快亮了，前去迎亲的赶快准备上路。"众宾客正在绑扎礼品和花轿。唐泰乐滋滋地在胸前戴起大红花，一些人在为他整理衣月服"快去接新娘，免得新娘子等着急了。"唐泰："准备好了马上出发。"

夕婆急匆匆地跑进泰儿家，气喘吁吁地说："大事不好了，大事不好了，昨晚暴风骤雨之时，龚栗被帝辛的兵丁抢走了！"

罗蓉顿时昏倒在地，唐仁瘫坐一旁。众宾客愕然。有的着急地问："此事当真？"

唐泰得知龚栗被帝辛抢走后，怒气冲天，大声吼道："闻噩耗七窍生烟如雷轰顶，顷刻间如万把尖刀将我心绞！"唐泰说完昏厥倒地，被众人救醒。众宾客立即停止一切活动，一齐向唐泰围了过来。唐泰醒来，急忙提起青铜剑："誓将栗妹救回来，拼死活要将此深仇大恨来报！"唐仁同罗蓉一同上前拦住唐泰："可恨帝辛无道，杀父之仇未报，现在又添新仇，令人切齿痛恨！泰儿，你要冷静。从长计议！"族首唐纯："泰儿，切不可贸然行事。帝辛的大兵把龚栗抢到什么地方去了，必须先弄清楚，才好去救人！"唐修拉住唐泰："泰儿哥，族首说得有理，别莽撞。既然是帝辛的大兵抢走了龚栗，你一个人怎么能夺得回来！"众人拉住唐泰："别莽撞，先把事情弄清楚再说。""既然是帝辛的大兵抢走了龚栗，你一个人怎么能夺得回来！""帝辛的大兵把龚栗抢到什么地方去了必须先弄清楚，才好去救人！""要救回龚栗我们大家一起去！"

大家一齐对唐泰进行劝慰。唐仁拉住唐泰劝道："可恨帝辛无道令人气恼，切齿恨痛彻心此仇必报！我的儿不要莽撞，要从长计议。龚栗被抢走，无踪迹无音信何方去找？我儿暂息怒别莽撞，且将息慢打听，留得青山在，不怕没柴烧。寻机会再把仇报！"罗蓉拉住唐泰："帝辛的大兵抢走龚栗都这么长时间了，也不知向哪个方向走了。他们人多势众，快马前行，又兵强马壮，你身单力薄怎么去追？还是听族首和众乡亲的话，慢慢打听到龚栗的下落后再去救她吧。"

院坝一侧。唐泰哭得晕死过去。唐仁、罗蓉急呼："泰儿醒醒！泰儿醒醒！"

唐坚书房。唐坚合上竹简："天亮后马上动身去接亲。喜庆之时本应笑声不断，忽然间却传出来哭闹之声，待我立刻前去探望探望。"唐坚走进院内，只见唐泰昏倒在地，急步上前将唐泰扶起："泰儿哥，骤然间风云突变噩耗从天降，喜庆之日顿时变成了悲伤。劝哥哥强压住心头怒火，从长计议，切莫莽撞。古人说得好，君子报仇十年不晚。你要保重自己，留得青山在，不怕无柴烧。"唐修："泰儿哥，帝辛无道，世人皆恨。此仇我们一起帮你去报！"唐翔、唐全："我们一起帮你去报！"众："泰儿，你要好好保重自己，将来才好报仇雪恨啊！"唐泰"哎呀"一声苏醒过来，向龚栗家走去。唐坚等紧紧跟随其后。

唐、龚二族合力攻打紫金关

龚先院坝。龚栗娘："泰儿呀，我女儿被商军抢走了，这可怎么办呀？"唐泰："亲娘，商军欺人太甚，我一定要到紫金关去把龚栗妹妹夺回来！"唐坚等："对！我们一定要把龚栗姑娘夺回来！"龚先："商军人多势众，我们身单力薄啊！"龚睿："泰儿弟，我们两家人一起去攻打紫金关！"龚伦："这不是你们两个家庭的事，是龚唐两个家族的事。我们龚家全寨青壮年一起上阵！"罗黑："族首说得好，大家一起上阵，消灭商军，救回龚栗姑娘！"唐纯带着唐家寨大队青壮年来到龚先家："龚亲家，我们唐家寨的青壮年也一齐上阵！"龚伦："好，大家带好武器，马上出发！"

紫金关。人们呐喊着冲进关去。商军抵敌不住，纷纷溃逃。唐泰捉住一个商军问道："三公子和崇飞藏到哪里去了？"商军："三公子派崇飞将賨人姑娘抢到紫金关后，连夜马不停蹄地送往朝歌去了。"

唐纯："龚伦兄弟，龚栗姑娘不在这里，我们在此久待无益。我们撤出关去吧？"龚伦："对，我各回各寨，防备商军报复！"唐泰："谢谢父老兄弟，我马上到朝歌去把龚栗妹妹找回来。"唐坚："小弟我陪你到朝歌去找！"唐翔、唐全、唐修："我们一起陪哥去！"唐纯："唐坚陪泰儿一起去就行了。唐翔你们在家防止商军来报复我们。"唐翔等："听从族首安排。"

龚栗宁死不做帝辛妃

巴山小道。马背上。被绑在马背上的龚栗拼命挣扎，骂不绝口："你们这些遭天杀的，快快将我放回去！"三公子："小女子，听话，别哭别骂，到了王宫，有你穿不完的绫罗绸缎，有你戴不完的奇珍异宝，有你吃不完的山珍海味，有你享不尽的荣华富贵。我们不是害你的，是请你去做大王妃享福的。"龚栗："你再好的福也不是我所想要的。

快快放我回去！”三公子：“你不要敬酒不吃吃罚酒！凡是到了王宫的女子，没有一个不服从大王之命的。你要早早死了回去的心，安安心心地做大王的妃子吧！”龚栗：“就是死，你也休想要小女子做大王妃！”

帝辛宫。龚栗被押进帝辛宫大院。三公子：“来人，将她绳索解了。姑娘，听话，你只要乖乖地做我父王的妃子，不再撒野性，你就是我的娘娘了，今后有你享不尽的荣华富贵！”龚栗：“你们强抢民女，天理难容！快快放我回去！”三公子冷笑两声：“天理？什么天理？告诉你，我父王是天子，他的旨令就是天理。你要老老实实地听话，不然没有你的好果子吃！”龚栗：“世上没有捆缚的夫妻，休想强迫我做你的父王妃！”边说边向宫门跑去。

三公子：“寺人们，还不快快把她抓回来，用皮鞭给我狠狠地教训教训她！”

龚栗被打得皮开肉绽，鲜血长流。三公子：“只要你回心转意答应做父王的妃子，包你一生有享不尽的荣华富贵。”龚栗：“我已是有夫之妇，怎可做你的父王妃？”三公子：“你是不是有夫之妇我很清楚。违抗王命，你就不怕我斩了你？”龚栗：“你就是斩了我也不做你的父王妃！小女子人穷志不穷，宁可死也决不苟且偷生！”三公子：“押往后宫侍大王寝。”寺人：“遵命。”龚栗被寺人强行押向后宫。

王后寝宫。妲己：“宫中烦闷，园中走走。”寺人：“是。娘娘请行。”妲己：“快去看看，前面一行人闹闹嚷嚷的在干什么？”寺人：“回娘娘话，他们押着一个新来的女子。”妲己：“快去问问，前面那位新来的女子要送往何处去？”寺人：“回娘娘话，三公子命将这位女子送到后宫侍大王寝。”

妲己发怒：“将这个野贱人撵出后宫去！”寺人：“小人不敢。”妲己：“到大王寝宫去！”

妲己怒气冲冲地走进大王寝宫。帝辛“姑娘，从什么地方来？”龚栗“小女子从賨国来。”帝辛：“又是一个賨国美女。宽衣侍寝吧。”龚栗：“小女子不能侍大王寝。”帝辛：“不能侍寝？是怎么进到朕的寝宫来的？”龚栗：“是被抢进宫里来的。”

妲己走进寝宫：“臣妾拜见大王。”帝辛：“爱妃，你怎么到这里来了？”

妲己：“这个地方臣妾不能来吗？”帝辛：“能来，当然能来。朕只是想今晚看看这个賨国姑娘。爱妃回寝宫去安歇吧。”妲己：“臣妾不想安歇，就在这里看賨国骚货侍寝吧。”帝辛：“爱妃吃醋了？”妲己：“非是臣妾吃醋，臣妾见这个賨国骚货目露凶光，对大王是满脸杀气。”帝辛：“是吗？为何朕看不出来？”妲己：“大王色迷心窍，怎么能看得出来？臣妾担心大王会招致杀身之祸！”帝辛：“爱妃危言耸听了吧？爱妃妒忌天下的一切美女。来人，将这女子外衣脱去，搜她的身，看她带没带凶器！”妲己：“不用搜身，大王看看她的发簪有多长就知道了！”

帝辛拔下龚栗的头簪：“一根普通的发簪就能要了朕的性命？”妲己：“大王一定要这个骚货侍寝，休怪臣妾斗胆立刻将她杀死！”帝辛：“爱妃别发怒，不要随便杀人。”妲己：“不杀也可以，绝不能让她侍寝。”

龚栗被关御春苑

帝辛："朕今夜陪你好了。来人，将这个賨国贱人押入御春苑训诫训诫！"

几个寺人将龚栗押向御春苑。

王宫后面。高山险峻。群峰笔立。御春苑监房坐落在群山峡谷之中。几个寺人押着龚栗走入御春苑："姑娘，你为何要目露凶光？"龚栗："小女子是被抢来的，不愿入宫为妃。"寺人："你为何不愿入宫为妃？"龚栗："小女子有自己喜爱的人。"寺人："自己喜爱的人？帝辛是天底下最有权力的男人，不少姑娘千方百计要求做他的妃子，他还不要呢。你看那些不愿做帝辛妃的姑娘多么受罪，还是早点答应做帝辛大王妃吧。"

龚栗无言地跟着寺人向前走去。只见一排排整齐的织布机旁，姑娘们正丢梭织布。往后是缫丝房，水汽蒸腾，一排排姑娘们撩衣扎袖从水中捞取蚕茧。再往后是绣花房，一排排姑娘们正在绣花。再往后是洗衣房，一排排姑娘们正搓洗衣物。再往后是藁米房，一排排姑娘们正在藁米、碾米、磨面。再往后是一片农田，往来穿梭的姑娘们正担粪施肥。再往后是采石场，一群姑娘在开山采石，一群姑娘在搬运石头。

闻伦画出《万里山河迎春图》

帝辛御书房。闻伦："启奏大王，微臣花十年功夫，画出了一幅《万里山河迎春图》，你说巧也不巧？翻过来看，就是一幅朝歌和鹿台城区图。"帝辛："有这么巧？呈上朕看看。好，妙。"妲己："这幅朝歌和鹿台城区图绘制得非常详细完整，连小桥小巷都看得清楚。两城之间的连接暗道也十分清楚，完全可以当作军事地图使用。"闻伦："请大王命一刺绣高手将这幅图刺绣出来，悬挂于朝堂之上是何等壮观！"帝辛："正合孤意。可是，哪里去找这样的刺绣高手呢？"妲己："臣妾听说賨国女子个个都是刺绣高手。那个刚到的女子也应该是个刺绣高手，可命她刺绣此图，如果她刺绣不了这幅图就斩了她。"帝辛："召她进宫刺绣。"妲己："不必进宫刺绣，就在御春苑为她专设一刺绣房刺绣此图就行了。"帝辛："也好。"

龚栗治伤救友

巨大的采石场。苑婆一个个手拿皮鞭，押着姑娘们背石头。有背篓的人装一背小石头。没有背篓的人就肩扛一块大石头。突然，一个姑娘滚下山坡，跌断了腿，撕肝裂肺般地号叫着。龚栗听到哭叫声，立刻放下手中针线，跑到山坡上扯了几种药，迅速跑到伤者的身边，将伤者平放，断骨复位，敷上口中嚼碎了的药末。伤者顿时不叫喊疼痛了。

寺人："姑娘，你也看清了，刚进御春苑的姑娘在织布房、缫丝房、绣花房做轻活，什么时候答应做大王妃，什么时候就出御春苑。越往后是时间越长和年老色衰的无用之人。她们即或是愿意做大王妃也不可能了。你看她们在监工的鞭子下干着重活，是多么受罪啊。你要赶快醒悟，不要到年老色衰时才后悔莫及！"龚栗："为什么不把年老色衰的人放出去？”寺人：“大家都等到年老色衰就放出去，谁还愿意听从大王旨令？姑娘别太天真还想放出去了。凡是进了王宫，除了死，谁也别想走出去了。姑娘，还是早点做娘娘，我们好天天伺候你。”

第 12 章
龚栗誓不做王妃　绣制荷包寄相思

龚栗幸遇罗薪

刺绣房。龚栗没精打采地刺着。妲己：“快绣，像你这样初五一针，十五一针，什么时候能绣成？”寺人：“娘娘，这姑娘整天绣着，看似有些累了。磨刀不误砍柴工，彳可不让她到鹿台走走，歇息一下，不是绣得更快一些？”

妲己：“磨刀不误砍柴工，好吧，带她到鹿台去走走。”寺人：“奴才遵命。”

鹿台高耸入云，雕梁画栋，辉煌灿烂。鹿台下，水池边，垂柳依依，百花争艳。寺人向龚栗指点楼台亭阁：“姑娘，大王被你的美色陶醉了。娘娘几次要杀你都是大王给阻挡了。为了让你回心转意，帝辛命奴才引导你观赏鹿台美景，你可千万要珍惜这个难得的机会。你看看这种人间仙境，你什么时候见过？你只要顺从了大王，就有你游玩不尽的美景，吃不完的山珍海味，穿戴不完的绫罗绸缎，佩戴不完的宝石翠玉。”龚栗默不作声。寺人继续说道：“姑娘别整，随我游了鹿台，你就会回心转意了。好多姑娘还不是先不愿意做帝辛妃，游了鹿台以后就愿意做帝辛妃了。”

龚栗看了看不远处的巡行武士，鄙夷地笑了笑。寺人：“武士过来。”武士：“公公有何吩咐？”寺人：“将这姑娘带领到鹿台上看看这人间仙境！”

武士走到龚栗身边：“姑娘，请随在下登鹿台。”龚栗：“好。”

龚栗随武士慢行于楼台亭阁，细看掩红遮绿，向天外延伸的园林。音乐阵阵，悠扬悦耳，向四方传播。婆娑舞女随歌起舞，依稀可辨。武士：“姑娘何方人氏？”龚栗：“小女子是賨国巴林县龚家寨人。”武士：“遇到老乡了，我也是賨国巴林县人。”龚栗睁大眼睛：“你也是賨国巴林县人？”武士：“我也是賨国巴林县人。賨国出美女，这王宫中有很多妃子都是賨国人。太巧了，我又遇见了一个賨国姑娘。”龚栗：“请问军爷名讳？家住巴林县何地？”武士：“小可姓罗名薪，賨国巴林县白水乡人氏。你是怎么进宫的？”

龚栗："是三公子派兵将我抢进宫里来的。"罗薪："帝辛无道，三公子坏事做尽。你愿在宫中享受帝辛的荣华富贵吗？"龚栗："我不愿享受他这臭福，想回家。"罗薪："这高墙深宫，门卫森严，你怎么出得去？"龚栗："要是有人能将我带出去就好了。"罗薪："姑娘既是賨国人，可知大将军龚武和名医龚伦两位大人吗？"龚栗："知道！龚伦是我的祖父，龚武是我的大叔祖父。"罗薪："想不到你是我大恩人的孙女。"龚栗："我的祖辈怎么会是你的大恩人？"罗薪："十年前，我随帝辛打鬼方，在龚武麾下做校尉，你爷爷是随军御医。战斗中，我不幸被折断了手杆、脚杆，连肠子都掉出来了，帝辛叫将我埋了算了，是你爷爷见我还有一口气，整着将我的手脚复位，肠子复原，给药医治。半年之间就把我的伤完全治好了。我这条命是你爷爷给捡回来的，他是我的救命大恩人。他的医术太高明了，我的伤治好以后跟以前完全一样，没有什么不同。"

龚栗："军爷真是福大命大。"罗薪："什么福大命大，帝辛把我一家坑苦了。"龚栗："你是帝辛的宫廷卫士，他怎么把你坑苦了？"罗薪："说来话长。我从小受高人指点练成巴山阴阳掌，在我们白水乡颇有名声。我与表妹朴翠青梅竹马，从小订婚。后来又随你叔公龚武部队作战。由于作战勇敢，屡立战功，当了校尉。你叔公被纣王无辜杀害后，又随你爷爷逃回賨国家乡。这时，我的未婚妻朴翠被帝辛派来的军队抢走了。我又赶回到朝歌城中，打算救回我的表妹朴翠。皇宫禁卫森严，无法入内。我在街头卖唱时，被抓入军中参加打鬼方。恰逢帝辛用比武的办法要挑选宫中卫士，百里挑一，得入宫中。我认为我在宫中可以见到我的表妹了，哪知几年过去了，她却杳无音信。"龚栗："你在宫廷中怎么也无法找到？"罗薪："宫廷内仍然禁卫森严，后宫根本无法进去。有人说，我的表妹朴翠可能已被关进御春苑。但是，御春苑在什么方向都打听不到。"龚栗："我就被关押在御春苑。但是，车窗封得严严实实，根本看不到外面的情况。"

罗薪救龚栗出宫

罗薪："为了报答你祖父给我的大恩，我愿将你送出宫去。你信得过我吗？"龚栗："賨人最讲信义，我爷爷又是你的救命恩人，怎么信不过你呢？你愿救我出宫，太好了，你就是小女子的再生父母，请受小女子一拜！"罗薪："你信得过我就好，不需如此大礼。今晚子时，你到紫竹园门前，我带你出宫。"龚栗："多谢恩人搭救！"

夜。紫竹园。龚栗穿着深色衣服，悄悄地来到紫竹园边。罗薪驾着马拉宫车来到："姑娘快请上车。"龚栗坐上宫车驶向大门。军士："城门已禁，不准出城。"罗薪："我有紧急公事，需立刻出城。"军士："可有出城号牌？"罗薪递上号牌，军士查验后："放行。"

刚出大门。宫中一行卫士飞马来到："妲己娘娘有令，宫车休走！"

罗薪驾着宫车飞快地向前跑去。皇宫卫士飞速地追了上来，将罗薪所驾宫车截住。罗薪拔出青铜宝剑跳下宫车同皇宫卫士厮杀起来。龚栗跳下宫车向前跑去，被一卫士抓了回去。罗薪被几个卫士包围，纵身跳上房顶。卫士追去被罗薪杀伤二人。几个卫士上房再追。罗薪乘夜逃走，不知去向。卫士将龚栗押回宫中。

龚栗被抓捕回宫

王宫大殿。炉火熊熊燃烧。卫士将龚栗押至帝辛面前强按跪下。帝辛看着龚栗素衣装束更为可爱："夤夜随同武士逾墙出宫，可知是死罪吗？"龚栗："我被强拉入宫，早已将生死置之度外了。"妲己："你们想私奔到什么地方去？"龚栗："我们不是私奔，我是想回老家去。"妲己："大王，将这个野性十足的女子斩了算了。"帝辛："不忙，朕要看看她绣的《万里山河迎春图》绣得怎么样了，如果绣得不好再斩她不迟。"

寺人呈上绣了一部分的《万里山河迎春图》。帝辛仔细观看："绣得很好。这賨国女子虽然野性十足，可她心灵手巧，刺绣《万里山河迎春图》刚刚绣出点眉目，杀了谁来接着绣？等她绣好后，朕再看看，如果不合朕意，就将她斩了；如果绣得很好，送到御春苑教化教化可也。小女子，想通了随时前来侍候朕，让你享尽荣华富贵！赶快绣好《万里山河迎春图》将功补过，朕赦你无罪。"

妲己："死罪可免，活罪难逃，不能这么便宜这个賨国骚货，给我拉下去杖责五十！"众："是！"

龚栗幸识朴翠与督云

御春苑。牢房中已关押了很多青年女子。龚栗被重重地推进牢房，倒在地上昏了过去。一个青年女子上前将龚栗的头放在自己的大腿上，给龚栗喂开水："妹子，你醒醒，你醒醒！要坚强！，，龚栗睁开昏花的眼睛："谢谢姐姐。这是什么地方？，，青年女子："这里是帝辛关押我们这些不愿做他妃子的地方。"龚栗："姐姐姓甚名谁？你怎么也在这里？"青年女子："我叫朴翠，也是不愿意做帝辛妃子被关押在这里的。"龚栗："朴翠姐，我看到罗薪大哥了。"朴翠："真的？他现在在什么地方？"龚栗："他将我救出宫外，被宫中卫士追上，我被捉了回来。他遁去不知下落。"

另一个女子端水为龚栗洗去身上的血污："小妹，我们同样命苦哇。有些人受不了这里折磨，关了几天，便答应给帝辛当妃子，很快就放出去了。"龚栗："请问姐姐姓甚名谁？"女子："我叫督云。"龚栗："多谢二位姐姐照顾。"朴翠、督云："我们同是命苦人，只有互相照顾才是，另脱多谢的话。"

姑娘倾吐血和泪

夜。一盏桐油灯吐着豆大的火苗，摇曳着，囚房若明若暗。地下乱草下密密麻麻挤睡着苦难的姑娘们。一姑娘双手捧起一双筷子代表燃香跪地作揖，自言自语："我的哥哥，我的未婚夫，你我青梅竹马，一起长大，从小订婚。我被帝辛选美选进宫时，你发疯似的追赶，在同商军打斗中被当场杀死！哥呀，我痛不欲生，几次自杀想早点在阴曹地府与你团聚，可是都没有成功！现在我简直是度日如年！我知道我这样活下去没有什么意思。但是，有些姐妹又劝我好好地活着，为你烧香祈祷，让你的亡魂早早升天；祈祷我们来世团圆。所以，我每天晚上都在为你烧香，你知道吗？”

朴翠也起身坐着，双手捧起一双筷子代表燃香，小声祷告道：“一拜上苍，保佑我黎民百姓安康！二拜帝辛，早早放我回家乡！”督云：“帝辛有什么好拜的？”姑娘们陆续都坐起来了，细声地议论着。朴翠：“多拜帝辛是好事，万一拜得他有一天发了善心，把我们放回家不是就好了吗？”姑娘甲：“你想帝辛发善心？简直是白日做梦，痴心妄想！帝辛根本不是人，哪值得我们拜！”姑娘乙：“要拜只能求上苍早点赐帝辛死！”

督云：“帝辛坏，他身边的人也坏，下边趋炎附势的人更坏。他们为了获得帝辛的欢心，什么丑事恶事都干得出来。”姑娘丙：“提起那些帝辛的鹰犬走狗我就怒火万丈！那天为了掠走我，他们将我的父母打昏在地。我的哥哥刚好从山上砍柴回来，见帝辛的鹰犬正拉着我走，急忙拿着砍刀追了上来，砍伤了一个爪牙。帝辛的鹰犬立即蜂拥上前将他活活砍死。我的家就这样被这些万恶的鹰犬给毁了！”姑娘丙：“说起这些伤心事五天五夜也说不完。我的奶奶最疼我，见我被抓走，哭着追了一坡一岭，见无法追上，跳下了万丈深渊……”姑娘丁：“我的老爹上了吊。”姑娘戊：“我的娘跳了河！”

龚栗：“说起这些伤心事就太多了。我原本有一个美好的爱情，我的泰儿哥把我从商军手中夺回，是我的大恩人。我们订了婚。在我出嫁的头天晚上坐歌台的时候，帝辛三公子派出一队人马打昏了我的父母、哥哥、弟弟，打伤了我的乡亲，强行将我抢来宫中……不知道我的泰儿哥听到这个噩耗后会有多么的痛苦……”

阴森恐怖冷室刑

苑婆在监外大声吼道：“不准再说话了！如不听话，马上关入冷室思过。”

龚栗“什么叫关入冷室思过？”朴翠：“冷室是一个阴暗潮湿的地方，泥塑着虎蛇豺狼、妖魔鬼怪，十分阴森恐怖，每次只关一个人，不给水和食物。被关进去的人要在里面十天才能出来，绝大部分被折磨饿死，很少有人能活着出来的。所以，大家都十分害怕被关进冷室。”龚栗：“被关进去的人多不多？”

朴翠：“多呀，我亲自看到关进去的就有九个人了，活着出来的就只有那开头为她表哥'烧香'的这个人。”龚栗：“她为什么能活着出来？”督云：“她本来想死，她对恐怖场景一点都不害怕。她被关进冷室以后，成天在里面烧香祷告。十天后苑婆打开冷室大门，看看她死了没有，只见她盘脚打坐在草堆里，口中念念有词。苑婆自己倒被吓坏了，认为她是神人，便把她放了出来。”

帝辛软硬两手强迫姑娘就范

朴翠：“帝辛也不完全用劳累毒刑强迫姑娘屈从，还不时将姑娘引入宫中风景美丽的地方去，吃山珍海味，穿戴华丽服饰，用天堂般的美景和豪华生活软化姑娘，使意志不坚的许多姑娘被征服。”龚栗：“这一手真歹毒啊！”

龚栗：“帝辛为什么不将我杀了，又重新关入御春苑？”朴翠：“他不杀你是看中了你的美貌和刺绣手艺。只要进了御春苑，除了死，任何人都不要想活着走出御春苑。”龚栗问：“为什么？”朴翠：“帝辛不准让外面的人知道了这个人间地狱的内幕。”众：“外面的知道了这个魔窟会更加憎恨帝辛！”龚栗：“外面的人知道了这个魔窟会千方百计来救我们出去的。”众：“对！”

监门外。一个膀大腰圆、满脸横肉的中年妇女在监门口高声喊道：“各位姑娘听着，明日上山背石头，大家今晚准备好背篓，不要临时找不到挨打！”

朴翠：“报告丁苑婆：这位小妹刚被关进来，没有背篓咋办？”丁苑婆：“没有背篓就用肩膀扛！”

监门内。龚栗：“两位姐姐：上山背石头干什么？”督云：“去为帝辛修建鹿台。这也是帝辛拆磨不愿做王妃的一种办法。有些姑娘受不了这里的折磨，只好屈服帝辛的淫威。”龚栗：“这里关了多少姑娘？”朴翠：“少说也有上千人。”龚栗：“天天背石头吗？”督云：“不都是背石头。他们将有可能同意做帝辛妃的人派进绣房干轻省活。思想顽固不化的才去背石头，还要做其他重活。农忙时种庄稼，担粪浇粪，收割粮食，样样都要做。农闲时，他们不知从哪里弄来脏衣服，规定每人每天洗五十件，洗不干净就要挨打。在这里，一年四季没有一天空闲。每天都有监工手拿鞭子，发现有人干活不出力，就猛抽猛打，不少人被打伤打残甚至被打死。”

龚栗为罗雁治伤

采石场。突然，一个姑娘高声喊叫起来：“罗雁昏倒了！”龚栗便随着人们围了过去，见罗雁昏倒在地。杜苑正挥鞭打去：“我叫你偷懒耍滑！我叫你偷懒耍滑！”罗雁手臂上顿时冒出血珠。龚栗走上前去为罗雁掐人中、合谷等穴位，将罗雁救醒。杜苑正对罗雁吼道：“快做工！”

龚栗瞪大眼睛怒视杜苑正：“你与我们同为苦命人为何如此凶残？”杜苑正：“谁跟你们一样是苦命人？你们是自找苦吃的贱骨头！”龚栗：“谁是贱骨头？我们是铮铮女子，骨头高贵无比！哪像你这种甘做鹰犬的贱骨头！”

杜苑正又扬起鞭子：“看你嘴硬！”苏醒过来的罗雁厉声答道：“那些狐假虎威的人才是贱骨头！”杜苑正：“罗雁你敢骂人！”说着，一鞭子抽打过去。罗雁手臂上顿时鲜血直流。罗雁直向杜苑正冲去：“你凭什么打我？”

杜苑正边退边打：“我就是要打你们这些賨人野蛮婆娘！”丁苑婆上前帮着打罗雁：“你这个賨国刁婆娘仗着姿色出众，老是不服管教，就该打！”

杜苑正：“给我往死里打！”

罗雁被打得昏倒地上。龚栗急忙上前急救。朴翠、督云等一齐围了上来：“别打了，都昏死过去了。”杜苑正：“都干活去，另惜这个賨人野蛮婆娘！”

晚上。御春苑监房。龚栗按摩着罗雁手臂上的伤痕。罗雁说：“谢谢妹妹给我治伤。我不想治伤了。”龚栗：“怎么不想治伤了？”罗雁：“我对什么都绝望了。”龚栗：“你的伤很快就能治好的。你将内心的痛苦说出来吧，那样好受些。”罗雁：“我们被关在这不见天日的地方，真是埋了没有死的人了。我的未婚夫和我的爹爹母亲被抢我的商军杀了，一家人全完了。在这里天天受到苑婆的折磨。我也是賨国人，苑婆骂我们是賨人野蛮婆娘，帝辛又偏偏爱抢賨人姑娘。这里被关押的一千多个姑娘，一半以上都是賨人姑娘。我们賨人要团结起来，想办法来惩治这些恶人。”龚栗：“姐姐，我们心里都有一本血泪账……”

罗雁复仇

罗雁愤愤不平地说：“我本想一死了之，但这又实在太便宜了帝辛和这些凶残的苑婆了。我一定要报复了死才能瞑目。”朴翠：“罗雁妹妹，你要报复谁？”罗雁捞起衣袖：“我要报复杜苑正、丁苑婆和帝辛！”督云：“用什么方法报复？我们一齐帮忙。”罗雁：“等我养好了伤再说。这个忙你们帮不上。”

过了几天，龚栗高兴地对罗雁说：“姐姐，你的伤已完全好了，连伤疤也看不出来了。”罗雁说：“谢谢妹妹。”说罢，向值日苑婆招手：“我要出去！”值日苑婆：“想通了？要到宫中去了？”罗雁：“去，马上就去。”昂首走出监门。

夜。几盏大红宫灯引路向帝辛寝宫走去。罗雁头戴凤冠，身披霞帔，满身珠光宝气闪着光芒，被几个宫娥搀扶着走进帝辛寝宫，向帝辛躬腰致礼。帝辛十分高兴地拉着罗雁的手走进龙床：“美人，朕喜欢你啊！”罗雁冷冷地皱了皱眉头。

晨。帝辛寝宫。帝辛：“鄂妃一夜陪侍，朕甚称心，今晚继续陪朕。你去做御春苑苑丞，多找几个娇美女子来伺候朕吧。”罗雁：“谢主隆恩。”

御春苑。寺人：“圣旨到！”全体苑婆立刻一齐跪地。寺人大声宣布：“大王钦命罗雁做御春苑苑丞！”全体苑婆：“大王万岁！”罗雁：“全体人员各行其是不得有违！”众：“是！”

晚。帝辛寝宫。帝辛：“罗雁，你在御春苑为朕找到了娇美女子吗？”

罗雁：“托大王洪福，诸事顺心。只是杜苑正、丁苑婆太横行，摧花损玉，逼死了几个娇美无比的姑娘。”帝辛：“竟有这样的事？”罗雁：“大王如不尽快将杜苑正、丁苑婆处死，不知还有多少名花宝玉被她们扼杀！”帝辛：“准爱妃所奏，明日由你带几个寺人将她们凌迟处死！”

罗雁在几个寺人的簇拥下走进御春苑。罗雁杏眼圆睁：“杜苑正、丁苑婆听令！”杜苑正、丁苑婆一齐到罗雁面前跪下：“小人听苑丞训话。”罗雁走上前给杜苑正、丁苑婆一人几个耳光：“帝辛已知道你们摧花损玉作恶多端之事，命我今日将你们凌迟处死。寺人，拿钝刀来，将她们身上的肉一片片地割，不得有误！”众寺人：“是！”杜苑正、丁苑婆一齐向罗雁磕头：“苑丞饶命，苑丞饶命！”罗雁冷笑几声：“你们原来想没想过也有求人的时候？还是像以前那样在姑娘的头上拉屎拉尿嘛！”杜苑正、丁苑婆：“苑丞饶命，小人再也不敢了。”朴翠：“罗雁当苑丞以后，苑婆们不敢再放肆地欺负姑娘们了。”

龚栗绣制杜鹃寄相思

龚栗："我们不能只是思考对付苑婆的办法，还应当想办法逃出这个人间魔窟。'督云："这里四周高山刀劈斧削，几条通向苑外的小路全被商军把守，真是插翅难飞呀。'绣花房。苑婆指着绣桌对龚栗说："赶快将这幅《万里山河迎春图》绣好。"龚栗拿起针线绣了起来。妲己走入绣花房："《万里山河迎春图》绣好了没有？"苑婆："回娘娘话，我正在催这女子赶快刺绣。"

妲己走到龚栗面前："这是大王亲自选定的最喜欢的一幅图案，准备挂在王宫大殿。你可要按图案赶快绣好。要是绣得不好，大王怪罪下来，小心你的脑袋！"龚栗："小女子绣不好，先要了我的脑袋算了。"妲己："大胆，拉出去给我打！"苑婆："娘娘息怒。绣房里只有这位姑娘能绣这幅图，如果杀了她，我们就没法完成这幅刺绣了。"妲己："这幅刺绣必须在一个月内绣好，否则拿苑正是问！"苑正："是，小人一定督促她按时绣好。"

龚栗绣着《万里山河迎春图》，想起了自己为唐泰绣的巴山映山红荷包，便躲开苑婆的监视，将一根针、一小块绢和一些丝线装进自己的兜里，心中说道："要想法给泰儿哥绣一张巴山映山红手绢，让他知道我一直思念着他！"

监房。龚栗："朴翠大姐，罗雁苑丞怎么哭得那么悲伤？"朴翠："罗雁做苑丞不久，帝辛将她赐给了征鬼方有功的一个武将做妻。这个武将得知了罗雁的悲惨遭遇后，行刺帝辛，不幸身亡，所以她哭得那么伤心。"龚栗："帝辛知道武将刺杀他与罗雁有关吗？"朴翠："现在帝辛还不知道。那个将军的家眷已被满门抄斩。罗雁因为是帝辛刚赐给那个将军的，所以帝辛对罗雁现在还没有怀疑。"龚栗："帝辛使罗雁遭受到那么多的不幸，很值得同情。她敢作敢当，又拯救我们于水火，值得钦佩和感谢。"朴翠："是啊！"

龚栗亲近何苑婆

绣房。龚栗："何苑婆，你的家在什么地方？"何苑婆："家？我根本没有家。"龚栗："是不是所有的苑婆都没有家呢？"何苑婆："不是，宋苑正是有家的。"龚栗："她怎么就有家？"何苑婆："她原来跟我们一个样，是个普通宫女。有一次得到了帝辛宠幸，帝辛一高兴就将她赐给了武将她就有家了。那个武将因为她是帝辛赏赐的，对她很好。帝辛对她也很信任，命她做苑正也有十多年了。"龚栗："这些苑婆都没有家，为什么对抓进来的姑娘那么凶狠？"

何苑婆："她们当中绝大多数也是被抓进宫里来的，只有极少数是自愿进宫的。她们没有机会得到帝辛的宠幸，甚至一面都未见到过帝辛。她们现在都已年老珠罗，没有得到宠幸的希望了，便将一身的怨气向新来的姑娘们发泄。所以，她们心狠手毒，对姑娘们没有一点同情心。"龚栗："这些苑婆的身世既然与姑娘们一样，本应具有同情心，现在却变成狠毒之人，实在可悲！"

何苑婆："这都是帝辛把大家逼成这样变态的。'龚栗："你老与她们不同，心地善良，待我们如亲女儿。我就认你做干娘好吗？”说着便跪下：“小女子愿拜您为干娘，做我的再生父母，请您不要嫌弃，收下我这个小女子做干女儿吧！”何苑婆扶起：“使不得，快决请起，我收你做我的干女儿。”

龚栗：“干娘，你能不能帮助大家向外通通消息呢？”何苑婆：“要想向外通消息，实在太难！我们这个地方，四面崇山峻岭，只有几条小路与外面相通，都被重兵把守。我们都很难出去，你们就是连想都不要想了。”龚栗：“干娘，不是我们要出去，只是想与家人通个消息。”何苑婆：“你们的家离这里千万里，谁人能去送信？想都不要去想了。”

王宫大殿。帝辛看着高高挂起的《万里山河迎春图》：“好啊，绣得太好了。比朕想象的还要好。是谁绣的，叫来让朕看看。”内侍：“是御春苑里的一个龚姓女子绣的。马上传她来见。”

龚栗时刻不忘回賨国

龚栗走进大殿。内侍：“启奏大王，这幅《万里山河迎春图》就是这位賨国龚姓女子绣的。”帝辛：“真是你绣的？”龚栗：“小女子绝不会冒他人之功为己有。”帝辛：“好。朕看你人美手也巧，让朕十分满意。你为朕做了一件十分满意的事，需要朕赏赐你些什么？”龚栗：“小女子不需要大王什么赏赐，只希望大王将小女子放回賨国。”帝辛：“你讨厌本王？”龚栗：“小女子不敢。”帝辛：“为何要离开王宫回賨国？”龚栗：“賨国是我的家，那里有我的父母兄弟和所爱的人。”帝辛：“大胆，难道本王、王宫不值得你爱吗？富贵豪华的宫廷生活对你没有吸引力吗？”龚栗：“美不美家乡水，亲不亲故乡人。”帝辛：“今晚伺本王睡，明日就送你回故乡。”龚栗：“小女子宁死不从！”帝辛：“来人！将她押到寝宫！”妲己从殿后走出来，厉声喝道：“谁敢将她押进寝宫？”

帝辛：“娘娘是让她继续回御春苑，还是到爱妃寝宫做侍女？”妲己：“大王，这个賨国骚货留在宫中何用？杀了算了。”帝辛：“何必杀她？让她继续到御春苑去劳作，尝尝不听话的滋味！”妲己：“好，让她尝尝生不如死的滋味。”

心系小鸟盼自由

山坡。桑园。桑叶嫩绿，迎着骄阳放射诱人的绿光。一群御春苑被关押女子手挽竹篮，采摘桑叶。突然，督云看见一只受伤的百灵鸟躺在路边，便用双手将它捧了起来。龚栗等凑过去：“这鸟多可爱，不幸受伤了，怪可怜的。”百灵鸟似乎向姑娘们求救：“吱吱”地叫着，轻轻地扇动翅膀。龚栗：“我们把它带回去吧。”朴翠：“丢在外面，这受伤的百灵鸟儿准会被野兽或毒蛇吃了。即或不被吃掉，它自己不能觅食，也准会饿死。”龚栗：“带回去让它养好伤再放它走。”

御春苑房中。龚栗用树枝编织成了一个小鸟笼，将百灵鸟装在笼中，然后将鸟笼藏在大袖中带回了住地。大家给它喂食喂水。百灵鸟吃一口食“吱吱”叫一声，似乎在向姑娘们表示谢意。

龚栗拿出针线和一小块绸布，认真地绣了一朵巴山映山红。百灵鸟慢慢康复，在笼中快乐地唱着跳着。百灵鸟完全康复以后，龚栗将绣着巴山映山红花的小手绢绑在鸟腿上。督云：“你这是干什么？”龚栗：“我们没自由，百灵鸟有自由；我们出不了山，百灵鸟可以飞到山外去。我想让百灵鸟给我的未婚夫带去我还活着的消息。”督云：“原以为身锁深山死于深山，你却心不灰意不冷，满怀着希望。”龚栗：“心中一旦有寄托，自有甜蜜暖心房。身陷绝境心不死，绣朵杜鹃花寄我郎！”朴翠：“如果百灵鸟真正飞到了你的未婚夫那里，你只绣了一朵映山红，你的未婚夫能看懂吗？”龚栗：“我赠给他的钱包上面绣的就是巴山映山红，他完全能看懂。”朴翠：“你们真是心有灵犀一点通呀。”督云：“不然他们怎么叫心心相印呢。”

朴翠：“栗妹，你家中还有些什么人？”龚栗：“我有父母，兄弟。”督云：“你被抢时，他们救没救你呢？”龚栗：“他们一齐上前想将我夺回去，都被商军打死打伤了。我的大哥龚睿和弟弟龚木武艺高强，同商军打斗最激烈，我亲眼看见他们被打倒在地昏了过去。可见他们受的伤也最重，不知道他们的伤现在好了没有。我时刻牵挂着我的亲人的安危……”朴翠："帝辛把一对对美满夫妻拆散了，把一个个幸福家庭破坏了，真是杀人不眨眼的魔鬼！”督云：“帝辛就是千刀万剐也难平民愤！何时才能除掉这个恶魔啊！”龚栗想起了唐泰，心中默默地呼唤：“泰儿哥，快快来救我啊！”

第 13 章
唐泰寻妻遇庹嵩　幸入王宫做随侍

唐泰、唐坚教训抢劫人

高山密林。唐泰、唐坚穿山越岭，跨沟过桥，行至一座高山下。突然林中传来一阵呼救声："救命啊，强盗抢人啊！"唐泰和唐坚急忙向林中跑去。只见二个手持利剑的大汉逼住几个人索要钱财。唐泰高声喝道："什么人胆敢白日里在此剪径？"一个大壮男喝住唐泰、唐坚："你们休管闲事，快快滚开！莫要坏了老子们的好事！"唐泰："大路不平旁人铲！这种闲事我们就是要管！"唐坚："拦路抢劫，天理难容！劝你们早早停止作恶，以免遭到严惩！"一个稍瘦青年喝道："住口！看你们年纪不大倒还会说几句冠冕堂皇的话！你们赶快离开此地，休得惹老子发怒！"

唐坚："你发怒又怎么的？"青年："老子发起怒来就要杀人！你们年纪尚轻不要枉送了性命！"唐泰："我劝你们悬崖勒马，幡然悔悟，放下屠刀！"两个男子："你们不听警告，硬要自己送死，休怪我们不客气了！"二人一齐向唐泰、唐坚杀来。

唐泰、唐坚急忙取出青铜宝剑分别与强盗大战起来。往返数个回合，唐泰暗想："这两个大汉倒也有些武艺，不可轻废了他的性命！"主意想定，卖个破绽让大汉扑到身边。唐泰巧妙地躲过剑锋，一拳将对手打倒地下，立即踏上一只脚，用剑抵住他的脑袋。大汉跌了个嘴啃泥，被踏住动弹不得，只好求饶："壮士饶命！"此时唐坚也已将对手制服，收缴了他们的宝剑。两人跪地求饶："壮士饶命，小人再也不敢剪径了。"

唐泰："叫什么名字？""庹峰，督策。"唐泰："看你们年纪不大，又身强力壮，为什么不干正经事却干这种不为人齿的剪径勾当？"庹峰说："非是我等不学好，甘愿做社会渣滓。我俩原来都是官宦子弟。由于家道衰落又家遭大火，田地被官府没收了，妻子被抓去做了官奴，实在没法生活才干起了这种勾当。"督策说："我的情况比他更惨。田地被帝辛圈游猎场圈占了，老爹老母亲不从，被打死，妻子做了官奴。我侥幸逃得性命。

我虽然读了不少书，有文化，但朝中无人，不被官家录用。我们俩是表兄弟关系，从小向高人学得一身武功，这些在山沟里没有什么用场。在百无聊赖的情况下，我才在社会上乱混，竟然也跟着他干起了这个罪恶的勾当。”

唐泰：“你们的遭遇很值得同情，但是被你们劫掠的人更值得同情。你们不应该把自己本应受到同情的身份变为一个受世人唾弃的可耻之人！”督策：“听了两位壮士的教导，我们深悔不该走上歧路。”唐坚：“你们走上歧途也是事出有因。现在可以浪子回头，放下屠刀，立地成仙！重新做个好人！”庹峰：“我们生活仍然无靠啊！”唐坚：

“你们年轻力壮，谋生的路子那么多，办法总是可以想得出来的。”督策、庹峰：“承蒙两位壮士教诲，愿闻尊姓大名！”

唐泰：“行不更姓，坐不改名。我叫唐泰，他叫唐坚。不知二位可愿说出你们的名字？”高大男子：“我们既已悔悟，决心重新做人，何惧说出真名？我叫庹峰，他叫督策。”唐坚：“嗬，你们二人的名字都起得很好。希望你们都能做个好人，回到家乡，用勤奋和智慧寻求生存之路。”两位男子：“谢谢两位恩人指点前程。我们后会有期。”唐泰：“唐坚兄弟，我们继续赶路吧。”唐坚：“好，赶路要紧。”庹峰待唐泰兄弟离去后，对督策说：“表兄，回家乡干什么？家没了怎么生活？说得好听，靠勤劳和智慧可以求得生存，但是能不能求得快活？我们浪荡惯了，不如到宕渠城去，倚仗一身武功靠抓拿吃骗吃过点快活日子。”督策：“兄弟说得是，走！”

唐坚、朱娅心相许

小路边。突然，林中走出一老翁：“壮士留步，请受老者一拜！”唐泰：“我等何功何德岂敢受长者之拜？折煞我等阳寿也。”老翁：“我们若不是恩人搭救，早已魂飞天外，陈尸山林了。你们受得老朽一拜！受得老朽一拜！”

唐坚：“老伯，实实的不要拜！扶危救困惩强梁是一切正义之人都要做的。我们只不过做了自己认为应当做的事情，老伯切不可施此大礼。请问老伯，你是怎么遇到强人的？”老翁说：“我带着孙子孙女走亲戚，路过此地，突然跳出两个强人拦住去路强行抢劫。恰好遇到了你们两位大恩人！”老翁转向林中：“孙子孙女，快快前来拜谢大恩人！”林中有人应道：“来了。”

林中很快走出一个十二三岁的男孩和一个十六七岁的女子，向唐泰和唐坚拜谢。唐泰和唐坚连忙回礼：“莫拜莫拜！”唐坚：“请问老爷爷家在何处？”老翁：“我们离此不远，就在伏牛山下。”唐泰：“老爷爷，我们送你们回家去吧？”老翁：“我们这里原来比较清静，没有遇到过强人。恩人放心赶路去吧。”

唐坚将唐泰叫到一旁，低声问道：“泰儿哥，救人救到底，老伯家离此不远，我们可将他们送回家中再行赶路不迟。”唐泰：“送送老伯不妨。兄弟，我看你与他们有些依依不舍的样子，你是不是看上那位美丽的姑娘了？”唐坚：“泰儿哥，别取笑我。我们萍水相逢，岂敢冒昧？”唐泰：“这人世间一见钟情有的是。兄弟实说不妨，为兄可以给你做媒。”唐坚：“诚如泰儿哥所说，我确实看上了这个姑娘。但是，我若就此向她求婚，就会把我们仗义救人的本意变了味。”唐泰：“姻缘天成，既然有意，不可错过。”唐坚点头：“不知人家是否已名花有主了？”唐泰：“待为兄与你去问来。”

唐泰将老翁叫到一旁问道：“老爷爷，晚辈有一句话不知当讲不当讲？”

老翁：“但讲不妨。”唐泰：“不知令孙女可曾婚配？”老翁：“未曾婚配。”

唐泰：“可曾已经许了人家？”老翁：“未曾许配人家。”唐泰：“那就太好了。老爷爷，你看我这位兄弟可做得你的孙女婿吗？”老翁：“这个小伙子太好了，他有妻室没有？”唐泰：“他没有定过婚，还是个花花少年郎。”

老翁：“太好了，只是不知我孙女的心意如何。”唐泰：“请老爷爷问问可也。如蒙应允，这倒是一桩好姻缘。”

老翁走到一棵大树下：“孙女过来。”孙女走到老翁身边后，老翁低声问孙女：“你看那个个子稍矮的救命英雄可好？”孙女：“那个英雄倒是最好。只是不知他是何方人氏，也不知可曾婚配，怎好回答？”老翁：“那位英雄说了，他不曾婚配。真是呀，我老糊涂了，他姓甚名谁都没弄清楚就问起我的孙女来了。我去问问。”

老翁走到唐泰身边：“那位英雄是何方人氏？”唐泰：“我也忘了先告诉你，我这位兄弟姓唐名坚，家在巴林县黎明乡唐家寨。离此不到一天路程。我与这位兄弟是同胞兄弟，从小一起长大，非常要好。他待人诚实守信，读书很用功，也会武功，将来一定有大出息。他的确未曾婚配。”老翁：“那太好了。我也告诉你吧，我老汉贱姓朱，名全，孙女名娅。我们朱家在伏牛山一带都是堂屋里面栽黄桶树——有根之家，婚姻万万不可草率从事。你那位兄弟如有心与我孙女结为百年之好，可找媒人前来提亲。”唐泰“好。老伯请放心，我们进朝歌城里去办完事，就回来找媒人来提这门亲事。”朱全：“如此甚好。”唐泰：“老太爷，我们告辞了。”朱全：“好。你们早去早回。一路平安。”唐泰：“谢谢老太爷。”唐坚和朱娅四目对视，依依不舍，含笑而别。

唐泰、唐坚遇庹嵩

唐泰和唐坚风餐露宿，来到朝歌城外，在一家客栈住下。客栈内：“店家，请问帝辛王宫在哪个方向？”店家：“进城门向右再向左，再向右，再向南，再面北就是。”唐泰：“谢过店家。”

唐泰和唐坚一道去到朝歌城中，左拐又转，右拐左转，终于来到王宫大门外。只见禁卫森严，兵士成行，过往行人，必须交牌查验，才于放行。

唐泰和唐坚刚靠近王宫大门即受到兵士上前查问。兵士：“干啥的？”

唐泰：“寻找帝辛三公子。”兵士：“是亲？”唐泰：“不是亲。”兵士：“是戚？”唐泰：“不是戚。”兵士：“非亲非戚，可有求见的申报批准文书？”唐泰：“没有申报批准文书。”兵士：“没有申报批准文书，不能晋见三公子。”唐泰：“为何不能晋见三公子？”兵士：“三公子乃王公贵族，庶人岂可想见就见？”唐泰：“王公贵族是不是人？”兵士：“王公贵族当然是人。”唐泰：“王公贵族既然也是人，怎么不能见？”兵士：“你休啰唆，快快离开王宫禁地。”唐泰：“王宫禁地就不是人来的地方吗？”兵士：

“你再啰唆就把你抓起来关进大牢！”

唐泰仍然要往王宫里面闯，几个商军兵士立刻手持刀枪向他围了过来。唐泰、唐坚正待与商军兵士打斗。

王宫内。从宫内走出一行人来，披着长发，为賨人打扮。为首身穿官服的一个人见唐泰是賨人穿戴，点点头，问道：“这两位兄弟像是賨国人，从哪里来？”唐泰：“在下从賨国来。”长官模样的人问：“到此做甚？”唐泰：“想见三公子。”长官模样的人问：“找三公子做什么？”唐泰：“要回我的妻子龚栗。”长官模样的人：“这里不是说话的地方，随我到馆驿再说。”长官模样的人向商军士兵拱手施礼：“请军爷放了他们。”商军士兵散开。

唐泰、唐坚随长官模样一行离开王宫大门。商军兵士退回王宫大门门口。

唐泰和唐坚随长官等走进馆驿：“请问长官名讳，在哪里为官？”随侍：“长官姓庹讳嵩，在賨国王宫做长史之官。”唐泰：“长官在上，小人失礼了。”庹嵩：“本官，賨国长史是也，奉命到朝歌向帝辛缴赋。我见你是賨人装束，听你是賨国口音，所以相问。”唐泰：“启禀大人，我的妻子被三公子抢入王宫去了。我们双方家人及三亲六戚对她思念不已，要我将她接回家去。大人既是賨国长史，请帮助我，将我妻子要回来。”庹嵩：“小弟有所不知，三公子既已将你妻子送入王宫，岂能随便要回？”唐泰：“我与兄弟一道行程数千里专门寻妻，难道就此罢休？”

庹嵩追述唐戳战死经过

庹嵩：“请问壮士尊姓大名？”唐泰：“不敢。小人贱姓唐，名泰。”

庹嵩：“什么地方人？”唐泰：“巴林县黎明乡唐家寨人。”庹嵩：“既是唐家寨人，可知道唐戳将军？”唐泰：“唐戳将军是小人的祖父。”庹嵩：“啊，你就是唐老将军的孙子唐泰？”唐泰：“小人正是。请问大人，你怎么知道在下的名字？”庹嵩：“你不认识我了吗？”唐泰仔细看过，摇了摇头：“请大人鉴谅，小人未曾与大人谋面，也可能是记性差，不认识大人。”庹嵩笑了笑：“不是你未曾与我见过面，也不是记性差。都十来年了。你爷爷为救大王英勇献身后，我和武成王鄂典受大王之命，前来唐家寨安葬他老人家，看到过你一面。你那时十分悲痛，忙于祭典。我们见面时间太短，这些年你已长大成人，我也不认识你了。”

庹嵩想起了鄂桓、唐戳与帝辛大战情景。庹嵩暗想：“唐家人很讲忠诚孝义，唐泰不知道我设计杀死了唐戱，我何不将他收为心腹？日后定可派大用场。”便亲切地对唐泰说：“你的爷爷是个大好人。”唐泰、唐坚悲痛流泪：“爷爷，我的好爷爷！”唐泰止住眼泪：“我想起来了。那时我才十岁。坚儿弟当时还不满八岁。请问庹伯伯，我的爷爷是怎么牺牲的？”

庹嵩：“你的爷爷唐戱老将军为救鄂桓大王，马头被帝辛大钺击中倒于地下。我急忙前去相救，却不幸被闻伦截住厮杀。你爷爷被商军捉住押到帝辛跟前。帝辛要你爷爷投降，你爷爷临死不屈，碰龙辇而死，死得很壮烈啊！”

庹嵩带唐泰回王宫

唐泰恳求道："庹伯伯，请你无论如何帮我把妻子要回来。求求你。"

庹嵩"你想把你妻子要回来，谈何容易？你的妻子既然进了王宫，便很难出宫。"唐泰"那我怎么办？"庹嵩："帝辛大王宫禁森严，你怎么进得去？就是进到宫中，见到了你的妻子，岂能随意带走？凭我去说几句求情的话帝辛就会将她放出来？此事不能急于求成，还得多想办法。"唐泰恳求地说："请大人为我想想办法。"庹嵩："你若立下大功，帝辛大王可将你妻子赐给你。"唐泰："我怎么能立下大功？"庹嵩沉吟片刻："看你身强力壮，思维敏捷，不知学过武功没有？"唐坚："泰儿哥不仅学得高强武功，而且还独自一人杀死过一只猛虎。"

庹嵩："你若到帝辛大王军中倒有立大功机会。"唐泰："我不可能到帝辛那里去投军。"庹嵩见唐泰膀大腰圆，思维敏捷，是个人才，暗自想道："把唐泰留在自己身边做个贴身卫士吧。"便对唐泰说道："不如随我一同到宕渠城王宫去，等待立功机会好吗？"唐泰："多谢大伯指点。"庹嵩转动眼珠暗自想道："让他留做自己的贴身卫士好？还是让他做自己安在鄂桓身边的耳目好呢？嗯，为了便于掌握鄂桓的情况，更好地施展自己的夺位大计，将他献给鄂桓做贴身侍卫更好！"庹嵩主意打定，对唐泰说道："泰儿是忠烈后代，智力超群，勇猛非凡，报效国家，定前途无量。不如随我到賨国王宫大王身边做个侍卫，更有建功立业机会寻回你的妻子。"唐坚："泰儿哥，长史大人说得甚是有理。现在，帝辛王宫进不去，栗儿姐无法找，你就随长史大人到賨国王宫去做大王的贴身侍卫吧。"唐泰："坚儿弟，我们一道同司徒大人到王宫去吧？"唐坚："你我兄弟都到宫中谋事，父母何人孝敬？小弟学业未成，想继续读书。回国之后，你去宫中谋事，我回家去孝敬父母，完成学业。各得其便。"唐泰："兄弟，你想得太周全了。请兄弟回家后认真读书，照看好父母，帮我尽尽孝心。"唐坚："泰儿哥，孝敬父母是我的本分，你放心去吧。"唐泰："多谢兄弟！你回去以后，立即托夕婆前去朱家说合你的婚姻。这事也要抓紧办理。"唐坚："泰儿哥说得对，我回去马上去办。"唐泰、唐坚二人挥手告别后，唐泰随庹嵩向賨国王宫行进。

唐坚回家后，请夕婆作伐，了却了一桩姻缘。

鄂桓收唐泰做侍卫

山道上。庹嵩："泰儿，想不到十来年你长得跟你爷爷一般模样了。将门之后就是与常人不一样。前面就是国都宕渠城。进了王宫，你在大王面前不可失礼。"唐泰："晚辈愚钝，不懂宫廷礼仪，请老伯多加指点。"庹嵩："这个自然。其实，你妻子被帝辛抢走这样的事情，可说是屡见不鲜了。你是诚实君子，难得有这样一片痴情。"唐泰："晚辈与龚栗定下终身绝不更改。"庹嵩："你这样忠于自己诺言，谁都喜欢！我一定劝大王收你为贴身卫士。"唐泰高兴地："晚辈离不开你的培养和举荐。在下若真能成为宫中侍卫，将终生不忘大人的大恩大德。"庹嵩："举荐贤才是我们当臣子的义不容辞的责任。你要努力造化，不辜负我的一片美意。”唐泰：“晚辈一定不辜负大人的厚望。”

王宫。庹嵩：“启奏大王，微臣给您推荐忠烈将军唐戲的孙子唐泰做您的贴身侍卫，您看可好？”鄂桓仔细审视唐泰一遍，眼角里流出了泪水：“唐戲将军是朕的得力干将，他死得好壮烈啊……那年，朕同他一道随帝辛征西狄，他立下了大功，被帝辛要去做了殿前都尉……”鄂桓深深地陷入了回忆之中。庹嵩：“大王，唐戲将军的孙子一定与他一样忠诚可靠。”鄂桓：“唐戲将军是个大忠臣。此后生为唐戲将军后代当然可靠，只是不知他的武功如何？”庹嵩：“可命他展示展示。”

唐泰向鄂桓施礼后，展示十八般武艺，一招一式，样样精妙。鄂桓看后点头：“花拳绣腿尚可，不知真实本领如何？”庹嵩：“可命小校咎牛与他比试比试。”

校场。庹嵩等观看唐泰与咎牛比试十八般武艺。朴都尉做评审官，大声宣布：“比试开始！”唐泰大步走进比赛场，首先向庹嵩和朴都尉抱拳致谢，然后向咎牛抱拳：“咎师兄请多多指教，请。”咎牛抱拳致谢：“唐壮士请。”

二人先比试拳脚功夫，屡显奇招，各有胜负；再比试十八般兵器，点到为止，各显其能。旁边观看的将士不时发出叫好声。比赛结束，二人相互拱手致谢，站立场中。朴都尉大声宣布：“比赛结果，咎牛胜七，唐泰胜十一。”

二人握手出场。

王宫。鄂桓高兴地说：“这小伙子如朕所料，果然武艺不凡，就留在宫中做朕的贴身侍卫吧。”庹嵩：“唐泰，还不快快谢大王。”唐泰跪拜在御座前：“谢大王。敬祝大王万岁万万岁！”

鄂桓给唐诚祝寿

冢宰府。寿字高挂。鼓乐声中，鄂桓龙辇进入院中。唐泰高喊：“大王驾到！”唐诚率家中人员及众宾客一齐跪下：“老臣拜见大王。大王光临寒舍，微臣实在不敢当啊！”鄂桓：“唐爱卿六十大寿理当受贺不必推辞。”唐诚将鄂桓扶入主座：“老臣无尺寸之功，怎敢劳动大王御驾亲临。”鄂桓坐下：“唐爱卿不必过谦。你秉承唐氏’仁爱为本牢记尧祖御训''忠义传家不忘禹王嘱托'大义，不辞辛劳，辅佐先王及朕达四十年，劳苦功高，尽善尽美。你唐氏宗亲数百人，分担朝廷及郡县重任，殚精竭虑，安定社稷，朕时刻不忘。贺你大寿理所应当，请受一拜！”唐诚：“感老大王和大王仁德，微臣自当鞠躬尽瘁，死而后已。”

鄂桓边吃边说：“你唐家是我賨国的顶梁柱。我鄂家先祖立国得到唐家支持；千余年来，得到唐家辅佐。我们鄂唐两家世世代代相互依傍，使賨国度过了不少艰难岁月。賨国能有今日，你们唐家功勋卓著，铭刻青史，世代不忘。好。朕已酒醉饭饱，起驾回宫。”唐诚：“恭送大王回宫！”

鄂桓：“唐泰，唐冢宰是你大爷爷，你留下为他拜过寿再回宫不迟。”唐泰：“谢大王隆恩！”

众人跪送鄂桓离去后，众大臣及唐严、唐纯等宗亲纷纷祝寿。唐泰、唐坚上前跪拜：“孙儿唐泰、唐坚祝大爷爷福寿双全！”唐诚：“泰儿，坚儿，十多年不见，都长成跟你们爷爷一样的壮实了。唐戲老弟在天之灵也当感到欣慰了。”唐泰、唐坚：“谢大爷爷夸奖！孙儿还需要大爷爷庇护。”唐诚：“你们自身努力，一个个都成材成器，我也应感到十分高兴。唐泰入宫不多时日就升任侍卫中尉，以后前途无量啊！”唐泰：“感大王洪恩，谢大爷爷栽培。”

唐诚：“古人说，伴君如伴虎，这有多层意思：一是说，可以仰仗大王之威，镇住四方，自己身价倍增；一是说，虎可食人，稍有不慎，随时都有被吞食的危险。宫中规矩甚多，稍有不慎，就有掉脑袋的危险。你在大王身边，需要处处留心。”唐泰施礼：“谢大爷爷教诲

唐诚：“你是怎么认识庹嵩的？”唐泰将在朝歌城相遇、被举荐入宫经过说了一遍：“庹嵩是我的大恩人。”唐诚：“此人来历不明，心术不正，你不可太信任他。我对你寄予厚望，你要为我唐家年青一代做出表率。”唐泰：“请大爷爷随时指教。”

唐诚：“这个当然。唐勇过来，你好好看看泰儿、坚儿，人家文有文才，武有武才。泰儿现在随护大王好不荣耀！”唐勇：“爹爹，你给儿安上一个好官位不就得了嘛。”唐诚：“你说得好轻巧，给你安一个好官位就得了？你看唐泰是谁给他安的官位？人家是凭苦练出来的本事挣出来的。你倒好，等着老子给你安个好官位！叫你读书你不好好读，叫你练武你不好好练武，国家正是用人之际，给你安一个好官位你去混日子？我们唐家没有这样的先例，你休想！”唐勇：“我看有很多人也没什么本事，还不是靠老爹坐上了好官位！”唐诚：“你就是这么想的？靠你这样的人賨国就能兴旺发达？让你到御道做王家护路小尉已经是高看你了，你别胡思乱想吃了五谷想六谷！要想得到提升，必须在那里脚踏实地、兢兢业业地干出一番业绩来！”

典门：“启禀冢宰大人，大王召见您！”唐诚：“好。立亥进宫。”

唐诚谏鄂桓留心宫中变化

王宫。钓鱼亭下。庹嵩见唐诚走进御书房，便跟去站于窗下偷听。鄂桓：“爱卿，朕打算明天巡幸官渡，宫中之事就由你全权料理。”唐诚：“微臣遵旨。不过，大王到官渡巡幸，可得要多加谨慎小心啊。”鄂桓：“官渡乃朕大儿子鄂然的封地，何须谨慎？”唐诚：“大王，人心难测啊！”

鄂桓“你是不是发现了什么蛛丝马迹，对鄂然也产生了怀疑？”唐诚“鄂然忠厚老实，对大王忠孝无可厚非。微臣对他本人并未发现什么可疑之处。微臣只是说，不能肯定他身边没有撺掇之人。”鄂桓：“老冢宰提醒的是，朕此去多留心观察便了。”

唐诚“朝中大臣对鄂然大公子被废除太子很有疑惑。”鄂桓：“他们疑惑什么？”唐诚：“大家认为太子被废多有冤屈。”鄂桓：“他贪图享受，又淆乱人伦，有什么冤屈！”唐诚：“他母亲罗王后的死也有些蹊跷。”鄂桓：“太医没查出中毒情况，她并不是中毒而亡。有什么值得怀疑？”唐诚：“夕王后的来历也很可疑。”鄂桓：“夕王后对朕忠心耿耿，无可挑剔，有什么值得怀疑？就连用膳，她也处处维护朕的高贵与尊严……”

唐诚怀疑唐戳之死有蹊跷

唐诚："还有……"鄂桓："还有什么？"唐诚："还有庹嵩的来历也不清楚。"鄂桓："他对朕更是忠贞不贰。他两次舍身救朕之命，朕不能对他恩将仇报。"唐诚："武成王鄂典认为唐戲将军之死十分蹊跷。"

鄂桓："朕已任命庹嵩为长史了，不能朝令夕改。"唐诚："微臣是想提请大王留心这诸多可疑之事。这些事单独看没有多少可疑之处，联系起来看，总觉得背后似乎有黑手操控……"罗川：" 臣也只是觉得有些可疑。"唐诚："大王，传位之事关系社稷安危，还是要慎重为好。"鄂桓："帝辛要我国再送清酒十钟，派谁去为好？"唐诚："派庹嵩去吧。"鄂桓："你不是觉得他可疑吗？"唐诚："可派唐泰随他去，观察一下他在帝辛宫中所作所为。"

鄂桓："传长史。"庹嵩："微臣拜见大王。"鄂桓："帝辛要清酒，你再送去。"庹嵩："遵命。可否让唐泰随我一道去送？"鄂桓："好。让唐泰去朝歌开阔一下眼界。"

第 14 章

唐泰有幸见龚栗　立誓永远不变心

唐泰幸见龚栗诉衷情

唐泰随庹嵩晓行夜宿，走进了帝辛王宫。庹嵩：“启奏大王，賨国长史奉鄂王命将十钟清酒送到，请大王派人验视。”帝辛：“鄂桓这次表现不错，不再推三阻四。你一路辛苦，可在宫中多游玩几天。”庹嵩：“谢大王。”

庹嵩走回馆驿。唐泰：“大人，清酒交割完毕了吗？”庹嵩：“帝辛大王很满意，留我们在宫中多游玩几天。”唐泰：“太好了，请大人设法让我同龚栗见上一面。”庹嵩：“不着急，让我设法。”唐泰：“谢大人。”

唐泰随庹嵩走进后花园，沿小池前行约里许，登上一座小亭。唐泰、龚栗二人拥抱，以泪洗面。唐泰：“栗儿妹，你被抢进宫中，我们两家都十分悲痛，两个家族合力攻打紫金关前来救你……我到朝歌城遇见庹大人……现在才有幸见到你……我马上带你出宫去吧。”龚栗：“我被抢进宫中，真是度日如年，巴不得马上逃出宫门，回到我们家里。但是，宫廷禁卫森严，想逃出宫门根本不可能。”

唐泰：“可能，我就是拼上老命也要把你救出宫外。”龚栗：“不可能，你不要莽撞，白白地丢了性命。”唐泰：“不会的。”龚栗：“去年夏天，我幸遇我爷爷医治好的罗薪。他利用做宫中卫士的方便，搞到了一个出入王宫大门的令牌，在一天晚上将我带出宫外。我正庆幸脱离了虎口，却被帝辛的卫士追了上来。罗薪与卫士打斗，不知死活。我被押回宫内，幸好《万里山河迎春图》那幅刺绣未完工，不然就被帝辛处死了。你不可能搞到出入宫门的令牌，怎么能把我带得出宫门？”

庹嵩：“姑娘说得有道理。唐泰，偷偷地走出王宫不是办法，要救龚栗姑娘得寻找立大功的机会。寻找到当年你爷爷救帝辛大王那样的机会，你们夫妻就能团聚了。现在时间已晚，我们该回馆驿去了。”龚栗：“我是跟何苑婆私下请假离开御春苑的。我若逃走了，何苑婆就要被杀头的。我不能为了自己，让无辜的何苑婆丢了性命。”唐泰：“好吧，栗儿妹，我一定想办法来救你。我爱你之心永远不会改变。今生今世一定要团聚。”龚栗从怀中摸出映山红荷包双手送给唐泰：“泰儿哥，山可崩地可塌，我的心永不变一心中只永远只有泰儿哥你一个人。”二人挥泪而别。龚栗走出几步后飞速跑回：“泰儿哥，我父母亲，哥哥、弟弟他们可好？”唐泰：“他们的伤已痊愈。但是，现在的情况不太清楚。”

庹嵩：“龚栗，你的大哥龚睿组织民军参加平定南蛮之战，以智胜敌，立下大功，鄂桓大王已将他封为将军了。”龚栗：“这太令人高兴了。”

庹嵩献策，賨国大比武

賨王王宫大殿。庹嵩：“启奏大王，微臣已将清酒送到朝歌，帝辛大王十分满意。”鄂桓：“帝辛大王满意就好。”庹嵩：“启奏大王，国家强盛武为先。要想賨国强盛，微臣建议，必须开展全国大练兵；要推动全国大练兵，可以开展一次大比武。”鄂桓：“嗯，有道理。”庹嵩：“大比武由武成王主持，各总兵、副总兵、都尉、千夫长以及宫中侍卫都要参加骑马、射箭、拼杀等比试，以便加强操练，形成一种重武气氛。我国的战力便可大大增强。大王亲临比武场，将对全军将士起到极大的激励作用。”鄂桓：“好。此事仅由武成王办理，恐难考虑周全，你做他的助手，立即传旨施行。”庹嵩：“遵旨。”

宽阔平整的演武场。賨字大旗迎风飘扬。人喊马嘶，一派热闹场面。鄂桓带着夕王后乘坐龙辇来到演武场阅兵台。鄂典率众武将列队跪迎：“大王万岁万万岁！”鄂桓：“众爱卿平身！”

阅兵台两侧，唐诚等大臣及宫妃和众武将眷属高声喊道：“大王万岁！”鄂桓挥手致意后转向鄂典、庹嵩：“大家雄起，比武开始！”庹嵩大声宣布：“大王有令：比武开始！”众：“賨人雄起，顶天立地！”

鄂典挥动令旗：“比武开始！首先比试骑术：天峰关总兵龚睿、官渡总兵罗丰、賨城总兵罗川……上场！”众：“遵令！”

数十将领骑着高头大马一字排开向前驰去，不断地变换骑术动作，或高站马背，或横卧马腹，或跃马飞奔，或骤然停止，显示出勃勃生机。鄂桓指点，夕王后不断点头。庹嵩驰马走到大家面前：“众位将军，在下庹嵩受大王命协助武成王组织比武，大家有什么需求，告诉在下便是。在下一定尽力满足！”众将士：“谢过庹书吏！”

阅兵台侧。夕姝对鄂英说：“罗驸马真行！”鄂英：“谢夕娘娘夸奖！”

鄂典高声喊道：“射箭开始！”众将士弯弓搭箭。龚睿跃马而出，一连放出十箭，七箭上靶心。田丰、罗川也都相差不大。人们欢呼雀跃，祝贺胜利：“好！真行！”鄂桓跃马而出，五箭中靶心。中尉：“启奏大王，最后一箭不知去向，是不是要重射？”鄂桓叹道：“重射？在战场上敌人允许你重射？算了，朕不得不承认力不从心，年迈了。”众高喊：“大王不减当年雄风！”鄂桓：“鄂典兄弟，你也试试。”鄂典：“遵旨。”跃马而出，射出第一箭。中尉：“启禀武成王，第一箭不知去向。”鄂典瞪了瞪：“看清楚没有？”中尉：“清楚了，真不知去向。”鄂典再次射箭。中尉：“恭喜武成王，第二箭正中红心。”鄂典：“你给老子看清楚！”中尉：“真射中红心了。”鄂典连发数箭，又有两箭中红心。众：“武成王雄起！”鄂典面带喜色，再发一箭。中尉：“武成王，此箭又不知去向。”鄂典走到靶前数了数，只有八箭：“是不是我少射了两箭？”众：“武成王射足了十箭！”鄂典叹了口气：“大王，兄弟不如您了。”

鄂桓：“岁月不饶人啦。庹嵩，你也试试。”庹嵩：“遵旨。”庹嵩在马上正射反射侧身射，五箭中红心，其余箭箭中靶，迎来阵阵掌声。鄂桓：“庹嵩真是文武全才。”庹嵩：“谢大王。”众：“庹长史真行！”

阅兵台侧。夕姝小声地对鄂英说：“公主，武成王射丢两箭，是真的年纪大了？”鄂英：“二爷也是五十开外的人了，是呀，这练武操兵，带兵打仗还是年轻人强！”夕姝：“罗驸马正是盛年，智勇双全，前途无量，可望升任武成王啊！”鄂英：“再有本事也得有人栽培啊！”夕姝：“老大王的乘龙快婿还需别人栽培？”鄂英：“这世事很难说得清楚。还望娘娘在父王前美言相助。”夕姝：“有了机会，我当然是义不容辞啊！”鄂典：“比枪战！”

鼓声响起，唐泰与昝牛跃马而出，拼杀十个回合。鸣金收兵。鄂桓哈哈大笑：“后生可畏，我賨国后继有人啊。”唐诚：“大王教导有方啊。”庹嵩：“大王可立刻嘉奖两位后生。”鄂桓：“好。唐泰升任侍卫长尉，昝牛升任百夫长。”唐泰、昝牛：“谢大王。”庹嵩：“罗川、龚睿等是否立刻封赏？”鄂桓：“武成王考核后再行封赏。”鄂典：“微臣遵命。”

鄂桓环视参加比武将士，高声讲道：“众将士辛苦了！今日比武甚称朕心！个个展示了我賨人英雄气概！賨人雄起，就能顶天立地，不怕别人欺侮！賨人雄起，就不会灭亡！”众：噎人雄起，就能顶天立地！賨人雄起，就不会灭亡！”

鄂桓：“众将士各回营地后要时刻加强训练。宁可百年不战，不可一日无备！只要有了过硬本领，就不怕商军来犯，就不怕鬼来敲门！”众“宁可百年不战，不可一日无备！”鄂典：“众将士各回原地加紧训练，不可稍有松懈！”众：“诺！”

庹嵩远远目视夕姝，得意地向夕姝笑了笑。夕姝摇动手绢向庹嵩示意祝贺。

驸马罗川的怨气

驸马府。鄂英：“驸马爷此次展示的武功真不错！”罗川：“武功再好有什么用？人家鄂典武功差了，人也老了，不是照样当武成王！”鄂英：“父王对你不薄。”罗川：“父王的眼中没有我这个驸马爷。”鄂英：“要不要我给父王说说？”罗川：“你不能去说。自古君王最讨厌向他要权。我虽然是驸马爷，你要是去说了，也会引起父王对我的猜疑，麻烦可就大了。不过，你可多与夕王后娘娘亲近，把有些意思转弯抹角地请她在枕边向父王转达。”鄂英：“此计甚妙。”

鄂桓想尽早传大位

御殿。鄂桓对唐诚说道：“朕鄂桓，賨国开国先王鄂朗四十九代孙。继位四十多年来，治国安邦日夜操劳，夙兴夜寐，鞍马劳顿，连年征战，驱东夷，逐南蛮，战西戎，斗西狄，战商纣，大小之战不下百次，胜多败少，声名远播。朕知道，帝辛时刻不忘灭我賨国。这是朕最为担心的大事。爱卿，你认为我们怎样才能摆脱困境？”唐诚：“大王一定早已定下良策了。”鄂桓：“知朕者唐冢宰也。为賨国长治久安计，必须尽快地把年轻人扶持起来，才能有效抗击帝辛灭我賨国的梦想。朕思虑再三，决定趁同帝辛签下停和约之际，尽早传位给太子鄂赵。朕早已将此意告诉了诸大臣，让大家论议论议。不想群臣皆说不可，使朕不能及时举行传位大典。”唐诚：“诚然，传位这件事，的确是事关国家安危的大事，不可不慎重考虑。”鄂桓：“但是，朕绝不是众大臣所说朕年事已高，早想休养身心，多享几年老天赐给朕的人间快乐的意思。”鄂桓顿了顿问道：“唐爱卿，朕退位之意已宣示众臣多时，大家议论如何？”唐诚：“大家反复议论，认为当前国家虽与帝辛签订了停战和约，但是，危险的状况并没有得到根本的缓解。在此危急存亡之时，大王退位将直接关系国家安危，万万不可草率行事。”鄂桓：“爱卿，你的真意如何？”唐诚：“微臣认为，现在国家虽然与帝辛签下停战协定，短时间内可无战事，但帝辛灭我之心未灭，西戎、南蛮、西狄等侵扰之事常有发生，大王不可轻言退位啊。”鄂桓：“朕醉酌再三，权衡利弊，认为还是此时退位为好。”唐诚：“请大王深思而后行。新立太子鄂赵，虽为您的宠妃所生，但非嫡出，不符嫡传祖制。所以，朝中众臣多有微词。再说，新立太子时间不长，在朝中尚无威信可言；又年方弱冠，羽翼尚未丰满，恐难立即担当治国重任，还是让他再历练一段时间为好。微臣认为，为了让鄂赵尽快得到历练，担任监国也可。”鄂桓：“本王在朝，又不远行，设立监国不妥。鄂赵诚然涉世不深。朕认为，新立太子立即担当治国重任，虽有不利的一面，然而也有趁朕尚有余威可傍的一面。朕传位于他，并不是完全撒手不管，尚要对他进行指教。朕及早传位，为的是让他早日学习治理国家大事的本领；他在治理国事中增强治国本领，也更容易树立权威；他在治理国事之中学习治国之道，便会更快成熟起来。倘朕遇不测，他已逐渐老练，国家才不会引起大的震动。他日后独自掌国，才不会误了国家大事。”唐诚：“大王老谋深算，考虑周到。但是，国事纷繁，太子鄂赵如若措置不当，诸多王公大臣倘若不服，闹起内乱，帝辛乘机伐我，麻烦可就大了。请大王深思。”

唐诚讲賨国历史

賨王宫。后花园。学宫课堂。鄂然、鄂赵、鄂峰、鄂旺等十余名王公子弟正襟危坐听讲。唐诚写下一个賨字：“大家知道我们国家为什么叫賨国吗？”

众：“不知道！”唐诚：“賨国这个名字是当年先帝大禹来我们这里治水，疏通河道时，赐给我们賨人的。他为了本地人更好地团结起来开发大巴山，避免无谓的争斗，要求建立賨国，做夏国的一个邦国。大家知道我们賨国建立的过程吗？”众：“不知道。”唐诚：“大禹带着唐尚等人来到大巴山下治水，见这里土地肥沃，物产丰富，决定将这里封为邦国。谁做国王呢？大禹要大家通过比勇敢、智慧、勤劳，择优秀者为国王。通过比勇敢，比勤劳，比智慧，鄂朗脱颖而出，被大家推选为賨国国王，成了賨国的开国始祖。賨国建国后，我们賨人不再是一盘散沙，成为一个整体。你们知道这个‘賨’字的来历吗？”鄂然起立：“不知道。”鄂赵向鄂然白了一眼。唐诚：“禹王命大家为国家起一个名字。有人说潜水之地称潜国；有人说巴山之地称巴山国。相互争论不休各不相让。唐尚说，这个国家是禹王命令建的，国名也就由禹王定吧。禹王沉思一会儿后说称‘賨’国如何？大家不懂‘賨’为什么意思。禹王在地上捡起一块石头，大写了一个‘賨’字。然后指着‘賨’字上部说上为‘宗’，下部为‘贝’。为什么要以‘宗’为首？就是国家和老百姓都要有信仰。忘记祖宗而且没有信仰，便会失去前进的方向。他看了看身旁的唐尚说：‘唐尚兄弟，你说说我们建立这个国家应当以什么作为信仰？’唐尚说：‘唐尧以仁爱治天下，所以四方和谐，百姓安康，被称为文明始祖。我们应当以唐尧盛世为所建国家为前进方向，也就是将唐尧的仁爱精神作为国家所有人的信仰。’禹王高兴地说：‘对。先帝唐尧以仁爱治国，使天下百姓都生活得十分幸福和快乐。我们兴建这个国家，就是要让这个国家的百姓生活得幸福和快乐，就必须以先帝确定的仁爱作为国家的信仰。我们要时刻不忘自己的信仰，就要时刻不忘老祖宗尧帝以仁爱为本的治国理念。’禹王问大家‘宗’字下面为什么加一个‘贝’字？大家说贝就是钱啊。谁的贝多，谁就富有。禹王笑着问你们想不想富有？大家说当然想富有。禹王说，我们建立的国家既有明确的前进方向，又富有，好不好？唐尚说：‘禹王说得太好了。’大家齐声高呼‘好！’就这样，‘賨’就成了我们这个邦国的国名。禹王希望鄂朗和以后的国王要用‘賨’字所包含的内容，随时提醒自己：时刻不忘我们的老祖宗，不忘先帝御训，遵从先帝唐尧制定的仁爱精神和礼仪、法度，建设好自己的国家，使百姓生活得幸福、快乐。我们賨国从鄂朗开始，传至现在已历经四十九代。一代代国王，励精图治，发展生产，轻徭薄赋，使百姓生活一天天得到改善。各位公子，你们说，这个‘賨’字我们该不该好好地写，好好地领会它的含义呢？”学生们齐声道：“应该好好地写好好地领会！”

唐诚：“我们这个’賨'国值不值得热爱啊？”众：“值得热爱！”唐诚：“我们可爱的賨国已有一千多年的辉煌历史。賨人辉煌历史值不值得继承和发扬光大啊？”众：“值得继承和发扬光大啊！感谢老师教诲，我们一定努力学习，长大了把賨国建设得更加美好！”

鄂桓和庹嵩在窗外听得连连点头。鄂桓：“你去准备授讲，朕将抽时间来听你讲授。”庹嵩：“微臣遵旨。”

罗布奉命行刺鄂旺

深夜。唐泰夜巡，突然见一穿夜行衣人闪入然王宫，便去到然王宫外仔细观察。罗玉：“鄂旺、鄂蕾，别读书了，夜深了，该歇息了。”鄂旺：“娘娘，父王遭受不白之冤，被贬到官渡，我只有靠自己刻苦读书了。”鄂蕾：“娘娘，我也有十四岁了，再不努力，靠什么安身立命呢？”罗玉：“有你们两个有志气的孩子，为娘也心安了。”鄂旺：“娘娘，父亲的冤案能申吗？”

罗玉：“你爷爷什么时候看清了夕妃的阴谋，你父亲的冤案就能得到正白。”

鄂旺：“这么说来，这个冤屈就很难辩白了。”

在房梁上躲着的罗布，听到母子对话，想起了自己被派遣的经过：

夕王后寝宫。夕姝：“罗布，这几年你觉得本妃我待你如何？”罗布：“王后娘娘待我如再生父母。”夕姝：“我命你去做一件事，你敢不敢去？”

罗布：“夕妃娘娘待我如亲子，就是赴汤蹈火，小人我岂敢不去？”夕姝拿出短剑：“用这把剑去除掉鄂然的儿子鄂旺和女儿鄂蕾！”罗布：“这可不是件容易的事。”夕姝：“事成之后，我赏你黄金十斤，还升你做侍卫长尉。”罗布接过短剑：“谢王后娘娘栽培！”夕姝：“拿血剑回来复命！”罗布：“是！”

罗布从房梁上跳下：“小人奉命前来要你们的命，你们有何话说？”罗玉：“我们并未做过伤天害理的事情，壮士为何要我们的命？”鄂旺：“我们无冤无仇，饶了我们吧？”罗布：“我饶了你们，别人可饶不了我！”

罗玉：“壮士，我儿子才十六岁，女儿十四岁，没做过任何坏事、错事，你饶了他们，拿我的脑壳回去复命吧。”鄂旺：“壮士，你饶了他们，拿我的脑壳回去复命吧。”鄂蕾：

“壮士，你饶了他们，拿我的脑壳回去复命。”

罗玉、鄂旺、鄂蕾争先上前：“留下他们，杀了我吧。”罗布：“你们虽然都是无辜之人，但是，我是奉命而来，不杀你们，回去难于复命！你们记住，明年的今天就是你们的忌日！”举刀向鄂旺砍去。

唐泰救鄂旺

只听“当”的一声，刀被架住。罗布：“你是什么人？竟敢坏我大事！”唐泰：“你狗仗人势，为虎作伥，还说是什大事！”二人在房中打斗。唐泰一剑刺中了罗布的右臂，罗布手中短剑掉落地上：“壮士饶命！”唐泰剑逼罗布：“快说！你奉什么人之命要刺杀他们母子三人？”罗布跪地求饶：“壮士饶命！”趁唐泰捡短剑之机逃出门外。

唐泰追了出去。蒙面人纵身跳入荷花池中。唐泰打出飞镖击中罗布，水面泛起一片血红。唐泰返回然王宫，捡起短剑：“这短剑为庹嵩府中之物，难道凶手是庹嵩所派？罗妃娘娘，凶手已死，你们没事了。”罗玉：“救命恩人不是大王侍卫唐泰吗？谢谢你救了我们母子一命……我们将牢记你的救命大恩！鄂旺、鄂蕾快来感谢唐泰卫士救命大恩！”鄂旺、鄂蕾双双跪下：“恩人救命之命，永世难忘，来日定当报答！”

唐泰将他们扶起：“不用谢，保卫王氏家人是小人职责之所在。娘娘，现在环境险恶，情况复杂，你们母子都逃命去吧，要逃得越远越好，不要让你们的仇人知道了你们的行踪。我去了！”唐泰飞身而去。

鄂旺：“娘娘，我们往什么地方逃呢？”罗玉：“你们的父王在官渡，他自身难保。官渡是不能去的，你们若到官渡会被仇人一网打尽，要找一个正直的大臣来保护你们。唐冢宰、鄂典都很正直，但是都在夕妃的监控之下，很难保护你们。对了，你兄妹俩到天峰关去投靠龚睿将军。”鄂旺、鄂蕾：“龚睿将军？”罗玉：“龚睿将军为人正直、廉洁，对王室忠心耿耿，又远离宕渠城，不容易走漏风声。你们马上上路，请他救援。”

鄂旺、鄂蕾跪拜母亲后，迅速消失在黑夜中。

唐泰边走边想：“我仗义救下鄂旺母子，会有什么恶果呢？大丈夫做事前怕狼后怕虎，成得了什么气候！想我一山区小民，妻子被掳入朝歌王宫，自己无力救援。何尝不希望有人救援？我救不了自己的妻子，难道对需要救援的人就见死不救？我不能做只顾自己的小人！”唐泰想起了妻子被掳入朝歌王宫的痛苦往事，愤怒地说道：“贪婪暴虐的帝辛，为虎作伥的三公子，此生不报此仇，誓不为人！”

御春园。龚栗无精打采地刺着花，心中呼唤着龚睿的名字：“大哥，你在哪里？怎么不来救小妹出牢笼啊？”

第 15 章
龚睿大义释洛定　立功受赏入国军

龚睿抗击南蛮人劫掠

"龚睿，快躲开！"密林深处，突然蹿出一条巨蟒，吐着信子向一群人扑来，一群人惊慌失措地向后躲逃。龚睿毫无畏惧，侧身从容躲过蟒头。那条巨蟒见未吞住猎物，急忙转头再次张开血盆大口向龚睿猛扑过来。龚睿再次侧身躲过。巨蟒正待转身，已被龚睿用青铜长杈重重一击。巨蟒咆哮起来，再次腾空向龚睿猛扑，又弯曲身子向龚睿席卷而来。龚睿横着一杈，直刺巨蟒的颈部。巨蟒疼痛难忍，身子弯曲猛扫龚睿。龚睿挥杈猛击巨蟒腰部，将其打翻在地。随后赶来的几个壮士，一齐动手，打头的打头，击腰的击腰，刺尾的刺尾，迅速将巨蟒杀死。众："睿哥，你真行！"龚睿："全靠你们大力解难啊！"山下突然跑来一群人，边跑边喊："龚睿，南蛮人又到我们村里来抢劫、杀人了！"龚睿瞪红了眼，立即招呼大家："南蛮人实在可恶！兄弟们，赶快跟我回去杀敌！"众："坚决消灭南蛮人！"

龚家寨。龚睿等回到村边，只见尸体狼藉，血流遍地，十分凄惨。龚睿瞪红了大眼："大家一齐向前，不准后退！"众："是！"

村内。龚睿边说边带头冲进村里，只见几个头发散乱，身披兽皮，手拿刀矛和木棍的男子逢人就杀，见物就抢。龚睿等立即冲上前去同南蛮人厮杀起来。龚睿挥动青铜杈将一个手执长矛的南蛮人杀死，夺下他的长矛继续战斗。不远处传来了南蛮人的呐喊声。龚睿："大家赶快撤到村南！"大家立即向龚睿指引的方向撤去。

村南。几栋土房。大家迅速隐蔽进房中。南蛮人向村镇冲来，几个来不及逃走的村民被砍倒。其中一个南蛮人却将一老人扶起，并指责其他南蛮人："我们抢劫他们的粮食、财物已是不对，还要打、杀他们的人，更是造孽！"

龚睿指挥大家冲出土房，袭击进至房前的南蛮人。大家一拥而上，捉住了那个扶起老人又没有挥刀杀人的南蛮人，将其捆绑丢于房中，接着又去追打其他的南蛮人。大队南蛮人被赶出村外，狼狈地逃走。龚睿等追击一段路程后，见已追赶不上，便回到村中，牵出被捉的南蛮人。

龚睿大义释洛定

路旁。几个人将南蛮人押到路边强行令其跪下，罗黑向南蛮人高高地抡起大刀："南蛮人，你记着，明年的今日就是你的忌日。"南蛮人："行行好，放过我这条小命吧。我死不足惜，你杀了一个，就是杀死了两个人啊。"

罗黑："我怎么杀了你就是杀了两个人呢？"南蛮人："我家还有个瞎眼跛脚的老母亲，我一死，她就只能是饿死了。行行好，放我一条生路。我是被迫到你们賨国来的，我虽然抢过你们的东西，但是从未杀过你们的人，以后他们再逼我我也不会再到你们賨国来抢劫了。"罗黑："你编些什么鬼话来骗我们？你想得到好，今天骗我们把你放去了，第二天又来杀我賨人，抢我财物。"南蛮人："对天发誓，我不是骗你们。我家确实有瞎眼跛脚的老母亲靠我养活，我一死，她也就只有饿死了。我如果杀死过你们賨人，我死而无怨。你们行行好，放我一条生路吧。"罗黑："我们放你一条生路，你们却不给我们一条生路。现在放你回去，你二天又好来杀我们。"南蛮人："我以后再也不敢来侵犯你们賨国了。"罗黑："你的话谁能相信？见鬼去吧。"

罗黑说着，举起了鬼头大刀。

龚睿高声地制止："停停！"罗黑停住挥舞的大刀："为什么？"龚睿："我要问问他。"罗黑放下大刀。龚睿走到南蛮人身边："你们南蛮人与我賨人世代为邻，为何屡屡侵犯我賨人屯，夺我粮食，杀我賨人？"南蛮人："你们賨人所居之地土地肥美，物产丰富，我南蛮人所居之地乃贫瘠之区，缺衣少食，不得不这样啊！"龚睿："古人说得好：'一方水土养一方人。'你们所处之地虽然土地贫瘠，只要耕作得好，仍可丰衣足食。为何自己不好好劳动，自己养活自己呢？"南蛮人："我们多数人是愿意自己好好劳动自己养活自己的。但是，土质不好，还时常遭旱灾，地里长不出好的庄稼，我们就没有粮食吃。一些人便鼓动到賨国夺取现成的粮食和财物。同时规定，青壮年不愿到賨国参加抢劫，就必须交出自己的粮食和财物。因此，任何青壮年男子都不得不到賨国参与抢劫了。我原本不愿参加抢劫，在他们的逼迫之下也只好随大家一道来了。但是，我从来没有动手杀过你们的人。死不可怕，我父亲早已去世，我和年老的母亲相依为命。母亲年老多病，又脚瘸眼瞎。我死之后，她衣食无着，必然饿死。我可怜的老娘啊！"

龚睿："刚才是谁扶起了那个老年人？"南蛮人："就是在下。"龚睿："你为什么要扶起他？"南蛮人："我们抢劫你们的财物本身就是错的，还要打杀你们的人，就更不对了，所以我要扶起他，还指责了我们同行人的不是。"

龚睿："看来，你还真有一点人性。你真有老娘需要你侍奉吗？"南蛮人："在下不敢有半点虚言。"龚睿："看来你还懂得孝顺。这样吧，我们放你回去，好好地向你们族人解说，不要再侵犯我賨人之地，不再抢劫我賨国的粮食和财物好不好？"南蛮人磕头如捣蒜："太好了，我世世代代忘不了您的大恩大德！"

龚木："不好！南蛮人杀死我们那么多人，抢走我们那么多粮食，难道就这么便宜地把他放走？按祖例将他煮成肉浆，让我们賨人都吃他的肉，喝他的汤！叫南蛮人永远不敢再来侵犯！"南蛮人："你们行行好放我回去吧。我回去后好好向族人解说，不要再来侵犯你们的地方，抢你们的东西，杀你们的人了。"龚伦："不行，不能这样轻易地放走我们的敌人！"

龚睿："龚伦叔，按族规，你是族首，又是长辈，我该听你的。但是，大家都知道，天地间最可宝贵的是生命。尧帝治天下，尚生不尚杀，所以能和谐天下，受到人们的尊崇。按照尧帝的教导，人与人之间应当互相友爱，以和为贵，各自保全生命以养天和，相互间无伤无害，天下才能太平。圣人伏羲居洪荒之世，尚不茹毛饮血鲜食野兽，我们怎可吃南蛮人的肉？大家想想，我们吃了这个南蛮人的肉，能不能就使南蛮人再也不来抢劫我们了？冤仇宜解不宜结，我们賨族和南蛮人不能再这样世世代代永远地仇杀下去了。我想放这个人回去做我们两族间的信使，使我们邻里相处结为友好，和睦相处，互不侵犯，过上平安的日子。"

龚伦："两族和睦相处，这不是一朝一夕能办到的事情，也不是我们一厢情愿能做到的事情。南蛮人杀死我们那么多的人，欠下我们那么多的血债，难道就一笔勾销算了？"

龚睿："千百年来的仇杀，这笔账是无法算清的。我们賨人被杀的人不知有多少，同样，南蛮人被我们杀死的人也不知有多少。这样仇杀下去会永远没完没了。我们不能让我们的后代也这样不断地流血，这样没完没了地仇杀下去。我想做我们现在能做的事，看看能不能收到一些效果。"龚伦："我们可以不算这笔账，但是人家南蛮人要算这笔账怎么办？"夕义："龚睿哥说得对。我们就要用礼义来教化、感动南蛮人。南蛮人要来欺负我们，我们当然不能任凭他欺侮。我们必须打击侵略者。但是，像我们龚家寨现在这样一盘散沙就不能打败侵略者。我们必须建立自己的军队，有了常备的武装，就有了抵抗敌人进攻的力量。我们的力量强大了，敌人就不敢轻易来侵犯了。"

龚伦："这样说来龚睿侄儿的主张很有道理，那就照他说的办吧。"罗黑提着刀走开了。

龚睿解开南蛮人身上的绳索。南蛮人跪在地上磕了几个响头："感谢不杀之恩，我回去后一定好好宣传你们的大恩大德，教育大家不再骚扰你们。"

龚睿："你叫什么名字？"南蛮人："小人姓洛名定。"龚睿："我们要看你的行动。你回去以后，你自己带头不到賨国抢劫，还要向大家解释，动员大家不要再到賨国抢劫了。我们以后要是再看到你到賨国抢劫，要加倍惩处！"

洛定："感谢恩人不杀之恩，小人再也不敢到賨国抢劫了。回去以后一定按你说的办，动员大家不要再到賨国抢劫了。"洛定千恩万谢地走了。

龚睿建民军

路旁高地。龚睿对着龚家寨父老兄弟："现在世道很不太平，商军经常来山寨烧杀抢掠无恶不作，前不久将我的妹妹龚栗抢走；西戎、南蛮人也经常来骚扰我们，干些杀人放火的勾当。对此，我们必须建立自己的武装，加强军事训练，保卫自己的家园，以免我们的生命财产再遭受损失。”龚伦急迫地：“怎样建立武装，你就向大家说说吧。”龚睿：“我们以前打完仗，大家便各自回家，成了一盘散沙。平时不训练，所以战斗力不强。现在，把本乡本土的中青年组织起来，编成队伍，平时除了劳动就进行军事训练。遇到敌人入侵，这支队伍就负责抵抗敌人，保护老百姓。”龚伦：“这种办法很好，中青年马上到龚睿那里报名吧。”罗黑：“我报名！”众：“我报名！我报名！”

龚伦见报名者已有一百多人：“龚睿，按照军队的规定，一百个人就设个百夫长。你就做个百夫长吧。”众：“龚睿，你就做我们的百夫长！”龚睿：“伦叔，你是我们的族首，在龚家寨族人中有很高的威望，有很强的号召力。这个百夫长还是由你来当才好！”龚伦：“我文不能说理，武不能杀敌，当不了百夫长。你是将门后代，从小就受到老将军龚祟的教导，武功超群。这个百夫长非你莫属！”龚睿：“这支军队就是我们龚氏家族的军队，你是族首，要靠你大力支持啊。”龚伦：“作为族首，我当然要全力支持。军队上的事，大家一定要听从龚睿的指挥。”众：“一定听从指挥！”

龚睿走上高地，面对站在下面的百多人高声讲道：“今天，我们龚家寨，我们賨人自行组建的第一支军队建立起来了。我们这支军队的任务是保卫我们賨人不受侵犯。从现在起我们要好好操练武艺，服从命令，听从指挥。大家听到没有？”众：“听到了！”龚睿：“办得到办不到？”众：“办得到！”

龚山做教官

龚伦：“军中还需要一个教官。我提议龚山老弟做教官。龚山老弟从小受到龚武教导，武艺高强，在商军中当过兵，比较熟悉商军的训练方法，最适合做军事教官。龚角老弟从小喜欢读书，一肚子的学问，请他做军师。大家同不同意？”众：“同意！”龚山行拱手礼：“龚山遵令！”

龚山：“我先做示范：前进五步，后退五步，左转右转。大家看清楚没有？”众：“看清楚了。”龚山连做两遍示范动作以后说：“现在，大家一齐照着我的口令做！”许多人做不来，命令前进他后退，命令后退他前进，命令左转他右转，命令右转他左转。一些人嘻嘻哈哈，全然不把命令当回事。

龚睿：“大家一定要听从命令，不然就军法从事！”龚山再次下令，大家仍然不当为回事。

龚睿执行军纪斗硬

龚睿：“现在编队，每十人为一队，选十夫长一名。”大家立即站队，选出罗黑、龚木、龚文等人为十夫长。龚睿：“现在发布命令：十夫长排成一排，看龚山再次做示范动作。”

龚山边做动作边再次发令。十多名十夫长按照口令做着各种动作。大家在一旁观看。龚山发出口令，龚木仍然大笑不止。龚睿：“大家要懂得什么是光荣，什么是羞耻。十夫长要做出表率，大家都看着你们的，只能听令，不准违规。下次再笑，定打屁股不饶！大家听清楚没有？”众：“听清楚了！”

龚山再次发出口令，龚木仍嬉笑不止。龚睿：“我命令，立即将龚木按在地上打十个屁股。”几个人上前将十夫长龚木打了十个屁股。龚木大叫：“哎哟，龚睿，你是我的亲哥哥，怎么对我这么心狠？”

龚山：“不论任何人不听从命令就该挨打！现在我再次发令，大家一定要严肃认真，动作整齐！”大家动作整齐，无人再敢嬉笑。练了一阵之后，龚睿：“各十夫长分别组织自己的小队进行操练！”

各十夫长便分别召集自己的小队在一起操练。操练一会以后，龚木小队便自行走到树下坐的坐，睡的睡，停止了训练。龚睿：“怎么就不训练了？”

龚木：“大家说累了，要歇一会儿再练。”龚睿：“才练这么一会儿就喊累，打起仗来，敌人可不管你累不累。现在不操练好，上了战场就只有挨打的份！赶快组织大家练！”龚木：“让大家歇会儿再练吧。”龚睿：“不行，现在必须马上组织大家练！这是命令！”龚木：“我从来没有听说过什么叫命令。”

龚睿：“叫你怎么做你就怎么做这就是命令！”龚木：“我叫你怎么做叫不叫命令？”龚山：“当然不叫命令。你是十夫长，他是百夫长。你的官位比他小，不能命令他，只能是官大的命令官小的，当官的命令不当官的！”龚木：“要是不听从命令怎么样呢？”龚山：“那就要受处罚：轻则挨揍，重则杀头！一个军队没有纪律是打不了仗的！一声命令，就是刀山火海也要去上，这样的军队才是能打仗的军队！”龚木伸了伸舌头：“大家听到没有？快练！”

各队练得比较熟练以后，龚睿：“集合，进行整队训练！”人们排成方阵，前进后退地练了一阵。龚睿：“每人手执兵器，进行对练。”方阵迅速分开，一对一地对练起来。

训练认真

夕义突然叫起来：“哎哟，你要把我往死里整呀！”龚睿立即走上前去，只见夕义大腿鲜血淋漓。同夕义对练的罗黑愧疚地说：“对不起，夕义兄弟，我不是故意要刺伤你。”龚木：“这是练习，怎么就那么当真呢？”龚睿高声问大家：“乡亲们，这是训练，该不该认真呢？”

人们议论起来，有的说该认真，有的说不该认真。龚睿：“不认真，怎么能练出真实本领呢？没有真实本领，在战场上怎么斗得过敌人呢？那么，怎样才能既是认真训练，又不伤害自己的兄弟呢？这就是动作一定要够硬，但是，刀枪所到之处只能是点到为止，不能像打敌人那样往死里整。对于受伤的兄弟，我们要赶快医治，把伤治好。大家说好不好？”众：“好！”

龚睿：“光这样操练还不行，明天我们上山围猎，既锻炼腿力，又锻炼投枪技术，现场实战演练，还可用猎物改善生活，可以一举多得好吗？”众：“对，一举多得！”

崇山峻岭。东方刚现鱼肚白，龚睿就率领队伍向深山出发了。大家边行进边唱：“龚家寨下，賨人勇士，齐步向前！练好本领，护卫家园。谁敢侵犯，叫他完蛋！”队伍爬坡上坎走进深山。在一小块平地上。龚睿：“各队分散行动，中午仍到此地集合，清点猎物！”众：“诺！”

山路上。龚睿亲带一个小队向高山爬去。怪石嶙峋，荆棘丛生，手脚被茨藤挂伤，人们不畏艰险仍继续前进。突然，树林丛中蹿出一条野猪，龚睿带头向野猪迅速追去。龚睿看得真切，右手一扬，掷出的投枪击中了野猪。人们上前逮住了野猪，欢呼雀跃起来。众：“好兆头，开张大吉！”

远处不断传来好消息。罗黑：“我们捉住了一只山羊！”龚木：“我们捉了十只野兔！”龚山：“我们猎到了一头野牛！”夕义：“我们捕获了五只野鸡！”

集合地。中午，大家肩抬背扛着猎物，到指定地集中。龚睿“我们就地野餐！”众“百夫长，你要我们生吃这些猎物？”龚睿：“也可以生吃，也可以熟吃。大家捡干柴生篝火，不就可以烤熟了吃吗？”龚山：“在战场上我们就经常吃生肉。”

人们生起了篝火，剥开了兽皮，烤起肉来，不一会儿就有人津津有味地吃起来。

苦练巴山阴阳掌

集合地一角。罗黑披着刚剥下来的羊皮边唱边跳起舞来：“巴山真是好地方，賨人威武又刚强。赤手能将猛兽捉，篝火烤肉喷喷香！”大家开怀大笑，也边吃边唱边跳起来：“赤手能将猛兽捉，篝火烤肉喷喷香！”

篝火旁一块平地。龚睿看着一个个生龙活虎的战士，高兴地说：“我们是巴山賨人的卫士，一个个是虎背熊腰的大男人。我们要进一步练好武术，才能打败一切来犯之敌。”

龚睿说完，在平地里打了一套巴山阴阳掌，真是：上下运作，前后移动，双手可推倒大树，一脚可踢倒高山，运转如行云流水，进退如电闪雷鸣，转身如猛虎扑食，起落像蛟龙出海；旋转时，不见了龚睿身影，活森森只现出一团白光，令人眼花缭乱；停止时如苍松挺立，稳如泰山。大家目瞪口呆地看着，直到龚睿轻舒猿臂，停止动作，才如梦初醒般地鼓起掌来。夕义：“百夫长，你刚才打的拳叫什么名字？”龚睿：“这是賨人功夫中的巴山阴阳掌。”

夕义：“你是向谁学的？”龚睿：“是叔爷爷龚武教我的。可惜，我还没有完全学到家，他就被帝辛杀害了。把这套拳学精了，既可一人对付十来个人，又可赤手空拳夺敌人的刀枪，置敌于死地。”夕义：“这套拳法太好了，是怎么来的？”龚睿：“这套拳法是我叔爷爷从督罡的父亲那里学来的。”夕义：“督罡的父亲又是从哪里学来的？”龚睿：“据我叔爷爷讲，这套拳是督罡的先祖传下来的，已有八百多年历史。这套拳已成了我们賨人杀敌御敌的绝招。”众：“太好了，你就教教我们吧！”龚睿：“龚教官教你们吧。”

龚山：“我主要教行军布阵刺杀之法。你刚才打的这一套拳对他们很有用处，又容易学，你就着重教他们拳术吧。”龚睿：“好，只要大家愿意学，我就教。”

龚睿教大家练习起巴山阴阳掌的基本动作。罗黑“这些动作太简单了，不过瘾。”龚木：“什么？还简单了？你做个复杂的看看！”罗黑：“我从小练就了一套‘降虎拳’。做就做！

大家看仔细了！”他站在一旁走了一回拳脚，大家看得眼花缭乱，齐声叫好。龚睿：“大家不要看他花拳绣腿好看，要学在战场上实用的。”罗黑不服气“什么？我这是花拳绣腿？比你那些实用多了！”龚睿：“不信，我们来比试比试。”众：“对，比试比试。”罗黑：“你是当官的，哪个敢跟你比试？”众：“你蔫了胆子了？比试吧，我们才好学真实本领。”罗黑：“比就比。”

两人在场上赤手空拳斗了十来个回合。罗黑渐渐露出破绽。龚睿乘虚紧紧相逼，一个扫堂腿将罗黑摔倒在地。众欢呼起来：“好！”龚睿走上前去将罗黑扶起来：“罗黑叔，受伤没有？”罗黑：“这样就受伤，还算是练武功的人？”龚睿：“大家看清楚设有？练功夫既要认真，又不要伤害自己人。”

众：“好，龚百夫长，好好教我们吧。”

龚睿奉命勤王

烽火台狼烟冲天，号角长鸣。山路上，一人骑马飞奔。马蹄声越来越近。马背上的人远远地高喊：“百夫长，南蛮人逼近我们賨国国都了。鄂桓大王命令全国各地民军武装马上到国都勤王。抗击侵略者！”龚睿：“兄弟们！南蛮人屡次侵犯我国国土，杀我人民，这次又打到我们賨国国都了。我们立即向国都进伐，保卫国王，拯救国人！大家愿意吗？”众：“愿意！”龚山：“现在是同仇敌忾，为国效劳的时候，立即出发！”

山路。一队人马飞速前进。临近賨国国都宕渠城，远远看见城中柱柱乌烟冲天。龚睿：“大家快速前进，准备战斗。”一个军士骑着马匆匆前来报告：“南蛮兵正在南城与我賨人厮杀，国王命令你部火速到南城参战！”龚睿：“全队杀奔南城！”

南城。龚睿率领一百余人的队伍进至南城街巷，只见尸体狼藉，血流成渠。一群南蛮人正与賨人厮杀。賨人见援兵来到，士气大振，勇气倍增。龚睿、龚山等勇猛杀向敌人，迅速砍倒几个南蛮人。几个南蛮人向城外跑去，龚睿等向前追击。南蛮人在南城外的大队人马立即向城中扑来。龚睿见南蛮人人多势众，命令龚山带领一个小部分人向城中追杀而去；大部分人则分散进入街房埋伏，待敌近前，突然杀出。南蛮人猝不及防，马被戳伤，人马一齐倒地被杀死者不少。突然，大队南蛮人向龚睿围来。龚睿率领所部左冲右突，伤亡惨重，无法突出重围。龚睿命令大家退据一座小山头，居高临下打退了敌人几次冲锋。眼看大队南蛮人再次向高地冲来，龚睿急红了双眼：“大家一定要与阵地共存亡！决不退缩！”众：“消灭南蛮人，有进无退！”龚睿率先冲向敌人，连杀数人，将敌人压下山坡，龚山率众返回接住厮杀，形成前后夹击之势。南蛮人突然骚乱起来。龚睿高喊：“我们的援兵到了，杀呀！”

龚睿率众杀向敌人。南蛮人死伤甚多，余下的狼狈而逃。龚睿大获全胜，配合友军冲出城外，将南蛮人赶入江中淹死者不少。少数南蛮人泅渡渠江逃走。一人飞马来到龚睿面前：“大王有旨，你们龚家寨的民军不用回乡了，全队编入王师。”龚睿：“遵旨。”大家非常高兴：“感谢大王隆恩，大王万岁！”欢呼之声响彻云霄。

庹嵩煽动鄂桓征南蛮

钓鱼阁下。庹嵩："唐侍卫，今有南蛮国书一封，请立刻送给大王。"

唐泰："长史大人亲送不是更好？"庹嵩："我偶发腹痛，急需诊治。请你代劳。"唐泰："好。"

御书房。唐泰将南蛮国书送鄂桓御案上展开。鄂桓："此国书给冢宰看过了吗？"唐泰："不知道。是庹长史叫我送来的。"鄂桓："庹嵩呢？"庹嵩从门外应声："微臣在。"鄂桓："此书送唐冢宰看过了吗？"庹嵩："微臣怕耽误军国大事，直接给大王送来了。"鄂桓："不管什么事，一定要先送冢宰阅。"庹嵩："微臣认为，不能给冢宰权力过大。不然，他架空大王就难办了。"鄂桓："这倒也是。你认为怎样回南蛮国书？"庹嵩："军国大事，微臣不敢妄言。"鄂桓："但说无妨。"庹嵩："派兵教训。"鄂桓："谁为主帅，谁为监军？"庹嵩："罗丰为帅，唐严为监军为好。"鄂桓："他们翁婿联手掌握大军一"庹嵩："他们翁婿齐心更好为国效力。"

王宫大殿。鄂桓将南蛮国书掷于地上："各位爱卿请看！这就是南蛮国刚刚送来的国书！南蛮国屡次挑起战端，抢掠妇女和财物。今又要我粮食万石，不然就派大兵再次攻打我賨国。真是欺人太甚！大家议议，怎么处罚南蛮国？"

唐诚看了南蛮国书，传给唐严："大家依次传阅后，各自发表自己的见解。"鄂典："依次看它干啥？冢宰先谈谈你的看法。"众："对，请唐冢宰先谈自己的看法。"

唐诚："微臣认为，对南蛮国书，采取两个应对方法：一是立刻派大军屯于边地，二是修国书晓之以理。"鄂典："修国书干啥？干脆派大军灭了那个蕞尔小国！"唐严："对，用刀枪教训教训年轻气盛的洛智立！"

鄂桓："哪位爱卿愿意挂帅出征？"唐诚："武成王挂帅出征嘛。"鄂典："杀鸡焉用牛刀？派年轻将军出去磨炼磨炼。"众："到底派谁？"鄂典："我看罗丰将军可以。"唐诚："他不是刚刚结婚吗？"鄂典："国事为重还是私事为重？这对年轻人也是一种考验。"庹嵩："武成王的见解十分深刻。"鄂桓："由罗丰挂帅，谁做监军？"鄂典："鄂全做监军。"鄂全："唐太傅做监军最好。"鄂典："他们不是翁婿关系吗？"鄂全："翁婿相互关照，齐心为国出力不是更好吗？"鄂桓："好。人说兄弟齐心，力可断金。今翁婿齐心，定能取胜！"唐严、罗丰："微臣遵从王命！"鄂桓举起酒杯："举起酒杯，祝唐太傅、罗将军早传捷报！"

唐严、罗丰走出大殿，率大军向南蛮国杀奔而去。

第 16 章
鄂桓亲征南蛮国　龚睿立功封将军

夕姝要求鄂桓提防唐家

夕王后寝宫。夕姝：“大王，臣妾本不该问朝中大事……”鄂桓："但问无妨。”夕姝：“大王是不是又派人出征了？”鄂桓：“你问这个干啥？”

夕姝：“您不是在叫唐泰给您检查兵器吗？”鄂桓：“爱妃真聪明。”夕姝：“大王要征战哪里？”鄂桓：“南蛮国。”夕姝：“谁领兵？”鄂桓：“罗丰为帅，唐严监军。”夕姝：“他们翁婿相伴，如阴谋篡位，大王如何防范？”

鄂桓：“这样安排为鄂典、庹长史建议。朕相信唐严、罗丰的忠诚。”夕姝：“人心难测啊。唐家文臣武将那么多一”鄂桓：“唐家千百年来忠于朝廷。”夕姝：“过了的事说得清楚，今后的事情谁说得清楚？”鄂桓：“谁说妇人头发长见识短？爱妃如此有心计！”夕姝：“还不是在大王身边十多年慢慢学来的？”鄂桓：“真是聪明伶俐好爱妃。朕亲到军中督战，看出罗丰、唐严有异常举动，立刻将他们诛杀！”夕姝：“大王考虑周到。”

罗丰爱民止战

罗丰、唐严率领賨军飞速前进。唐泰飞马追来：“将军、太傅止步，大王随后来到，准备迎驾！”罗丰指挥军队跪伏道旁迎驾。鄂桓龙辇到来。罗丰、唐严跪拜：“恭迎大王。”鄂桓：“爱卿免礼。到龙辇上来。”罗丰、唐严登上龙辇。鄂桓：“此次出征当以攻心为上。你们懂朕的意思吗？”唐严：“当然是不战而令南蛮停止扰边最好。不过，劳师动众，不教训南蛮一下，恐怕也难收到好的效果。”鄂桓：“明日开战，稍胜即可与之言和。”罗丰：“诺。”

神龙山下。两军列阵。战鼓擂动。罗丰一马当先：“南蛮人听着：賨南两国本已签署停战和约，为何近来又挑衅我国？今我大军到来，如能及时醒悟，立刻罢兵休战！”

南蛮阵中走出格玛儿，高声回应：“和约签订之初，两国通商，平等互利，相处和睦。数年之后，不法商人或假货充真，或欺蒙拐骗，致我国人多生怨言。今我兴师，非为国事，而是要惩处不法奸商！”罗丰：“要求惩处不法奸商，只要向当地官府告状即可，却怎么如此兴师动众？”格玛儿：“我国商人回国哭诉，所在官府或协助奸商欺压，或麻木不仁，不予理睬，致使积怨日深，不得不兴动王师……”罗丰："丞相兴师之说完全可以派使者进行和平商谈，何必兵刃相加？”格玛儿：“贵国如能信守公平交易承诺，本可息兵罢战！无奈贵国地方官吏受不法商人收买，处处为难我国商人。今已兴师动众，如离弦之箭，怎能说收回就收回！看刀！”

南蛮将士向賨军冲杀，罗丰率部反击。两军大战，血流成河。南蛮军被打败，罗丰率部追击，进入南蛮国内地，只见村落凋零，饿殍遍地。偶尔见到活着的人就像一副骷髅，鼻孔与眼睛发黑，身上披着棕片，走路东倒西歪。罗丰见一个老太婆带着一个皮包骨头的小孩，颤颤巍巍地向前行进，便走上前去问道：“老人家，你要到哪里去？”老太婆答“我们都决饿死了，上山挖蕨菜救命啊！”罗丰：“你们的粮食呢？”老太婆：“都交了赋税了。”

小孩：“奶奶，我饿！”

罗丰拿出干粮递给老太婆和小孩“吃吧。”老太婆和小孩狼吐虎咽被哽噎得直翻白眼。

罗丰走进一座破茅屋，只见一瘦削老人躺在床上，上前问道：“老人家，你得了什么病？”老人以十分微弱的声音答道：“我没病，是饿成这个样子的。”罗丰给老人喂干粮和水，老人吃了一些食物后，说：“你是好人！”罗丰问：“你家中还有些什么人？”老人“儿子被抓去当兵了，老伴思儿成疾死了，现在只有我一个人了。近几年连年天干，粮食无收，老人和儿童饿死不少。年轻人便到賨国去抢粮食。”罗丰：“你们想同賨国打仗吗？”老人“打仗有什么好？一个鲜活的人，像鸡鸭一样瞬间就被砍杀了。”罗丰：“对，我们也不想打仗杀人。老人家，我们给你们粮食，两国息兵罢战，重新制定通商细则好不好？”老人：“太好了。我们全乡老人一齐向国王请求息兵罢战。”

賨军大帐。鄂桓：“罗丰，兵进南蛮国，并未遇到大的抵抗，为何不直捣南蛮国都，却止战而返是何原因？”罗丰：“微臣所见都是羸弱老幼，即将饿毙之人。微臣已将军粮散发老幼救命。”庹嵩：“启奏大王，罗将军此举，既贻误战机，又损失军粮，应当治以重罪！”罗丰：“请大王明察，微臣此举虽然有所失，却为大王赢得了民心。”唐泰走进大帐：“启奏大王，南蛮国使者求见。”鄂桓：“传见。”

南蛮国使者拜见鄂桓：“我国大王得知贵国军队进入我国后，不杀不抢，还赈济灾民，深受民众喜爱。特派本使向賨王致谢，并商订两国通商条约。”

鄂桓：“好。”

鄂桓亲征南蛮国

御帐。鄂桓："众爱卿，南蛮国要求签订通商条约，息兵罢战，大家认为怎么样？"众大臣纷纷发言，一些人认为，此次南蛮国攻打到賨国国都附近，造成了重大损失。不能就这样签个通商条约就草草收兵，便宜了南蛮国，主张立即用重兵消灭南蛮国。一些人主张应将重兵用于提防帝辛侵略，不能忘记了主要斗争方向。双方各执一端，争论十分激烈。鄂桓倾听一阵后高声说道："众爱卿，大家别再争了！朕认为帝辛虽然直接威胁我们生死存亡，但是，我们前不久抗击帝辛取得了胜利，签订了停战协议，估计帝辛暂时不会再对我用兵。南蛮人屡次侵犯我賨国，夺我粮食，杀我百姓，十分可恶。这次南蛮人竟然打到了我賨国国都，罪不可赦。现在虽然已将南蛮人赶出了国门，但是，这只不过是赶走了狗和鸡一样，一有机会，他又会卷土重来。因此，朕决定趁帝辛暂时不会攻打我国之际，御驾亲征剿灭南蛮人，以绝后患。现在全国军队主力和各地勤王之师大部分都集中京师，我国又刚刚取得抗击南蛮入侵的大胜，正可乘此锐气，重创南蛮。朕意已决，无复再言。武成王挑各地勤王精锐之师，随朕出征。"鄂典："遵旨。"

校场。鄂典："龚睿百夫长，你部编入御林军侍卫队，随大王征南蛮。"

龚睿："是。本部愿为国家效力。"众："为国效力，在所不辞！"鄂典："授你部军旗一面，这是国家威严的象征。不管在任何情况下，只要还有一个人，你们都要以生命和热血去捍卫它！"龚睿："人在军旗在！为国争光！为军旗争光！"鄂典："你们编入国家常备军了，要严格遵守国家常备军的纪律！"

龚睿："是！"鄂典："大家能不能办到？"众："能办到！"

龚睿奉命攻险地

山峦重叠。征南蛮大军浩浩荡荡，在山间行进。南蛮人退至山腰设垒抵抗。战斗激烈，伤亡均重。鄂桓行营。鄂典："启奏大王，南蛮在横山隘口依山设下隘口，打下飞石，阻挡我军前进，使我军伤亡无数。臣组建了大山峡朴宾、尼龙虒阳、艾蒿夕才三个虎贲队，猛攻横山隘口，皆失利。现在是否再组建虎贲队袭敌？请旨定夺。"

鄂桓："武成王之进攻策略甚好，为何屡次失利？"鄂典："皆因山陡路滑，上行困难。南蛮凭借有利地势，以逸待劳，我军仰攻不利，所以伤亡惨重，无功而返。"鄂桓："可再选山区健壮之军士组成虎贲队前往破敌。"

鄂典："巴林县龚家寨龚百夫长龚睿队可担此重任。"鄂桓："立即去办！"

鄂典："遵旨。"

陡峭山坡。鄂典："龚睿听令，命你率部攻下横山隘口，不得有误！"龚睿："遵令！"众："听从百夫长的命令。"龚睿："南蛮居高临下，我们仰攻难于取胜。军师有何良策？"龚角："知己知彼方能百战百胜。可先派人上山摸清情况后再行攻山。不知百夫长意下如何？"龚睿："对，就这么办。龚教官，你带领大家在此监视敌人，我带领龚木、罗黑、夕义等十多名军士绕道上山，摸清情况后再行进攻。”龚山：“好。我们守住阵地就是。”

龚睿险地遇洛定

龚睿一行向山上爬去。树丛中，突然一声“拿下！”龚睿等人被绊脚绳绊倒在地，一群南蛮人上前立即将龚睿等人捆绑起来，押入山洞。山洞内。一人厉声喝道：“什么人，竟敢闯我山寨！”龚睿：“本人行不更姓，坐不改名，賨人龚睿是也。”南蛮人一小头领：“推出洞外，将他们斩了！”众人呐声喊即将龚睿等推出洞外，挥起大刀。

山路上。一骑马人高声叫道：“刀下留人！大恩人到此，快快松绑，请受在下洛定一拜！”众人皆惊。龚睿见一人跪拜地上：“你是何人？为何拜我？”南蛮人：“他是我们麒麟寨寨主洛定。”跪在地上的人说：“大恩人，我就是您当年不杀的那个南蛮人洛定呀。”龚睿：“你怎么会在这里？”

洛定：“当年你放我回家之后，我向我们山寨的老百姓宣讲你不杀之恩。大家都十分佩服你的睦邻主张。我们山寨再没有出过一兵一卒攻打賨国。不知恩人为何来到我地？”龚睿：“我们虽然都愿意和睦为邻，可是，你们南蛮人仍有一些人与我賨国为敌，所以，我賨王御驾亲征，要惩处挑衅之人。”

龚睿、洛定议定劝主息兵罢战

洛定：“我们早已厌战。恩人，在下有个想法，不如我们各自劝说自己的国王息兵罢战结为友好。”龚睿：“洛定，你们大王会同意吗？”洛定：“我们各自回去劝说，以五天为期，如劝说成功，自不必说；如劝说不成，任其开战。”龚睿：“好，一言为定。”

賨王大帐。鄂桓：“龚家寨虎贲队为何行至半山不战而返？”龚睿：“启奏大王，小人遇见我原来放回去的南蛮人洛定。他愿劝说南蛮王息兵罢战，与我賨国结为睦邻友好，约定五日为期。如若劝说不通，任凭我们开战。”

唐诚：“龚睿，我大军消灭南蛮马上就可见效了，你是不是害怕南蛮人，不敢发动攻击？”鄂典:“我本可一鼓作气消灭南蛮，龚睿竟然违抗我军令不战而退，给敌喘息机会。龚睿犯下了贻误军机之罪，给我推出斩了！”唐诚：“且慢！尧帝教导我们要’协和万邦'o 战争乃天下之大凶器，发起进攻非死即伤。好吧，既然有了息兵罢战的机会，那就允许五日为期。看看南蛮人还有什么变化。”鄂典：“如五日期满，南蛮人不肯言和呢？”鄂桓：“即行开战。再治龚睿贻误军机之罪不退。”鄂典：“如果南蛮人乘机对我进行偷袭呢？”鄂桓：“军队不可懈怠，要加紧戒备和训练，提防南蛮偷袭！”众：“诺！”

南蛮王宫。洛定：“麒麟寨寨主洛定启奏大王，今有賨国恩人龚睿与我约定五日为期，劝说双方息兵罢战南蛮王洛智立：“賨王御驾亲征，志在灭我南蛮国。他兵强马壮，非我能敌。我也考虑过求和。非是我好战逞能。每次兴兵皆为生活所迫。众卿，我们趁此机会与賨国讲和好不好？答应賨国，以后不再进攻賨国行不行？”武成王格玛儿：“賨军虽然兵强马壮，在我们山地，很难发挥他的优势。我们不需与賨人讲和。一旦讲和，不到賨国获取粮食、布匹和盐巴，我们怎么生存？不如发兵偷袭他的大营，将他打回賨国！”

左冢宰松占木：“大王，武成王在賨国大军压境之时，仍然坚持袭击賨军大营，是自取灭亡之论！大王万万不可轻信！微臣认为不打仗，同样可以找到生存之路。'格玛儿：“说出你的高见！”松占木：“我们不进攻賨国，用我们的山货换取他们的粮食、布匹、盐巴照样可以生存。”冢宰艾火平：“我们每次兴兵攻打賨国，杀人三千自损八百，自己的损失也不小。每当看到那些缺胳膊少腿的伤兵，每当听到那些孤儿寡妇的啼哭声，我都感到非常的痛心。其实，每场战争下来，损失与获利两相权衡，不说结怨结仇，光说物资和人员也是得不偿失。只是抢了一些粮食、棉花和盐巴这些生活必需品。”洛智立：“不战而息兵，虽然是好事，可是我等这些生活必需物资缺乏怎么解决？”众臣：“可与賨国商谈息兵罢战，结为友好，开展商贸，交换物资，各取所需，互通有无。”洛智立：“洛定将賨人谈和之人传来见朕。”

洛定：“是！”

麒麟寨大厅。龚睿走进大厅与洛定分宾主坐下。洛定“我南蛮大王要我将你带去相见。只有委屈大恩人了。”龚睿：“你们将我捆绑就是了。”

龚睿睿智息刀兵

南蛮王宫大殿。洛定：“启奏大王，下官已将賨人谈判代表带到，请发落。”格玛儿：“賨人见了我王，为何不快快跪下？”龚睿：“你们南蛮就是以这种方式迎接客人吗？自古两国交兵不斩来使，我非被你俘虏，为何将我绑来还要我下跪？难道你们真的就是不讲礼义的蛮夷之人吗？”

洛智立：“谁说我南蛮人不讲礼义？快给客人松绑，摆座。”格玛儿：“我们两国多次交兵，早成仇敌，现在你们又大军压境，妄图灭我南蛮国，我们之间还有什么好谈？”龚睿：“我们两国世代相邻，本该和睦共处，不该为仇。以前的是非很难说清。我们两国从现在起，息兵罢战，结为友好，互通有无，共享和平难道不好吗？”洛智立：“我们并不想把老百姓的生命当儿戏。你们占据了好地方，我们在高山上很难生存，所以时常发生争斗，无非就为点粮食、棉花、盐巴。”龚睿：“你们住在大山上，也有许多优越条件。我们完全可以通过开展贸易，互通有无来解决你们需要的粮食、棉花、盐巴等欠缺问题。为什么非要采取战争的手段来解决呢？”洛智立：“我们也想通过交流物资的办法来解决我们生活不便的问题。我们卖给你们山货，你们卖给我们粮食、盐巴、布匹。你们的国王和老百姓都愿意这样办吗？”龚睿：“我们的国王开初并不同意就此息兵罢战。我们反复劝说，国王终于明白了’远亲不如近邻'的道理。所以派本使前来与贵国商谈结为友好，互通有无的办法。”洛智立：“好啊，两国休兵，通商贸易，平等互利，实现双赢！大好事啊！”经过谈判，賨国和南蛮国达成了停战修好，互通有无，互惠互利的协定。双方息兵罢战，结为友好。

龚睿得封智勇将军

賨国王宫。在得胜音乐声中，鄂桓："龚武士此次谈判成功，签订了停战、通商条约。不战而息兵，两国物资交流互惠互利实现双赢。龚武士劳苦功高，智勇双全，特授为智勇将军。命令你部立即扩大到一万人，驻防天峰关。你部要练好武艺，随时防备敌人侵犯。"鄂典："龚睿起于草莽，未立显赫战功便升任将军，恐难于服众。"鄂桓："龚睿所建功勋虽不属于大战功，但是他为国家解决了一大祸患，它的作用却远在战功之上。我们就是要重赏对国家有大功之人。只有这样，才能树立起爱国的正气！龚睿有何话说？"龚睿："谢大王隆恩。微臣起于草莽，在军中没有威信，请大王立即派德高望重的大臣到我军中做监军，以整肃军纪，统一军令。"

鄂桓："派中山王鄂全为你部监军。"龚睿"谢大王。请监军立即莅临军队整肃军纪。"鄂全："你我协力同心，共建强军。"龚睿："我们马上举行庆功宴会，请你光临。"

天峰关下，一片开阔场地。庆功宴席排列整齐。龚睿请鄂全入主座，将立大功的战士排为上座，立小功的战士排为中座，没有立功的战士排为下座。阵亡战士的父母妻子排为上宾座。龚睿："庆功宴会开始。全体起立，向牺牲了的战友默哀。向立功的战友致敬。我们遵旨勤王取得了胜利，特向阵亡战士家属发放抚恤金；向立功战士颁奖。"

龚睿颁奖。得到奖品的烈士亲属和龚山、罗黑、龚木、夕义等立功战士感到无比荣耀。有的热泪滚滚，有的露出憨厚的傻笑。没有得到奖品的战士面带羞愧之色。

龚睿："现在我们遵旨扩军，扩大军队，加强军事操练军队，警惕帝辛的军队、南蛮人和西戎、西狄来犯。"众："我们要团结一心，为国再立新功！"

龚睿祭拜神灵

天峰关。智勇将军府外。祭拜场地。賨国军旗下，参军："智勇将军，祭拜之地已布置好，请您马上去主持祭拜仪式。"祭酒高声宣布："祭祀仪式开始，请龚将军主祭！"

龚睿："众位兄弟，我们这支民间自卫武装已正式编入国家常备军。大家看看这是什么，这是我们的军旗！军旗就是我们军人的生命！我们要能为国家效力感到骄傲和自豪！国家常备军不同于民众自卫武装，我们既然成了国家常备军就要严格遵守国家常备军的纪律。同时，我们不能忘记我们賨人祭天祭地拜祖宗的传统。我们不能每次战前才祭拜天地神灵。从现在起，每顿饭前都要祭拜天地神灵，请天地神灵随时保佑我们打胜仗。大家听清楚了没有？"众："听清楚了！"

供桌上供品排放。香烟袅袅。祭师手执祭祀法器，一阵手舞足蹈，口中念念有词之后，面对跪在供桌下的龚睿及士兵高喊："叩头！祭天地！祭先王！祭祖宗！祭鬼神！"

龚睿等虔诚跪拜。天上突然飞来一群天鹅在营房上空盘旋。龚木拿出弓箭射下一只天鹅，高喊："好了，大家快射！我们可以打个天鹅牙祭了。"

众："好，我们拿箭去！"

龚睿惩罚不敬神灵的亲弟弟

龚睿急忙厉声呵斥："不准拿箭射天鹅！大家一齐向上天下跪！你们知道吗？我们賨人最讲忠孝，从来不忘记祭拜上天神灵和祭祀鬼神。我们头上三尺随时有神灵在监视我们的行动。我们做了好事，神灵就会保佑我们；我们做了坏事，神灵就会惩罚我们。现在，我们正在祭拜上苍，天鹅就飞临我们的头上，可见是我们的虔诚感动了上苍。上天神灵就立即派天鹅来到我们的头上，表达上天神灵时时刻刻都在保佑着我们之意。龚木射杀天鹅是对上天的大不敬，罪不可恕，本应杀头谢罪，念其无知，又系初犯，处罚从轻。着打五十军棍，关禁闭一个月！每日向上苍跪拜，乞求宽恕！此为初犯，所以处罚从轻。下不为例。如若有人再犯，杀头示众，决不宽恕！大家听清楚没有？"众："听清楚了！"

龚睿："上苍是我们军队的精神支柱，一支没有精神支柱的军队是不可能打胜仗的！"众："智勇将军带领我们用虔诚感动了上苍，上苍在保佑我们，我们就一定能打胜仗！"

龚睿爱兵胜过亲兄弟

夕义："龚将军不仅虔诚祭拜上天神灵和鬼神，还特别爱护我们士兵。每次行军到一个地方，他都要先将大家的营房安顿好以后，自己才回到营房坐下来办事。"火头军甲："龚将军每次打仗和操练回营都要将士们到齐后才准用餐，让大家都吃饱了喝足了，然后才问我：'大家都吃过饭了吗？'直到我回答：'大家都吃过了。'他才说：'我可以用餐了。'"火头军乙："我对他说：'智勇将军，饭菜凉了，你不必每餐都要等大家吃过了才吃。'可是他却说：'将士们比我更辛苦，只有等大家都吃饱了喝足了，我才能安心吃饭。'"火头军丙："有一次，粮食没运拢，只好熬稀粥。我给他盛了一碗稠一点的放在一边。士兵们刚刚开饭，我就对智勇将军说士兵们都已经吃过了。他不相信，估计将士们吃饭没有那么快，便立即走到将士们吃饭的地方去查看，发觉士兵喝的尽是清汤汤，十分动情地说：'兄弟们，我对不起你们，让你们挨饿了。'士兵说：'龚将军，只要你不挨饿就好。'"火头军丁："龚将军要我将他的饭端来给大家看。我只好硬着头皮将一碗稠粥端出来。龚睿见了十分生气地当众打了我三个板子，并把稠粥倒进了稀粥锅里。他当着大家只喝了一小碗稀粥，使大家非常感动。我从此不敢再给他单独弄好的吃了。龚将军就是这么看重我们士兵。"众："龚将军这么看重我们小兵，我们怎么能不为他效命！"

龚睿："众位兄弟，这话不对，不能为我龚睿效命！"众："为什么？"龚睿："只能是为国家效命，为大王效命！"众："是！"

龚睿斩鄂全卫士夕勋，不惧鄂全淫威

智勇将军府大厅。兵士："启禀智勇将军，监军鄂全的卫士夕勋酒后行凶，打死人了。"

龚睿：“立即逮捕问罪。祭酒，按军律应当治什么罪？”

祭酒：“杀人抵命，论罪当斩。”龚睿：“将夕勋立即斩首示众！”兵士：“是！”

王宫。鄂全：“启奏大王，龚睿完全不把本监军放在眼中，竟敢擅杀我的卫士！他的监军我做不下去！”鄂桓：“大胆龚睿竟敢藐视亲王，藐视亲王鄂全就是藐视朕，藐视朕就是犯了忤逆之罪。任其这样滋长下去，朕还有什么威严可言？此风不煞，朕这个王将算不得什么王了。唐诚，立刻派人将龚睿捉来问罪，不要让他跑了！”唐诚：“大王息怒。龚睿不能捉。”鄂桓：“为什么？”唐诚：“军队必须有严格的纪律，才会有强大的战斗力。您经常强调军中要有统一的纪律，才能确保军令畅通。龚睿奉法不避权贵，坚决整饬纪律，不是看不起监军，这正是执行大王强军的旨意，怎么能将他拿问治罪呢？我认为龚将军杀了夕勋不仅不会跑，还会主动前来向大王您禀报事情的经过的。”鄂桓：“执行纪律是对的，可是，他也太目中无人了，杀的是亲王兼监军的亲信啊！”唐诚：“古人有言：’王子犯法与庶民同罪。'执行纪律不应当看犯罪人的身份，而应当看犯罪人的犯罪事实和造成的影响，依律定罪啊。”鄂全：“俗话说，打狗还须看主人。龚睿明明知道犯纪人是我的亲信，却轻罪重罚。他是故意让我难堪，在军中损毁我的威信。可见他是对我这个监军不满，才故意拿我的亲信开刀的。请王叔立刻派人捉拿龚睿问罪，不要让他逃走了。”唐诚：“亲王，微臣敢担保，龚睿将军是绝对不会逃走的。”内侍：“启禀大王，龚睿求见。”鄂桓：“传。”内侍：“大王有旨，传龚睿进殿。”

龚睿走进大殿跪下：“启奏大王和亲王，末将龚睿前来请罪。”鄂全：“你诛杀罪犯是大大的有功，何罪之有？像你这样的口是心非的奸人，留在军中必为后患。左右给我拿下推出斩了！”唐诚：“亲王息怒。先让龚睿将军说清楚为何杀你亲信之人。”鄂全：“问他作甚？他既然胆敢杀人，哪能编不出杀人的谎言？”唐诚：“让龚睿说清事情经过，看看到底是编造还是你的亲信的确该杀，把是非弄明白。如果龚睿滥杀无辜，现在就将他立即问罪处死。龚睿罪有应得，谅他也无话可说。”鄂全：“你问问龚睿吧。”

唐诚：“龚将军，你讲讲为何杀了亲王的亲信。”龚睿：“亲王的亲信夕勋平日里不守军规，恃强欺弱，早已引起众人怨恨。这次酒后杀人，引起众将士义愤，皆欲自行杀之。如不执行军纪将其杀之，势必引起将士哗变，造成局势难于控制。末将为整肃军纪，平息众怒，未顾及亲王的情面，也未及时向大王禀报就将违纪之夕勋按律斩首了。犯下了擅权之罪。”

鄂全“你执法坚决，大大有功，怎么反倒说自己有罪？我看你是居功自傲，目中无人！口中讲罪，实则炫耀功劳！完全是个口是心非的伪君子！”

龚睿：“古人有言，治理乱世，需用重刑。现在军队纪律这么涣散，再不整顿，怎么能够指挥？怎么能够打仗？”

唐诚力劝鄂桓依法治军

唐诚：“龚将军整顿军纪，依军律行事，做得对，无罪可言，更无擅权之嫌。自古将军领兵在外，无须事事禀报。将在外，王命有所不受。事事禀报，贻误军机大事，怎么指挥军队作战？商帝辛灭我之心不死，虽然两国签订了和平协议，但是，帝辛是个不讲信义的人，经常侵犯我国，对我发动战争，如果军队没有严格的纪律，怎么能战胜敌人？”鄂桓：“没有唐冢宰提醒，朕也就犯下了破坏军纪的大错了。此事龚将军不仅无错，而且确实有功。鄂全，你身为亲王，平时对亲信和卫士管教不严，致有今日破坏军纪之事，应当好好躬身自责才是。”鄂全口服心不服，狡黠地：“大王，侄儿刚才听了唐诚一席开导之言，想通了。整治军纪从我身边人做起，我的卫士严重违犯军纪，该杀，我认了。龚将军，向你赔礼道歉。”龚睿：“启奏大王，臣尚未奏报便擅杀监军卫士，请治臣之罪。”

鄂桓：“朕原先说了袒护鄂全亲王的话，是出于顾全宗室亲王的情面，是徇私情。你杀掉鄂全的卫士，是按军法行事，没有任何过错。朕对宗室平时没有教管好，致使他们的亲信和卫士胡作非为，是朕的过错。朕要是惩罚于你，就是自毁军纪。朕命你为天峰关总兵，此关是我賓国的北大门，地理位置十分重要，直接关系国家安危。你要尽快将军队扩大到一万人，方能担负起守护北大门的重任。请龚将军大胆治军，朕信任你！”龚睿：“谢大王！”

鄂桓：“鄂全亲王，你要好好做龚睿将军的监军。”鄂全：“是！”

第 17 章
龚山冒死救罗黑　龚睿屡次谢厚赏

龚睿处罚罗黑违纪

天峰关总兵府大厅。斥候：“启禀龚将军！帝辛派平蛮将军崇飞率领数万商军连破紫金关、镇平关、翠竹关，已进至天峰关外十里的湾泉寨扎下大营，即将进攻我天峰关。请将军早作防备。”龚睿：“速传罗黑校尉听令。”

罗黑：“到！”

龚睿：“商军增大兵于湾泉寨，十分明显即将攻打我天峰关。情况危急。罗黑校尉听令，现在是寅时，命你前去侦察商军前锋由何人率领，有几个知名战将，共有多少人马，什么时候将向我天峰关发动攻击。午时回营禀报告详细情况，不得有误！”罗黑：“遵令！”罗黑飞马而去。

午时已到，龚睿十分焦急地观察着沙漏的变化。龚睿：“当值校尉，未时已过，罗黑回来没有？”当值校尉：“还未返回。”过了一会儿，龚睿：“申时已过，罗黑为何还未返营交令？”当值校尉：“刚刚返回。"龚睿："传他进帐。”当值校尉：“龚将军有令，传罗黑进帐。”

总兵府议事厅。罗黑穿着溅满血污的烂衣，踉跄地走向龚睿：“启禀龚将军，小校罗黑到。”龚睿：“罗校尉，敌情已侦知清楚了吗？”罗黑：“启禀龚将军，在下赶到湾泉寨前小街时，商军已将道路严密封锁，不准任何人通行，所以，未能侦知到商军的详细情况。”龚睿：“既然侦察不到敌情就该尽快回来交令，为何超过两个时辰才返回军营？，，罗黑：“敌军封锁道路无法直接返回，只好绕道而行，所以回迟。”

龚睿：“你为何满身酒气？”罗黑：“小校转了很大一圈，才逃出敌人封锁圈。腹中饥饿难忍，在一鸡毛小店用餐时，顺便小酌了两杯。恰遇三个商军军士也在小店吃酒。一老翁带着一个十五六岁的小姑娘到店中卖唱。几个商军听了小曲不但不给钱，还动脚动手，在姑娘身上乱摸，欺侮小姑娘，想占她的便宜。老翁气愤地说：’你们听了小曲不但不给钱，还欺负人，太不像话！'几个商军军士说：’老子就是不给钱，你敢把老子咋个样？'老翁说：’我虽然不能把你们怎么样，总有人能收拾你们！'几个军士恼羞成怒便走上前去动手打人。老翁被打倒在地，小姑娘也被打得鼻青脸肿。旁边的人敢怒不敢言。”

龚睿：“你在干什么？”罗黑：“也是我一时酒气上涌，上前指责他们。三个商军仗着人多势众，一齐围上来打我。我急忙跳到街心，待冲在前面的那个商军跑拢身边，便劈面一拳打去，将他打得口鼻喷血。另两个商军急忙拿出腰刀向我扑来。我提起倒在身旁的商军军士，用他的身体做武器，向两个商军军士横扫过去，将两个商军军士打倒地下。一个军士仓皇逃走。我不待被打倒的军士爬起身来，将他两个人头拉到一起重重地撞了几下。他们不经撞，血和脑浆溅了我一身。围观的人和老板一下子都跑光了。我便进到店中用酒冲洗了一下血污，放了一些酒钱在柜台上，然后寻到老翁和小姑娘，护送他们走到安全地带。他们要到军营来谢恩，我不让他们来，才寻路而回。所以回退。”

龚睿：“好个罗黑，既延误军机，又擅自饮酒，还编造搪塞谎言哄骗本将军。你自己说，按军律该当何罪？”罗黑：“小校所说句句是真，没有半点虚假。确实延误了军机，听凭龚将军处分。不过，小校跟随你这么多年，以前从未违犯过军纪。我曾多次立下战功，现在又杀了两个商军军士，将功补过，请龚将军从轻发落。”

龚睿：“军法面前无父子，只有遵守和服从。你是我父亲的结拜兄弟，你是我的长辈，但在军令面前不能讲特殊。你从前所立战功已给了许多赏赐，再无重提之理。你说现在打杀了两个商军军士，有什么可以做证？有谁能做证？无物无人做证就是伪造功绩，哄骗上司。你既违犯军令，又擅自饮酒，还哄骗上司，连犯数罪，按军法应当斩首！左右，将罗黑推出营门斩首示众！”军士将罗黑押至营门口跪下。罗黑大喊：“冤枉！”

龚山冒死救罗黑

龚角劝龚睿：“将军息怒，此事不可草率从事。”龚睿“他违犯军纪怎么是草率从事？定斩不饶！”

总兵府。后院。龚山正在教一队军士操练攻防战术。一个军士飞奔前来向龚山报告：“龚教头，不好了。龚总兵在大厅门前要杀罗黑校尉了。赶快去救他！”

龚山急匆匆跑到大厅门前，远远地向龚睿抱拳行礼：“龚将军，罗黑大喊冤枉是怎么回事？他到底犯了什么罪要将他问斩？”龚睿“他违犯了军纪。”龚山：“是叛国投敌？”龚睿：“不是。”龚山：“是杀人放火？”龚睿：“不是。”龚山：“是强奸？”龚睿：“也不是。”龚山：“是抢劫？”

龚睿：“也不是。”龚山：“既然这不是那也不是，那就没有犯杀头之罪。”

龚睿：“罗黑违背军令，失期按律当斩。他又擅自饮酒，还虚报军功，欺骗上司，更是罪不容诛！”龚山：“失期，需看情况，并非一律都要处斩。情有可原的，不应处斩；饮酒不属死罪；虚报军功欺骗上司罪名难以成立。因此，不能认定罗黑就是犯了死罪。罗黑没有犯杀头之罪而对他动用杀头之刑，你龚将军做事就太武断。启禀龚将军，如今敌众我寡，大战在即，战前自斩将士，恐于军心不利。请将军姑且赦免罗黑的死罪。让他戴罪立功！将功补过！”

龚睿：“大敌当前，敌众我寡，军纪如此败坏，不杀罗黑，军法难立！乌合之众，怎可抗敌？”龚山：“请龚将军爱惜将才。古人说，千军易得，一将难求。培养一个战将十分不容易。罗黑是你我一起在龚家寨起兵的元勋，又是我这么多年一手培育的战将。现在他虽然违犯军令，没有准时回营交令。但是，也要分辨失期的具体原因。军律也要区别不同情况酌情进行处理。我愿意与他一起效力死战以赎其罪。”龚睿：“不能因为罗黑是我龚家寨起兵的元勋就可以不执行军纪。军令难改！”

营门口。龚山火冒三丈地跑到营门口对执刑军士说：“罢罢罢！改也得改，不改也得改！罗黑由我带走了！有什么事，叫龚睿来找我！”龚山说罢，推开执刑人，拉着罗黑扬长而去。

龚山带着罗黑怒气冲冲地回到自己的军营，立即擂鼓整队。龚山面对部属：“龚睿当了几天总兵就抖起威风来了！他擅用将军之权，要杀我们的罗黑校尉，实在可气可恼！此风不煞，他以后想杀哪个就杀哪个，我们的性命还有什么保障？弟兄们，随我一齐杀进将军大营！向龚睿讨公道！”众：“诺。”

军营门前。龚睿昂首站在大营门口厉声喝道：“龚山教头为何如此横行无忌？心中可还有军纪？”龚山：“龚睿，现在我没有必要同你讲军纪。我只要你想想，你我同在龚家寨起兵，是不是靠大家出生入死立下战功才编为了国家常备军的？编为国家常备军靠你龚睿一个人行不行？没有大家舍生忘死给你出力行不行？现在大家同受王命抗击商军。尚未杀敌，不想你就要擅用大权斩杀我们一起起兵的元勋，实在令人可恼可恨！这哪里是执行什么军纪，这是自我内乱，自相残杀！我只好先把内乱平了，再去退敌不退！”

龚睿：“不错，龚山教头，你和罗黑都是我起兵时的元勋，都是我的长辈。但是，军纪容不得丝毫懈怠！”龚山：“军令如山当然不容懈怠，但是，罗黑懈怠了军令吗？罗黑在强敌面前，毫无惧色，勇斗敌人，救护无辜百姓有什么错？你要砍去罗黑的人头，只能是亲者痛苦，商军高兴！”

军士押着一个商军军士走到龚睿身边：“启禀将军，我们捉到一个窥视我大营的商军，请发落！”龚睿询问商军：“你奉谁之令？到此想干什么？”商军：“将军饶命，我们三人奉崇飞将军之令，到此探视賨军兵力情况。在小店吃饭，听翁孙唱小曲，没有给钱，被一賨人杀死二人。我只好带着伤痛一人前来执行军令，不慎被捉，请将军饶小人一命！”龚睿：“杀死你二人的人你可认识？”商军指着罗黑说：“认识，就是那个人！”对龚角说：“将商军押下去细细审问。”龚角：“是。”

龚睿敢于责己

龚睿沉思片刻，边走到罗黑面前，拉着罗黑的手说：“罗黑叔，你是好样的，我错怪你了。”罗黑坦诚地说：“将军执行军纪没有错。我自身也有不对之处。”龚睿：“全体整队听令！”

全体将士排列整齐，鸦雀无声，只有军旗猎猎，迎风飘扬。龚睿：“各位将士，我们的军队应不应该有严格的纪律？”众：“应该有严格的纪律！”龚睿：“我们应不应当互相关爱？”众：“应当互相关爱！”龚睿：“执行军纪应不应该依据实际情况进行处理？”众：“应该依据实际情况进行处理！”“对！只有做到了这三条，我们的军队才能做到无往而不胜。我是天峰关的最高长官，犯了滥用职权之罪，恳请大家按军律治罪！”众人面面相觑。龚睿：“按军律当罚打一百军棍。执法校尉拿军棍来。”龚山大声说道：“大敌当前，主将受罚怎能带兵打仗？主将不能带兵打仗，这个关怎么守？”众：“对，不能这样处罚主将！”

龚睿：“大家虽然原谅我，但是军法无情，犯了错，处罚是不能免的。大敌当前，主将受罚对抗击敌人不利。但是，主将有错不能不罚！大家说怎么办？”罗黑：“处罚主将，只有朝廷才有这个权力。我建议龚睿将此鲁莽行为申报朝廷，请求处分。大家同意不同意？”众：“同意！”龚睿立即写下申报状，高高地举过头顶：“待这场战斗结束后再向大王禀报请求处罚！”一卫士端来盘子，龚睿将申报状庄重地放在盘子上。众：“龚将军为我们做出了榜样。我们一定要严守军法，决不拉稀摆带！”

龚睿：“全体听令，我现在任命龚山为先锋，罗黑为左先锋，夕义为右先锋。龚木做待卫校尉。大家齐心杀敌，立功有奖。”众：“诺。”

龚睿攻占紫金关

紫金关下。商、賨两军摆下战场。战鼓擂动，两军列阵。商军阵前人数众多，跃马扬威，刀枪闪光，气势颇壮。门旗开启，一将军手提长枪，直向賨军挑战。

賨军阵前。龚睿环视賨军，将士多有畏惧之色：“龚山先锋，今日之战，商军两万人列阵，旌旗蔽空，刀枪耀眼，气势汹汹。我军一万人对敌，人数相差很大。只有你见过如此大的阵仗，你要挺身上前，振奋士气！”龚角：“两军决战不在人数多少，重在士气！只要奋勇向前，胜利一定属于我们。”

龚山、罗黑齐声道：“奋勇向前，义不容辞！众军士，跟我来！”

龚山、罗黑等一齐杀出，几经冲刺，賨军个个勇猛顽强，商军节节败退死伤过半。夕义在冲杀中不幸受伤。龚睿：“夕义兄弟，好好治疗。兄弟们，奋勇杀敌，为夕义兄弟报仇！”众：“为夕义报仇！杀呀！”龚睿率賨军一举攻占紫金关。

崇飞溃败

紫金关下。面对士气不振的商军和乘势追来的賨军，崇飞大声喊道：“众儿郎，给我拼命顶住敌人进攻！本将军重重有赏！”商军将士：“我军阵脚已乱，赏有何用？賨军太强悍，顶不住呀！”崇飞：“顶不住就往后撤！保住盔甲！”众商军士：“盔甲也保不住呀。现在连性命都保不住，还保住盔甲干啥！”崇飞：“众儿郎，像这样丢盔弃甲，溃不成军，叫本将军如何回去向帝辛复命？不如就死在此处算了。”众军士：“死不死你自个决定吧。我们也顾不得你崇大将军了，各自逃命去吧。”

瞬间四散逃走，仅剩下崇飞孤身一人。崇飞手持长枪，四顾茫然：“这些人比兔子跑得还要快，瞬间就只剩下我孤身一人了。我是不是自戕算了？慢来，我虽然现在只有孤身一人，但是我是帝辛御封的响当当的司徒和平蛮将军，非普普通通的一般之人，是的的确确朝廷重臣。本司徒又兼将军经历大小征战不下百次，为帝辛立下过不少功劳，受到过帝辛无数次的奖赏。现在，一战失利就在此地自戕太不值得。谅帝辛也不会因我一战失利，便要了我的老命！我好歹是帝辛的有功之臣，还得回去向帝辛报告军情！若能说动帝辛，重命我再领大军前来报仇也未可知！万万不可草率从事！”

崇飞孤身一人迅速消失在通向朝歌方向的深山密林中。

龚睿功高受猜疑

賨国王宫大殿。鄂桓：“龚睿将军劳苦功高，升为得胜上将军，仍驻守天峰关，负责统率北部五万军马，抗击商军、西戎、南蛮等部入侵之敌。龚山升为忠义将军。其余将士按功行赏！”龚睿：“谢主隆恩。”龚山：“大王万岁，万万岁！”鄂桓：“速回天峰关备战去吧。”龚睿：“末将遵旨。”

御案前。鄂典：“启奏大王，今西戎与南蛮又一次大举进攻我賨国，不到一个月时间就占据了我国西部大片土地。形势危急啊！”罗聪：“启奏大王，现在与西戎和南蛮联合进攻我賨国，龚睿手握重兵，又控制着军事要地，对他可得多加提防啊。”鄂桓：“须提防他些什么？”

罗聪：“大王，现在全国的军队总共不到十万人。您手中直接掌握的军队不足五万人。上将军龚睿却直接指挥着战斗力最强的五万军马，并占据着我国极为重要的战略要地天峰关。要提防西戎和南蛮收买龚上将军啊。”鄂桓：“龚上将军人品不错，该不会背叛朕吧？”罗聪：“龚上将军人品虽不错，能不能经受得起敌人的诱惑就难说了。人心难测啊！”

龚睿面对利诱不动摇

天峰关总兵府议事厅。西戎使者买哈麦对龚睿说：“我西戎大军压境，眼看即可一鼓荡平鄂桓。龚大总兵拥有重兵，何不与我联合，共灭鄂桓？龚大总兵如与我联合，不费吹灰之力，即可大功告成！您就可分享胜利果实，可划地而治称大王了。”龚睿：“我如果不与你联合呢？”

买哈麦：“你如果仍然效忠鄂桓，继续与我西戎作对，不一定能抵抗得住我西戎大军的进攻。战场上刀枪相见，生死难测，不要毁了你一世英名。即或你们的抵抗取得了胜利，也一定于你不利。因为你拥有大军的人数虽然没有你们的大王多，但是你的军队战斗力最强，对鄂桓是个严重的威胁，他对你是不会放心的。你应当知道兔死狗烹、鸟尽弓藏的道理。”龚睿：“今日已晚，明日再议。”买哈麦：“机不可失，时不再来。将军深思啊！”

龚睿杀龚角

几案前。龚睿问军师龚角：“军师对买哈麦之说有何高见？”龚角：“上将军，天赐良机到了。现在的形势是，你助鄂桓鄂桓胜，你助西戎西戎就胜。你手握重兵，何不打出为民请命的旗号，自立为王，控制一方土地，同鄂桓、南蛮、西戎三分天下？何苦受制于人？”龚睿：“此事事关重大，不可草率从事，让我考虑考虑。”

龚角见龚睿态度有所松动，接着鼓动三寸不烂之舌：“我学过相面之术，多少会看点相。我看将军的正面，最多只能封个侯；看将军的背面则贵不可言。”龚睿：“怎么会有正面背面之分？”龚角：“正面为虚表，背面为实。表就是俯首帖耳地忠于朝廷，实就是与朝廷互相抗衡。”龚睿：“怎么叫贵不可言？”龚角：“贵不可言就是不做人臣，自己称王。”龚睿：“大王对我太好了。我怎么能够贪图自己的私利而忘恩负义地背叛他呢？”

龚角：“鄂桓对你虽然有恩，但是你大爷爷的遭遇不能忘啊。你大爷爷对帝辛那么忠心耿耿，为什么却被帝辛杀了头？古人说，宁做鸡头，不做牛尾的心人皆有之。庹嵩没有掌握兵权，尚有建立朴家王朝之心。现在，你手握重兵，正是你领头建立我们龚家王朝独霸一方的好时机。这真是天赐良机千载难逢的好时机。古人说，天予不取，罪不可赦。机不可失，时不再来啊！”

龚睿：“我若自己称王，賨国就会发生大乱。西戎就会趁此机会灭掉賨国。果真如此，我不就成了灭我賨国、叛我龚氏的千古罪人吗？再说，西戎是怎么想的？他们能让我独自称王吗？说不定哪一天把我也给灭了。”龚角：“龚上将军勿忧，西戎的使者已与我谈妥，一定让你单独称王，绝不会消灭你的！”龚睿：“你们商定，我独立称王后，你任什么官呢？”龚角：“完全听从大王您的安排。”龚睿：“你和他们有没有什么预约呢？”龚角：“当然有个初步考虑一”拖长声音不说下文。龚睿：“不会是只做冢宰吧？”龚角：“做冢宰，同时做国师。”龚睿：“你们把其他职位都安排好了？”

龚角：“其他职位也有初步考虑。当然由你最后决定。我们早作安排有好处。你一旦宣布称王，不是就可以马上使国家安定吗？不要到了称王的时候才临时找人，造成人心不安。”

龚睿：“你们策划得真周到啊。”龚角：“你觉得哪些欠妥尽管纠正就是。”龚睿：“你身为国家军师，屡立战功，深受国恩，不坚决维护国家的一统，却里通外国，怂恿我做分裂祖国的罪人，狼子野心彳可其毒也！左右，将龚角推出斩首示众！”龚角：“龚上将军，我是真心为你好啊！也是为我们龚家好啊，你不可恩将仇报！”龚睿：“你是我的长辈，本应带头为族人争光。你却为一己私利，背叛祖宗背叛国家，陷我于不忠不义，你是我们龚家族人的败类！左右，还不快快动手！”

左右立即将龚角推出斩首，报送王宫。鄂桓命将龚角悬头城门示众三日。

龚睿斩了龚角后，士气大振。龚睿指挥自己控制的军队与鄂桓直接指挥的军队协同作战，很快打垮了西戎的进攻，使賨国度过了又一次遭受入侵和分裂的难关。

庆功宴上龚睿护驾

王宫大殿。鄂桓：“论功行赏封龚睿为忠勇大将军；龚山为豪侠校尉；罗黑为义勇校尉。其余有功将士皆官升一级，厚加赏赐。龚睿所部回防官渡，轮训全国校尉以上将官。”龚睿等：“谢主隆恩！祝大王万寿无疆！”鄂桓对罗丰说道：“朕对龚大将军的判断不错吧。”罗丰：“大王慧眼识英才！龚将军起于山野平民，对大王如此忠诚，实在难得，也是賨国的大幸呀。”龚睿上前敬酒：“大王，我龚睿由一介村夫能有今天，决不会忘记大王的恩德，更不会做分裂祖国的罪人。”鄂桓：“龚将军忠心耿耿，是全国的楷模啊。唐冢宰，立即发出朕的旨令，号召全国军民效法龚将军！使我賨民人人成为忠于賨国之人！”唐诚：“遵旨。”

王宫。军乐齐奏得胜曲。众将军来到大厅排列坐下。唐诚：“庆功宴开始！请大王颁旨！”鄂桓：“各位将军劳苦功高，流血流汗，驱逐了西戎和南蛮的联合进攻；粉碎了龚角里通外国、分裂賨国的阴谋，为国家立了大功。朕特设庆功大宴庆祝胜利！除原已赏赐之外，现特赐各位将军宕渠城清酒一钟，佳肴一席。请各位将军开怀畅饮！细细品尝。”众将军：“谢大王！”

鄂桓：“龚睿将军忠心耿耿，智破龚山的分裂阴谋，又战功赫赫，全师凯旋。朕特赐御酿清酒一钟！坐朕左座，与朕同席。”龚睿：“谢大王！”唐诚：“龚将军获此殊荣，大家拊掌庆贺！”大家一齐鼓掌。祭史：“庆宴开始！”

鄂桓几案前。音乐声起，舞女跳起了欢快的巴渝舞。众大臣举杯感谢大王赏赐，互相祝贺功成名就，场面热烈而略带混乱。突然，一壮士手执利剑，从乐队中冲出，直向鄂桓杀来。众人皆全神贯注地观看跳舞，未能发觉突变。只有龚睿眼尖，看见凶手前来，急忙用带鞘宝剑遮拦：“大胆狂徒，还不赶快住手！”龚睿左遮右挡护住了鄂桓。众人正惊愕间，侍卫长尉夕光及众武士抽出宝剑一齐上前，将凶手乱剑杀死。

鄂桓大惊，责问夕光：“庆功宴上，怎么会出现凶手？”夕光：“凶手从乐队中出来，一定是乐队带进来的，应当将乐队的人一律处死！”乐队全体人员一齐跪下：“启奏大王，凶手虽然是从我们乐队中冲出来的，但与我们无关。请大王详察，望大王赦我们无罪。”鄂桓：“凶手是怎么混入你们乐队中的？”乐队全体人员：“我们只顾演奏，不曾注意凶手到来。”夕光：“你们有谁认识这个凶手？”乐队全体人员：“无人认识。”夕光：“启奏大王，乐队入场前要经过五道关卡检查，怎么一个关口也没有发现乐队中混进了凶手？想必是凶手买通了检查人员和乐队队丞，他们合谋谋害大王的阴谋才能得逞。微臣建议将这一切脱不了干系的人员一律处死并灭诛九族，以儆效尤。”

鄂桓：“众臣各自谈谈你们对此事的处理意见。”庹嵩：“微臣认为殿前都尉所谈意见很好，应立即将这些可疑之人全部处死，以震慑叛逆之人。”

罗聪：“诛灭九族打击面太宽，微臣认为诛灭三族就可以了。”鄂典：“殿前都尉所提处理办法很好，我赞成。”

唐诚“凶手未死，可以问个清楚，还可追查出幕后指使之人。现凶手已死，不太好追查。殿前都尉所说处理办法，我认为杀人太多，不宜采用。”龚睿：“微臣赞成老冢宰的意见。凶手是怎么混进来的？五个关口检查之人，有失察之嫌，但不一定就是被凶手收买了；乐队队丞和队员也有失察之嫌，但不可能都是凶手的同伙。微臣认为，只能杀该杀之人，不能滥杀无辜之人。”

鄂桓：“龚将军所谈意见十分正确，朕决定赦免嫌疑之人。今后要吸取教训，加强戒备，不给搞阴谋诡计的人以可乘之机！”庹嵩：“大王英明！”

龚睿：“大王英明，宽厚待人之心古今少见！”唐诚：“大王仁慈之心早已载诸史册！现在各回原位，乐队继续演奏，歌舞继续演唱，宴会继续进行。”

鄂桓展露仁慈心，龚睿婉谢厚赏

几案上杯盘排放已满。御厨送来银耳羹，见几上杯盘已满，无处可放，便一手端银耳羹，一手移动杯盘，寻找放置位置。鄂桓见状，连忙伸手协助移动杯盘。御厨：“大王，您别动手，这是小人的事！”御厨手脚慌乱，端银耳羹的手颤抖起来，将滚烫的银耳羹洒到了鄂恒的手臂上。鄂恒的手臂避让不及，被银耳羹烫伤，顿时红肿起来。夕光立即拔剑上前：“大胆御厨，竟敢烫伤大王！自寻死路！”夕光一手抓住御厨衣领向堂外拖去。鄂桓：“夕光不得如此！御厨不是故意烫伤了朕，是朕不小心自己烫伤的。不能责怪御厨。这只是一点表皮伤，不难治愈。朕是百姓的父母，必须爱护老百姓的生命。人世间最宝贵的就是生命，老百姓犯了一点小错，怎么能动不动就杀他的头呢？”众：“大王有如此爱民之心，我们賨国怎能不兴旺呢？”

几案一侧。鄂桓看着龚睿：“龚爱卿，你劳苦功高，希望朕赏赐你些什么，尽管说。”龚睿：“此次战胜西戎，众将士出力最多，应当多奖赏他们。”

鄂桓：“对众将士的奖赏，朕已做了安排。你谈谈除了朕赏赐给你的奖品之外还需要什么奖赏。”龚睿：“大王赏赐已很丰厚，末将不能再要求别的赏赐。”鄂桓：“朕虽然给了你一些赏赐，但是，始终觉得那些赏赐远远不能同你的功劳相比。所以，还想赏赐给你一些你需要的奖品。”

龚睿：“谢大王如此厚爱末将，却之不恭，我就只好再向您提出这些要求了。末将家口众多，仅靠末将俸禄生活，却毫无资产，生活拮据。请大王在国都城郊为末将划拨五亩薄田、五间店铺、两支打渔船，以便日后家人自己经营谋生，生活无忧。末将也才能免除后顾之忧，专心杀敌。”龚睿说完，立即从怀中掏出自己画好的良田和店铺位置及建造的图案，双手奉献给鄂桓。

鄂桓看了看图案：“龚大将军得胜回来，岂止赏赐你这五亩薄田、五间店铺、两支打渔船。”龚睿：“末将以为要得太多了，十分惶恐不安。请大王治末将贪婪之罪。”

鄂桓：“些许小物何贪之有？还需什么尽管说来。”龚睿：“提此请求，末将已是诚惶诚恐，不敢再有贪心。”鄂桓将清单交与唐诚：“立刻照此办理。”唐诚：“遵旨。”龚睿：“谢主隆恩！”

龚睿对唐诚坦露心迹

唐诚家。唐诚："恭贺龚将军为国征战连连获胜，特设家宴以示庆贺！"

龚睿："承蒙冢宰大人提携，小将已感激不尽，怎敢劳动老冢宰如此费心？"

唐诚："家宴小酌，谈话方便，无拘无束，任所欲言，岂不更为亲切？"龚睿："承蒙老冢宰关照，已感激不尽。冢宰有何事相托，尽管吩咐，末将赴汤蹈火，万死不辞！"唐诚："老臣无事相托，只是觉得将军功劳这么大，得到的赏赐这么少，有些不公平，劝慰一下将军。"龚睿："老冢宰，非我不想多得赏赐，而是怕多得赏赐容易给自己招惹麻烦。古人说，功高震主。我的叔祖父龚武是帝辛的靖边将军，屡立战功。他在攻打犬戎的战争中立下大功，帝辛却不给他任何赏赐。他发了几句牢骚。帝辛就诬他同賨国将领结成死党，将其杀害，并要诛灭三族。幸好我在军中行医的爷爷龚文跑得快，才躲过了这次灭门之祸。我这次驱逐西戎，功大了，权大了，手中掌握的军队多了，容易引起国王的猜忌。要是他怀疑我有野心可就麻烦了。我眼中盯着的是面铺、土地、渔船之类的小利，说明我胸无大志。大王对我就不会起疑心了。"

唐诚："龚将军不仅忠心耿耿，而且深谋远虑，想得真周到呀。"龚睿："不仅末将对我们国家有一片忠心，全国绝大多数人对国家也是一片忠心呀！"唐诚："对忠于国家的人，我们要多加关怀和照顾啊。只有这样，我们这个不大的賨国，才能够抵御强敌，不受欺凌。"龚睿："老冢宰说得好。目前賨国军队师老将疲，急需进行整顿，不断吸收新人，才能担负起保卫国家的重任。"

唐诚："此次大王游幸官渡，你可要多加小心护卫。"龚睿："听从冢宰吩咐，末将一定小心从事。"

帝辛宫大殿。崇飞："启奏大王，此次微臣兵败天峰关，请治臣无能之罪。"帝辛："胜败乃兵家常事。你继续练兵，朕将委你重任！"崇飞："谢主隆恩！"

第 18 章
平静宫廷生内乱　龚睿冒险藏鄂旺

龚睿冒险救护鄂旺、鄂蕾

夕王后寝宫。夕姝：“罗布已死，鄂旺兄妹死不见尸，活不见人，下落不明。”虎嵩：“叫罗聪细查毫无结果。”夕姝：“继续查。”

天峰关。总兵府书房。鄂旺：“龚叔叔，我父亲遭受不白之冤，夕王后派杀手要将我兄妹杀死。幸好刺客有正义感，放过了我们一条生命。现在特来投靠您，请龚叔叔救救我们。”

龚睿：“你们的父王所受冤屈，我也知道。保护你们，我也是义不容辞应尽的责任。只是我府中人员复杂，容易走漏风声，你们就很不安全，这如何是好？”鄂旺：“如果龚叔叔有难处，我兄妹另寻生路算了。”龚睿：“天大的困难我也能承担，就是搭上全家性命我也要保护你们！我是想找一个你们绝对安全的地方。对了，翠屏山下渠江书院是个绝对安全的地方。”

罗毅收学子

翠屏山，崔巍挺拔，白云缭绕。山下流水淙淙。小桥边，草房数间。书声琅琅。龚睿、鄂旺、鄂蕾数人骑马来到渠江书院大门前下马。龚睿：“罗员外，末将拜访你来了。”罗毅：“将军请进。客人请进。”龚睿：“罗员外，我给你送两名学生来了。”罗毅：“龚将军吩咐就是。”

龚睿：“这两名学生的父亲遭受不白之冤，特请先生关照，既要保障他们的人身安全，又不要荒废学业。拜托。”罗毅：“龚将军放心吧，你我交往已数年了，真是肝胆相照，无丝毫芥蒂。这两位公子既是将军所托，就是天塌下来在下也敢承担！”龚睿：“好，这我就放心了。鄂旺、鄂蕾见过罗先生。”鄂旺、鄂蕾：“学生拜见罗先生。”罗毅：“好好，我收下你这两个学生了。你们以后每天认真上学，不要误了功课。”鄂旺、鄂蕾：“遵从先生教诲。”

罗毅、鄂旺、鄂蕾送走龚睿后回到教学堂屋分别坐下。罗毅：“今天我们学《舜典》。舜帝十分称赞父义、母慈、兄友、弟恭、子孝，认为这五种常法只要人人遵守，人人做到，家庭便能和睦，社会就能安定，国家就能强盛。”鄂旺、鄂蕾：“老师讲得太好了。”

罗毅：“所以，忠孝节义是老百姓做人的根本。”鄂旺、鄂蕾：“对。”

夕姝、庹嵩教鄂赵对鄂然下毒手

夕王后寝宫。夕姝：“鄂赵，你虽然与鄂然是兄弟，有亲情不可分，但是，大王对他已失去了信任。现在已将他废去太子，你做了太子，鄂然心中必然对你十分不满。你不要犹豫不决，被兄弟情分蒙蔽，必须对他采取断然措施，以绝后患。”鄂赵：“孩儿不明白，为什么亲兄弟间要互相仇恨。”

庹嵩：“赵王，你不能只想到与然王之间的亲情，你们之间已经到了谁存谁亡的时候了。你要随时想到他对你母后不恭，给你所造成极大的名誉伤害。这是任何亲情都代替不了的仇恨！你必须显出男子血性，遵从母后教训，对他痛下决心！”鄂赵：“谢长史指点，我看清了，鄂然是一个人面兽心之人，我们之间没有亲情可言！”庹嵩：“这就对了，我相信太子一定是一个敢作敢为的大男子！”

鄂赵抽出宝剑仔细观察锋刃，显示出男子气概。

夕王后：“庹长史，你的计谋很奏效。现在太子已废。但是，大王对太子还是有父子之情，保留王位，还让他坐镇官渡。那可是北方要隘，他手中握有重兵，还得设法将他除掉，以绝后患。”庹嵩：“大王最近将到官渡巡视，太子可趁此机会对鄂然斩草除根。”鄂赵：“本小王到官渡后随时向您通报情况，观察鄂然的动静，待机而动。”庹嵩：“我将随时给你提供帮助。”

庹嵩怂恿鄂桓禅让王位

玉皇宫。蜡烛红亮，香烟袅袅，庄严肃穆。鄂桓跪在尧帝、禹王神像前：“竇王鄂桓祭拜尧帝、禹王，望先帝先王保佑我竇国国泰民安！”

巫师一一上香，上油。大雪飘扬。庹嵩指着天空：“大王，瑞雪兆丰年，明年又是好年辰。您这一拜，为全国百姓求得福祉，老百姓对您感激不尽啦。”

鄂桓高兴地捋了捋胡须“朕也感谢你的好谏言啊。”庹嵩“大王圣明，微臣不敢冒功。”鄂桓：“君明臣贤，竇国当兴嘛。”二人大笑。庹嵩：“微臣有一言不知当奏不当奏？”鄂桓：“无论什么话都可以奏。”庹嵩：“大王为我国强盛殚精竭虑，操碎了心。现在，我国虽已强盛，但是，还是有许多强敌对我国虎视眈眈。不知大王对此有何考虑？”鄂桓：“强敌不可怕，可怕的是内乱。如有内乱，外敌乘虚而入，国家就危险了。”庹嵩：“有大王在不会发生内乱。”

鄂桓：“朕知道，历朝历代内乱往往发生在王权交接之时。朕年纪越来越大，王权交接是必然之事。怎样才能避免王权交接时，国家内部不发生动荡，这是朕近来时常思考的大事。”庹嵩：“大王想出眉目来了吗？”鄂桓：“还没有。”庹嵩：“大王现在不是在祭尧帝吗？何不请尧帝指点指点。”鄂桓：“朕真是年老糊涂了，爱卿真聪明，一下就点醒了朕。”庹嵩：“要不要请巫师来占卜、抽签？”鄂桓：“不用了。朕已想好，将王位尽早禅让给太子。”

庹嵩连连磕头：“恭贺大王，您将像尧帝一样成人人故仰的贤明君主啊。”

鄂桓：“不过，此事还得与唐冢宰等王公大臣商议，得到他们赞成后才好举行禅让大典。”庹嵩：“大王，微臣认为，人多嘴杂，众口铄金，禅让大事，您做决断就行了。”鄂桓：“不能不征求他们的意见，如果意见不统一，也会造成内乱。”庹嵩：“大王，此事宜早不宜迟，抓紧时间向他们征求意见吧。”鄂桓：“朕回宫就征求他们的意见。”

庹嵩被排除随鄂桓去官渡

庹嵩迈步走近王宫御书房，听见里屋有说话声音，便止住脚步偷听。鄂桓对唐诚说：“朕打算游幸官渡，一则是休闲散心，一则是观察鄂然的动态。鄂然害怕帝辛的武力，对帝辛灭我之心认识不清，很容易被帝辛利用；而他对朕表面温顺，内心却奸诈狡猾，贪图享乐，奢靡淫乱，行为不端。他若执掌朝政，我鄂氏天下必毁无疑！朕为防不测，万不得已才将他废弃。好在他到官渡后也还安分，谅他也掀不起什么波浪。他虽然有诸多错误，不宜接我王位，但他毕竟是朕的长子。朕也不可过于亏待他，才能让他老娘在地下安息。朕早传大位主意已定，爱卿再勿多言。快择良辰吉日，举行传位大典。”

唐诚：“启奏大王，不少王公大臣都一再要微臣转告大王不要立禅让之意，也不要轻易离开王宫。”鄂桓：“爱卿，你应对王公大臣讲明，禅让之意是朕效法先王尧帝，为江山社稷永固，所采取的一种最好的措施。此次游幸官渡与禅让有直接关系。”唐诚：“大王，一定要游幸官渡，准备带多少人护驾呢？”鄂桓：“官渡是朕的大儿的封地，朕不需要带更多人一同前往。庹嵩等卿……”唐诚："请大王不要带庹嵩去官渡。”鄂桓：“为什么？”鄂典：“庹嵩的诸多疑点尚未弄清。”鄂桓：“又来了！你们也把庹嵩看得太凶险了！”唐诚：“大王，不是我们把他看得太凶险。他经常偷偷出入后宫。”鄂桓：“庹妃是他的表妹，见一见也无可厚非！”鄂典：“鄂然被贬，心中是不是那么服气？微臣认为，为少生是非，大王一定要带最可靠的人去官渡。”

鄂桓：“朕知道。你们也不要把鄂然看得太凶险了。他是胆小怕事之人，不敢对父王怎么样。”

鄂桓决意巡幸官渡，命唐诚筹备传位大典

唐泰从门外走来，庹嵩连忙躲开。鄂桓：“好，你们不要说了，朕不带庹嵩，只带

太傅唐严、太常侍卿贺荣、宫中侍卫长尉夕光、礼仪祈祷司夕奎和宫中卫队五六十人，足够了。留下的大小官员要恪守岗位，尽职尽责，不得懈怠。日常事务，唐爱卿全权处理，无须禀报于朕。”唐诚：“遵旨。万望大王小心谨慎，不可大意。望大王一路顺风，早日归来。”鄂桓：“休再出此言。不要说不吉利的话语。”

唐诚：“各位王公大臣还有一事要微臣向大王奏报。”鄂桓：“奏报什么，是不是还是说不该废鄂然太子之事？”唐诚：“大王英明，正是此事。”

鄂桓心中想道：“朕为国操劳大半生，征战无数，历险无数，保住了我鄂氏江山。为了江山永固，朕考虑应当尽快传位鄂赵。鄂赵是朕与天下的美女夕姝所生，聪明伶俐，立为太子，接朕大位理所当然；鄂然对朕不忠不孝，废之有何不妥？他们对庹嵩为什么耿耿于怀？庹嵩，天下的能人。十多年来朕亲自考察，他对朕忠厚诚实，有啥问题！庹爱卿还是朕的救命恩人，在与帝辛厮杀中要不是他挡那一家伙，朕早已命归九泉了。”

唐诚见鄂桓默默不语，继续奏道：“大王，为确保社稷江山不动摇，王公大臣要求大王三思而后行。”鄂桓略带怒容：“这些人吃了饭睁眼说瞎话，胡乱猜疑。尽快举行传位大典之事就不要再议论了。”唐诚：“大王为国家长治久安计，既已下定决心，老臣不须再作他说。这就立刻进行传位大典的各项准备。待大王回宫就立即举行传位大典。”

鄂桓：“爱卿立即起草传位诏书，讲明传位理由，由朕审定公布，以便安定天下人心。”唐诚：“微臣遵旨。”

庹嵩定毒计嫁祸鄂然

钓鱼亭下。庹嵩：“唐侍卫中尉，你知道大王带哪些人去官渡吗？”唐泰：“长史大人，难道大王没有告诉你吗？”庹嵩：“你也不知道就算了。你知道是走哪条路？”唐泰：“据说是东线大道。”

长史府。庹嵩匆匆回到家中书房，立刻召集庹龙、庹虎商量对策：“鄂桓到官渡采取了保密措施，哪些人随行，连唐泰都不告诉我了。可见鄂桓对我产生了很大的怀疑，很可能不会让我随他一起到官渡去了。你们说，我们采取什么办法好呢？”庹龙：“请父亲谈谈你原来的打算。”庹嵩：“原打算到官渡借鄂桓之手除掉鄂然。”庹龙：“现在不去官渡就无法借鄂桓之手了？”庹虎：“父亲不去官渡更好借鄂桓之手一”庹嵩：“你是说？”庹虎挥手劈下：“在鄂桓去官渡途中一”庹嵩：“除掉鄂桓？”庹虎：“不！只是嫁祸鄂然一假鄂桓之手杀鄂然……”

庹龙：“要是能设一圈套，让官渡总兵罗丰出兵干此事就好了。谁去给罗丰讲这个事为好呢？”庹嵩：“罗丰是唐严的女婿，智谋过人，岂会轻易上当？任何人去都会给他留下把柄。你们谁也不能去干这个事情。你们只要给鄂桓留下是鄂然袭击的假象就行了。”庹虎：“这个事也不太好办。”

庹嵩：“大比武时我留下了鄂然的羽箭一支，现在可派上用场了。”庹虎：“父亲真有先见之明。”庹龙：“对，照此办理，鄂然纵然浑身是口也难辩！”庹虎：“鄂桓一怒之下很可能要杀死鄂然。”庹嵩深思熟虑地说：“不一定。下棋不能只想一手就胜，还必须有二手三手，才有必胜的把握。鄂桓对鄂然还是有感情的。鄂然死后，他一定会找玉皇宫道士为鄂然超度亡灵。”庹龙：“对了，听说玉皇宫最近出了蹊跷事情，现在巫师们没有饭吃,很多人都想另寻生路了。那里的道士怎么能为鄂然超度亡灵？”庹嵩:“对了，这是我们控制玉皇宫的绝好机会。庹龙，你带几个巫师，运去钱粮，控制住这个全国最有名气的宫观，在为鄂然做法事时，才好大施手脚。”庹龙：“好。我去控制玉皇宫，老二带人去途中袭击鄂桓。我与老二分头进行，密切配合，准能心想事成！”

庹嵩：“你们小心去办。必要时我还得亲自出马！老二记住，不可伤害大王，给他留下是鄂然派人袭击他的假象就行了。”庹虎满怀信心地：“孩儿照办就是。”

鄂桓遇刺疑鄂然

王宫大门。唐诚送行：“大王一路顺风。”鄂桓：“你放心，朕不会有事的。”鄂桓一行走出王宫大门，匆匆向官渡而去。一直注视鄂桓动向的庹龙，见此情况，迅疾跑回家中：“父亲，鄂桓出发了。需不需要立即告知老二？”庹嵩：“不必。庹虎已带一百精壮在茅坪寨下埋伏好了。”

茅坪寨高耸入云。森林浓密。道路蜿蜒曲折。鄂桓一行行进在崇山峻岭间。唐泰骑马护卫在龙辇旁。夕光领着小队在前开路，昝牛带着小队断后。突然惊鸟腾飞，战马嘶鸣。一彪人马袭来。夕光：“大王在此，何处歹人还不快快退下！”歹人高喊：“昏王还不快快下马受缚！”夕光率队与来袭之人大战。后面又杀来一支人马。昝牛连忙率队抵抗。唐泰：“大王，夕光有些抵敌不住了，我前去支援他。”鄂桓：“好，捉一个活口来审问，弄清他们是什么人？”唐泰：“遵命！”驰马杀向来袭之人。唐泰与夕光合击一人：“捉活的！”

夕光左臂受伤。唐泰将一歹徒击倒，下马准备捉人，众歹徒一哄而上将其抢走。唐泰上马追赶，迎面射来一箭。唐泰右手将箭接住。

山间突然杀来一支人马，高喊：“何人在此袭击大王，还不下马投降！”

歹徒：“你是何人胆敢坏我大事？”罗丰：“官渡总兵罗丰率军到此，何方歹徒还不下马就擒！”歹徒一声呼哨，全数退去。罗丰走到龙辇边跪下：“官渡总兵拜见大王！”鄂桓：“快去追赶歹徒！”罗丰：“是！”随即率队而去。

唐泰仔细观察手中箭:“哎呀,不好！怎么会是然王府中羽箭呢？”鄂桓:“呈上来！”唐泰将羽箭呈上：“大王，这羽箭恐怕有诈。”鄂桓仔细审视：“这真是鄂然府中之箭！好小子，竟敢对老子动手！”鄂赵：“准是鄂然心怀不满，想置父王和本宫于死地，用心何其险恶！父王，决不可轻易饶恕了他！”鄂桓：“真是鄂然所为，老子斩了他！”夕光：“大王，然王恐怕不会有派歹人袭击您的胆量，恐怕也不会这么草率地出此下策。”唐泰：“若真是然王派歹人袭击大王，怎会不死战到底却不败而去？我们到官渡后看他的动静再说。”鄂桓：“此话有理。歹人真为鄂然所派，朕到官渡后，鄂然表情一定不正常。他稍不自然，你们见我眼色就立刻将他拿下！”唐泰、夕光：“是！”

官渡行宫大门前。鄂然跪迎鄂桓：“儿臣在此恭候父王和太子。”鄂桓将眼光在鄂然身上扫视多时，鄂然神态自若。唐泰、夕光按剑注目鄂然，鄂然毫无惊慌之状。鄂桓叹了口气：“孩儿辛苦了。”鄂赵：“王兄辛苦了。”鄂然：“请父王和太子分别到大王行宫和太子行宫驻跸。”鄂桓：“你兄弟俩先到朕的行宫，父王有话给你们说！”鄂然、鄂赵：“是。”

鄂桓以孝悌大义训子

行宫大王寝宫。鄂然、鄂赵：“儿臣拜见父王。”鄂桓：“你们兄弟一道来请安，父王我感到十分欣慰。你们兄弟虽然易位，但是不能易心。鄂赵听着，鄂然永远是你的大哥，不论什么时候你都要一如既往地尊敬你的大哥。”

鄂赵：“是，大哥永远是大哥。我永远像现在一样地尊敬大哥。”鄂桓：“鄂然，鄂赵永远是你的亲弟弟，你们兄弟间，永远要相亲相爱，互相尊重。”鄂然：“是。鄂赵永远是我的亲弟弟。我永远尊重我的亲弟弟。”鄂桓：“兄弟和睦，尊敬父母和长辈，兄弟互相帮助和爱护，这就是孝悌。讲孝悌是我们賨人的优良传统，你们一定要切记。”鄂然、鄂赵：“儿臣谨遵父王教导，恪守孝悌大义。”鄂桓：“很好。你们兄弟和睦父王我就放心了。”鄂然、鄂赵：“父王还有什么教诲？”

鄂桓命鄂然认罪

行宫大堂。鄂桓：“唐泰，将飞箭呈来。”唐泰双手捧出飞箭：“大王请看。”鄂桓：“鄂然，这是你府中之物吗？”鄂然接过飞箭观看后反问：“此箭从什么地方得来？”唐泰：“今日大王行至茅坪寨下，被歹人袭击。此箭为歹人射我，我将其抓获。”鄂然：“父王，天神在上，儿臣不敢对父王有丝毫歹意！”

鄂赵双眉倒竖：“不是你指使歹人弑杀父王，歹人怎会有你府中之物？还想狡辩？”鄂然：“父王，仅凭这一支飞箭就能肯定袭击您的歹人就一定是儿臣所派吗？儿臣宫中之物多有散失，是否是歹人嫁祸也未可知。儿臣虽有诸多委屈，但无论如何也不敢对父王您心起歹意。父王您什么时候来宜渡儿臣毫厘不知，怎可派人在途中行刺？请父王明鉴！”

鄂桓沉思：“朕的行程除唐诚、唐严、鄂典知道以外，再无他人知情。鄂然怎会派歹人在途中行刺？不可冤了鄂然，待以后查清再说。”默然了一会儿：“今日已晚，你们兄弟各回寝宫安歇去吧。”鄂然、鄂赵：“儿臣遵命。父王也早些安歇为好。儿臣告退。”鄂桓：“唐泰，送二小王回寝宫去吧。”唐泰：“遵命。”

寝宫大门。鄂然、鄂赵：“唐泰，快回寝宫侍候大王。”唐泰：“是。”

长廊。唐泰与贺荣一行人相遇：“太常侍卿大人到哪里去？”贺荣：“太子召我有紧急事情要办。你赶快回寝宫去吧。”唐泰见贺荣匆匆而去，十分疑惑他们是要干什么呢？

鄂赵告状

大王寝宫。鄂赵返回："父王，儿臣有一事不明。"鄂桓："什么事？"

鄂赵："父王，难道就这样放过鄂然？"鄂桓："仅凭一箭难定袭击朕之歹人就是鄂然。待以后查清再行定罪。"鄂赵："据说您对庹嵩也起了疑心？"

鄂桓："庹嵩有许多疑点，待此次游幸结束，回宫后再行理麻。"鄂赵："庹嵩对儿臣可好了。"鄂桓："对你好是他另有企图，你可要提防着点。"鄂赵："儿臣不明白。"鄂桓："你将来会明白的。回去歇息去吧。"鄂赵："谢父王。儿臣告辞。"

鄂然密谋

鄂桓："去吧。唐泰，今晚谁值更？"唐泰："今晚小校我值更。"鄂桓："你值更要多加小心，发现异常情况要及时奏报。"唐泰："是。"

官渡然王宫。鄂然在宫中来回踱，自言自语："老大王突然来官渡巡游，途中遇歹人行刺，又留下我的飞箭，这必定是奸人欲置我于死地的一大阴谋。幸好父王并未就此将我锁拿定罪。本小王是父王的嫡长子，本已立为太子，但因生母早逝，失去了依傍。父王在我母后在生之时，早就宠幸年轻貌美又善于谄媚邀宠的夕姝。夕姝善于大搞阴谋诡计，为了取得我母后的信任与欢心，每两天就请我母后到她宫中吃巴山鲵、巴山黑鸡、银耳羹等美食。不到一年，母后就突然中毒不治身亡。夕姝为了将她亲生的儿子鄂赵立为太子，掌管朝政，视我为眼中钉。心狠手毒的庹妃设计制造我调戏她的场景，使我有口难辩。父王年老昏愦不辨真假，一怒之下将我废掉，改称然王，而将庹妃所生的儿子鄂赵立为太子。本小王遭此不白之冤，心中甚是不平。父王另立年方弱冠又无德无才的鄂赵为太子，太不明智。现在又在途中遭歹人袭击，歹人留下我的羽箭，明明是对我的陷害，令我有口难辩。这如何是好？"内侍："启奏然王，太常侍卿贺荣请求接见。"

鄂然暗想：智多星太常侍卿贺荣早就劝我谋取王位，取而代之。我千方百计收买了一个武士夕雄在庆功宴上想逼父王让我早接大位，想不到被龚睿挡住，未能得手。幸好鲁莽的侍卫长尉夕光当场将夕雄杀死，断了追查线索，将此事平息下来。不然，追查下来，我就脱不了干系。今日里老大王来到官渡游幸，所带人马不多，何不趁此机会发动宫廷政变，逼他恢复我的太子之位，并交出王权？这倒是一个千载难逢的好机会。不知可行不可行？正想找太常侍卿智多星贺荣来商议商议，不想他就及时来到。鄂然："好，请。"内侍："是，传贺荣。"

然王宫密室。贺荣进入密室："微臣贺荣拜见然王。"鄂然："先生来得正好。你睿智超群，是我极为信任和可依傍的人。鄂赵夺我太子之位，我心难平。恢复我的太子之位是你和我的共同心愿。只是苦于难寻机会。父王前来官渡巡幸途中遇袭，歹人故意留下我的羽箭。"贺荣："然王，你猜想歹人背后的主谋是谁？"鄂然："我别无仇敌。看来只能是鄂赵。他虽然已夺得太子大位，但朝中大区多有不服。我存在一天，对他就是一个极大的威胁。这明明是他想嫁祸于我，叫我有口难辩，要置我于死地。我无路可退，在此生死存亡关头……”贺荣：“然王，老大王此次游幸官渡，所带兵丁甚少。何不趁此时机以清君侧之名杀掉鄂赵以及老王身边的一些于你不利的谋臣，控制住老王，逼他还归太子之位，进而让出王权，岂不更好？”

鄂然：“爱卿与我所见略同。只是此事非同寻常，事关生死存亡，若思虑不周，不仅大事难成，恐怕身家性命难保，要吸取上次逼宫失败的教训啊！”

贺荣：“然王，机遇在于把握，行动在于果断。现在就是极为难得好的机会呀。机不可失，时不再来。能否夺取大王之位，在此一举。”

鄂然：“量小非君子，无毒不丈夫！鄂赵要我死，我也不能要他生！我只好来个先下手为强了。贺荣速带我贴身侍卫五十名立刻突袭鄂子赵，将鄂赵宫中所有的人一律杀死，不留后患！”贺荣：“是！”

贺荣受命

鄂然对五十名侍卫训话：“各位勇士，你们随侍我多年，我们成了患难与共的亲兄弟。本宫太子位被夺，今天，鄂赵派歹人在途中袭击父王，故意留下我的羽箭，做成是我派人袭击父王的假象，嫁祸于我，使我有口难辩。父王已做严查安排。现在，我已无路可退，只有与鄂赵生死一决了。众位兄弟，事成之后，你们都官升三级，并另有重赏！”众：“我等与然王生死与共！决无二心！”鄂然：“好！一切行动听从太常侍卿贺荣指挥！”众：“诺！”

贺荣：“凡有血性的男子，都为然王的冤屈愤愤不平！我等受然王之恩受然王之惠，难道能无动于衷？兄弟们！然王之冤就是我等之冤，然王之屈就是我等之屈！兄弟们，现在向然王效忠的时候到了！今晚的行动是先除掉太子，然后逼宫，要老大王恢复然王太子大位！大家听清楚没有？”众：“听清楚了。”贺荣一挥手：“向太子行宫出发！”

庹嵩促鄂赵及早动手

长史府。庹嵩：“此次大王避开我游幸官渡，这里面一定大有文章。虽然我已派二儿在途中袭击，留下我在比武时收藏的鄂然羽箭，嫁祸于鄂然。但毕竟还有诸多疏漏，不能确保鄂桓立即处死鄂然。为了确保大功告成，做到万无一失，我还是改装悄悄地前往官渡为太子谋划谋划。”

太子行宫密室。庹嵩：“微臣拜见太子。”鄂赵：“长史来得正好。我与父王行至茅坪寨下，遭到歹人袭击。歹人留下了鄂然羽箭一支，引起大王极度猜疑。看来，鄂然该彻底倒霉了。”庹嵩：“此事还不能过于乐观。”鄂赵：“为什么？”庹嵩：“仅凭一支羽箭，大王还很难下除掉鄂然的决心。万一以后查出来歹人袭击之事与鄂然无关，岂不更增加了大王对鄂然的信任？”鄂赵：“如此说来，倒真不能太过乐观。那么现在我该怎么办呢？”庹嵩：“趁他不备之时，派人袭击然王府，除掉鄂然！”鄂赵：“大家刚到官渡，不晓得然王府路径。”庹嵩“明日派人打探清楚，明晚立即动手！”鄂赵：“好。”

庹嵩："我不宜在你宫中久待，就此告辞。"鄂赵："你要到什么地方去？"庹嵩："我不会走远，我要看到你大功告成！"鄂赵："好，你等候我胜利的消息。"

鄂赵看着庹嵩的身影消失在黑夜中以后，召来随从侍卫："此次陪大王来官渡，大家务必小心。我早已看出大哥被废除太子之位贬到官渡为王，对父王和本宫都心怀恨意。此间是他的地盘，他随时可能对我发动突然袭击。大家要和衣而睡，不动掉以轻心！"众："是！"

第 19 章
鄂桓禳灾薨寝宫　鄂旺回宫继大位

鄂然、贺荣杀鄂赵

夜。贺荣带着一行人身穿夜行衣，手持刀剑，飞速向太子行宫靠近。一人飞身上墙，观察宫内，见毫无动静，便向下招手，数人随即飞身上墙，然后跳入宫内，向太子寝宫冲去。大门守护发觉情况异常后大喊：“有贼！”

寝宫内武士即冲出数人：“大胆狂徒竟敢偷袭太子行宫，还不快快退去！”身穿夜行衣的人也不回话，一齐向前杀去。双方对打十分激烈。宫外又有人跳入宫内，打开了宫门。大家一齐涌入。宫内的人退入寝宫内抵抗。寝宫外的人便破门入室。双方冲杀，伤亡惨重。鄂赵：“大家杀贼立功，本宫大大有赏！侍卫长尉，快冲出宫去向大王禀报此处情况！”侍卫长尉：“是！”刚冲出门，即被一刀砍死。

太子行宫院内。鄂然：“大家快速行动，事成之后，本王重重有赏！”众：“对方凭着房屋坚守，不好进攻，怎么办？”鄂然：“放火烧房！”太子行宫顿时烈焰冲天。房内的人奋力冲出，都被杀死。鄂赵在几个侍卫的护卫下冲出寝宫大门：“本宫在此，胆敢犯上作乱者死！保护本宫的人有功！快快退下者免死！”

鄂然低声下令：“取首级者为首功！”在火光辉映中，一个个狂徒挥舞刀枪扑向鄂赵。鄂赵等人拼死抵抗，杀死了几个进攻者。鄂然对身旁的贺荣说：“斩草除根不留后患！”贺荣：“对！”随即带领几人冲上前去，乱刀砍死了鄂赵。鄂然巡视宫廷院坝，见宫内躺满了尸体。贺荣：“查看还有什么人活着，叫他们一个个上路！”侍卫长尉：“我检查过了，已全部毙命！”

贺荣逼宫

鄂然："立即逼宫！"贺荣等："是！"

鄂桓行宫。更残漏尽，灯光昏暗。宫女和卫士都昏昏欲睡。突然，一群宫廷卫士在贺荣的带领下冲入大王寝宫。贺荣："大王请起！微臣护驾来了！"鄂桓："太常侍卿贺荣，你要干啥？有何驾需护？"贺荣："大王，有奸臣要谋害于您。我受大太子然王之命，清君侧除奸臣。我们特地前来护卫您！"鄂桓："胡说，何人是奸臣？还不快快退下！"贺荣："大王，你身边之臣全是奸臣。大太子鄂然才是您真正的忠臣。您认奸为忠，亲近奸臣疏远忠臣，给国家造成了很大危害。请您赶快下令严惩奸臣，以保国家长治久安。"鄂桓："贺荣，你完全是一派谋反胡言。赶快自首吧，不然，你就犯下了诛九族的谋逆大罪啊！"贺荣："大王，你大祸临头还不醒悟啊。这样吧，您不下令剪除奸臣，我们帮您剪除奸臣！"鄂桓："朕身边之人怎么是奸臣？"贺荣："他们不以国事为重，一心只顾钻营爵禄，一心只顾贪占钱财，挖空心思千方百计蒙蔽大王，对您毫无忠心可言，怎么不是奸臣？"

鄂桓寝宫。侍卫长尉夕光带领唐泰等卫士冲入鄂桓寝宫，立即同贺荣所带武士打斗起来。唐泰连杀数人，周身溅满鲜血。夕光："贺荣狗胆包天，你想谋反，却反说有奸臣要谋害大王。还不快快投降！"贺荣："你们蒙骗大王，废黜长子这个名正言顺的太子，却另立年幼无知的庶子为太子，使天下无所依归，社稷失去主心骨，怎能说不是奸臣？"夕光："立太子乃大王自行定夺之事，下臣怎可干预？看你面似忠心，内心实藏大奸，你才是大大的叛逆！将士们，勇敢除奸，立功就在此时，大功告成，大大有赏啊！"贺荣："夕光完全是一派胡言，小的们，夕光就是奸臣，杀呀！"夕光："将士们，忠君爱国在此一举，快快捉拿奸臣贺荣！为国立功！光宗耀祖，杀叛贼呀！"

寝宫内。唐泰等众将士奋勇上前，经过一番激烈打斗，贺荣所带军士渐渐不支。夕光率众军士一齐上前将贺荣及其所带叛军捕获。夕光："启奏老大王，太常寺卿贺荣谋反，我们已将其捕获，特向大王报喜！"众："恭贺老大王！"

鄂然之死

鄂桓："快传太子。"夕光："太子行宫遭到贺荣火焚，太子已薨。"鄂桓痛哭失声："赵儿，你怎会遭此大难！快将贺荣押来，朕要亲手杀死这个奸贼！"唐严："大王，贺荣背后受何支使还不知道，杀了贺荣不是就放走了主谋吗？"鄂桓："将他关入死牢，审问清楚后碎尸万段！"夕光："遵命。"

唐严："启奏大王，现在官渡一片混乱，是否请冢宰、武成王立刻前来护驾？"鄂桓："准卿所奏。唐泰速去传旨。"唐泰："遵命。"跃马飞奔而去。

鄂桓："速令罗丰护城。"唐严："是。"突然，一支支利箭向宫中射来，好几人倒地而亡。夕光率众将士急忙冲出寝宫搜寻，又被射杀数人。鄂桓不得不躲进寝宫深处。众武士与鄂桓被穿夜行衣人隔开。众宫女从寝宫内蜂拥而出四处躲避。

寝宫内一侧。鄂桓："内侍何在？"老内侍："老大王，内侍、宫女已散去。只有几个武士防守行宫大门。"鄂桓："鄂然何在？"老内侍："正在行宫大门外，请旨定夺。"鄂桓："贺荣谋反，与他有无牵连？"老内侍向城外高声问道："城外军士快回答：老大王问贺荣谋反与大太子有无牵连？"众军士答："他与贺荣皆为叛乱主谋。"鄂桓："这逆子真有叛乱之意？悔不今日斩了他！"

唐严："大王，军士传言不可靠，叛乱内幕不清，应速传然王进宫仔细审问清楚，才好定罪。我与夕奎去寻找然王。"鄂桓："好。内侍，你到宫墙上呼喊然王进宫听旨。"老内侍高喊："然王，你在哪里？老大王有旨，请你立刻进行宫听旨。"

行宫大门外。鄂然孤身一人正彷徨无计，听见老内侍喊声，立即向行宫大门跑去。唐严高喊："然王，等等我们！"鄂然停下脚步见是唐严、夕奎："快快随我进宫避难！"

唐严、夕奎随鄂然跑进宫中。突然，一蒙面人从宫中花丛中蹿跃而出，手使飞镖，射中鄂然的胸部和颈部。鄂然倒在地上手捂鲜血直淌的胸口："有人暗算我，你们一定要为我报仇！"说完倒地将头一偏，停止了呼吸。唐严、夕奎"然王，然王！快捉刺客！"武士四处搜寻。

唐严、夕奎走进寝宫："大王，然王也不幸遇难。"鄂桓流着泪："朕犯何罪？为何遭到如此大不幸，连失两子，好不痛心！宫廷发生这么大的血案，如何是好？太傅速派人封锁行宫，搜查歹人！"唐严："遵旨！"罗丰："官渡总兵拜见大王。"鄂桓："你音殖责行宫之外，捉拿可疑之人。"罗丰："遵命。"

鄂桓祈福禳灾

大道。唐泰在前带路，唐诚、鄂典率众一路狂奔，翻山越岭，穿村过桥，尘土飞扬，直奔官渡而去。

官渡行宫。唐泰走进寝宫施礼："启奏大王，唐诚、鄂典求见。"鄂桓："快，召他们进来。"唐诚、鄂典施礼："微臣拜见大王。"鄂桓向前迎接："爱卿坐下。行宫遭此大难，都是因为朕没有听你们忠告。现在，二小王相互斗殴丧命，多人死伤，这是朕造的孽啊！"说完号啕大哭，老泪纵横，昏厥于地。唐诚、鄂典急忙上前将鄂桓扶上御床。唐诚："请大王节哀。事已如此，望大王以国事为重，不要恹坏了龙体。"

唐严："启奏大王，二小王遭此不幸，是否速召巫师为二小王超度亡灵，为大王消灾祈福？"鄂桓："祭史夕奎，你是掌管祭祀之官，你赶快做出安排。"夕奎"启奏大王，二小王丧命，此为大灾大难。祭史占卜，必须举行最隆重的禳解大醮，才能为他们超度亡魂，获得上天的宽恕，早转人生。"

唐严："宫中发生这样大的灾难，肯定是有最凶恶的妖魔鬼怪作祟。要祈福消灾，必须做七七四十九天罗天大醮。"鄂桓："为了超度二小王亡灵早日升天，王宫不再受妖魔鬼怪作祟，就做罗天大醮。"众："遵旨。"

夕奎："启奏大王，玉皇宫是全国最大的宫观，巫师法力高深，十分灵验。是否就请玉皇宫道士作法？"鄂桓："准奏。唐冢宰回宫中料理国事，唐太傅在此料理祈祷法事，鄂典指挥兵士与卫队在行宫护驾。”唐诚、唐严、鄂典：“微臣遵旨。”

夕奎登玉皇宫请巫师

庹嵩：“庹龙我儿，今朝廷两位太子相斗皆薨，必定请玉皇宫请大巫师驱邪消灾。你速去与大巫师如此这般行事，不得有误！”庹龙：“遵命。”

庹龙走进玉皇宫，向大巫师施礼：“拜见大巫师。”大巫师：“你是何人？”庹龙：“在下是庹嵩长史的大儿子。特来先告诉你，王宫将请你带领徒弟前去为两位太子做罗天大醮法事，这是很荣耀的事，同时也是容易掉脑袋的事。”大巫师：“那我怎么办才好？”庹龙“你必须记住两点一是故意推辞；二是必须请老大王沐浴后进入密室斋戒四十九天。在此期间，不准任何人在老大王身边，以免邪气干扰驱邪法事。其他的事，我给你临时指点，就能安然无事。”

崇山峻岭之中，玉皇宫巍然耸立。祭史夕奎走进玉皇宫拜见大巫师：“王宫不幸，然、赵二位太子中妖邪而相互械斗，双双殁命。本史奉命请玉皇宫巫师，立即前往官渡行宫做罗天大醮法事，为二位太子祈祷灵魂升天，为桓王和王宫驱邪消灾。”

大巫师故弄玄虚地：“王宫祭史前来请我们到官渡别宫为大王祈福消灾，给敝宫增光添彩。贫道深表谢意！可是敝宫力有所不济，还是另请高明为好。”夕奎惊讶地问：“你们胆敢不去应召！”大巫师：“王命所召，谁敢不从？不过，请祭史大人向大王奏明，一切须照法事进行，才可保二小王灵魂升天，老大王和王宫平安无事。”夕奎连连点头：“本官回宫奏报就是。老大王请你们做法事，当然会依法事行事。快动身吧。”大巫师带着众巫师随夕奎走进行宫大殿。

鄂桓被迫封行宫

御书房。唐严：“启奏大王，祭史已将玉皇宫道行高深大巫师带着众巫师请来，为王宫消灾祈福。请旨定夺。”鄂桓：“给仙师赐座。仙师，宫中突遭大难，两王子凶薨。朕拟将他们运回宕渠王宫祭奠后安葬，是否符合法礼？”大巫师：“启奏大王，两小王子凶薨于官渡行宫，不宜运回宕渠王宫祭典安葬，以免将妖魔鬼怪引入王宫，造成更大灾难。”鄂桓：“请你们为二小王超度亡灵，为朕祈福消灾，你们怎样作法？”大巫师：“启奏大王，为两王子招魂，应在行宫内设望乡台、奈何桥、刀山、火海等祭场，由祭师带两王子魂魄祈祷，超度二小王上天堂；为大王祈福消灾，请立即在大王寝宫大门外设立法坛，众巫师每日轮流诵经、焚香、祈祷，请众仙为大王驱逐妖魔。大王祈祷圣地，只留大王一人在内，沐浴斋戒四十九天，其他任何人不准入内，以免带进邪气，污秽大王正气，方可解此厄运。”鄂桓：“传令！宫中人役全部退出寝宫！”

唐泰：“请问仙师，宫中人员一律撤出寝宫，外面人员不准任何人进入寝宫，不就是将大王与外面隔绝起来了吗？”大巫师：“生人入内，会将邪气带进寝宫，怎能驱逐寝宫内的妖魔？怎能祈福消灾！大王如不与生人隔离，小巫无法为大王祈福消灾！请大王立刻颁旨！”鄂桓无可奈何地说：“为了两王子灵魂升天，为了王宫平安，太傅立即传旨，朕遵从大巫师所传上天旨意，在寝宫斋戒沐浴之时，任何人不得擅入寝宫！违令者斩！”

夕光：“启奏大王，不准所有人进入，要是边关发生紧急军情我们怎样向您奏报？耽误了军国大事咋办？”鄂桓：“祈福消灾事关社稷命运，必须严格按仙师规定办理。至于边关紧急军情嘛，一律禀报唐冢宰，由唐冢宰全权处理。”鄂桓立即伏案疾书手谕，交给夕光：“这是朕的手谕，贴于宫墙，谁敢不遵，格杀勿论！唐泰，赶快将手谕贴于宫墙上，让大家知晓，不犯此禁！”唐泰：“遵旨。”

宫墙上张贴着鄂桓手谕。众人围观，一人大声朗读“各文臣武将、黎民百姓：天网恢恢，疏而不漏，贺荣谋反，今已平定。特诏告天下，任何人等不得骚动。望各地军民各安生理，守土有责。倘有不法之徒伺机作乱，各地有司，将严刑峻法，严惩不贷！然、赵二小王不幸蒙难。为祈祷二小王亡灵升天，魂归正道；为朕和社稷祈祷平安，特请仙师在行宫设立隆重祭坛，施行法事。法事期间，不准任何人进入行宫，以免带进邪气，污秽正气，坏我祈福消灾大事。切切遵守，违令者斩！”

行宫内迅速搭建望乡台、奈何桥、刀山（树一大柱，柱身横插十丿八把锋利尖刀为梯，巫师赤脚上顶为登刀山）、火海（挖一长方形土坑，内放火红炭火，巫师赤脚在火炭上行走为过火海）。巫师打着两小王魂幡上刀山、下火海，作法祷告，为二小王驱除妖孽。

寝宫门前，搭建祭祀高台，排列几案，焚香燃烛。几十个巫师或打击锣鼓，或挥舞法器，手舞足蹈，口中念念有词，向神灵祷告。鄂桓在巫师的导引下跪拜、焚香、祷告结束后回至應宫。巫师立刻将大门关锁，贴上符咒封条。

行宫外。几百名兵士和卫队将士，三步一岗五步一哨威严站立。鄂典、唐严带领将士日夜巡察，严密守护着行宫和法场的安全。

法场内。红烛高烧，香烟袅袅。腾腾烟雾笼罩着法场。巫师们的诵经声，祷告的歌唱声，震耳欲聋的锣鼓敲击声，汇成巨大的声响，如雷鸣如海啸。

早晨。老内侍端着钵盆走近寝宫大门边高声叫道：“请大王用膳。”鄂桓从门窗小口接过钵盆，低声问道：“怎么仅有素菜两小碟？”老内侍：“回大王，巫师吩咐，祷告上天必须斋戒，方表诚心，所以不准进献荤腥之菜。”

鄂桓：“既然如此，斋戒之日，不必进献荤腥之菜。”老内侍：“还有一事要禀告大王，大巫师讲一日只能早晚两次进膳，以免邪气入内，干扰正气。”

鄂桓点点头：“一日两次进膳也可。”

寝宫门内。罗聪：“庹兄，我们杀了大太子鄂然，大王一旦追查起来定不会与我等善罢甘休。现在他已困在行宫，我们立即派人潜入行宫将他杀死，你看如何？”庹嵩：“派人杀死老大王，虽然是一个立竿见影好办法。可是，事情一旦败露，你我就都成了乱臣贼子，将留下千古骂名。不如我们顺势围住寝宫，不让老大王出门，将他饿死在寝宫。我们既能控制局势，又不为老大王所害。”罗聪：“饿死老大王？谁敢不给老大王进膳？”庹嵩：“我已买通了老膳人……”罗聪：“妙！”

鄂桓被饿死寝宫

寝宫外，法事如常。寝宫内。鄂桓喃喃自语："本王饥饿难忍，为何还无御膳送来？老内侍何在？老内侍何在？"无人应答。鄂桓："啊，老内侍避讳去了。还是朕亲自到门前去问吧。"鄂桓走到大门前拉不开门，高喊："开门！"门外无人应答。他用木棍敲击大门，仍然无济于事。他只好沿着宫墙走去，但无一扇门可打开。鄂桓又饥又渴，歇斯底里地大叫，用木棒猛敲宫门，声音皆被法器击打声和巫师诵经声淹没。从清早喊到天明，从天明喊到晚上，无人应答。鄂桓面对深宅大院，高墙壁立，声嘶力竭也无济于事。鄂桓恐惧万分地自语："想不到朕孤身一人被困寝宫，难道就这样了此残生了吗？朕在位四十余载为国为民，殚精竭虑，如今落得如此下场，这是妖魔作祟还是奸人作祸啊？"

鄂桓想起随帝辛出征西狄救驾立功，帝辛赏赐夕姝、庹嵩。不久，帝辛命交出唐戲，愤而与帝辛大战，庹嵩挡住帝辛大钺，救下自己性命，夕妃妩媚动人，罗王后突然病死。鄂赵即太子位，鄂然跪求宽恕，庹嵩劝自己及早禅让大位，巫师瞪眼求签禁宫四十九天令，唐诚多次提醒："大王此行千万小心！"……这一切在鄂桓眼前一幕幕闪过。鄂桓长叹："朕英雄一世，竟遭如此下场！是天意，还是被奸人愚弄？……"鄂桓感到四肢乏力，绝望地倒在御榻上……昏暗中，一个蒙面人走近御榻，将一卷竹简放在他的身旁……

鄂典收遗诏，夕奎自杀表忠心

唐严："祈祷禳灾已过四十八天，不知大王在寝宫情况怎样，是否打开寝宫，看看大王？"夕奎："大王有手谕贴于宫墙，擅闯寝宫，会招致……"

唐严："巫师们法事已做完，应该可以看看大王了！"鄂典："立即打开宫门！"

寝宫内一片狼藉：奇珍异宝、金银饰物、珠宝画帘被凌乱摆放，桌椅东倒西歪，宽大的御床上斜躺着表情痛苦的鄂桓尸体，尸体旁斜放着一卷竹简。现场惨不忍睹，众臣跪拜在大王遗体前，哭声一片。唐严："快传膳夫！"唐泰："我查看过了，膳房里僵卧着御膳师父和老内侍被毒死的尸体。"

鄂典拿起竹简迅速阅毕后递给唐严："这是大王的传位遗诏。"唐严接过看后递与鄂典"请收藏好。"鄂典揣于怀中："大家赶快为大王办理后事去吧。"众："听从武成王之令。"

跪哭的人们陆续走开，但夕奎一人却仍长跪不起，一把鼻涕一把眼泪地诉说着："大王对微臣恩重如山。微臣悔不该听从巫师之言将宫门禁闭，致使大王惨遭奇祸。微臣罪恶不赦，唯有以死谢罪。大王，我向您赔罪来了。"说罢，举剑刎颈而亡。唐严得报，立刻与鄂典来到夕奎尸体旁："夕光，夕奎为什么要自尽呢？"夕光："我们自感罪孽深重，只有一死才能向大王谢罪。"说完，拔出腰刀也要自刎。唐严急忙上前夺下夕光手中腰刀："夕光，你怎么这么糊涂？造成大王惨遭奇祸的凶手还未抓到，你就不明不白地去死，值得吗？"夕光悲痛不已地说："微臣深感愧对老大王……"

鄂典指挥兵士捉拿巫师。唐泰带领众将士走到道场，已不见人影，急忙向鄂典禀报：

“武成王，巫师已不见踪影！”鄂典：“前往玉皇宫捉拿巫师，将他们全部斩首！”唐泰带领一群军士应声而去。鄂典指挥宫人将鄂桓和鄂然、鄂赵二太子遗体收敛入棺，运往回王宫举行国葬。人们披麻戴孝，一路上哭声阵阵，锣鼓喧天。举国陷入悲痛之中。

夕姝、庹嵩、罗聪闹灵堂

夕王后寝宫。夕姝：“大王和二小王同时薨去，哀家可怎么办啊？”庹嵩：“王后可趁此机会令唐诚交出执掌朝政的大权。”罗聪：“对，由王后执政，就不怕唐诚兴风作浪了。”

王宫大堂。鄂桓灵堂前。夕姝：“大王，你死得好冤枉啊。你死之后我们国家可怎么办啊？”庹嵩：“唐冢宰，现在大王和二小王已薨，你觉得朝廷应由谁来做主？”鄂典：“你这是什么话？在新王登基之前，自然应当由唐冢宰做主！”庹嵩：“微臣认为应当由夕王后娘娘做主！”罗聪：“对，应当由夕王后娘娘做主！”鄂典：“你们问问，这朝廷姓鄂还是姓夕？怎么容得下一个妇人做主？”庹嵩：“大王薨去，理应由鄂峰做主。但鄂峰年少，所以应当由鄂峰的娘代为做主，此乃天经地义。”鄂典：“什么天经地义？本王执掌王权难道不是天经地义？”罗聪：“对，那就请武成王执掌朝政。”鄂典：“本王没那个野心，也没那个本事。在新王未登基之前，朝廷仍然由唐冢宰做主！”夕姝：“这朝廷可就姓唐不姓鄂了啊！”鄂典：“大王生前命唐冢宰主持朝政，难道朝廷就姓唐不姓鄂了？大家听着：谁敢在新登基之前就改变大王的决定，就是忤逆不道！休怪本王手下无情！”

庹嵩见鄂典寸步不让，便转变进攻方式：“武成王既然坚持要唐冢宰执掌朝政，那就请唐冢宰立即公布治理目前乱局的方略！”鄂典：“对，请唐冢宰谈谈如何治理当前乱局。”庹嵩抢先定调：“首先要查出致大王薨去是谁设的圈套，一定要找出致大王薨去的凶手，将他诛灭九族！”庹嵩连哭带诉：“老大王，你待臣如亲子，恩比天高。现在，竟遭此横祸。微臣一定要查清将你置于绝境的恶人，为您报仇雪恨！”罗聪：“唐冢宰，立刻下令逮捕一切随老大王进驻行宫之人！致老大王薨的凶手一定就在他们中间！”唐诚冷静地说道：“凶手到底是谁，还未查清真相，怎可随意逮捕人？”夕姝：“老大王遭此横祸，凶手一定在伴驾人中间。唐冢宰，老大王待你不薄，你为何不马上下令逮捕伴大王进驻行宫之人？你可不能辜负大王对你的厚爱和信任啊！”庹嵩、罗聪：“老冢宰，事情是明摆着的，凶手就在伴驾人中间！先将全部伴驾之人关押起来，逐个严刑拷打，定能审出凶手！你可不能让凶手逍遥法外啊！”

唐诚：“跟随大王到官渡行宫护驾的都是老大王十分信任的朝中重臣，他们跟随老大王数十年，忠心耿耿没有丝毫瑕疵，现在没有任何证据能证明他们就是害死大王的凶手，怎么能对他们说抓就抓，严刑拷打呢？”庹嵩：“老冢宰的意思是坏人不在老大王身边？请问，坏人既然不在老大王身边，又怎么能将老大王逼入绝境？”夕姝：“唐冢宰，现在朝中是你主事，你要立即收兵权，抓罪犯！抓夕奎畏罪自杀的主使之人！”罗聪：“对，定是罪行败露后，主使之人为杀人灭口令夕奎自杀的！现在要立即追查主使之人！”

鄂典："谁是主使之人？"庹嵩："现在立刻严刑拷打夕光，令他交出主使之人！"鄂典："审查夕光不可严刑逼供。此案需仔细调查。"庹嵩："事情很明显，还需要怎么调查？谁能指使夕光、夕奎之人就是主使之人！要是放走了歹人，唐冢宰罪责难逃！"鄂典："你说，谁是指使夕光、夕奎之人？"罗聪："事情十分明显，夕光、夕奎是唐严一手培植起来的，他们的主使之人除了唐严还有谁？唐冢宰应当马上把唐严抓起来审问清楚！"唐严："你们不可血口喷人！说我是主使之人有什么依据？"罗聪："你倒打一耙还要我们给你拿依据？侍卫何在？将唐严、夕光抓起来！"

几个侍卫将唐严、夕光抓了走来。鄂典："谁是凶手还未弄清就随便抓人，成何体统？快将太傅放开！"夕姝冷冷地说："非常时期不得不采取非常之法。武成王，你同大王是亲兄弟，可不能包庇谋害大王的凶犯啊！"鄂典："太傅辅佐大王四十多年，忠心耿耿，世人皆知。他与我在行宫外护卫大王寸步不离，他的一举一动我都清清楚楚，怎能有谋害大王之举？快将太傅放开！"

侍卫只好将唐严放开。夕姝、庹嵩、罗聪欲言又止。唐诚："老大王灵前大家不要争吵好不好？三王遭此噩难，诸位大人一样万分悲痛。老臣认为眼下这五件事特别要紧：一是朝廷内切忌胡乱猜疑，不能发生内乱；二是严令边防加强戒备，防止敌国乘机袭击我国；三是彻查凶手；四是安葬三王；五是拥立新王。请大家商议解决办法。一件一件抓紧办理。"

鄂典、唐严自责，唐诚沉着应对乱局

鄂典："冢宰所言正确。朝廷绝不能发生内乱，以防奸人阴谋得逞。我已向边关发出加强戒备旨令，商王不知我国已发生这么大的事情，估计不会乘我之危对我国突然用兵。老大王之薨，微臣未尽到护卫之责，倒是深感愧疚！"唐诚："武成王无须自责。你是老大王的亲兄弟，对老大王忠心耿耿，满朝尽知。现在不是自责的时候，国事要紧，你要全力以赴，切实担负起追查凶手之责。"夕姝："唐冢宰，鄂典在官渡负护卫之责，却出了这样大的纰漏，怎可由他追查凶手？应当由老罗司寇追查凶手。"庹嵩："对！老罗司寇经验丰富，应当由老罗司寇负责追查凶手。"罗聪："对，不能由有嫌疑的人追查凶手。"

唐诚："谁是嫌疑人？武成王是嫌疑人？老罗司寇年迈体衰，早已很少视事，怎能担负追查凶手重任？"罗聪转而支持唐诚："老冢宰说得是。这凶手要是查不出来，可不好交代。"唐诚目视鄂典："武成王可要抓紧查凶啊！"鄂典："是。查出凶手，老子将他碎尸万段！"唐诚："安葬三王乃举朝大事，太傅熟悉礼仪，仍然主持葬礼。大家是否同意？"庹嵩："太傅伴驾老大王去行宫，现在出了这么大的事情。他的得力干将夕光在押，夕奎又畏罪自杀。怎能由他主持葬礼？"鄂典："夕光在押，为的是弄清案情。据夕光交代，夕奎自杀是自责没有护卫好大王，更不该听从玉皇宫巫师让大王自闭寝宫祈福消灾，所以自戕。怎么能说是畏罪自杀？"庹嵩："老大王被巫师和背后黑手夺去生命，夕光、夕奎是最大的嫌疑犯。夕奎的死，一定是阴谋集团杀人灭口！我们切不可被夕光花言巧语弄昏了头脑！”唐严：“夕光、夕奎对大王忠心耿耿也是尽人皆知。老臣主持祈福消灾法事，未能保护好大王，对不起大王，深感愧疚。”鄂典：“太傅对老大王忠贞不贰，夕光、夕奎在官渡行宫护驾，没有什么值得怀疑。”

唐诚：“太傅也无须自责，我们都是朝中辅佐大王的老臣，举国上下无不知道我等对大王忠心耿耿。官渡行宫发生内乱，在此国家危急之时，我们不必自责，也不要彼此猜疑，谨防奸人从中捣乱。我们必须挺起腰杆，担负重担，共赴国难，共渡难关。先把几件最急需办理的事情处理好。武成王要加紧追查凶手。我相信歹人一定逃不脱老天的惩罚！”

夕姝：“三王丧葬乃朝中大事，唐严最熟悉仪典礼数，不可有半点差错！”

唐严：“王后、冢宰言之有理。老臣当竭尽所能主持好丧葬事情。”唐诚：“夜深了，送王后、庹、罗大人回去歇息吧。”

唐诚、唐严、鄂典研判鄂桓遗诏

夕姝、庹嵩、罗聪离开王宫大殿后。鄂典：“现在有人居然认为殿前都尉夕光和祭史夕奎是谋害大王的凶手。夕奎是因为参与内乱畏罪自杀的……”唐诚：“老臣刚才说了，有人想乘机捣乱，转移大家的视线，值得警惕。夕光、夕奎在护驾过程中虽有疏漏失误之过，但没有任证据证明他们参与了谋害三王。我看庹嵩、罗聪扭住夕光、夕奎不放的真实目的是为了打击唐严。”鄂典：“他们为什么要抓住太傅不放呢？”唐严：“老大王升天，老臣的责任最大，深感愧疚。但我不会引咎自戕。我要活下来，看谁忠谁奸，谁是凶手和幕后策划者，等查清真相还老臣一个清白。”

唐诚：“现在事情真相不明，谨防有人散布谣言，转移我们寻找凶手的视线。我们必须保持清醒头脑，从容不迫地应对可能发生的各种情况。”唐严：“对。这件事情发生在官渡，我总觉得黑手就在王宫。”

唐诚：“我们现在必须抓好三件急事：一是立新王；二是加强社会治安和边境防御，三是安葬三王。抓好了这三件大事，国家就能安定。三件大事，首要的是立新王。立了新王，其他事情才有头绪。”唐严：“对，国不可一日无君。立谁好呢？”

鄂典拿出遗诏递给唐诚：“我们走进大王寝宫，发现在大王身旁摆放着一份遗诏，说的就是传位之事。按照这份遗诏，大王指定了鄂然的儿子鄂旺继承王位。”唐严指着遗诏：“这份遗诏是在大王身边发现的，是不是真的是大王的遗诏还值得怀疑。”

唐诚接过遗诏仔细观看，沉思良久：“老臣看了这份遗诏，凭我多年经验，觉得字迹有些像是庹嵩模仿大王写的。但是，庹嵩不在官渡，怎么能伪造遗诏？封锁那么严密，又怎么能将遗诏放到了大王身边？这遗诏不是庹嵩伪造，那么，谁是伪造遗诏之人呢？”鄂典：“查出这个伪造遗诏之人，老子灭他的九族！”唐严：“能够伪造遗诏的人不多啊！”唐诚：“现在不能确定遗诏是谁伪造的。遗诏命鄂旺继承王位，却又真像老大王的口气，而且很符合情理：一是嫡传，符合王位世袭传统；二是鄂旺气质不凡，敏而好学，知识渊博，有掌控社稷的气概；三是品德端正，孝顺父母，尊敬长辈，深受大王喜爱。此诏书是何人伪造呢？为什么也同我们的想法一样，都拥立鄂旺为王呢？老臣认为，为了国家稳定，应当立刻拥立旺王继承王位。旺王现在虽然还很年轻，只要我们尽心辅佐，国家就不会发生动乱。”

唐严:“老冢宰分析正确,老臣完全同意。但是,鄂旺现在下落不明,怎好立他为王？”鄂典：“对，鄂旺不在王宫，我们怎能立鄂旺为王？”唐诚：“立即请长史虒嵩、老司寇、罗聪、龚睿等文武重臣召来，让大家议论议论。看看他们还有什么说法，再定下一步的对策。”众：“对。”

第 20 章
鄂旺年轻受蛊惑　庹嵩巧言控实权

朝议立鄂旺继承王位

王宫大殿。唐诚："大王遭此大难是国的大不幸，但是，大王治理国家的策略不会改变。我们要不折不扣地贯彻大王的治国方略，努力使我们的国家更加兴旺发达！古人说国不可一日无君，现在聚集朝中老臣重臣，目的是商议拥立新王大事。请大家畅所欲言。"石禾："先王还有两个儿子，一个叫鄂峰，一个叫鄂丹。从中立一个好吗？"鄂典："这两个儿子都是夕王后做妃时所生，不符合嫡子继承祖制。"石禾："符合兄终弟及制啊。"唐严："兄终弟及？鄂赵并未当王！"

司空大夫朴业"儿子辈不行就从孙子辈里去选。"庹嵩抢功地"先王有个嫡孙叫鄂旺，符合嫡子继承祖制，就立鄂旺为王吧。"罗聪："据传老大王有遗诏，为何不宣示遗诏？"庹嵩："既然老大王有遗诏，就按遗诏办吧。"夕姝："老大王有遗诏？给我看看。这怎么会是大王的遗诏！大王怎么会留下让鄂旺为王这样的遗诏？你们也看看！"鄂典："这遗诏是我和太傅在大王身边发现的，不会有假！"夕姝："唐冢宰，你要主持公道，不能让制造假遗诏的人阴谋得逞啊！"

唐诚："请王后娘娘息怒，现在没有任何证据能证明这遗诏有假！"唐严："是啊，不能随便怀疑大王的遗诏，以防引起内乱啊！"夕姝"你们沆瀣一气来坑蒙本后，办不到！天啦，你要为我孤儿寡母做主啊！"鄂典："内侍，快将王后送回灵堂！"

几个内侍奉命将夕姝劝的劝拖的拖，上了龙辇。人们看着龙辇向灵堂而去。石禾："既然有大王遗诏，还让我们讨论干什么？按老大王遗诏办就是，下官同意拥立鄂旺为王。"众："遵从大王遗诏，拥立鄂旺为王。"

庹嵩狡诈地说："各位大臣，拥立鄂旺为王，微臣十分赞成。但是，不是说鄂旺至今下落不明吗？"罗聪："鄂旺下落不明，是不是暂缓立王为好？"鄂典："立王之事不能缓。鄂旺下落不明可以派人立刻去找嘛。”庹嵩：“要是一时找不到咋办？定下立王时间，到时仍然找不到，不缓也得缓！”罗聪：“对，我赞成！”众：“何处去找呢？”

龚睿：“各位大人不须惊慌，旺王现在渠江书院。”庹嵩、罗聪一惊，又立即镇定下来。唐诚：“武成王，立刻派人去接旺王回来举行登基大典。”

鄂典：“龚睿将军带一百精干人马立刻前去迎接旺王！”龚睿：“末将遵命！”

庹嵩派人刺杀唐严

长史府书房。罗聪：“长史大人。全国六十六个郡守县令拜过三王灵堂之后，有五十人拜望唐诚和唐严，把祭拜三王灵堂成了他们的一次大聚合的极好机会。唐家的势力得到了进一步扩张。我们应当给予打击。”庹嵩：“是呀，最近朝臣中也有八成与他们频繁往来。我也正在考虑如何对付这种严峻形势。”罗聪：“长史大人有什么妙计？”庹嵩：“只有先除掉唐严！”罗聪：“好。”两人相视而笑。庹嵩：“传庹庚。”庹庚：“拜见大人。”庹嵩：“庹庚，这些年我待你如何？”庹庚：“大人是小人的再生父母，待小人如亲生儿子。”庹嵩：“现在有一大奸臣急需马上除掉，你敢担当这个重任吗？”庹庚：“大人之命，小人赴汤蹈火，在所不辞！请问是什么重任？”

庹嵩：“到大王灵堂杀掉唐严！”庹庚：“请大人听候好消息。”

灵堂。负夜。烛光摇曳。巫师及宫人昏昏欲睡。唐严在大王灵位前跪拜烧纸：“微臣敬祝大王早日升天，早转人生！”庹庚持剑向唐严刺去。唐严急忙大吼：“有刺客！”众侍卫及宫人追赶不及。

王宫。唐诚：“武成王，现在竟有歹人在大王灵前行刺唐太傅，真是丧心病狂！依微臣看，行刺太傅的歹徒一定与谋害大王的歹徒有关。必须立刻加强京城守护和尽快查缉凶犯！”鄂典：“传太医给太傅疗伤。武成王调集重兵加强京城守卫。我立刻调集御林军加强京城守卫。”

龚睿迎回鄂旺

渠江书院。渠江上。一叶扁舟。罗毅在船上朗声讲道：“仁者乐山，智者乐水，此处山水相宜，正是陶冶心性的好地方。两位公子在此一年余，学业大进，一定能成为大仁大智之人。”鄂旺：“一年多来，我兄弟俩受恩师您的谆谆教诲，学业大有长进，终生难忘！”鄂蕾：“恩师对我们关怀备至，胜似再生父母！刻骨铭心！”罗毅：“过奖了。”

翠屏山下。渠江岸边。龚睿一行数人骑马飞驰去到渠江书院：“罗员外，快快开门！”罗毅：“龚将军，我们在船上啊！”龚睿：“请快快上岸，我有要事相告。”

船到岸边。三人见礼毕。龚睿：“旺王，末将奉命前来接你兄妹立刻回宫！”罗毅十分惊讶：“他是旺王？他们是兄妹？”龚睿：“朝中发生了大事，需请旺王兄妹立刻回宫。详情容末将以后详告。罗教授，麻烦你关照旺王、公主一年多，辛苦你了。”罗毅：“龚将军真是守口如瓶，旺王、公主在我这里，除读书劳作之外，一点也未显示娇贵之态，使我一点也察觉不到他们出身于王侯之家。在下恭送旺王、公主回宫。”鄂旺、鄂蕾：“多谢先生一年多来殷勤关照和谆谆教导，永生不忘！”

龚睿、鄂旺、鄂蕾骑上马背，与罗毅遥遥挥手，依依惜别。

鄂旺谦逊不肯即位

旺王府。罗玉“多谢龚将军一年多来辛勤照护。罗妃有礼了。”龚睿“末将不敢生受。”王宫大殿。唐诚：“旺王已回宫，请庹长史、罗内侍两位大人前去奏请旺王择日登基吧。”庹嵩、罗内侍：“是。”唐诚拿出诏书：“对了，把这诏书带去，请旺王一阅。”庹嵩：“这个是尚方宝剑，有了它，旺王就不得不登大位了。”

旺王府。罗聪：“启禀旺王，今然王、太子和老大王不幸相继升天。大王临终前遗诏传位于您。国不可一日无君，请您立即登基即王位以安抚天下。”

鄂旺大哭：“这是何等的惊天噩耗，痛煞我也。我的父王、叔王和老大王为何在很短的时间里相继升天，好不叫人痛心！我有何心肠继此大位！”庹嵩：“国家遭此不幸，天下议论纷纷。您若不及时登大位，安定人心，国家一乱，后果不堪设想。众大臣和众将士一致拥戴您继承王位，望您不负众望，早登大位。”鄂旺：“还有几位王叔在上，继承王位还轮不到我。我自己宣布即王位，恐他们不服，难以安天下。”庹嵩：“您虽为孙辈，但为嫡长。自古以来，王位嫡传，名正言顺。况且您上面几位王叔都还年幼，他们如果继承王位，更难服众，怎能由他们继承王位掌管朝政？”罗聪：“老大王临终遗诏布告天下，谁敢不服？”鄂旺：“老大王临终遗诏在哪里？”

庹嵩从怀中取出一卷竹简：“鄂旺焚香跪拜接诏。”高声念道：“人生之大不幸：中年丧子。朕犯何大罪，连丧二子。天之降罪惩罚朕欤？朕戎马一生，殚精竭思，兴我賨国，披肝沥胆，在所不辞。尽忠尽孝，无愧于上天，无愧于列祖列宗，无愧于普天下之人。今遭此奇祸，痛不欲生。本想奋发图强，无奈年事已高，积劳成疾，又遇邪魔，身病日渐沉重，眼看气数已尽，朝不保夕，无力回天。我鄂家天下不可因朕命不保而稍有疏失。朕思虑再三，诸子年幼，不足以依恃安邦定国，承传我鄂家天下。朕长孙鄂旺年届十八，聪慧过人，堪当大任。朕年老多病，无力再问国事，着即传位于鄂旺。倘若朕遭不测，升天之后，亦由鄂旺继承大位。这既合祖制，又称朕心。举国上下不得另有他议。若有不遵，必遭天谴：举国上下，必以叛逆罪讨伐，全民共诛，全国共讨。望鄂旺遵从祖训，不负朕望！”

鄂旺：“谢老大王！但是，我能力平庸，知识浅薄，资历不深，恐负老大王重托。不宜继承王位，请你们回复老冢宰再议。”

鄂峰立誓报仇

后宫。夕王后面对正在嬉戏的一个十四岁、一个十岁小儿子：“鄂峰、鄂丹你们兄弟太不懂事，老大王升天，你们一点也不晓得悲伤。老大王在行宫突然升天，你们大哥刚登上太子位又突然遭此凶难，实在令人生疑。叫为娘如何是好？”鄂峰：“王后娘娘，不必悲伤，等我长大以后，查明真相，为父王为长兄报仇就是。”夕王后叹了口气：“等你长大还要等多少年？”鄂峰：“你不是说我们已经不小了吗。”夕王后：“你们人是长高大了，可是，你们的心还没有长大。”鄂峰：“我们人不小心小？”夕王后：“说你们心小是说你们还不懂事。”鄂峰：“我懂事，我长大以后要当王。”夕王后：“快别说这样的话，你老大王升天了，轮不到你的头上了。人家欺负我们孤儿寡母，都快到我们头上屙屎了。你还想当王，那是要犯杀头之罪的。”鄂峰：“怕啥？我就是要这样说！”

唐诚率百官恭请鄂旺及时称王

长史府厅堂。庹嵩：“罗聪大哥，旺王不愿意继承王位，要唐冢宰重议，你看如何是好？”罗聪：“旺王不是老大王生前钦定的继承人，虽有遗诏，大家未可全信。现在他不推辞一下，不是显得名不正行不恭吗？我们去请唐诚和鄂典出面，动员满朝文武百官劝进，不是就显得名正言顺了吗？”

庹嵩、罗聪二人走进冢宰府厅堂。罗聪、庹嵩：“唐冢宰，旺王不肯登基，要您召章朝中大臣再议，您看咋办？”唐冢宰：“再去请去。”庹嵩、罗聪：“我们人微言轻，恐难如愿。您是两朝元老，我们特来请您出马劝劝旺王早登大位。古话说得好，国不可一日无主。今三王相继升天，天下骚动。请您劝劝旺王赶快继位吧。”唐诚：“国家突然遭受这么大的变故，实为大不幸。大家公推旺王继位，旺王迟迟不表态，我也正为国家一时无主发愁。劝旺王继位也是我分内之事，我当然应当亲自前去奏请。不过，劝旺王登基，还得由太傅、武成王诸位王公大臣同我们一起出面，效果才好。既蒙二位大人相托，我们立即同太傅、武成王诸位大臣一道带领文武百官前去奏请旺王立即继位，以安天下。”庹嵩：“如此甚好。”

王宫大殿。唐诚、太傅、武成王率文武百官向鄂旺鞠躬：“旺王，国家遭此大难，民心不安。国不可一日无君，在此危难之时，请您马上即位，主持国家大事，以安定民心。”鄂旺：“我德才不及中人，年纪又轻，实难担此大任。”唐诚及文武百官：“旺王，您德才皆优，继承大位是众望所归。我们再三恳请您尽快即大位，以安天下百姓翘首盼望之心。臣等将竭诚拥戴您。请您快快即位吧。”鄂旺：“社稷安危，国之大事。既蒙百官再三恳求，朕只好勉为其难了。”

百官列班。唐诚及文武百官：“旺王允准，天下之福。请立即筹备登基大典，以安社稷。”鄂旺：“好吧，唐冢宰、武成王，你们去筹办吧。”

鄂旺登基

庹嵩、罗聪匆匆走进冢宰府。罗聪：“冢宰大人，请先确定太王太后名分，以免后宫生乱。”鄂典：“岂有先定太王太后之理，应先拜祖陵宗祠。”庹嵩：“自古先重生。”唐诚：“鄂旺登基大典尚未举行，其他事情都无从谈起。”庹嵩、罗聪无奈地：“好，听从冢宰安排。”

登基大典。百官朝拜后，鄂旺：“三王蒙难，国家不幸。先祖鄂朗五十一代孙鄂旺奉天之命，遵先祖御训，继先祖大业，入奉宗祧，深思托付之重，不敢稍有懈怠。愿与群臣共图新治，奠国本于悠久，振賨国于富强！”

夕姝带着鄂峰、鄂丹两个儿子闯进大殿：“鄂旺，老大王尸骨未寒，你就自出心裁，迫不及待地宣布继位。老大王虽已升天，他还有儿子，一时还轮不到你这个孙子辈的份上。唐诚、武成王，文武百官，你们要主持公道，不要乱了祖宗御训和国家章法，欺负我孤儿寡母。”唐诚：“王后娘娘请息怒。大家拥戴旺王继位，是遵老大王遗旨，绝不是旺王自出心裁。”鄂典怒目而视，按了按佩剑。夕王后牵着鄂峰、鄂丹走上御台坐上御座：“什么遗诏？谁可做证这遗诏是大王的遗诏？这个宝座应当由这二位小王爷来坐！”鄂典拔出宝剑：“谁敢不遵老大王遗旨，问问这宝剑答应不答应！”

夕王后及鄂峰、鄂丹顿时大哭起来。鄂典：“这里不是啼哭之地，要哭，到老大王灵堂去哭！内侍将夕王后和二位小公子搀扶到老大王灵堂去！”内侍带领几个宫娥前去搀扶哭哭啼啼的夕王后和鄂峰、鄂丹坐上龙辇，在哭闹中被拖出大殿。

鄂英认娘

灵堂前。鄂英：“请王后娘娘节哀。”夕姝：“公主，哀家好命苦啊。大王尸骨未寒，朝中大臣就这样欺侮我娘儿母子。”鄂英：“娘娘，女儿也是痛不欲生啊。父王母后在生时，女儿还有个依靠。如今父王母后没了，娘娘，你就是我的唯一依靠了。从今以后，请您把我当作您的亲生女儿看待。我会随时前来向您请安，尽做女儿的孝道。您有什么不顺心的事尽管告诉女儿，我会尽力为您排忧解难，让您感到身边还有许多亲人在尊敬您！保护您！”

夕姝：“女儿，你以后就是哀家唯一的依靠啊！”鄂英：“女儿随时陪伴娘娘就是。”

鄂旺公布治国思路

王宫大殿。龙案后。鄂旺：“国家遭受如此大不幸，三王接连升天。当务之急，是为三王修建陵寝，请巫师超度三王灵魂尽早升天，让三王在天之灵早日得到安息。”唐诚：“臣等遵旨立办。请大王宣告治国方略，让朝廷内外有所遵循。”鄂旺：“振兴賨国是朕的宗旨。朕受命于天，得元老重臣拥戴，秉持民为根本的强国大义，奖励耕战，严惩贪腐，使民有食，民有所居，共享国泰民安之福；举国上下大小官员应以勤政为本，各司其职，毋得懈怠，确保全国政令一统。”唐诚：“大王圣明，刚一登基，就抓住了当前国家最紧迫之事。文武百官当恪尽职守，为国尽忠，不可懈怠，才能使賨国真正得到振兴！”文武百官：“冢宰所言极是！臣等当尽心尽力，恪尽职守，为百姓谋福祉，为大王分忧。”唐诚：“国事纷乱，诸位大臣要多多用心，按大王圣旨作好统筹协调，以安民心。各军民人等要各安生理，不得骚动。各有司要恪尽职守，不得稍有懈怠！”

鄂旺："各位大臣就按唐冢宰所说去办。"鄂典、罗聪、庹嵩及文武百官："诺！"

庹璞听到夕姝与庹嵩的密谋

夕王后寝宫。夕王后、庹嵩二人正悄声谈话。庹璞从外面走来，止步门侧细听。夕王后："庹长史，在鄂旺登基朝堂上鄂典拔剑威胁哀家，你为何一声不吭？"庹嵩："王后娘娘有所不知，众大臣在唐诚的挑动下，对你带着鄂峰、鄂丹到朝堂，都十分反感。武成王早已拔剑在手了。我若出面阻拦，武成王的脾气你不是不晓得，一怒之下，他会一剑劈下来，那不是就要了你的命？"夕姝："你说的也是。要是我儿鄂赵活着多好，不就当了国王吗？我也是正儿八经的王太后了。他鄂典再粗野也不敢把我怎样！"庹嵩："那倒是。"夕姝："现在鄂典在朝廷中作威作福，你可要想办法收拾他！"庹嵩："鄂典算不了什么，他不过是一介莽夫！现在朝廷中最值得担忧的是唐家势力一天天扩大，这才是我们最大的隐患！"夕姝："你不是除掉唐严了吗？"庹嵩："唐家在朝廷内外盘根错节，除掉一个唐严，只不过伤了他一点皮肉。"

夕姝："你打算怎么办？"庹嵩："想办法消灭唐家势力。"夕姝："还是采取同样的办法？"庹嵩："不！唐诚、鄂典加强了防范，再用同样的办法，收不到好的效果只能暴露我们自己。"

夕姝："还有什么好的办法？对了，你不是招募了私家军队在训练吗？现在都招到了些什么人？"庹嵩："现在已招到三千多人，正在加紧训练，不久就可以上阵作战了。"夕姝："就以唐诚训练私家军队意图谋反，不是就可以一下子除掉唐诚吗？"庹嵩："这倒是除掉唐诚，打击唐家的一个好办法。不过不能急于求成，得周密谋划，才能做到万无一失。妹子，我告辞了。"

庹嵩迈出房门，庹璞伏在窗边躲避不及，被庹嵩一把抓住衣领："你在偷听什么？"庹璞急忙分辩："奴才并未偷听大人说话。"

鄂旺暂停追凶

王宫大殿。唐诚："请大王下旨，三王陵墓何时动工？"鄂旺："请精通阴阳之术的高人为三王选好陵墓地址，择吉日，举行破土动工典礼。各司职要督促工匠早日将王陵建成，好让三王安息。"唐诚："大王旨意已明，臣等即刻就去办理。大王，此次三王在一个月内一齐升天，有很多疑点，朝内外议论纷纷。赵王、然王是怎么被害的？特别是老大王身体好端端的，又有那么多巫师为他祷告，怎么也升天了呢？是不是召集三五个得力干臣，对此疑案加紧进行详查？上可以安三王之灵，下可以解朝廷内外之惑。这对树立王威，止息天下的谣言很有好处。请大王定夺。"庹嵩："此案发生在官渡别宫，三王及许多当事人都不在了，事情真相一时难于查清。现在国事纷繁复杂，应当全力安定天下，不要分散精力乱了人心。"鄂典："不是说捉住了叛乱头目贺荣吗？应当立即审判，追查幕后元凶！"罗聪："不用审判了，贺荣及其所率之人已在狱中畏罪自杀。庹长史考虑得很周到。当务之急是安定天下。要防止有人以清查此案为名，扰乱人心。”

鄂旺：“既然此案已无线索可查，就不要兴师动众再花大力气去清查了。庹、罗二位爱卿说得对，当务之急是稳定朝野人心，不要搞得人心惶惶。朕刚即位，百事纷繁，应当从何做起？”

庹嵩架空鄂旺之策

庹嵩：“大王无须急躁，安定天下自有微臣给您操劳。”鄂旺：“爱卿可详细奏来。”庹嵩：“大王，非一两句话说得清楚。”鄂旺：“请爱卿到御书房细谈。”庹嵩：“遵从大王之令。”

鄂旺和庹嵩离开大殿，走进御书房。鄂旺和庹嵩分别坐下。鄂旺“国家安危，系于朕身。朕深知帝辛虎视眈眈，时刻想灭我賨国。南夷、西狄诸蛮，时刻想吞我财物，掠我疆土。百姓吃饱穿暖还有很多困难。国家面临如此险境，朕真是忧心如焚。朕年轻即位，治国毫无经验。长史是我的老师，又担任长史要职，请先生教我以治国之道。”庹嵩：“大王，天之所以显得威严，是因为高远；地之所以受到尊崇，是因为宽广静寂，承载万物。普天之下，谁敢不敬畏威严和宽广？大王，治国首先必须治心，也就是统一天下的人心。要想治理好国家，大王您必须保持上天般的威严和大地般的宽广，才能统一全国的人心。为了使大王您的尊严不受到无谓的伤害，微臣以为大王应深居内宫，让臣下感到您的高深莫测，您才好驾驭群臣，治理天下。”

鄂旺：“先生高见。但是，振兴賨国是朕的心愿。朕不与群臣相见，怎能治理朝政？”庹嵩：“群臣有事，只能以本相奏，无须直接面见您。假如群臣直接面见您，向您直接禀报军国大事，所报之事又急需立刻处理，您就得当面下旨，紧迫之中，难免考虑有所不周，必然有所疏漏。一次处置稍有不当，臣下就会在背后议论纷纷，就会轻慢您。您的威严必然就要受到损伤。时间久了，次数多了，他们就不畏惧您了，您就没有什么威严可言了。您仅批阅公文，时间充裕，考虑即可周详，诸事审慎，就可做到万无一失。大王所下圣旨即可字字珠玑，事事无误，件件正确，臣下自然就会百般敬仰您，不敢不尊敬您了。”

鄂旺：“朕年轻，还需多读些书，增长才干。公文烦冗，哪来那么多时间去批阅？”庹嵩：“公文可由我先做筛选，确需向您上奏的才送您处理。些许小事就不劳您费心劳神。这还不好吗？”鄂旺：“先生不是太费心劳神了吗？”庹嵩：“效忠大王是臣的本分，何敢言费心劳神。”鄂旺：“那就有劳先生了。”庹嵩抱着一摞奏章，走进御书房，放在鄂旺的龙案之上：“大王，这是十天来大臣们送来的奏章，请您御笔亲批。”鄂旺仔细看了一遍：“朕看了这些奏章，都是些无关紧要之事，先生你代朕签批就是了。”庹嵩：“大王，还是您亲自批签为好，臣不能越权呀。”鄂旺：“这些小事不算越权。”庹嵩：“臣遵命代签就是。臣有一建议不知当奏不当奏？”鄂旺：“爱卿但奏不妨。”庹嵩：“朝中老臣不少人年事已高或疾病缠身，无法理事；全国十八个郡，四十八个县是国家的根基，其中绝大部分郡守、县令、县长已老朽昏庸，难尽职责。对这些官员是不是可作适当撤换？”

鄂旺："准卿所奏。兴我賨国，必须大胆起用敢冲敢闯的年轻人，对一些抱残守缺碌碌无为的官员应当尽快予以调整。你可马上办理。"庹嵩："启奏大王，微臣本不该推辞，不去办理就违背了王命；去办理，唐诚一定会攻击微臣越了他的权。这叫微臣如何是好？"鄂旺："这有何难处？朕立刻任命你为司徒，总理朝中政务。唐诚就无话可说了。"庹嵩："谢大王。微臣还有一事启奏，罗老司寇年老多病，很久不能理事了，造成积案堆积如山。现在国家处在非常时期，微臣建议可用罗聪担任司寇之职。是否恰当？请大王定夺。鄂旺"召冢宰。"唐诚走进御书房："微臣拜见大王。"

鄂旺"罗老司寇年事已高又多病，朕决定由罗聪接任司寇之职，你认为如何？"唐诚："罗聪原来理财，多有账项不清，不宜用作司寇。"鄂典："对，老大王当年就没有用他。"庹嵩："老大王命我查他账项，没有发现可疑之处。此人对律令有研究，办事有魄力，完全可以胜任司寇之职。"鄂旺："好，立即委任罗聪做司寇。"

唐诚、鄂典见鄂旺已定罗聪做司寇，欲言又止。庹嵩、罗聪既得鄂旺同意，便立即大肆网罗社会邪恶势力，培植党羽，重用、安插亲信，排斥、消灭异己，以实现篡夺王位，建立庹、罗王朝的狼子野心。

王宫大殿。庹嵩："大王自登基以来，百事纷繁，日夜操劳，十分劳累，现在已将朝廷内外治理得井然有序。微臣还想到了一件大事要奏，但是，又怕干扰了大王的治国思路。不知当奏不当奏？"鄂旺："什么事？快快奏来。"庹嵩："大王登基前虽已祭拜了您的先祖陵墓，但未在老大王和您父王陵墓前守孝三年。臣奏请您按祖制到龙潭别都守孝三年。那里山清水秀，风光无限，是陶冶心性的绝佳胜地。大王此去，既符合祖制，又可静心养性，多读些典籍，开阔治国眼界，真是两全其美呀。"鄂旺："先祖先父陵墓是该守孝。自登基以来，朕为百事缠身，难于离宫守孝。但朕无时无刻不在思索，怎样才能尽力做到使宗庙安宁，使百姓快乐，使王业兴旺，我们的国家少遭侵凌，自己也可以平安地度过一生。现在经爱卿提醒，是该离宫守孝了。"唐诚："大王，您登基不久，诸事刚刚理出头绪。您不须到别都陵墓守孝。三王灵堂未撤，您每日烧香祭拜就完全可以尽守孝之心了。"鄂旺："不！不到陵墓前守孝，怎叫尽了孝心？朝中之事由你主持，武成王、庹司徒及诸大臣共同协助就可保无忧了。"庹嵩心中暗自叫苦："想不到我费尽心机，到给唐老头作了嫁衣。也罢，忍忍吧。"便急忙奏道："大王既能尽孝心，又安排好了国事，微臣深表敬意！"众："臣等谨遵王命。"

鄂旺守孝

陵墓边。罗聪："微臣就在这陪护大王守陵尽孝，不回王宫了。"鄂旺："此地有唐泰带领十名卫士守陵就可以了，你回朝中处理政事去吧。"罗聪："微臣不放心大王带这点人在此尽孝。"唐泰："司寇大人请回，我们护卫大王如有差池，三族不保，敢不尽心？"罗聪："好吧，微臣以后每五天便将您爱吃的、所需的送到陵墓前来，一定让您满意。"

庹嵩排挤唐诚

陵墓前。鄂典："启奏大王，您到陵墓前守孝三年，唐诚将朝中大事处理得非常妥当。现在您守孝期满，请及时回朝中处理国家大事。"庹嵩："启奏大王，您守孝三年，唐冢宰带领一班老臣将朝中内外，全国上下治理得井井有条。这几年国泰民安，老冢宰功不可没。请大王给老冢宰放假一年，以示大王仁德之恩。"鄂旺："准卿所奏。唐爱卿，朕守孝三年，你劳苦功高，全国上下治理得井然有序，特准你回家休假一年，加薪一年。"唐诚："微臣只不过尽了分内职责，不该受大王如此重赏！"鄂旺："冢宰不必谦让，就按朕说的去办。"唐诚："谢大王恩赏。"

第 21 章
王戚忠臣遭屠戮　家宰唐诚受排斥

庹嵩诛戮王公大臣之计

御书房。鄂旺："庹爱卿，这三年国家虽然安定，但是，朕认为国家远远称不上强盛。请你说说，怎样才能实现振兴賨国这个目的呢？"庹嵩："要做到国家强盛并不难。只要天下人都听您的话，按您的旨意行事，国家强盛就指日可待了。"鄂旺："怎样才能让天下人都按朕的旨意行事呢？"庹嵩："大王，农夫不适时除掉杂草，秋天就不能得到好的收获治理国家，不去掉赘人就会杂音干正。这就必须去掉朝中不听您话的赘人。"鄂旺："哪些是不听朕话的赘人呢？"庹嵩："现在，朝廷内外不听您话的赘人很多。一些领取您的厚禄，占着高位又不听您的话的官员，在社会上影响力大的就是最主要的赘人。一个普通老百姓，没有多大社会影响力。他不听您的话，起不了多大作用。"鄂旺："爱卿说得对。"庹嵩："现在有些王公大臣就是这种赘人。您登上大王宝座，诸王大多是您的叔辈，他们中有许多人都不服气。每次朝会，掌握实权的大臣处处与您为难，许多事情使您无法决断。要改变这种状况，大王，您只有远离他们，摆脱他们对您的羁绊，才能巩固您的王位。现在朝中大臣又全部是先王所安排的老臣。他们大都有功于国，目中无人。他们各自都有自己的打算，都想在朝中占据更大的权势。他们对您是否忠心您怎么知道？您要逐步排除掌握实权又有野心的大臣，才能真正掌握到实权。"

鄂旺："请爱卿说说你对这个情况的处置办法。"庹嵩："大王之尊谁不羡慕，大王之位谁不觊觎呢？大王，您刚登王位，尊严还未树立，权威还未建立。有些人对您还不尊重。您的旨令不能得到很好的贯彻执行。这种状况长久下去，对国家的安定和发展十分不利。您当前最要紧的是尽快树立威严。怎样才能树立起威严呢？微臣认为，唯一的办法是施展您的权威，用武力解决他们蔑视您，甚至想夺取您王位的问题。在对待那些蔑视您的人时，大王您一定不要心慈手软，下手一定要狠。古话说得好，当断不断，反受其乱。处理事情一定要果断，不能犹豫不决。不要因为他们是亲王，是老臣，是重臣就下不得手；也不要因为他们是叔辈和兄弟姊妹就下不了手。您除掉了对您有严重威胁的人，就建立起了绝对权威，杜绝了后患。群臣享受到了您的恩泽，得到了您的厚恩，哪个还不对您感恩戴德呢？那时，大王您就可以高枕无忧，施展您强国兴邦，治国安天下的宏伟志向了啊！”

鄂旺：“治国安天下，首要的是政令畅通。对那些阻碍政令畅通的人一定要严加惩处！先生通晓狱法，请你针对当前国家存在的问题，修改法律，同罗聪一起全权处理狱案。”

庹嵩：“微臣遵命。大王，现在可选一典型案件进行惩治，以严国威，以正视听。太傅唐严在官渡行宫事变中有很多事值得怀疑：他随侍大王左右，怎么对二小王之薨一点不作防范？他主持祈福之事，老大王死因不明，怎么脱得了干系？他的女婿罗丰是官渡总兵，手握重兵，屡建奇功，敢于直言。表面上，忠于王室；实际上，他对您并不忠心。您父亲然王的太子之位被废除，鄂赵立太子这样重大的事情，都是唐严、罗丰他们首先提出来的，可见他对鄂赵十分忠心，对你父亲然王和你都是反对的。”

鄂旺：“换太子，听说是罗聪得知老大王有换太子之意后最先提出来的。”

罗聪：“大王，不是我最先提出来的，是唐严、罗丰提出来后，我没有坚持正义，也是不对的。”庹嵩：“说罗聪最先提出来这种传言不正确。不是罗聪最先提出来的，这事我知道。现在，官渡行宫二王之死虽然还未查出真凶，但已查明参加夜袭之人多为军人，罗丰作为官渡总兵，绝对脱不了干系。而今，鄂赵已薨，唐严、罗丰表面上不得不对您表示忠心，可是他们内心对您是反对的。大王，您可得多加小心啊！”鄂旺：“唐严倚仗元老之尊，对朕多有不敬之语，朕不计较。但若他与罗丰参与官渡行宫内乱阴谋，那是大罪。罗聪执法断狱，着速处之。”罗聪：“逮捕之后，是否立即处斩？”鄂旺：“审问清楚后，依律处置。对了，庹长史通晓律理，你要向他多请教，经他审核后再行定案。”罗聪：“遵旨。”庹嵩：“朴将军、左冢宰、少傅等皆与官渡行宫谋杀案有关，可否一并处置？”鄂旺：“依律依事实分别处置。”

罗聪：“鄂峰、鄂丹虽有人举报，但仔细查过，他们与官渡行宫谋杀案没有多少关联，怎么处置？”庹嵩：“鄂赵是他俩的亲哥哥，怎么会很少关联？要深挖细查，不可放过一个坏人。”鄂旺：“如果他们确实参与了官渡谋杀案，要查清事实，依律以谋反罪处置。但须当面向他们宣布罪状，让他们知罪伏法，心无怨言。”庹嵩：“这个不难，派使者前去宣布就是。”

宕渠城中，捕快出动。唐严、罗丰、朴将军、左冢宰、鄂峰、鄂丹等被投入监牢。宫廷内外一片哀哭之声。

庹嵩收留督策、庹峰

夜。两个穿夜行衣的人飞速靠近司徒府围墙下，敏捷地翻墙而过。在院中环顾四下无人，便向库房走去，打开房门进入库房，搜寻金钱珠宝。一人低声说道：“表哥，拣好的拿。”一人说：“用缎子做个包袱好拿些。”两人用缎子分别做成两个包袱，背在背上，轻脚轻手地走出门外，正准备上墙。突然，一声梆子响，数十人高喊捉贼，向两人围拢来。一人说：“表弟，快跳墙！”墙外抛起一张大网将二人罩住。二人拔出短刀准备破网而出。众人上前将他们按住，夺了短刀，牢牢地捆扎起来。火光照耀下，庹龙向二人问道：“你们是什么人，为何到我府中行窃？”庹峰：“他是我的表兄，我是他的表弟，都出生官宦之家。我们二人从小拜高人为师学得了一些拳脚功夫，表弟还读了不少的书。但是，他的父母双双早亡，我的父母身陷冤狱，已被处斩。我们所学技能都没施展场地，所以才干些行窃之事混日子。”

庹龙:“到我府中行窃本应斩首,敢到我府中行窃,你们是第一拨人。看你们身手不凡，不是等闲之辈，敢不敢报出自己的姓名？”督策：“大丈夫死都不怕，怎么不敢说出自己的姓名？小可贱姓督，名策。督，督导的督，策划的策。这位兄弟姓庹，名峰，山峰的峰。”庹龙：“你们的名字取得很好。什么出身？可曾读书识字？”督策：“我们都出身官宦之家，少年时都习文习武，饱读诗书，提笔作文。”庹龙：“二位既文武兼备，就不该干这种勾当。”督策：“我们自己也知道出身官宦之家，不该做这偷鸡摸狗的勾当，但是，找不到好的营生也只好这样苟且偷生！”庹虎：“将这两个鸡鸣狗盗之徒押入死牢，让世人知道，谁还敢到我府中行窃！”

几个家人正要将二人押走，房门开启，灯光明亮，庹嵩走出：“慢，将他二人解绑，请到屋里说话。”庹龙将二人绳索解开，引入房中坐下。庹嵩：“看你二人气宇轩昂，定非等闲之辈。国家正是用人之际，你们愿意为国家效力吗？”督策：“我们虽然愿意为国家效力，没有人引荐，再有才能也是枉然。”庹嵩：“刚才你们的对话我已全部听清楚了。这样吧，庹峰，武艺高强，随侍我的左右做侍卫；督策通文墨，在本府中做书吏，如何？”督策、庹峰跪到地下：“今天遇上您这样的大恩人，是我们祖宗积了阴德。小人今生今世决不会忘记恩人的大恩大德。”庹嵩欣然一笑，将二人扶起:“二位壮士请起。”

庹嵩要罗聪处死鄂峰、鄂丹

王宫。小山。鄂峰、鄂丹等数小儿争抢王位游戏。庹龙从旁经过，忽听鄂峰高叫：“这王位是我的，我该坐。”鄂丹：“我已坐了。”鄂峰：“我一定要抢回来！”鄂丹：“我长大了一定要抢回来！”庹龙带着几个人上前捉住二人“要抢王位的鄂峰、鄂丹抓起来！”

罗聪：“长史大人，鄂峰、鄂丹与官渡血案没有什么关联，怎么处理？”庹嵩：“没有关联也要处死！”罗聪：“为什么？是不是你吃鄂桓的醋了？”庹嵩：“这两个人，天天说要把王位抢回去。以后必然祸患无穷！”罗聪：“用什么罪名？”庹嵩：“哄闹登基大典，图谋篡夺大位，这还不是杀头之罪吗？”罗聪：“好，一并处死！”

庹嵩、罗聪滥杀王公大臣

监狱。咎繇长士首先提审唐严、罗丰、朴将军、左冢宰。使者：“唐严、罗丰、朴将军、左冢宰，你们皆与官渡行宫谋杀案有牵连，罪在不赦，一律处斩！”唐严：“定我等有罪，证据何在？”咎繇长士：“官渡行宫之乱，你为主谋，当灭九族！”唐严：“有何证据？自立国起已逾千年，我唐家忠心耿耿辅佐鄂家王朝，何曾有过叛逆之事？你们不可血口喷人！”咎繇长士：“你阴险狡猾，早已毁证灭据，何须再找证据？”罗丰、朴将军、左冢宰：“你们制造千古奇冤，绝无好下场！”咎繇长士：“推出斩了！”众刽子手：“诺！”

鄂峰、鄂丹含恨而死

牢房。咎繇长士提审鄂峰、鄂丹。使者：“二王听着，你们大闹登基大典，图谋篡夺大位；后来又犯下口称长大以后一定要夺回王位等等大罪，罪不容诛。二王有何话说？”鄂峰“咎繇长士容禀：本小王今年才十五岁，弟弟鄂丹才十岁，对登基大典心有不服口称夺回王位，也是小儿做游戏时说的话。怎能以此定罪？”咎繇长士：“我没参加对你所犯罪行的审理，对你所犯罪行不是十分清楚。我这里只能是照本宣科。你到底犯了什么罪，你自己去想吧。刽子手，将他押赴刑场立即行刑！”刽子手：“是！”鄂峰：“这是何等的冤枉啊。我等毫无罪过！像这样不明不白地杀头，死不瞑目！鄂旺借官渡行宫三王齐薨事件，大兴冤狱，绝无好下场！”鄂丹：“我无罪，我要见鄂旺！”咎繇长士：“二小王，我不知道你们是不是冤枉，你们到阎王爷那里告状申冤去吧。刽子手行刑吧。”刽子手：“诺。”

庹嵩要夕姝伺机除鄂旺

夕太王太后寝宫。夕姝：“庹长史，你办的好案！为何将我的两个小儿子也杀了？你叫哀家一个孤老婆子怎么活人？”庹嵩：“太王太后息怒。鄂峰、鄂丹的案子不是我办的。当我知道他们被关进监狱，正准备去救的时候，他们已经被杀了。”夕姝：“哀家的三个儿子就这样不明不白地惨死了！哀家痛不欲生，只有一死了之。”庹嵩：“不，你不能死。鄂旺杀死了你的儿子，你应当找鄂旺报仇！”夕姝：“我一个弱不禁风的老婆子能找鄂旺报仇？”

庹嵩：“不！你不是一个弱不禁风的老婆子，你身后有帝辛和他的千军万马！你要利用他为你报仇！”夕姝：“我身边的人都不能帮我，为我报仇，远隔几千里的帝辛还能为我报仇？”

庹嵩：“身边的人？你是说我？我倒是随时可以杀死鄂旺，但是，光杀死鄂旺就把所有的仇都报了？我们就能在賨国站住脚跟了吗？我的私家军队还没有形成气候，我还控制不了整个賨国的局势。”夕姝：“你要等到什么时候？”庹嵩：“我要等到我能左右朝堂局势，私家军队扩充到上万人，有足够战斗力的时候，才请帝辛发兵，来个里应外合，把所有的仇人全杀死！”

夕姝：“我的丈夫没了，儿子没了，侍女庹璞在我身边，相依为命，也被你弄走了，至今没有下落。我成了一个孤老婆子，度日如年，悲痛欲绝！你就不为我想想！”庹嵩：“夕姝呀，你并不孤独。俗话说一日夫妻百日恩，我始终是你最亲最亲的人啦，还有那么多人在支持我们的大业，他们都在盼望我们早日实现大业！饭要一口一口地吃，我们终会成功的。至于庹璞的事，夫人更要想得通，她知道你我的事情太多了，只要一说出去，你我都完了。你也不要再想念她了。你要多与鄂英公主谈心，让她说服罗川在关键时刻不要反对我们建立大业。”

庹嵩要夕姝控制罗川

夕姝：“罗川能支持我们建立大业吗？”庹嵩：“这要看在什么时候：现在，他绝对不会支持我们；将来我们成了气候，他不反对就行了。罗川掌握賨城的兵权，对我们很有用。”夕姝：“鄂英来拜访我几次了。”庹嵩：“现在正是春光明媚游春时节，你可回请她和罗川游春赏花，找几个人一起玩：男子比赛骑马射箭；女子投壶。让大家玩开心，增进相互间的感情。”

莲池边。百花争奇斗艳。夕姝：“哀家心中悲痛，特请你们来玩玩，让哀家散散心。唐泰、昝牛陪罗将军骑马射箭；公主与哀家投壶为乐。好不好？”

众：“好。”唐泰：“请罗将军先射箭。”罗川出马射箭，一发中靶心，大家齐声叫好。庹嵩带几个随从飞马来到：“罗将军真神箭手！”

罗川：“雕虫小技耳，司徒大人也来玩玩？”庹嵩：“献丑了。”放出一箭。唐泰：“长史大人正中靶心！”庹嵩：“请罗将军再射。”罗川连射三箭不中：“怎么搞起的？风向不对！长史大人你来试试。”庹嵩连发三箭，故意不中：“罗将军所言不差。”罗川：“英雄所见一”庹嵩：“略同。”众人大笑。

夕姝：“大公主投壶。”鄂英：“请娘娘先投。”夕姝连投连中。鄂英连投不中：“娘娘真好身手！小女手气欠佳！”夕姝：“风向不对。今天有了你们的陪伴，太开心了。”𦙶川：“只要娘娘开心，我们随时来陪你。”

唐诚提醒鄂旺要防止冤案

司徒官衙。昝繇长士：“禀报司徒大人：众亲王及大臣对所判罪名多有不服。”庹嵩：“哈哈，他们不服才说明我们做得对，他们服了倒是怪事。谁会承认自己犯了罪呢？任何犯罪之人，当然都不会自己服罪。你们去宣布罪状，执行死刑就是了。”昝繇长士：“诺。”

王宫。书房。唐诚“启奏大王，最近朝中出现了许多鬼事鬼现象不少王公忠臣被关监，被砍头。请大王密切关注这个事情。”鄂旺：“最近关监砍头之人都是官渡谋杀案中罪行重大之人。”唐诚：“唐严有什么罪？”鄂旺：“唐严在官渡行宫护驾严重失职。他的两个手下干将：夕光、夕奎为何自杀？”唐诚：“夕光、夕奎是自己觉得愧对老大王而自戕，并非阴谋暴露而自戕。唐严与武成王尽心尽力在官渡共同护卫大王，寸步不离，没有任何疏漏的地方。现在仅凭一些怀疑就将他斩首，是不是有人乘机施展阴谋诡计？请大王审慎处理。”鄂旺：“你说是有人陷害唐严？”

唐诚：“大王，鄂家王朝从建立起，我唐家辅佐鄂家王室已过千年，何曾有过叛逆之事？唐家忠心耿耿受到了大王的肯定与表彰。您看到过砍大树的过程没有？根基牢固的大树是砍不倒的。砍大树必先刨土去根，然后才能砍倒大树。罗聪大设冤狱，大杀亲王，大杀能臣。表面上是维护大王您的权威，实际上是在做刨土去根之事，是在剪除您的支撑，使您成为他随时可以去掉的孤家寡人。值得警惕啊！”鄂旺：“罗聪所办的每一个案子，都证据确凿，人证物证俱全，并有本人画押，无一处疏漏，没有可疑的地方，并且都经过庹嵩做了审查，完全可以放心。”唐诚：“现在天下太平，国泰民安。官渡行宫谋杀案发生之前，除了一次未遂谋刺事件之外，从未听到过有谋逆之事。您继大位，并无一人反对。怎么一下子就冒出来那么多的谋逆罪人？所杀的大多是元老重臣及您的宗室。”鄂旺：“如此说来，谋逆之案就不要办了？”唐诚：“再这样办下去，元老重臣及宗室剪灭殆尽，大王您不真正成了孤家寡人了吗？”

庹嵩扩建王宫之计

王宫。鄂旺：“庹爱卿，你知朝歌王宫有多大？”庹嵩：“朝歌王宫方圆九九八十一里。”鄂旺：“我们賨国王宫才方圆五里，是不是太小了点？”

庹嵩：“大王，你说对了。王宫小，正气难伸。王宫大才能显示兴旺发达的气派。”鄂旺：“将王宫扩大到方圆十里吧。”庹嵩：“微臣以为扩大到三十里为好。”鄂旺：“为什么？”庹嵩：“三为最吉之数。古人有言，一生二，二生三，三生万物。国家要兴旺发达，应当不受限制而达于极限。二未达于极限，三才能包藏宇宙万物。所以二十不好。”鄂旺“三十里范围内住了不少老百姓，他们怎么办？”庹嵩：“天下之人皆为大王您的子民，天下之土皆为您的王地。大王所需，谁敢违抗？大王出一告示，限定时间命令他们迁走就是了。”鄂旺：“要是百姓不迁怎么办？”庹嵩：“君为父，民为子。君要臣死，不得不死；父要子亡，不能不亡。子若不听话，父可鞭笞杖击；老百姓不听话，大王您有那么多的文臣武将，难道还把庶民百姓莫办法？大王大令一出，谁敢不听？这也是对老百姓忠不忠于大王的一次极好的检验。对于不忠之人，杀他几个又何妨？”鄂旺：“此事派何人办理为好？”庹嵩：“文武百官中，有的刚而不柔，有的柔而不刚。刚柔兼备者罗聪也，就派司寇罗聪兼理吧。”鄂旺：“准卿所奏。”

鄂旺发出扩建王宫圣旨

城墙。布告。一人大声念道：“时分四季，地分阴阳。四季顺则万物长，阴阳顺则万事兴。国家之标志在京城，京城之标志在王宫。王宫强则国家强，国家强则民安康。四季占天时则顺，王宫占龙脉则强。我賨国建国以来，王宫居此，未有扩建，所以国力不强，屡遭不幸。今请阴阳术士多方考窥，求得王宫必须向四方拓展十里，方能大兴我賨国气派。现圈划已定，凡圈内之一切建筑均得在三月之内拆除。若有违抗，以忤逆罪论处。望我賨民一体遵照执行。如有不遵，严惩不贷，勿谓言之不预也。切切此布！”老百姓一片哗然：“鄂旺也要学帝辛抢老百姓的地了！”“鄂旺比帝辛还贪婪，还疯狂！”

罗聪收庹峰为仆

司徒府第。庹嵩："庹峰，你在山中训练我庹家军有功，现在该进城增长见识了。"庹峰"一切听从请大人安排。"庹嵩："你到罗司寇那里做随侍，既可增长见识，又可掌握罗司寇的动向。日后我庹家王朝建立，你便可担当重任。"庹峰："谢大人栽培。"庹嵩:"你到罗司寇那里得由你自荐,不能让他知道你是我安排在他身边监视他的。"庹峰:"小人懂了。"

庹峰走进罗聪书房施礼："小人拜见大人。"罗聪："见本官所为何事？"庹峰："小人听说罗大人要召用贴身卫士，小人特来自荐，请大人接纳。"罗聪："你有何本事呢？"庹峰："小人本是一个屠牛杀猪之徒，力气很大，举百斤之物如拿筷子可随意舞动；与十人拔河比赛，可令对方瞬间倒地。小人飞镖，能百步穿杨。"罗聪："百闻不如一见。走，出去展示展示你的功夫！"

二人刚跨出房门，一群飞鸿掠空而来。庹峰取出飞镖，嗖嗖嗖，射中三只，簌簌扑落下来。庹峰上前捡起，将雁递与罗聪："请大人验视！"罗聪高兴地赞道："耳听为虚，眼见为实，真是百发百中。有你在我身边做侍卫，我可高枕无忧了。"庹峰："感谢大人收留，小人尔后车前马后跟着大人，赴汤蹈火，在所不辞！"

罗聪拆民房

茅草房前。老翁罗原跪地向罗聪求情："官长大人，你们行行好吧。这座房屋是我家祖宗世世代代传下来的房屋啊。这房子拆了，我一家大小到何处避风雨啊？"罗聪："这是大王圣旨，谁敢违抗？快快把你的东西搬走。不然一把火全部烧掉，你后悔就来不及了！"庹峰手拿皮鞭，指挥兵士："快进屋去将他的东西搬出来，我马上放火烧房了！"罗原跪着爬向罗聪："官长大人，你行行好，可怜可怜我这老头子吧。"罗原一家大小跪地求情："大人开恩！可怜可怜我们穷人吧。"庹峰用鞭子抽打老翁及一家大小："不听话，一会儿房子财物全没了！"

附近传来哭喊声："怎么强行霸占我们的财产？""天啦！这是什么世道啊！"

罗原扑向罗聪："老子没法活了，老子跟你拼了算了！"罗聪冷笑："你想跟我拼？简直是鸡蛋碰石头！来人，给我绑起来！"庹峰上前将罗原捆绑起来。顿时，茅草房火起，一柱黑烟冲上天空。紧接着，数处火焰腾空而起，哭叫声传向四野。

罗聪谎奏工程进展顺利

宫苑修建工地。罗聪指挥监工手拿皮鞭，驱赶工匠昼夜施工。

王宫大殿。罗聪走进王宫："微臣参拜大王。"鄂旺："爱卿有何事要奏？"罗聪："启奏大王，工程进展十分顺利。大王不日即可游幸一些宫苑。"

鄂旺："罗爱卿为修建宫苑日夜操劳，倍极艰辛，特赐清酒一盅以示嘉奖！"

罗聪：“为大王效力是为臣的本分。受此殊荣，当倍加努力，殚精竭虑，为大王早日将宫殿廷苑建成。”

鄂旺：“据报百姓对修宫苑多有怨言，是真的吗？”罗聪：“绝无这样的事。老百姓对大王修建宫苑称颂不已。大家认为泱泱賨国没有宏伟的王宫，没有美丽的宫苑不行。大王扩大王宫，彳修建宫苑正可显示我賨国国泰民安的大国风度，展示大王的圣德。所以，大家十分赞赏大王的举措。”鄂旺：“无人指责就好。”罗聪：“哪个不想我賨国兴旺发达？大家歌功颂德都来不及，怎么敢指责大王的举措？哈哈！”鄂旺：“哈哈哈哈！”

鄂旺命调查对扩建王宫不满之人

内侍：“启奏大王，不少大臣对扩大王宫十分担忧。”鄂旺：“扩建王宫，振兴賨国是大好事。庹嵩、罗聪，你们不是说老百姓都十分拥护扩建王宫吗？这些大臣还百般阻拦呢？他们到底担忧些什么？罗聪、庹嵩，速查是哪些人对扩建王宫不满。”罗聪、庹嵩：“是！”

司徒官衙。罗聪：“庹大人，你看是哪些人对扩建王宫不满呢？”庹嵩：“朝中很多大臣认为扩建王宫劳民伤财，侵犯了老百姓的利益，都非常不满。”

罗聪：“怎样才能刹住这股歪风呢？”庹嵩：“选几个地位高、权力大的大臣开刀，可以立即收到杀鸡儆猴的效果。”罗聪：“选几个？面是不是大了点？”庹嵩：“不然就先从唐诚头上开刀，怎么样？”罗聪：“对，就先从唐诚头上开刀！以前，唐诚经常要老大王查我的账簿，我差点死在他手里；唐诚对老大王之薨也十分疑惑。他指使唐严、鄂典出面清查老大王的死因，是对我们最大的威胁。幸好你及时给予制止，他们的阴谋才未得逞。他与唐严、鄂典沆瀣一气，还怀疑唐戭之死是你做了手脚。他们这帮人一日不除，我们就一日不得安宁。现在唐严虽然已除，看来唐诚仍然没有死心。我们要随时提防他与鄂典联手，借题发挥搞垮我们！”庹嵩：“老兄高明！”

二人对视，会心地发出奸诈的笑声：“走，找唐老头儿去！”

第 22 章

唐诚蒙冤受酷刑　庹璞临死揭大案

庹嵩、罗聪设陷阱

罗聪、庹嵩一同进入冢宰府大厅向唐诚施礼：“微臣拜见老冢宰。”唐诚还礼：“免礼。请问罗司寇、庹长史二位大人有何事相告？”罗聪：“老冢宰，最近揭发出这么多涉及王公大臣的大案，关杀了一些亲王及重臣，你有什么看法？”唐诚：“这些案情复杂，我不了解内情，不便评论。不过，这些王公大臣原来都没有暴露出什么大的过错。现在大王即位不久，一揭发出来都是惊天大案，且互相牵连，杀的杀，关的关，恐怕案情不一定都弄得十分清楚。”庹嵩：“老冢宰的意思是我们办的案子过于草率？”唐诚：“我不是说你们办的案子有什么过错。我是说下面的一些办案人员不一定十分认真，恐怕有粗糙之嫌。希望你们要严格把关，不要造成冤假错案。”庹嵩：“老冢宰见多识广，请给我们多多指教。”唐诚：“二位大人过嫌了。”罗聪：“老冢宰，我感到有些委屈，不知当讲不当讲？”唐诚：“但讲不妨。”

庹嵩：“下官为了国家兴旺发达，没日没夜地为大王处理积案；罗大人没日没夜地修建王宫。想不到我们尽心竭力为大王办事，为賨国更加兴旺发达，扩建王宫，修建宫苑，为賨国积聚灵气，却遭到朝廷内外八方攻击，实在是费力不讨好。请老冢宰不吝赐教，微臣到底该怎么办才好？”

唐诚：“庹大人，积案头绪复杂，一时难于厘清。一旦定案，难免引起多方责难。你依凭国家法律办案，秉公执法就应不怕责难。罗司寇大人，现在百姓生活这么困苦，大王一句话就占去了那么多老百姓的田地房屋，叫老百姓今后的日子怎么过？老百姓没了生活出路怎么会不发出怨言？现在扩大王宫，大修宫苑很不是时候。所以你受的责难很大。”

庹嵩：“冢宰大人，大王扩大王宫，大兴土木，修建宫殿廷苑为的是增强国家根基，本无可厚非。但是规模过大，侵害民财过多，又广招逗鸡走马之人，劳民伤财，因而造成民怨沸腾。我等本想谏言制止。但是，我等位卑言轻，谏也无济于事。冢宰位高权重，何不向大王谏言停止修建？”

唐诚“我早就想向大王进谏，但是，大王深居内宫，不上朝理事，连见面的机会都没有，所以无法向大王谏言。”庹嵩：“老冢宰想见大王这好办。只要大王没有重要事情，我就通知你入宫求见，岂不很好？”唐诚：“那就太谢谢庹大人了。”庹嵩、罗聪相视而笑。

庹峰侵吞夕金财产

罗聪府第。庹峰边向书房走去边自语：“罗大人的方法真灵，我才揽了两三个官司，就挣下了一千两黄金，几辈子都够用了。但是，人不能吃独食，还得忍痛去孝敬大人。俗话说，舍得宝调宝，才能珍珠换玛瑙。我孝敬了罗大人，以后才更好再求他办事。要鱼上钩还需用饵。”庹峰从兜里取出一个大红包走进里屋：“大人，这是小人的一点心意孝敬你老人家，请你笑纳。吃水不忘挖井人，奴才不是忘恩负义之人。”罗聪一边说“使不得！使不得！”一边接过沉沉的红包后又推给庹龙。暗想：“这至少有二三十两金子，小子真够意思。”当庹峰再次送过来时，便不再推辞。

庹峰：“大人，前天我接下一个争田产的案子，收了十两黄金。案情并不复杂。原告庹金状告被告夕金侵占了他的田地，且有官府核发的文书做证。被告夕金是种着田地的人，说官府核发的文书是假的。我得了原告的钱财就得为他消灾，于是带了几个人去要被告交出田地。被告支使他的老母出面阻挡我们执法，争吵之中跌地死了。”罗聪：“死了？”庹峰：“死了。”罗聪：“走，看看去！”庹峰：“大人，我不敢去。他认出是我怎么办？”罗聪：“化了装再去。”

乡间。茅屋。哀乐阵阵。夕金夫妇正在灵位前叩头哭拜：“母亲，你死得冤枉啊。庹金强占我店铺，还将你活活打死，这世道，谁能给我们申冤啊！”

街坊甲劝道：“夕金，另，哭了，到官府申冤吧。”罗聪见夕金妻子十分美丽，向庹峰使了个眼色，二人便默默地离开了。

罗聪书房。罗聪：“庹峰，你可叫庹金到司寇衙门反告夕金。”庹峰：“小人不敢。”罗聪：“本官给你做主，怕什么？”

夕金店铺。几个差人上前将夕金夫妇锁拿。夕金：“官家为何捉我？”

差人：“你诬告庹金，到官府听审！”

司寇公堂。罗聪：“夕金为何诬告庹金？”夕金：“庹金强占我祖上留下的田地，有四邻可以做证。请大人为小人申冤。”罗聪：“你可有证据证明田地是你的？”夕金：“小人的地契被盗，乡邻里皆可证。”罗聪：“大胆狂徒，串通乡邻诬告好人。收监听审！”夕金夫妇：“小人冤枉啊！”

女牢房。庹峰：“夕金妻随我来。”夕金妻被押出牢房。

司寇公堂。罗聪：“夕金，你的案子一时无法了结，念你老母未葬，现放你回去安葬老母。”夕金：“大人，请将小人的妻子一同放回。”罗聪：“你先回去吧，你的妻子随后放回。”

夕金妻含恨自尽

大雨滂沱，闪电雷鸣。夕金妻冒雨跌跌撞撞地回到家中，抱着夕金泣不成声：“夫君，罗聪不是个东西，将我强行奸污。我无脸再活下去！”夕金：“你别丢下我，我给你报仇！”

夜。夕金妻上吊自杀。夕金深夜摸进罗府，被家丁发现，打斗不过，逃了出去，消失在茫茫黑夜中。夕金乡邻甲：“这是个什么世道？一个和和美美的家庭就这样给毁了。”乡邻乙：“现在不少王公大臣、忠实良将和正直善良的平民百姓被关押、杀害。听说三朝冢宰也被投进了监狱。”乡邻甲：“现在我们这个国家是坏人当道，国王昏庸。有话无处讲，有冤无处申，人人自危。不管有多大的冤枉事，都不要说，说了不仅没用，反而会带来杀身之祸。”

唐诚直谏惹恼鄂旺

后宫。管弦悠扬。一群舞女正翩翩起舞。鄂旺正搂着王妃饮酒并击节观赏。典门向前跪报：“大王，唐冢宰求见。”鄂旺不耐烦地：“这老头儿真老糊涂了，怎么平时不来求见，偏在朕用膳这个时候求见？不见！”

典门退出后宫，对正在恭候召见的唐诚说：“冢宰大人，大王正在用膳，不见。”

司徒官邸。唐诚：“长史大人，我听到你的传信马上去到后宫觐见大王，为何不准觐见？”庹嵩：“我看见大王没事，就马上派人来通报于你。可是，你走得太慢了，等你走到大王身边时，大王已传令传膳了，以后跑决些吧。”

唐诚：“这倒是了，不能错怪庹龙人的一片良苦用心。下次我一定跑快些。”

庹嵩：“冢宰大人，你老知道我是为国家社稷着想，毫无害你之心就行了。”

唐诚：“哪里话呢？长史大人怎么会加害老臣呢？你瞅着机会给我通报得了。”庹嵩：“听从冢宰大人吩咐就是。”

后宫大门。唐诚：“典门，请报大王，我有要事求见。”典门：“你等着，我即刻去报。”典门转到内宫，只见鄂旺正全神贯注地欣赏歌舞。典门：“启禀大王，唐冢宰大人求见。”鄂旺：“这老头儿不知趣，恰恰在我正看得高兴时求见。不见！”典门：“冢宰大人，大王不见。”唐诚：“这就奇怪了。我这次跑得比哪次都还快，怎么还是不见？请告诉大王，说我有要事奏报，请大王一定要召见。”鄂旺不耐烦地说：“传见！”

后宫。唐诚叩见毕。鄂旺：“老冢宰，你有何等重要之事非得在朕有事时求见？”唐诚：“大王，帝辛对我国虎视眈眈，不可不防。我们賨国老百姓现在还十分贫穷：男子拼命劳作尚不能保温饱；女子早起晚睡不停顿地进行纺织还衣不能蔽体。今年又遇天干水涝收成不好，百姓困苦不堪。大王您却扩大王宫，征收百姓土地，拆除房屋，使许多老百姓流离失所。您又大征全国劳力，大兴土木修建楼阁亭台及苑囿景观，这样无节制地动用巨大的人力物力，使得男人无法耕作，女子不能纺织，这叫老百姓怎么聊生？

所以闹得全国民怨沸腾，怨声载道。恳请大王立即停止修建这些工程，体恤民情，以固国本，与民休息。”鄂旺：“老冢宰所言差矣。帝辛对我賨国虎视眈眈，是看到我賨国弱小。现在，我们国家力量已大大增强。不扩修王宫，会遭到帝辛及邻国藐视。古人说，民力不用，易生懈怠。再说，修建这些工程，征用不了多少土地，耗费不了多少民力财力。不必大惊小怪！”

唐诚：“大王，大规模地营造王宫不是动用不了多少民力财力。我算了一笔账，全国有六成的男人在为修建宫苑楼阁奔走；一年有七成的税赋用于工程，造成民力疲惫，国库空虚。有许多老百姓吃不上饭，穿不上衣，逃亡于外。再不停工，老百姓怨声载道，恐对国家安定不利啊！”

鄂旺：“老冢宰，你言重了。扩大王宫是为了展示国力，壮大国威，加固国本，以免受到帝辛和邻国鄙视，并非为朕一人享乐。”

唐诚：“非老臣危言耸听，老百姓是国家的根本，没有老百姓哪来国家？强占老百姓土地，这关系国家安危的大事，祭史不直言进行规劝，是我不忠；怕死不说出大王的过错，是我不勇。古人说，大王有过错，做臣子的就该规劝，规劝不被采纳就应当以死相谏，这才是忠的最好表现。为了国家长治久安，我不得不冒犯天威对您进行劝谏。”

鄂旺：“你的意思是要朕怎么办？”唐诚：“请大王不要听信谗言，立即停下不是十分紧要的工程，多行仁政，多做善事。轻徭薄赋，减免一些过重的赋税。现在监牢里已经关满了犯人，还在不断地往监牢里关人。据老臣所知，有些人只是不同意搬迁，并没有犯其他什么罪也被关进了监牢。请大王下令清查冤案，把抓错的人赶快放出去，让他劳作，维持一家人生活。大王身边聚集了不少斗鸡走狗之徒，应当立刻驱散。这不仅可以减少百姓的怨气，还可以使他们参加生产，为社会增加财富，减少饥寒之人。请大王把天下老百姓当自己的子孙一样地加以关怀和爱护。”

鄂旺：“你认为朕比帝辛还不如了吗？朕就是十恶不赦的暴君了吗？朕看你是老糊涂了，念你多年效忠朝廷，不治你忤君之罪，快快回家去吧。”

鄂旺说完拂袖而去。唐诚追赶着鄂旺：“大王，立即停建王宫，立刻驱散斗鸡走狗之人！以社稷为重，您可要三思而后行啊！老臣向您下跪了！”鄂旺：“老糊涂虫，你想逼宫？再出狂言，看朕要不要你的老命！”鄂旺愤愤而去，很快消失在楼阁之中。唐诚老泪纵横：“天啊，老臣无才，百姓怎能脱此厄运啦！”

唐诚怅然若失。内侍：“老冢宰，大王累了，回宫休息去了。你这样跪下去也没有用，还是早点回家休息去吧。”唐诚无奈地踉跄离宫而去。

御案前。鄂旺：“庹长史，你说唐诚这老头儿好不晓事，朕无事时他不来。朕有事时他偏以为民请命的姿态来奏事，令人心烦。你说，他是不是欺朕年少，看不起朕才故意与朕为难的呢？”

唐诚蒙冤入狱

庹嵩：“大王，唐诚表面恭顺，实则包藏祸心。唐诚如果仅仅只有欺您年少之心，那还不是太大的事情。他可是要以为民请命来博取天下民心啊。唐诚知道您登王位的内幕，不仅看不起您，而且以元老重臣的身份对您的行动加以限制，以便日后取而代之。您深居宫中接触人少，唐诚住在宫外，时时刻刻接触大小官员，利用各种机会建立自己的威信。现在，他的声威可比您要大得多啊！”

鄂旺:“想不到唐诚这样的老臣也有这样的野心！着监察史仔细查查这老儿的恶行！”庹嵩：“微臣这就去办。”

后宫大门。唐诚:“典门,我见不到大王,只好撰写奏章上疏大王,请你立即上报大王！”典门：“老冢宰一片忠心可嘉，小人立即上报就是。”典门走进御书房将唐诚奏疏放于龙案之上：“启奏大王，这是唐冢宰刚刚送来的急奏件，请大王马上审阅。”

鄂旺翻了翻奏疏：“传唐诚。”典门：“大王有旨，召见唐诚。”唐诚走进大殿，跪于龙案前：“老臣参拜大王。”

鄂旺：“老冢宰，你说朕大兴土木，劳民伤财，朕已当面作了批驳。你又上疏，尽是些陈词滥调，了无新意，令不令人心烦？你又说，朕身边有许多奸佞小人，特别是庹嵩有犯上作乱之心，何以为证？”唐诚：“庹嵩阳奉阴违，口是心非，不懂得天理，不体恤民情，一味只求蒙骗圣上以获取圣上的欢心。他贪得无厌，不顾国家和老百姓安危，只求自己得利而没有休止。他还经常假传您的旨意，以获取私利。种种迹象表明他是一个贪得无厌的危险人物。请大王不要上庹嵩施展野心、犯上作乱的当！老臣有本上奏，请大王仔细观看。”

鄂旺不屑一顾地将唐诚的奏疏甩到龙案上：“老冢宰，说话要讲依据，不可捏造事端诬告忠臣，挑拨离间君臣关系。你可要想想是什么后果。”唐诚：“老臣说的句句实话，请大王三思而行。”鄂旺:“岂有此理！本王不是三岁幼儿,说话做事怎么没有慎重考虑?你别老是倚老卖老，老是以训诫小儿的口气对朕说话！”唐诚：“大王——”鄂旺挥手将奏章掀于地上：' '给我滚！”几个武士上前，将唐诚架着走出大殿。

龙案前。鄂旺：“庹先生，这是唐诚告你贪婪、矫旨的状子，你仔细看看！”庹嵩：“大王明察。唐诚见大王您信任微臣，心怀嫉妒只是其表，想告垮微臣达到他篡夺王权才是真实目的。说实在话，现在朝廷中，唐诚最怕的只是微臣。所以，他千方百计排挤我，诬蔑陷害我。只要我一离开您，他就可以肆无忌惮地进行谋反了。”

鄂旺：“可有证据？”庹嵩：“证据多了：官渡三王齐薨之案，他有诸多疑点。他千方百计提拔重用他唐氏家族中人，在郡县安置亲信，并与罗丰等诸多叛臣勾结甚紧。近来又与被处决之人的亲属书信来往密切。看来，他是加紧了夺取大位的步伐……”鄂旺:“立即逮捕唐诚这个不知好歹的老儿！此案由你亲自审问！务必查清他的谋反证据。”庹嵩：“微臣遵旨。”

鄂典求情，鄂旺不允

御书房。典门:“启奏大王，龚睿将军求见。'鄂旺:“快请。'龚睿:“微臣拜见大王。”鄂旺：“免礼，赐坐。”龚睿：“谢大王。微臣听说唐冢宰已下狱，此事当真？”鄂旺：

"有人告他与唐严、罗丰等串通谋反。"龚睿:"大王也相信?"鄂旺:"既有告发,查一查也无妨。"龚睿:"唐冢宰一生谨慎,对鄂家天下忠心耿耿,无可挑剔。当年帝辛派贺灿对他进行策反,他立即将贺灿送交老大王处理,赢得了反击帝辛御驾亲征的胜利。他要是有二心,我们賨国可就灭亡了。对唐冢宰一定要慎重对待,不可上了奸人的当。"鄂旺:"好,查清案情后再做处理。"

唐诚受酷刑

司寇官衙。唐诚被押至司寇公堂。罗聪:"唐诚,有人告你谋反,你有何话说?"唐诚:"我一生忠于鄂家王室,先后侍奉了三个大王,何曾有过谋反之意?"罗聪:"现已查清,你勾结唐严、罗丰等奸臣,培植党羽,扰乱朝政;贪赃枉法,事实俱在,不容你不招供。小的们,赶快大刑伺候!"刑狱:"是!"唐诚:"罗聪,当年帝辛派贺灿策反于我,我若有叛逆之心早已反叛朝廷,何至今日才行谋反?我与唐严、罗丰等共事朝廷,仅有公事往来,毫无私情可言。你栽赃陷害,冤枉好人,天理难容!"

罗聪:"当年你明知势力不济反叛不了鄂桓大王,所以不得不将贺灿献给大王处死。但你反叛之心未死,今见大王年轻,便广结朋党,安插亲信,笼络人心,妄图乘乱夺权,这也毫不奇怪。刑狱,给我上大刑,狠狠地打,看他招也不招!"一阵行刑之后,刑狱:"启禀庹长史,唐诚昏死过去了。"罗聪:"用凉水浇醒他!"唐诚:"痛煞我也。罗聪,我没有丝毫谋反之心,你休想用酷刑要我招认你诬陷的罪名!"罗聪:"事实俱在,不容你不招认,我看你怎么抵赖!"唐诚:"你打死我也休想把假的说成是真的!"罗聪:"我倒要看看是你的嘴巴硬还是我的刑具硬!"

唐诚数次昏厥后被冷水泼醒,罗聪奸笑着说:"老冢宰,你只要招供就行了,何必受这么多酷刑呢?"唐诚:"我是言忠惹祸,受小人中伤啊!"罗聪:"你不招不行啊!"唐诚"天下人受奇冤多得很!让后人辨是非去吧!不如认罪留个全身。罢罢罢,酷刑难过,你屈打成招,我就招了算了。"罗聪:"在笔录上画押!"唐诚:"不画押你也把假的说成是真的。画它何用!按你的意思定罪就是了。"罗聪:"不画押就再用刑!"唐诚:"画就画!"罗聪:"你不认也得认!休想赖脱你的罪行!将此罪犯押进死牢关押!"狱卒:"是!"

庹嵩毒计封唐诚翻供口

司徒密室。庹嵩:"传督策。"督策:"小人到。"庹嵩:"我招你到府中待你不薄,可否愿为我尽心效力?"督策:"司徒大恩我永世难忘。小人就是变牛变马也难以报答大人您给予我的恩情。有什么事,大人尽管吩咐,小人纵死不辞。"庹嵩:"老冢宰狡诈无比,死不认罪。大王若派人复查此案,他一定会翻案。这将于我十分不利。现在,你扮成王宫使者提审唐诚。他一定会说是冤枉。你要严刑逼他认罪,死了翻案的心,知道了吗?"督策:"知道了。小人一定尽心竭力为恩人办事。一定将唐诚的案子办成死案,叫他永远也翻不了案，请长史大人放心。”

大牢。唐诚披头散发，坐在角落里。牢卒：“唐诚，宫中来的使者提你对案，你可要说真话！”督策：“唐诚，本使受大王指派，核对你的案情。你招供数次又翻供数次，到底是真是假？你可对本使者如实供述。本使者为你做主。”唐诚：“老臣冤枉呀，此案完全是庹嵩一手编造陷害于我的。”督策：“既是陷害，你为何又招供画押？”唐诚：“庹嵩使用酷刑，屈打成招。”督策：“你的供状写得清清楚楚，你又画押承认，还想翻供？左右，给我狠狠打这老儿！”众刑狱：“是，着实打这老儿！”

唐诚：“你们如是再三严刑毒打，我招也是招，不招也是招。”督策：“你愿意招供？愿意招供就画押！”唐诚：“不招也是招，画不画押有什么区别？”督策：“你既然知道画与不画都是一样，你就再画押嘛，免得再受重刑！”唐诚：“不画！”督策：“不画就再给我用刑！”唐诚：“酷刑难当，拿来我画！”督策：“这就对了，何苦多受这种刑罚？你十多次反反复复，一会认罪，一会儿又翻供，叫人烦也不烦？你这做，只会增加你的皮肉之苦！”

唐诚：“只要承认就不用刑了吗？”督策：“只要承认就不用刑了。”唐诚：“罢罢罢，落入了庹嵩设置的陷阱，招也是招，不招也是招。那好，我就承认算了。”

长史府。督策：“长史大人，唐诚已在供状上画押，保证以后不再翻供了。”庹嵩：“你办得真漂亮，是个干才。你到巴林县去做县令吧。巴林县虽然是我賨国边陲之地，但是，地理位置十分重要。它是我国通向商国的必经之地。你去到那里要好好经营，要把它建成保持同商国畅通的首善之区。”督策：“谢大人委我重任，下官一定尽心竭力使大人满意。”

庹嵩视察私家军

老龙湾。峡谷中流水淙淙。一块小平地上，千人队伍正练习拼杀，吼声如雷。庹嵩在庹峰陪同下飞马来到训练场。庹峰高喊：“长史大人到！”

大家立刻停止操练。庹嵩高声讲道：“庹家长辈兄弟子孙们！你们训练十分刻苦，我很高兴！大家知不知道我为什么要建庹家军？为的是雪千年的耻辱。当年禹王叫我们建賨国，我庹家先祖同鄂朗等人竞争王位，鄂朗施毒计夺得王位。从此，我庹家世代受压。大家说怎么办？”众：“夺回王位！”

庹嵩：“对！现在，鄂氏王朝已走到了尽头。”一人说：“大人，鄂家在唐家的辅佐下还有很强的力量。我们怎么办？”庹嵩：“不用害怕！我已得到了天子帝辛的支持。帝辛说，只要我们庹氏强大了，他随时可以派兵灭了鄂氏王朝，支持我建立庹氏王朝！大家有没有建立庹氏王朝的信心？”众：“推翻鄂王，建立庹家王朝！我们有信心！”庹嵩：“大家都要做庹家的忠勇子孙，都要做庹家王朝的开国元勋！一定要努力同心对不对？”众：“兴我庹家，努力同心！”

鄂旺复核唐诚案

王宫。鄂旺："唐诚谋反一案牵连甚大，迁延时久。殿前巡检立即到狱中与唐诚核对案情。"罗毅："诺。"

殿前巡检尉来到监牢提审唐诚："唐诚，你谋反招供是假是真？"唐诚以为罗毅又是庹嵩派来的，叹了口气说道："是真。"殿前巡检尉："不再申诉？"唐诚："申诉无益，不再申诉。"殿前巡检尉："认罪？"唐诚："认罪。"

王宫。殿前巡检尉回到大殿"启禀大王，唐诚承认招供是事实。他不翻案。"鄂旺"多谢庹嵩爱卿，朕差点被唐诚谋害。"庹嵩："大王幸甚！洪福齐天！望大王早将唐诚治罪！"鄂旺："爱卿，对唐诚怎么处置才好？"庹嵩："依微臣之见，可速将其斩首示众，以绝后患。"鄂旺："我朝自立国以来，还从未处死过冢宰这样的大官，事关重大，容朕仔细斟酌后再作处理。"庹嵩走到御案前："启奏大王，唐诚一案已查证清楚，请及时将唐诚绑赴午朝门外问斩，以震慑叛逆之奸臣。"庹嵩见鄂旺尚在犹豫，急切地说道："大王，非常时期要用非常之法。唐诚谋反之罪超过了历史上任何一个冢宰之罪，所以，不应拘泥于成法，应当立即杀头，以正刑典，以正国威。祸根一日不除，国家一日不安。古人说，当断不断，必受其害。大王要为社稷永固着想，立即将唐诚处斩以绝后患！"鄂旺："爱卿言之有理，待朕仔细审阅案卷后再做决定。"庹嵩："大王，微臣曾经听说古人有一句名言，'铲草不除根，当春乃发生'，留下唐诚这个祸根，社稷堪忧啊！"鄂旺："好，将唐诚绑赴午朝门外午时问斩！"

唐泰风了火急地跑进武成王府，对鄂典说道："武成王，唐冢宰已被押赴午朝门外，马上要斩首了！请快去救他！"鄂典："好！"鄂典大步走进鄂旺御书房："大王为什么要将唐冢宰斩首？"庹嵩："唐诚里通外国，叛逆朝廷，妄图夺取王权，罪该斩首！"鄂典："可有真凭实据？"鄂旺指着御案上的一叠竹简："这是庹长史呈来的唐诚认罪案卷，朕已反复审阅。"庹嵩抢着说："唐诚对自己罪行已一一画押，供认不讳。"鄂典："唐冢宰是侍奉我朝三代大王的忠臣，年壮时没做叛逆之举，鄂桓大王薨去之时，手中握有自立为王之权，那时不乘机夺取王权，而是竭力拥戴您登基，怎么到了晚年才突然想起要夺取王权，变成了叛逆之人？据我了解，罗聪滥施酷刑，将唐诚屈打成招。这是一起特大冤案！请大王一定要审慎处理此案。"庹嵩："武成王冤枉罗聪了。罗聪没有亲自审理过此案，怎么会对他滥施酷刑？请武成王不要轻信传言！"鄂典："我从不轻信传言！可叫唐冢宰前来对质！大王，你可不要上了奸佞小人的当，自断忠良之路，造成千古奇冤啊！"

鄂旺摇摇手陷入沉思之中。庹嵩催促道："大王，唐诚罪证确凿，无须再审。时辰已到，请立即下旨开斩！"鄂典大声说道："唐冢宰的案件一是必须慎重处理，谨防奸人作祟。"鄂旺耳边响起龚睿的话："大王，先王之时，从未听说过大臣有叛逆之事。先王去世不久，朝中一下子冒出了这么多叛逆大臣，令人生疑。请大王对现在冒出来的所谓叛逆之臣不要轻易杀戮，对所有叛逆案件一定要慎重处理啊！"庹嵩："大王，王无戏言，旨令已出，请立即开斩！"鄂典手消申鞭："老大王赐我镇国神鞭，上打昏王，下打奸臣！大王，你想尝尝这神鞭的味道吗？你要知道，天昏便无天，旨乱便无旨。人头一砍，便不能再复原。微臣愿以身家性命担保唐诚无反心，请立刻释放唐冢宰，让唐冢宰官复原职为朝廷尽忠尽力。”

鄂旺跪拜神鞭后叹了口气说：“谢叔爷爷及时提醒。朕数次翻阅历史典籍，我朝尚无斩杀冢宰先例，只有一个冢宰被监禁。可循先例，将唐冢宰仍押回大牢监禁，待审查清楚了再定。”庹嵩叹了口气说：“也好。请大王再详审此案，早作定夺。微臣告退。”

王宫大门。庹嵩刚出王宫，庹豹立刻迎了上来：“父亲，我等得你好苦哟，必须立即处理一件紧急事情。”庹嵩：“何事这么紧张？”庹豹：“庹璞不见了。”庹嵩：“怎么会不见了？”庹豹：“事情的详细经过是这样的……”

庹璞临死揭发庹嵩谋反

夕阳西下。山路上，一人担着柴火沿路下山。一辆黑色马车飞速驶来，撞倒了担柴人。马车翻下山沟。担柴人爬起来向山下望去，只见马已摔死，车旁躺着赶车人和一个女子。担柴人走到沟底，见赶车人头已跌破，血淌一地。担柴人用手在鼻子前探了探，已毫无气息。他又探手脚被捆，嘴巴被堵的女子，发觉还有一丝气息，便将女子身上的绳索解开，扯下口中的堵塞之物，将女子救醒：“姑娘，你为何被人捆绑？要哪里去？”姑娘睁开眼睛：“你是什么人？为什么救我？”

打柴人：“我是打柴人。路过此处，见你受伤，所以将你救下。请问你为什么受伤？”庹璞：“我被歹人绑架。”打柴人：“姑娘，现在安全了，你逃命去吧。”庹璞：“壮士，我的命无关紧要。快，扶我去王宫找唐泰。”

打柴人背着庹璞走到王宫大门前，正好遇到唐泰：“军爷，这个姑娘要见唐泰。”唐泰走近满身伤痕的庹璞：“小妹妹醒来。我背你去看先生！”

庹璞睁开眼睛，断断续续地向唐泰说：“侍卫长尉，我有一件天大的事告诉你，请你马上奏报大王。前天，我在门外听到夕太王太后与庹嵩正小声对话，便好奇地伫立偷听。太王太后责问庹嵩为什么杀死鄂峰、鄂丹，庹嵩说：‘鄂峰、鄂丹是鄂旺杀死的，你找鄂旺报仇去！’太王太后说：‘你为什么不派你在老龙湾、凉风垭、鼓锣山训练的庹家军为哀家报仇？’庹嵩说：‘现在才三千人，要扩充到上万人时，才请帝辛派大军帮助我们夺取王位。’太王太后问怎么处理唐诚，庹嵩说等劝说大王同意后公开斩杀唐诚，以震，慑唐家及忠臣。庹嵩突然走出房门，我躲闪不及，发觉我偷听到了他们的谈话秘密。庹嵩立刻唤进庹豹将我押到老龙湾处死。庹豹见我美貌动人，在老龙湾将我蹂躏后，命车夫将我丢进天坑灭口。不料途中遇到车祸得壮士相救。唐侍卫长尉，拜托你尽快将庹太王太后和庹嵩的罪行奏报大王知道。”唐泰：“谢谢小妹妹，你为国家立了一大功！我先找先生治好你的伤。”庹璞：“唐侍卫长尉，夕太王太后和庹嵩是杀人不眨眼的衣冠禽兽……请你马上奏报大王，严惩这几个国贼！为国家除害，为我报仇……我无颜再活下去了……”唐泰：“庹璞妹妹，你千万别那么想。你是清白无辜的。你检举揭发了庹嵩的罪行，为国家立下了大功，你是真正的巾帼英雄！大王和全国百姓都不会忘记你……”

庹璞抽出佩带的腰刀要自刎。唐泰紧紧地抱着她，号啕大哭：“妹妹，你不能死！你的血海深仇，大哥一定帮你报！”

庹豹跌跌撞撞地跑回长史府：“父亲，庹璞不见了！”庹嵩“你没将她处死？”庹豹：“途中翻了车。车夫尸体已找到。”庹嵩：“她的尸体在什么地方？”庹豹：“漫山遍野找遍，没有找到尸体。”庹嵩：“坏大事了！立刻派人再找！”庹豹：“是。”

第 23 章

庹嵩仓促攻王宫　唐泰追捕失良机

龚睿、唐泰深夜拜见鄂旺

老龙湾山头密林。唐泰透过树丛看见山下一队队军士正在操练，便立刻赶回宕渠城，走进睿智将军府向龚睿施礼：“睿智将军，小弟想向你打听一下，你在老龙湾可派驻有军队？”龚睿：“这可是国家机密不能随便打听。你打听这个是犯法的。”唐泰：“这样说来，我就无法向大王启奏，庹璞妹妹的冤屈也就没法昭雪了。”龚睿：“启奏什么？昭雪什么？”唐泰：“夕太王太后的侍女庹璞妹妹告诉我，庹嵩在老龙湾训练了一支军队。我立刻前去老龙湾探察，发现那里的确有一支正在训练的军队。但不知是国家的常备军还是庹嵩的私家军队，所以特地前来请你证实。”龚睿：“老弟，老龙湾没有驻扎国家常备军。你掌握了庹嵩谋反的确凿证据。走！我们一同去启奏大王。”唐泰：“好！”

龚睿、唐泰匆匆走进鄂旺寝宫。鄂旺：“龚将军，唐侍卫长尉，深夜前来见朕何事？”龚睿“唐泰发现了庹嵩在老龙湾训练私家军队准备谋反的秘密，所以深夜前来启奏大王。”鄂旺：“有多少人马？”唐泰：“大约一千人。据庹璞妹妹讲，庹嵩在凉风垭、鼓锣山、老龙湾一共训练了三千人马。”

鄂旺：“龚睿将军，命你马上带领军队前去剿灭庹嵩的私家军队。”龚睿：“调动大军尚需时日，走漏风声会引起庹嵩察觉。庹嵩的罪行还未充分暴露，不能打草惊蛇。现在只需派人密切观察庹嵩的动向就行了。”唐泰：“对，擒贼先擒王，待庹嵩罪行充分暴露后，立刻逮捕庹嵩。”鄂旺：“为什么不能现在逮捕庹嵩？”龚睿：“庹嵩是朝廷重臣，没有反叛行动，许多人不理解为什么逮捕他，会引起朝廷内外震动。等庹嵩罪行暴露充分的时候再逮捕他不迟。”鄂旺：“好，就按你们说的办法办。你们分头做好监视和逮捕的准备。”龚睿、唐泰：“遵旨。”

庹豹逞凶

庹豹边走边说："老爹，还有一件比庹璞不见了还严重的事情。"庹嵩："什么事情？"庹豹："今日我到夕家湾打猎，恰遇夕辉举家造反，杀死了我几个兄弟，请你立即派兵前去镇压。"庹嵩："到底是怎么回事？"庹豹："事情的经过是这样的……"

夕家湾。一群人匆匆在乡间小道行进。一个花花公子在前面昂首腆肚地走着，身旁一个武士装束的人牵着马，边走边说："幺老爷，你父在朝做那么大的官，又受到大王的宠信，你还怕什么？夕辉的女儿那么漂亮，不抢来玩一玩，岂不被人说你无能，惹人笑话？"

庹豹："我父在朝作长史之官，深受大王宠信，这是事实。本人老幺，从小受到父亲宠爱，享受着我父亲尊贵荣华之乐，每日斗鸡走狗，夺美女抢人妻，为所欲为，谁敢说半个不字？前日听说夕辉之女，生得如花似玉，美若天仙，便带家丁前往夺取。不料，夕辉家族人多势众，反将我等打伤。既扫我兴，又实实有辱我朴家声威。今日天气晴好，正好多带家丁再到夕辉家，将其美女夺来供我享用。小的们，你们都要放开胆子，不准畏缩不前，立功有赏。快随我到夕辉家把那女娃子给我抢来！"众家丁："幺老爷，夕辉家确实厉害，小心大意不得，还是不去为好。天下美女多的是，我们到另外的地方去抢算了。"

庹豹："住口！别来扫老子的兴！你说去不得就去不得？我抢那么多美女都抢得，就这个夕辉家抢不得？"众家丁："幺老爷有所不知，夕辉与唐诚是亲戚，有权有势，人多势众，家丁武艺高强，不好惹哟！"

庹豹："别净他娘说些长他人志气，灭自己威风的泄气话！小的们，麻起胆子，怕个球！唐诚的老命已捏在我老爹的手中了，早晚叫他去见阎王，怎么称得上有权有势？不用怕，给我抢！"众家丁："是，麻起胆子抢就是！"

庹豹带领众家丁来到夕辉家抢人，一番打斗，打伤了不少人，并将夕辉之女抢到手，跑出夕家。夕家人紧紧追赶，眼看即将追上。众家丁："幺老爷，夕美人已抢到手，只是王家追赶得紧。我们前面有两条道可走：一是山野小道，崎岖难行，容易被夕家人追赶到；二是御道，十分通畅。但是擅闯御道，按律要被杀头。幺老爷，你快决定走哪条道？"庹豹："怕什么？当然走御道！"

宽阔平坦的御道。庹豹等上御道后迅速甩掉了夕辉家追赶的人群。但是没行多远，迎面遇到了唐勇率领的王家御道护路军。唐勇："大胆刁民竟敢擅闯王家御道，还不快快下马受捕！"庹豹："唐勇兄弟，我等受叛贼追击，请让开道！"唐勇："胡说！哪里有叛贼？你知不知道擅闯御道是死罪？"庹豹挥刀杀向唐勇："兄弟，我给你面子你不要，休怪老子不客气了！小的们，别害怕，给老子冲！"

众家丁与唐勇所带王家御道护路军展开厮杀。双方死伤狼藉……

庹豹请庹嵩派兵镇压夕辉

长史府。庹嵩和庹豹匆匆回到家中。庹豹："夕辉与唐诚是亲戚，他们人多势众，气焰十分嚣张。现在事情闹大，夕辉家可能要捏造于我不利事实上奏大王。请父亲马上去见大王，让大王派军队弹压夕辉。”庹嵩：“这我知道。”

夕辉向鄂旺奏报庹豹抢劫民女案

唐泰带夕辉走到龙案前，向鄂旺跪下。夕辉：“启奏大王，庹嵩之子庹豹来我家抢我爱女，在打斗中，杀死我家八人，然后撞御道逃走。听说庹嵩已招募家丁几千人，日夜操练，谋反之心昭然若揭。请大王派军队及时追捕凶犯，为小民申冤！”

唐勇带着两名受伤的御道护路军军士来到龙案前跪下：“启奏大王，庹豹擅闯御道，杀死我护路军多人，请大王派军队追捕凶犯！为我们申冤！”

鄂旺：“真有此事？”唐勇和两名御道护路军军士：“小人有几个脑袋敢捏造谎言欺骗大王！”

庹嵩逼宫

内侍：“启奏大王，长史庹嵩说有要事启奏，请求马上叩见。”鄂旺如梦初醒：“夕辉和唐勇所奏情况及时，朕心中有数了。寺人，你将他们带到侧宫隐蔽，不要让庹嵩看到了。内侍，传庹嵩。" 内侍：“传庹嵩。”

龙案前。庹嵩带着庹龙匆匆走进王宫大殿，向鄂旺施礼毕。庹嵩：“启禀大王，今日查明夕辉家在唐诚支持下聚众谋反，恳请大王速速派兵弹压。”

鄂旺：“夕辉家谋反可有证据？”庹嵩：“证据甚多。”

鄂旺：“夕辉家刚有奏报：说庹豹强抢夕家姑娘，擅闯御道，可是事实？”

庹嵩：“这完全是诬告。”鄂旺：“可速速查实奏来。”庹嵩：“微臣已查清此事，不须再查。”

鄂旺：“今日时间已晚，明日再作处理。卿回家去吧。”庹嵩：“大王，情况紧急，不可误了大事啊！”鄂旺：“朕知道了。卿回家歇息去吧。”唐泰：“长史大人请回。”庹嵩无可奈何地走出王宫。

鄂旺召见唐诚

唐泰:“启禀大王,夕辉所报情况真实,王家御道护路军死伤数十人是最可靠的证明。”鄂旺：“庹嵩可真有谋反企图？”唐泰：“据查，庹嵩私募壮士已达三千人，日夜操练，谋反意图已昭然若揭。”鄂旺：“他告唐诚谋反可真？”唐泰：“他告唐诚谋反完全是诬陷。”鄂旺：“唐诚多次亲笔画押招供，怎么会是假的？”唐泰：“唐诚原本不招认，怎奈庹嵩大肆动用酷刑，将唐诚屈打成招。”鄂旺：“速召唐诚，朕要亲自询问。”唐泰：“诺。传唐诚。”

龙案前。唐诚被带到王宫:“老臣参拜大王。”鄂旺:“唐诚，你对谋反之案有何话说？”

唐诚："启禀大王，我唐某忠心耿耿侍候王廷已历三王，达四十余年，忠诚之心唯天可表，忠诚之事世人皆见，兢兢业业，何曾有丝毫懈怠之心？当年帝辛派贺灿来策反我，我立刻将贺灿押送大王处死，以表明忠于大王的心迹。鄂桓大王薨后，我手握朝廷所有大权，那时不篡夺王位，却力主拥您登基，难道还不能证明臣的忠心吗？臣年轻时尚无反叛之意，今臣已到垂暮之年，反倒产生了反叛之心，不是太荒谬滑稽了吗？"

鄂旺："你为什么画了那么多招供？"唐诚："画那些招供完全是酷刑难熬，屈打成招。所谓臣有反叛之事，完全是庹嵩想将我除掉而编造的谎言。请大王想想，自您登基以来，庹嵩办理了多少谋反大案？这些所谓谋反大案，有什么可靠证据？"鄂旺："证据不是没有……"唐诚："有多少证据经得起查验？庹嵩利用罗聪执掌的刑狱大权，罗织罪名，严刑拷打，屈打成招，制造冤案，诛杀不少王亲和重臣。事实证明，庹嵩自己不仅有谋反之心，而且是有预谋地一步一步诛杀王亲和重臣。崇飞每次来賨国，他都偷偷地与崇飞密谈多次。他与帝辛勾结的线索我已掌握不少。他是想借您之手杀掉我，除掉他谋反路上的绊脚石！"

鄂旺："可有实据？"唐诚："庹嵩善于伪装，不容易查到实据。但是，狡猾的狐狸再善于伪装，总还是要露出尾巴。虽然直接的证据我掌握得还不够多，但是微臣还是掌握到了一些重要证据。比如，他与崇飞往来甚密。崇飞每次到賨国来，本与他无接触必要，大王您也未饬令他与之接触。可是，他都要避开国宾馆丞，多次秘密与崇飞相见，而且密谈甚久。我曾对他进行过好言规劝。他不但不听，反而怀恨在心，恩将仇报，必欲将我除之而后快。他盗用国家军资器械，将招募的私家军队扩充到三千人，分三处扎营，其装备和训练强度都远远超过了国家常备军。"

鄂旺："冢宰所说诸事，为何不及早向朕奏报呢？"唐诚："微臣对老大王曾多次奏报，老大王都认为是我与庹嵩权力之争而不予采信。您登基之后，微臣也曾奏报。但因证据尚不充分，未敢坚持奏报。"

鄂旺："朕已知道了。爱卿，现在是否立即逮捕庹嵩？"唐诚："大王，庹嵩罪行目前仍然没有充分暴露，现在逮捕他师出无名，群臣不明庹嵩叛逆真相，会误认为是派系内斗，容易引起宫廷内乱。"鄂旺："他的幺儿擅闯御道，又杀死多人。"唐诚："这也只能逮捕他的幺儿。"鄂旺："爱卿现在就留在宫中为朕统筹谋划吧。"唐诚："我还是仍回监狱，看庹嵩有什么动静，再作道理。"鄂旺："也好。只是太委屈你了。"

庹嵩再次逼宫

龙案前。庹嵩再次带侍卫庹龙怒气冲冲地闯进王宫。庹龙在一旁按剑而立。唐泰等侍卫警惕地站在大门边。庹嵩："大王为什么私自召见谋反之贼唐诚？难道大王对我们的审理还有什么值得怀疑吗？"鄂旺："爱卿不必多疑。朕召见唐诚是另有事情要查问。"庹嵩："大王如对唐诚谋反案无怀疑，就应立即将他处死！"

鄂旺："唐诚的案卷朕还未审阅完，有些事还需查证，不能草率结案杀人。尧帝治理天下，以仁爱为本，以慈悲为怀，不滥杀一人。唐诚何时处决，待朕弄清案情后再作决定，爱卿勿急！”庹嵩：“唐诚是国家的祸根，一日不除，国家难安！”鄂旺：“爱卿不必过急，朕自有处置。”庹嵩：“望大王早作决断。古人说，当断不断，会反遭其害。臣以为大王您还是早作决断为好。”鄂旺：“朕知道了。爱卿回家歇息去吧。唐泰，送庹长史出宫！”唐泰：“是！”

鄂旺应变

王宫。御案前。鄂旺对鄂典、龚睿说：“唐侍卫长尉奏报的情况十分重要，揭穿了庹嵩训练私家军队的阴谋及与夕太王太后相互勾结的内幕。唐家宰冤案是庹嵩一手炮制已十分明显。今天，庹豹擅撞御道，杀死卫队多人。庹嵩几次入宫逼朕按他的意图惩处唐家宰和夕辉，朕未予采纳。他自知谋反乱国的事情已经弓I起朕的注意，要防备他狗急跳墙，提前夺取王位。武成王，速调重兵护卫王宫。龚将军速回天峰关防备帝辛派兵策应庹嵩谋反！”鄂典、龚睿：“遵旨。”

鄂旺：“庹璞是一个有功于国的贞烈女子，要好好治疗和保护。”鄂蕾：“此事由我来安排。”鄂典：“大王，对夕姝如何处置？”鄂旺：“派人监视她，看她与庹嵩在搞什么阴谋。”鄂典：“是。”

军营。鄂典退出王宫召集将士，发布命令：“现在情况紧急，王宫卫队把好四门：唐泰侍卫长尉率队守护东门，朴罗校尉守护南门，鄂山校尉守护西门，庹志校尉守护北门。军士夜不解甲，屏息静气，内紧外松，不得走漏风声。违令者斩！龚忠校尉前往御林军营传达大王口谕，随时准备勤王，不得有误！”众：“诺！”

庹嵩攻打王宫

长史府。密室。庹嵩气急败坏地匆匆回到家中，急忙召集庹龙等众多亲信商议对策“现在情况发生了急剧变化：鄂旺召见唐诚，唐诚一定揭露了我们的核心机密。我要求他立刻处死唐诚，他却以尧帝行仁政不滥杀生灵进行搪塞。庹豹为了一个女人，擅闯御道犯下忤逆大罪。庹璞生死不明，更会增加暴露我们许多秘密的危险！大家想想办法，我们该怎么办，才能渡过难关？”庹豹：“父亲大人，孩儿闯下大祸，要杀要剐听凭父亲处罚。”庹龙：“犯下忤逆大罪，按律应诛灭三族，处罚你能保住一家人的身家性命吗？”庹虎：“对头，现在应当想法保住一家人的性命，而不是保住一个两个人的性命。”

庹嵩：“对，大家一定要清醒地认识到，现在的情况不是一个两个人的事情，而是整个庹氏家族和所有亲朋好友生死存亡的事情。鄂旺已对我不信任，庹豹又擅闯御道授柄于他。幸好，鄂旺没有立刻拘捕我。”庹豹：“情况紧急，我们不能坐以待毙。古人说得好：先下手为强，后下手遭殃。鄂旺追查我上御道之事正急，不如出其不意，攻其不备，马上派一部分人捉拿鄂旺；派一部分人到监狱立即处死唐诚。此事一旦得手，父亲立刻称王号令天下，谁敢不从？”庹龙：“此事重大，力量小了恐难办成，必须将所训亲兵调入京城方可行动。”庹豹：“事情危急，等你将亲兵调入京城，可能我们的人头都落地了。我们府中之人，皆是一能挡十挡百的高手，趁鄂旺对我尚不防备之时，打他个措手不及，定能马到成功！”

庹嵩：“古人说，机不可失，时不再来。先下手为强，后下手遭殃。我们的行动抢在鄂旺动手之前，才有胜利的希望！我儿和全体家将听令：庹豹带一支人马进攻王宫；庹龙带一支人马到监狱处死唐诚。马上调庹家军入城随我一起行动。建立庹家王朝，你们个个都是开国元勋，不分庹姓外姓，一律按功行赏，封王封侯荫庇子孙，永享荣华富贵。大家听清楚没有？”众：“听清楚了。我们皆愿效忠长史大人，肝脑涂地，在所不辞！”

庹嵩：“成败在此一举，大家要竭尽忠诚，夺取胜利。成功之后，论功封王封侯，决不亏待大家。若有不勠力同心者格杀勿论，灭诛九族！你们都行动去吧！”众：“诺！”

庹嵩将庹峰召到身边说：“你赶快前去报告罗聪大人，请他和夕太王太后不要参与我的行动。我若成功，与他同享富贵。我若事情不成功，他长期隐蔽，保护好夕太王太后。你就留在他身边！”庹峰：“是！”

宕渠城。明月星稀，夜深人静。王宫东城楼上只有几名巡哨踱着悠闲的步子。一支人穿着夜行衣穿街过巷急速地向王宫靠近。城楼上的巡哨兵突然看到了这个异常情况“报告孟百夫长，你请看，那一支人为何飞速向王宫而来？”巡哨百夫长咎牛：“大家密切监视这一支人的动向，我马上去向唐侍卫长尉报告。”

唐泰得到报告，当机立断：“立即紧闭城门，全队上城，防止攻城！”

巡哨兵手指城墙“报告唐侍卫长尉：那边已有一支人搭梯攻城！”唐泰“全力抵抗！孟百夫长，速向殿前都尉禀报！”咎牛：“是！”

咎牛跑近殿前巡检尉：“请殿前都尉速报大王，现有一支不明队伍攻城，请大王速发旨令，调御林军保卫王宫。”殿前巡检尉：“你快回去守护好城墙！”

王宫。唐泰：“启奏大王，我们护城卫队已活捉一攻城之人，查明是庹嵩的家将。”鄂旺：“可有口供？”唐泰：“呈上口供。”鄂旺：“念！”唐泰：“小人是庹嵩家将，今夜受命进攻王宫，活捉大王，以解庹豹上御道之困和不杀唐诚之恨！”

鄂旺：“庹嵩口如蜂蜜，心如蛇蝎，朕险遭毒手。众将士，速将庹嵩捉拿归案，不让叛军漏走一个！”众：“遵旨！”

王宫东门城下。庹豹指挥攻城，与守城将士激战甚为激烈，双方伤亡惨重。庹豹：“攻下王宫就是胜利，大家快攻呀！攻下王宫重重有赏！”

一家将飞快跑到庹豹面前报告：“报告幺老爷，御林军已向王宫扑来，我们怎么办？”庹豹：“再进攻一次，只要拿下了王宫就不怕御林军了。”家将：“来不及了，我们即将陷入腹背受敌的困境！”庹豹听了听远处处来急促的马蹄声：“看来是攻不进王宫了，快撤！”庹豹率众家将仓皇撤走。

龙案前。鄂典：“启奏大王，我们已将叛军击溃。庹嵩残部已向朝歌逃窜而去了！”鄂旺：“派人快快追捕！”鄂典：“是！”

庹龙攻监狱

监狱大门紧闭。庹龙："快快开门。"狱卒："今晚开门时辰已过，没有大王手令，任何人不得开启大门。"庹龙："再不开门，我就砸烂大门！"

狱卒："你是何人，可知砸监狱大门是死罪吗？"庹龙："小的们，抬树撞开大门！"撞门刚开始，庹虎飞马而来："大哥，不能撞大门了。老幺他们攻不进王宫就退出城门去了，快撤！"庹龙："怎么回事？"庹虎："他们未能攻进王宫，听说御林军已飞驰而来，只好护着老爹先行撤退了。"庹龙："既然是这样，我们也撤！"庹龙带着众家将飞驰而去。

唐诚应对危局之策

王宫。鄂旺："召唐诚。"寺人："传大王令，召唐诚！"鄂旺迎接唐诚："老冢宰，你蒙冤受屈了。朕向您赔不是了。"唐诚："罪臣拜见大王。前者冒犯天威，谏言停止宫苑修建言词失礼，罪该万死！老臣之所以敢于直谏，是因为老臣已辅佐鄂氏三代大王，老臣不忍心看到大王将鄂氏大权从自己手中失去，所以才敢冒犯天威死谏……"

鄂旺："爱卿请起。朕受庹嵩蒙蔽，忠奸不辨，让您受罪了，险些害了爱卿性命。此次庹嵩攻城，才完全暴露了他的狼子野心真面目。回想此事深感愧疚。请爱卿多多原谅朕年轻愚昧无知，现在向你赔礼致歉！朕知唐家世代忠良，老冢宰忠心耿耿，能辅佐朕治理賨国。望老冢宰不计前嫌，一如既往为朕分忧。"

唐诚："谢大王为老臣申了不白之冤。老臣世世代代永远忠于王室之心不会改变，决不会因个人恩怨坏了朝廷纲纪，做下亲者痛仇者快的事情。老臣愿为大王效驽钝之力，万死不辞！"鄂旺："当务之急是追捕庹嵩叛贼。他投奔到商国，将对我国造成极大威胁。"唐诚："大王英明果断，及时粉碎了庹嵩叛乱阴谋。庹嵩现在正在逃往商国途中，必须立即通知边防军队堵截，防止庹嵩同帝辛勾结，对我国构成无穷后患。"

鄂旺："殿前都尉，速派得力干将前往摩天关传达朕的旨意，务必截住庹嵩，不得让他逃出国外。"殿前巡检尉："请大王发出手谕。"鄂旺："发出兵符，朕割袍急书手谕。"殿前巡检尉："唐泰带队传达旨令。"唐泰："诺。"唐泰一行飞马出城而去。

庹嵩天峰关前遇唐泰

夜。高山峡谷，崎岖小道，唐泰一行高举火炬扬鞭驱马，向天峰关飞速前进。

凌晨。庹嵩等带领三千余家丁行进在大道上，狼狈逃窜。庹豹见后面没有人追赶。高声说道："总算脱离了虎口。一夜担惊受怕，又饿又累，现在可以歇口气了。"庹嵩："现在还没有脱离危险。要是鄂旺派人在天峰关堵截，我们就插翅难飞了。过了天峰关，大家才可以放心大胆地歇口气。"庹豹："没有那么严重。我们走的是直道，鄂旺如果派人追赶，应当把我们追上了。我们后边连个人影都没有，可见鄂旺没有派兵追赶我们。"

庹嵩：“到天峰关，有两条道路可走。我们现在走的是官道，路宽也比较平坦，好走，但路程较远。还有一条小道，路窄，崎岖难行，路程要近得多。”庹豹：“我们为什么不走小道？”

庹嵩：“我们大队人马走小道，更走不快。要是被追兵赶上，就休想通过天峰关了。”庹豹：“我们快速通过天峰关就安全了，何必带这么多人马？”

庹嵩：“我们前去投靠帝辛，不多带人马，帝辛怎么会瞧得起我们？我们带的人马越多，帝辛才更加会瞧得起我们。我们以后重回賨国也才有声威和力量。”

庹虎：“天峰关快到了，如果天峰关总兵龚睿不让我们过怎么办？”庹嵩：“对了，我们还应多想一着棋。这是巴林县地盘，庹虎快去找督策县令，请他派人带我们绕开天峰关出国。”庹虎：“是。”应声而去。庹龙：“大家分别行动，赶快逃命要紧。”

庹虎飞马去到巴林县衙。督策拱手相迎：“小令迎接二公子驾到。”庹虎：“曲县令无须施礼。你赶快想办法让我人马绕过天峰关出国。”督策从书柜中取出一幅地图，摊于桌上：“二公子勿忧。在下任巴林县令以后，以打猎为名，对全县各山脉河流险要隘实地踏勘，绘制了一幅地图，现在正好派上了用场。你看，天峰关左侧层峦叠嶂中玉泉山下有一瀑布，一条小路到瀑布前便无路可走了。乍看是进入了绝境。实则是瀑布遮盖了一个山洞，穿过瀑布遮掩的山洞，就直接到了紫荆关下，就进入商国地界了。这条山洞小道，就连本地人也很少有人知道，是一个渔夫为捉娃娃鱼才探得此道的。十分隐蔽。你们通过这个山洞，就安全到达商国了。”庹虎：“渔夫知道这个秘密，他要是带领追兵截住山洞怎么办？”督策：“二公子请放心，卑职已将他灭口了。”庹虎：“督县令真是大有心机的人！”

督策：“在下办事得让长史大人放心嘛。督建过来见过二公子。”督建向庹虎施礼：“小人督建见过二公子。”督策：“你速将二公子一行人马带到玉泉山瀑布下，不得有误！”督建：“小人遵命。”

庹虎带着督建飞马来到庹嵩面前：“父亲，我们可不到天峰关了。督策为我们指引了一条秘密小道可安到达商国。”庹嵩迅速接过地图和书信观看，耳边响起了督策的声音：“长史大恩人台鉴：小人奉您之命署巴林县令之职后，踏勘山川河流，绘就一幅地图，已交二公子奉送于您。现特派督建带你们过十里峡，下五里坡，走倒马坎，上栈道，直到玉泉山脚瀑布处，即可通过隐秘山洞到达商国避难。这条秘密小道，既可绕开天峰关堵截，并可躲过賨军追杀。为防不测，我已派人在小道要隘处阻击賨军追击，并已派人向商国边境驻军报信去了，请求商军接应你们，确保万无一失。现由督建前来给您带路，聊表寸心！督策顿首。”庹嵩：“督策这小子还真能办事。众将士听令：庹龙、庹虎率领家将三千人马在督建的带领下迅速向十里峡进发！”

天峰山下。天峰关在云雾中依稀可见。唐泰所带人马远远地看见了前行中的庹嵩一行人马，命身边军士：“快去报告龚总兵！”兵士应声而去。

唐泰快马飞奔而来，大声呼喊：“请长史大人留步。”庹嵩停下脚步主动出击：“唐侍卫长尉，你是奉命前来捉我的吧？”唐泰：“长史大人，我是奉司寇罗大人和殿前都尉之命，前来请你回朝廷议事的。小尉怎敢捉长史大人！”庹嵩：“唐侍卫长尉，不须骗我。你奉命来捉拿我，我也不会怪罪于你。不过请你想想：你能有今天，我多少也有点恩德于你。请放我一马，让我出关，以后有回国之时，我再厚谢你。”唐泰：“长史大人对我有恩，我永世不忘。但是，放不放你出关，我没有这个权力。请你先在关下等着，我可以向龚睿总兵大人说说情，请他放你出关。”庹嵩：“唐侍卫长尉，请总兵大人能放我出关吗？”唐泰：“长史大人，龚睿总兵一定会放你过关的。”

庹豹:“唐侍卫长尉,不用骗我们。谁要阻拦我们出关,先问我手中之刀答应不答应！”唐泰：“幺公子不必动怒。让在下向总兵大人请求打开关门让你们出关去吧。”庹嵩：“唐侍卫长尉，请让开道，让我们自己过关吧。”

唐泰：“请你们在此等候片刻。”庹豹上前：“你到底让不让？”唐泰：“幺公子何必性急！”庹豹：“休怪老子性急，看刀！”庹豹挥刀向唐泰砍来。唐泰避过刀锋，挥刀迎战。二人打斗正急，庹豹踩虚脚，跌倒在地。唐泰随行军士呐喊上前，将庹豹捆绑起来。庹嵩拔箭射中唐泰后背。唐泰跌倒。庹嵩带着亲兵上前抓捕唐泰和抢夺庹豹。

唐泰所派兵士跑进天峰关：“总兵大人，快派兵捉拿庹嵩！”龚睿：“众将士听令，龚山率龚木等到关后堵截，罗黑同我一道到关前擒拿叛逃之贼，一个也不能让他溜走！”众将士：“遵令！”

龚睿披挂上马，带领众将士向关下杀去。唐泰正在危急之时，龚睿所率人马赶到。庹嵩见势不妙，顾不了庹豹，带着数人夺路向十里峡方向逃走。龚睿走上前去扶起唐泰：

“兄弟，你受伤了。郎中快为唐侍卫长尉治伤。”

唐泰：“庹嵩逃到哪里去了？”龚睿：“庹嵩向十里峡逃走了。那里有一条通向商国的秘密通道，沿途地势险要，十分难追。庹嵩等人只要一踏上栈道便再也无法追赶了。”唐泰：“快追庹嵩！”龚睿拔下唐泰背上的箭：“兄弟，你伤得这么重。留下治伤吧？”唐泰：“别管我，捉拿庹嵩要紧！快追庹嵩！”龚睿举起箭羽：“将士们，为唐侍卫长尉报仇啊！”众：“为唐侍卫长尉报仇！”

第 24 章

唐诚应变献对策　鄂蕾随兄访民情

庹嵩逃走

龚睿、唐泰率队奋力追向十里峡。转过几个小湾，只见庹嵩带几人正打马狂奔。龚睿等一行越追越近。庹峰："司徒大人快撤，我来断后！"

道路越来越窄。牛儿护着庹嵩向山谷中退去。庹峰占据峡口前有利地势挡住追兵。龚睿、唐泰仰攻不利。突然山上滚下巨石，龚睿、唐泰急忙命兵士躲避。庹嵩、牛儿乘机迅速逃进了十里峡谷。十里峡谷，山高谷深。悬崖峭壁半山腰，一条小道弯曲、狭窄，仅容一马可行。正当龚睿率众紧追庹峰进入峡谷口时，悬崖上哗啦啦地滚落下无数石头打死打伤一些兵士、马匹。龚睿、唐泰不敢贸然追击。龚睿仔细观察地形后，发出命令："罗黑听令，你速带二百人上山消灭打下石头之人！"罗黑立即带队上山迅速消灭了投石之人。龚睿率队追过五里坡、倒马坎，栈道，来到玉泉山下，只见瀑布挡住了去路。龚睿只好勒马叹息："此处道路已绝，难道庹嵩会使什么妖术插翅飞走了吗？大家四下搜寻，看还有没有山道可通行！"

群山壁立，无路通行。只有瀑布从天而降，形成一条小溪。兵士四下披寻，突然一个兵士惊叫起来："这里有一具身中数箭的死尸！"龚睿走上前去，只见荆棘丛中一死尸躺在小溪边："这是什么人？"一本地军士："启禀总兵大人，这是县衙的差人督建。背上中了数箭而亡。"龚睿："督建怎么会死在这里呢？"唐泰："难道督建是为庹嵩引路，庹嵩为防督建被我们捉住后暴露他们逃走的路线，将他灭口……"龚睿："现在庹嵩不知去向，追路被瀑布阻断，大家快查瀑布下有什么秘密！"

大队人马聚集在玉泉山下瀑布前，愁眉不展。督建领着庹嵩快速来到瀑布下："长史大人，瀑布下有一山洞，过了山洞就是商国。"庹嵩："你将大队人马引进山洞后，就可以去回去复命了。"

督建在前，穿过瀑布，点燃火把，引着大军穿出山洞后，回到庹嵩身边："长史大人，小人遵县令大人之命为您引路，至"此已完成使命，就此告辞了。"

庹嵩："谢谢你呀。你回去代我向督县令致谢。我们后会有期！"督建飞马向来路而回。庹嵩："庹峰、牛儿，不要留下隐患！"庹峰、牛儿等拈弓搭箭，向督建射去。几支飞箭从天而降，督建倒地身亡，所骑之马长啸一声飞奔而去。庹嵩走上前去，看了看倒地而亡的督建，嘴角露出了一丝阴险的笑容。庹嵩带着一行三千余人走到紫荆关下，受到了早已等待在那里的崇飞一伙文武官员的热情接待。

唐泰穿过瀑布走进洞中，只见一些火炬和烂草鞋残留物，问道："出洞之后是什么地方？"本地兵士回答："商国地界。"龚睿："为了不与商军直接冲突，停止追击。"唐泰："只好如此。"

庹嵩见帝辛

朝歌王宫大殿。庹嵩跪在帝辛脚下："大王，无能之人賨国长史庹嵩，辜负了大王的厚爱，真是羞愧难当，无地自容，无颜拜见大王。恳请大王恕罪！"帝辛："爱卿请起。朕知道，爱卿遭此奇辱非你之过，朕不会怪罪于你。"庹嵩："大王，罪臣按您的旨意，巧妙地除掉了鄂桓，一步一步地将鄂旺身边的能臣武将逐个剪除，将唐家在朝中的重要首领唐严杀死，将唐诚家宰打入死牢，唐家势力大为削弱，眼看不久即可夺得王位之际，小儿擅闯御道，鄂旺、鄂典等识破了我的计谋，召见唐诚，定下灭我之计。真是功败垂成！罪臣悔不该骄纵小儿染上恶习，飞扬跋扈，无法无天，抢劫美女，擅闯御道，关键时刻坏了我的大事。我痛心疾首，穷极无奈之下，铤而走险，进攻王宫不成，不得不仓皇投奔大王。大王，我的小儿不幸落入鄂旺手中，生死难卜。现在全国百姓，受鄂旺暴虐，处在水深火热中，时刻盼望大王前去解救！望大王速发大兵解民倒悬之苦！"

帝辛："俗话说人算不如天算。庹爱卿此次失误打破了朕的部署，令朕不得不调整部署！不过也不必悲伤。朕知道，你按朕的旨意对鄂家王朝的能臣干将剪除了不少，也是尽心尽力了。事已至此，悔也无用。"庹嵩："罪臣请大王速发大兵攻打賨国，我为先锋，推翻鄂旺的残暴统治，让賨人享受到大王的恩惠，过上幸福美满的生活。"帝辛："灭掉鄂家王朝是朕早就定下的方略。但是，目前不是灭掉鄂氏王朝的时候。朕目前必须加紧对鬼方用兵，同时防备西岐崛起，解除后顾之忧后，才可对鄂家王朝用兵。"庹嵩："微臣不敢干扰大王部署，愿带三千亲兵，到大王伐鬼方前线效力。"帝辛："朕知你一片赤诚之心。朕拥有雄兵百万之众，不缺你三千兵马。朕授你賨国都尉，兼领大将军职，专治賨国事务。你带来的三千人马仍由你自己统率，朕还将为你调拨人马，增强实力。你部暂驻紫金关，认真操练，整肃军纪，随时做好打回賨国的准备。你要知道，朕对你寄予了很大的期望啊！"庹嵩："谢大王隆恩。微臣愿效忠大王，虽肝脑涂地，在所不辞！"

龚睿、唐泰自责

賨王宫。龚睿、唐泰飞马进入王宫。龚睿："启奏大王，末将率队追赶庹嵩父子，至玉泉山下瀑布处，发觉庹嵩等已从瀑布下的暗道逃到商国去了，只好停止追击。末将身为边关总兵疏于防范，又追赶不及，请大王治末将渎职之罪。唐侍卫长尉身受箭伤，仍追敌不止，请予嘉奖。"唐泰："启奏大王，小尉本想捉拿庹嵩，但力量不够。在龚将军大军尚未尚达到之前，想缠住庹嵩，不让他逃遁。不料被暗箭射伤，让庹嵩从秘密暗道叛逃出国。请大王治小尉失职之罪。"鄂旺："二位爱卿无须自责。朕知道你们尽心尽力了。庹嵩逃出天峰关，非你们之过，朕不能加罪于你们。庹嵩投奔帝辛，若请来商军进攻賨国，天峰关首当其冲。为今之计，龚将军必须立即制定抗击办法，消灭来犯之敌。"龚睿："末将谨遵王命。"

唐诚献安定民心之策

龙案前。唐诚："庹嵩叛逃绝非偶然。他是在商、賨两国已互不信任的时候，帝辛派送给老大王的媵臣，可见，他肩负有帝辛的特殊使命。他到朝廷以后，施展阴谋诡计，组建阴谋集团，不时暴露出一些蛛丝马迹，可惜未能弓I起我们的足够重视，以致酿成今天的大乱。庹嵩熟知国家核心机密，叛逃入商将对国家安全构成严重威胁。微臣认为，当务之急，一是调整原来的边防部署，防备帝辛进攻我国薄弱环节；二是清查并及时控制他的阴谋集团的核心人物，防止他们兴风作乱；三是对庹嵩家族要区分不同情况进行争取和安抚：对那些只参与过庹嵩一般阴谋活动的人，采取一个不杀，大部不捉的宽容策略，给他们明确宣布，只要承认并愿意改正确错误的人，一律既往不咎，以分化瓦解庹嵩阴谋集团，防止他们死心塌地大搞复辟阴谋，铤而走险，这样才定稳定社会民心；四是对庹嵩制造的冤假错案给予平反昭雪，伸张正义，凝聚人心。"鄂旺："当前形势紧迫，首要的是内部不能乱。防御部署不能乱，民心不能乱。武成王主要负责调整防御部署，切实做好防御商军进攻的事情。"鄂典："微臣遵旨。"

罗聪走到龙案前跪下："大王，微臣愚蠢，充当了庹嵩制造冤假错案的打手，请大王治罪。"鄂旺："对庹嵩阴谋当时大家都未看清，你就不要过多自责了。你负责清查庹嵩阴谋集团的核心党徒。"罗聪："谢大王不治臣愚昧之罪。微臣请旨：是不是立即灭诛庹嵩九族？"鄂旺："大家议议。"鄂典："庹嵩搞阴谋复活动，参加叛逆行动的人都应当受到严惩。"唐诚："治国当以仁爱为先，不能动辄滥用株连之罪杀戮百姓。庹氏家族是一个很大的群体。对庹嵩族人应当公开地揭露庹嵩复辟阴谋，动员他们揭露庹嵩的复辟阴谋，只要他们与庹嵩划清界限，就应当表示欢迎，而不应当全部杀戮。"罗聪："那样不是会放掉许多复辟骨干分子吗？"唐诚："放掉一些骨干分子也不可怕。对骨干分子，只能秘密地逐个进行审慎了解，不可造成人人自危的状况：就是对确实参加了叛逆阴谋活动的骨干的罪行也要审查清楚罪行后，再按法令定罪。对曾经参与叛乱活动的一般人员要尽快解除他们的精神压力，以免他们惶恐不安，甚至顽抗到底。"唐泰："庹嵩族人中有人对庹嵩的叛逆行为进行了抵制，庹璞还对庹嵩的罪行进行了揭发。如果对进行抵制和揭发的人也不分清是非一律进行诛杀，不仅会造成许多冤屈之鬼，而且会造成社会极大恐慌。"鄂旺："对，不能简单地行使诛灭九族之法。"

罗聪："启奏大王，对庹豹可以立即处斩了吧？"鄂旺："将庹豹及参与庹嵩叛乱的人员一律收监，一一查清所犯罪行后分别处理。"罗聪："微臣认为庹豹的罪行已很清楚，为了震慑不法之徒，可以将庹豹等人犯立即处斩，不必翻来覆去地审问了。"唐诚："庹嵩网罗了不少党徒，活动隐蔽，很多情况短时间还不能完全弄清楚。还需通过审理庹豹等人，进一步查清涉案之徒。立即将庹豹等处斩，将会使许多人逃脱惩处。要通过对涉案人员的审理，让世人明辨是非。形成以爱国为荣，以叛国为耻的荣辱观。"鄂旺："唐冢宰言之有理，要防止别有用心的人杀人灭口。要通过对案件的审理，让国人明辨是非，知道什么事能做，什么事不能做。"

罗聪："同庹嵩一同逃跑之人的亲属，是否集中审理？"唐诚："不可将他们集中审理，搞得人心惶惶。有的人虽然跟随庹嵩逃到了朝歌，但不一定都是死心塌地参与谋反之人。他们或许是受蒙骗，或许是受裹胁，他们的亲属不应当受到株连。对已经捉拿归案的人，经过审查，只要他们有悔过之意的，就应当允许取保释放。这样才能使民心安定。"鄂旺："唐冢宰言之有理，不能株连无罪之人。"罗聪仍想挽回被动状态："微臣并不是要株连无罪之人，只是认为赦免了这些人，恐于大王威严不利。"

唐诚："治理乱局用重典，这是古人常用之法。但是，庹嵩偷偷摸摸使用阴谋诡计，妄图夺取大权，没有也不敢大张旗鼓地进行，而是在他认为十分可靠的几个亲近之人中进行。我们只要铲除他的几个骨干就可使局势稳定。现在如果到处大抓庹嵩的所谓党徒，势必使许多无辜的人感到惶惶不安。我们不能做让亲者痛仇者快的蠢事。现在最重要的是安定民心。要知道多杀一个人就多树了一批仇人。微臣认为清查庹嵩党徒，只能秘密进行，不能将凡是同庹嵩有过接触的人都看作是他的党徒。对嫌疑人员只能采取大部不捉，一个不杀的办法。"罗聪唰地脸红："这么说来，清查庹嵩党徒还有必要吗？"

唐诚深沉地："清查庹嵩党徒不仅必要，而且必须坚决彻底清除干净！但是，清查庹嵩党徒不是抓人越多越好，杀人越多越好。一个国家同一个人一样，有长脓疮的时候。庹嵩就是长在国家身体上的脓疮。我们治疗脓是把长有脓疮的那整块机体都去掉好呢？还是只去掉脓疮好呢？当然是只去掉脓疮而不是去掉整块机体！治理国家与医治人的脓疮是同一个道理。人的身体离不开血肉，调理身体必须注意爱护人的血肉；老百姓就是国家的血肉。国家离不开老百姓，治理国家必须注意爱护老百姓。一个人，血肉是最宝贵的；一个国家，老百姓是最重要的。如果滥杀无辜，殃及无辜百姓，到冽都是冤枉鬼魂，天下怎么能够安定？国家怎么能够强盛？"

罗聪反唇相讥地："不清除脓疮边的腐肉，能治好脓疮吗？不清除庹嵩身边的人，会不会给国家留下可怕的祸患？"

鄂旺："众爱卿不要再议论下去了。清查庹嵩党徒就按唐冢宰讲的办：既要除恶务尽，把庹嵩的党徒彻底铲除干净，为国家消除隐患，又不能冤枉一个好人。当务之急是安抚天下百姓。众爱卿有何良策请速速奏来。"

唐诚："微臣认为，安定天下百姓，最重要的要知道天下百姓最厌恶的是什么，最需要的是什么？只有把老百姓最厌恶的去掉了，老百姓最需要的满足了，才能安定民心。"

罗聪："老冢宰口口声声天下百姓，请问什么是天下百姓最厌恶的？什么是天下百姓最需要的？"唐诚："依司寇大人之见呢？"罗聪："微臣才疏学浅，不敢在冢宰大人面前班门弄斧。既然冢宰大人相问，微臣就斗胆先问冢宰大人一句话：老百姓称县官为什么？"鄂典："父母官呗。"罗聪："武成王说得对，叫父母官。父母官管老百姓的衣食住行，是替大王管理老百姓的牧羊之犬。微臣斗胆认为，只要把父母官选好了，天下自然太平。"唐诚："司寇大人认为现在的父母官怎么样？是真正能管老百姓衣食住行的百姓父母吗？"鄂典："据我所知，现在好的父母官不多，欺压百姓，不管老百姓死活的坏父母官不少。"唐诚："武成王说得对。微臣就直言吧：老百姓最需要的是吃饭穿衣和房屋田地。俗话说，一日无食父子无义，二日无食夫妻反目。老百姓需要的是平静的生活，最厌恶的是欺压他们的贪官污吏。要想天下太平，必须要让百姓有吃有穿，同时保护他们不受贪官污吏的欺凌。司寇大人把选好父母官当作天下太平的关键，很有见地。"罗聪志得意满地假作谦虚："老冢宰过奖了。可是遴选和考核父母官非臣之责。"

唐诚："大王，父母官关系国家的安危。父母官是您委派的，他们代表您去管理老百姓，手中争握了无所不能的权力。他们如果用您赐予的权力为老百姓谋福祉，老百姓不能不敬畏他们，感激大王的恩德。他们用您赐予的权力去欺压百姓，老百姓不仅仇恨欺压他们的官员，还会埋怨大王您啊。所以，要想天下太平必须管好父母官，大王必须处处留心啊！"鄂旺："冢宰所言极是。但是，官员一旦派出，朕便很难见到他们，怎么能时刻知道他们的所作所为呢？"唐诚："管理官员不需要天天盯着他们。俗话说，知人知面难知心。您天天看着的人，他心里在想什么，实际在干什么，您也不可能完全知道。"

鄂旺"朕怎么才能知道官员的好坏呢？"唐诚："朝廷对地方官建立了一套考核制度，通过制度可以知道一些官员的所作所为。"鄂典："考核制度也不是万能的良方。考核为良吏的官员中就出了几个大贪官。"唐诚："对，考核别人的官员中也出了几个大贪官。"鄂旺："这么说来，对这些官员真是难于监管了？"唐诚："雁过留声，人过留影，贪官污吏欺凌百姓，不可能不留下任何证据。这些证据就留在老百姓的心目中。可以说，最知道官员好坏的莫过于老百姓。"鄂旺："天下百姓那么多，知道贪官污吏欺凌百姓实情的老百姓只是少数人，要找到这些知情人，难啊！"

唐诚："只要到老百姓中间去看去问，总是可以找到知道实情的人的。微臣本想到民间去走走看看，掌握实情。"鄂旺："冢宰一片赤胆忠心，朕万分感激。爱卿年事已高，就不必做这方面考虑了。朕年少登基，对百姓疾苦知之不多，又受庹嵩蒙骗，深居简出，对百姓疾苦一无了解。今受唐冢宰启发，朕决定微服察访，到民间了解民情民意和地方官吏的执政情况。朕此次出宫，切勿让外人知道。朝廷政事由唐冢宰主事，特别重大的事情由武成王、唐冢宰商议决定。众爱卿还是要一如既往地天天进宫理政，恪尽职守，把需办之事办好。"唐诚："谢大王委托重任。请大王放心，微臣一定按照您的旨意把国家日常事务处理好，做到小事不推诿，大事不越权。如有紧急情况立刻派人向您奏报。"

鄂旺："国家大事全权托付老冢宰和武成王处理。朕立即起身访察民情去了。"众：

“祝大王一路顺风！早日回宫。”

鄂蕾随兄访民情

鄂旺迈步走出大殿。鄂蕾匆匆向他跑来：“王兄留步，你要到哪里去？”

鄂旺：“为兄出宫有要事。”鄂蕾：“我知道你出宫去办的要事，我要和你一道去。”鄂旺：“为兄不是出去游山玩水，你一个女孩儿家去干什么？”鄂蕾：“你不是经常说我是男孩子脾气吗？我女扮男装随你去！”鄂旺：“你不能去。”鄂蕾：“我一定要去。”鄂旺：“你这整脾气为兄真把你没办法。不过你得遵守我一个规定。”鄂蕾：“别说一件规定，只要你同意一路去，就是一千件规定也一定遵守。”鄂旺：“到民间体察民情不能暴露身份，要挨得了饿，受得了累，吃得了苦，还不准乱说话。”鄂蕾：“这个规定不说小妹也完全能办到。”鄂旺：“也好，下去了解民情，长长见识。免得只晓得做千金闺秀。我们一同去吧。”鄂蕾：“这才是我的好王兄嘛。”

鄂英怨鄂旺

司寇府。罗聪：“庹峰，大家知道你原来是庹长史的人，现在庹长史出了这么大的事，唐冢宰要彻底清查庹长史的党徒，我也受到他的怀疑。我自身难保，你留我府中我庇护不了你，说不准什么时候就把你抓去斩了。你到罗驸马那里去，好好侍候公主和驸马爷，公主和驸马爷才能保护你。”庹峰：“大人对小人之恩比天高比海深，小人永世不忘。”罗聪：“你去吧。”庹峰：“谢过大人。”

夕太王太后寝宫。鄂英：“父王和兄弟不幸遇难，太王太后要节哀啊。”夕姝：“难得女儿安慰我心。驸马爷身为賨城总兵，要为我把歹人清查出来严加惩处啊。”鄂英：“这也是我的心愿。但是，鄂旺升用了不少大臣，对罗川却是一动不动，可见他对我们也是不信任的啊。”夕姝：“如此说来，你们对他也得提防着点。”鄂英：“对。”

鄂蕾向唐泰学武术

村道上。行进着主仆四人：鄂旺扮作收购山货的老板，鄂蕾身着男装，扮作管账先生。唐泰、罗黑扮作随行挑夫。唐泰：“启奏大王—”鄂旺生气地：“哎！”罗黑：“快快闭嘴，只能称鄂老板。泰儿的意思是说老板走累了，需要休息一下。”鄂旺：“御妹走累了没有？”鄂蕾：“不是说好了吗？再苦再累也不能说苦和累。”鄂旺笑了：“好，我们都休息一下。”

大家就依傍路边一棵大树下席地而坐。鄂蕾：“王兄累不累？”鄂旺指着远处耕作的农夫笑着说“说不累是假的。不过，我们这点累比起那些在烈日下挥汗如雨的农夫的累，真算不了啥。”鄂蕾：“王兄说得对，那些农夫耕作不息，非常累。为什么不停下来歇息歇息？”唐泰：“农事季节性很强，怕累停下来歇息，错过了农时就得不到收获。”

鄂蕾指着背着小孩、手提罐子的农妇说：“你看，那个农妇提着罐子到田头干啥？”

唐泰："那是农妇给她丈夫送饭呗。"鄂蕾："看他们互相谦让，真是一对恩爱夫妻。"鄂旺："男耕女织，夫唱妇随，其乐融融。"鄂蕾："到底是不是其乐融融，我们前去看看。"大家走近农夫："老乡吃饭了？"农夫："我哪叫吃饭哟？"鄂旺："不叫吃饭，吃的是什么？"农夫从碗中挑出几匹树叶："吃的是树叶。"鄂蕾："为什么只吃树叶？你种的粮食呢？"农夫生气地说："粮食都拿去喂狗了。"鄂蕾："为什么自己不吃拿去喂狗？"农妇埋怨丈夫："东家把我们整得够惨了，他要是知道你骂他，还会把我们整得更惨。"鄂旺："谁是你们的东家？"农夫："别提那只披着人皮的狼！"农妇："夕虎把我们的田地全占去了，成了我们的东家。"农夫狠狠地："东家？老子恨不得吃他的肉！"鄂蕾："是怎么回事呢？"农妇："我们家原来有二十亩田地，日子倒还过得丰衣足食的。不料五年前老父母同时得了重病，不得不向夕虎借了牛打滚五两银子医病。不久，父母病故了。恰遇天干，当年只还了一两银子。第二年，夕虎连本带息算成二十两。我们实在还不起，他就强行把我家二十亩地收走了。现在我们成了他的奴隶，只好为他耕种田地维生了。"鄂旺："他的利息怎么那么高？"农妇："还有比这更高的。"

鄂蕾暗自想道："王兄不带我出来了解民情和社会状况，我还不知道百姓有这么多的痛苦。我应当帮帮这个可怜之人。"鄂蕾从怀中掏出二十两银子递给农妇："听了你的讲述，知道了你的苦难，我深感同情。这是我几年刺绣的积蓄，送给你们去把田地赎回来吧。"农妇："深谢公子大恩。但是，我们不能接受您的银子，您留着自己用吧。"几经推让，农夫还是坚决不收"小人无功不受禄，更不愿为下辈子欠债，请公子收回银子。"

鄂蕾只好收回银子："难道我就不能帮帮你们吗？"农夫诚恳地："我们身强力壮，可以自己挣生活。您去帮助那些自己不能挣生活的人吧。"

鄂旺："憨厚纯朴善良的好大哥叫什么名字？"农夫："罗毅。"鄂旺："你除了种田还会什么？"罗毅："我本读书人，开学馆教授蒙童。夕虎不准我开学馆，只好种田，种果树。种田辛苦啊，几年下来，田地种了一大片，人却老了好多岁。闲暇时间练练武，打打猎，倒也快活。"这时，田边跑过一只野兔，罗毅随手捡起一块泥土掷去，野兔被击中了。农妇上前捡了回来。鄂旺："好身手，罗毅大哥，我们记住你的名字，后会有期。"罗毅不好意思地问："我还不知道你们是干什么的呢？"

鄂旺："我们是收山货的商人。你有山货卖吗？"农妇："我们家有麂子皮。你们买不买？"鄂蕾："买，我就用这五两银子买。不过这麂子皮暂在你家放着，我们返回时再来取。"

交易做成了。鄂旺等告别罗毅走上了大路。鄂蕾："罗毅大哥真行，随手打死野兔，打猎射死麂子，武功真好。"鄂旺："猎杀麂子不一定有多高的武功。真有武功的人就在你身边。"鄂蕾："我把唐侍卫长尉给忘了。唐侍卫长尉，我从小就爱学武术，你愿意教我吗？"唐泰："只要公主愿学，小人怎敢不教？"鄂蕾："你是我的老师就别说小人小人的了。"唐泰："小人怎敢以老师自居？"鄂旺："能者为师嘛，怎么不敢当老师。"鄂蕾："老师，马上教几招。"唐泰："遵命。"

唐泰教鄂蕾在路边练了一阵。鄂旺："别性急，练功非一时之事，必须长期勤学苦练。现在了解社情民意要紧，赶紧行路。"唐泰边走边说："公主的悟性很强，只要坚持下去，定能成为武林高手，女中豪杰！”鄂蕾：“唐老师，刚才你教的武术可有名称？”唐泰：“刚才教你的武术叫賨人阴阳掌。賨人阴阳掌是巴山老祖督罡的祖传。这种拳法功夫过硬，不是花拳绣腿，是实战之术，其特点是静如泰山一丝不动，动如雷霆风驰电掣，指东击西皆中要害，偷袭奇袭所向无敌。不过，初学之时比较痛苦。”鄂蕾：“我不怕痛苦，只要你耐心教，我一定刻苦学。大家停下，唐老师再教一遍！”

大家停下，唐泰一个动作一个动作地教，鄂蕾一个动作一个动作地认真学，不一会儿唐泰、鄂蕾师徒二人都累得满头是汗。鄂旺：“上路！”大家高兴地向前走去。

罗毅等鄂旺等离开后，立即给妻子说：“老婆，这几个有点像是公差抓捕老县令的人，你赶快去告诉龚善大叔，叫他通知几个人监视着那几个公差。那几个公差如果真要抓老县令就把他们干掉！赶快去！”农妇飞快地走了。

鄂旺见差人到农家抢粮

山道。一行四人向前行进。鄂旺：“现在时值阳春三月，本应是春暖花开，但是，这里却田地龟裂，野无青草，舍无炊烟，一派荒凉景象。却是为何？”唐泰用衣摆扇了扇凉风：“太阳炙烤得口渴难受。这里所见之人无一不是衣不蔽体，面罗肌瘦，十分令人怜悯。”罗黑：“沿途所见饿殍载道，乞讨要饭的不少，甚至有人身插草标卖儿卖女。”鄂旺：“深居王宫不知民间还有这等痛苦。”

正行进间，突然听远处传来哭闹声：“天啦，你们叫我们还怎么活呀？”“你们活抢人比土匪还凶呀！”鄂旺：“快看看，前边发生了什么事？”唐泰用手一指：“大王请看，几个人在追牵牛担粮的一群人。”

鄂旺等走上前去，向一个老人问道：“请问老人家尊姓大名？这里发生了什么事情？”老人：“在下姓庹，贱名丘。闾丁把老百姓的牛、猪、羊牵走了，粮食挑走了。老百姓苦苦向闾丁哀求，闾丁不肯留下一点粮食。这日子还怎么过啊！”鄂旺：“闾丁凭啥牵走牛猪羊，担走粮食？”老人：“老百姓欠赋税。”

唐泰：“邻近苍县百姓衣食无忧，踊跃交赋税，巴林县却派闾丁到老百姓家牵牛抢粮，同属賨国，苍县与巴林县为什么截然不同？”老人叹了口气：“赋税太重。我们辛辛苦苦耕种一年，八九成收获都交赋税去了。”唐泰：“老人家，据我所知，国家赋税并没有这么重啊？”庹丘：“国家赋税重不重，我们不知道。县里、乡里要收这么多，我们也没有办法。”鄂蕾：“县里乡里要收多少？”庹丘：“我们一亩田一般年成，一年可收一百五十斤谷子。县里收八十斤，乡里收四十斤。”鄂蕾：“你们一家种多少亩？”庹丘：“我家种六亩。交了赋税，一年下来，剩一百八十斤。除去种子，每人口粮不到二十斤。”

鄂蕾：“你们是怎么过的呢？”庹丘：“吃野菜呗。”

鄂蕾:“你们今年的日子好过吗？”庹丘叹了口气:“今年可就更造孽了啊。”鄂蕾:“今年怎么更造孽啊？”庹丘：“这里土地本来就贫瘠，近几年又连遭天旱，不少田颗粒无收。县里、乡里催赋税催得紧，把很多家里的当家人关进监牢催交：规定交清了才放人。

有的当家人被关死了也交不清赋税。家里的人实在没法，便出外逃荒要饭，不少人饿死他乡了。”

鄂旺：“你们到县里乡里去请求过减免赋税没有？”庹丘：“怎么没有？上个月我们还去了。县府把领头的几个人抓去打屁股，打得喊爹叫娘的。还有一个被当场打死了。”

鄂蕾：“县令是谁？怎么这么歹毒？”庹丘：“县令姓督名策，心可毒了。为催赋，已经逼死了几百人了。”

鄂旺:“你们这里连年遭干旱，有没有抗旱的办法呢？”庹丘:“有山泉可弓I来抗旱。”鄂旺“怎么不将山泉弓I来灌田呢？”庹丘“我们原来就是用山泉灌溉，真正是旱涝保收。”鄂旺：“现在为什么不用山泉灌田了？”

庹丘：“山泉被夕虎强占了。”鄂旺：“被人强占了？怎么不去告状？”庹丘：“告状？到娜里去告状？”鄂旺：“难道县上、闾胥、比长都不为你们撑腰吗？”庹丘：“俗话说，衙门八字开，有理无钱莫进来。”鄂旺：“难道官府里的人都是这样的吗？”

一老妇：“也不是。我们以前的县令就从来没有派差人牵过老百姓的耕牛，还为遇到天灾人祸的人发放救济……”鄂旺急忙插话：“以前的县令到哪里去了呢？”

追赶闾丁的一些人失望地走了回来。鄂旺高声招呼大家：“乡亲们，你们以前的县令现在在哪里呢？”老人：“你们是官府的人吧？”唐泰：“老人家，我们不是官府的人。为什么我们一问到以前的县令，你们就怀疑我们是官府的人呢？”老人：“以前的县令被官府的人坑苦了。”鄂旺：“官府的人为什么要坑害以前的县令？”庹丘：“说来话长。以前的县令从不贪占老百姓任何财物，到乡间察访也是自带干粮，所收赋税也完全按朝廷规定，不增加分毫。那时，老百姓过得平平安安，交口感谢老大王为我们派来了好父母官。老大王去世以后，朝廷另外派来一个县令叫督策，以清查唐诚奸党为名，将老县令投进了监牢。一些老百姓说公道话也被逮捕关押。此人姓督，真毒，上任之后立即增加赋税，同豪强大户、富商大贾勾勾搭搭，制造冤案，支持他们强占民田，搞得百姓怨声载道。老百姓纷纷到郡府告状都被郡府打了回来。督策借此诬陷老县令煽动民众反对官府，要将老县令砍头示众。老县令的妻子被气死。老县令的儿子到京城申冤，被不明身份的人杀死街头。一个朝廷的忠臣，百姓爱戴的好县令，成了罪人。这是什么世道啊！”

鄂蕾:“督策这么坏，为什么告不倒他？”庹丘:“官官相护呀。朝廷只相信官员的话，老百姓的话一句也听不到，即或听到了也不会相信。”

鄂旺：“朝廷不是设立了纳谏御柜吗？你们为什么不向朝廷投诉？”庹丘：“老县令的儿子到京城告状连性命都丢了，投诉有什么用？”鄂旺：“难道真的就没有办法惩办督策，只有让他无法无天了吗？”庹丘：“除非当今大王知道了督策的罪行。可是，当今大王深居王宫，哪个能将这里的实，情让大王知道了呢？”

鄂旺：“老百姓为何不去找唐冢宰呢？”庹丘：“听说唐冢宰自己都被关进监牢了，找他有什么用？”鄂旺：“老县令现在还在监牢里吗？”庹丘：“老县令被老百姓偷偷地救出来了。县府正在四处派人捉拿他。”鄂旺：“你能不能告诉我们老县令现在在哪里呢？”庹丘：“你们是来捉老县令的吧？”

鄂旺:“我们真不是官府里的人。”庹丘:“我告诉你了，老县令的性命可就危险了。”

鄂旺：“我们不是官府里的人，我们不可能要老县令的命。”庹丘手指深山密林：“好，告诉你们，到那里去找。”

鄂旺、鄂蕾、唐泰、罗黑走向深山。丛林中，小河边，有一老人正在洗衣。老人转过身来看到了鄂旺一行人：“你是官府派来捉我的人？”鄂旺：“老前辈，不必惊慌，在下不是官府派来捉你之人。请坐下述话。我们是皮货商。”洗衣人：“别骗老朽了。此处不是商贾过往之地。你们实话实说，是官府捉我之人，你们绝对走不出这座山。”鄂旺：“为什么？”

洗衣人：“附近的老百绝对不会答应！”鄂旺：“老百姓为什么这么爱戴你？”洗衣人“鄙人姓龚名善，经唐冢宰选拔，是先王鄂桓亲授巴林县令。在任十多年，不贪不占，受到百姓称赞。唐冢宰入狱后，庹嵩派来督策接替了我的县令之职，并将我投入监牢。老百姓将我救出来以后，我才得知妻儿皆亡，痛不欲生。本想自戕早日到地下与妻儿相会，但受庹丘等苦苦相劝。他们说，庹嵩叛乱失败后，鄂旺大王已在纠正冤假错案，相信我的冤案一定能得到昭雪……”

鄂旺：“老县令，这里老百姓的生活为什么这么困苦不堪？”龚善清了清嗓子：“赋税太重。”鄂旺：“国家赋税真的太重吗？”龚善：“国家赋税本有些重。这里老百姓承担的赋税比国家规定的赋税不止翻了一番。”鄂旺：“怎么会翻一番？”龚善：“国家规定每亩收四十斤，督策加收四十斤，乡上再加收四十斤。你看重不重？”唐泰：“乡正是什么人，怎么有那么大的胆子敢增加赋税？”

第 25 章
鄂旺遇险入死牢　获救悟出强国道

龚善："乡正叫夕虎。八年前，罗毅与乡邻争水源发生械斗被追杀时，夕虎打败了追杀之人。罗毅将夕虎招为上门女婿。夕虎仗恃力气大，霸占乡民田产，控制水源，放高利贷，强买强卖，积累了钱财。督策来了以后，他花钱买官当上了乡正，利用职权，增加赋税，强占土地，欺男霸女，成了横行乡里的一个恶霸。"

门外走进庹丘："夕虎把我们坑苦了。"鄂旺："老人家，你也来了？"

庹丘："附近的老百姓都来了。他们以为你们是来抓老县令的。你们如果真要抓老县令，他们就要同你们拼命！"鄂旺："好险！幸好我们不是来抓老县令的。"庹丘："我们等了很久，不见你们有抓捕老县令的行动，大家才叫我来看个究竟……"

鄂旺："大家放心，我们不是来抓老县令的。老县令曾是造福一方、深受百姓爱戴的父母官，他的冤案肯定能够得到昭雪……我们告辞了。"龚善："恕不远送。"

鄂旺与夕虎不期而遇

夕家村村道。鄂旺一行四人向村中走去。唐泰"我们已走进夕家村，大家要多加小心。"鄂旺："前面有个小集镇，我们快步到集镇上看看。"

集镇上行走着几个神色慌张的人。唐泰上前拦住一人："请问老哥，为何行走如此匆忙？"行人答："听说夕老虎向集镇走来了，快躲快快躲！"

鄂蕾不解地问："夕老虎是什么人？你为何如此害怕？"行人："看来你们不是本地人，所以有所不知。夕老虎是本地的一大恶霸，他掌红吃黑，依仗县令的庇护为所欲为，见了财物就夺，见了美女就抢。稍有反抗，就拉到衙门关监。只要一关了进去，性命难保，家财要榨完。谁不害怕？"

鄂旺："你们怎么不去告官？"行人："哪个敢去告官？他是这里的乡正，跟县令穿的是连裆裤。他只要说一句话，县令那里，你再有理他也要判你无理。有钱才能有理！送了钱，无理也可以判成有理！”鄂旺：“你们还可以到更高的官府去告状嘛。总会有讲理的地方。”行人“再上面的官也是一样的贪。你就是告到国王那里也解决不了问题。”

鄂旺：“为什么？”行人：“官是国王派的。国王是相信他派去的官员的话呢？还是听你庶民百姓的话呢？说不定国王比地方官还可怕！”唐泰：“大胆，竟敢说国王的坏话！”罗黑立即制止：“你也不必动怒。国王在深宫，他哪里听得到这些话？”鄂旺：“是呀，国王听不到这些话，我们不必同这位兄弟计较。”

夕虎逼债抢新娘

镇口。走出一队人马。行人：“你们看，夕老虎来了，你们可得小心啊！”

鄂旺：“谢谢你，大哥員去。”

路旁。夕虎：“喂！你们几人在这里交头接耳议论什么？”鄂旺等不答。夕虎的随从吼道：“听到没有？仇大爷问你们话呢，哑巴了？”鄂旺：“你才是哑巴！怎么这么无礼貌？”夕虎：“嘿嘿，你才是没礼貌！也不打听打听本老爷是什么人，在夕家湾有哪个吃了豹子胆敢惹老子动怒的？”唐泰：“老兄别动怒。”夕虎的随从：“大胆，夕老爷不叫，老兄老兄的成何体统？”夕虎：“本老爷今天心情好，不和他计较，看来他们不是本地人。”罗黑：“我们确实不是本地人。还望多多赐教。”夕虎：“既不是本地人，来此有何贵干？”罗黑：“我们并非专程来此，是路过此地。”

路旁一侧。夕虎的一个家丁跑上前来向夕虎耳语了几句。夕虎：“你们去吧，本老爷现在有一桩子重要事情要办，没空和你们闲扯。小的们跟我走！”

夕虎一伙人向街中匆匆而去。

路旁。罗黑：“我们跟在他们后边去看他们到底是做什么买卖吧。”鄂旺：“好。”

鄂旺等转过几条小巷，只听人声嘈杂，呼救之声不绝。鄂旺等快步上前，只见夕虎等拦住了一台花轿。夕虎喝令：“将花轿抬到仇府去！”抬轿人拱手：“仇大老爷，这是何永家迎亲之轿，不能往你家抬呀！”夕虎随从：“抬不抬？不抬我们来抬？”轿内姑娘：“小女子是何永家的儿媳妇，你们别乱来！”夕虎：“何永借我十块钱，十年不还，利滚利早已上了万块钱！拿你这个人抵债还不够数！何永算什么东西？抬，给我抬起走！”何永的儿子何太上前阻拦：“光天化日之下抢我婆娘，你们还有没有王法？”夕虎：“哎哟，你小子懂什么王法！你知道不知道，在这里只有老子夕虎的王法！老子拿你婆娘抵债理所当然！小的们，快抬！”

鄂旺好言相劝

夕虎所带家丁立即上前强行抬轿，将原抬轿人打得头破血流。罗黑上前制止：“夕老爷，青天白日，抢夺别人妻子，不够仗义吧。”夕虎：“你这个远方人不知趣，刚才对本老爷不恭不敬，本老爷没有和你计较，也就算了。现在又要来搅我的好事。识相的，赶快各自走开，莫等老爷动怒！”唐泰：“古人言多行不义必自毙，我劝你多做好事别做恶事，趁早松手，放了这个新娘。”夕虎：“你是不是想在老虎嘴上拔须，不想活了？”鄂旺：“这位先生劝你是对的，为人要多做善事，不做恶事。何必恶言相向？”夕虎：“看来你们是一伙的，懒得跟你们费口舌。小的们，将这四人一齐给我拿下！”

夕虎跟随二十余人一齐扑向鄂旺四人。唐泰、罗黑、鄂蕾挥拳将冲近身旁的几个人打翻在地。跟随甲：“这些人会武功，大家小心！”经过一番厮打，鄂旺一行终因寡不敌众，被一个个捆绑起来了。

鄂旺被押进县衙

夕虎家丁：“老爷，把这几人放了算了，免得再添麻烦。况且对他们的身份不了解，如遇到大人物过路，我们会吃不了兜着走。”夕虎：“这个不行。在这块土地上从来没有人敢与老子作对，几个外来人还敢动手动脚，不理麻他们，我不是威风扫地了？”家丁：

“那就把他们宰了算了。”夕虎：“这也不行。对外地人的处理要特别谨慎。今天这个事是本老爷不对，叫抢劫民女。现在的国家不再是庹嵩、罗聪大权在握的时候。当年我们可以直接向庹嵩、罗聪告状，年轻国王不明是非，他们可以为所欲为。现在，庹嵩逃到帝辛那里去了，国王头脑清醒了，唐冢宰等忠臣又重新掌权了。如果我把他们杀了，他们的亲人告到国王那里，弄清了真相，肯定会判我个乱杀人之罪。杀人偿命，我便是死罪，非杀头抵命不可。我现把这四人送交给县上，由督县令直接处置。我们编造事实，栽桩罪名，借县令之手杀了这四个人，你我才好脱干系。”家丁：“这几个人没有长嘴巴，不会分辩？督策县令只听你一个人说话？”夕虎：“不用担心。督县令会为我们说话办事的。”家丁：“老爷高明，老爷高明！这四个人我们确实杀不得！”夕虎：“走，将他们押送县衙，请县大老爷处理！”众人押着四人大步向县城走去。

罗毅在人丛中伸了伸舌头：“这可如何是好？嗯，向老县令报告去。”龚善听完报告：“罗毅，你继续到县城打听情况。”罗毅：“是。”

督策审案

夕虎将四人押至县衙大堂门前，击鼓三通。督策：“何人击鼓，可有什么好事到来？小的们，升堂。”众衙役：“诺。”

夕虎走县衙大堂施礼：“给大老爷叩头。”督策：“仇大老爷遇到了什么疑难之事需要本老爷帮忙？”夕虎走到公案旁附在督策耳边，细语一番：“送上黄金百两，向大人请安。”督策假意推让：“你我兄弟，不要如此计较，此案判决包你满意就是。”

公案前。四人被押上大堂。督策：“你们四人姓甚名谁？是干什么营生的？速速报上名来！”唐泰：“我们是生意人，前来贵地收购山货。这位是我们老板，姓鄂名望，这位是管账先生，姓鄂名秀，我俩是挑夫，他叫罗黑，我叫唐龙。”

督策转动眼珠想道：“鄂老板有油水，可得好好敲敲。”转过头：“你们四人为何到本县行凶伤人？快快从实招来，免得老爷用刑。”唐泰：“我们四人并非无故伤人，是路见夕虎抢人家新娘这种不平之事，前去制止恶行，才发生了纠纷。”罗黑：“这夕虎抢夺民女，还打伤抬轿人。我等实实是主持正义所为。”督策：“这鄂老板有何话说？”鄂旺：“他们二人所说完全属实。”

督策：“这就不对了。你们四人既是收购山货，就该各自去做自己的生意，怎么无事找事，招惹是非，到本县行起凶来了？”鄂旺：“非是我等无事惹事，是仇大老爷行为不端惹起了民愤。”

督策：“仇老爷，他们所说的事情属实吗？”夕虎：“他们完全是一派胡言。今天是本老爷娶妾进屋，这四人无故寻衅滋事。”督策：“这就是你们四人的不是了。别的人我不知道，仇大老爷在本县是出名的大好人，他怎么会行为不端，为非作歹？你们冤枉好人可要罪加一等的啊。也罢，本县给你们出个主意：你们外乡人来到敝县也是不易，惹了事，鄂老板多拿点钱，给仇老爷赔个不是也就算了。”夕虎：“说得轻巧，拿根灯草。赔点钱就算了？不行！要赔只能拿命来赔！”督策：“你们四位听听，他还不要钱呢。你们说说，能拿命赔吗？怎么了结此案？叫本县怎么来判？”

鄂旺：“赔钱？赔多少钱？”督策摇头晃脑地说：“你是老板，惹得起祸就赔得起钱。”自白：“嗯，这个送上门的生意丢不得，是得在这个老板身上多敲点钱。”转过头来：“你有钱。你是得多拿点钱才消得了灾！”鄂旺：“到底要多少？你说个数吧。”督策：“一个人得二百两黄金，四个人，二四得八，要八百两！”鄂旺：“倾我家产也凑不足二百两黄金。哪里去找八百两？”督策：“凑不到八百两就拿命来补。”夕虎：“别给他两个谈生意，先关进死牢再说！”督策：“狱卒，先关进死牢。”狱卒：“诺。”

鄂旺命唐泰、鄂蕾出狱找钱赎命

死牢。唐泰：“鄂老板，我们怎么办呢？”鄂旺：“你们说，县令敢不敢杀我们？”罗黑：“这些人为了贪财，无法无天，什么事都是敢干的。我们还是来个缓兵之计，叫唐泰和公主一起回去给他拿钱吧。”鄂旺：“牢子，你把县令喊来，我有话给他说。”

督策来到死牢栅栏前。督策：“鄂老板，有什么话要对本县令说？”鄂旺：“我派两个人去找钱赎命，可以吗？”督策：“找钱可以，但是，你们的人出去找钱必须由本县令派人押着。”鄂旺：“我们还有两个人在这里，怕跑了不成？”唐泰一时激动失口道：“罗黑你一个人在此，要好好照顾大王。”

督策：“大王，什么大王？冒充大王是要杀头的！莫废话，你们派两个人出去找钱就行了。”唐泰：“他真是我们的大王。”督策：“前几天还有一个人到我这里来冒充玉皇大帝呢，我还不是咔嚓一声将他的头砍了！”罗黑：“县令大人，你不是要钱吗？宰了人可就要不到钱了。还是早点放他们俩出去找钱赎人吧。”督策：“鄂老板，本县令准许你派两个人出去找钱赎命。不过，本县令要给你们限定时间，三日内不交足八百两黄金，你们的脑袋就咔嚓！”

鄂蕾向唐泰表示爱意

道路上。鄂蕾、唐泰两个人骑着马飞奔向前，后面泛起一溜尘烟。鄂蕾：“老师，我们跑了这大半天滴水未沾，嗓子快冒烟了，到河边喝口水再走吧。”

唐泰：“好吧。”

两人坐在一条小溪旁，让两匹马饮水，同时，两个人埋着头用手捧水喝。唐泰将身上带的干粮递给鄂蕾：“公主，你累了吗？督策急于收到八百两黄金，特地给了我们两匹好马，我们得加紧回宫搬救兵救大王！”鄂蕾望着唐泰深情地：“累点没啥，救大王也来得及。老师，我真想我们永远这样察访下去。”唐泰一惊：“为什么？”鄂蕾：“老师，你就可以天天教我武术，我们就可以朝夕相处，永远不分离了。”唐泰：“公主，那是不可能的，我们还是快快赶路吧。”鄂蕾若有所思地跨上马向前奔去。

龚睿、唐泰、鄂蕾救鄂旺

王宫。唐泰、鄂蕾：“唐冢宰，国王被巴林县令督策关进死牢了，赶快派兵去救！”唐诚：“马上启奏太后。”唐诚急速走进后宫向太后施礼：“启奏太后，大王在巴林县受困，请速发兵救援。”太后掏出虎符交给唐诚：“命天峰关总兵龚睿将军就近率军火速前往救援。唐泰带路。”鄂蕾：“太后，事情紧急，女儿愿与龚将军、唐泰一同前往救驾。”太后：“准奏。立即起程。”

军营。唐泰、鄂蕾飞马跑进军营，向龚睿递上虎符。龚睿立即下令：“众将士听令，接太后懿旨火速前往巴林县救大王！”

行军路上。春雨季节，雷雨交加，山洪横淌，河水陡涨，道路阻隔。龚睿、唐泰、鄂蕾带领将士们冒着倾盆大雨，瞠水过河，在泥淋的道路上疾速前进。

巴林县城门。前哨：“报告龚将军！部队已到巴林县城下。”龚睿：“大部队在城外驻扎待命。我先带二人到死牢摸清情况，再行部署。唐泰带三百人到县衙捉县令和夕虎。谨防县令狗急跳墙，伤了大王性命。”众将士：“诺！”

死牢。龚睿进入牢内。牢内空空。狱卒已将鄂旺、罗黑捆绑押送刑场。龚睿立即退出牢房，指挥军队开赴刑场。

罗毅打听到督策即将处死山货商的消息后，立即回去向龚善报告。龚善听到罗毅报告后，带着一群青壮乡民手持大刀、长矛和棍棒，赶赴巴林县城南门口猪市坝周围，埋伏起来，枕戈待旦，准备刑场救人。

龚睿飞镖打伤刽子手

午时。从监狱推出两辆囚车，押到刑台。行刑官高声讲道：“午时已到，两位犯人听着：给你交钱赎命的三天期限已到，你们的人不来交钱赎命，只顾自己逃命去了。县令大人只好将你们宰了。你们要记住，明年的今日是你们的忌日！刽子手，立即行刑！”

罗黑大声喊道："别忙！"行刑官问："你还有什么话说？想拖延行刑时间？"罗黑："我们的黄金要是今天下午运到了呢？"行刑官："那你们两个的脑壳被砍掉了，就做冤死鬼吧。刽子手行刑！"

两个刽子手高高地举起了鬼头大刀。龚善等正要冲上前去救人。突然，只见刽子手双双倒地。行刑官仔细一看，两个刽子手的右臂都中了飞镖。原来是龚睿等将手一扬，同时发出的飞镖击中了两个刽子手的右臂。行刑官高喊："你们反了？"顿时，龚睿所率军人和龚善带领的百姓一齐向刑场上冲来。人们争先恐后地冲上前去给鄂旺、罗黑解开绳索，捆绑了行刑官。这时，督策和夕虎等也被唐泰等人押了过来。唐泰高声喝道："督策、夕虎还不快快跪下！你们抓的犯人就是当今大王！"督策、夕虎等跪下磕头："小人有眼无珠，罪该万死！请大王恕罪！"

龚善重做巴林县令

巴林县衙内大堂。鄂旺："传龚善。"龚善走进大堂跪下叩头："小民拜见大王。"鄂旺："龚善，令你仍做巴林县县令。你要一如既往地严惩贪官污吏和豪强富绅，让百姓能平平安安地过日子。"龚善："听从大王教海，微臣一定不辜负大王厚望，一定以实际行动感谢大王隆恩。"

鄂旺："将督策、夕虎押回宕渠城死牢关押，交罗司寇直接审理。将他们的罪行一一审查清楚后再行定罪。"众："遵旨"。

鄂旺深情告别巴林

鄂旺带着鄂蕾、唐泰、罗黑等人缓慢地走到巴林县城城门口，看着面黄肌瘦、衣衫褴褛的百姓，高声地说："乡亲们，贪官污吏把你们坑苦了。"百姓高喊："打倒贪官污吏！"鄂旺："对，朕此次微服察访，险遭不测，这才知道必须打倒贪官污吏！乡亲们，仅仅打倒欺压你们的恶人，你们还不能彻底摆脱贫困，还必须打倒贫穷大家才能过上好日子！"龚善："大王，微臣一定遵从您的旨令，把解除百姓疾苦当成为官之本。"

鄂旺颁布招贤令

宕渠城墙，皇榜高贴。一人正在给一群人朗读圣旨："招贤令：庹嵩乱国祸根已除，今天下大定，百业亟待振兴。大王有令，天下以百姓为本，百姓以贤人为髓。国家急需爱百姓、讲信义、懂法度、知治理的人才。可举荐，亦可自荐。一旦入选，即委以重任。特布告天下，使广为知悉。国家期盼，大王期盼！国家兴旺，盼众多人才涌现！"众："这就是大王的招贤令！""谁称得上是贤人？哪个是人才呢？""你我都不是贤才，让贤才去应聘吧。"人们陆续散去。

王宫。鄂旺："众爱卿，朕思贤若渴，发出广招各种人才旨令已半年有余，却不见一人揭榜应招，原因何在？派去请罗毅先生的人也久久未回，是何原因？”唐诚：“大王，千金易得，人才难求，不可急躁。”鄂旺：“古人说时间如白驹过隙，瞬间即逝，怎不令我心焦？”唐诚：“大王，一个自称巴山农夫的人揭招贤榜求见，是否马上传见？”鄂旺：“立刻传见。”巴山农夫头戴草帽，走进大殿向鄂旺跪拜后说：“小人揭招贤榜，为的是请大王巡视我的山庄。”鄂旺：“好。”

巴山农夫自荐

泥巴山。弯弯曲曲一条小路通向山野。从东到西一片肥沃土地，男女老少干活忙。庄稼长得绿油油，微风吹动像是在迎接贵宾。鄂旺指着长势茂盛的庄稼问道：“你的庄稼为什么长得这么好？”巴山农夫说：“我多年来反复摸索，终于掌握了一些诀窍。大王，请到果园看看。”果园里瓜果喷香。巴山农夫随手摘了一个香瓜递给鄂旺：“大王请尝尝。”鄂旺边吃边说：“这么好的瓜果，朕还是第一次看到吃到。”巴山农夫：“再请大王到果林看看。”果林深处，枝头挂满鲜果。鄂旺一行随巴山农夫沿小路向深处走去。巴山农夫边走边说：“这片果林是我花二十年工夫培育起来的。现在已株株结果。春有桃、杏，夏有李、梅，秋有荔、梨，冬有柚、橘。一年四季，都有鲜果吃。”他顺便摘下一串枇杷：“大王请品尝。”鄂旺吃了一颗：“味道真好。”

巴山农夫问道：“大王是否真要招揽人才？”鄂旺：“君无戏言，岂可作假？先生有何贤德、有何技能可称可道？”巴山农夫：“会种庄稼和果树。”鄂旺：“会种庄稼和果树的人多的是，朕怎样才能把你当作人才加以使用呢？”巴山农夫：“大王，恕小人斗胆直言，您的这句话与帝辛无异！草民曾经带着自己种的糯米和水果拜见帝辛。帝辛问我有何特长，我答会种粮食和水果。帝辛说：‘泱泱大国粮积如山，谁不会种庄稼？怎么用得着你这种粮之人！’将我赶出王宫。大王，小人实话告诉你：会种庄稼和果树的人虽然很多，但是，并不是凡是种庄稼的人都能把庄稼种好，获得比较高的产量。为什么绝大部分人天天早起晚睡，辛勤耕耘，却吃不饱，穿不暖？一个极其重要的原因是没能掌握生产的诀窍，所以产量不高。一亩田，播出的种子二十斤，收回来不到五十斤。自己有田，交了赋税，还有一点剩余；自己无田，交了租赋，所剩无几，他们怎能吃得饱穿得暖？”

巴山农夫指着自己的粮仓：“大王，除了天干水涝以外，我的粮食除交国赋外，还周济了一些附近贫困的人。”他从地窖里拿出脐橙、雪梨、柑橘献给鄂旺，分给唐诚等大臣品尝。鄂旺和众大臣啧啧称赞。鄂旺：“巴山农夫，你这水果怎么这么好？”巴山农夫：“启奏大王，这是我这一二十年反复试验，逐步培育出来的。”鄂旺：“看来这种田种水果的学问还满深呢。你说出你的真名吧。”巴山农夫：“启禀大王，小民姓罗名毅。巴山农夫是周围老百姓见我庄稼种得好给我的一个昵称。人们不再叫我的真名字了，叫我巴山农夫。”

鄂旺：“罗毅，朕任命你为后稷大夫，负责推广粮食、水果新技术、新品种。”巴山农夫：“遵旨。谢主隆恩。大王对我这样一个小小的农夫都委以重任，表明大王思贤若渴有真诚之意，具有专长的贤达之人必将比肩接踵投奔大王。我们賨国振兴指日可待了。”

巴山农夫被任命为后稷大夫的旨令一出，消息速迅速传遍全国各地。天下贤士来求见鄂旺者络绎不绝。鄂旺以礼相待，按照其技能，一一委以重任，使之发挥所能。

春耕时节。桃花初放。鄂旺带着唐泰走在乡间村道上，只见农夫农妇正在耕作不息。鄂旺走到一正在耕地的农夫身边：“老乡，我来帮你耕地好吗？”

农夫将犁把交给鄂旺：“请大王扶犁。”鄂旺扶住犁把，几声吆喝，耕牛一动不动。农夫牵牛前行，犁头却不往土里钻。农夫扶犁，吆喝一声，耕牛自己前行，犁头翻开泥土：“大王，还是草民自己来耕吧。”鄂旺：“朕本想助你一臂之力，想不到却妨碍了你的劳作。”

农夫：“大王，人世间地位有高低，行业有区别，责任有大小。我是农夫，耕田种地，能保证一家人不受饥寒就算尽到了责任。您是大王，您的职责是保证国家不受外敌侵凌，让天下老百姓不缺吃穿，享受太平生活。您帮我耕田种地只帮了我一人，却帮不了天下所有百姓。”鄂旺：“你认为朕怎样才能帮助天下所有的老百姓？”农夫：“大王，天下百姓最需要的是什么？最需的是有饭吃，有衣穿，不受贪官污吏欺凌，过个平平安安的太平日子。您能帮我们百姓解除疾苦就够了。”鄂旺：“你说出了百姓的心里话，你的纯朴、坦率和真城使朕看到了自己肩上的责任。”

国家出现了新气象

原野一片金黄。沉甸甸的谷穗迎风点头，人们挥汗如雨抢收谷物。清澈的流水随沟渠灌溉着农田。鄂旺问：“这流水从什么地方引来？”唐诚：“大王，这水从东山溪沟里引来的。”鄂旺：“引水工程有多艰巨？”唐诚：“工程浩大，经五年紧张施工，现在已完全完工了。工程成效显著，让几万亩农田实现了自流灌溉，达到了稳产高产。特别是罗毅带领技师培育出了一些优良品种，大大提高了粮食产量，使这一带的农户家家有余粮了。”鄂旺：“到农户家看看去！”

鄂旺和唐诚走农家，看到院坝里堆放着粮食：“老乡，今年粮食收成好吗？”农民：“托大王的福，我们获得了更好的收成。”鄂旺：“粮食放在露天里日晒雨淋会霉烂的。”农民：“屋里的仓窖都装满了。”鄂旺对唐诚说：“通告各地将农民多余的粮食购买装入国家粮仓。”唐诚：“好。”鄂旺：“你们为什么能取得好收成？”农民：“我们原来靠天吃饭。遇到天干，就遭殃了。现在实现了自流灌溉，不怕天干了。要想粮食增产，关键就在精耕细作，培育良种，采用先进的栽种技术……”

鄂旺：“唐冢宰，这里的经验值得推广。立即传令各县、乡都派人到这里来学习水稻、高粱、水果、甘蔗、桑树、苎麻等先进的栽培方法；学习榨糖和酒类酿造；丝绸、棉麻纺织生产以及木耳、银耳、黄花的种植技术。”唐诚：“遵旨。”农民：“大王时刻想着百姓，真是老百姓之福！”

鄂旺大力推行轻徭薄赋等一系列改革措施，使农民生产热情高涨，产量大幅度增加。同时，增铸賨币，支持商人经商，促进经济繁荣。賨国很快出现了道不拾遗，夜不闭户，国泰民安的繁荣景象。

王宫大殿。鄂旺："唐冢宰，由京城通往各地的道路修建得怎么样了？"唐诚："启奏大王，通往各重要城镇及主要关隘的道路都已铺成石板大道。多数地方可通行马车、牛车、羊车、驴车。一些支道也已铺设石板，可保雨天畅通无阻。"鄂旺："太好了。这不仅利于商贾通行，便利余缺互补，而且大大有利于国家防御外敌入侵。对于还未修好石板路的地方，要加紧督促，使全国各地都能便捷通达。"唐诚："遵旨。"

鄂旺视察各地，见百姓身强体壮，劳作不息，高兴不已："我们有这么勤劳的民众，国家一定能兴旺发达。他们还有什么迫切需要解决的问题？"唐诚："大王，有些地方缺食盐。"鄂旺看见高大的盐井："到制盐作坊看看。"人们向竹篓里装进白花花的盐。鄂旺高兴地问："这么多盐，为什么还不够全国百姓吃呢？"师父："只给全国百姓吃，是够的。但是，还要运到周、巴、商等国卖钱呢。"鄂旺："这盐是哪里来的呢？"师父："请大王到作坊看看去。"高大的吸水竹筒里流出卤水。一排熬盐大锅冒着浓浓的蒸汽。大锅下炉火熊熊。一个小工："师父，你看，这一锅盐熬好了吗？"师父用瓢搅动锅里滚动的卤水："好，可以停止加柴了。"小工："是。"鄂旺："这盐一定要熬制好，老百姓吃了才不会生病。"师父："遵命。"鄂旺："唐冢宰，能不能再开几口井，多生产些盐呢？"唐诚："我已做了安排。"鄂旺："好。我们应当大力发展生产，满足国家和民众的需要。"

朝阳冉冉升起，黄花含苞待放，露珠将黄花衬映得更加鲜艳夺目。摘花姑娘手挽提篮边摘黄花边唱"太阳出来喜洋洋，春风吹得黄花香。手摘黄花心里笑，幸福生活万年长。"老太婆："今年黄花大增产，我们能换回更多的粮食和好布料缝制好衣服了。"姑娘："奶奶，我要穿花衣裳。"奶奶："黄花丰收了，不但可以穿花衣裳，还可以给你办喜事了。"姑娘羞涩地点了点头："奶奶！"奶奶："看把你高兴的！"鄂旺："黄花丰收了，大家的日子会起过越红火。"众："托大王的福啊！"鄂旺："大家付出了辛勤的汗水才能有好收成！"众："有大王照顾我们，我们愿意辛勤劳作！"

渠江边。天上飘着雪花，地上银色一片。人们往来穿梭，将石块、木柴及油料搬运到一座石砌的土窑里，点燃后，顿时大火熊熊燃烧起来。窑底流出火红的铜液。人们欢呼雀跃，立即用勺将铜液舀进模具里，制成盆碗鬲鼎等各种器具。旁边茅棚里，几个人拉着风箱，将铜坯烧红，然后拿到钻凳上敲打。不一会儿，一把青铜剑制造出来了。鄂旺试了试锋刃："这刃太钝了。"师父："我们还要反复打磨才能锋利。"鄂旺："一把好剑来之不易啊！"唐诚："这正如治国，不一件事一件事地扎扎实实认真做好，国家怎能强盛呢？"唐诚："大王谋划得当，老百姓共同奋斗，我们賨国一定能迅速走向繁荣富强。"

阳光明媚，广阔田野，暖风宜人。桑树茂密，春鸟歌唱。王后、鄂蕾带领一群妇女采桑。鄂旺等人走进桑园。一个妇女高声喊："王后、公主，大王看你们来了。"鄂旺："朕不是来看她们两姑嫂，是来看望大家的。"众："谢大王。"鄂旺："今天的蚕宝宝长得怎么样？"王后："长得可好了。大王请看。"鄂旺在众人的陪同下走进蚕房，见肥胖的蚕蛹吞食着桑叶，高声称赞："今年又是个丰收年！今年丰收了，给姑娘、大嫂们每人做一件绸衣。”一姑娘天真地问：“给王后娘娘、鄂蕾公主也做一件嘛，她俩带领我们种桑养蚕是十分辛苦啊！”鄂旺：“好。给你们做，也给她们做。他们研究出了新的养蚕技术，蚕茧产量大大提高，王后、御妹的功劳不可埋没。”鄂蕾：“王兄过奖了，这全是王后和姐姐们的功劳。”王后：“御妹太谦让了。”

高大的酿酒作坊。一坛坛清酒有序陈放。高大的酒甑顶上冒着白雾。酒甑底部竹筒中流出清酒。老师父用土陶碗在竹筒下接了一碗清酒，喝了一口：“好酒。”他递给身旁的人：“你们也尝尝。”大家尝过啧啧称赞：“确实是好酒。”老人：“这是我有生以来烤出来的最好的一酢酒，好好装好密封好，给大王送去。”一人高声说道：“好酒不需送大王。”老人：“谁呀？怎么这么不尊敬我们的大王？”

大家正惊讶间，只见唐泰等武士陪着鄂旺走进了煮酒作坊。鄂旺接着说：“好酒应当犒劳我们的前方将士。多余的好酒运到国外去换我们急需的青铜器和海产品。”老人：“请问先生，你为何这么不尊敬我们的大王？”唐泰：“你们不认识，他就是我们尊敬的大王。”大家一齐跪下：“不知大王驾到，乞大王恕我们有眼无珠之罪！”

鄂旺急忙搀扶老人：“快快请起。你们无罪，而且有功。你们不辞辛劳为我们賨国烤出了好酒，朕要感谢你们赏赐你们。”唐泰上前为老人佩戴了一朵大红花。其他的人也为几个作坊工人佩戴了大红花。鄂旺见几个人正在摊晾刚煮熟的红高粱、玉米、小麦、大麦等制酒原料，便走过去：“乡亲们，你们辛苦了，朕感谢你们。”众：“大王辛苦，谢大王！”

喜庆丰收

庹丘家院坝。篝火熊熊燃烧。火光映照着一张张幸福的笑脸。鄂旺在唐泰和龚善等人的陪同下走进人群中，受到热烈欢迎。庹丘说：“托大王的洪福，这几年年年丰收，我们过上了有吃有穿的日子。乡亲们都万分感谢大王给我们带来了福祉！”乡正说：“按照大王解放奴隶的圣旨，我们将大部分奴隶变成了佃农，公田分给了没有土地的奴隶。大家种田的劲头越来越足了。”里正：“夕虎霸占的上万亩农田退还给了原主。泉水引进了农田，旱灾也能保丰收了。”鄂旺：“还有没有人饿肚子？”龚畴：“除了鳏寡孤独残疾人还有些困难外，再没有饿肚子的了。”鄂旺：“对鳏寡孤独残疾人要特别关怀照顾。”龚善：“我们都一一落实了。现在全县粮食亩产由原来的五十斤上升到了一百斤。家家户户都有余粮，喂了肥猪。不少家庭还喂了几头大肥猪。”鄂旺：“朕期盼的国泰民安美好时光终于出现了！”

人们端着瓜果，一一向鄂旺敬献：“请大王品尝我们自己种的新鲜瓜果！”鄂旺边吃边称赞：“味道美极了！”音乐声起，人们跳起了欢乐的巴渝舞。鄂旺、鄂蕾、唐泰、罗毅、龚善等同人们欢快地一起手拉手边舞边唱：“巴山下，渠江旁，千里沃土吐芬芳。人勤劳，风雨顺，家家粮食装满仓。你打鼓，我敲锣，唱歌幸福好时光。乐无疆，庆丰收，一年更比一年强！”

第 26 章
罗聪贪婪受大贿　李代桃僵放虎归

罗毅护商见洛智立

宕渠城街道。唐泰同罗毅走出宕渠城府衙，只见街上一群人闹闹嚷嚷：“打死这几个南蛮人！”罗毅走上前去：“请问你们为何事相互争吵？”

洛定：“启禀大人，自我南蛮国与賨国签订和约以来，我们多次到贵地通商，互通有无，十分融洽，想不到今天这位山货店主却以假币蒙我。”罗毅：“店家有何话说？”店家：“我的币不假。”洛定：“我们将钱拿去买盐巴，盐店老板不收这些币，说是假的。”罗毅：“传盐店老板。”盐店老板：“此币是假币。”罗毅：“山货店主有何话说？”山货店主：“我退他的货，他退我的币，可以吗？”

罗毅：“商家以诚信为本，买卖公平，老少无欺。南蛮人与我友好往来，我们更应当诚信相待。山货店主岂可退货了事？”山货店主：“大人，这假币非小人所造，请大人饶了小人这一次吧。”罗毅：“这假币虽非你所造，发现假币就该立即交官府没收，为何还要坑害别人？来人，将山货退还客商，假币送官府没收，老板拘役十天！今后如再发现欺诈之事，定严惩不饶！客商对此处理是否满意？”洛定：“太满意了。谢大人公平待我。賨国真礼仪之邦啊！”

罗毅：“客商尽管到賨国经商，如受欺诈，立刻告官，官府一定给你对还公道。”

在一旁观看已久的洛智立，走到罗毅面前拱手行礼：“大人如此对待客商，太令人感佩了。”罗毅：“请问这位客商从哪里来？”洛定：“大人，这就是我南蛮国王洛智立。”罗毅拱手：“大王到此，下官见礼了。”洛智立拱手：“本王这厢有礼了。賨国自与敝国建交以来，和平相处，互通有无，令我十分欣慰。我这次专程前来考察商贸情况，不想与大人在此幸会，真是三生有幸！”罗毅：“在此与大王幸会，真是三生有幸！请大王同下官去面见我们的国王好吗？”洛智立：“空手相见，不妥吧？”罗毅：“不需拘礼。

我们大王生性好客。”

鄂旺礼待洛智立

王宫。鄂旺：“欢迎洛王，你我两国唇齿相依，应当加强友好往来呀！”

洛智立：“自我们两国签订和约以来，民间交往十分频繁。嫁娶之事也日渐增多。这是我们两国之福啊！”鄂旺：“我们应当共享太平，共享繁荣啊！今后，不管哪个国家受到欺凌，我们都应当互相支援共同对敌啊！”洛智立：“对，与賨国这样一个仁义之邦为邻是我南蛮国之大幸啊！”鄂旺：“大王既来蔽国，请到你想看的地方去走走看看，也可做做生意，互通有无。今后我也将到贵国去走走看看，拜访您。”洛智立：“太好了。賨人生活在这仁义之邦太幸福了。”

鄂旺向罗毅道歉

唐泰带罗毅走进御书房。鄂旺：“罗爱卿，朕委屈你了。公主家奴犯罪该怎么治还怎么治，朕再也不会要你向她赔礼道歉了。”罗毅：“大王如此谦恭，令微臣十分欣喜。我们振兴賨国指日可待了。”鄂旺：“有你这样一身正气、清正廉明的干臣，朕治理国家就更有信心了。”

罗聪审督策、夕虎

鄂旺：“众爱卿，近年来，风调雨顺，粮食丰收，百业兴旺，朕宽徭薄赋，减轻负担，老百姓已温饱有余，可是，并不快乐，这是为什么？”唐诚：“大王宽徭薄赋之策在许多地方并未让老百姓得到实惠。”鄂旺：“这又是怎么回事呢？”罗毅：“一些地方官多有贪占行为，使大王轻徭薄赋的钱财落入了他们的囊中。”鄂旺：“这就应当严加监督检查，对贪赃枉法者严加惩处。督策、夕虎一案处理了吗？”罗聪：“督策、夕虎一案，正在审理。微臣将尽快处理，定让大王满意。”

鄂旺：“像督策、夕虎一类的坏人是否都惩治了呢？”罗聪：“请大王放心，微臣发现一个惩处一个决不手软！”鄂旺：“有罗爱卿这句话，朕就放心了。”罗聪：“谢大王信任。”

司寇官衙。罗聪升堂。狱卒将督策及夕虎等押至大堂跪下。罗聪：“督策，快快将你贪赃枉法之事从速招来，以免皮肉受苦。”督策：“司寇大人明鉴：小人自任县令之职以来，一直秉公办事，从无贪污受贿之事。”罗聪：“大胆督策，连当今大王都敢敲诈勒索，还敢自称从无贪污受贿之事。看来不用刑，你是不肯招认的。左右，大刑伺候！”督策：“司寇大人，万万不可动刑。”

罗聪：“为何不可动刑？”督策：“我原为宫廷书吏，很受庹嵩长史大人照看，被派到这巴林县做县令，也是朝廷命官。而今已是年迈之人，又体弱多病，本已是风烛残年。

大人你这么一用刑，不就坏了小人我的性命了吗？我是朝廷命官，你这一动刑，不就坏了'刑不上大夫'的规矩了吗？”罗聪：“你既受庹嵩大人关照，为何不感恩报恩，经营好巴林县，守好北大门？反而贪赃枉法，勾结坏人行凶作恶，犯下弥天大罪。既怕用刑，就从实招来。”

督策：“小人如实招供。”罗聪：“督策在今天的口供记录上签字画押。”罗聪拿着记录簿从几案一侧过去。督策签字画押时，见上面有一小绸条便顺手带走。

罗聪受贿

牢房。督策展开纸团，只见在一个门字边写了一个才字，递给夕虎。夕虎不懂问道：“这是什么意思？”督策：“闭嘴。”夕虎：“重刑之下怎能开口呢？”督策：“不是叫你不说话，是叫你不要牵扯别人。”夕虎：“罗大人为什么对我们这么好呢？”督策喜形于色自语：“罗聪大人还未忘记本人搭救庹嵩之功。此事得感谢罗大人指点。”夕虎：“今晚我就派人把礼物送去。”

罗聪府第。来人提着包裹：“禀报大人，小人有要事禀报。”罗聪：“左右退下。”来人：“小人叫夕山，是巴林县衙役，今受督策、夕虎之托送来黄金二斤，白银十斤。请大人验收。这里有督大人给罗大人的亲笔信。”罗聪拿过信看后对夕山说：“督策助庹长史脱险的事本官早已知晓，感谢他暗中相助。他们关押大王犯下的大罪是抄家灭族的弥天死罪。他们的案卷，大王、唐诚要亲自审阅。因此，必须形成像样的案卷，才不会露马脚。请转告曲、夕二人开头是怎么交代的就一直怎么交代，不能改口，不要前后矛盾，让人看出破绽。这二位老弟做事也太离谱，胆子太大，影响太坏，要想蒙混过关也不容易，大家都知道的事不交代也不行，一些鸡毛蒜皮的事交代一些才好拖延时日。反正我寻找机会把他们放出去就是了。”夕山：“请大人放心，小人一定转告他们，让他们按照大人的意思办。”

几案前。罗聪：“督策，如实招来。”督策：“遵大人命，小人从实招来。自任县宰以来，地方豪门每到逢年过节，都要向我送礼。最早是一瓶清酒二斤腊肉。后来数量逐步增加到五斤清酒，十斤腊肉。我的屋子装不下了，我便叫家人拿到市上去卖。送的人源源不断地送，卖也卖不完，我就不收酒和肉了。”罗聪：“你改收什么？”督策：“改收绫罗绸缎。收多了也不好处理。”罗聪：“不好处理又怎么办？”督策：“就改收金钱。”罗聪：“金钱多了又怎么办？”督策：“黄金多了就做成金条金砖。白银多了就做成银坯。”罗聪：“你在任多少年了？”督策：“七年了。”罗聪：“一年做多少金砖？”督策：“一年做三五个金砖。”罗聪：“多少个白银坯？”督策：“每年十来二十个白银坯。”

罗聪：“还有哪些贪赃枉法之事？”督策：“收了人家的钱财自然就得为人消灾，人家不会给你白送。要为别人消灾，必然要枉法，不枉法别人不会找你。就是因为能为别人消灾别人才会找你。”

罗聪：“你要如实供述你是怎么枉法的？”督策：“是，是。我要如实供述。我刚到巴林县就遇到了一桩杀人案。财主赵充为了抢夺一座柴山，派家丁将另柴山原主宋笔活活打死。宋家将诉状递到县衙，当晚就送来清酒和肉。我先不敢收，奈何宋家办事心切，苦苦要我收下。第二天，我发出传票拘押赵充。拘役回报说，赵充正犯重病，奄奄一息，不敢拘押。当晚，赵家送来黄金十两，要我平息此事。我两相权衡，将此案判了个宋笔与赵充抓扯过程中自己跌崖而死。赵充赔一副棺材结了案。宋家不服，多次再告，我以此案已作了结，不宜再审为由强行将此案压了下去。”罗聪：“上司是否来复核过？”督策：“复核过多次。上司当然不会听宋家而是听我的。宋家没有办法，久而久之，也就算了。”罗聪：“你要把你的一切犯罪事实如实交代，细细写来。本司寇根据你的认罪情况再作处理。”督策：“谢过司寇大人。”

罗聪：“传夕虎。”狱卒：“传夕虎。”夕虎来至大堂跪下：“罪民拜见司徒大人。”罗聪：“夕虎，你可知罪？”夕虎：“罪民夕虎冒犯天威，罪该万死。”罗聪：“你为何与县令沆瀣一气，设计陷害当今大王？”夕虎：“罪民当时确实不知他是当今大王，以为他是一般财主，想趁机敲他们的竹杠，捞点钱。”罗聪：“你老实交代怎么欺压百姓的罪行！”夕虎：“本人原来只不过做一些偷鸡摸狗的小事。因我会一些武功，便有一些人跟着我跑，我便成了一方掌红吃黑的舵主！后来攀附上官府，便傍着官府捞点钱财。”

罗聪：“你依仗官府捞了多少钱财？”夕虎：“我的钱财不多，只购置了些田土，其余的钱都花在日嫖夜赌上去了。”夕虎会意地：“禀告大人，前年，有一个人做绸缎生意，他到了很远很远的地方，带回来了几颗夜明珠。为了炫耀他的富有，天天晚上将一颗夜明珠悬挂大堂房梁让附近的人前往观看。我向他借一颗回家看，他不干，我就把他杀了，把几颗夜明珠全部收到了我的手里。晚上，我将夜明珠放在漆黑的屋子，果然光芒如明月闪耀，引得家人惊奇不已。”罗聪：“别在这里炫耀夜明珠了。官府没有来问过你的罪行？”夕虎：“来了几个人，想要把我抓到县衙问罪。我是天不怕地不怕的人，立即同他们拼斗起来，三拳两脚就叫他们走不得路说不得话吃不得饭了。”

罗聪：“官府就这么善罢甘休不成？”夕虎：“县宰督策又派七八个捕快来了。我与他们又是一阵较量，这七八个也不怎么中用，又被打趴下了。事后，我想这么硬抗也不是个办法，便带上一颗夜明珠去见县令督策。督策见到我，以为我是要找他打架，远远地不让我靠近他。我对督策说，我是来赔礼道歉的。他才让我走近他的身边。我掏出夜明珠送给督策，督策就笑得合不拢嘴地收下了。我又送给他一些珍奇珠宝，他也一一笑纳。从此，我与县令成了好朋友，可说是生死之交。案子自不消说不再追究了。我有什么事，他就会帮我摆平的。我的朋友多了，家业越来越大，什么偷鸡摸狗的事不做了，要做就做大的。那天本来不应出事，也是那个新娘子太乖了。我的手下一再劝我将她收纳为妾。恰好遇到了当今大王。当时我的心情极好，没有当场伤着大王。要是往常，他们三人早就没命了。那样，罪民也就没命了。”

李代桃僵放虎归

刑场。从牢里推出两辆囚车，车上押着两个死刑犯人。背上插的标志分别是“督策”“夕虎”。犯人蓬头垢面，头发遮盖了脸面。罗聪：“监斩官，现在可以行刑了。”监斩官：“启禀司寇大人，午时三刻未到。”罗聪：“现在是什么时刻？”监斩官：“现在才午时一亥 h”罗聪：“进了午时即可行刑！以免犯人同伙劫法场！”监斩官：“大人所言极是，小人即刻下令行刑。”鬼头大刀高高举起，两颗人头瞬间落下。罗聪出了一口大气：“回府！”

王宫。御案前。罗聪跪在地上：“微臣参见大王。”鄂旺：“爱卿请起。”

罗聪：“督策、夕虎一案已做了结。贪污受贿有清单一份请御览。”鄂旺：“你说个总数可也。”罗聪：“总计黄金二斤，白银十斤，另有玛瑙、翡翠等宝物三百余件。”鄂旺：“赃款赃物是否已全数追缴？”罗聪：“俱已全数追清，并已上交府库收存。”鄂旺：“对人犯是怎么处理的？”罗聪：“两人犯已枭首示众！其家人已流放充军！”鄂旺：“卿劳苦功高，赐清酒一盅。”

罗聪：“谢主隆恩！大王万岁万万岁！”鄂旺：“此案还牵连到其他人没有？”罗聪：“启奏大王，此案再无其他人牵连。”

城墙。布告。一群围观者。一人高声念道：“巴林县宰督策，拥职敛财，总计黄金二斤，白银十斤，另有玛瑙、翡翠等三百余件。实属罪大恶极。且勾结歹人，关押大王等人，企图将其杀害。县宰督策犯下了不赦之罪。现已验明正身，于昨日午时三刻枭首示众。”一些人议论道：“好大的贪官啊！”“他贪污岂止那点东西？”“据说示众的人头不像是县令督策和夕虎的正身。”“不是正身，那会是谁？”“我也不知道。”“听说是两个替身。”“那么他们现在在什么地方呢？”

山道上。督策和夕虎边走边说。督策：“大虎，你我二人幸得脱离虎口，你可知内中底细？”夕虎：“罗聪司寇大人是我们的再生父母，他运筹策划得好，终于寻得了把我们放出来的机会。”督策：“他担的风险也太大了，我们应当好好感谢他，巴心巴肠为他做事。”夕虎：“给他送的钱到手没有？”督策：“自然是送到了手的。你知道顶替我们去死的是哪两个人？”

夕虎：“一个叫兰章，一个叫贺印。这两个是早已判了秋立决的江洋大盗。罗聪大人也是一个贪得无厌的人，在他们身上自然也捞了不少钱财。第一次将他们放了出去，不久，他们就去劫御款。”督策：“什么御款？”夕虎：“这你还不知道？就是我们賨国上交给帝辛的贡赋那笔御款。这两个人你看他们胆子大不大？连御款都敢劫！”督策：“他们劫到手了吗？”夕虎：“劫到手了。他们武艺高强，把五十个押解官兵打得大败。正当他们将御款向山上搬运时，被龚睿带领的军队追上了。龚睿和龚山同这两个大盗大战了两个时辰，才将两个大盗打伤后抓获。这两个江洋大盗身体已残，自知活也无益，便不再给罗聪送任何东西。罗聪得不到东西，便对他们大施酷刑，判了一个秋立决。”

督策：“罗聪用他两人顶替我们，他们又怎样验明正身呢？”夕虎：“罗聪可狡猾啊。他判了几个死刑犯都没有及时处决，而将他们留着。一面在他们身上继续诈取钱财，一面看后面的死刑犯是不是可以用他们去顶替，需用之时就派上用场。”

王宫。御案前。唐诚：“启奏大王，不少地方官员检举案件判处不公，当判斩的不判斩，不当判斩的反而判斩了。此事如何处理？”鄂旺：“传罗聪。”内侍：“大王有旨，传罗聪进殿。”罗聪进殿跪下：“微臣拜见大王。”

鄂旺：“今天下太平，百姓本可安居乐业，为何呼冤号屈者不少？”罗聪：“微臣主管刑狱，一律依照法律条例，根据犯罪事实断案，绝无枉法之事。”

鄂旺：“卿可复查近两年所判案件是否有误，令各地将案件判决书卷详报。朕同唐冢宰抽阅一二案卷，看看其中是否果有冤屈错案。”罗聪：“微臣马上去办。”

唐诚发觉案卷不全

御案前。唐诚：“启奏大王，罗聪送来的案卷我已看完，没有发现大的问题。只是有一事不明，他为何不将督策和夕虎贪赃枉法及凌辱大王案以及江洋大盗抢劫御款案卷宗送来，是否命他补送？”鄂旺：“命他补送，朕要亲自审阅。”唐诚：“传罗聪。”内侍：“大王有旨，传罗聪进殿。”

御案前。罗聪：“微臣拜见大王。”鄂旺：“卿送卷宗中为何没有督策、夕虎凌辱大王案及江洋大盗抢劫御款案的卷宗？”罗聪：“微臣疏漏，回去立亥怫报。”

御案侧。唐诚：“大王，我查阅了督策、夕虎案及江洋大盗抢劫御款案这两个案子的所有卷宗，没有发现什么漏洞。”鄂旺：“待朕亲自审阅后再议。”

鄂旺翻阅案子卷宗：“唐爱卿，督策和夕虎为何在午时一刻即斩首？理应是午时三刻问斩。这其中有何奥妙？”唐诚：“传罗聪问问即可知道究竟。”罗聪：“启奏大王，因督策和夕虎二人案情重大，他们爪牙不少，微臣担心有人劫法场，所以提前二刻行刑。”唐诚：“有人举报，此二人相貌有异，是否是李代桃僵？”罗聪：“此事可问监斩官。不过，微臣为防坏人劫法场，亲到现场，未发现什么异样。”

唐诚审问监斩官

唐诚坐在冢宰府文案后：“传监斩官晋升。”监斩官晋升跪于冢宰脚下：“微臣晋升拜见冢宰大人。”唐诚：“你为何将督策和夕虎的行刑时间提前了两刻？”晋升：“我当时不同意提前，是罗司寇大人坚持要提前。事后，他对我说，是为防备坏人劫法场。”唐诚：“有人检举，督策和夕虎不是正身。你做何解释？”晋升：“启禀冢宰，我虽为监斩官，但并未由我验明正身。”唐诚：“由何人验明正身？”晋升：“不知由何人验明正身。”唐诚：“你身为监斩官为何不验明正身？”晋升：“罗司寇命我提前二刻直接到刑场监斩。我到刑场以后，等了片刻，刑车便推到了刑场。罗司寇即令开斩。我说还差两个时刻，他说到了午时即可开斩。我只好下令开斩。”

唐诚：“斩后你是否验尸？”晋升：“我走上前去，只见头发遮面，血肉模糊，秽臭难闻，不堪细看，便自离去。”唐诚：“你能确定斩的就是督策、夕虎的正身？”晋升：“从道理上讲，斩的应当是他们的正身。”唐诚：“怎么只是从道理上讲？”晋升：“头天晚上，我按规定到监房察看，在昏暗的灯光下，只见二人倦卧草堆之上。我分别喊了他们的名字，只听得模糊应’是'，因此未近前细看。”唐诚：“你身为监斩官，为何如此马虎？该当何罪？”晋升：“我是有些粗疏，该受重罚，但我绝不是故意粗疏的。进监房前，罗司寇大人对我说，你到牢房验过正身就到我书房饮酒。所以，我匆匆看过就陪同罗司寇大人饮酒去了。”

唐诚：“你的粗疏留下了很多疑点。”晋升：“我认罪，我该罚。”

唐诚：“罗司寇，你认为此案怎么处理为好？”罗聪：“监斩官犯下了不可饶恕的罪行，我认为应当处斩！”唐诚：“此事影响很坏，监斩官罪不容诛。但是，杀了他，会不会放走了更有罪的人犯呢？”罗聪：“冢宰，如果怀疑还有坏人，尽可以一查到底，弄个水落石出。不过卑职认为，此事不宜扩大打击面。不然，以后谁还敢沾刑狱这个边呢？再说，督策和夕虎是不是掉了包，还不能肯定。督策和夕虎两家都在大办丧事，为他们超度亡灵。他们如果没有死，他们家会那么隆重地办理丧事吗？”唐诚：“你说的有一些道理。但是，无风不起浪，既然有些检举，总得要查查。”罗聪：“查当然要查。我看监斩官就值得细查。他把自己吹得那么干净，又漏洞百出，我看就有毛病。”唐诚：“不仅查监斩官，凡是与这个案子有过接触的人都需要查一查。”罗聪：“这么说来，包括我在内也要查？”唐诚：“大王和我对你是信任的，不然怎么会叫你去查呢？连你都不相信，这个案子就没法办了。”罗聪：“感谢大王和老冢宰对微臣的信任。微臣就是肝脑涂地也在所不惜！这个案子我一定给老冢宰一个满意的结果。”

晋升奉命杀崔怀

司寇衙门大堂。几案后。罗聪：“晋升，唐冢宰命我们查清调换县令和夕虎人头之事，此事还有哪几个人知道？”晋升：“此事除你我之外，还有牢头夕山和牢子崔怀知道。我许他们事成之后赏他十两白银，现在还未兑现呢。”罗聪：“你可将他们做了算了。”晋升：“夕山和崔怀平时可是最听话的牢头牢子，失去他们太可惜。再说，这样做也显得不义。”罗聪：“你不知道里面的厉害。他们要是把内幕揭穿，你我都会遭到灭门的大祸。”晋升：“有那么严重吗？是不是放他们一条生路，让他们逃走算了。”罗聪：“你心地太仁慈了。要知道放他们出去难免他们不将事情真相说出去。俗话说，坛子口才封得到，人口封不到。我们不要自己给自己留下后患。”晋升：“必须铲草除根不留后患？”罗聪：“必须不留后患。事成之后，你提着他们的人头到我这里来领三十两白银。”晋升：“司徒大人，我去了。”罗聪：“要做得干净利索，不留蛛丝马迹！”晋升：“一定按大人吩咐的去办。”

深山丛林。晋升带着崔怀走向深处。晋升：“你我好久没有到此打过猎了，今天要玩个痛快。今晚到翠竹轩喝他个痛快！”崔怀：“一切听从大哥安排。小弟有一句话不知该不该问？”晋升：“你我弟兄还分什么彼此？怎么说出该不该的话来？有话尽管直说。”崔怀：“你不是说把县宰和夕虎换好了给我十两白银，不知他两家能不能兑现？”晋升：“啊，我还以为是什么天大的事呢。他们两家怎敢不兑现？明天就送来。老弟，你尽管放心，老兄不会亏待你的。”崔怀：“难得大哥如此照看小弟，终生不忘！”

悬崖边。两人一阵海吃海喝之后，晋升：“你我兄弟情同手足，你再将此杯喝下去。”崔怀：“我们一起干！”晋升：“老弟，你看那山下跑的好像是一只麂子。看清了，我们好马上下去捕杀。”崔怀顺着牢头手指的方向看去：“在哪里？我怎么没有看见？”晋升：“下去看吧。”一把将崔怀推下山去。崔怀“啊呀！”一声滚下山岩。

山沟。晋升寻小路来到山下：“崔怀兄弟，刚才你我还谈笑风生，顷刻间你就这么横躺地上，七窍流血，三魂升天，七魄入地，一命呜呼了。你我兄弟一场就这么完了。兄弟，这事怪不得愚兄啊！事成之后，愚兄一定给你做副好棺材，找个好地方，让你安身。”晋升用刀子割下崔怀的头，边割边说：“老弟，你要原谅愚兄啊。非是愚兄对你不仁，一则是上命难违；一则是你活口难封。你冤就冤点吧，为兄给你多化点纸钱，你好在地府打通关节，早点选个大户人家投胎去吧。下辈子我再好好照看你。”

晋升用布包了崔怀的头高高兴兴地走出了深山。

夕山、晋升被杀

夜。司寇书房。晋升：“司寇大人，牢子崔怀已死，请您亲自查验他的人头。”边说边打开包袱。罗聪：“这真是牢子崔怀的人头？”晋升：“司寇大人，这岂敢有假！您请看，他的耳朵有缺口，脑壳上有一道长长的疤痕，那是他原来抢劫时被人砍了留下的刀痕。”罗聪：“你莫使换头术换惯了，又用死囚的头来换牢子崔怀的头。”晋升：“我就是有吞天的本事也不敢来哄司徒大人您嘛！”罗聪：“你没有搞假就好。你辛苦了，回家歇息去吧！”

晋升走在回家的路上，遇到牢头夕山。晋升：“夕山老弟你办事得力，很得司寇大人赏识，未来前途无量。你劳苦功高，我特地为你准备了上等好菜和清酒，今晚要一醉方休。庆贺庆贺！”夕山得意地：“长官大人，全靠您的栽培和提携，我永远不忘您和司寇大人的大恩大德！"

两人对饮，杯盘狼藉。夕山：“长官大……大人，小人醉、醉了……”晋升：“再饮一杯？”夕山：“实实……实在不……不能喝了。”晋升：“我给你拿白银。你看好，这是十两。”夕山：“好。你，你把崔牢，牢子那十两也，也给我，好吗？”晋升：“好，好，也给你。”晋升从书案上拿起一块盆景石头向牢头夕山头上一砸。夕山“啊呀”一声，顿时脑浆迸出，一命呜呼。晋升提着夕山人头，正要跨出门来，外面一箭射来正射中咽喉倒地而亡。

罗聪开怀大笑：“再不用担惊受怕，可以睡安稳觉了。”

罗聪蒙唐诚

冢宰府。唐诚：“司寇大人，督策和夕虎换头案现在查清楚了没有？”罗聪：“启禀冢宰大人，此案查不下去了。”唐诚：“为什么？”罗聪：“微臣刚布置调查此案，同督策和夕虎有密切接触的监斩官、牢头和牢子都突然失踪了。断了线索，无法查下去了。想是他们自知法网难逃，畏罪潜逃或自杀了。”唐诚：“此案再无别的线索了？”罗聪：

“再无别的线索了。”唐诚：“那就不用再查了。”罗聪如释重负：“是！”

督策、夕虎投庹嵩

深山密林。山洞。督策：“牢头传来罗聪大人的话：县令龚善和县尉罗毅在全国悬榜画像捉拿我们。我们现在是什么地都不能去了，更不能回家去了。”夕虎：“难道我们真的是无躲藏，只有死路一条了吗？”督策：“天无绝人之路，我们命不该绝，当然有躲藏之地。我们不用通过边关，走我给庹嵩大人指引的出国暗道可以平平安安地投奔庹嵩大人。”夕虎叹息道：“想不到我夕虎威风大半辈子，如今却落得如丧家犬的如此下场！”督策：“落难之人还想什么威风？留得性命就不错了。”夕虎：“听大人的，走！”

第 27 章
崇飞奉命赴賨国　勾结罗聪谋篡权

帝辛命崇飞赴賨国催粮催赋

帝辛宫大殿。帝辛：“崇飞司徒，你对賨国情况十分了解。近年来，常到賨国催粮催赋，路途遥远，朕知道路途有许多辛苦。賨国越来越桀骜不驯，成了朕的心腹大患。如何除掉这个心腹大患，你要多出主意。此事做成，你就是本朝大大的功臣！朕知道你是一个大忠臣，特命你为专管賨国事务的御史大臣，增年俸千石。你只要好好为朕办事，朕不会亏待你的辛劳。”崇飞：“谢主隆恩。微臣为大王效劳，在所不辞。”帝辛：“朕命你明日就动身到賨国催粮选美。”崇飞：“大王，我国与賨国曾订立过不再到賨国催赋选美的和约。”帝辛：“和约有屁用！朕怎会与一个蕞尔小国签和约？那份和约是朕在腹背受敌的情急之下被迫签订的，是令朕感到羞辱之约，朕压根儿就不承认它！事情已经过去这么多年了，谁还记得那个废约？朕为当今天下共主，哪个国家不向朕进贡赋献美女？賨国不能例外！你去催缴就是！”崇飞：“这个——”

帝辛：“什么这个？催进贡赋献美女，只是朕灭賨国的一个借口。当年朕本可一举荡平賨国，可恨鬼方在后方捣乱，才不得不签下了那份所谓和约。你去告诉鄂旺，要么进贡赋献美女，要么再次开战！你去告诉罗聪，他要加紧进行改朝换代夺位建国的行动。时机成熟，立刻推翻鄂旺，另立大王。不管鄂旺会不会跟当年鄂桓一样桀骜不驯，服不服从旨令，都应当趁鄂旺羽翼尚未丰满采取措施，绝不能让他形成气候，成为朕的心腹大患。”崇飞：“微臣遵旨。”帝辛：“你速去速回，勿使朕久久期盼。”崇飞：“是。”

崇飞退出王宫，自言自语道：“近些年，我常到賨国催粮催赋，与賨国君臣多有龃龉。一则是帝辛苛求，欲壑难填；一则是賨王叫苦连天，百般拖赖，使我处在两难之间。也罢，我既受帝辛大恩，享其厚禄，当然只能效忠帝辛，为帝辛办事。今日，帝辛又给我加官增禄，授我賨国重任。发出旨令，要本官到賨国催赋选美。巴山陡峭，上坡下坎不说，羊肠小道穿行其间，稍一不慎，掉下悬崖，就只有喂狼喂虎了，时刻令我胆战心惊。本官免不了奔波劳累之苦，只好带着一百名卫士去走一遭。对了，本官虽然难免不了受长途劳顿之苦，可是到了賨国，也能得到不少贿赂，其中最令我难忘的是賨国清酒。真是苦中有乐啊。再说，罗聪如果在帝辛的扶持下，夺得了鄂旺的王权，到时候，我不就是帝辛派驻賨国的太上皇了吗？何其美哉！”想罢，高呼道：“小的们，快快随本官前行！”众：“是！”

崇飞在賨国祭坛受窘

宕渠城。卫士：“御史大人，我们翻过了巴山顶峰，走过了三百里栈道，已到达賨国国都宕渠城賨王宫前。”崇飞：“告诉黄门，叫鄂旺前来迎接本官。”卫士：“黄门说，鄂旺在祭坛祭祀先祖，不能前来迎接御史大人。”崇飞：“直接到祭坛去吧。”卫士：“诺。”

祭坛。内侍：“启奏大王！帝辛派来专管賨国御史大臣崇飞，责问我国为何没有按时上缴贡赋和美女？"

鄂旺：“请将御史大人接到国家驿馆住下，本王祭祀结束后前去会他。”崇飞横蛮地推开阻拦卫士跨进祭坛：“鄂王，为何不前来迎接本官？”鄂旺施礼道：“本小王正在祭祀先祖，不知御史大人光临，有失迎迓，望乞恕罪。”崇飞颐指气使地说：“对御史大臣不敬就是对帝辛不尊，你可要知道这是个什么样的后果！”鄂旺委婉地说道：“请御史大人息怒。大人光临賨国不知有何紧急公干？”崇飞直截了当地说：“帝辛命本官前来催缴贡赋催献美女。”鄂旺不卑不亢地说：“当年两国和约载明，賨国不再向商国进贡赋献美女。”崇飞昂首说道：“和约并未载明賨国永远不向帝辛进贡赋献美女，就是和约签订，你爷爷也不时向帝辛王宫进賨绣献清酒。”鄂旺：“爷爷每次向帝辛进贡赋献清酒，都得到了丰厚的回报，实际是互通有无的一种商贸活动。”崇飞：“你想得不错，把进贡与赏赐说成是互通有无的一种商贸活动。帝辛说，普天之下都在向王宫进贡赋献美女，賨国不能借口和约成为例外。愿进贡赋献美女，两国可相安无事。如若不然，两国重新开战！”

鄂旺：“近年来，我国连续遭受天旱和水涝，老百姓生活十分困难，无力缴纳。”崇飞：“你又来装穷叫苦？”鄂旺：“非是小王装穷叫苦，老百姓实在无力承担。”崇飞：“贡赋就不用交了？美女就不用选送了？”鄂旺：“贡赋岂能不交！朕将立即催缴。选美之事不是不办，是賨国女丑，实在是难选。御史大人远道跋涉，一路辛苦。随侍快将上官送到馆驿休息，朕将即刻带领众臣到馆驿为御史大臣接风洗尘。”随侍：“遵旨。御史大人请吧。”

崇飞见鄂旺承认献贡赋，大声对鄂旺说：“快快备好上缴贡赋，选出美女，本官好早日带回去向帝辛复命！”鄂旺：“请御史大人放心，朕将速速照办，决不耽误御史大人的大事。”随侍：“御史大人，请到国家驿馆歇息。”崇飞一行离开祭坛。

鄂旺拜祖寻对策

祭坛。鄂典："崇飞隔三岔五地前来催逼贡赋，准是又想来敲钉磕索，捞取油水！"鄂旺："帝辛荒淫，官吏腐败，风气如此，有什么办法啊！"

庹坚："这个崇飞欺人太甚，我们何不想个法子收拾收拾他！"鄂旺："不可造次。古人说小不忍则乱大谋。现在帝辛暴虐，官吏贪婪，中饱私囊，全国一片怨声。但是，现在还没有人敢于出头反抗。我们各个邦国的力量都还很弱小。还是等待时机再说吧。"唐诚："大王考虑周全，不可操之过急，不能因小失大，更不要忘记祖宗创业的艰难！"

鄂旺再次焚香跪拜："敬告列祖列宗：现在帝辛欺我太甚，我等尚无对抗良策。现由仙师占卦求问先祖，请示对待帝辛欺凌的对策良方。"

仙师祭拜毕，摆弄龟卦，占得一卦，唱道："先祖传示鄂旺，要学创建賨国的先王鄂朗，用反击南蛮的方法，对待帝辛的欺凌。"唐诚："当年南蛮挥师进入賨国十分猖狂，先祖鄂朗立即调兵遣将进行抵抗。鄂朗骑着高大雄壮的的卢飞骏马，手握长长的战斧，高声宣布：'保家卫国人人有责，冲锋在前国家将给予重赏！'鄂朗率先走在最前面，挥动战斧将敌杀。賨国将士个个勇猛齐跟上，挥舞刀枪如日月闪耀光芒。'边境地方的百姓自发组织民军，配合国家常备军打击敌人。战争十分残酷，鄂朗九战九败，第十战终于取得了胜利。鄂朗凯旋回师之时，老百姓箪食壶浆在道旁迎接胜利归来的将士。此事距今虽已上千年，帝辛欺凌我国弱小，我王要以先祖鄂朗为榜样，不畏帝辛暴虐，重振干戈胆气壮，誓为祖宗争荣光！商军虽然比我强，决一死战又何妨！"

祭坛前。鄂旺："先祖鄂朗抵抗侵略的办法应当效仿，爷爷鄂桓抗击帝辛之法就是楷模。全国上下普遍练兵，随时迎击来犯之敌！"唐诚："帝辛暴虐人人痛恨，但现在力量还很强大，我们势单力薄不必马上公开地反抗帝辛。我们要尽快地集中身强力壮、武艺高强之人进行训练，加强防备，确保国家不致遭到突然袭击而蒙受重大灾难。"鄂旺："冢宰所言极是。立即派人到全国各地检查建军练武落实情况，若有十夫长、百夫长、千夫长玩忽职守，责令地方官吏严惩不贷！"

唐诚："此事不宜张扬，由武成王鄂典秘密督办为好。"鄂典："冢宰高瞻远瞩，指示极明，末将立即遵照办理。"唐诚："国家危难之时人人应当齐心协力奋发图强，君臣们遇大事要共同商量。今天的祭祀一定搞好，决不能因为受到崇飞的干扰就草草收场。快添柴火把大火越烧越旺，快快把祭祀的牛羊肉煮熟煮香。供品要办得整齐和丰盛，祭祀更需要心地虔诚，才能求得苍天保佑我賨国安康。我们要时刻不忘祖宗的教训，时刻不忘祖宗创业的艰辛。君臣上下勤于职守莫偷懒，日忙夜忙天天谋求把国强。敬畏苍天不能弄虚与作假，苍天才能护我治国保家乡。"

崇飞与罗聪密谈

賨国馆驿。绿树掩映楼台亭阁，池水辉映蓝天白云。侍女把盏斟清酒，厨师忙碌送菜肴。崇飞、罗聪在一楼阁对饮，边喝酒边谈。罗聪："欢迎御史大夫光临我国。祭史与御史大人，很久没在一起痛快过了。请再满饮此杯。”

崇飞：“我这次奉帝辛之命来到賨国，表面是催进贡赋催献美女，实则主要是了解你推翻鄂旺的进展情况。”罗聪：“崇大人，形势不妙。庹嵩暴露后，朝廷大抓庹嵩同党，不少人被砍了头或投进了监狱。庹嵩的脚脚爪爪跑的跑，逃的逃，现在，朝中握有实权者仅我一人。我不能像庹嵩那样大张旗鼓地组军练武。鄂旺、唐诚把我看得很紧。巴林县自鄂旺微服察访后，恢复了龚善的县令职务，这个地盘我便插不上手了。我使用换头术，将督策、夕虎二人放出后，本想让他们掌控一些地方积聚力量。他们不知逃到哪里去了。所以，在下目前只好韬光养晦，蛰伏保身。”崇飞：“你说的都是实情，你的难处帝辛怎么会不知道？帝辛为灭賨国，做了精心安排：派本官以催逼賨国缴赋税和献美女为由，向賨国施压。賨国若以和约拒交贡赋和献美女，即派大军攻打賨国。如若一时难于攻占全国，便先占巴林县，以巴林县为据占，逐步蚕食賨国。你在朝中做好内应就是了。”罗聪：“深谢帝辛隆恩！”

崇飞：“临行时，大王一再叮咛我要你加紧活动，做好推翻鄂旺的准备。还告诉你一个情况，庹嵩到朝歌后，帝辛命他作賨国都尉，专治賨国事务，并调拨七千人充实他的军队。庹嵩带着一万人，驻扎紫金关，等待时机成熟就打回賨国。”

馆丞推门进屋。崇飞连忙对着来人支吾着：“这賨国的宕渠清酒天下闻名，真是名不虚传。百步之外即香气扑鼻，入口绵软舒适，回味无穷。我想，天上神仙喝的玉液琼浆大概也不过如此。真是喝了一次，相隔十天还口留余香，记忆犹新。”馆丞：“御史大人如此喜欢我賨国宕渠清酒，请喝个够。”

崇飞：“喝个够？如此美酒，堪与天宫琼浆媲美的美酒，怎么喝得够？”罗聪：“御史大人，您在賨国时，请顿顿喝足；回朝歌时，请馆丞准备十匹马全驮宕渠清酒送你上路。可以了吧？”崇飞：“可以了？要说可以也可以，要说够就远远不够。天天喝，顿顿喝，我喝，府第的人都喝，十匹马驮的酒能喝得几时？”馆丞：“我们以后还可以再给你送来。”

崇飞趁着酒性：“馆丞，我向你打听点事：你们賨国，哪个姑娘最漂亮？”

馆丞：“我们賨国虽然山高水恶，生活贫穷，可是美女不少。要说谁最美丽，可很难说得清啊！”崇飞：“你们王公贵族，谁家的女儿最美丽？”馆丞：“王公贵族中，刁大夫的女儿长得不错，贺司徒的几个女儿也很好。当然，还是要数公主鄂蕾最漂亮。”崇飞：“鄂蕾多大年纪了？”馆丞：“刚刚十五岁。”崇飞：“可曾招驸马？”馆丞：“公主鄂蕾的性格有些古怪。大王几次设下彩楼让她抛绣球择婿。可是，她在楼上看了看众多壮士美男，就是不将手中的绣球抛下，所以迟迟未能婚配。”崇飞狡猾地一笑：“是什么原因她不抛出绣球呢？”馆丞：“这我可不知道。”崇飞：“你快快去问你们的国王，向帝辛上缴的赋税准备好了没有？挑选的十个美女挑选好了没有？我得马上回京交差了。”馆丞：“是。我马上就去问。”

唐诚定计游猎缓时日

王宫大殿一角。馆丞向唐诚报告：“祭史参拜冢宰，御史崇飞要我催问国王，给帝辛上缴的赋税和选送的十名美女，准备好了没有？请示冢宰该怎么回答？”唐诚：“你说你已向大王奏禀。大王正在从全国调章赋税和挑选美女。请御史略加等待。”馆丞：“我马上向他回话。”唐诚：“稍等片刻，待我向国王启禀后再去回话不迟。”

御案前。唐诚向鄂旺奏报：“启奏大王：御史崇飞催赋税很急。我意请你同他一起进行一次游猎，这样可延缓一些时日。不知大王心意如何？”鄂旺：“爱卿考虑周到，此事可行。你可亲去告诉他，请他同朕游猎。时间请他决定。”

馆驿。唐诚去到馆内，对崇飞行礼毕：“赋税之事我们正在办理。国王邀请上官一道游猎，不知御史大人意下如何？”崇飞：“国王游猎需斋戒七日，沐浴净身七日，再游猎七日，奉祀祖庙七日。这就整整花去了一个月时间。我看此次游猎就不必进行了。”唐诚：“时间虽然较长，但是准备赋税的时间更长。这么长的时间不去游猎，您住在馆中也是寂寞难耐啊！”崇飞：“如此说来，只好去游猎了。”唐诚：“国王请御史大人决定游猎时间。”崇飞：“就从明日开始吧。”唐诚：“明日是否吉祥，还是请仙师来占卜一下为好。”崇飞：“快请仙师来占卜吧。”

崇飞游猎受伤

仙师摆上香案，奉上仙位，焚香跪拜毕，取出龟卦，求得一个好卦：“禀报上官和冢宰：再过十日是吉星高照之日。此日作游猎起始之日十分吉祥！”

崇飞：“怎么要等那么久？重新选一个近一点的。”仙师再次占卜后禀报：“再过五天也是个好日子，不过，有煞星干正。还是避开为好。”崇飞：“再卜。”仙师再次占卜后报告：“过两天是一个艮岳之卦，可以出猎，但有凶险。”崇飞：“就定在大后天吧。”唐诚：“钦差大人不必太急，延后几天也不妨事。”崇飞：“不必改动。帝辛要我快来快回去复命，现在征东夷战争正急，帝辛有许多重要事情要我去办。”唐诚：“那就只好定在后天了。”

朝霞满天，晨风沁人肺腑。人喊马嘶，一队队游猎队伍向东山进发。鄂旺头戴毡帽，身穿大红氅衣，骑着高头大马向前行进。崇飞头戴花翎，身披绿色披风，骑着高头大马，与鄂旺并肩而行。他们走到山脚，命随从围住猎场，派一部分人上山将猎物向鄂旺和崇飞方向驱赶而来。随从上山后，用棍棒敲击竹梆，嘴里不断吆喝，驱赶野兽向山下奔跑。不一会，一条野猪被驱赶着向鄂旺、崇飞停留的地方奔来。

猎场。鄂旺：“上官，请投枪！”崇飞：“你先投枪！”鄂旺奋力将枪投出，一下命中了野猪。众：“大王取得头彩，大吉大利！”

不一会儿，林中跑出一头野鹿。鄂旺：“上官，这回该你射箭了！”崇飞也不回话，左手拿弓，右手拉弦，看得真切，将手一扬，羽箭便迅即飞了出去，也击中了目标。众又是一阵欢呼：“上官取得第二彩，大吉大利！”

不久，林中跑出一只麂子。鄂旺也不谦让，待其跑近，将箭射了出去，又中了目标。大家又是一阵欢呼。崇飞：“鄂王，我们在这里死等野兽出来没什么意思，不如分路上山亲自去寻猎物更能尽兴。”

鄂旺："只要上官你觉得怎样高兴都行。你走哪一路？"崇飞："你决定吧。"鄂旺："不，请你决定。"崇飞："你走左侧，我走右侧。"鄂旺："好。"

猎场。两人于是分头上山寻找猎物。鄂旺很快又杀死了一头野猪。崇飞在山上追赶了几头麂子，都射箭不准和投枪不中。听到鄂旺获得了猎物的欢呼声，心情暴躁起来。崇飞："人不顺心，这野兽也成心跟我过不去！"

灌木丛中飞跑出一头野猪，崇飞将投枪投出，一下击中了野猪的后腿。崇飞跑上去捉野猪，野猪却暴跳起来，咬住了他的左臂。崇飞连忙高声呼救："救命呀！"众军士闻讯急忙赶上前来将野猪杀死。崇飞左手臂已被咬断。

鄂旺急召太医为崇飞医治。太医将他的手臂接上，敷上药物："上官放心，没有大碍，就会好的。"鄂旺带着众位官员赶到崇飞身边："上官贵体受伤，心感不安。望上官好好将息。"崇飞当面指责鄂旺："你不该将我置于如此危险之地！"鄂旺："请上官息怒。山中打猎何处危险我实不知。方向是由你自己选定的，不能说我有意将你置于危险境地。"崇飞："你为何就不遇险而偏偏我却遇到这么大的危险？"

崇飞迁怒鄂典

崇飞转头，见身边不远处，鄂典手按宝剑，怒目而视。崇飞见了，不觉打了个寒战。但他狐假虎威地大声呵斥："你们賨国之人，皆无忠诚帝辛之心，个个鹰眼狼心。"鄂典："你说谁是鹰眼狼心？"崇飞："我是说的你吗？"鄂典："从你的眼神可知，你不是说我又是说谁？"崇飞："本御史不和你理会。"鄂典："你说个不理会就算了？"崇飞："你待要对本御史怎样？"鄂典："要你给我把话说清楚！"崇飞："本御史不给你说清楚，你又想怎么样？"鄂典："不准你狐假虎威，在此作威作福！"崇飞："你对本御史不敬是要自食恶果的！"鄂典上前一把抓住崇飞的衣领："我倒要看看要负多大的责任！"崇飞自知不是鄂典的对手，嚣张气焰一下低了下来："我不和你这野蛮之邦的人计较，快快放手！"

鄂旺见了，急忙上前制止："武成王，不得对上官无礼。"鄂典将手松开："看在我们大王的面上，就饶恕你一次！"崇飞悻悻地说："本御史大人大量，也不和你计较！"鄂旺："御史大人多在国宾馆调理、休养些时间，等手臂完全康复了才回京城朝歌。"崇飞："目前，也只有如此。"

崇飞怂恿帝辛征鄂蕾

国宾馆。鄂旺："御史大人，手臂恢复得怎样了？"崇飞运转了几下手臂："賨国郎中医术不错，除了伤疤以外，同受伤前的状况差不多了。"鄂旺："御史大夫真是福大命大呀，古人说，大难不死必有后福。御史大人真是洪福齐天呀！"崇飞："赋税凑足了吗？本御史该回去向帝辛交旨了。"鄂旺："赋税如数凑足，已派队专门护送。御史大人回到朝歌，请向帝辛大王多多给我们賨国美言几句。我賨国所欠赋税决不会不交，只是今年天干水涝频繁，耽误了上缴时日，请帝辛宽恕。并请钦差大人转告我賨国君民的共同心愿：祝帝辛大王万寿无疆！万岁，万万岁！”崇飞：“帝辛大王能否宽容，还要看你们以后上缴贡赋的行动。”鄂旺：“请上官放心，只要风调雨顺，賨国不会拖欠赋税。朕送给御史大夫的礼物已在五匹马驮子里装好，请您查收。贡赋稍后发来，请御史大人放心。”崇飞：“上缴贡赋要快快发送到朝歌来，现在已延误了帝辛规定的时间。”鄂旺：“请御史大人放心，我们一定速速发来，不会给御史大人添麻烦。”

帝辛宫殿。崇飞行三跪九叩之礼毕：“启奏大王。賨国赋税催到，已交国库收存。”帝辛：“好个崇飞，征伐东夷之战正酣，你磨磨蹭蹭坏朕大事，该当何罪？”崇飞：“请大王恕臣之罪。大王，您面带忧虑之色是何原因？”帝辛：“你真是朕的心腹忠臣，将朕的心事一眼就看出来了。”崇飞：“能否告诉微臣？”帝辛：“唐铜、督罡等賨人结伙反朕。”

唐铜救罗雁被追杀，躲入督罡府中避难

朝歌城下。夜色朦胧。唐铜见罗雁所坐宫车已被王宫侍卫截住，自己寡不敌众，高喊：“罗雁，舅父去也！”罗雁飞快地向黑暗处跑去，高喊：“舅父小心！”王宫卫士将罗雁所坐车辆拉回王宫。王宫卫士分数路追杀唐铜。一人说：“这就怪了，怎么一下子就不见了？”

唐铜躲过追捕，急忙向南方家乡跑去。走了一段路，他想道：“不对，宫中的人知道我是南方賨国人，要是在我回家的路上层层设卡，我这样回家乡去，无异自投罗网。到什么地方去好呢？”唐铜自言自语道：“不如暂且到师兄督罡府中躲避一时。”

深夜。镇殿将军府书房。督罡正在灯下看书，家人端茶放在茶几上，迫不及待地对镇殿将军督罡说：“将军，听说你的佩弟唐铜拐了一个刚进宫的賨国女子出宫，被发觉。賨国女子被追回。唐铜正被通缉。”督罡：“你听谁说的？”家人：“城中传得纷纷扬扬。”督罡：“什么时间的事？”家人：“据说是前天晚上发生的事情。”督罡十分肯定地说：“别听那些胡说八道，唐铜是堂堂男儿，不可能做那种拐骗妇女的事情。再说，一个刚进宫的女子就那么轻信他，愿意同他一起走？”

督罡妻：“賨国女子不会那么贱。是不是有人陷害他？”督玲：“婆婆说得对。我也怀疑是不是有人陷害他。”督罡：“我也感到十分奇怪。发生这件事，恐怕与帝辛对賨国的态度有关。近年来，帝辛越来越暴虐，对賨国人越来越不信任，把賨国当成敌国不断地施压，看来，賨人在帝辛宫中会更加受欺凌了。”督玲：“现在帝辛越发变得性格怪异了。”督罡：“他不仅横征暴敛，大修宫苑亭阁，而且挖空心思不断寻求新的享乐方式了。宫中女子本已上万，他还不断下令各国献美女。他嫌各国献的美女不够美，又派出亲信到各国见到美女就抢，搞得人心惶惶不安。这样下去，老百姓怨声载道，恐怕要起来造反了。”督罡妻：“夫君说得对。帝辛再不是我刚来宫中时想象的帝辛了。我原以为帝辛尚能体贴百姓疾苦，百姓也很敬重他，所以我才同意你留在朝中为他效力。”督罡：“是啊。先王过世以后，我见帝辛颇有他父亲帝乙的风度，对他也是忠心耿耿。

我在做总兵时，击鬼方，御南蛮，驱南越，抗东夷，立下赫赫战功，得到帝辛多次封赏，以至做了殿前将军。那时，他多次称赞賨国人勇猛剽岸，忠诚可靠。但是，近年来，帝辛穷兵黩武，横征暴敛，弓I起各国反感。鄂桓也拖欠贡赋，不献美女，弓I起帝辛不悦。城门失火，殃及池鱼，他对我们賨人便越来越看不顺眼了。”

督罡妻：“这个情况我一进宫便已经察觉，早想离开这里，回賨国去了。”

督罡：“难怪朝中许多賨人将领不愿将家眷接来，孤身一人在此听差，他们才是早有打算。不过，听说鄂旺现在对帝辛还很尊重，所以多数人还不急于离开这里。”督罡妻：“这种做法也是对的。”

唐铜翻墙入室，跪在督罡面前：“师兄在上，请受小弟一拜。”督罡：“唐铜，你怎么到我这里来了？外面传得沸沸扬扬，你到底出了什么事情？”

唐铜：“师兄容禀。小弟前天在王宫值日，遇见我外侄女罗雁被抓进王宫，便在当晚救她出王宫。不料，途中遇见巡查队，躲避不及，罗雁被抓了回去，我也被宫中大队侍卫追捕。我躲入下水道才侥幸逃脱。在下水道里躲了一天，现在才来找师兄想想办法渡此难关。”督罡妻：“夫君刚才分析得对，唐铜是正派男儿。刚进宫的女子愿意随他出宫一定有隐情。”督罡：“原来是件见义勇为之事。唐铜，你需要我怎样帮助你？”唐铜：“我现在无法出城门，想在师兄家躲避几天。”督罡：“你来我家可有什么人看见？”唐铜：“黑夜里，没有遇到什么人，不会有什么人看见我到你家里来了。”督罡：“我家眷在这里，人多嘴杂，容易走漏风声。要是发生事情，难于应对。”唐铜：“那我到别处去吧。我没带家眷，孤身一人，有事好应对。”督玲：“铜爷爷既被追查，多出外一次就多一份危险。不如就在我家不出去较为安全。”唐铜：“玲儿说得对，我也正是担心这一点，不然我就直接往家乡賨国逃难去了。”督罡：“现在风声正紧，铜弟往賨国走，无异自投罗网。就在我家住几天，看看情况变化再说。”

第 28 章
商兵满城搜唐铜　督罡满门遭屠杀

贺灿设计害督罡

帝辛御书房。帝辛：“贺灿，抓到唐铜没有？”贺灿：“启奏大王，暂时还未抓到。微臣已布下天罗地网，他就是插翅也难飞出朝歌城了。不过，唐铜不是一个人。”帝辛：“你是说——”贺灿：“唐戬、唐铜入宫才几天，便与督罡等賨人经常秘密聚会，看来，他们是想搞賨人小集团？”帝辛：“不会吧？督罡是先王老臣，对朕又忠心耿耿，不会搞阴谋的。”贺灿：“请大王恕臣斗胆，督罡未必忠心耿耿。”帝辛：“你看出什么蛛丝马迹来了？”贺灿：“督罡近年来经常在大臣中间散布大王您穷兵黩武，大肆征伐，全不体恤百姓生死，煽动大家对您的不满情绪。”帝辛：“难怪近年来征西狄、征鬼方、征东夷他都借口生病不去出征……对他多加监视，抓住把柄就将他除掉！”贺灿：“诺！”

帝辛：“唐铜携女出宫，捉回来没有？”贺灿：“唐铜是不是到督罡家中躲起来了？微臣不敢肯定，也不敢派人到他家里去搜。”帝辛：“你直接到他家去看看嘛。”贺灿：“微臣到他家能看得到表面，看不到内情，更看不到他的内心。”帝辛：“你有什么办法能看到他的内心？”贺灿：“一个人的内心平时是可以隐藏的，只有在重大事情发生面前，才会暴露他的真心。比如，平时很难看出一个人胆大胆小，但是，在惊雷发生时，胆小的人想掩饰也掩饰不住。大王要兵伐賨国，何不派他挂帅出征？”帝辛：“岂可令他独掌兵权？”贺灿向帝辛耳语，帝辛连连点头后，贺灿得意地说：“此招可测试他对大王是否忠心。”帝辛：“妙！”

王宫大殿。帝辛：“督罡将军听旨：此次伐賨，令你为主将。”督罡出班奏道：“大王有令，臣本该服从。但是，臣年事已高，恐辜负大王重托。”闻伦：“督将军多年不出征，是不是另有隐情？”督罡：“请闻将军不要以小人之心度君子之腹！”闻伦：“谁是君子？谁是小人？”帝辛：“伐賨事大，督将军还应仔细斟酌后回朕的话！”督罡：“微臣无须斟酌。”

闻仲：“督将军，回去仔细想想后再回答吧。”督罡愤然离宫而去。帝辛：“贺灿，去将督罡喊回来！”贺灿：“微臣认为，兵伐賨国不需喊他回来。微臣有一计，可令他回来求您。”帝辛：“快快道来。”

贺灿：“听说督罡有一小孙女，他视为心肝宝贝，从小教文练武，练得高超武艺。”帝辛：“这又有什么？”贺灿：“此女越长越好看，如今已年满十五，艳丽无比，智慧超群。大王宫中能与之媲美者不多，何不将她召入宫中承欢朝夕。如督罡送女进宫，既成王亲国戚，又显忠心，不难查出唐铜是否在他家中躲藏；如拒不献出孙女，定是早存异心，何来忠心耿耿？”

帝辛：“此计大妙！爱卿速去办来！”

镇殿将军府。贺灿高声喊道：“督罡将军接旨！”督罡跪下：“微臣督罡在。”贺灿：“奉天承运，大王诏曰：天地谐和，万物生长；阴阳谐和，儿孙繁衍！朕闻督罡将军养有姣女，美艳无比，愿与之结为鸾凤之好。望将军接此旨后，风行雷厉，速送美女入宫，成为贵妃，与朕同享荣华！”

督罡顿觉炸雷轰顶，昏倒于地。贺灿上前搀扶，督罡毫无知觉。贺灿对镇殿将军府家人说：“待将军醒来后，速照圣旨办理！我去也。”

贺灿离开后，督罡夫人灌下姜汤，督玲捶背呼唤：“爷爷醒来！”督罡终于醒来，吐了一口鲜血：“气煞我也。想不到帝辛心地如此歹毒，将灾星降落到了我的头上！”督玲看过圣旨，一把甩于地下：“爷爷要为孙女儿做主，孙女儿誓死不从！”督罡：“孙女儿，不管怎么说，爷爷也是不从！”督玲娘：“老天啊，我们可怎么办啦？”唐铜：“师兄，祸事是我惹起来的，我出门去自投罗网吧。”督罡：“这不关你的事。此事一定是有奸人作怪。你去自投罗网也解不了我的围！”家将：“将军大人，你带着小姐和家人赶快离开这里，我们看着家。等事情平静了，你们再回来！”督罡：“事情不是你们说的那么简单。我们一家能轻易逃得出朝歌城？看来不是鱼死就是网破，必有一场恶斗，你们逃命去吧。”众家将：“不，将军，我们生死在一起！”督罡：“这是我家的私事，不能连累你们。你们去吧。”众家将：“将军对我等情深意重，难报万一。无论你是公事还是私事，我们都不离开你！”

三公子带兵围攻督罡府

督罡府。家院：“启禀将军大人，三公子带领多名宫廷侍卫，抬着花轿来到大门口要进大院里面来，是让进还是不让进？”督罡怒眼圆睁：“不让进来！”督玲婆婆：“老爷，大王兵强马壮，人多势众，不让他们进来不行啊！”家院：“将军，我们劝说不住，他们说要强行进来！”督玲：“这个世道没有讲理的地方，他大队人马要强行进来怎么办？不如我出去与他拼了！”督罡：“你一人能与他大队人马相拼？”众家将：“将军，我们一起和三公子相拼！”督罡：“感谢各位侠义相助！大家拿上武器，拼一个够本，拼两个赚钱！我在前面开路，你们在后面紧紧跟上。冲出包围就从东门出城。督玲快去告诉二爹！我们一起走！”督玲拿上武器：“是！”

督玲从侧门走进督星家:“二爹,我们家被三公子所带侍卫包围了！”督星:“我知道了。你爷爷说怎么办？”督玲：“冲出包围圈，从东门出城！”督娥：“对！冲出包围圈！”督星：“好，大家拿起武器，冲出包围圈，从东门出城！”

镇殿将军府大门外。三公子：“罗开，快进府去催问小姐是否可以上轿了？”罗开要进大门：“娘娘穿戴停妥没有？我们轿子进院迎抬。”家院：“什么娘娘？”罗开：“圣旨已下，你们家大小姐进宫当娘娘了，你们还不知道？娘娘是否穿戴好了，我们进去问问。”家院：“未经将军允许哪个敢进？”三公子等得不耐烦了：“走！大家一齐进去！”家院上前阻挡，三公子一掌将他打倒地下。家院：“哎哟，打人了！”三公子大怒，抽出宝剑:“打人？再不让进,老子就杀人了！”督罡从房中冲出:“三公子不得在此行凶！”

三公子挺着宝剑指着督罡：“督将军，圣旨下达这么久了，还磨磨蹭蹭地干啥？你到底是遵旨还是抗旨？”督罡:“什么圣旨？”三公子:“赶快把姑娘献进宫去！”督罡:“我的姑娘岂能叫献就献？”三公子：“你要抗旨？勇士们进府去抢！”侍卫们便向院里冲去。督罡、唐铜挥手,将前面几个侍卫打倒。众家将一齐上前与侍卫拼杀。大队侍卫畏缩不前,三公子：“上！给我上！”

督玲婆婆自刎洒热血

大批侍卫拥向督罡、唐铜，督罡、唐铜同侍卫斗打起来。督罡夺过侍卫一把宝剑，如鱼得水，迅速将侍卫杀倒几个。唐铜拼命冲杀，侍卫死伤狼藉。督玲婆婆等人被堵在屋中出不了门，高叫：“将军冲出去快走！不要管我们！”

督罡：“你们快出来与我一道走！”

唐铜边杀边喊：“师姐快带全家人出来，我们一起走！”督玲婆婆等走出房门，即被侍卫砍倒。唐铜冲上前去将围着督玲婆婆的侍卫赶开。督玲婆婆高喊：“将军快走，别管我！”督罡杀回督玲婆婆身边，将她抱起：“不，我们一起走！”督玲婆婆：“将军别管我，救孙女儿要紧！”督玲婆婆说完，从地上捡起一剑，往项上一抹，头一偏，咽了气。督罡高喊：“娃他娘，你醒醒！”

三公子率御林军血洗镇殿将军府

督罡理正督玲婆婆的尸体，操起宝剑向三公子杀去。侍卫蜂拥上前抵挡，纷纷倒下。三公子急喊：“罗开，回去奏报大王，督罡抗旨造反，速调御林军前来弹压！”罗开：“是！”罗开骑马狂奔而去。三公子指挥侍卫将督罡、唐铜团团围住厮杀。督星和督玲、督娥等听见厮杀声，提剑走出伏波将军府大门。侍卫向他们冲来。双方立刻展开厮杀。侍卫又倒下一片。

远处，人喊马嘶，一支见头不见尾的御林大军向镇殿将军府杀来。三公子大声喊道：“督家造反，全部剿除！”

督罡、唐铜将三公子及侍卫赶出将军府，同督星等会合一起，共同抗击。御林军杀到，将督罡、督星等围在垓心，使督罡等穷于应对。督罡对督星、唐铜说："老二，你和唐铜兄弟带着督玲、督娥突围出去！我断后！"督星说："不！你带她们姐妹冲出去，我断后！"唐铜说："不用争了，你们都走吧，我断后！"督罡带着督玲姐妹突围，可是，怎么也冲不出去。唐铜上前杀开一道口子："师兄，快走！"督罡带着督玲姐妹冲出了包围圈，向东门而去。三公子高喊："督罡跑了，快追！"

唐铜、督星同献身

唐铜同督星上前挡住御林军。御林军飞箭齐射，唐铜、督星以剑拨箭，箭镞纷纷落地。街巷中斜刺里冲出一支御林军，唐铜被射中后背，仆地而倒。督星上前扶起唐铜："兄弟，我背你走！"唐铜血流如注，断断续续地说："你快跑……另惜我……我不行了……我不能拖累你！"督星："不，我不能丢下你不管。我们一起走。来，我背你走！"督星背起唐铜，不幸左腿中箭，倒于地上。唐铜推开督星："别管我，我去了！"说着拔剑刎颈而死。

督罡回转来扶起督星："我背你走！"督星："不要管我，快带督玲俩姐妹逃走！"督罡强行将督星背到背上："我决不会丢下你不管！"督星拔出匕首："我不行了，不能拖累你。你一定要把督玲姐妹照顾好，我去也！"督星说完，将匕首刺向自己咽喉，气绝身亡。督罡高叫："督星！"督玲高叫："叔父！"督娥高叫："父亲！"

三公子："督罡！执行圣旨，将孙女儿送进王宫，不然你将会遭到满门抄斩！"督罡："你不要太猖狂，恶贯满盈，终将受到报应！孩儿们随我来！"

帝辛下旨缉捕督罡

王宫。御书房。贺灿："大王，征督罡孙女儿为妃，一下就检验出了几个賨人将军对您怀有二心。"帝辛："你这一招真狠！也好，除掉了朕身边的隐患，朕可以高枕无忧了。斩草除根，将这几个賨人将领满门抄斩！"贺灿："督罡家斩了十二人，督星家斩了九人。只跑了督罡、督玲、督娥三人。唐铜家人在賨国，无家人可抄斩。"帝辛："唐铜本人呢？"贺灿："已死。"帝辛："看来唐铜是早有离开朕之心。发通缉诏，画形抓捕督罡等三人。凡捕获此三人中任中一人者赏黄金百斤；献人头者，赏黄斤三十斤。"贺灿："好。微臣马上去办。"

帝辛："三公子何在？"贺灿："还在追击督罡三人。"

山路。督玲、督娥骑马在前，督罡骑马在后，快速向前奔去。三公子带领御林军一队紧紧追赶。后面一人飞马追赶三公子，高声叫道："请三公子留步！"三公子："什么事？"追赶人："圣旨到。"三公子跳下马："快传旨。"传旨官："大王令通缉督罡、督玲、督娥，捕获一人赏百斤黄金；献首级，赏三十斤黄金。"三公子："这么美的女人，要首级何用？传令决追，要活的！"御林军传令官："三公子有令，要活的！"众："是！"

帝辛宫大殿。贺灿："启奏大王，督罡纠集督星、唐铜等賨国人抗旨，杀死御林军无数，现督星、唐铜已死，督罡尚在，是否下旨全国捉拿？"帝辛："这几人都是朕的得力战将，现在一下都成了叛将，实在可惜！"贺灿："大王，这些战将留在身边后患无穷，他们一旦反叛后果不堪设想。如不斩草除根，必然后患无穷！"

帝辛："下旨通缉罪犯督罡，速令鄂旺捉拿这几个叛逆。传旨鄂旺，如将这几个叛逆送交于朕，可免除一年贡赋；如不将叛逆交朕处理，朕将追究鄂旺包庇纵容叛逆之罪，翦灭賨国！"贺灿："微臣写成圣旨，立刻传令鄂旺遵照大王之令办理。"帝辛："还有，对在征伐东夷的賨人将领要严密监控，稍有异常便立即斩杀，以防他们坏我征伐东夷大业！"贺灿："遵旨！"

罗开献计捉督罡

督玲姐妹跑进山口，回头招呼督罡："爷爷快来！我们一起走！"督罡："你们姐妹向右，我向左，分散御林军追兵！我们到山后会合！"督玲："好，我们在山后会合。"

督罡、督玲姐妹分头跑走。三公子见状，急令："罗开，你率一部追击督罡，我自率一部追赶督玲！"罗开："遵命！"

督罡见三公子一行追击督玲姐妹，便返回原路，与罗开等大战。罗开等不敌督罡，狼狈而逃，向三公子高声叫道："三公子，督罡向你杀过来了！"

三公子回头一看，见督罡已追杀到自己跟前，不得不回头与督罡迎战。督罡见督玲姐妹走远，三公子率大队人马向自己杀来，便驱马向来路而逃。三公子追赶一阵，陡然醒悟："督罡想牵制我追赶督玲姐妹的兵力，让督玲姐妹逃走。我们不要上当，穷追督玲姐妹不舍才是办法。"罗开："三公子，督罡追着我们的屁股杀死我们不少军士，我们无法置督罡于不顾穷追督玲姐妹啊！"三公子："你带人去对付督罡。"罗开："督罡武功高强，小人对付不了！"三公子气急败坏地："草包，老子杀了你！"罗开："三公子，你杀了小人，督罡还是要追着您的屁股杀来。留着小人，还可以为您抵挡一阵子。不过，小人倒另想到一个办法对付督罡了。"三公子："什么办法快说！"

罗开："我们硬杀杀不过督罡，想追赶督玲姐妹，他又追着我们屁股杀来，我们不得不回过头来对付他。小人认为，我们不用追赶督玲姐妹了，只全力对付督罡算了。"

三公子："放过督玲姐妹，让她们逃走，只对付督罡？有屁用？这是什么馊主意！"罗开："小人的主意不是说不追赶督玲姐妹，而是说能更好地追赶督玲姐妹，并且能真正抓到督玲姐妹。"三公子迫不及待地："把老子等得不耐烦了，快说下去！"罗开："三公子，你说，督罡离得开督玲吗？督玲离得开督罡吗？他们爷孙谁能离开谁？"三公子："绕什么弯子？把老子急死了，快说！"罗开："小人认为，他们爷孙谁也离不开谁。现在要想马上抓住他又不行，不如来个放长线钓大鱼……"三公子："你急死老子了，再这么磨来磨去，他们爷孙早跑得无影无踪了！"罗开："三公子别急，督罡不会轻易跑掉的。他怕我们追赶督玲，必然要牵制我们。我们虽然硬打打不赢他，但是完全能够牵制他。我们人多，完全可以用狼群围住老虎的战术，拖垮他。他虽然武功高强，对付我们却也是老虎啃天无从下口。他对付我们只有他一个人，我们围住他是一群。为今之际，不如将计就计，与他玩个猫猫游戏。他追杀我们我们退；他退走我们就跟他追。我们始终跟着他，把他拖到筋疲力尽之时，才让他们父女会合，那时我们再将他爷孙一齐擒获，岂不是好？”

三公子：“这个方法好倒是好，只是不知要等到何年何月？”罗开：“性急吃不了热豆腐，我们只好这么耗着。”三公子：“看不出来，你小子到真有两把刷子。现在也只好这么办。”罗开：“谢三公子夸奖。今后还要靠三公子多多栽培。”三公子：“你只要跟老子好好干，自然有你好果子啃！”

王宫大殿。帝辛：“督罡不知去向？”崇飞：“肯定是跑回賨国躲藏起来了。”帝辛：“賨人结伙反朕，成了朕的一块心病。”崇飞：“这正好令鄂王交出督罡，作为伐賨的一个好借口。”帝辛：“督罡是否回賨国尚不能确定，怎好以此作借口？”崇飞：“大王考虑周到。对了，微臣在賨国四处查访美女踪迹，美女众多，堪称天姿。经多方打听臣访得賨国国王鄂旺的妹妹鄂蕾，更是出类拔萃，艳压群芳。鄂蕾天资聪慧，能歌善舞，文武双全，美艳绝伦，大王可下旨鄂旺，令他献上鄂蕾以做王妃，随侍左右，其乐无穷。鄂旺若不从，就发大兵灭掉賨国！”帝辛：“爱卿所奏甚合朕意。冢宰速发圣旨，命鄂旺速速将鄂蕾献来。”闻仲：“诺。”

賨国都宕渠城。街道纵横交错，行人摩顶接踵拥挤不堪。贺灿一行五人身穿商国红色官服，骑着高头大马，不管街人是否躲避，飞驰而行，穿街过巷，直奔王宫大门前停下。贺灿向黄门说道：“本官一行五人乃帝辛传旨官，前来传达帝辛圣旨，快快通报鄂王接旨！”

典门：“帝辛传旨官到，请大王接帝辛旨。”鄂旺：“排开香案接旨。”

贺灿高声宣读帝辛圣旨：“诏曰：天地之分，无人敢乱；君之所命，无人敢违！故君所召，不得延迟；这就是天经地义的君臣名分。今我大商帝国，紫微高照，万方谐和，政令畅通，王有所命，四海咸服。顷闻賨国国王鄂旺之妹鄂蕾，端庄贤淑，美艳绝伦，性情温顺，文雅贤德，举止大方，堪称女中魁首。寡人不胜之喜。特选入后宫以为贵妃，侍朕朝夕。鄂旺荣升国戚，永镇賨国，天下钦羡！特命鄂旺接此圣旨后，速将令妹送来宫中，伴朕左右，与朕同享荣华富贵。两国交婚，永结友好。钦此！”鄂旺：“唐冢宰，速送传旨官到驿馆休息。”唐诚：“遵旨。上官请吧。”传旨官：“请。”

鄂旺誓不屈淫威

太后寝宫。鄂旺：“内侍，请太后和公主鄂蕾议事，宫内人全部回避。”

内侍：“是！”太后、鄂蕾坐下后，鄂旺面对太后：“儿臣禀报太后，帝辛无道昏君发来圣旨，要我速将妹妹鄂蕾送入宫中做妃，如何是好？”太后：“无道昏君后宫宫娥彩女不下万人，嫔妃之上还有妃后。今召我女绝非好事。帝辛贪色，必颠覆社稷。选吾女入宫，必定是崇飞欲取得帝辛的宠信设下的奸计。无道昏君欺人太甚，决不可从。”鄂蕾：“接此旨如雷轰顶，心如刀绞悲愤难忍。我乃王侯之女，金枝玉叶，洁白之身，怎能做无道昏君的玩物？王兄要为妹妹做主啊！”王太后：“帝辛如此欺凌我賨国，实在令人气愤，万万不可将哀家之女投入狼坑虎穴！”鄂旺：“如若抗旨不遵，帝辛将发大兵来问罪于我。我国力弱小，怎能抗拒？传唐冢宰一同商议如何？”太后：“好。”

唐诚走进太后寝宫：“微臣参拜太后。”太后：“帝辛强行征蕾，欺我太甚！”唐诚：“帝辛征蓉只是借口，灭我賨国才是本心。我賨国虽小，也有六十六县；地方不大，也是千里之国；人数不多，也有两百万之众。从先祖鄂朗建国历经千年，傲然于世，从不向强权卑躬屈膝。传至我辈，志气更不能小。宁可倾国，不可将我堂堂正正的公主送进魔窟！”太后：“老冢宰铮铮挚言，大快我心！”鄂蕾：“母后，王兄，因我鄂蕾一人弓I起两国交兵，致使生灵涂炭，我心怎安？”鄂旺：“御妹，你与朕同胞兄妹，情同手足，朕岂可抛却亲情，将你送给帝辛当作玩物？但是，不执行他的旨意，就会遭到像冀州侯苏护被攻打的命运。一旦发生战争，不少的人便会惨遭杀戮。我賨国便有亡国的危险。难难难，这件事实在令朕难于决断。”太后：“宁可两国交兵，也不可屈服帝辛的淫威，让女儿受帝辛摧残，让賨国蒙羞！”唐诚：“古人有言：树活一张皮，人活一口气。微臣认为，立即杀掉钦差，倾全国之力，迎战帝辛！”太后：“对！我儿速速发下圣旨，令全国百姓人人习武备战！坚决与帝辛一搏。即或惨败，到九泉之下，也不愧见列祖列宗。”鄂旺：“遵从母后懿旨。”

王宫大殿。鄂旺：“各位爱卿：帝辛荒淫无道，苛索无比，使我賨国百姓穷不聊生度日如年。今又下令，要我賨国再献粮万石，黄金千斤，十个美女，供他挥霍蹂躏。真是欺人太甚！众爱卿说说如何应对？”

大殿下。唐诚：“帝辛欺我小国寡民，随意征兵征徭，征粮征赋。我国一忍再忍。现在已经到了忍无可忍的时候了！”

鄂旺：“想我先祖鄂朗建国之初，国力比现在弱小得多，尚能打败欺凌我朝的罗毛冲、南蛮及鬼方。十年前，大王鄂桓率领全国军民打败了御驾亲征的帝辛，迫使他签订了停战条约。现在，我们的力量还有所增强，虽不能一下就能打败帝辛，但已有一定实力可与他搏上一搏了。”

鄂典：“微臣认为，帝辛是以催赋选美为名，实际是想灭我賨国。古人说哀兵必胜。帝辛暴虐激起世人公愤，我也赞成倾全国之力，同帝辛一战！”

罗聪：“庹大人有何高见？”庹坚：“帝辛以天子之尊驾驭天下，我们国力太弱，兵力不强，恐难以抗击帝辛之进攻。我们还是要深思熟虑，另想良策，从长计议为好。”鄂旺：“罗爱卿有何良策速速献上。”罗聪：“庹大人有良计献上。”鄂旺：“速速献来。”庹坚：“臣以为献金、献美女，不伤国家元气，还是以忍为上策。”唐诚：“帝辛是个贪得无厌之徒，我们满足他的无理要求，不能制止他的贪欲，相反，更会增加他的贪欲心。”

鄂旺：“庹爱卿是要朕向帝辛投降？”庹坚：“谁要投降？微臣想的是保境安民之举啊！”鄂旺：“好个保境安民之举！众大臣皆言可与帝辛一搏，庹爱卿怎可发出动摇军心之言？”庹坚：“非是微臣胆小怕事，故发泄气之言，也是为我们賨国的大局和前途命运着想啊！”唐诚：“賨国的命运只能由我们賨国人自己掌握。”庹坚：“老冢宰，你言过其实了。”唐诚：“我怎么言过其实了？”庹坚：“现在帝辛威行天下，指东击西，无不全胜，享有百克美名，所以人称’殷哲王'。我们还是不要螳臂当车的好！”唐诚：

“螳臂当车？”鄂旺：“我们賨国虽然地域狭小，国力不强，但是，賨人志气不小，骨头不软！”庹坚：“帝辛号令天下，拥亿万之众，挟百万之师，我区区賨国怎能对敌？”鄂典：“不要怕帝辛气势汹汹，当年桓王带领我们同帝辛开战，不是也迫使帝辛签下了停战条约吗？”庹坚：“据我所知，当年不是鬼方袭击朝歌，帝辛怎会与我签订停战条约？”唐诚：“当年没有鬼方袭击帝辛后方，我国也能抗击帝辛。我们有抗击帝辛的坚兵利器。这坚兵利器就是我賨国同仇敌忾的老百姓！只要全国老百姓团结一致，就是无坚不摧的坚兵利器！”

鄂典：“大敌当前，气可鼓不可泄。前不久发现你身边人庹进向帝辛送山河地图秘籍，你知道吗？”庹坚：“那是一般的商贸交通山河地图，并非秘籍。”鄂典：“商贸交通山河地图就不是秘籍？庹大人真要投降帝辛吗？”庹坚：“帝辛本为天下主，无所谓投降不投降！真要发兵对抗帝辛，那叫叛逆！”鄂典：“好个吃里爬外的家伙，老子宰了你！”庹坚：“忠于帝辛，虽死犹荣！”鄂典挥剑向庹坚刺去：“老子就成全你这个虽死犹荣！”唐诚急忙拦住：“大敌当前不可先乱了自己阵脚！庹坚说得不对，不利于团结抗敌，罚闭门思过五天！”庹坚：“遵从冢宰判罚。”

庹坚离开后，鄂旺：“武成王做得对！大敌当前，我们不能有丝毫的胆怯和犹豫！我们要制定周密的措施，调动全国一切力量，保卫国家的土地，捍卫人格的尊严！唐冢宰，发布朕的旨令！”

鄂旺下旨全国练武备战

唐诚：“大王令：男丁十六以上，四十以下，实行三丁抽一五丁抽二，一律编入国家常备军，练功习武，准备抗击商军入侵。四十以上，六十以下，就地编为民军，由当地官府指令十夫长、百夫长、千夫长带领操练作战技能。农闲时练武，农忙时务农。商军进犯之处，当地民军就地抗击商军。女子十六以上，五十以下，组成运输队伍，随时听令向战地运送物资。违令者斩！全国百姓要同仇敌忾，痛下与賨国共存亡之决心！”鄂旺：“继续向周、巴等国求援，联成一气，共抗暴辛！”众大臣：“谨遵大王之令。坚决与暴虐帝辛决一死战！”

第 29 章
帝辛强行征鄂蕾　唐泰避婚回家园

鄂蕾到龙潭别都练武

后宫。鄂蕾："母后，帝辛荒淫无道，征儿无望之后必将发大兵进攻我賨国。女儿从小习武，颇有心得，特别是拜唐泰为师以来，长进不小。现正处于非常时期，更需加紧训练，增强本领，以做好抗击商军的准备。我想带侍卫长尉、教师唐泰及卫士、随侍，到龙潭别都对宫女们进行训练，让她们也学习武术，加强对我的护卫，请母后允准。"太后："女儿考虑周到，如此甚好。只是那里山高路陡，多有不便，需多加小心才好。"鄂蕾："女儿明白。请太后放心。"

御道。几十匹骏马奔驰在国都宕渠城通往龙潭的御道上，向龙潭山别都而去。走在最前面的是一位身穿黄衣，外披红色披风的美丽姑娘。她就是公主鄂蕾。她的身旁是武术教练、侍卫长尉唐泰。后面紧跟着的是三十多名年轻宫女，再后是二十多名年轻侍卫。最后是五名中年人。他们都是教师爷，是为宫女们武术训练服务的陪练人员。

龙潭山巍峨入云，林木茂密，葱郁翠绿。白色瀑布悬山崖，飞流浪溅喷碎玉。真乃人间仙境。山上翠柏掩映楼阁，苍松烘托高台。这里就是有名的賨国别都，又叫行宫。鄂蕾一行人在婉转的盘山道路上打马狂奔，迅速去到龙潭别都大门。两名护卫小校前来向鄂蕾施礼："恭迎公主上山。烦请公主明示，是前往龙庭进香，还是小住观景？"鄂蕾："本宫暂住殊荣大院翠云楼。"

高大楼台。数位宫娥引领鄂蕾一行前往翠云楼。只见山岩跌宕环抱之处，楼阁数栋，组成一个庭院。早有数名待女在院门口恭候。唐泰："请将公主送至主楼楼上安歇。随行宫女们住于主楼楼下，护卫公主。年轻男子住于楼下两廊。我和五名教师爷住南楼。"侍卫："启禀侍卫长尉，大家安歇已定，还需作何安排？"唐泰："请教师爷组织宫女们学习武术。"

庭院。月明星稀，凉风吹拂，松涛阵阵。殊荣大院，灯火辉煌。宫女们紧腰素装，头扎双髻，英姿飒爽，朝气蓬勃。唐泰引领大家反复练习巴山阴阳掌的出拳、踢腿、擒拿、搏击等一些基本动作后，采取一帮一的方式，由教师爷们进行陪练。鄂蕾和宫女们个个学习认真，累得满头大汗。雄鸡打鸣声传来，东方发白。鄂蕾：“大家歇息片刻。”宫女们倚长廊而坐。

唐泰教武术

鄂蕾：“庹璞，你来做，老师指点。”庹璞：“遵命。”走到场中做了几个动作。鄂蕾：“唐老师，你给指点指点。”唐泰走到场中边做边指点：“你的手臂未伸直，腿未踢起来，所以动作不够协调，也不够有力。”庹璞：“谢谢老师指点。”

鄂蕾：“老师，给我们一个个纠正动作吧。”教师爷：“如此甚好。一个个地来做动作。”鄂蕾：“唐老师先来纠正我的动作。”唐泰：“好。”

鄂蕾作过一遍之后，唐泰再手把手地进行教练“公主的技能已较娴熟，只是体力不够，动作不够流畅。武术不全靠体力，要将技能与体力结合起来，精气神全部用上，才有排山倒海之力，才能展现武功的神力。”教师爷："增强体力不是一朝一夕能办到的事，精气神的相互配合更要靠长期坚持磨炼，才能得心应手，运用自如。”鄂蕾：“谢谢唐老师教导，谢谢教顶币爷指点。大家接着练习。”众：“诺。”

鄂蕾向唐泰示爱

书房。鄂蕾召见唐泰：“唐侍卫长尉，这些天得到你手把手地直接指教，宫女们学得了不少招式，本宫的功夫也长进不小，该怎么感谢你呀？”唐泰：“公主见外了。能帮助公主和宫女们增长武术功夫，是小人的职责，更是小人的幸运。”鄂蕾：“唐侍卫长尉，另憶是自称小人小人的，听起来怪不是滋味。你武功高超，仪表堂堂，前途无量，不会永久为小人。”唐泰：“小人能为公主效力，是莫大的荣幸，没有考虑过前途。”鄂蕾暗想：“唐侍卫长尉武有武才，人有人才，是我心中的如意郎君。在暗访途中，我曾向他暗示过，被他岔开了。真是，女儿家怎好向他直接开口？也罢，庹璞不是个很好的传话人吗？何不先叫她去试探试探。”沉思一阵之后：“唐老师，夜深了，早些歇息去吧。”唐泰起身告辞而去。

鄂蕾召来庹璞：“你看唐侍卫长尉武艺如何？”庹璞：“十分高强。”鄂蕾：“你看他人品如何？”庹璞“铮铮君子。公主，你别将我赐给他，小婢可配不上他啊！”鄂蕾：“你认为谁与他相配合适？”庹璞：“不知小婢说错了，公主罚不罚我？”鄂蕾：“不罚你。”庹璞：“公主可将他召为驸马。”鄂蕾：“掌嘴，羞死人了。”庹璞：“公主说的不罚我，怎么要掌小婢的嘴呢？”鄂蕾：“好，我不罚不打不掌你的嘴。你能不能去向唐侍卫长尉说本公主愿召他为驸马呢？”庹璞：“小婢不能说。”鄂蕾：“你不怕掌嘴？”庹璞：“小婢说了公主要掌嘴，不说也要掌嘴，叫小婢咋个办才对？”鄂蕾：“你不说已经说了，我免了你掌嘴。现在叫你去说你不去说，所以该掌嘴。”小玉：“好吧，小婢去说嘛。”

练武场边。庹璞：“唐老师，告诉你个天大的好消息。”唐泰：“什么消息有天大？”庹璞：“公主要选你当驸马爷了。”唐泰：“掌嘴！公主招驸马的事可是你能随便说的！”庹璞：“小婢冤屈死了。”唐泰：“我不掌你嘴就是了。”庹璞：“谢唐老师。”

书房。庹璞“公主，你要掌奴婢的嘴，唐老师也要掌奴婢的嘴，奴婢可还活不活人啊？”鄂蕾：“唐老师说了些什么？”庹璞：“我说恭喜唐老师要做驸马爷了，他横眉竖眼地要掌我的嘴，把我给轰走了，还能说什么？”鄂蕾：“好吧，你回房歇息去吧。”庹璞：“谢谢公主，小婢告辞了。”鄂蕾：“小婢办不了这件大事，可是，机会难得。错过了良机，留下终身遗恨，岂不令本宫遗憾终身！也罢，为终生，见了如意郎君怎可顾羞？还是本公主自己说吧。”

鄂蕾向唐泰坦露胸怀

唐泰走进公主书房：“小人拜见公主。”鄂蕾：“唐侍卫长尉，陪我在院中走走。”二人走进院中在水池、鲜花间漫步。在皎洁的月光下，一切都显得特别的静谧和美好。鄂蕾：“你看月亮身旁那颗星星是多么璀璨！”唐泰：“还是月亮更加明亮！”鄂蕾：“本宫想向你打听一件事。”唐泰：“公主请讲。”鄂蕾：“唐侍卫长尉一表人才，是女人心目中的偶像。不知唐侍卫长尉对佳偶有何期望？”唐泰：“小人本有一个未婚姑娘，结婚前的夜晚被帝辛抢走了。”鄂蕾：“既然如此，你可另择佳偶。”唐泰：“我曾向她立下过山盟海誓，此生非她不娶，决不另外再行婚配。”鄂蕾：“非是你违背誓言，是帝辛强行将你们拆散了。你另行再娶，绝无过错。”唐泰：“除非是见到了她的尸体，我此生绝对不可以再娶。”鄂蕾：“唐侍卫长尉在本宫这里，没有你享受不到的荣华富贵。”唐泰：“小人心如死灰，对荣华富贵没有什么兴趣。”鄂蕾：“你就是心灰意冷，本宫也要用真诚来温暖你的心。凭着本宫的一颗赤诚之心，一定会让你感到无限的幸福和快乐，不信就不能温暖你的冰石之心。”唐泰：“公主贵为龙凤之身，何愁找不到天下如意郎君？”鄂蕾：“你就是我最中意的如意郎君。你不用担心太后和大王不同意本公主的选择。这件事太后不会不听本宫的。凡是本宫自己决定的事，本宫一定要尽力办到。”唐泰：“小人实实不敢从命。我不敢欺骗公主，更不敢欺骗大王和太后。”鄂蕾：“你既已如实告诉我你的真实情况，不存在欺骗。我对你是一片真心。”唐泰：“时间已晚，请公主早些安歇。”鄂蕾深情望了望月亮，再看着唐泰的眼睛：“好。你回去想想，也早些歇息，明日早些相见吧。”唐泰：“在下告别公主。”鄂蕾挥手告别。没走几步，鄂蕾又喊回唐泰：“泰儿哥，我明天就回宫奏请母后搭彩楼，我把彩球抛给你！”唐泰：“公主，别……”

唐泰躲爱离别都

唐泰回到卧室刚坐下，一阵急促的敲门声骤然响起。唐泰开门，唐莽子满头大汗地闯了进来：“大哥，快回家。”唐泰：“什么事？”唐莽子：“你娘病危，十分想见你一面！

再不回家，恐怕就再也见不到面了。”唐泰眼泪滚出：“娘！”他飞快地走进楼阁走廊，想向公主辞别。灯光暗淡。空空荡荡。唐泰一人徘徊其间：“我若向公主请求还家，公主已向我吐露她的心思，她决意将彩球抛给我，决不会放我回家……我可怎么办啊？我如依从她，接下她抛来的彩球，就成了贪图荣华富贵背信弃义的小人；我如不依从她，不接彩球，继续留在宫中，又怎么面对公主的一片痴情？真叫我进退两难啊！也罢，不如留言婉谢她的好意，悄悄离开这里，回家探视娘的病情，同时也可免除公主的痛苦。”

唐泰走到书桌前提刀刻下书信：“小人因母亲病危，必须立即归家看望母亲。事情紧急，请公主赦免小人不辞而别之罪，望多保重。望公主幸福！”唐泰随即脱下官服，穿上旧衣戴上旧帽，悄悄地同唐莽子一道走出宫去。

东方发白。鄂蕾来到唐泰住房，看到了唐泰留下的衣物及信件，潸然泪下：“唐侍卫长尉真是大孝子，但是为何如此令本宫失望，让本宫懊恼呢？本宫可真是对你一片痴心啊！”鄂蕾愁肠满怀，沉思良久。然后回到书房，召来教师爷：“我和宫女们先到先祖坟茔焚香祭拜，然后再行练武。尔等随我同行。”众教师爷：“听从公主吩咐。”

唐泰回乡组织民众练武

唐泰家院。唐泰离开龙潭别都，晓行夜宿急忙赶回自己的家中，走到床前：“母亲！”母亲醒来：“泰儿回来了？”唐泰：“母亲病情如何？”母亲：“泰儿回家了，我这病一下子就轻松多了。”唐泰端来汤药：“轻松了就好，请服药。”唐纯走进屋子：“泰儿回来了？你不是到王宫做事去了吗？怎么回来了？”唐泰：“母亲卧病，回家探视。”唐纯：“你还回王宫去吗？”唐泰：“一言难尽。现在帝辛与我賨国开战。大王向全国发布旨令，命各地组建民军抗击商军。我们这里有没有行动？”

唐纯：“我们遵王命已组建民军日夜操练。这不，你兄弟坚儿早就去参加训练了啊。你看过母亲后，到训练场去看看好吗？”母亲：“泰儿，见到你后我的病就好了一大半，现在没事了，你随族首去吧。”唐泰：“好。”

训练场。比长：“唐泰做百夫长带领大家训练好不好？”众：“好！”唐泰：“感谢大家对我的信任。国家处在危急时刻，大家要抓紧时间练好本领，随时准备上战场杀敌。”众：“你带领我们怎么办我们就怎么办！”唐泰：“好。我现在就教大家学习巴山阴阳掌。这是实实在在的攻防之术。只要真正学到家了，可以赤手空拳夺取敌人的刀枪，战胜敌人。”

唐泰随即带领大家紧张地练起巴山阴阳掌来。

夕家湾村练武忙

巴林县夕家湾村。比长夕鸣：“各位乡亲，是哪个为我们除掉了夕虎这个恶霸？让我们过上了舒心的日子？”众：“当今大王！”夕鸣：“帝辛就要发大兵进攻我国了，我们没有过硬的作战本领行不行？”众：“不行！”夕鸣：“我们以前虽然也进行过军事训练，大家学没学到过硬的作战本领？”

众：“没有！”夕鸣：“今天，我们特地聘请了武艺高强，又多次参加保卫宕渠城立功受奖的唐陶，做我们的战术教官。大家一定要听从他的教导，学好本领，杀敌立功！”

唐陶精神抖擞地走到大家前面向大家抱拳行礼：“各位乡亲，国家有难，人人有责。但是，光有一颗爱国心还不行，还必须有过硬的杀敌本领。刚才比长说我上过战场，立过功受过奖这是实话。但是，说我武艺高强，则是过奖了。商军杀来了可怕不可怕？我们賨人杀敌的三大绝招。有人问：哪三大杀敌绝招？一是板盾；二是牟弩；三是‘賨人功夫’。”有人问：“板盾、牟弩堪称绝招，賨人功夫绝在哪里？”唐陶：“賨人功夫绝在可以赤手夺取敌人的刀枪。现在我给大家演示一遍。”

唐陶前进后退，左击右挡，踢跳腾空，招招出奇。大家看得眼花缭乱，齐声叫好。唐陶一遍做完：“大家看了，这賨人功夫的要点是，静要如巴山纹丝不动，动要如闪电雷鸣雷厉风行。精、气、神全神贯注，瞬间发出万钧之力，便能致敌死命。”众：“太神奇了，老师认真教，我们一定好好学。”

唐陶一招一式逐个教，众人一招一式认真学。唐陶指挥排兵布阵，进行整体进击、搏杀、撤退等训练，喊杀声震天动地。

烽火台冒出滚滚浓烟。号角传出凄厉的警报声。唐陶：“大王发出勤王的号令了，大家立即回家带好干粮，赶赴宕渠城勤王！”众：“是！”

唐陶走进王宫向鄂旺跪下：“启奏大王，小民带领夕家村村勇勤王来了。”鄂旺：“好。你随罗川将军守尼龙关去。”唐陶：“遵旨。”

鄂旺阅兵

宕渠城阅兵场。一队队军队进入广场。鄂旺在冢宰唐诚、武成王鄂典、罗毅等人的簇拥下登上检阅台。鄂旺：“众将士辛苦了！”众：“大王辛苦！”鄂旺：“无道帝辛恃强凌弱，无理兴兵，妄图灭我賨国，大家答应不答应？”众：“不答应！”鄂旺：“对，坚决不答应！现在，国家处在生存和灭亡的危急时刻，我们军队是国家和老百姓的保护神，必须加强训练，做好战斗准备，随时打击来犯之敌！”众“誓死保卫賨国，誓死保卫大王！”

鄂旺：“将士们，打败帝辛的军队要靠坚兵利器。我们的坚兵利器是什么？我们的坚兵利器就是全国的民众！不过，没有经过军事训练的老百姓还不能称得上是坚兵利器。只有经过军事训练的民众才能称得上是坚兵利器。告诉大家一个好消息，现在全国三十万民军都在紧张地进行军事训练。全国民众对抵抗商军都有必胜信心。全国民众就是我们可靠的后续部队。全国民众将在全国各地打击敌人！这就是我们战胜帝辛的坚兵利器！”众将士：“同仇敌忾，消灭商军！”鄂旺：“賨国是我们世世代代生活的地方，绝不能让商军侵占我们的一寸土地！全国的老百姓就是我们的坚强后盾！”众：“誓死保卫祖国，绝不让商军侵占我们的一寸土地！”鄂旺：“賨人雄起，賨国不灭！”众：“賨人雄起，顶天立地！”

唐诚：“帝辛欺负我賨国弱小，他始终没有弄明白，弱小的賨国为什么能打败他那个大国！比如先王鄂桓就打败了不可一世的帝辛。那时，你们都还小，不知道我们賨国是怎么打败帝辛的。我告诉你们，打败帝辛，靠的是众志成城！只要大家团结一心，就能抗击商军！”鄂典：“请老冢宰给我们讲讲鄂桓大王打败帝辛的故事好不好？”唐诚：“那次战争故事很多，为我们这次抗击帝辛，提供了许多有益的经验。我们利用这些成功的经验，一定能打败商军，战胜帝辛！”鄂旺：“前事不忘，后事之师！我有战胜帝辛的必胜信心！”鄂典：“众志成城，定叫帝辛有来无回！”

帝辛发兵攻賨国

帝辛宫大殿龙案。帝辛：“左冢宰，令賨国献鄂蕾的圣旨发出已久，賨国可有回音？”左冢宰：“賨国没有回音。”崇飞：“启奏大王，鄂旺不仅不遵旨照办，而且反心已完全暴露出来。賨国传来消息，他胆大包天，已将大王您派去的钦差杀了。现正动员全国百姓，操戈习武，发誓与我商军决一死战。”帝辛：“不要听传言。速派人查实钦差是否真被杀害。”崇飞：“非是传言。钦差确已被杀。”

朝歌城三公子王府。崇飞：“三公子，到賨国的钦差走了吗？”三公子：“你想怎么办？”崇飞：嘻国如果真的献出了美女我们还能灭賨国吗？”三公子：“姻亲之国怎能灭？”崇飞：“何不派人到賨国将钦差杀死，嫁祸鄂旺，那不更有灭掉賨国的借口？”三公子：“对，以鄂旺杀死钦差，抗旨之名，发兵灭賨！”崇飞：“对。速派人将特使杀死在賨国国宾馆内，制造灭賨借口。”三公子：“对。你派人去办，决不能给賨国留下任何把柄。”崇飞：“是！”

賨王宫大殿。唐诚：“启奏大王，帝辛特使贺灿昨晚被人杀死在国宾馆了。”鄂旺：“是谁派人去行刺的？”唐诚：“没有查出凶手。”鄂旺：“帝辛特使贺灿死在賨国，不管是谁刺杀的，賨商两国这场仗是非打不可了。下令全国紧急备战！”唐诚：“遵旨！”

帝辛宫大殿。三公子：“启奏父王，现已查实，鄂旺狗胆包天，已将我国特使斩了。”帝辛：“这还了得。定远大将军闻伦听令，令你率五万精兵问罪鄂旺，征讨賨国！”闻伦：“賨国刁悍，恐非五万人能灭，请大王……”帝辛："今大兵伐东夷，朝中仅有这五万精兵可调。你乘胜即收可也。”闻伦：“遵旨！”帝辛：“命三公子做监军，务必将鄂蕾捉拿献朕！”三公子：“谨遵父王旨令！”帝辛：“御史大夫崇飞，你对賨国情况熟悉，令你做闻伦将军副将，一道前往賨国征讨鄂旺。”崇飞：“微臣听命！”闻伦：“启奏大王，请令虎嵩一同征伐賨国。”帝辛：“对，虎嵩对賨国人熟地熟，应当令他一同前去征讨。武成王，速传令紫金关总兵虎嵩率领所部一同征剿賨国！”武成王：“微臣遵旨。立即传令虎嵩随同闻伦大将军一道征剿賨国。”

大道上。三公子、闻伦、崇飞率领商军，浩浩荡荡杀向賨国。虎嵩带着自己的三千虎家军及七千商军一同跟随三公子攻賨大军前行。

鄂旺备战

烽火台。狼烟滚滚直冲云霄。大道上，快马奔驰。

宕渠城王宫大殿。鄂典“启奏大王，商军攻打我賨国甚急，很快占领了镇平关、翠竹关、紫金关，直达天峰关下，距我国都宕渠城仅四百余里。我巴山防线连连失守，国家万分危急。请速定御敌之策。”鄂旺：“众爱卿，国家危急，请速献御敌之法。”唐诚：“微臣谏议派人火速到官渡召龚睿将军回朝商议退敌之策。”鄂旺：“宣龚睿。”唐诚：“微臣遵旨。”

鄂旺：“请武成王谈谈你的御敌之策。”鄂典：“根据地形，我将防线分为东、中、西三条防线。中线从官渡关起，沿渝江而下可通宕渠城。东线从柳林关起，西线从盘石关起，作为我军两翼防御重点。”唐诚：“商军直攻中线，我们如何对敌？”鄂典：“对，现在的防御重点是中线。商军已攻至天峰关下，如天峰关不保，我们只要全力守住湾泉关，即可保无虞。退一万步说，商军即或攻占了湾泉关，我们还有茅坪寨、凤凰关、依天岭等数隘可拒敌。”唐诚：“西线呢？”鄂典：“西线有尼龙关、霞山关、牛奶关等险隘可据，山势险峻，土地荒凉，人烟稀少。庹嵩知道这一路的情况。商军走此路，不要说有军队抵抗，就是吃水都比较困难，所以西线只需派少数军队守卫关隘即可无虑。”

龚睿汗淋淋地走进王宫大殿：“末将拜见大王。”鄂旺：“龚爱卿坐下叙话。今商军连破我数座险关，国家危急。请献退敌之策。”龚睿：“商军装备精良，众达五万，加之庹嵩之军一万人，气势汹汹，我军非八万人马不可抵敌。一夫当关万夫莫开的天峰关岌岌可危；湾泉关险不可恃，商军如破此关即可进至茅坪寨。若茅坪寨险关失守，商军即可长驱直入进攻我賨国国都宕渠城。末将认为，现在必须派重兵死守湾泉关。然后加强后方各重要关隘，对商军实行节节抗击，方可保国都宕渠城无虞。”军校：“报！湾泉关危急，请速派救兵！”满朝充满忧虑之色。龚睿：“现在的重点是守湾泉关和官渡关。”

鄂旺“守湾泉关和官渡关需要多少人马？”龚睿“官渡关必须加派两万人马。”鄂旺“后方如何部署？”龚睿：“茅坪寨需一万人马。凤凰关需一万人马。牛奶山需一万人马。宕渠城需两万人马。预备一万人马，机动御敌。总共需八万人马。”

鄂旺：“武成王，你来安排需要多少人马？”鄂典：“不需遍地设防。根据老大王抗击帝辛御驾亲征的经验，微臣认为，商军虽已攻占我数关，但他远道而来，一路劳顿，疲惫不堪，又兵力分散，已成强弩之末。商军虽然连续攻占我数座险关，但关关受我军将士英勇抵抗，已受重创，加之不习我地水土，不熟悉我巴山地形，因此不难击退；庹嵩虽熟悉我内部情况，然而真正熟悉情况的只有三千人，形不成重大威胁。我们只需将湾泉关守住即可。其他地方的军队原地待命，不必动用。因此微臣只需两万人马即可依据湾泉关险要地势挡住商军的进攻。”

鄂典边说边用眼角观看龚睿的神态，只见龚睿微微努嘴想说什么又咽了回去，仅嘴角上露出了一丝不易察觉的冷笑。

鄂旺：“武成王，你只需要两万人马即可抵抗商军，有无把握？”鄂典：“启禀大王，天峰关虽失，但湾泉关仍有险可恃。我巴山险峻，道路崎岖，难于行走；渠水深邃，难于涉渡，皆为天然屏障。商军后方粮草运输困难，很难保障前方供给。不要看到商军一时取得了一些小胜，我军便丧失锐气。我们完全可依恃老天赐予我们的巴山渠水天然屏障，加之我賨兵剽悍善战这个优势，便完全能抗击商军。因此，微臣只需两万人马即可扛住商军的凌厉攻势，并在短期内击退商军。”

鄂旺：“龚将军，听了武成王的条分缕析，你还需要八万人马吗？”龚睿：“还是需要八万人马。”鄂旺：“龚将军，武成王指出的地利你不能用吗？”龚睿：“地利不足恃。”鄂旺：“武成王指出的賨人剽悍你不能用吗？”

龚睿：“军纪涣散，剽悍不足恃。”鄂旺：“那么，你别无依凭了吗？”龚睿：“除了必需的八万人，别无依凭。”鄂旺：“众爱卿议议，由谁挂帅御敌为好？”

罗聪：“当然是武成王挂帅御敌为好。”唐诚：“罗大人说说理由。”罗聪：“武成王忠心赤胆，威权举国公认。只请两万御敌，忠勇之心溢于言表。全国军队总共十万，龚将军要掌控八万，意欲何为？”龚睿：“罗大人意欲何为？”二人拔剑相向。鄂典急忙上前喝住：“朝堂之上，岂容如此放肆！”

唐诚：“龚睿将军忠心赤胆不容置疑！由谁挂帅御敌，请大王决断！”鄂旺：“武成王、龚将军忠心耿耿国人皆知。但是，龚将军是不是太胆怯了？武成王壮勇刚毅，考虑周详，又有抵抗帝辛御驾亲征和几十年征战的经验，可以担当此抵抗商军大任。”唐诚：“大王，是否将龚睿将军的军队分一半给武成王？”鄂典：“老冢宰好意我万分感谢。但是，我也不要龚将军的军队。龚将军官渡驻军是东线御敌的主力，不可减少，以防敌人乘虚而入。”龚睿：“武成王，末将知道你两万军队是能征惯战的精兵强将。但是，此次御敌非同小可。为了一鼓作气击退商军，我军分出一支人马请武成王调用，恳请您接受。”鄂典：“龚将军既真心助我，却之不恭。不知是哪支人马？”

龚睿：“罗黑、夕义校尉那支人马。”鄂典：“好，请到军前听候调用。”

龚睿：“启奏大王，微臣仍回官渡去了。”鄂旺：“好。回去加强官渡防御，不得有误！”龚睿“微臣遵命！”鄂旺：“武成王，朕命你率两万大军前去抵抗商军，希望你马到成功！”鄂典：“谢大王。”

第 30 章
帝辛发兵攻賨国　鄂典轻敌酿危局

鄂典出征

校场。艳阳高照，旌旗飘扬，号角阵阵，队列整齐。鄂旺亲到校场为鄂典送行。鄂旺举杯“武成王此去定展我賨军威风，盼早传佳音！”鄂典回敬：“微臣受大王隆恩，万死不辞！”

湾泉关下。两军对垒。賨军一侧，鄂典摆下阵势。商军一侧，闻伦跃马出阵高声说：“鄂典听着，古人有言，巨石之下，无复完卵。今天兵到此，你鄂典为何不向天兵请罪，反而仗恃几个残兵败将抗击天兵，自取灭亡？”鄂典跃马回应道：“闻伦将军所言差矣。古人有言，师出无名必自毙。你狐假虎威，助纣为虐，非正义之师。你虽号称有五万之众，在我看来，只不过是一堆行尸走肉而已。古人有言，识时务者为俊杰，我劝你还是放聪明点，早早收兵回去，尚可留着脑袋吃饭。否则，枉死巴山脚下，被虎狼食腐肉，被蚂蚁啃白骨，何其悲惨！到时后悔莫及！”闻伦：“看你死到临头，还会说几句尖酸刻薄的言语，真是个色厉内荏，不知天高地厚之狂徒也。左右，谁与我去取这反贼的头颅立下首功？”

商军阵营一将应道：“末将愿往！”闻伦言毕，阵中跳出一人手持长矛，黑面黑须，身材高大，膀大腰圆的右路副先锋魏金：“末将魏金投奔帝辛已久，尚无尺寸之功，今日得此建功立业机会，愿听令杀此反贼。”

賨军阵营。鄂典：“谁与我擒此狐假虎威黑贼？”一人高声应道：“末将愿前去擒此黑贼！”鄂典见是手握巨斧的义勇校尉罗黑，高兴地点点头：“甚好，罗校尉此去必胜！”

罗黑斩魏金

两将冲到阵中。魏金“天兵来到，你们就该遵旨献出鄂蕾，息兵停战。你们却对抗天兵，自取灭亡，愚蠢至极！”罗黑：“叛逆之贼，有何资格与我讲话！看斧！”说着一斧砍去。魏金挺矛相迎，也不打话，直奔罗黑而来。两人各自挥动斧矛战成一团。两军战鼓擂动催战，人声呐喊助威。两将各自奋力相斗，战了十数个回合。罗黑见力战不能取胜，便寻机卖个破绽，拨马便回。魏金不知是计，以为罗黑真是战败而逃，大喊：“手下败将往哪里逃？”

魏金催马急追。罗黑伏鞍而行，听得马蹄声靠近，转身抡斧全力砍去。魏金猝不及防，被斩于马下。鄂典立即挥师冲阵。闻伦命弓箭手放箭压住阵脚。

商军阵营。闻伦见出师不利，鸣金收兵。闻伦帐内，召见部将商议对策。闻伦：“我军出师不利，诸位有何良策？”庹嵩：“古人言，胜败乃兵家常事，将军不足为虑。”崇飞：“賨人剽悍，诸位务必特别小心。”闻伦：“明日再战，务必取胜。”众：“诺。”

鄂典大宴庆功，罗黑再次立功

賨军总兵府大厅。鄂典：“今日旗开得胜，首先给罗校尉记第一功。今晚大宴庆功，以示庆贺！大家开怀畅饮，以备来日再战！”罗黑：“商军兵力强盛不可轻视。今晚不要饮酒。”鄂典：“酒壮英雄胆，喝酒提精神。庆功宴上，怎能不饮酒助兴？喝痛快了，明日才好再战。大家尽管开怀畅饮！”众：“武成王说得极是。我们一醉方休，明日才好上阵杀敌！”罗黑见众将士一个个兴高采烈地举起酒杯，宴席上顿时杯觥交错，人声鼎沸，苦笑摇头而去。

翌日上午。战场。战鼓擂动，号角阵阵。罗黑出马挑战。闻伦派花将军秦虎应战。战至二十余合，罗黑拖斧又撤。花将军秦虎大笑：“小儿雕虫小技，又想叫我上当！本将军不吃你那一套。看箭！”“当”的一箭，射得罗黑护心镜直冒火花。花将军边追边掏箭再射。罗黑头也不回，从怀中掏出一飞镖猛然反身直向花将军面门打去。花将军猝不及防，中镖落马。罗黑回马剁下花将军首级，用斧挑着，返回军营。闻伦见又损一将，急忙鸣金收兵。

总兵府大厅。鄂典：“罗校尉真神将也，难怪龚将军舍不得放你到我这里来。你好好干吧，本王要重重提拔你！”罗黑：“谢武成王。”鄂典拉着罗黑的手步入总兵府，再次奏起了得胜曲。

商军大帐。闻伦：“我军连损二将，如何是好？”庹嵩：“将军勿忧。我军虽连损两将，但士气尚存。賨军虽然连胜两局，败亡之象已生。今日我观賨军，骄气横生，此败亡之象也。”三公子：“大家一定要振作精神，切莫因小小失利丧了锐气！”闻伦：“大家要遵从三公子之令，明日再战，务必仔细。”众：“诺。”

三战三捷，鄂典显露骄气

总兵府大厅。鄂典：“我賨军连胜两局，皆赖罗校尉之功也。”先锋鄂为将军得意扬扬地说：“末将昨日就说过，商军养尊处优，平时疏于训练，吓唬吓唬老百姓可以，怎敌我能征惯战的賨军？明日，罗校尉歇歇气，看本先锋再斩他几员大将，给他来个连挫三阵，让商军知道我賨军的厉害！”

鄂典“罗校尉劳苦功高，明日可歇息一天。”罗黑：“为国效力何言辛苦？何需歇息？”罗建：“罗校尉是该歇息一下了。鄂先锋也不必急着上阵。不然，其他将士皆无立功机会了。还是让我们一个杀敌立功的机会吧。”鄂典：“明日不需将军出战，让夕义、罗建、向思、昝岗诸校尉出战露露手段！”众：“诺。”

战场。两军开战，夕义、罗建、向思、昝岗又各杀商军一将，得胜而归。

商军大帐。闻伦十分忧愁地说：“似此连败三局，伤亡我数员大将，如何是好？”庹嵩：“賨军以逸待劳，我军跋涉劳累，两相比较，賨军独占优势。不若停战一日，养精蓄锐再战。”三公子：“我大军长途跋涉，宜速战，何出此言？”闻伦：“庹将军所言正合我意。”庹嵩凑近三公子耳边：“如此这般，可获奇功！”三公子召大家凑拢倾听后，开心地笑了：“庹将军之言有理，可休战一日。挂出免战牌，后日再战。”

天明。鄂典率罗黑等登上敌楼台。先锋鄂为将军手指商军挂出的免战牌，发出爽朗的笑声：“哈哈！启禀武成王，我军连胜三仗，已完全挫伤了商军的锐气。今日商军挂出免战牌，可见已无力再战。我军胜利在望了。哈哈！”

鄂典也十分高兴：“哈哈！我说两万人足可退敌，龚睿将军却非要八万不可，真胆小之辈也。看我胜利之后他有何颜面前来面见本王！”

罗黑：“启禀武成王，我军虽连胜三局，杀了商军几名将军，但都是无名小辈，并未伤到商军元气。因此，我们还不能过于乐观。对商军战力，不能过度贬低。商军是一支训练有术的军队，我们应当给予高度重视。对目前战局，我们应当冷静分析，认真对待，绝不可低估敌人力量，产生骄傲麻痹轻敌思想，涣散战斗意志。”鄂为抢着说：“罗校尉的话是什么意思？难道我们连杀他几个将军也不能说是打了胜仗？希望你别尽说这些长敌人志气，灭自己威风的话！”罗黑：“知己知彼，才能百战百胜。我们应当清醒地看到，我们虽然连胜三局，杀了他几个将军，但是，并没有改变敌强我弱的基本态势。商军五万，皆训练有素，且装备精良；我军仅两万，除一万人训练有术外，其余人员缺乏训练，是第一次上战场，而且军纪涣散。这种状况不迅速改变，恐怕很难战胜敌人。”鄂为：“不必杞人忧天，长他人志气，灭自己威风。我賨军剽悍善战，早已使敌闻风胆寒。至于军纪涣散问题，也不必大惊小怪。别看将士们平时吊儿郎当，打起仗来，一个个勇往直前，谁也不愿落后。罗校尉不要把过去发生的事情当成一成不变的状况。请看看这几天，我军士气高昂，军士们在战场上个个英勇无比，无一人拉稀摆带。我们三战三捷，打出了威风，迫使商军挂免战牌就是明证。”罗黑：“对于商军挂免战牌，小校认为不是商军已被打败的证明。恰恰相反，小校认为挂免战牌很可能是商军的一个阴谋。”鄂为冷笑：“请罗校尉说说商军是什么阴谋？”罗黑：“请注意，商军长途跋涉来进攻我们，应当速战，现在他们却挂出免战牌。”鄂为：“他们被迎头痛击，不挂免战牌振奋一下士气又能怎么办？”罗黑：“很显然，他们挂免战牌的目的是要换取休整时间，解决长途跋涉疲劳和水土不服的问题。他们挂免战牌来麻痹我们，为的是助长我们的轻敌思想。”鄂为：“哈哈，真是笑死人。罗校尉把商军想象得太高明了！他明明是打不赢才挂出了免战牌，你却把它说成是什么阴谋诡计。像罗校尉这样前怕狼后怕虎，还打什么仗啊！”

夕奎：“鄂先锋说得对，我賨军个个都是以一当十之人，商军哪里经得起我们打！”夕义：“古人说骄兵必败，哀兵必胜，罗校尉讲的都是实情，请武成王慎重对待。古人说预则立，不预则废。现在不少人对我军取得几次小胜沾沾自喜，盲目乐观。他们对敌我态势认识不清，以为很快就可以将商军赶出賨国了。对这种盲目乐观、轻敌麻痹思想不及时进行纠正，十分危险。”鄂为：“请罗校尉继续将你的高见谈完。”罗黑：“商军有装备精良、训练有素的五万大军，现在虽然损失了四五千人，但未丧元气，仍然有四万五千人。我军虽然取得了三战胜利，但是已伤亡了二千人，只有一万八千人，两军力量仍然悬殊，形势不容乐观。我们打了几次小胜仗，一些人便以为商军不堪一击了。这种骄傲轻敌思想危害极大。我们应当清醒地认识到商军目前只是受了点皮毛之伤，战斗力仍然十分强大。古人说，行军布阵，先想败路。我们一定要克服骄傲轻敌思想，才能打赢这场战争。”鄂为：“罗校尉什么都想到了，那么，万一我军打败了，你说怎么办？”鄂典：“我军会败？这不吉利的话跟老子少说，这根本就是用不着考虑的问题！”罗黑：“小校认为，这是必须考虑的问题。我军万一打败了，怎么办？我认为只有撤退到茅坪寨据险固守，才可以阻止敌人大踏步地向前推进。现在大家考虑到这点没有？我看没有。小校建议，我们要事先沿途设防，防止敌人截断我军撤退到茅坪寨的后路。”

鄂典淡然一笑：“罗校尉说的似乎很有道理，但是，你把形势看得太严重太悲观了。商军虽有装备精良、训练有素的长处，在我賨国他却有诸多的不利因素：地形不熟，水土不服，百姓不支持，粮草运输不便，等等。商军统帅闻伦虽然是帝辛的一员悍将，曾多次征战获胜，从目前的战况来看，他也不是你说的那么高明！”

鄂为：“罗校尉在战场上勇猛无比，心地里为何如此胆怯？”罗黑：“先锋大人，非是小校胆怯，行军布阵正如下棋要多想几着，才能处变不惊啊！”鄂典强忍怒气，笑着说：“龚睿将军带领罗校尉虽然打过几次仗，那都是些小仗，交战不几回合就结束了。哪里见过这几万人上阵的大阵仗？想当年，我参加对西狄作战，特别是后来我国对帝辛作战，那都是几万几十万的大阵仗，我何曾胆怯退缩过？所以龚睿遇事谨小慎微，我们可以不去责怪他。可是把罗校尉这么武艺高超的人也带成胆小怕事的人了，真是应了古人的一句名言：兵怯怯一个，将怯怯一窝；没有不能打仗的兵士，只有不能打仗的将军，什么样的将军就带出什么样的兵。罗校尉，你没看到在这场战斗中，我们占据的天时地利人和的绝对优势，过度夸大了商军的某些优势。在胜利即将到来之时，你却要大张旗鼓地分兵去作失败的准备，你知不知道那样去做既分散我军力量，又会影响将士们的战斗士气呢？”

罗黑准备再讲述自己的理由，鄂为急忙大声说：“罗校尉不必再说了，武成王说的是。小肚鸡肠之人，怎能有武成王之大气和远见卓识啊！”鄂典挥手：“你们都歇息去吧，明日一举歼灭商军！”

军士快速走进大厅大声报告：“武成王，圣旨到。”鄂典：“念！”鄂为手捧圣旨念道：“奉天承运，大王诏曰：武成王及前线全体将士，商军劳师远袭，速战心切。你们要充分利用我地形优势选择时机打击敌人，不必与敌正面交锋。敌人久战无功，粮草不济，自然会败退而去！钦此！”鄂典谢恩后说：“大王考虑周到。但是，天赐我歼敌良机不可不用。

明日一定要杀他个片甲不留！大家歇息去吧。”鄂为：“武成王指挥得当，我们可迅速歼灭商军，向大王早传捷报！”

鄂典力战闻伦而死

天曙。战马嘶叫，战旗飘扬。賨、商两军再次擂鼓布阵。

賨军阵内。鄂典：“各位将士，我军真神勇之师。三战三捷，今日必获全胜后再收兵！”众：“保卫賨国，我军必胜！”賨军将士皆露骄矜之色。一个个趾高气扬，慢腾腾地向阵前走去。

商军阵内抬出几副棺材。闻伦：“将士们！我命抬出几副棺材，以表不成功就成仁的决心！我走到哪里棺材就抬到哪里。我若战死就装我；我若杀死鄂典就装鄂典！今日务必与賨军决一死战：不是他死就是我亡！将士们，杀敌立功的时刻到了！賨军军纪不整，一个个面带骄气。我们乘他尚未布成阵势发起攻击，必然获胜！”众：“诺！”三公子：“杀敌立功本公子有重奖！”众：“杀！”

賨军正在排兵布阵，闻伦、崇飞、庹嵩带着商军突然冲入賨军阵中大砍大杀。賨军阵脚被冲乱，顿时乱作一团，伤亡无数。鄂典大喊：“不要乱，鄂为将军稳住阵脚！”鄂为率领一部分賨军杀向商军，被商军乱箭射死。賨军将士寡不敌众，在商军飞箭如雨中纷纷倒地。兵败如山倒，一些兵士仓皇而逃。鄂典连斩几个后退的军士也制止不了溃退的混乱局面。鄂典组织不起反击，只好带领卫队和一些散兵游勇且战且退。在后压阵的罗黑带领一支人马立即上前抵敌，也阻挡不了敌人的洪水般的进攻。賨军乱纷纷地退入湾泉关，来不及关门，商军随后紧跟着攻入湾泉关。鄂典、罗黑只好弃关落荒而走。闻伦率队追击賨军，很快追上了鄂典所带人马。闻伦大叫：“鄂典往哪里逃？”鄂典不得不回头应战：“闻伦小儿施用奸计坏我大阵，非君子之风，休要无礼！”鄂典反身大战闻伦。

两人大战数十回会，不分胜负。罗黑率部急忙向鄂典靠近，崇飞、庹嵩带着商军大队杀来，将鄂典、罗黑分别重重包围。鄂典奋力杀敌，不幸身中数箭倒于地下。罗黑带领众兵士奋力死战，终于杀到鄂典身边。罗黑背着鄂典冲出重围，爬上了一座小山。鄂典坐在地上，拔下箭镞，用布条捆扎好伤口，站起来，打了个趔趄。罗黑伸手去扶他：“武成王，你再坐下歇歇！”鄂典推开罗黑的手：“我身负重伤，无力挽回败局了。你智勇皆堪大用。本王命令你带队伍后撤，组织队伍抗击敌人！我断后！”罗黑：“武成王，你快撤，我断后！”鄂典一把将罗黑推下山去：“我断后。你快撤！”罗黑高叫：“武成王快撤！”鄂典对罗黑说：“我虽受重伤，但绝不会倒下！罗黑校尉听令，你立刻率领兄弟们退守茅坪寨，挡住商军的进攻，保卫宕渠城！保卫大王！”罗黑：“武成王，要战，咱们一起战，要撤，咱们一起撤！”鄂典：“你们不要管我，要坚决守住茅坪寨！我以仁义对敌，敌却以卑鄙手段对我！我举措失当，骄傲轻敌，造成这种败局，悔之晚矣！你们要以我之过错为鉴！你们要相信賨国不会灭！坚决对敌战斗到底！”罗黑：“武成王，我们协力同心，一起杀敌，还可挽回危局！”鄂典：“我无颜面见大王和龚睿将军，无颜面对賨国父老。我决心用我的鲜血和生命，激励国人：生作賨国人，死作賨国鬼！”罗黑：“武成王，龚睿将军不会计较你们之间的对与错。您一片忠君爱国之心世人皆知！现在重整旗鼓还来得及！我们国家的实力还在，我们的友军正在向我们增援，我们完全可以打败商军！你下山来带领部队向茅坪寨转移，我断后！”鄂典：“你不用管我！记住，守住茅坪寨，我们国家就有希望！众将士听令：你们要服从罗校尉的号令，抗战到底！快撤！”众：“是！”

鄂典看着向山上爬来的闻伦，大声喝道：“闻伦小儿，你这个宵小之人，乘我阵势尚未排好便马上发动进攻，非仁义君子之所为，即或侥幸取胜，必定受到上天谴责和世人的嘲笑！现在退去，咱们明日再作君子之战，你还可保住君子之名声！”

闻伦笑道：“鄂典小儿，现在不是保持君子名声的时候，你已处绝死境地，本大将军给你两条路由你选择：第一条路是马上投降，本将军不计前嫌不杀降将，还可向帝辛大王为你请封大将军之职；第二条路是你我马上再战二百回合决定胜败与生死！”

罗黑等奋力向山上杀去，无奈商军居高临下，且人数众多，仰攻不利，被挡住了上山的去路，无法靠近鄂典，只得远远地向鄂典高喊：“武成王小心！”

鄂典手举大刀，巍然屹立，傲视闻伦：“来吧，宵小闻伦，把老子的头拿去向帝辛请功去吧！”闻伦冲上山头：“鄂典，你兵败了，賨国灭亡已成定局，只要投降，帝辛大王仍将给你封官赐爵！”鄂典大刀劈向闻伦：“你问问老子的大刀有没有一个’降'字！”两人战不几合，鄂典口吐鲜血，喷了闻伦一身，倒地而亡。一些商军挥刀杀向鄂典：“将他剁为肉浆！”闻伦：“不准伤害鄂武成王！”闻伦上前扶起鄂典：“军医快救鄂武成王！”军医摸了摸脉搏：“大将军，他已没气了。”闻伦：“将他收敛礼送賨王！”军士立即将鄂典装进棺材。

闻伦高声喊道：“賨军将士们，你们的武成王鄂典已死了，抵抗没有出路，赶快投降！”崇飞、庹嵩带着商军疯狂地杀向賨军……

罗黑收拾残局退守茅坪寨

山下。罗黑遥向鄂典祭拜：“武成王一路走好！”军士们一片哭声。罗黑收住眼泪，转向身边的军士：“弟兄们！收住眼泪！武成王为国捐躯了，死得英勇悲壮，为我们树立了光辉的榜样。我们要牢记武成王的教导，生做賨国人，死做賨国鬼，决不当孬种，誓死保卫賨国！无论前面有多么艰险，我们一定要守住茅坪寨，只要还有一个人在，茅坪寨就绝对不能丢！”众：“听从罗校尉号令，誓死保卫賨国！誓死守住茅坪寨！”

罗黑带领军士奔向茅坪寨，闻伦、崇飞、庹嵩率大军紧紧追赶。茅坪寨下，两军展开厮杀。商军越集越多，罗黑率队退入大寨，关住了大门。闻伦命军士攻寨，寨上守军用飞箭射退了商军的追击。几次攻寨失败，闻伦见天色已晚，只好下令扎营，等待后续部队到来再行进攻。

茅坪寨上。“賨”字大旗高高飘扬。罗黑与几个校尉站在敌楼台上分析敌情。罗黑手指商军大营：“兄弟们，明日一定会有一场殊死恶战。大家赶快做好反击准备。罗建校尉，赶快向大王发出呼救烽火！”罗建：“是！”

烽火台浓烟滚滚，迅速向宕渠城传去。罗黑：“兄弟们！闻伦今日获胜，扎营山下，今晚必然防备松懈，大家做好准备，夜袭闻伦！”夕义校尉：“罗校尉，今日之战，我军惨败，士气低落，一路疲乏，是否让大家睡个好觉，养精蓄锐，明晚再去夜袭闻伦？”罗黑：“兵贵神速，出奇方能制胜！闻伦见我军惨败，必然防备松懈，这正是我夜袭取胜之机！我率领一千勇士，夜袭商军。你带领众兄弟，守好茅坪大寨！”夕义：“罗校尉，武成王命你守好茅坪寨，你不用出击。夜袭商军之事，由我去执行！”罗黑：“夜袭商军为的是更好地守护茅坪寨！你不用再争！我若失手，你一定要代我守好茅坪寨，不辱武成王之重托！兄弟们，随我来！”众：“听从罗校尉号令，夜袭闻伦营寨！”

商军大帐。闻伦：“小的们，今日一战杀死了鄂典，賨军溃不成军。我军明日一鼓作气即可拿下茅坪寨！众将士之功，三公子已命我已向帝辛大王申报，不久即可得到厚赏。小的们，拿酒来，大家共同举杯，庆祝首胜！”众将士：“闻将军指挥有方，共庆首胜！”左路先锋提醒地说：“启禀将军，我军虽然已取得了兵至茅坪寨下的胜利，但是，賨军实力尚存，我们还需时刻小心，以防賨军夜袭啊！”闻伦不以为然地说：“无须多虑。賨军经此一战，鄂典已死，成了一群无头苍蝇，哪还有能力与我对抗！賨军丢盔弃甲，士气低落，岂敢对我发动夜袭！大家辛苦了，今晚放心地睡个好觉，才好明日攻占茅坪寨！”左路先锋无可奈何地摇了摇头。众将士高兴地畅饮一番后散去。闻伦和衣睡下。夜半。突然火箭飞射军营，喊杀声骤然而至。闻伦急令众将士：“抗击賨军！”商军将士急忙抵抗。罗黑率众勇士冲杀一阵之后，急令撤军。闻伦令将士追击一阵以后，只见賨军退入了茅坪寨，默然自语：“鄂典虽死，不可轻敌，賨军中还有人能重振军威啊！”

罗黑返回茅坪寨，对夕义说：“夕校尉，请火速回宫向大王奏报前方战场情况。”夕义：“是！”飞身上马向宕渠城而去。

鄂旺授罗黑忠勇将军

賨国王宫大殿。夕义：“启奏大王。小校受罗黑校尉派遣，火速飞奔回来向大王奏报抗击商军战况。”鄂旺：“快快报来。”夕义：“启奏大王，两军交战之初，我军先连胜商军三阵，杀敌数将，便产生了轻敌思想。罗黑校尉力排众议，反复向武成王苦谏，要防止麻痹轻敌思想，但是，武成王不以为然，导致全军惨败；罗黑救出身中数箭的武成王。武成王命罗黑校尉挽救残局，自己留在山上断后，在同闻伦对战中口吐鲜血而死。罗黑带领所剩五千人马退入茅坪寨。夜袭闻伦，挫败了闻伦锐气。现在茅坪寨受商军大军围困，危在旦夕。请速增兵茅坪寨！”

众臣皆大惊失色。军士急报：“启奏大王，商军已将武成王尸体抬到宫门外，并有书信一封。”鄂旺：“请老冢宰念！”唐诚高声念道：“賨王鄂旺：现将鄂典完尸送来，一是表明帝辛大王仁慈之意，二是让你知道，賨国危若垒卵，只有投降，献公主才是唯一出路！请尽快做出决断！不然，我大军攻陷宕渠城，灭了賨国，悔之晚矣！商国大将军闻伦手书。”鄂旺：“杀了那几个送信商军方解朕恨！”唐诚：“大王，不能杀那几个送信商军，给他点赏钱让他们回去，方显大王仁义！”鄂旺：“准老冢宰所奏，厚葬武成王。前方战况如何？”夕义：“启奏大王，罗校尉虽有武成王口谕统领前方军队，但毕竟知道的人不多，难以服众。请大王封他为假将军之职，才好带领大家杀敌！”鄂旺生气地：“前线战事正急，他却要授假将军，这是什么话？”唐冢宰急忙向鄂旺使眼色。鄂旺急忙转口：“大敌当前，怎么能授假将军？罗黑临危受命，挽救残局有功，朕授他忠勇将军之职，负统领茅坪寨所有賨军将士御敌之责！”夕义：“小校代罗黑将军谢大王隆恩！”

鄂旺“一代忠臣武成王错在过于自信，浮躁轻敌，不采纳罗黑的正确建议，招致惨败。但他忠心为国，死得壮烈，应予厚葬。众爱卿，国家危急，应当采用哪些补救措施方保无虞？”

唐诚：“武成王以身殉国，是我国我军的一巨大损失。当前抗击商军形势严峻，军不可一日无帅。依微臣之见，可立即授龚睿为统兵大将军，统帅全国军队御敌。”罗川：“微臣以为还是另选高明为好。”唐诚：“为什么？”罗川：“龚睿虽建有战功，但毕竟起于草莽，且无王室背景，是否可靠，尚待观察。骤然授以统兵大将军之职，手握大权，倘若生变，后果不堪设想！”唐诚：“龚睿虽然出身低微，非王室至亲，但据数年来的观察，对王室忠诚可靠，是完全可以信赖的。毋庸置疑！”

鄂旺：“卿言极是。速召龚睿入朝觐见。”罗聪：“大王，微臣听说龚睿广置产业聚敛钱财，广散财帛收买人心，居心叵测，此时授以掌控全国兵马大权，恐为不妥。”唐诚：“龚睿一向谨慎，衣不尚奢，食不重腻，怎会有什么野心？不知司寇大人何来这种传言？”罗聪：“龚睿伪装节俭，夕卜面衣着褴褛，内穿锦绸，可见他善于伪装。对此，有很多人举报，现在不用一一列举。龚睿为什么要这样伪装？微臣认为他一定有大野心！世人都知道人心难测，请大王不要被伪装者蒙住了眼睛。一旦伪装得逞，后悔莫及！”

鄂旺：“龚睿如果真是在这么伪装，以欺君之罪重重处罚！”唐诚：“请大王不要被造谣中伤蒙蔽。”鄂旺：“你知道龚睿的真心吗？”唐诚：“龚睿将军的父亲虽然年事已高，却仍然上山采药为乡民治病，不多收一文钱财；家人本可丰衣足食，却终年劳作不息。老大王给他许多赏赐，他都将其分给军士和近邻。人们感谢他，他谦逊地说，只能感谢大王！怎能说他别有野心？”

鄂旺：“龚将军不准家人停止劳作，又是有何深意？”唐诚：“他是要大家不忘盘中餐粒粒辛苦的大义。平时，他所散之财，都是给了那些无力耕作的穷苦百姓。每当国家遇到困难，他都慷慨解囊，尽力捐献，所以他家中显得十分寒碜。”

鄂旺“龚将军官高位显，广济穷人，自己家中却十分寒酸；他救济贫困之人，却被中伤。朕差点上了奸人流言之当。朕对龚将军太不了解了。”唐诚：“不能让忠心耿耿一片赤诚之心成为奸人攻击的靶子，蒙受不白之冤。”罗聪十分尴尬地：“对，不能让龚将军受到误解。”鄂旺：“速召龚将军。”

第 31 章
龚睿临危受大任　整肃军纪杀鄂全

龚睿请求整军

清晨。王宫大殿。龚睿快速走进王宫，三跪九叩拜于殿下："末将龚睿拜见大工。"鄂旺："爱卿平身。今商军已进至茅坪寨下。武成王不幸以身殉国。朕命你做统兵大将军，率三万人马前去茅坪寨御敌。军情紧急，请将军速献御敌良策。"唐诚："国家安危，请将军速献抗敌方略。"龚睿："末将惭愧，恐负大王厚望，担当不了统兵大将军重任。"唐诚："国难当头，将军应当挺身而出，共赴国难！大王特命将军为统兵大元帅，率领全国军队抗击商军。大王看中了将军的忠心与才气，不知将军为彳可出此毫无志气之言？"龚睿："非是末将无志气，不愿为国家尽心尽力。国家养兵千日，用兵一时。国家有难，末将披肝沥胆义无所辞。只是目前形势这么危急，军纪这么涣散，没有战斗力，所以末将担当不了抗敌卫国的重任。"

唐诚："你可以整饬军纪，增强战斗力嘛。你当义不容辞，一定要担当起抵抗商军的重任！"龚睿："末将起于草莽，仅为一守关总兵，骤然担此大任，恐难服众。所以末将很难整饬好军纪，不能担当起统率全国军队抗击商军的重任。"唐诚："将军功勋卓著，早已名扬天下，怎能说是一守关总兵就不能驾驭全国抗敌大军？军纪涣散，你可以严加整饬嘛。"龚睿："凭末将的声威无法整饬军纪。请大王派一名官职大，名望高的大臣做监军以为号令，末将才好整肃军纪，指挥军队御敌。"

鄂旺取下佩剑递与龚睿："爱卿勿忧，军纪涣散，你可着力整顿。朕将御剑授你，凡违抗军纪者，准许先斩后奏。至于监军，待朕想想。啊，对了，亲王鄂全，你原来就做过龚将军的监军，现在还是由你去做龚将军的监军如何？"鄂全："大王有命，臣焉敢不从？"

鄂旺："朕的堂叔鄂全亲王做你的监军如何？"龚睿："大王，军情紧急，鄂全亲王要事甚多，请慎重考虑。”鄂旺：“鄂全亲王以前不是做过你的监军吗？”唐诚：“朝中再无更合适的人选，就这么定吧。”龚睿“古人说，兵马未动，粮草先行。这粮草的事一”鄂旺：“由鄂全亲王一并督促办理好了。”龚睿言不由衷地：“谢主隆恩。明日午时，请监军到校场点军，以振奋军心。”鄂旺高兴地说：“这就对了。朕将治军重任国家安危托付于你，你全权行事便了。”龚睿：“谢大王。”

鄂全藐视龚睿

校场上。红日高照。军旗猎猎，战马嘶鸣。一队队荷戈持枪的士兵汗流满面，前进后退听令而行。龚睿看了看太阳：“现在时至正午，各队排列整齐，恭候亲王到场监军、检阅！”队列迅速排列整齐。远望鄂全之来路却不见踪影。龚睿：“龚山先锋速去迎请亲王前来点兵。”龚山：“是！”

龚山飞马来到亲王府，只见数十桌酒席排定，宾客济济，人们正向鄂全敬酒。众宾客：“亲王担负监军重任，一定能马到功成，将商军赶出国门之外。”鄂全：“这个自然。我賨军骁勇善战，焉有不胜之理！”一宾客举卺上前：“我敬亲王一卺，祝你旗开得胜！”鄂全一饮而尽：“有了你的祝福我焉能不胜？哈哈哈哈！”

龚先锋走到亲王身边：“启禀亲王，龚大将军率众将士在校场已恭候多时，大家都在恭候您前去校场点军。”鄂全：“你回校场去吧，本王随后就来。”众宾客：“叫龚大将军自己点嘛，何劳亲王前往！”龚山：“点军是十分严肃的大事，必须有亲王这样官高位显的大人亲点才镇得住场面，才能鼓舞士气！”

鄂全：“不必啰唆，龚睿抖什么威风？一介草民当了个统兵大将军就该本王听他指挥不成？你先回去复命，本王随后就到！”龚山：“我先回校场复命，请亲王速来到校场点兵。”鄂全：“你没有看到我宾客盈门无法离开吗？太没礼貌了！”龚山：“末将只好先走一步，请亲王早点前来校场点兵。”鄂全：“不必啰唆，本王知道了。”

校场。鄂先锋：“启禀大将军，末将前去亲王府只落得个臭骂而归。鄂全亲王同客人们正推卺听乐，叫你代他点兵。他送走客人就来。”龚睿：“我怎可代他点兵？众将士继续演练，等候亲王前来阅兵。”众将士：“我们腹中饥鸣如鼓，该歇息一会了。”大家自由散漫席地而卧。龚睿：“大家继续操练！”龚睿连喊数次，无人动弹。众将士：“大将军，我们肚子饿了。亲王自己在家大宴宾客，只顾自己酒醉饭饱，观舞赏乐，全然不知我等还饥肠辘辘在等他点兵。这个兵实在难当啊！我们还操练干吗？”龚睿：“现在是未时，众将士少安毋躁，本帅马上派人再去请。旗牌官夕义，快去请亲王！”夕义：“是！”不久，夕义飞马而回：“报告大将军，亲王答应随后就到！”人们翘首以待，久等亲王仍然不到。龚睿：“现在已到申时，旗牌官再去恳请亲王速来点兵。”夕义：“是！”

亲王府席桌边。人们仍然围着亲王敬酒。夕义挤入敬酒人群，再次走到鄂全身边：“启禀亲王，龚大将军再次命我前来请您去阅兵。”鄂全：“这个龚睿好不晓事，三番五次来催是什么意思？前年擅杀我的侍卫，我没有同他计较，现在他又想干什么？他越是来催，我越是不忙前去监军，看他龚睿能把我怎么样？滚回去！”

夕义回到校场："启禀龚将军，亲王还是在喝酒行令，请不来。"众将士："算了吧，还点什么兵？散了吧。"一些人散去，一些人在校场上躺下。龚睿连呼列队，只有少数人稀稀拉拉地排列了一个小队。

龚睿杀鄂全

校场。日落西山，醉醺醺的鄂全才在侍卫的搀扶下骑马来到校场。龚睿："亲王，你身为监军，为何姗姗来迟？"鄂全打着饱嗝，拱了拱手："龚将军，本王亲友得知我即将率军远征，特地为我饯行，所以晚来一步。请大将军原谅原谅！"龚睿："你受命监军，就该以国事为重。如今大敌压境，举国骚动。士兵流血流汗，国王寝食不安，百姓生命不保。点军之际，你身为监军居然饮酒作乐，让全军将士饿着肚子等了三四个时辰，全然不把点军当回事。监军尚且如此，军纪如何整肃？军纪不整，怎能对抗强敌？司马，违抗军纪该如何处置？"司马："按军律，军人点卯半个时辰不到，打五十军棍；一个时辰不到，发配充军；两个时辰不到，按律当斩！"龚睿："鄂全延误军机大事已超过两个时辰，执行军律，将鄂全推出斩首示众！"

鄂全："本王不就是陪宾客喝酒迟到了点嘛，龚将军不必动怒，本王向您赔个礼就是了！"龚睿："既有军法，就当以法治军。严格执行军法，军队才有战斗力，才能担负起保卫家国的重任。请亲王原谅龚睿不恭之罪！刀斧手，推出斩了报来！"鄂全："龚睿，你斩本王不得！你龚睿一个小小的总兵，休想实现以杀本王为自己立威的鬼主意！"龚睿："你不能仗恃王亲就藐视军法！"鄂全："军法？你知道什么叫军法？军法是咱鄂家朝廷制定的，本王还没有你懂军法？你要清醒点，本王是大王的堂叔，就是大王鄂旺也不敢把本王怎么样。本王贵为王亲国戚，岂能由你说斩就斩！"龚睿拿出鄂旺佩剑："大王授我御用之剑，先斩后奏之权，为的是整肃军纪！军法岂能当儿戏？賨军军纪现在如此败坏，怎能担负起抗击商军，保卫家国的重任？刑乱非用重典不可！司马，立即行刑！"鄂全被押上断头台，急呼："随侍官快去报与大王知道，请他前来救我！"随侍官："龚将军，请刀下留人。亲王，您担当一会儿，我立即飞马报告大王前来救你！"

鄂旺救鄂全

王宫。随侍官："启奏大王，大事不好！龚睿要斩鄂全亲王了！"鄂旺大惊："所为何事？"随侍官："规定午时点军，亲王刚刚才到。"鄂旺："现在酉时已过，倒是晚了几个时辰。殿前都尉，命你带着朕的佩剑火速前去传达朕的口谕：勿斩亲王！"罗毅："是！微臣立即前去救亲王。"

校场边。罗毅手捧大王佩剑飞身上马跑至校场边高呼："大王圣谕，刀下留人！"龚睿"将军来迟，鄂全之头已传示三军了。"罗毅："既然如此，你与我同到王宫向大王复命！"

大殿。龚睿与罗毅同到大殿跪下："末将龚睿启禀大王，按军律已将鄂全斩首传示三军。

若大王认为末将处置不当，末将愿任凭大王治罪！”罗聪：“国家危急之时，擅杀王亲国戚，离散人心，罪不容诛！”鄂旺：“殿前都尉，立即将龚睿推出午朝门外斩讫报来！”罗毅：“遵旨！”龚睿：“大王息怒，末将擅杀亲王，罪该万死！但是，现在微臣杀的不是亲王，而是违纪军人！微臣虽死不足惜，国家将亡实为可叹！”鄂旺：“龚睿大胆，斩我王叔，又出恶言，死有余辜！快快推出斩首！”龚睿“末将斩的是违犯军纪之人，不是斩的亲王！这鄂全飞扬跋扈，逗鸡走狗，日嫖夜赌，过惯了自由放荡的生活，以前在对南蛮的战斗中他做我的监军，就从不遵守纪律，经常带侍卫罗金嫖娼。后来，罗金犯了死罪被我处斩。他放纵部下胡作非为，陶勋酗酒杀人，差点闹出军队哗变。他丝毫不认识自己的过错，却对我耿耿于怀。此次典军，他不以国家大事为重，是故意扰乱军心，想让我不能完成抵御商军的重任而遭受重罚。他的行为严重损坏了军纪，罪不可赦！”罗川：“大王，破坏军纪之人甚多，龚睿为何只杀亲王？可见用心何等险恶！”罗聪：“龚睿，你巧言相辩，怎能掩饰你忌恨王室之心？大王，龚睿借机报私仇怎可宽恕？”龚睿据理力争：“末将对王室忠心耿耿，世人皆知，唯天可表！今商军大军连破数关，围困茅坪寨正急，如果茅坪寨陷落，后果不堪设想。目前，武成王鄂典所带的两万人，仅剩下四五千人。他们在罗黑校尉的率领下，正在与数万商军浴血战，国家命悬一线，岌岌可危。今急需举兵火速增援，军纪却如此涣散，怎能抗敌？”

唐诚匆匆赶到：“启奏大王，龚睿斩鄂全是为国家，而绝不是报私仇！他整肃军纪，无过错可言。大敌当前，国家正处危急存亡之时，龚将军不以严法治军，军纪不整，怎能抗击商军？”鄂旺：“龚睿执法虽无过错，但是，怎能割舍朕的亲情？叫朕怎么面对宗族责难？”罗川：“大王，王室宗亲能征惯战之人甚多，为何偏要用这险恶之人呢？”唐诚：“大王，请问亲王重要还是国家重要？龚睿一片忠王爱国之心远非常人可比。王室宗亲都不遵守军纪，军队还怎能打仗？在国家如此危难之时，军纪这么涣散，如若处罚龚睿将军，军队还需不需要有严格的纪律？军纪又怎样才能得到整肃？没有严格纪律的军队哪有战斗力？军队没有战斗力，商军由谁去抵御？国家又由谁来保卫？如若处罚龚睿，军心散矣，国家亡矣！”罗聪：“老冢宰之言差矣。擅杀亲王之罪倘不追究，宗室将会离心，国家倒真是要亡了！”唐诚：“罗大人这话是什么意思？杀亲王，王室宗亲就会离心？王室宗亲离心就要亡国，难道任其军纪涣散就能保国？杀了忠心耿耿的抗敌主将就能保国吗？”罗川：“老冢宰此言差矣。举国上下能征善战的将军甚多，为什么就非要重用擅杀王室宗亲的龚睿不可？”唐诚：“擅杀？怎么是擅杀？你知道将士们对杀鄂全的议论吗？将士们齐声称赞杀得好！军队有救了！国家有救了！”

龚睿：“校场阅军，久等鄂全亲王不来，军士横七竖八卧于校场，将校脚踢鞭打也无济于事；鄂全人头传到各营，军人争相观看；军旗猎猎，队列整齐划一。’賨人雄起，賨国不灭'的呐喊声震天动地……”

唐诚“这难道是龚睿擅杀亲王吗？这到底是龚睿要断送国家，还是鄂全要断送国家？龚睿岂是个公报私仇的小人？当年庹嵩派人要杀旺王，龚睿舍命护卫旺王。当年他的军师龚角勾结闻伦劝他自立为王，龚睿立刻将龚角斩杀，是不是大忠？现在帝辛要灭賨国，他捐出全部家产给国家，是不是大忠？他身为总兵，父母及家人还劳作不息；他的儿子龚志至今还只是一个百夫长！他是只顾自己私利的小人吗？不！他是一个忠心赤胆的伟丈夫！离了这样的忠臣良将，国家倒真是要亡了！要杀龚睿，老臣愿举家为他陪葬！”人们纷纷落泪：“龚将军赤胆忠心是我们的楷模！大王不能杀忠臣啊！”

鄂旺沉思了一阵后说：“众爱卿不要争了。唐家宰之言提醒了朕。龚将军一片忠君爱国之心可嘉。朕不能因叔侄宗亲之私情置国家危亡于不顾。也罢，鄂全既已斩首，人死不能复生，厚葬可也。龚将军，你斩鄂全无罪过，继续率领军队抗击商军。朕完全信任你！立刻传令三军：军令如山，无论任何人，如有违抗，一律照鄂全从事！”龚睿、罗毅：“谢大王，臣等遵旨照办！”

賨军经过龚睿整顿，号令整齐划一，军令畅通，令行禁止，士气大振。

王宫。鄂旺“龚睿大将军，如何抵抗敌人的进攻？”龚睿指着地图：“敌人进至茅坪寨，正面可直下宕渠城，这是主要防御方向。敌人正面攻不下茅坪寨，很可能攻尼龙关，沿西线攻宕渠城。因此，要加强西线防御。”鄂旺:“谁去茅坪寨？谁去尼龙关？”龚睿:“微臣带两万人去茅坪寨。西线请大王指派。”鄂旺：“罗川总兵带三千人去守尼龙关。”罗川:“我走后，宕渠城谁守？”鄂旺：“唐家宰负责。”罗川心中想道：“这不是明夺我宕渠城兵权吗？我不能离开京城。”他对鄂旺说道：“尼龙关本力兵力就少，我带三千人怎么行？”鄂旺和唐家宰耳语一阵后：“你带一万人去吧。”罗川：“龚大将军带两万，我带一万？”鄂旺：“尼龙关不是敌人主攻方向，一万人足够了。”罗川面带不悦之色：“微臣遵旨。”

鄂旺授龚睿统兵大将军职

校场。红日东升，龙辇滚动。鄂旺亲自到校场为龚睿送行，高声讲道：“将士们，帝辛发来大军要灭我賨国，要我们賨人都做他的奴隶，你们答应不答应？”众“不答应！”鄂旺：“爱国爱乡的军人，不怕死的军人，高举我们的战旗，拿起板盾和刀剑，到"前线去消灭商军！把他们赶出我们的国土！”众：“听从大王号令，保家卫国，消灭商军！”鄂旺：“賨人雄起，賨国不灭！”众：“賨人雄起，賨国不灭！”

鄂旺：“龚大将军，此去一定要马到成功！大将军希望得到什么赏赐，请立刻讲出来，朕好为你及早准备！”龚睿：“大王，末将忠心报国不是为了得到赏赐。大敌当前，末将只想杀敌。”鄂旺：“为了激励全军将士，为了让你尽心尽力杀敌，朕必须给你赏赐，这样才能鼓舞士气！”龚睿见实在推脱不过，只好说道：“先王已赐予末将田土、店铺和渔船，已经心满意足了。末将福薄命浅，也不敢奢望大的荣华富贵。如果允许的话，请在田土旁边给拨一口鱼塘，末将好在解甲归田之时有个垂钓之所，颐养天年。”鄂旺：“龚大将军为国效力，功高至极，这点要求，朕当然答应。请放心去吧。”

龚睿：“谢大王。末将启程了。众将士听令，兵发茅坪寨！”众：“遵令！”龚睿带领威武雄壮的军队向茅坪寨飞奔而去。

阅兵台上。鄂旺看着远去的龚睿，十分羡慕地说：“军令如山，一呼百应。龚大将军是何等的威风啊！”罗毅：“大王，您的威风可比他要大千万倍啊！”鄂旺：“你哪里知道这其中可比不可比的奥妙啊。朕只是在王宫中有威风，哪里比得上龚大将军在王宫外面的威风大呢。”罗毅：“大王真是站得高看得远呀！”

王宫大殿。黄昏。龚山飞马回到宕渠城，进入王宫。龚山：“启奏大王：龚大将军命末将专程赶回来向您报告，我军已赶至茅坪寨扎下大营，请大王放心。”鄂旺：“龚大将军治军有方，军纪严明，行动敏捷，甚称朕心。”龚先锋：“龚大将军还有一个请求。”鄂旺一惊：“他还有什么请求？”龚先锋：“末将临走时，龚大将军一再叮嘱下官，请求大王将鱼塘旁边那一片林地也一并赐予他，以便今后用这些树木维修房屋。”鄂旺：“好，朕一并赐予他。你回去告诉龚大将军，他要的朕都给，叫他放心杀敌好了。”龚先锋：“我代龚大将军谢大王隆恩！”

唐诚故意贬斥龚睿：“大王，龚睿真是目光短浅，这点小利也牵挂于心。”

鄂旺：“龚将军看中小利，朕就可以高枕无忧了。要是他不看中小利而只看中大利可就麻烦了。”唐诚：“他目光短浅能看中什么大利？”鄂旺：“他手握重兵，要是有觊觎王位之心，你我不就危险了吗？幸好，他看中的只是一点店铺和树林，而不是王位。他的这点要求算得了什么？就是把一郡一县的土地全部给他也不损朕的毫毛，我还有什么可担心的呢？”唐诚：“大王英明，大王英明！”

唐诚暗暗称赞龚睿：“龚将军深知他叔爷爷的前车之鉴不可重蹈覆辙。龚睿的叔爷爷龚武就是因为向帝辛邀功而遭杀身之祸的。如今，龚睿对个人要求如此低调，小心谨慎，自然让大王放心。龚大将军真是一个忠君爱国干大事业的栋梁之材。此后生可敬，可畏！国家之福啊！”

山道。龚睿率大军急速前进，救援茅坪寨。军队浩浩荡荡，扬起尘土，遮天蔽日，迅速来到茅坪寨中。

庹峰为罗川谋后路

賨城总兵府。大厅。罗川：“庹峰，快做好到尼龙关的准备。”庹峰：“驸马爷，小人听到坊间传言，说鄂旺真昏了头了。不知这个话是从何说起的？”罗川：“龚睿擅杀亲王，鄂旺不仅不予治罪，反而将八万人马交付于他，把我排挤到尼龙关，我看这国家快亡了。”鄂英：“夫君为何不阻止鄂旺？”罗川：“还不是那唐老头百般庇护，花言巧语说动了他的心。”鄂英：“真亡国了，你我咋个办？”罗川：“听天由命，过一天算一天吧。”鄂英：“我的老天爷啊，我鄂家千年江山就毁在鄂旺这小子手里了，我们可怎么办啊！”庹峰：“公主不必心焦，车到山前必有路。小人打算去茅坪寨商军中见见庹长史，看看他能不能给我们指条生路。”罗川：“你现在去见他？要是被人发觉了，就是叛国死罪！”庹峰：“小人知道，不会连累到驸马爷。”

龚睿坚守茅坪寨

大帐。罗黑：“启禀大将军，商军在茅坪寨下久战无功，士气已逐渐低落。现在我们大军到来，士气正旺，正好乘此时机全面出击，将商军赶出国境了。”龚山：“对，将士们一个个摩拳擦掌，都迫切要求早日驱除商军，收复国土。”龚睿：“早日驱逐商军是我们的共同心愿。将士们浴血奋战，挡住了商军的进攻势头，为国家抗击商军赢得了主动权，这是你们为国家做出的巨大贡献。但是，我所带来的大军只有两万人，加上你们还不到两万五千人，要想立刻击退四万五千训练有素装备精良的商军，条件还不成熟。我们必须清醒地认识到，现在总的形势仍然是敌强我弱。”罗黑：“我们现在怎么办？”龚睿：“我们要利用好茅坪寨的险要地势，把商军牵制在茅坪寨下，然后出奇兵攻击敌人后方，截断敌人的粮草运道。商军后援不济，军心必然大乱，我们那时发起攻击，才有必胜的把握。”龚山：“大将军深谋远虑，我等自愧不如。”

龚睿：“龚山先锋，罗将军，我们要特别注意防止胜骄败馁两种不良情绪，要深刻吸取武成王鄂典血的教训，不能有丝毫的骄傲懈怠之心啊！龚、罗先锋附耳过来。如此这般，小心为是。”龚山、罗黑连连点头：“是，是。”

茅坪寨后门开启，悄悄地走出两支队伍。龚山所带一支向右，罗黑所带一支向左，飞快地向商军大营两侧奔去。龚山从山路小道绕到商军左大营边停下，慢慢地向商军大营靠近。三个敲梆巡逻的商军边敲边喊：“各营注意，严防賨军夜袭！”

三个敲梆巡逻的商军走到匍匐在地的龚山等人的身边。龚山等突然跃起，将商军打死。龚山命三个将士穿上商军衣服，继续敲梆巡逻。龚山等随巡逻兵将商营包围后，进入大营一齐放火。商军左营顿时烈火熊熊。商军将士向营房外躲避烈火。龚山等冲入商军人群中大砍大杀，商军将士纷纷倒地而亡。商军右营见左营火起，急忙出营相救。罗黑便在右营放起火来，同时勇猛地砍杀商军。闻伦、崇飞、庹嵩急忙率大军赶来救火。龚山、罗黑迅速撤回茅坪寨。

茅坪寨大帐。龚睿：“商军久攻不下，今又受此大创，士气更加低落。我们可主动出击了。”龚山：“大将军决策正中我的下怀，明日可对敌一战。”众：“诺。”

茅坪寨下。在一块依山傍水的斜坡上。賨军号角嘹亮，旗帜飘扬，军容整齐，士气高昂。龚睿将军队分为左左中右右五个方阵，排于斜坡上方。龚睿自居中军指挥。左翼罗黑、龚木;右翼龚山、夕义，形成犄角之势。闻伦命右翼先锋胡权率商军一万人马攻击賨军。商军旗帜遮天蔽日，兵强马壮，分为左、中、右三个方阵，排于斜坡下方。三声炮响，商军向賨军发起进攻，左军和中军很快就揳入賨军龚木左方阵和中方阵的中间，压迫賨军中方阵和龚山右方阵向坡下移动。整个阵势迅速变成了賨军罗黑左边方阵在上堵击，右翼龚山、夕义方阵从下截住商军退路的合围之势。战斗十分激烈。龚山、夕义迅速截断商军粮道、水道。商军缺粮缺水，人困马乏，军心慌乱，死伤大半，仅有小部退入山谷逃走。賨军大获全胜。

賨军大将军大帐。龚睿:“首战告捷，皆赖众将士之力呀，给全体将士记首功！”众将士:“大将军英明！指挥有方，该给您记首功啊！”龚山：“启禀大将军，据探马侦悉，百里峡谷山路崎岖难行，闻伦运送粮食的队伍日行不到三十里。商军已出现缺粮情况。请给末将精兵三千，末将抄小道到百里峡截断商军的粮道。大将军你高筑营垒，深挖壕沟，作好防御，不必与商军交战。闻伦的这一支人马处于荒野之中，没有退路，自然不攻自破。”

龚睿:“罗黑左先锋带兵三千,封锁商军出百里峡峡路口;龚木校尉率兵三千焚烧商军军粮。两部密切配合，即可破此商军。”罗黑、龚木：“诺！”

百里峡。商军一支人马护着运粮队在百里峡中行进。百里峡峡长数百里，山势陡峭如刀劈斧削，山腰仅有一条小道可通行。道路十分狭窄：人不能并行，马不能并列。几处栈道相连，险要无比。龚木率三千兵从百里峡中部楔入，将运粮队截成两段。护粮队和运粮队慌忙逃走。龚木将粮食点燃。顿时，烈焰腾空。龚木迅速撤离。罗黑带兵三千抄小道行至百里峡口，只见商军运粮队人扛马驮逶迤而来，立即发起攻击。商军护粮队和运粮队伍顿时大乱，不少人丢弃粮食逃命而去。罗黑命賨军士兵将粮食搬运回营。

夕义战庹虎

茅坪寨下。庹嵩率领三千亲兵直抵茅坪寨下，列阵叫战。龚睿排兵布阵：“哪位将军前去取庹嵩首级？”罗黑应道：“本左先锋愿往。”夕义高声叫道：“罗将军，此阵让与小弟好不好？”罗黑：“小弟，庹嵩的二儿子功夫了得，需十分小心！”夕义：“小弟知道。”随即冲出阵去。

庹嵩阵前。庹虎拱手道：“夕义校尉近来可好？”夕义：“很好很好。只是没有你卖主求荣好！”庹虎：“夕义校尉有所不知，我等投靠帝辛大王乃天经地义之事。帝辛大王是天下的共主，我等投靠他是真正走上了光明大道。夕义校尉若是识时务之人，我劝你尽早投归帝辛大王。”夕义：“快快闭上你那有奶就是娘的臭嘴！你完全忘记了你是賨人的子孙。你该不该扪心自问你的祖先在哪里？你怎样面对你的列祖列宗？你有何面目再回賨国？受庹嵩蒙蔽误入歧途的賨人兄弟，快快回到祖国的怀抱吧！”庹嵩营中顿时响应：“我愿回賨国！”“我也愿意回賨国！”

庹嵩军队有上千人投归龚睿军中。庹虎大怒，挺枪直向夕义刺来。夕义挺枪相迎。二人在阵前大战。罗黑按捺不住，挥刀直取庹虎。庹嵩阵中冲出庹龙挡住罗黑。龚睿指挥军队发起冲锋，庹嵩率亲兵上前抵抗。两军混战，厮杀十分激烈，直杀到尸横山谷，血流成河，河水尽赤。天黑，两军才鸣金收兵。

第 32 章
庹嵩奸计袭尼龙　罗川魂消云梦阁

龚睿大摆蟠龙阵

賨军大帐。龚睿："打蛇先打七寸，吃柿子要选软的吃。我们必须给闻伦一个沉重的打击才能振奋军心！龚先锋以为如何？"龚山："对。我们在此摆下蟠龙阵，让闻伦来钻。"

茅坪寨下。賨军阵营旌旗蔽空，军容整齐，个个斗志昂扬。商军阵营，刀枪林立，人喊马嘶，人人耀武扬威。龚睿头戴金翎盔，身穿金锁甲，外套大红袍，腰束玉锦带，坐骑枣红马，手握偃月刀，跃马入阵。闻伦头戴飞凤盔，身穿黄金甲，外套紫金袍，腰束玉蟒带，胯骑炭黑马，手提青铜枪，出阵相迎。龚睿将斩将大刀横担于鞍鞯之上，稽首道："闻将军一路劳顿所为何事？"闻伦："本将军奉帝辛大王之令，前来问罪鄂旺，为何违抗圣旨？你可速报鄂旺知道：巨石之下无完卵。帝辛大王命我统率十万天兵伐賨。量你区区賨军，顷刻之间就会灰飞烟灭。劝你勿作徒劳之举。早降帝辛大王，还可封将封将封侯，坐享荣华富贵。如果不听忠言，到时兵败人亡，后悔就晚了。"

龚睿："闻将军所说太荒谬了。帝辛命你逞匹夫之勇，以为就可以踏平大巴山，殄灭弱小賨国？须知天下之战在理不在兵。武力只能逞一时之强，人心才是决定胜负的根本！"闻伦："本将军进入賨国已连破数关，斩兵杀将无数。进兵神速真所谓势如破竹。谅你完全知道。本将军提醒你，勿作侥幸之想，快快投降吧。"龚睿："闻将军，不要大白天说梦话。要賨军给你投降，除非太阳从西边出来！"闻伦："不听忠言之人绝无好下场！"龚睿："劝你早早退兵，以免身败名裂！不然，就到阵中走一遭如何？"闻伦："谅你一个连环蟠龙阵有何难破？小的们开始破阵！"

闻伦挥舞长枪闯入蟠龙阵，初还路线分明，越往里闯就越昏头昏脑，不辨方向。只听得风声鹤唳，草木皆兵。庹嵩见闻伦入阵后久久出不了阵，急忙带领一千亲兵闯入龙头阵。眼见烟雾缭绕，耳听虎啸狼啼。庹嵩心中明白：只要闯过了烟霞谷，这阵就算破了。

如果闯不过，龙口闭合，闻伦和自己就会被嚼得粉碎。庹嵩奋力向前赶，身遭数创也全然不顾。正当龙口即将闭合之时，庹嵩终于与闻伦合兵一处，冲出了烟霞谷，逃脱了一劫。闻伦和庹嵩出了连环蟠龙阵，立即率大军向茅坪寨冲击。龚睿见连环蟠龙阵已破，急忙带领设阵之军退回寨内，关好寨门。闻伦、庹嵩等率商军进至寨下，立即架设云梯攻寨。龚睿指挥賨军从寨上射出飞箭如雨，商军顿时伤亡大片。闻伦、庹嵩不得不下令停止攻击。

罗黑计擒商军

茅坪寨侧苟家湾。几个商军士兵担着水行进在小路上。突然，商军甲说："哇，老庚，你看这山湾里还有美女，我们何不前去快活快活？"商军乙说："我们到賨国打仗快三个月了，还没有看到过一个女娃儿，今天算是走桃花运了。"他们放下水桶，手拿扁担，快速地向一个正在打柴的女人靠近。打柴女突然看到商军向她走去了，急忙向山上爬去。商军越靠越近。賨女爬至一树丛边突然一转身不见了。两个商军正四下寻找，突然从山上抛下一块石头。商军向山上望去，只见賨女就在前边不远的山上正向自己招手。两个商军便向山上爬去。树丛中伸出数支挠钩将他俩一齐钩住。几个賨军将士一齐围了上去："老实点，否则要了你的命！"那个賨女掀开头巾，原来是罗黑正在冲着商军发笑。商军跪地："賨军爷爷饶命！"

罗黑战庹嵩

茅坪寨下战场。两军布阵毕。商军阵内。闻伦："庹总兵今日可打头阵。"

庹嵩："末将遵命。"

賨军阵内。龚睿："龚先锋可打头阵。"罗黑高声说道："龚大将军，小校愿替龚先锋打头阵。"龚睿："罗左先锋须仔细，庹嵩一贯爱使暗箭伤人。"罗黑："末将小心就是了。"罗黑冲出阵去。庹嵩高喊："龚睿为何不出阵，尽派些无名小卒前来应付。"罗黑："庹总兵，小校是没有名，哪里赶得上你有叛逃大名名扬天下！"庹嵩大怒，举枪直向罗黑面部刺来。罗黑立即挺起铜棍相迎。罗黑的铜棍有一百零八斤重。庹嵩的铜枪只有八十斤重。两件兵器一接触，庹嵩感觉有些吃不消，便策马而走。罗黑知他有暗箭伤人之法，便不追赶。庹嵩见罗黑不追赶，反身再与罗黑厮杀。罗黑年轻力壮，将根铜棍如雨点般地向庹嵩打去。庹嵩支持不住又向阵中逃去。罗黑从怀中掏出飞镖，看得真切，一镖打出，正中庹嵩头盔，溅起一团火花。庹嵩大惊，急忙向自己阵中逃去。罗黑提枪跃马紧紧追赶，闻伦急忙鸣金收兵。

庹峰通风报信

茅坪寨下。商军大营。庹嵩帐中。庹峰："长史大人，灭鄂家，兴庹家的时机到来了。"庹嵩："此话怎讲？"庹峰："龚睿杀亲王，鄂旺反将八万人马给他抵抗商军。"庹嵩：

"朝中还有什么情况？"庹峰："鄂旺只重视中线守卫，西线防务比较空虚。"庹嵩："宕渠城中防卫如何？"庹峰："龚睿将大军开赴各关隘去了，宕渠城中守军不到一万人。"庹嵩："守城主将是谁？"庹峰："不懂军事的唐老头。你可给驸马爷罗川去封信，请他网开一面，勿做过度抵抗。同时请他给我一张全国布防图。他若给当然好，若不给，我就设法偷。长史大人，你可要保证他一家人的安全。"庹嵩点点头："只要他不死心塌地地抵抗我们，这个好说。"庹峰："好，小人去了。"

庹嵩奸计进攻尼龙关

闻伦大帐。闻伦："我们进入賨国初期进军比较顺利。一月中连破数关，很快进至茅坪寨下。这茅坪寨并不险要，我们却久攻不下，我们该怎么办？"崇飞："我们在坚寨之下停滞不前，粮道经常受到偷袭，粮草得不到保障。这样下去，对我军极为不利。请将军速定妙计解此困局。"庹嵩："将军勿忧，我已侦知，龚睿企图凭借茅坪寨险要地势，拖垮我军。他虽智慧超群，却对东、西线都疏于防范。我想我们正好利用他的疏漏，给他一个意想不到的打击……"闻伦："请将军详细谈谈你的谋略。"

庹嵩指着地图："茅坪寨的东边是凤凰关，那里地势险要，有一夫当关万夫莫开之称，不能走那条道。我们带重兵从西部抄泥龙关、铜山关，直下长春关，就可通过牛奶关，直达宕渠城了。这边易攻难守，我们神速进军，即可收到从天而降之效。"崇飞："这一路线沿江而下，真是一条从天而降的好路线。"闻伦："龚睿不会不派兵把守各个关口。"庹嵩："这一路险关不多，但山高谷深，道路崎岖，土地贫瘠，军资粮草筹集困难。龚睿深知这条道路的险况，虽然也会派兵把守这一线路上的各个关口，但是，他不会把重兵放到这条道上。他的重兵肯定是摆在茅坪寨一线阻击我们进攻。我们选择的这一条路线，一般军事家不敢冒这个风险，我们攻取不难。"闻伦："好，出其不意，攻其不备，就取这条路线奇袭宕渠城，活捉鄂旺和鄂蕾。"

闻伦带着一小股部队在寨下叫战。龚睿带队出战。两军战不几回合，闻伦高叫："明日再战！"即鸣金收兵。第二天，闻伦大旗高举，出战的却是右翼先锋郝贵。郝贵与龚睿交战不几回合又鸣金收兵而去。一连战了几日，龚睿不见闻伦与庹嵩，心生奇怪："请闻伦将军说话！"郝贵："闻伦将军迎接帝辛大王去了！大王一到，定叫你死无葬身之地，看枪！"

三公子："右翼先锋郝贵，命你率兵明日主动向龚睿挑战，无须打胜，稳住龚睿就是胜利。你的真正任务是在此吸弓I龚睿的注意力，守住大营。你不要逞能与龚睿猛冲猛打；只要能吸引龚睿的注意力就行，千万不要暴露我军主力已从西线进攻宕渠的情况。听清楚没有？"郝贵："听清楚了。谨遵将军之命。"

三公子与闻伦、崇飞、庹嵩率大军直奔尼龙关而去。

罗川领军一万军马来到尼龙关并无战事，每日便饮酒作乐。忽听商军到来，罗川立即登上敌楼台指挥抗敌，打败了商军数次进攻。罗川手指狼狈退去的商军，大大咧咧地说：

“商军外强中干这么不经打，鄂典却丢了命，枉称一世英雄！”

商军大营。闻伦“我大军在茅坪寨遇阻，尼龙关也攻不下，我们怎么办啊？”庹嵩:“将军勿忧。尼龙关一时难以攻下，这是意料中的事。我们让他胜了几仗，可偃旗息鼓退下，表示不攻尼龙关了。罗川必然防备松懈，我们才好乘虚破关。”三公子、闻伦、崇飞：“如此甚好！”

关下。树丛中庹嵩阵地。庹龙“父亲，现在可以攻城了吧？”庹嵩：“还不行。'庹龙“怎么还不行？”庹嵩：“关中的情况不明，强行攻关，伤亡太大。我们的老本只有三千人，耗不起啊！”庹龙：“我们就不攻关了？”庹嵩：“别急。等商军七千人到来后，让他们攻头阵。”庹龙：“商军不会说我们太狡猾了吗？”庹嵩：“商军如果也不攻关，我们就等到晚上再说。”

一钩残月高挂苍穹。黑云慢慢向尼龙关上空飘来。庹虎偷偷地爬上一棵高大的黄桶树梢向尼龙关城墙上观看:只见在昏黄的灯光下,几个没精打采的士兵正依托城垛打瞌睡。向四下看去，只见云梦阁阁中灯火辉煌。庹虎回到营房向庹嵩报告：“父亲，果然不出你所料，城墙上守备松弛，城墙下云梦阁等处游乐场所灯火辉煌。眼看暴风雨即将来临，正是我们偷袭的好时间。”

庹嵩：“现在是我三千儿郎大显身手的好时机了。传令各营亥时造饭，丑时攻城。”庹虎：“好。今晚捉拿鄂旺的时候到了。”

闻伦大营。崇飞:“庹嵩将军来信，今晚攻关，请求配合。”闻伦:“令各营早做准备。”

罗川魂消云梦阁

大雨倾盆。关城墙头。罗川：“连日苦战，把老子身子骨都累散架了。暴雨助我守关，今晚看来无战事了。”侍卫：“大人到云梦阁去歇息一下如何？”唐陶：“大人，离开城头不好。”罗川：“老子被降到尼龙关，唐诚、罗毅他们却在宕渠城中安享快乐，怎么知道老子流血流汗？太委屈老子了。怕个球！城上留几个警戒就可以了。夕金，你在城上负责警戒，唐陶、昝云随我一道去玩玩！”

庹嵩大帐。庹嵩：“现在子时将过，暴雨已停，立即出发！”一行人穿着夜行衣借助夜色的掩护，飞速地向尼龙关城墙一个拐角处靠近。后面大队将士抬着几架长梯快速跟进。走在最前面的人不等云梯到来，立即采取叠罗汉的办法迅速向城墙攀去，瞬间就有人翻上了城垛。一根绳索从垛口吊到了墙脚。庹嵩指挥将士抓住绳索迅速向上攀登。附近，几架云梯靠墙，一些人立刻攀梯而上。

城墙上。賨军夜巡队突然发现了入侵者，有的冲上前杀敌，有的敲梆报警，有的边抵抗边高声呼喊：“商军上城墙了，快来抵抗啊！”商军沿梯攀登城墙越来越多。賨军上城护城的军士也越来越多，但无统一指挥，不少人被砍落城下。

城楼火起。商军将賨军赶到了城下。商军一部分与賨军巷战，一部分人打开了关前大门。商军如潮水般地涌进关里，大肆砍杀。賨军在街巷中且战且退，伤亡惨重。

闻伦见尼龙关城楼火起，立即下令商军同时攻关。賨军拼死抵抗。无奈商军飞箭如雨，不得不撤退，伤亡不少。

云梦阁。老板：“大人，大事不好，商军攻上城墙了！”罗川面如土色，一把推开为他捶背的倩女，掀翻面前的酒桌，拿起长戟就向城墙上冲去。可是，城楼大火熊熊，映照着大批商军呐喊着向城下杀来。罗川看看身边的几个将士，仰天长叹道：“天灭我也，无力回天，你们逃命去吧。”唐陶：“督将军，你怎么办？”罗川：“降商军。”昝云：“督将军，降商军可是诛灭九族之罪啊！我们无论如何不能降商军！”夕金：“我们退到铜山关再作抵抗吧。”罗川无可奈何地说：“走吧。”

罗川退到铜山关、长春关、牛奶关都来不及组织抵抗，庹嵩狂追不已，连占数关，闻伦、崇飞带领杀向宕渠城；庹嵩直扑茅坪寨。

龚睿担心茅坪寨腹背受敌，立即率队退回宕渠城。闻伦、崇飞、庹嵩合兵一处，对宕渠城形成泰山压顶之势。

庹龙盗取全国兵备图

罗川刚刚回到书房驸马府。庹峰闯了进来：“驸马爷，小人回来了。”罗川：“这几天你到什么地方去了？”庹峰：“小人见庹嵩大人去了。”罗川：“大胆，你里通外国该当何罪？”鄂英：“小声点，别给家里惹麻烦。”庹峰：“公主，驸马爷，庹长史说，他进城以后保你全家无事。”鄂英：“他还说了些什么？”庹峰：“他要我给他送一张全国兵备图。”罗川：“这怎么行？”鄂英：“眼看城都快破了，为自己留条后路吧。”罗川沉思良久：“我不慎丢失了尼龙数关，罪责难逃。现在也无别计可解，只好如此。不过，你要特别小心。”庹峰：“小人知道。”

深夜。驸马府后门吱呀一声后，蹿出一个身穿夜行衣的人来。昝云、夕金等立即上前将其捉住，送到罗毅军营大帐。罗毅：“庹峰，这些年你躲到哪里去了？”昝云：“大人，从这小子怀中搜出了一份全国兵备图！”罗毅：“快交代地图从何而来？”庹峰：“大丈夫一人做事一人当，此图是我从罗驸马书房偷得。”罗毅：“送给商军当作见面礼？”庹峰：“你也太小看本人了。我要去送给我们的庹王！”罗毅：“谁是庹王？”庹峰：“哈哈，这你也不知道？告诉你吧，就是庹嵩大王！”罗毅：“交代你给庹嵩送地图和通风报信的罪行！”庹峰：“哈哈，罪行？告诉你，賨国是兔子尾巴长不了了！赶快向他投降吧，给自己和家人留条生路！”罗毅：“将这个狂徒关入死牢！战争结束后再行审问！”庹峰：“不用劳神！朴家天子万岁！”庹峰以头碰墙而死。

龚睿力主放弃宕渠城

王宫御书房。龚睿飞马入王宫，到鄂旺面前跪下：“大王，罗川丢失尼龙数关，闻伦率大军直逼宕渠城。庹嵩奔袭茅坪寨，对我形成包围之势。微臣接烽火王命，火速带兵回救宕渠城。”鄂旺：“你打算如何对敌？”龚睿：“闻伦已掌握了我全国兵备图，对我兵备情况了如指掌。我防御形势十分严峻。商军大军离城不到五十里，即将对宕渠城形成合围之势。敌众我寡，敌强我弱，我军不能同敌人硬碰硬……”鄂旺不耐烦地说：“这些就不用多说了。现在怎么办？”龚睿：“微臣谏言，在商军尚未包围宕渠城之前，我全体军民立即撤出宕渠城。”鄂旺：“宕渠城乃千年国都，岂可轻言放弃？”龚睿：“大王，宕渠城城墙不高，护城河河水不深，在大敌面前无险可守……”鄂旺："老冢宰，谈谈你的意见。”唐诚：“启奏大王，微臣赞成龚睿大将军的主张。我们只能用智慧和计谋抗敌。困守孤城，恐怕会遭到灭顶之灾。”罗聪：“冢宰的意思是将我们的粮食、房屋……拱手送给商军？”龚睿：“不！将粮食尽量运走，将房屋烧掉，不留任何可用之物给敌人！”罗聪：“烧毁国都，我们不是成了千古罪人了吗？”龚睿：“在敌强我弱的情况下，现在最重要的保存自己的实力。留得青山在，不怕没柴烧。城池丢失了可以重新夺回来，人死了不能重生。只要有人生，国都烧了可以重建！”唐诚：“对，实行坚壁清野，焦土抗战，让商军进入宕渠城得不到任何有用之物。”

鄂旺“好，立即组织全城大撤退！除带粮食以外，其余东西一律焚毁！”龚睿“大王，不必立即焚毁，需如此这般。”鄂旺：“好。传令照此办理。”鄂旺：“商军占领宕渠城之后，我们怎么对敌？”龚睿：“一是利用龙潭山区有利地形抗击敌人；二是出奇兵袭击敌人后方，截断敌人粮道及归路。”鄂旺：“好。你率军负责截断敌人粮道及归路。”龚睿遵命而去。

东城门开启，王太后、王后、宫妃和官员以及城中民众带着物资、粮食，车拉畜驮，肩担背扛，扶老携幼，鱼贯而出，有条不紊地向龙潭山区而去。

宕渠城下战场。鄂旺：“闻伦将军率领大军来我賨国攻城略地荼毒生灵，却是为何？”闻伦：“帝辛大王选中你的妹子为妃，命你将你妹子送京，为何不遵旨照办？本将军奉大王之命，前来问罪于你！识相的，快快送出你的妹妹，立可息兵罢战，你也可荣升王亲国戚，享不尽的荣华富贵。否则免不了你賨国生灵涂炭，国破家亡，到那时后悔莫及！”鄂旺：“帝辛宠信谗臣谄媚之言，欲选吾妹进宫为妃，实属无道之举。在此之前，帝辛大选全国美女，宫室满盈不下万人。而今还要大肆选美，置百姓于水火之中，是自取灭亡之道。你身为国家重臣，不为社稷谋划，却助纣为虐，是自取杀身之祸！识相的应当自省！劝你赶快退兵回朝，免受血光之灾！”闻伦：“鄂旺，识时务者为俊杰，赶快交出你的妹妹由我带回京城复命。不然的话，我大军顷亥之间就叫你国破家亡！”鄂旺：“劝你不要为虎作伥，更不必为帝辛卖命，作无谓牺牲。”闻伦：“你少来花言巧语。将士们，快快捉拿鄂旺！”鄂旺在罗毅率领的御林军护卫下冒着敌人箭弩射杀的危险，顽强抗击商军。商军箭镞纷飞。闻伦攻势猛烈。百夫长龚志带领虎贲队奋勇上前，挥动刀枪，将冲在最前面的商兵杀死；賨军将士箭弩齐射，商军死伤狼藉。后面的商军潮水般地不断涌来，鄂旺立亥下令：“快撤！”

闻伦见鄂旺未退入宕渠城，对三公子说：“鄂旺未退回宕渠城，城中守军必定不多，请您与崇飞将军攻占宕渠城。末将与庹嵩将军率军去追击鄂旺。”三公子：“不必着急。鄂旺已成丧家犬，我们先占据宕渠城再慢慢收拾他不退。”三公子率闻伦、崇飞和庹嵩入城，没遇到抵抗，城中空无一人。三公子说：“鄂旺势孤计穷，让百姓逃窜去了。我们先住下再说。”崇飞：“三公子考虑周到。大家歇息吧。”众将士都很疲乏，又很饥饿，于是争着走进民房造饭。

宕渠城敌楼台上。闻伦远眺賨军远去的方向，对三公子说：“鄂旺已逃出王宫，我军怎样行动，请三公子发布命令！”三公子骄矜地说：“此战果然不出我所料已大获全胜。现在兵分三路，一路追击鄂旺，一路阻击龚睿回援宕渠城，一路清理整顿宕渠城。大将军发令吧。”闻伦高声对大家说：“遵从三公子命令，现在我宣布下一步行动命令：现在鄂旺已经溃不成军，我同庹嵩总兵率大军去追赶鄂旺。右路先锋率部防备龚睿带领賨军夺取宕渠城。御史大夫崇飞将军辅佐三公子驻守宕渠城。”崇飞：“鄂旺狡诈多端，你们要多加小心！”闻伦：“我们自当小心就是。”闻伦、庹嵩率大军向鄂旺撤走的方向追去。

三公子、崇飞走进王宫内住下。

龙潭别都行宫。唐诚：“启奏大王，现在抗击商军已到关键时刻，老臣年迈体衰，深感力不从心，为不耽误龙潭山区防务大事，请大王允准老臣辞去抗敌统领之职。”鄂旺：“谁能接此大任？”唐诚试探鄂旺：“罗川将军如何？”鄂旺：“罗川丢失西线，不能用他作抗敌统领。”唐诚：“用罗毅作抗敌统领如何？”鄂旺：“正合朕意。”

罗毅：“现将防御任务部署如下：东山守护由尚卫将军负责；南山守护由宕渠城城防总兵罗川将军负责；西山守护由余克将军负责；北山守护由游长将军负责。望四山的全体将士一定要奋勇作战，做到人在阵地在。如有玩忽职守，定杀不饶！”众：“听从总统领将令！”

北山。闻伦指挥商军攻山甚急，但仰攻大不利，大批商军倒于山下。游长在山上指挥御敌，多处受伤也不下火线。闻伦面色凝重，毫无松懈之意。商军将士只好一批一批地爬梯登山，一批一批地倒于山下。

西山。崇飞指挥商军攻山亦急。崇飞命令商军手持火炬登城。将士问：“都尉大人，白日登山手持火炬干什么？还怕看不清賨军？”崇飞：“你们的火焰就是武器，远远地就可以熏倒山上的賨军！”众将士：“原来如此，好，我们把火把做大些。”一些将士手持火把向山上爬去。

山上。余克：“众将士请注意，商军用火攻了，大家须仔细。”众将士：“熏得我们难受啊！”余克:“我们也用火攻，以火灭火！”众将士:“怎么个以火灭火？”余克:“赶快将油料点燃向山坡上去！"众将士一齐将油料点燃泼到山坡上，山坡上顿时火海一片，商军惨叫着倒了下去。

南山。庹嵩将军队隐蔽在树丛中，观察着山上的动静。只见山上人头晃动；罗川带着军队在山崖边来回巡视。庹龙：“父亲，我们可以攻山了吗？”

庹嵩：“不可。”

临时驸马府。夕姝：“这唐诚老糊涂了。自己不做守山统领就该让驸马爷去做嘛，却让给根本没打过仗的罗毅去做。这难道不是老天要灭鄂家王朝故意做出这样的安排吗？”鄂姬：“我知道，安排罗毅做守山统领，不光是唐老头的意思。”夕姝：“难道是鄂旺的意思？哀家找他评理去！”鄂姬：“太王太后，别给自己找麻烦了，这口气只好吞了。”夕姝：“这口气你吞得下我吞不下！”鄂姬：“吞不下也得吞下。罗川在尼龙关落个清闲也好。现在战争胜负还很难说得清楚，少一份官职少一份责任！他们认为罗毅能干就让他罗毅去干吧。要是龙潭山守不住，让鄂旺找罗毅算账去。心里不平的事等打完仗再说！”

龚睿重新夺回茅坪寨

大将军大帐。龚睿:“各位将士，商军虽然占据了宕渠城，但那里将很快成为一片废墟。茅坪寨是商军粮道的咽喉，我们重新夺回茅坪寨，就卡住了闻伦的生命线。我们立即进攻茅坪寨。哪位将军打先锋？”罗黑：“末将愿往。”龚睿：“罗将军前去最好。”

茅坪寨下战场。龚木向商军挑战，商军右翼先锋郝贵应战。龚木:“无名小将快快退回，叫闻伦出来应战！”郝贵:“闻大将军大名岂可是你能随便叫的？看枪！”两人在阵前大战。商军后营突然杀声大起。原来龚山率军从后营杀入。郝贵急忙架开龚木的大刀，匆匆落荒而逃。龚木与龚山一道向商军冲击。郝贵挥军稳住阵脚，向龚山、龚木发射飞箭。龚山舞动大刀将飞箭击落。龚木用板盾挡住了飞箭。商军背后突然杀出罗黑，郝贵落荒而逃。

龚睿等人走进大将军大帐。龚睿：“商军丢失茅坪寨，三公子、闻伦、崇飞、庹嵩等必然来拼命争夺。这里将是我们与商军的一场生死恶仗，大家要做好准备！”龚山:“不管商军有多么疯狂，我们都同他血战到底，牢牢卡住商军的脖子不放！”罗黑:“启禀大将，烽火台传来特急情报，大王命令全国所有军队到龙潭山勤王！”龚睿遥望烽火台上狼烟直指龙潭山，失声叫道：“龙潭山危急，说明闻伦已进到了龙潭山下。不回师龙潭山救驾，有违王命！但是，如果放弃茅坪寨，让商军恢复粮道，龙潭山将会受到商军的强大攻击。这可如何是好？”

罗黑着急地说：“请大将军快拿主意！”龚睿斟酌再三之后，在竹简上写下数字交给罗黑“你领军三千，将此奏疏火速奏报大王，不得有误，否则军法从事！”罗黑:“遵令！”罗黑走出大将军大帐，正好与奔来的昝牛相撞。昝牛：“快请大将军发兵龙潭别都勤王！”罗黑：“龚大将军命我率军前去勤王，百夫长请前面带路！”昝牛：“好！”

龙潭山賨国别都王宫。罗聪：“启奏大王，勤王烽火令已发出多时，不见龚睿消息，此人大军在握，王命不遵，国王不救，心怀叵测，国家危矣。”唐诚：“不能随便怀疑龚睿的忠诚。”罗聪直逼唐诚：“老冢宰，你死保龚睿，现在要露底了。国家如有闪失，你罪责难逃！”又转向鄂旺：“大王，现在国家深陷危局，若遭不测，老冢宰难辞其咎！”唐诚：“大人之言差矣。茅坪寨距宕渠城二百余里。龚睿就是长了翅膀，一时也难立刻赶回龙潭山别都勤王。”罗聪：“龚睿要走八万大兵，分散于茅坪寨和关防要隘，大王身边兵力不足一万，怎么对抗商军五万人的进攻呀？”鄂旺也心情焦急地说：“这可如何是好？”唐诚：“大王，可发烽火，令全国军队立刻勤王！”鄂旺：“其他地方的军队离龙潭山别都也路途遙远呀！”

唐诚面对危局动员城民自救

唐诚：“立即组织撤上山来的民众守山。”罗聪：“民众刚刚上山，缺乏训练，能抵抗商军的精兵强将吗？武器也不够啊！”唐诚：“爱国之心人皆有之，老百姓决不会让敌人蹂躏自己的国土。民众平时也多有军事训练，怎么不能守山？现在立即将兵器散发给城民，兵器不够，就号召城民用一切可用的物件御敌！我相信，用现有军队为骨干，动员全体百姓上前线抗敌！一定能坚持到勤王之师到来！”鄂旺：“对，以宫中御林军、后宫卫队、宕渠城防军和城中民军为骨干，带领全体上山百姓迎击敌人。”唐诚：“万一一处被商军攻破，罗毅负责指挥御林军前去救援，掩护山上百姓向龙潭深山转移。”罗毅：“现在是否先将太后及宫中勤杂人员转移到深山去，以免临时手忙脚乱？”鄂旺：“现在不能转移太后和宫中勤杂人员，以免引起恐慌。各位将军必须严格遵从唐冢宰的部署尽职尽责，做到人在阵地在！守好龙潭山，保护好百姓！如有乘乱欺压百姓、擅离职守、临阵逃跑、叛国投敌者，格杀勿论！”众：“遵从大王旨令。誓死保卫国家！誓死保卫龙潭山！誓死保卫大王！”

军械库前。人们依次领取枪械。城民甲：“这下可好了，有消灭商军的武器了！”城民乙：“定叫商军肉包子打狗——”城民丙：“什么意思？”城民甲：“有来无回！”众大笑。

第 33 章
罗川渎职丢头颅　昝牛奋勇救鄂蕾

庹龙带队攻茅坪寨

敌楼台一侧。庹龙："启禀三公子和崇将军，今鄂旺已逃入龙潭别都，龚睿勤王必回师龙潭山区，不会直奔宕渠城。我们应当乘龚睿勤王之际，夺回茅坪寨，以保我粮道畅通。"崇飞："庹龙言之有理。我们虽然占据了宕渠城，但这只是一座空城。我们挖地三尺也未找到一颗粮食，军中无粮，已发生混乱。当务之急是解决食粮，请发大兵夺回茅坪寨，保护粮道。"三公子："我对茅坪寨情况不大熟悉，你协助崇飞将军尽快夺回茅坪寨。"庹龙："谢三公子信任。"

崇飞、庹龙带着一队商军杀向茅坪寨。

鄂旺大义灭亲杀罗川

龙潭别都王宫大殿。深夜。内侍端着菜肴走近鄂旺："大王请用膳。"鄂旺："朕不饿。"内侍："大王忙了一整天颗米未进，请赶快用膳吧。"唐诚："大王快用膳吧。"鄂旺："国家遭受这么大的灾难，朕愧对列祖列宗，叫朕怎么吃得下去啊！"唐诚："失去宕渠城非大王之过。尼龙关不失，宕渠城不会丢失。据防守尼龙关的唐陶、昝云、夕金等军士禀报，罗川非战场失利，而是防备松懈丢失了尼龙关。"鄂旺："传罗川。"

罗川慢步入宫。鄂旺："你谈谈尼龙关丢失的原因吗？"罗川："微臣兵力太弱，没有什么可谈的。"鄂旺："商军攻破尼龙关后，造成我西线数关一触即溃，你难道不该对防守情况做个反省？"罗川："胜败乃兵家常事，敌强我弱，抗敌不住，尼龙关自然要被攻破。"鄂旺："尼龙关被攻破，难道真是你说的敌强我弱造成的吗？"罗川："商军强大世人皆知。"唐诚："商军强大，为什么猛攻茅坪寨那么多次都攻不破呢？你尼龙关为什么一攻即破？有人举报你没有认真防守，敌人攻进尼龙关之时你正在云梦阁吃喝玩乐。”罗川：“这一定是平时对我不满的人诬告微臣。”唐诚：“传云梦阁老板。”

鄂姬走了进来：“大王是在审犯人吗？”鄂旺：“朕是在追查尼龙关失守的原因。”鄂姬：“你那么多文臣武将打了败仗不追究，你为什么独独追查罗川？”鄂旺：“他防守的尼龙关最先被攻破，造成商军直逼宕渠城，当然要先问他。”

云梦阁老板走了进来：“小人拜见大王。”唐诚：“你要如实禀报尼龙关被敌攻破之时罗川在你店中的情况。”云梦阁老板：“是，是。大王面前小人不敢胡言半句。那天晚上……”

云梦阁老板将罗川入店吃喝玩乐之事一一"清楚之后说道：“大王，小人禀报完毕。”罗川气急败坏地：“你胡编乱造诬陷老子！”

唐诚：“好个诬陷！传唐陶、昝云、夕金！”唐陶、昝云、夕金走进王宫大殿跪下：“小人拜见大王。”唐诚：“老板之言可有虚假？”唐陶：“老板之言句句是真。”唐诚：“罗川将军还有什么话说？”罗川：“唐陶诸人本我之家奴，卖主求荣之言不足为凭！请大王杀掉这些忘恩负义的家奴！”唐陶：“小人和昝云、夕金都是国家军人，虽为你的下属，但绝不是你的家奴。”唐诚：“罗川，你将部属当作家奴，罪加一等。”

罗川：“大王，微臣治理宕渠城数十年，惩治不法之徒，难免与人结下冤仇；今又为守卫尼龙关日夜操劳，没有功劳也有苦劳。大王您一点不体恤微臣，反而听信诬告之言，怎不令微臣寒心？”

鄂旺痛心地：“罗川，你扪心自问，治理宕渠城、守卫尼龙关有几多辛苦，几多功劳？你治理宕渠城几十年来，利用手中职权卖官鬻爵，安插亲信，嫖赌、酗酒、强占民女，欺压百姓，罪行累累，罄竹难书！你的仆人庹峰怀揣宕渠城布防地图通敌，你难道脱得了干系？事实说明你不是在守城而是在卖城！”罗川：“大王，微臣是驸马王亲，深受国恩，怎么会干卖国的勾当呢？微臣对尼龙关防备有所松懈，是因为对被夺总兵大权，心有不平。”鄂旺：“大敌当前，身为王亲和朝廷重臣，深受国恩，不是以国事为重，而是争名争利，患得患失，稍不如意就耿耿于怀。你身为驸马，国难当头，本应忠于职守，为国出力，为朕分忧，你却耿耿于怀，玩忽职守，胡作非为，造成尼龙关陷落，宕渠城失去屏障，真是罪大恶极，罪不容诛！”

鄂姬：“你不能把宕渠城沦陷责任全都推到他一人身上！”罗川：“宕渠城丢失，责不在我！微臣虽有丢失尼龙关小过，知错能改。”鄂旺怒不可遏：“好个小过！好个知错能改！你败坏了社会风气，涣散了军心，造成京城不保，害死了无数生命，这一件件罪行，哪一件，你改得了呢？”

罗川：“微臣愿带人马收复宕渠城，纵战死沙场，报効国家，将功补过，无怨无悔。”鄂旺：“说得很漂亮！你罪恶昭彰，早失人心，还有多少人相信你的话，愿意听你的话呢？”唐陶等：“小人再也不会听他的话了。”鄂旺：“来人！将罗川拖出去斩首示众，以整肃军纪，以告慰先灵，以惩戒国人！”侍卫将罗川推出门外……

鄂姬气势汹汹地上前抓鄂旺：“鄂旺，他好歹是你的姑爷爷，你不能乱杀人！”众卫士上前阻拦，鄂姬昏倒于地。鄂旺：“快传御医！”

唐诚："大王大义灭亲，法不讳亲，必然能够振奋民心，打败商军！"

鄂旺慰军民

鄂旺："走！看看将士们去！"鄂旺带着唐诚、罗毅等向军营走去，远远地便听见将士们议论纷纷："这仗是怎么打的嘛？""宕渠城为什么会丢？""商军太狡猾了！""还不是罗川吃喝嫖赌惯了，不把守卫尼龙关不当回事，造成商军长驱直入，攻入宕渠城。""罗川该杀！""罗川可是驸马爷啊！""王亲国戚丢了京城就那么算了？""京城丢了，国家没希望了。向商军投降吧！""你小子胆敢说投降的话，老子宰了你！""宰了他！宰了他！"

鄂旺和唐诚走进军营："将士们！朕向你们谢罪来了！"唐陶："大王无罪！"众："大王无罪！"鄂旺："朕有罪！朕用人不当，让罗川守尼龙关。"唐陶："大王已处死罗川了！"鄂旺抚摸夕金的伤臂："朕处死罗川了。可是，宕渠城却落到商军手里了。让我们无数的将士流血牺牲了！"夕金："请大王不要难过，我们一定要把宕渠城夺回来！"鄂旺："好好养伤吧，我賨国忠勇的将士们！你们要尽快养好伤，不要丧失夺回宕渠城的立功机会！大家有没有夺回宕渠城的决心？"众人高声回答："有！"鄂旺："对！我们一定要把宕渠城夺回来！谁敢说向商军投降就是孬种！大家就斩了他！"众："坚决杀死投降派！"众人高唱："雄起賨人，宁死不屈！万众一心，誓灭商军！"

鄂旺："走，看看父老乡亲去！"鄂旺带着唐诚等走进山洞。松明昏暗光下，人声嘈杂。唐诚："乡亲们！大王看望你们来了！"鄂旺："乡亲们，我鄂旺对不起你们，让你们受苦了！"老太婆："这不是大王的错，都是那该死的帝辛造的孽！"老翁："大王，你没有错！你有賨人的骨气！你领着大伙杀敌去吧，我们再苦也决不向帝辛低头！"鄂旺"对！我们賨人有骨气！就是战死到一个不留也决不向帝辛低头！乡亲们，山上粮食不多，大家要省着点吃；一人有难，互相帮助。我们团结一心，共渡难关，就一定能打败商军！"唐诚："乡亲们，大王时刻关心着你们的冷暖。有什么困难，我会尽力给你们解决。"老翁："大王把我们老百姓时刻放在心上，真是我们的好大王！再苦再难我们也能挺过去！"鄂旺："乡亲们！我们大家团结一心，众志成城，定能打败商军！"众："听从大王号令！坚决打败商军！"

龙谭别都王宫大殿。清晨。唐诚："启奏大王，撤退到龙潭山区的所有人员都已安置妥当。"鄂旺："冢宰一夜辛苦。撤退到山上的几万人吃饭、住宿都解决好了吗？"唐诚："都解决好了。"鄂旺："对老弱病残人员更要妥善安排。"唐诚："大王考虑周到，微臣已叮嘱各级官员遵旨照办。"鄂旺："百姓是国家的根本。没有百姓，哪能成其国家？只有把百姓安置好了，才能团结一致抗击敌人，夺回我们的宕渠城。现在把百姓安置好了，应当研究抗击敌人，收复宕渠城，赶走商军的办法了。"

罗毅："我们现在集聚在山上的常备军队有一万余人，民军三千余人，利用好山区有利地形地物，挡住商军的进攻势头完全有把握了。但是，这不到两万人马要驱逐商军，收复宕渠城力量是不够的。微臣谏言，立刻在烽火台发出布勤王令，号召各地国家常备军和民军勤王。龚睿掌握的八万军队，不知为什么至今没有听到龚睿勤王的消息。”罗聪乘机煽风点火：“龚睿不带走八万大军，宕渠城肯定不会丢失。现在大王移銮别都，他又不火速回师救驾，是何居心？”唐诚：“不可对龚睿将军乱加猜疑，以免扰乱军心。”罗聪将矛头直指唐诚：“国难当头，有些人不是以国事为重，而是处处从私人恩怨出发，处处维护龚睿，不知安的什么心？”唐诚坦诚地：“司寇大人说话不用带刺。”罗聪：“怎么是我话中带刺？现在事情明摆着，不是我要对龚睿乱加猜疑，而是龚睿自己的行动令人生疑！”唐诚：“龚睿未能火速回师勤王，是什么原因尚不明了。不可乱加猜疑。”罗聪：“我怕的是等我们明了龚睿不发兵勤王的原因，事情到了不可挽回的地步，那时再来后悔就来不及了。”

茅坪寨。昝牛周身冒着汗，跌跌撞撞地走进大厅向龚睿施礼：“拜见大将军。现在宕渠城已失，大王移驾龙潭别都，情况万分危急，昝牛奉唐冢宰之命前来请大将军火速回师勤王。”

龚睿：“召集众将士会商勤王大事。”夕义：“小校认为应当立刻回师勤王！”军士跑进会场：“启禀大将军，烽火台再次传来大王勤王令！”众将士急切地：“请大将军速下勤王令！”

罗黑：“大将军，末将认为，勤王之事刻不容缓，但是，茅坪寨这个军事要地绝不能放弃。茅坪寨前可挡从商国前来增援的商军，后可阻商军回撤商国。茅坪寨仍需留一定兵力固守。”夕义：“罗将军的谏言虽不无道理，但是顾此失彼分散兵力乃兵家大忌。我军兵力本身就不足，分开后就更为单薄，可不能造成既勤不了王，又守不了寨的窘境啊。”龚睿心静焦急地来回走动，边搓手边自言自语：“勤王之事大如天！若宕渠城有闪失，我等罪不可赦；若我全军勤王，茅坪寨受商军前后夹击将不保，这可如何是好？三公子、闻伦用商军主力攻击龙潭山。龙潭山有抗击商军的优越地势，不可能在短时间内就被攻破。我可先派一支精兵强将勤王，自己亲率一支精兵强将固守茅坪寨，卡断商军粮道，断绝商军后援。对三公子形成关门打狗之势，岂不可以收到事半功倍之效！”众人睁大眼睛静静地等着，不敢言语。龚睿突然在几案上猛击一掌，高声喊道：“对！就这么办！众将士听令！罗黑将军带三千人火速到别都勤王。我亲率一万七千人先消灭茅坪寨下之敌，然后再向北收复官渡关、摩天关等关隘，切断商军的粮道与归路。”众：“遵令！”

罗黑飞奔进龙潭别都大殿奏道：“龚睿将军接到大王勤王烽火令后，立刻举行会议，经过认真分析后，决定派末将率三千精兵到龙潭别都勤王。正要动身，恰遇昝牛传来勤王圣旨。请大王治末将迟到之罪！”罗聪：“大王，龙潭别都危若垒卵，急需救援，龚睿手握重兵却只派三千兵力应付勤王之令，一定是想让商军攻下别都，置大王于绝地。狼子野心十分歹毒！大王决不可上龚睿的当！”罗黑：“罗大人血口喷人，诬陷忠臣是何用心？”罗聪：“神灵在上，本人忠君爱国，一片赤诚之心可鉴日月！我把你和龚睿串通一气出卖国家的阴谋揭穿，你就暴跳如雷，正说明你们心中有不可告人的阴谋！大王，一定要严惩这些卖国求荣之人！”罗黑：“你别以为口口声声说忠君爱国就是忠臣！爱国忠君要看实际效果！”罗聪：“眼看商军就要踏平龙潭别都了，你能拿得出什么实际效果！”鄂旺：“别打口水仗了。罗黑配合罗毅做好反击商军攻山准备，无论如何不能让商军攻上山来！”罗毅、罗黑：“微臣遵旨。”

鄂蕾杀敌

龙潭高山。陡岩下，崎岖山路。鄂蕾带领一行人撤出宕渠城向龙潭别都后山而去。到了龙背山，只见石雕武士数排荷戈而立。鄂蕾一行行至龙寝地，只见龙寝依山而建甚是高大雄伟。墓碑大书：“賨国开国国王鄂朗之墓。”公主焚香叩头：“请先祖保佑小女抗击商军每战必胜，百事顺心，心想事成。”顶礼膜拜结束，便带着大家向翠云楼而回。

鄂蕾等行不数里，一阵狂风吹过，只听得人喊马嘶杀声震天而来。鄂蕾、千夫长夕金二人贮马细看，只见大旗上大书喷”字的一支人马向山上飞奔而来。背后紧跟着一支军队，举着商军大旗，穷追不舍。他们立即带领民军到舵鼓石寨准备战斗，迎击敌人。

舵鼓石寨悬崖。崖上大山连绵，石崖刀劈斧削；崖下一条依山而建的御道直通山顶。悬崖边檑木滚石排放整齐。鄂蕾、夕金带领千余名卫队和民军在悬崖边，待鄂旺所率人马通过后，立即放下檑木滚石，砸得商军人仰马翻。商军一片混乱，被迫停止追击。罗黑走出队伍：“谢谢鄂蕾公主相助。”

龙潭别都。鄂旺：“罗毅，再向全国发出勤王总动员信号！”罗毅：“遵旨！”顿时，狼烟冲天，告急烽火传向四面八方。

鄂蕾遇险

龙潭山下。商军大帐。闻伦：“我军仰攻不利，现在天色已晚，停止追击。大营退到平地安营扎寨，等待进攻命令。”

商军营房。夜朦胧。一片寂静。猫头鹰凄厉的叫声，让人倍感恐怖。闻伦：“校尉庹虎，你带一百名军士从小道迂回上山，偷袭賨军营地，控制上山道路。得手之后，放火为号，我率大军从正面进攻。里外配合，即可活捉鄂旺。”庹虎：“诺。”庹虎带着商军兵士，借着夜色掩护，沿着崎岖山道爬行上山。

山上。松林边，一条山路蜿蜒通向远方。鄂蕾带着随行人员正在小路上巡逻。庹虎等爬上悬崖，突然向鄂蕾及随行人员发起猛烈攻击，战斗十分激烈。鄂蕾在战斗中连杀二敌。三个商军士兵偷偷地爬到了鄂蕾身边，突然跃起将她围在垓心。鄂蕾左冲右突脱不了身。在斗打中，鄂蕾一脚踩空，身子一偏，手中宝剑被打落。商军士兵不等鄂蕾转身，一个箭步上前，拖着鄂蕾就跑。鄂蕾使不上劲，挣扎无济于事。千夫长夕金所率民军和后宫卫队被商军截住厮杀，脱不开身，不能救护公主。正危难之时，一个卫士赶到，勇猛上前一剑刺中了拖着鄂蕾的商军。商军沉重地倒下。鄂蕾站起身来，拿起宝剑，同武士一道杀死两个追来的商军。民军、卫队赶到增援。庹虎见势不妙，带着几个残兵败将滚下山去逃命。夕金率队追击而去。

平地一角。鄂蕾对着武士施礼："唐侍卫长尉，感谢你及时相救啊。"武士："启禀公主，小人不是唐泰。"鄂蕾："别骗我，你分明就是唐侍卫长尉。"武士："我真的不是唐侍卫长尉。"鄂蕾："请问英雄大名？"武士："启禀公主，小人是禁卫军百夫长昝牛。"鄂蕾："难得英雄搭救，大恩永世不忘。"昝牛："护卫公主是我等的职责。小人无能，让公主受此惊吓，委实不安。怎敢企望公主不忘。"鄂蕾："突遇这支商军偷袭，实难预料，非尔等之过。我获再生，非君之力，怎么可能？君救命之大恩，自当牢记在心。"昝牛："能护卫公主，是小人三生有幸啊。但愿今后能永远护卫公主。"鄂蕾："凭君一颗赤诚之心，这有什么难处？"

众官女惊魂稍定，一齐拥到鄂蕾身边："公主受惊了。伤势如何？"鄂蕾："虽然受到了惊吓，但没有受到大的伤害。难得这位英雄搭救！"众官女："感谢英雄搭救！"昝牛："快别说谢，扶公主安歇去吧。"教师爷："万幸万幸！公主获救了。我等护卫不力，望公主恕罪。"鄂蕾："你们无罪。幸喜脱险，这是不幸中的万幸。我们快去看大王吧。"

鄂蕾走进鄂旺宫殿："拜见王兄。刚才突然遭到商军袭击，我被商军挟持。千钧一发之际，幸得英雄昝牛打救，将商军消灭，救得小妹性命。不然，小妹就见不到王兄了。"鄂旺："大敌当前，御妹要多加小心。救命大恩，永不相忘。朕也要重重嘉奖有功将士！"鄂蕾："王兄说得是。"

第 34 章
龚睿睿智逐商军　唐诚制定强国策

虔嵩疯狂攻山

龙潭别都。深夜。鄂旺：“罗毅将军，商军奔袭劳顿，一定防备松懈，你可乘此时机，率兵下山偷袭商军大营。”罗毅：“遵旨！”

賨军众将士在罗毅率领下，乘着黎明前的黑暗向山下商军靠近。罗黑率大军正好赶到龙潭山下，与罗毅所率賨军会合。罗毅：“罗将军，你部攻闻伦的左侧，我部攻他的右侧。”罗黑：“好。”说罢，两部同时向商军发起突然进攻。商军营寨顿时火光冲天。商军猝不及防，被賨军杀得四散奔逃。

闻伦连忙召唤：“虔嵩将军，賨军攻势这么猛，看来主力已经赶到，我们怎么办？”虔嵩：“我们左右两侧都受到强烈攻击，可能是龚睿的勤王之师已赶到这里来了。在这荒野之地，我们商军面对陡峭大山，人地生疏无险可依。賨军则是居高临下，人熟地熟，勤王之师不断往这里聚集，我们处境会越来越危险。我们要痛下决心，擒贼先擒王，全力进攻别都王宫。只要抓住了鄂旺，就可以化险为夷了。”闻伦：“此计大妙。小的们，谁首先进攻别都。谁擒到了鄂旺，我保他官升五级，世世代代免除赋税徭役。”虔嵩：“大家听到没有？”众：“听到了。”虔嵩：“听到了就冲啊！”一个个亡命之徒漫山遍野向别都冲去。

賨军顽强反击

别都瞭望台。鄂旺带着殿前都尉罗毅在御林军护卫下观察看着山下战斗场景。一大队商军亡命地向别都扑来。罗黑带领三千余军队和民军层层设防，居高临下，高唱战歌：“雄起賨人，为国为民，有我无敌！”与敌血战，使敌人不能前进一步。鄂旺高兴地：“罗黑将军打得好。”

老鹰岩下商军向山上偷偷爬来。鄂蕾带领卫队早已潜伏在岩边。商军爬上来了三个人。鄂蕾一镖正中爬在最前面的一个商军的面门，那个商军“啊呀”一声滚下岩去。另两个商军疯狂地向鄂蕾杀来。鄂蕾侧身躲过，又一镖杀死一个商军。后面跟上来的商军一个被卫队杀死。正在奋力攀登的一个个商军将士见势不妙，立即将头缩了回去。鄂蕾卫队在岩边向下投下巨石，砸得正在攀登的商军哭爹喊娘地滚下山去。鄂蕾卫队死死地封锁住了老鹰岩的上山路口。鄂旺巡视来到老鹰岩，高兴地：“御妹带领的女军真是不让须眉，守卫龙潭别都立下了大功，朕要重重奖赏你们！”鄂蕾：“小妹能有今天，全靠大王哥哥关怀，唐泰老师的教导啊！”

罗毅见商军纷纷后退，惊讶地对鄂旺说：“大王请看，商军怎么会纷纷后退？”鄂旺：“是呀，商军怎么会不战自退？”

唐陶设计

夜。宕渠城外民房中。夕金、昝云、唐陶等商议袭击敌人办法。唐陶：“大王交给我们的任务是袭扰敌人后方，我们摸进城去直接攻击崇飞大营如何？”夕金：“我们只有二百人，崇飞大营五千人，直接进攻就是飞蛾扑火。”唐陶：“不敢进攻崇飞大营？你们不敢去我去！”夕金：“我们不能蛮干，要尽可能地保存自己，才能更多地消灭敌人！”昝云：“保存自己的最好方法是什么也不要做！”唐陶：“谁胆小？我们两百人去攻崇飞大营，也可能杀他个一两千人，就能把商军赶出城去？”昝云：“我们这两百人是大王插在商军心脏的一把尖刀，我们这把尖刀要发挥最大的作用！”夕金：“怎样才能发挥最大的作用呢？”唐陶一拍脑袋：“有了！”夕金：“什么有了？快说！”唐陶：“大家听我说。”

茅坪寨下。庹龙率大军猛烈攻寨。龚睿连续打退商军的数次进攻。庹龙率残兵败将狼狈逃回宕渠城。半夜。庹龙气喘吁吁地向崇飞报告：“将军，我们进攻茅坪寨伤亡惨重，所带军粮用光了，粮道被賨军卡断了。军士们大都三天没进食了，怎么办？”崇飞惊讶地说：“什么？粮道被卡断事？至惯国粮库取粮去！”庹龙：“粮库的粮食也用光了！”崇飞：“到老百姓家中搜粮去！”庹龙：“老百姓家中的所有粮食也早已搜光了。”崇飞大声说道：“三公子命我守宕渠城，现在竟成一座空城、死城。庹龙你主动要求助我守城，该当何罪？”庹龙：“在下为你攻打茅坪寨，日夜搜寻粮食，不敢稍怠，将军怎能将现在的窘境推卸于我？”

崇飞巡视城中，只见百姓横尸街头，商军一个个饿得东倒西歪。几个商军伤兵向崇飞伸手：“将军，我们饿了三天了，快给我们拿吃的来！”崇飞：“我们正在想办法。”

唐陶烧城

月黑风高。唐陶、昝云、夕金带众军士每人手执茅草一把，内藏硫黄焰硝，各带火种，各带刀枪弓箭，分头进入宕渠城中放火。只见火借风威，风助火势，迅速燃烧起来。庹龙听得火起，飞报崇飞："将军，大事不好，城中着火了！"崇飞故作镇静地说："无须惊慌，这一定是军士造饭不小心遗漏之火，不可自己惊扰。"几批军士飞速来报："城中多处火起！"崇飞走出房门，只见全城火起，四处通红。崇飞："快请三公子出城避火！"众将士冒着焰火，寻路奔走。听说北门无火，崇飞命庹龙扶着三公子急急奔出北城门，军士自相践踏，又不时遭到唐陶等冷箭射杀，死伤无数。崇飞正寻路前行，突然一支冷箭射中崇飞后背，崇飞大叫一声："谨防暗箭！"口吐鲜血，昏倒于地。众将士急忙请来军医进行抢救。崇飞回过气来，见庹龙："庹龙，保护好三公子，派人向闻伦将军报告，宕渠城已被烧光！火速回宕渠城保护三公子！"庹龙："是！"

商军逃出城，迅速向三公子靠拢。夕金还想射杀商军，唐陶说："商军粮草被烧光，将不战自乱，我们赶快到龙潭山向大王报告喜讯去吧。"

闻伦率商军龟缩宕渠城

老鹰岩下。闻伦见登山将士纷纷从半山坡退下，拔出宝剑命令将士："将士们，不准后退！賨军支撑不住了。大家快冲上山拿下别都，活捉鄂旺、鄂蕾，帝辛大王将重赏你们永享荣华富贵！"闻伦挥剑杀死仍然后退的军士："拿不下别都，老子宰了你！"

一军校气急败坏地跑到闻伦身边施礼："启禀大将军，宕渠城发生大火，崇飞将军请大将军速返宕渠城！"闻伦："我军即将攻下别都，为何速返宕渠城？"军校："宕渠城军资粮草已被大火烧尽。"闻伦歇斯底里地狂叫："退回宕渠城何用？给老子攻下别都才是出路！小的们，加紧攻山！"

在闻伦的驱赶下，商军将士如蚂蚁般的疯狂攻山。鄂旺、鄂蕾、唐诚、罗毅、罗黑分别在山头指挥反击。只见刀光剑影，鲜血飞溅，一片鬼哭狼嚎之声，震天动地。賨军防线岿然不动。商军仰攻不利，将士溃退之势无人能够阻挡。闻伦仍要挥剑驱逼将士攻山，庹嵩匆匆跑来："大将军不能再攻山了，撤回宕渠城与三公子会合再作道理吧！"闻伦叹了口气："功败垂成，天灭我也！"庹嵩："传令停止攻山，撤回宕渠城！"众将士立刻停止攻山，向宕渠城撤去。

鄂旺见状，立即下旨："将士们，商军败退，快快追击！"众："为国立功，勇猛杀敌！"庹嵩和闻伦在一片喊杀声中，率队向宕渠城逃去。鄂旺指挥賨军乘胜追击，斩获甚多。闻伦、庹嵩率残兵败将向賨国都城撤退途中，不断遭到賨国民军的袭击丢盔卸甲，损失更多。闻伦率队仓皇退入宕渠城。只见断壁残垣，满目凄凉。人困马乏，军士大半焦头烂额。直奔潜水河边，人马都下河饮水，人相喧嚷，马尽嘶鸣。三公子大哭："我军损失大半，今又粮草断绝，如何是好？"

此时，各地勤王民军纷纷向宕渠城靠拢，将宕渠城围得水泄不通。

唐泰率唐家寨民军勤王

烽火台狼烟升空。巴林县黎明乡唐家寨。唐泰："大家快看，烽火台传来勤王旨令，我们立即出发，保卫宕渠城！"唐坚、唐修、唐破等齐声回答："好，立即向国都宕渠城出发！"唐修："百夫长，天峰关已被商军控制过不去怎么办？"唐泰："走羊跳峡。"唐坚："羊跳峡山高谷深，很少人能通过。特别是蛇倒退、手爬岩那两段，悬崖边只能靠手爬着岩，身子贴着岩石一步一步地缓慢前进。稍不注意掉下万丈深渊，就会连尸体都无法寻找。"

唐泰瞪大眼睛："就是上刀山下火海，我们也要闯过去救我们的国都。乡亲们，有没有这样的决心？"众："有！"唐泰："好，大家跟我来！"唐泰带领唐家寨的民军数百人向蛇倒退、手爬岩前进。唐破、唐修将一面战鼓抬着，紧紧地跟随在队伍中。

蛇倒退。唐泰："这里坡陡如壁，蛇也爬不上去。大家要特别小心啊！"众："没事，百夫长，你上得去，我们就能上去！"唐泰："好样的。我上去后放下绳子，大家拉着绳子上。"众："好。"唐修："报告百夫长，这战鼓拿不上去就算了。"唐泰："这战鼓是军队最重要的一种武器，不能丢弃它！"唐修试着自己拿，根本举不起来。唐破走上前去，一只手轻松地提了起来。唐泰："好样的，快快上山吧。"大家一齐鼓起掌来。

手爬岩。唐泰带头攀登，唐坚、唐修等紧紧跟上。峡谷半空一只老鹰翱翔。唐坚："我要伸手捉住这只老鹰！"唐泰："我们比老鹰还矫健！"突然，下面传来有人掉下深涧的呼叫："天啦，夕莽儿掉下去了！"唐泰："大家小心，有种的跟我上！"下面传来坚定的声音："百夫长放心，我们一定跟上来，决不下把蛋！"大家登上山顶。唐泰清点人数："乡亲们，我们在手爬岩就失去了一位兄弟，现在胜利了！"众："胜利了！"

唐泰带领大家正向前赶路时，突然发现半山腰有一队商军骑兵正向宕渠城方向前进。唐泰对唐坚、唐修说："我们现在就把这支商军骑兵消灭掉怎么样？"唐坚："好。到宕渠城勤王是消灭商军，在这里也是消灭商军。"唐修："我们就在这里好好干它一场！"唐泰："唐坚，带一百人到前面去截击它的头，唐修带一百人去截击它的尾。我带领大家袭击它的腰。我们最好的武器是山上的石头，打完滚石才冲到敌人身边刀枪见红！"唐坚、唐修："好，我们分头行动！"

大家立即向崖边搬运石头。一块大石，几个人试着去抬，却纹丝不动。唐破撩衣扎袖，走上前去双手一抱，将石头抱到了崖边。唐泰："唐破，你真是力大无穷啊。"战斗打响，大块石头从山崖边向山腰滚去。商军将士有的被砸死，有的被砸伤，战马有的被砸倒，有的狂嘶乱跑。唐泰带领大家冲到商军跟前一顿砍杀。商军人马倒地一片。一队商军骑兵冲出了峡谷。唐修："快追！"唐泰："我们两条腿怎么追得上四条腿？我们走我们的路，让他去吧。"唐坚捉住了一个商军士兵。唐泰问："你们这支队伍要开往哪里？"

商军士兵："开到宕渠城去。你们的宕渠城已经被我军占领了。"唐泰："兄弟们，赶快去救援我们的国都啊！"唐坚："快速向宕渠城前进！"

唐泰攻城

闻伦、庹嵩退回宕渠城，同三公子一道依凭断壁残垣抵抗賨军。

宕渠城东门外。民军勤王总署司。罗毅：“唐百夫长，我军已将商军围困在城中，你们唐家寨民军同刚刚到来的民军一起负责为进攻东门的军队运送粮食器械。”唐泰：“我们请求给我们一架登云梯攻城。”罗毅：“登云梯是国家常备军攻城的必需器械，不能发给你们。你们民军搞好运输就行了。”唐泰：“收复宕渠城是我们唐家寨来的每个民军战士的心愿，大家都要求登城直接杀敌。”罗毅：“登城危险，还是让训练有素的军队去攻城吧。”唐泰：“怕危险我们就不来勤王了。请一定要给我一架登城云梯！”罗毅：“真把你们没办法，攻城去吧。”唐泰一行人抬着登城云梯向城墙冲去。

商军陷绝境

龚睿击败了茅坪寨下商军，乘势收复官渡关、摩天关等军事要隘。商军残兵败将狼狈逃回商国。

宕渠城王宫。商军依凭残垣断壁搭起帐篷。商军校尉跌跌撞撞地跑到三公子面前：“启禀三公子，右翼先锋郝贵已被龚睿击败，接连丢失官渡关、摩天关等军事要隘，退回商国去了。我军退回商国的道路已被卡断。賨国大军正向宕渠城围来，如何是好？”三公子色厉内荏地吼道：“扰乱军心，将其斩首示众！”校尉被押走后，三公子征询地说：“闻大将军，賨军卡断了我军回国的道路，我们被困在残破不堪的废城，既无粮草又无救兵，如何是好？”闻伦无可奈何地说：“我五万大军已伤亡大半，粮草全无，孤悬宕渠城，已成绝境。现在宕渠城已被賨国大军围得水泄不通，如之奈何？”三公子叹了口气，孤注一掷地说：“只有立即突围，撤回商国！”闻伦立即赞许地说：“三公子决策英明！现在只有突围一法，挽救我们这剩下来的两万军队。”

三公子焚香跪拜神灵：“上天啊，赶快派神灵救救我们这数万王者之师吧！传我口谕，明日凌晨从北门突围！”众：“是！”

宕渠城北门。凌晨。商军打开北门城门，放下吊桥。三公子、闻伦、崇飞、庹嵩在卫队的保护下，跨上了吊桥。唐泰跃马横刀挡住了去路：“商军听着，你们休想出城逃命。要想活命，赶快投降！”闻伦：“賨人无知小儿赶快让开，我商国五万天兵面前，你賨军早已被我打得大败，你单身一人阻拦天兵是自取灭亡！”唐泰冷笑一声：“谁敢来会会老子的大刀！”

闻伦跃马上前。唐泰身后，突然火把高举，只见数路民军高唱“賨人雄起，所向无敌！”一齐向商军杀来。闻伦挥手，招来商军向賨军冲来。两军展开厮杀，顿时尸横遍野，血流成渠。三公子、闻伦、崇飞等抵敌不住，乱糟糟地退回城中，收回吊桥，关闭了城门。三公子：“我军突围无望，如何是好？”闻伦、崇飞、庹嵩一个个愁眉不展。

仙鸽报信

鸽笼。一只仙鸽在笼中不停地跳动。鸽笼旁，香烛高烧。三公子、闻伦、崇飞、庹嵩一排跪在鸽笼面前。三公子：“我们四人跪拜上苍，乞求保佑仙鸽飞回朝歌报信成功！”闻伦奉上绢信：“请三公子再过一次目！”三公子：“崇司徒念！”崇飞：“报大王：我军损失大半，无水、无粮，急盼救援！”

三公子接过绢信，小心地捆上鸽身：“仙鸽，我数万生灵系你一身，望不负重托！起身去吧！”四人翘首远望仙鸽飞去。

朝歌。帝辛宫。郝贵带着残兵败将向帝辛哭述兵败情况。帝辛恼怒不已：“你置大军于不顾，仓皇跑回商国，该当何罪？”郝贵：“微臣实在战不过賨军……”帝辛挥手：“统统关入死牢！”

殿前都尉崇宗上前奏道：“启奏大王，仙鸽送回賨国前线奏疏，三公子所带五万军队死伤大半，无水无粮，命在旦夕，急盼救援。”

帝辛边看绢信边喃喃自语：“三公子，朕最最聪明的好儿子，朕最可依托与信赖的好儿子。处此险境，如不及时救援，朕以后将朝廷托付给谁？朕有何面目号令天下？”他放下绢书大声下旨：“镇南大将军罗龙听旨，命你领十万精兵火速前往賨国增援三公子。朕随后御驾亲征，不将賨国踏为齑粉决不回还！”闻仲急忙奏道：“大王，三公子危在旦夕，现在派十万大军前去賨国，真能救援三公子吗？”帝辛反问道：“难道不去救援算了？”闻仲指着地图耐心地说道：“三公子当然该救。但是他和所带去的人马身处绝境，命在旦夕，我们离宕渠城五千余里，就是最快的的卢飞日行千里也要五六天的时间才能赶到。微臣认为远水救不了近火，不能派大军前往救援。”帝辛缓过神来：“卿言说得有道理，你说怎么办？”闻仲：“三公子当然不能不救。卑职认为，大王不需用兵，只需命他向賨国投降，即可脱离险境。”帝辛拳击地图：“向賨国投降？叫朕的面子往哪里搁？罢罢罢！到此危急关头朕不得不低头！闻仲听旨，即刻代朕修书一封，命三公子向賨国投降，保全性命。”闻仲：“遵旨。”仙鸽腾空而起向賨国飞去。

商军乞降

宕渠城中，三公子手捧绢书向朝歌跪拜：“父王，儿臣只有遵旨向賨王鄂旺乞降保命了。”

龙潭别都。王宫。罗毅：“启奏大王，商国特使送来三公子乞降书一封。”

鄂旺接过书信交唐诚：“念！”唐诚：“帝辛大王三公子跪伏賨王鄂旺陛下：本三公子及闻伦、崇飞、庹嵩等人利令智昏，为取悦帝辛大王，谋求自身富贵荣华，擅自发兵冒犯贵国，给贵国造成了生命财产重大损失，追悔莫及！恳请鄂王发上天宽容之大德，展大地好生之慈悲，准予本三公子率残存商军投降。本三公子愿意赔偿战争所造成的一切损失！若蒙允准，请先予粮食以拯救数万商军生命于水火。本三公子回国后奏请父王与賨国息兵罢戈，不再挑起战端，两国和睦相处，永远结为友好。本三公子率数万商军将士翘首以待，急盼早降福音！”鄂旺：“三公子投降，帝辛会认账吗？”唐诚：“令三公子交出降书依据。”

三公子站在城楼上手捧帝辛圣旨：“鄂王，这就是本三公子投降的依据。”鄂旺接过三公子抛下的绢书，仔细看过以后高兴地说：“不可一世的商军想不到在十数年间，会两次向我小小的賨国乞降！事实再一次证明，正义必胜！全国军民同仇敌忾，共赴国难，就可以粉碎帝辛不可战胜的神话！”唐诚：“大王总结得好，兄弟齐心，力可断金！只要国人团结一心，帝辛妄图灭我賨国只能是痴心妄想！”罗聪：“三公子的降书是否有诈？他的承诺帝辛是否认账？是否接受投降，还需认真研究。”

罗毅：“启奏大王，微臣认为，三公子陷此绝境，我军正好将其全歼，以绝后患，不必接受他投降。”唐诚：“此股商军已陷绝境，将他彻底歼灭已如囊中取物。但是，商国是一个大国，我认为我们决不可图一时之快，逞匹夫之勇！激起帝辛倾全国之兵进攻我国。那样就难于对付了。”罗毅：“对。帝辛虽暴虐无比，为天下共愤，但目前还有强大的力量对付我国。我们对商军的惩罚可适可而止，不可把事情做绝，更不能违背古义杀投降之人。我认为我们可以提出适当的条件接受三公子投降。”

唐诚：“三公子特使求见。”鄂旺：“传。”崇飞走近鄂旺施礼：“商国御史大夫奉帝辛大王三公子之命前来拜见鄂王。鄂王，你我都是老熟人了，想不到会在宕渠城外相见。”鄂旺：“是啊，你们占据了朕的王宫，朕被赶出了宕渠城，只好在城外相见。特使前来有何话说？”崇飞：“前来代三公子向您请降。”鄂旺：“三公子请降，帝辛是否知道？”崇飞：“帝辛大王的绢书，三公子不是给你了吗？”鄂旺将绢书递给唐诚。唐诚念道：“帝辛大王御旨。三公子及众将士听旨：允许投降、赔款！”唐诚：“你们愿赔多少？”崇飞：“此事得仔细商谈。”

唐诚制定受降条件

经反复谈判，崇飞请示三公子同意，最后出具降书：“我大商国愿赔偿賨国战争损失费黄金两千斤、白银四千斤；释放所掠妇女和所有人员；賨国十年内不向商国缴纳贡赋、献美女；三公子向賨国写出悔过书；保证永不发动进攻賨国的战争。”鄂旺：“三公子、闻伦、崇飞在降书上都签字了吗？”崇飞捧出降书：“我们都签字了。”鄂旺：“好。你们可以回国了。”崇飞：“谢大王。”

鄂旺安抚民众

商军投降、撤离賨国的消息就像和煦的春风，迅速传向四方，举国一片欢腾。鄂旺带领官员及民众向宕渠城走去，沿途只见满目疮痍，断壁残垣，不少人痛哭流涕，咒骂帝辛和商军。一群人纷纷述哭道：“大王，商军把我们的许多乡亲杀了，房子烧了，粮食抢光了。我们怎么活啊！”

鄂旺走近啼哭的妇女和儿童，抚摸了一下孩子的头：“乡亲们，朕在抗战之初就说过，只要人还在，我们賨国就不会灭！我们抗击商军，付出了沉重的代价，许多乡亲失去了宝贵的生命，却显示了我们賨人的铮铮骨气！我们用鲜血和生命正告帝辛：弱国小民不可欺！现在，我们胜利了！我们人还在，房屋烧毁了可以再建，水井被破坏了可以重挖，伤痛可以医治！我们振作精神，就可以重建宕渠城，振兴賨国！”众：“振作精神，重建宕渠城，振兴賨国！”

鄂旺对着失去亲人而痛哭流涕的人说：“失去亲人是极大的痛苦，我们永远怀念我们的亲人！乌云散后是阳光，我们振作起来，用创造更加美好的未来告慰和纪念我们的亲人！”唐诚：“乡亲们！大王在最艰难之时，也时刻惦记着全国的老百姓，关心着我们的疾苦！”众：“大王时刻关心着我们百姓，国家一定能迅速振兴！”

鄂旺奖励众功臣，唐诚制定强国方略

鄂旺命搭建简易賨王宫。罗聪：“大王，微臣认为，我们打败商军，取得了空前大胜利，我们应当彳修建一座比朝歌王宫更漂亮的王宫了。”鄂旺：“国家在这次战争中损失巨大，帝辛的战争赔款只能用于老百姓医治战争创伤。老百姓为取得战争胜利贡献最大。”罗聪：“取得这次战争胜利，完全是大王您的功劳。”众：“对，大王之功辉映日月，光耀千秋！”

鄂旺：“众爱卿将战胜商军的功劳归于朕，不确切。大敌当前，鄂典武成王力主抗击商军，在受重伤后仍然战斗到生命的最后一息，表现出我賨人的大无畏精神，激励众将士与敌血战到底的决心，十分难能可贵！这是我们敢于抗击商军最宝贵的精神支柱！龚睿将军临危受命，为挽救国家危亡，不畏权贵，敢于向亲王开刀，表现出了以天下为己任的无私无畏精神。他整肃了军纪，树立了正气，保证了军队令行禁止，能够团结一心打胜仗。唐冢宰运筹帷幄，凝聚民心，无私无畏，力保忠良，使国家转危为安。众爱卿尽职尽责，保证国家上下成为一个整体，如头脑之能使动全身，运转灵活。这些都缺一不可，皆闪耀着耀眼光芒，不可湮没。全国民众，同仇敌忾，一致对敌，这才是我国战胜商军的根本力量所在。”唐诚：“在大敌面前，大王能勇敢地带领民众英勇抗敌，表现了大智大勇。取得了胜利，大王却如此谦让，社稷之福！”

鄂旺：“非是朕谦让，朕实在是不敢贪天下人之功为己有。我们賨人有大智大勇大忠之人远远不止朕一人。比如，冢宰唐诚、将军龚睿、罗黑等等。龚睿将军在全国震恐之时，不计较个人得失与安危，胸怀全局，临危受命就是大勇；在勤王与守茅坪寨两者发生矛盾时，对战局的发展做出了准确的判断，他从容不迫地及时派罗黑将军率军勤王，自己则率军苦战，迅速收复官渡关、摩天关等军事要隘，切断了商军的粮草通道，封死了商军的退路，为取得这次战争的胜利取得了主动权，显示出了大智。特别值得一提的是：龚大将军的公子龚志在宕渠城下为国捐躯，是对国家和民族的大忠……龚大将军劳苦功高，大智大勇大忠，为全国百姓树立了光辉的榜样！”

龚睿：“谢大王隆恩。大王过高地评价末将在此次战争中的作用，使末将惶栗不已。这次战争胜利全靠大王您的洪福和威望，凝聚了全国的人心。微臣虽然做了一些事情，靠的是三军将士及各地勤王民军忠君爱国之忱；靠的是全国官吏团结百姓齐心协力共同抗击敌人。末将恳请大王厚葬阵亡将士，奖赏伤残将士，厚恤将士们的家属；恳请大王给每个将士发一套棉衣，两双草鞋、两双布鞋、一两黄金，让将士们安心保家卫国，无后顾之忧。大王赏赐给微臣的财物，微臣将悉数分给三军将士，让大家共享王恩。”鄂旺：“龚爱卿功高不争名，官高不谋利，可敬，可钦。在全国要树立尊敬英雄的正气；对战斗中的功臣要一一量才重用，不得埋没了他们的功绩。罗黑、唐陶等升为将军。”罗毅：“微臣遵旨。”众：“谢主隆恩！”

鄂旺：“今后怎么办？请唐冢宰做出安排。”唐诚：“我们虽然取得了战争的胜利，但是国家受到了很大的摧残，怎么医治战争的创伤？首先，国家要帮助受到战争伤害的老百姓尽快修建好房屋，减免赋税，少征徭役，尽快过上安定的日子。”罗聪打断唐诚的话：“微臣认为应当首先建王宫。”鄂旺：“唐冢宰的安排是对的。继续说！”唐诚：“其次，继续执行大王励精图治，惩治贪官污吏等一套行之有效的办法，让百姓过上平安日子。第三，帝辛虽签订了停战条约，但他决不会因为有了这一纸空文就会放弃亡我之心。怎么办？军队是国家安全的保障！国家常备军和民军必须继续加强训练，宁可千日不战，不可一日不备！有了一支坚不可摧的国家常备军和民军，我们就能消灭任何敢于来犯之敌！”

鄂旺：“唐爱卿所言极是。这次战争能够取得胜利，靠的是军队和老百姓，其实，军队也是老百姓。我们要时刻关心老百姓的冷暖和安危。对有困难的人，要像亲兄弟一样进行爱护和帮助，使他们感到生存在賨国是一大幸事，使他们随时感受到国家给予的温暖和幸福。当官者一定要牢记这句话：民安国家才能安！谁敢依靠权势欺压老百姓，必然会身败名裂，自取灭亡。朕决不答应！”唐诚：“大王这样关心体贴百姓，是百姓之福！振兴賨国，指日可待！”

第 35 章
鄂蕾坦荡寻真爱　横遭阻拦跳漩洞

庹嵩强占巴林县

三公子等被押送出賨国境，行至紫金关下，督策、夕虎和商国地方官吏带领军民持牛酒前来迎接：“三公子为国操劳，功勋卓著，我们特地前来迎接三公子胜利归来。”三公子自我安慰地说：“我们此次奉命伐賨国，虽未将賨国剿灭，也沉重地打击了它企图叛逆自立的嚣张气焰。”崇飞补充说：“我们乘胜即收也是明智之举。”庹嵩进一步阐述战争意义：“此战让世人知道，谁胆敢叛逆大王，必将受到严惩！”众：“所以我们举牛酒隆重迎接三公子一行胜利归来！”三公子举起酒杯:“让我们举杯共祝大王万岁！商国万岁！”众：“共祝大王万岁！商国万岁！”

三公子：“紫金关的将士们！你们要守护好紫金关，这是商国与賨国接壤地，是我攻打賨国的出发地，也是最容易受到賨国攻击的地方。你们要做好准备，如果賨军来侵犯，你们要坚决把他顶住！”一士兵低声说：“你们都顶不住，我们如何顶得住！”崇飞一剑将他斩杀：“大家看到没有？不准动摇军心，谁敢动摇军心就是同样的下场！将士们，气可鼓不可泄！賨军来犯，我们要坚决将它消灭！”众：“坚决消灭！”

在紫金关吃饱喝足之后，三公子打起精神：“起程回朝歌！”大军向朝歌而去。刚走几步，三公子将闻伦、崇飞、庹嵩叫到身边，低声问道：“众位将军，我们虽然在紫金关受到了隆重接待，但是就这样灰溜溜地回朝歌城，有何脸面拜见父王啊？”闻伦：“三公子考虑周全，不知您有什么高招？”三公子:“你们大家都想想有没有什么高招？”庹嵩:“三公子，末将愿回紫金关带领所剩人马，立刻占据巴林县，为大王和您挣回一些脸面……”三公子：“好！马上去办！”庹嵩：“是！”

庹嵩带着庹龙、庹虎两个儿子回到紫金关，对督策等人说：“三公子令我重占巴林县，你们敢去吗？”督策：“有您老人家撑腰，怎么不敢去！”庹嵩：“重占巴林县后，你仍做县令，夕虎做县尉。你们要牢牢控制巴林县，为我们大军重回賨国搭好跳板！”督策、夕虎：“大人给我们这么好的机会，小人怎敢不用命？”庹嵩：“庹龙、庹虎，你们占了巴林县城马上回来复命！”庹龙、庹虎：“是！”

三公子带着人马继续前进。庹龙、庹虎飞马赶来：“启禀三公子，我们遵照您的旨令已重占巴林县。”三公子：“好啊，给你父子记上一功！”

帝辛无奈奖败将

帝辛宫廷大殿。三公子带着闻伦、崇飞、庹嵩跪于殿下。三公子:“启奏父王，儿臣不才，损兵折将，拜倒在一个小小的賨国面前，损坏了父王天威和国家声誉。请父王治罪。”闻伦、崇飞、庹嵩：“请大王治罪。”帝辛生气地说：“你们率五万大军到賨国，既没有捉住督罡，又没有捉回公主，损兵折将，让朕脸面丢尽……”三公子：“父王，賨人剽悍无敌……”闻伦、崇飞、庹嵩:“大王，臣等在賨国冲阵陷城，绝非无能的畏战之徒……只是賨人太狡猾……”帝辛："朕知道你们遇到的不是一般的对手。”三公子等：“臣等生不逢时，所以无能，臣等有罪……”帝辛："朕宰了你们，还有哪个为朕卖命？好了！朕赦你们无罪！起来，胜败乃兵家常事，不追究你们个人的罪过。”闻伦：“谢大王仁慈，不追究臣等罪过之恩。微臣认为，这次賨国侥幸取胜，主要是因为我们对賨军实力估计不足，对粮草疏于防范。賨国乃我国心腹之患，如不早除，将助长叛逆之心坐大，影响十分恶劣。臣愿再带精兵五万重新讨伐賨国……”崇飞："大王，叛逆之风不可长，此风一长，今后小邦国纷纷效法，局面将很难控制。”帝辛：“够了！朕当然知道此次賨国逼我言和造成的恶劣影响。只是，现在叛逆之人甚多，诸如东伯侯姜木林、南伯侯鄂崇虎、西北周王姬昌、北伯侯崇候虎等早都蠢蠢欲动。朕已将国家主要兵力集中攻打鬼方去了，朕哪里再去找五万精兵给你们去打漂！现在还是鬼方对我威胁最大。做事应分轻重缓急，朕当全力先消灭鬼方，然后再来收拾这些小股叛逆！”三公子等：“大王英明！臣等受此教诲，如醍醐灌顶，茅塞顿开。”

帝辛得意地说：“朕登基以来，处置之事无一不恰到好处。你们虽然败了，也给賨国造成了很大的损伤，朕还是要奖赏你们。朕要让天下人知道，凡是忠心于朕，为朕出了力的人，朕都不会亏待他！”三公子等：“谢大王！”庹嵩抢功地说：“启奏大王，微臣返朝廷之时又重新占领了巴林县。”帝辛：“哈哈哈哈！朕没有看错！早就知道你庹嵩是既忠心又聪明，所以委你专管賨国事务之重任。你好好干吧，朕不会亏待你的！”庹嵩：“谢大王知遇隆恩！”闻伦：“启奏大王，郝贵将军等人虽守关不力，对大王忠心赤胆，却无可挑剔。请大王将他们放出死牢！”帝辛：“准奏。”

鄂旺整治賨国

王宫大殿，御案前。唐诚：“启奏大王，今有普罗县令奏报，灾民就食岩县受地方豪强欺凌，不少人死于沟壑，情况十分悲惨。请旨定夺。”鄂旺：“我国刚刚打败帝辛，战争创伤尚未抚平，又遭天旱，立即传令各地将士必须保护灾民。灾民所到之处，将士必须扶助，慰勉，不得驱赶。若有驱赶事件发生，发现一起严惩一起，决不姑息！”唐诚：“启奏大王，据报，灾民在岩县仍然有不少人受到欺凌。”鄂旺：“朕亲到岩县看望灾民，即刻动身！”

山路上。鄂旺骑马而来，后面紧紧跟随的有罗毅、唐陶等四五人。鄂旺见前面有扶老携幼的灾民，立刻跳下马：“乡亲父老们，无情的旱灾使你们受苦了！”老翁：“老天爷什么时候才下雨啊？”鄂旺：“大家现在到江罗县就食，先渡过这眼前的难关再说。乡亲们，路上还有强梁欺负你们不？”老翁：“听说大王亲自来保护我们灾民了，再也没有人敢欺负我们灾民了。”

鄂旺等继续前行，见山险路窄之处有灾民挑着重担，对随行人员说：“你们可帮他挑一下。”唐陶立刻上前帮着挑担。灾民万分感谢：“大王真是体贴我们穷苦百姓的好大王啊！”

小场镇。鄂旺等沿街前行，见数处斗大谷字的店铺被封条封闭。鄂旺问一老人“老翁，请问这些店铺为何封闭？”老翁：“这些店铺原是卖米粮的，县宰强行将它封了，只准他一家卖米粮。他大大提高售价，所以，他赚了不少的钱。”鄂旺：“这等贪官必须严惩。夺其官职，没收其米粮，赈济灾民。”

罗毅：“是。”

江罗县城。几处酒肆，人来人往，饮酒划拳之声不绝。鄂旺：“快去看看是什么人在此饮酒？”几人一齐走进酒楼。罗毅：“酒保，是什么人在此饮酒？”

酒保连忙上前应道：“是县府里的官员和几个乡正在此饮酒。”罗毅：“那边赌博的什么人？”酒保：“也是一样的官员。”罗毅：“快去将县宰叫来。”酒保：“县大老爷岂是我能请得来的？你要见县大老爷自己去。”鄂旺：“好吧，我们自己去找。”

县府大堂。县宰：“你们是什么人，怎么竟敢擅闯大堂？”唐陶：“大胆县宰，见了当今大王还不快快下拜！”县宰跪下磕头：“下官无知，望乞恕罪。”

鄂旺：“县府里的公事都办完了？”县宰：“公事繁杂，尚有许多事未办。”鄂旺：“怎么有那么多官员在饮酒赌博？”县宰：“下官渎职失察，请治下官之罪。”鄂旺：“官员因饮酒赌博而耽误公事，一律革职查办，永不叙用。立即派人将所饮之酒和赌博器具倒入江中。”县宰：“下官即刻怯办。”

罗毅：“大王，地方官直接关系一方治理。可得广招人才并严加监督呀。”

鄂旺：“对。地方官直接关系到百姓生活的好与坏。百姓称地方官为父母官，既是对地方官的尊重，又是对地方官的希望。好的地方官给百姓创造福祉，坏的地方官给百姓造成灾难。罗爱卿，对地方官必须严加监督，要让地方官知道，他们只有爱护老百姓的责任，没有欺压老百姓的权力！朝廷只有管住了官员贪婪之心，使老百姓不受欺凌，老百姓才能过上安稳日子！”罗毅：“微臣立刻派出督察官员到各地严加督察。”

唐泰、鄂蕾邂逅街头

王宫。鄂旺：“城中为何锣鼓喧天？”唐诚：“启奏大王，抗击商军取得大胜，老百姓纷纷上街举行反击商军胜利的庆祝活动，场面十分壮观。请您前去看看吧。”鄂旺：“庆祝反抗商军胜利，全国百姓举行庆祝是大好事。走，看看去！”

宕渠城。鼓锣敲响，乐器奏鸣，歌舞欢腾。一队队从四面八方涌向街头载歌载舞，尽展賨人能歌善舞风采。看热闹或参加歌舞的民众挤满街头巷尾。军队排列整齐，雄姿勃发，手持板盾，扛着刀枪，雄赳赳气昂昂地阔步行进，显示着豪迈志气；民军同国家常备军迈着同样的步子列队行进，展示着胜利者的喜悦。鄂旺同百姓打招呼：“赶走了商军，大家都感到高兴了吧？”一老大爷笑得合不拢口：“大王，我们一个小小的賨国打败了帝辛，今后不再受他的欺凌，太高兴了！”一老太婆说：“大王，我家还是缺吃少穿……”鄂旺：“乡亲们，大家共同努力，共渡难关！”

城中街道纵横，拥挤的人们争相观看游行队伍的表演。唐泰整理着唐家寨民军队伍。唐破：“我们赶快回家吧。”唐泰：“罗毅大人要求我们参加庆祝游行，表演巴山賨人拳后才回家。大家一定要拿出杀敌的气概！”众：“好！”唐泰带领大家走上街头，认真地做着各种动作，受到了啧啧称赞。

鄂蕾带着卫队、宫女握着刀枪，边歌边舞向前行进，行至城门口，远远地看到了唐泰，便立刻向唐泰跑去，高声喊道：“唐侍卫长尉！”唐泰看见了鄂蕾公主，想再给公主解释不辞而别的原因。瞬间，潮水般的人流将他们隔开。唐泰和唐家寨民军兄弟被人流卷着，迅速消失在人群之中。鄂蕾热泪夺眶而出……

鄂蕾继续上山练武

賨国王宫。内侍：“启禀大王，太后宣您。”鄂旺：“朕马上就去。”

后宫。鄂旺：“儿臣拜见母后。母后召见孩儿何事？”太后：“王儿，今帝辛已签和约，商军已撤走，战事已结束，你劝劝你妹妹不用再上山练武了。”鄂旺：“御妹应当遵从母后旨意，不必再上山练武了。”鄂蕾：“现在商军虽然已被赶走，但是，帝辛灭我賨国的贼心不死，随时可能再来侵犯我賨国。武功不可废，我还是再到别都去训练一段时间吧。”太后：“女儿，你都是这么大的人了，你的终身大事也该及早定下来了。王儿，再为蕾儿搭彩楼选驸马！”鄂蕾：“母后，女儿的婚事不用着急。你不是经常说大王的女儿不愁嫁吗？着急干啥？”太后：“女儿，你早已到了谈婚论嫁的年龄了，哪个当娘的不为女儿着想啊！娘真不明白，给你搭了那么多次彩楼，来了那么多王孙公子和名人学士，可是你就是不把绣球抛出去。难道你一个都不中意？娘真不知道你到底要选个什么样的郎君才满意。”

鄂蕾：“感谢母后和王兄为我操那么多的心。你们召来的那些王孙公子和所谓的名人学士，其实都是些胸无点墨，只知吃喝嫖赌的纨绔子弟，我怎能将终身托付给他们那样的人？”

鄂旺："御妹，你要再到山上练武，王兄支持你。女孩子也要自立自强。但是，太后对你的一片爱心你也要理解，太后的旨意你一定要遵从，你的婚事是该定下来了啊。你要是早点定了婚事，也不会引来帝辛伐我賨国之战。"

鄂蕾："王兄之言差矣。帝辛召小妹为妃只是他企图灭我賨国找的一个借口。伐賨国，灭賨国是他的既定之策。不以召小妹做借口，帝辛也是可以随便找到伐我賨国的借口的。现在帝辛虽然被迫签了和约，并不能证明他就放弃了灭我賨国的野心，天下就永久太平了。所以，我国应当随时做好抗击帝辛入侵的准备。请王兄放心，小妹决无忤逆太后之心，也决不会做忤逆之事。但是，小妹也应该有自己的主见，该遵从的一定遵从，小妹认定的行事准则一定要坚持。小妹的婚事还是由小妹自己做主吧。"

鄂旺："御妹，婚姻大事，民间尚有'父母之命，媒妁之言'的规矩。我们王家的婚事，更是古有规矩。你的婚事，既是私事又是国事，天下人都是看着的，你决不可意气行事。你一定要听从太后的安排。"

鄂蕾："王兄说的话虽然也有道理，小妹也知道。王家定下的婚姻规矩只是你当大王必须遵守的规矩。小妹认为，天地在变化，古人定下的规矩也不是不能改变的。小妹的婚事，应当由小妹自己做主。"太后叹了口气："唉，你这个倔强女子，哀家真拿你没办法。你要练武，就去吧。"

昝牛漫话比目鱼

龙潭别都紫云宫。鄂蕾放眼看去，处处都闪动着唐泰的笑脸和身影，心情十分惆怅："泰儿哥，你在哪里？"

昝牛向鄂蕾行礼："公主，今天让大家歇息一下，就不练武吧？"鄂蕾回想起同唐泰一路微服察访的情景，将昝牛幻化为唐泰："泰儿哥，你回来了？"昝牛："公主，我不是唐泰，我是昝牛。"鄂蕾："别骗我，我分明看到你是唐泰，怎么说是昝牛？"昝牛："公主，小人确实是昝牛。"庹璞："公主，他确实是昝牛，不是唐泰。"鄂蕾："不是唐泰？大家一起练武去！"

众人排开阵势练武。练了一阵以后，鄂蕾："现在商军已经退出国门，我们做到了练武不松懈，真正做到了有备无患。但是，弦也不能绷得太紧。古人说'文武之道一张一弛'，该紧张时紧张，该松弛时松弛。今日练武就练到这里。大家歇息去吧。"众："遵从公主旨令。"

大家散去后，鄂蕾："壮士，随我上山打猎好吗？"昝牛："公主行猎，小人愿意跟随。不知还带多少人同行？"鄂蕾："只在紫云宫后山打猎，不远行。人多嘈杂，就你我二人同行好吗？"昝牛："小人听从公主旨令。"

鄂蕾："别说小人小人的，就称昝牛便了。"昝牛："公主在上，小人不敢对公主不恭，不敢自称其名。"鄂蕾："你是我的救命大恩人，不是一般的下人。你可以直称其名。"昝牛："听从公主吩咐，你也直呼我昝牛便了。"

鄂蕾："好，就这么办。"

山间。二人四下寻觅猎物，不见一只野兽和山鸟。昝牛："公主，好生奇怪，今日为何不见一只野兽和山鸟？"鄂蕾："我们往深山里去寻找吧。"

昝牛："好，听从公主旨令。"

他们走到飞龙瀑布下，水珠飞溅，雷鸣声声。远望高山，藤缠松柏；近看悬崖，牡丹吐红。七彩潭中，倒映着二人身影。水潭。鄂蕾两眼直勾勾地细看着水中二人倒影，把昝牛看得很不好意思。水中，远处游来了一对比目鱼。鄂蕾问："昝牛，你可知道这鱼叫什么名字？"昝牛："这鱼好像叫比目鱼。"

鄂蕾："为什么叫比目鱼？"昝牛："这个名字有一个很美很美的传说。古时候，有一对青年男女十分相爱，结为了夫妻。男的耕田打鱼，女的纺纱织布，过着十分快乐的日子。一天，村里的一个富豪看中了这个女子的漂亮，便要强买她做妾。这对小夫妻坚决不从。富豪便催租逼债，要丈夫下河打鱼。富豪派出凶手找到机会将丈夫杀死，又去抢他的妻子。妻子边向丈夫呼救边向河边跑去，看到在漩涡里打转的丈夫尸体，便跳进水中抱住丈夫。人们将他们打捞上岸，怎么也不能将他们分开，便将他们合葬在岸边。从此河里便出现了一对各自只有一只眼的鱼，永远同游在一起。人们说，这两条鱼就是这一对夫妻变的。两条鱼相亲相爱永不分开。人们便叫它们为比目鱼。"鄂蕾："多么动人的爱情故事，多么具有深意的美妙名字啊，要是你我是这两条比目鱼多好啊！"昝牛傻笑着："小人真要有那样的福气，简直睡着了都要笑醒。可是，你是公主，我是小人，我连做梦都不敢做啊！"

鄂蕾向昝牛示爱

鄂蕾捧起清洁透明的河水喝了一口："好香甜的泉水啊。"昝牛："公主，前面山洞里的泉水更香甜。"鄂蕾："好，我们前去尝尝。"

鹅卵石河坝。昝牛："公主，请注意，石头上很滑，不要跌伤了身子。"

鄂蕾："你扶着我吧。"昝牛："遵命。"昝牛扶着鄂蕾在鹅卵石上行进着。没走几步，鄂蕾脚下一滑，昝牛急忙将鄂蕾扶住。鄂蕾乘势伏在了昝牛的肩上。昝牛连忙将鄂蕾身子扶正。

鄂蕾："昝武士，你在王宫有几年了？"昝牛："三年了。"鄂蕾："可曾安家室？"昝牛："小人未曾婚配。"鄂蕾："可曾订婚？"昝牛："也未订婚。"鄂蕾："心中可有中意之人？"昝牛："小人不敢胡思乱想。"鄂蕾："但讲何妨？"昝牛："小人身居宫中，一心只是站岗执哨，护卫王宫。所见之人不多，更不要说见到女子了，何敢乱想？"

巨石挡路。鄂蕾手扶巨石："昨夜我梦见一只猛虎将我叼走，我恐怖极了。心想这下子完了，一定会被猛虎吃掉。我苦苦挣扎脱不了身，大声喊叫无人应答。正在绝望之时，一猛士冲上前来将猛虎杀死，救了我的性命。我翻身下跪谢恩。那个猛士急忙将我扶起。我仔细一看，那个猛士正是你。"

昝牛："难得公主将昝牛记怀在心。"鄂蕾："你原来就救过我的性命，是该将你牢记在心。”咎牛：“公主，你是金枝玉叶，高贵无比，小人乃一介低贱武夫，怎敢受公主记怀？”鄂蕾：“咎牛，你有所不知，我虽然贵为公主，但是，我并不觉得公主有什么值得高傲之处，倒是觉得十分孤独。”咎牛：“那是为什么？”

鄂蕾：“别以为公主有奴婢前呼后拥，就不会有孤独的感觉。深宫高阙太冷清，等级森严憋坏人。我身为公主就像高高地处在云端之上，难与人们平等相处。整天鼎食山珍海味，使我索然乏味。本宫是女儿身，七情六欲与常人没有什么不同。成天被宫娥彩女包围，禁忌太多无自由。我很羡慕普通人自由自在的生活，更想到民间去寻找真爱。”咎牛：“公主的高贵身份受到世人的尊敬，平民哪里能够与您相见呢？您想要寻找真爱实在太难，只有门当户对才同您的身份相称。”鄂蕾：“公主的身份没有什么可以值得骄傲的，尊贵的身份未必能得到真心。我愿意效法平民家的女子，换取人间真实的感情。”咎牛：“公主的真实情感感天动地，真挚情感动人心弦。可是，我们是处在等级森严的社会里，无法改变这种等级界限。”

巨石绕过，豁然开朗。鄂蕾：“自从勇士救我脱大难，你在我心中就时时刻刻难以忘怀。你就是我最亲的亲人，不知我的真心能不能换得你的真心？”咎牛：“公主之意我已明白。但是，我一介小民，无功无德于朝，无声无名于世，怎能步入王宫？我们的心意怎能得到太后、大王的理解和允准？”鄂蕾：“你救我性命就是大恩大惠于我，大功大德于朝。凭着这个恩德，你就能步入王宫做我的可依傍之人。”咎牛：“公主，你虽如此说，可是太后、大王、世人会怎么看？”鄂蕾：“他们怎么看我管不着，我真心爱你是任何人都动摇不了的。我可以说服太后和大王。”

鄂蕾决心嫁咎牛

太后寝宫前厅。帷幔高悬。太后：“女儿，你好糊涂啊，你贵为公主，金枝玉叶，怎么能与那平民小子成亲呢？快快打消那个念头！还是由你王兄为你举办招婿大会，你抛绣球择婿。”鄂蕾：“女儿不愿抛绣球择婿。就是抛绣球我也只能抛给咎牛！”太后：“为什么？”鄂蕾：“众多男人，只见表面，不见真心，怎能将绣球随意抛出？”太后：“你到底要找个什么样的夫婿？”

鄂蕾：“女儿不留恋凤冠霞帔，不留恋绫罗绸缎，不留恋荣华富贵，不留恋山珍海味；不惧怕吃粗粮，穿布衣，着草鞋，风里来雨里去，喂猪纺棉的辛勤劳作。我要的是夫妻恩爱，朝夕相处，互相依傍的纯真情感。母后，你就成全我和咎牛的婚事吧。”鄂旺：“御妹，婚姻大事，自古以来都是父母之命，媒妁之言，哪有自订终身的道理？快快打消那个念头。你不愿抛绣球择婿，我就在邻国太子或本国朝中大臣子弟中为你挑选一个好夫婿，何愁不能夫妻恩爱，快快乐乐过一生呢？”

微风吹动，帷幔分开一条小缝。鄂蕾：“母后，大王哥哥，你们说的都是王公贵族、达官贵人的花花公子。他们哪一个不是宫娥成百上千，妻妾成群？他们只把女人当成玩物，何曾有过真实的感情？他们怎比得穷苦百姓男耕女织，朝夕相处，互相爱怜，耳磨厮鬓有真心？”

风停。帷幔合拢。太后：“你在深宫钟鸣鼎食的环境中长大，倒羡慕起那些吃不饱穿不暖，吃了上顿没下顿的穷人来了。我看你是被那贱小子哄骗得着了魔了。”鄂蕾：“昝牛没有说过任何一句哄我骗我的话。女儿是真正看透了也厌倦了豪华空虚的宫廷生活。我心意已定，愿与昝牛结为鸳鸯，不管今后生活遭遇到多大困难，我都愿意与他共度此生。”太后：“你真是走火入魔了，明日召祭司给你驱鬼驱邪，你就不会再做荒诞之举了。记着，不许你再和那贱小子见面。”鄂蕾：“昝牛家虽贫穷，可他是人穷志不穷，不能说他是贱人。”太后：“女儿中了邪了，赶快找巫师给她驱邪！”鄂旺：“是。”

昝牛被杀，鄂蕾轻生

王宫后院一角。临时搭建的驱邪法台。一群巫师敲击法器，披头散发，仗剑执法，口中念念有词，驱邪逐魔。鄂蕾坐在寝宫一旁，愁眉不展。太后拄着龙头拐杖重重地在地上敲了几下：“宫女们听着，看好公主，不准她再和那贱小子见面！”说罢退入寝宫后厅。众宫女：“送太后！”

前厅书案旁。鄂蕾：“众位宫女安歇去吧，本公主不会有事的。”众宫女：“多谢公主。请公主早些安歇。”众宫女退至一旁。

夜深人静，灯光摇曳。宫女们昏昏入睡。鄂蕾：“与母后和王兄讲不通道理，我何不趁此时机女扮男装，离开后宫找昝牛商量商量。”

后宫大门。鄂蕾装扮成一个小伙子走出后宫，在昏罗的灯光下，走近营房喊来了昝牛。鄂蕾：“昝牛，母后和王兄都不准我与你相好，你看我们怎么办？”昝牛：“公主，我与你地位悬殊，你还是另选驸马吧。”鄂蕾：“你出此言真让我伤透心了。你完全不了解我的心，你把我也当成了留恋荣华富贵之人了。想不到你完全辜负了我的一片真心真意。”昝牛：“你说我们怎么办吧？”鄂蕾：“你我二人远走高飞，逃离这讨厌之地！”昝牛：“我家很穷，跟着我今后的日子很苦啊。”鄂蕾：“这我知道。只要我俩永远在一起，什么苦我都能吃。行茶煮饭洗衣浆衫我做，种桑养蚕纺纱织布我学。”昝牛：“好吧，我们一起逃走吧。”鄂蕾和昝牛骑上快马消失在黑暗中。

寝宫。庹璞突然惊叫起来：“公主不见了，大家快找。”众宫女：“快报太后知道。”

太后：“速传我儿。”鄂旺：“母后，深夜唤儿臣作甚？”太后：“气煞我也。快下旨把这个野丫头给我抓回来！”鄂旺：“儿臣遵命！”

大殿御案前。鄂旺召来罗毅：“昝牛挟持公主，立刻在宫内进行大搜索营救，抓住昝牛立即处决！”罗毅：“是！”

鄂旺招来城防总兵唐陶：“全城戒严，速速捉拿挟持公主罪犯昝牛！捉住之后就地处决！”唐陶：“是！”

宕渠城门前。昝牛和鄂蕾飞马而至：“请快开城门！”守门士兵：“你们是何人？为何要提前开城门？”昝牛：“这是公子鄂永，出门有紧急公干！”

守门士兵：“可有公事印符？”昝牛递上印符：“拿去验视吧。”守门士兵看过印符，打开城门：“印符看过，去吧。”鄂蕾、昝牛骑上马飞奔出城门而去。

唐陶带着兵士飞马来到城门前，高声质问："什么人打开了城门？"守门士兵："昝牛护送公子鄂永需立刻出城，有公事印符。'唐陶："一派胡言，随我赶快将他们追回来！"守门士兵转身向城外追去，高喊："昝牛留步。昝牛回来！"

夜色朦胧，马蹄声得嘚。鄂蕾对昝牛说"耳听得后面有人追赶来了，快跑。"唐陶："昝牛留步，我是宕渠城总兵唐陶，命令你停下来！"鄂蕾："别理他，我们快跑！"唐陶："昝牛，违抗命令是要受到严重处罚的！快回来！"

山瀑哗哗流淌。马蹄声迭迭追近。鄂蕾："前面已是渠江，我们赶快转入大巴深山。"昝牛："公主，你回去吧。我去向宕渠城总兵认错，我无大错，谅他不会把我怎么样。"鄂蕾执拗地说："我不回去，生要和你在一起，死也要和你在一起！"

深山漩洞边。鄂蕾："我们已来到漩洞边，眼看他们追上来了，怎么办？"

唐陶一行围住鄂蕾、昝牛。唐陶："昝牛，你挟持公主出宫，已犯下弥天大罪，为何还不下马认罪？"昝牛跳下马背，向唐陶施礼："总兵大人，公主非我挟持，小人向你请罪。"众军士上前将昝牛捆绑起来。唐陶："小的们，听从大王之令，将挟持公主罪犯昝牛就地斩首！"

鄂蕾上前制止："慢！宕渠城总兵唐陶，你认识本公主吗？"唐陶拱手道："公主在上，末将施礼了。戎胄在身，不能下跪施全礼，请公主恕罪。"鄂蕾："宕渠城总兵，你既知道是本公主，本公主命你放了昝牛，不能将他处死！"唐陶："对不起，公主，末将这是执行大王的旨令！"鄂蕾："那就将我一起处死算了！"唐陶："公主，大王请您回宫。"鄂蕾："本宫不回去！"唐陶："小的们，将昝牛乱刀砍死！"

鄂蕾见士兵将昝牛乱刀砍死，十分悲痛地抱住昝牛的尸体痛哭。唐陶："请公主回宫。"

漩洞边，火炬通明。鄂蕾杏眼圆睁："你们这些杀人不眨眼的刽子手，假惺惺地请我回宫。我回什么宫？哪里还有我的宫？你们将我一起杀了算了。"唐陶："请公主上轿回宫。军士们快快扶公主上轿去！"鄂蕾伸手夺身边一个军士手中的刀，军士紧紧地将刀握住。几个军士上前强行拉鄂蕾上轿。鄂蕾猛地蹿出轿子，纵身跳入漩洞。唐陶："快救公主！"

军士举着火把跑到漩洞边，只见漩洞深不见底。漩洞边仅有一只绣花鞋，便大声呼唤："公主，公主，你在哪里？"漩洞里发出凄楚的回声。士兵举火把向下望去，什么也看不见。突然，雷鸣电闪，狂风暴雨骤然而至。火把全被淋熄。唐陶高声喊道："回王宫！"众人跌跌撞撞地向王宫而去……

鄂旺自责

王宫大殿。唐陶："启奏大王，我们救援不及，公主……公主跳进了漩洞。我正组织施救，突然狂风暴雨大作，淋熄了火炬。无奈之下，我们只好返回王宫向您复命。估计公主已经身亡。现将捡回的一只绣花鞋献上。"鄂旺痛哭流涕地说："朕没有关心好自己的妹妹，造成这样的悲剧，真是追悔莫及。明天派人下漩洞寻找，待寻到尸体后就将她安葬在漩洞边吧。"唐陶："昝牛的尸体怎么处理？"鄂旺："也将他埋葬在漩洞边。"唐陶：

“将昝牛和公主都埋在漩洞边？”鄂旺：“都埋在漩洞边，让他们生不能在一起，死后永远在一起。”唐陶：“这不妥当吧？”鄂旺：“造成妹妹的悲剧，是朕的过错。朕空有爱民之心，等级观念太强，理解不了御妹和昝牛追求真爱的心意，将他们逼到了绝境。造成这种状况，朕之过也，悔之无及。御妹跳漩洞死了，昝牛被杀了。唐泰不辞而别……九泉之下，朕有何脸面面对他们？”

曙光初现。唐陶带着一行人向漩洞而去。他们放下绳索，下到洞底却不见公主踪影。唐陶等怅然而归：“启奏大王，微臣未能找到公主尸体。可能是被龙王吃了。”鄂旺：“有这等怪事？御妹，王兄把你害苦了！传旨：请紫微宫仙师为御妹举办罗天大醮，超度亡灵！”唐陶：“遵旨。”

第 36 章

帝辛大军占巴林　唐泰率众奔西岐

闾胥宣布帝辛征粮圣旨

唐家寨村头。夜晚，伸手不见五指。松明火光下，肩披长发、衣衫褴褛、骨瘦如柴的人们齐聚在村头一块平地上。一个沙哑的声音吼道："大家听着，朴闾胥给大家训话。"朴明："唐家寨各位乡民听着：本闾胥传达帝辛旨令，从即日起，巴林县由县令督策、县尉夕虎管辖。百姓所交赋税一律上缴朝歌。賨民一律改称商民。这里已完全归属商国。有违抗帝辛旨令者一律处死！县令发下旨令：各户缴粮一斗，原木一方，限三日交齐，违令者斩！"乡民们七嘴八舌地："朴闾胥，怎么？我们不再是賨国人了？我们賨国不是刚刚打败了帝辛吗？怎么反倒成了帝辛的奴仆，不再有自己的国家了？"朴明："我们巴林县已由商军占领，直接归帝辛管辖了。"一些人叫苦连天："天啦，我们这賨国边疆之地的人太造孽了。帝辛想强占我们的土地就强占我们的土地，想把我们怎么宰割就怎么宰割。我们不是刚刚才交了一斗粮食吗？怎么又要交？""粮食早已交光了，哪里还有粮食可交？""帝辛胯脚下的日子真难过啊，加赋税猴儿打滚，派徭役毫无止境。这样的世道还准不准我们老百姓活命？"

朴明用沙哑声音吼道："不准乱说，谨防割你的舌根！现在打西岐和鬼方战火正急，前方急需粮食，任何人不得违抗帝辛的旨令！"乡民们："怎么是乱说？我们日无斗鸡之米，夜无鼠耗之粮，仅靠黄连树叶、蕨根草根度日，哪里还有粮食上缴啊？""这叫我们还活不活命啊！"沙哑声音："不准议论，各自回家速速准备！如若不交，三天后我们挨家来搜！"

唐泰定计抗粮

唐泰家。昏罗的松明光下，唐仁满脸愁容地回到家里。唐泰：“老爹为什么犯愁？”唐仁叹了一口气“朴闾胥传达帝辛旨令，我们巴林县已由帝辛直接统治，賨民已变为商民。县宰传令，每家缴粮一斗，原木一方，限三日缴齐，这叫我们怎么交得清？还活不活人啊！”罗蓉：“我们除了地里那点芋头，哪还有什么粮食！三天交不出粮食，就只有死路一条！”

唐泰把众乡亲召集到自己的院子里，高声说道：“乡亲们，我刚刚勤王得胜回来，商军便占领了我们这个地方。唐家寨两千多父老兄弟又重新生活在水深火热之中了，怎么办？”唐坚：“你带领乡亲拿起刀枪赶走商军！”众：“对，你带领我们拿起刀枪赶走商军！”唐泰：“我们力量太弱，不能蛮干。唐坚到城中摸清情况后再行动。”众：“对！”唐坚向县城飞奔而去。

不多久，唐坚满身冒汗地飞奔回来。唐泰喜不自禁：“快快把你打听到的情况给大家说一说。”唐坚：“帝辛在撤走军队时，背信弃义，立亥就弃永不进攻賨国诺言，派虎龙带大军袭占了紫荆关和巴林县城。巴林县令龚善率领军士和城内民军进行顽强抵抗，终因寡不敌众，全军覆没。大将军龚睿率部攻打商军，才将商军赶到潜水河东岸，现在是隔江对峙。我们潜水河右岸巴林县的土地全被商军占领。原被赶走的县令督策又重新坐上了县令宝座，夕虎耀武扬威当上了令尉。他们疯狂地报复民众，烧杀抢掠，无恶不作。”唐泰：“现在商军控制了巴林县，我们这点人不可能赶走商军。这如何是好？”唐坚：“过去我们巴林县时刻受到帝辛的侵扰。现在，帝辛干脆把我们这个地方给吞了，把我们变成了纣王的奴隶。巴林县东岸到处是商军，就连羊跳峡那样的小道都驻扎着商军，防守严密，已将我们回賨国的道路封死。我们往哪里逃命是好？泰儿哥，你是从国王身边回来的人，见的世面大，掌握的情况多，再想点别的办法。”唐泰沉思良久后说道：“从目前的情况看，我认为最好是投奔西岐。商军现在没有封锁我们去西岐的道路。周王姬昌体贴民情，把西岐治理得井井有条。西岐在同无道帝辛的斗争中不断发展壮大。去西岐是一条光明大道。”唐仁：“唐家寨两千来人，不一定都愿意去西岐，怎么办？”唐泰：“大家挨家挨户进行劝说。”

唐仁：“到西岐得有一段准备时间，朴明闾胥说，不主动交粮食，三天后就挨家挨户搜。”唐坚：“我们唐家寨周围团转几十里，我看没有几个人会甘心情愿当帝辛的牛马，没有几户可以交得清那么多粮食和赋税。不如大家都一颗不交。”唐泰：“闾胥要挨家挨户搜？他有几个人来搜？我们大家一齐联合起来不准他搜！”唐仁：“那可就是造反了。我要是年轻，要不是受了伤，倒不怕造帝辛的反。”唐坚：“这真是官逼民反！粮食全搜走了还不是饿死？与其饿死，不如造反。造反成功了，还可以不死。”

松明将尽，一根新的松明点燃，屋子里顿时明亮。唐泰沉思了一阵：“现在实在没有别的办法可想了。我们就分头向邻居讲这个道理，发动大家不当帝辛的牛马，联合起来不准闾胥搜走粮食。”唐仁：“我先把唐纯族首说通了再给大家说。唐纯由我去说，你们分头给邻居说。邻居再向邻居解说。这样一传十十传百才有力量！”唐泰、唐坚：“对，我们分头行动。多数人赞成就好办了。”

唐纯家。唐纯对唐仁说："现在没有别的办法可想了，就按你们说的办。动员大家都不向商朝交粮，我们一起挨家挨户说去！"唐仁："好。大家统一行动才有力量！"唐泰、唐坚的宣传很快得到了大多数乡亲的赞成。

村民怒杀闾胥

唐泰家院坝。朴明带着三个闾丁走进唐泰家院坝，质问唐仁："三天期限到了，为啥还不按规定交出粮食？"唐仁："闾胥大人，我家确实没有粮食可交。"朴明："闾丁马上进屋去搜！"几闾丁便向屋内走去。罗蓉挡住房门："你们不能随便进老百姓的屋。"

闾丁将罗蓉掀开，强行进屋。唐仁前去制止，众闾丁与唐仁打了起来。寡不敌众，唐仁头部鲜血直流，被捆绑起来。罗蓉被打倒地上边哭边喊："强盗进屋了！"

一时鸡飞狗跳，惊动了四邻。邻居们操起锄头扁担一齐向唐仁家围拢来，义愤填膺地高喊："哪里来的强盗在此行凶？不要让强盗跑了！"众邻居把朴明和几个闾丁团团围困在院坝中央。唐纯上前为唐仁解开了绳索，有的把罗蓉搀扶起来，有的控制住了闾丁。

朴明站在院坝中央高喊："你们不要乱来！哪里有强盗？我是闾胥，是来为帝辛催搜粮食的！"唐仁："你是闾胥就可以三天两头地来搜粮食吗？你知不知道我们的粮食早已被你搜光了。你还要我们活人不活人？"

院坝中。唐全粗声地吼道："你这个闾胥比强盗还可恶！安心把我们逼到死路上去！老子没法活，今天和你拼了！"

他大步走上前，一把将朴明掀翻在地，再踏上一只脚。村民们吼道："朴明，你今天是要死还是要活？"众怒难犯，众闾丁只好低着头，不敢吭声。朴明哀求："哥子饶命，哥子饶命！我是奉帝辛之旨令催粮，上头逼得紧，我也是实在没有办法呀！"众："他是胡说，明明是他在敲钉磕索！"朴明从怀中掏出帝辛的告示："大家请看，这是帝辛的公文。帝辛确实有令，不是本闾胥说谎！"唐翔一把夺过帝辛的公文撕得粉碎："帝辛不要我们活了，我们也不要帝辛活了！"

唐修："这个闾胥我认识，原来是县衙的一个差人，叫朴明，不知什么时候到我们黎明乡做闾胥来了。他作威作福惯了。据我所知，他家有三妻四妾，却还到处欺男霸女。他强要龚栗做小妾不成，便密报三公子、崇飞带兵劫走龚栗，送给帝辛做妃。你说这是不是事实？"朴明磕头如冲蒜："是事实，我有罪，我认罪。大家饶了我吧。我以后再也不敢做坏事了。"众："打死他！打死他！"

小河边。唐修和唐翔、唐全将朴明和闾丁押到小河岸边，挥刀将他们砍倒。一个闾丁趁大家不备，飞快地逃走了。大家追赶不及，便返回唐泰家院坝。大家议论着下一步怎么办。唐泰大声说："乡亲们，感谢大家解了我一家也是大家的危难。大家杀了朴明这个狗官，做得好，出了一口恶气。但是，我们杀死了朴明，就是造反了。督策肯定会派兵来报复我们。大家说下一步怎么办？"有的说："我们与他硬拼！"有的说："我们赶快逃走！"有的说："泰儿见多识广，你说怎么办我们就怎么办！"唐泰："请族首说我们怎么办？"唐纯："有人提议走，往哪里走？一时还没有想好。大家快进天峰山我们原来居住的穴居洞，躲避一段时间看看情况再说。”唐泰：“好，进穴居洞。大家一起行动，才好相互照应。”众：“好，我们就这么办！”

山间小道。唐泰、唐纯、唐坚、唐修、唐全、唐翔等数十个家庭的全家老小躲进了天峰山穴居洞。唐泰仔细看了看，发觉还有一些人未进山洞，便对唐修说：“修儿兄弟，这里的事由我和唐坚照料，你回到唐家寨动员大家赶快到山洞躲避吧。”唐修：“好。”

唐修飞快地跑回唐家寨，大声地动员还未动身的人们：“各位父老乡亲，商军马上就要来报复了，赶快进天峰山躲藏吧。”一些人回答：“我们没有杀闾胥，也不欠赋税，帝辛的军队不会来报复我们的。我们何必到山洞躲藏！我们世世代代生活在山洞里，吃尽了苦头，搬出来才多久？我们还不知道洞里生活多不方便！”唐修苦苦相劝，也无人离家去山洞，只好留在寨上观察动静。

唐家寨遭血洗

唐家寨。天刚蒙蒙亮。马蹄声急。督策、夕虎各领着一支商军封锁住了唐家寨通往賨国国都的道路，督策带着一支商军浩浩荡荡杀进了唐家寨，见人就杀，见房就烧。顿时，唐家寨浓烟滚滚，惨烈的呼救声骤然响起。

天峰山穴洞。深夜。唐修爬进山洞，对唐泰等人哭诉：“督策、夕虎带来的商军今天一大早开进唐家寨，他们真狠毒啊！见房就烧，见人就杀，见物就抢，把唐家寨变成了火山血海。一些人跪地求情，督策、夕虎却不屑一顾，扬言要唐家寨人毛不留。我们可怎么办啊？”唐泰怒眼圆睁：“这笔血债我们一定要讨还！乡亲们，我们绝不能向仇敌示弱！示弱最多只能获得好心人同情的眼泪，却绝对改变不了敌人的残忍，更不能使自己获得坚强！只有勇敢奋斗才能使我们获得坚强！”唐坚：“我们现在可怎么办啊？”唐全：“我们冲出洞去与商军拼了算了！”

唐纯：“我们这点人怎么能拼得过大队商军？岂不是白白送死？”唐坚：“硬拼不是办法，我们得另打主意。”唐全：“在帝辛蹂躏的地方我们是没法活了，赶快到賨国内地去吧。”唐修：“商军已经封锁了我们回到賨国内地的道路。”唐翔：“没有别的路可走，到西岐去投靠周王姬昌好不好？”

唐仁：“西岐是我国的友好邻邦，没有别的办法，只有投奔西岐了。”唐全：“大王会不会治我们叛国罪？西岐接不接纳我们？”唐翔：“我们不是到敌国，大王怎么会治我们的叛国罪？西岐周王姬昌对老百姓可好了，我前年挑药材去过那里。”

唐坚：“好！你给大家讲一讲西岐的情况。”唐泰趁此机会高声喊道：“请唐翔给我们介绍西岐那里的情况。”唐翔：“前年我当挑夫去了西岐。那里老百姓有地种有饭吃，社会秩序很好，没有偷盗抢劫的情况。我还看到周王姬昌亲自耕田种地，同老百姓一起跳舞唱歌，没有一点大王的架子。不少外国人都投奔西岐落脚安生，日子过得很舒坦。”

唐泰：“大家说西岐好不好？”众：“好！”唐泰：“去不去西岐？”唐纯：“去！坚决去！”众：“对！坚决去！”

唐泰率众奔西岐

山间小路。月黑风高，一群人扶老携幼，跌跌撞撞地向巴山老林走去。身后，远远地传来马蹄声。人们紧张地向前行进。马队很快追上了行进的人群。督策高喊："帝辛有令，足不出乡里！你们赶快回去，本县不会追究你们的过错！"唐泰："大家不要听他的欺骗之言，齐心对付追来的敌人！"唐泰带领唐坚、唐翔、唐全、唐修等逃难人群中的青壮年立即同追来的马队展开厮杀。唐泰越战越勇，迅速地砍倒了一匹马，并将马上的人杀死。唐泰："砍马腿！先砍马腿再砍人！"大家按照他的办法，砍倒了几匹马，杀死了几个商军。督策见势不妙，带着余下的马队落荒而逃。唐泰："大家抓紧时间上山，上了山就不怕马队了！"

林莽莽，路漫漫。山巍峨，重叠障，直接云天。人们扶老携幼，攀藤附葛穿山谷，越沟涧，翻山巅，一步一步向前行。渴了，喝山沟里的水；饿了，吃点随身携带的炒玉米。粮食没有了，就寻野果野菜吃。找不到野果野菜，就吃草根、树叶、树皮。唐泰："唐翔去过西岐，请给我们带路。"唐翔："我原来不是走的这条路，现在一搅和，我也有些糊涂了。这个不要紧，西岐在西北方向。我们只要向西北方向走去，就一定能找到。"

唐坚："群龙无首不行。我建议仍以民军组织形式来活动，好不好？"众："好！"唐纯："那就还是请百夫长唐泰和十夫长唐坚、唐全、唐翔、唐修执行任务。好不好？"众："好！"

唐泰站在石头上笑着说："坚儿兄弟是我们民军的军师也要到岗到位。"唐坚："是！"唐泰："投奔西岐，大家要协力同心，路上不能掉一个人。我们青壮年分成三个组：第一组在前面，逢山开路，遇水搭桥，由十夫长唐全负责；第二组在最后，保护大家同行，不让一个人掉队，由十夫长唐翔负责；一组在中间，帮助老弱病残同行，由族首和我的父亲负责。这样就可以保证大家一起都能到西岐。十夫长唐修随我留作机动，随时处理突然发生的事情。大家赞成不赞成？"众："赞成！"唐泰："十夫长听到没有？"四个十夫长："听得很清楚，我们服从命令，一切行动听指挥！"

唐泰面向唐坚："坚儿兄弟，你带几个青壮年走在最后，一是看有没有帝辛的人追击我们，二是看我们的乡亲有没有走不动了的，帮助他们一起前进。"唐坚装了一个怪相："听令。"随后敬了一个举枪礼，逗得大家哈哈大笑。

荆棘丛中。唐全带着一组人披荆斩棘，铺路搭桥，艰难前行。唐破抱起一块长条石搭起一座便桥，扶着唐纯过桥。唐泰扶老携幼，带着人们跟随前进。唐坚警惕地观察是否有人追击。他带着组员打败了追击的商军，继续前进。

山地。夜晚。篝火熊熊。逃难的人们七歪八斜地睡着了。唐泰将唐全和唐坚等人召集在一起："大全，你们走在前面有什么情况？"唐全："路很难找，有的地方根本没有路，到处是荆棘丛生。"唐泰："难为你们为大家开出了一条道路。坚儿兄弟，你们后面情况如何？"唐坚："只有一小队商军来追击，我们将他们打败了。有些老人小孩实在走不动了，我们只好背着他们赶路。"唐泰："大家都很辛苦，晚上要安排人站岗放哨，防止野兽和坏人的袭击。我们的目标就是一个：不能把乡亲丢在路上。大家要一起走到西岐！”唐全、唐坚信心十足地回答：“对，我们要一个不落地走到西岐！”

唐纯、唐仁在月光下给篝火添柴，给熟睡的人们盖被褥。

宕渠王宫。司寇罗聪：“启禀大王，巴林县唐家寨人投奔西岐去了，为首的是曾经做过大王侍卫长尉的唐泰，是否将他们以叛国之罪备案？”鄂旺：“冢宰，你认为此事应当怎么处理？”唐诚：“不要轻易使用叛国罪，应当查明他们离开賨国的真正原因后再定。”鄂旺：“对，冢宰的意见正确，这些人是在帝辛侵占巴林县后才投奔西岐的，在查明这支賨人投奔西岐的真正原因后才能定是否有罪。”

山越来越高，路越来越难行。要命的是人们没有食物。不但路旁的野果野菜很难寻找，而且能吃的树叶树皮也很难寻找。有人被饥饿夺去了生命。人们垒坟掩埋尸体，内心十分痛苦。面对重重困难，情绪低落。有人低声嘀咕：“我们能不能到达西岐？能不能找到周王姬昌？”

唐泰坚定地面对大家：“乡亲们，有人怀疑我们能不能到达西岐，能不能找到周王姬昌？我的回答是：能，肯定能。我们当前面临许多困难，只要我们团结一心，互相帮助，有福同享，有难同当，我们就一定能够克服千难万险走到西岐，找到周王姬昌！”唐纯：“泰儿说得对，我们一定能走到西岐。现在我们没有别的路可走，只有一直走下去！”

人们继续前进，翻过了一山又一山，跨过了一沟又一沟，涉过了一条条小河，翻过了一座座大山。一天，人们翻上了一座大山顶，眼前豁然开朗：蓝天白云广袤无际，山下田畴如画，农舍升起袅袅炊烟。山峰上。唐泰高兴地指着山下：“乡亲们，前面就是西岐！我们的目的地终于到达了！”人们顿时兴奋地欢呼起来：“胜利了，历经千难万险，我们终于到达西岐了。”不少人高兴得热泪滚滚夺眶而出，老人开怀大笑，小孩手舞足蹈。大家跌跌滚滚下了山，历尽千辛万苦，终于踏上了西岐的土地。

幸得姬昌安置

小路。唐泰等正行进中。突然一个人上前将他们拦住：“请问各位从何地而来，到此有何贵干？”唐泰：“请问大哥询问我们作甚？”来人：“我是本地比长，负有维持本地治安之责，所以冒昧地向你们进行询问。”唐泰：“我们从賨国而来，特地投奔周王。”比长：“你们为何不去賨国找自己的国王？”唐泰：“我们巴林县已被帝辛强占，我们通往賨国内地的道路已被商军封锁，只有投靠仁慈的周王了。”比长：“你们一路辛苦，我立刻将你们安顿下来。你们暂且就在此地等候，待我报与周王知道后再为定夺。”唐泰：“如此甚好。请大哥速速报与周王知道。”

宽阔的官道上。周王姬昌正在前往固原巡视途中。比长随同地方官向姬昌报告：“启禀大王，今有賨国一群难民来到我地，请问怎么处置为好？”姬昌：“可叫为首的几个人前来见朕。”

姬昌行营。唐泰、唐纯、唐坚、唐仁、唐全、唐翔等被引进姬昌行营大厅：“賨人唐纯、唐仁、唐泰等叩见大王。”姬昌将唐纯、唐仁、唐泰等扶起：“诸位弟兄免礼。你们因何来到西岐？”唐泰：“帝辛强占了我们家乡，我们因无粮交赋，被帝辛的闾胥逼得走投无路，只得杀死了闾胥。商军前来镇压，杀死了无数乡亲。因此我们特地前来投奔大王，以求一条生路。”

姬昌：“啊，是友邦来的賨人兄弟，你们受苦了。我们热烈欢迎你们来到西岐，和我们一起共同建设西岐。帝辛无道，不把老百姓当人，我们也就不能把他当君王看待了。我们同是受帝辛奴役之人，我们一起寻找自己的生路！你们生活上有什么困难，我们都将尽力给予帮助！”唐纯：“尊敬的周王，太感谢您了！我们早已听说您是爱民的君王，所以我们这一支賨人才不远千里，历尽艰辛来投靠你！你关心我们，体贴入微，我们万分感谢您！不过我们是賨人，有自己的祖国和家乡。我们的家乡一旦回归賨国，请周王放我们回故乡去。当然，我们只要在西岐一天，就一定好好做您的臣民。请周王理解我们的心情。”里正：“你们既然来投奔周国，就应当以周国为家乡，不能心怀二心。如果不愿在周国安家，只把我们这里做驿站，那就请早点离开这里。”姬昌：“賨人兄弟是对的。人世间，凡正义之士都热爱家乡。賨人兄弟热爱自己的家乡，忠于自己的祖国之心谁也不能强行改变。朕赞赏你们思乡爱国之情，朕答应你们的要求！”里正：“对这种暂时居住之人怎么安置？”姬昌：“与我们本地之人一视同仁！我国与賨国是友邦，賨人兄弟有困难，我们应当伸出援助之手，为他们排忧解难。賨人兄弟不畏千难万险，跋山涉水，千里迢迢来到周国，更应当好好照看！”唐泰等：“谢大王坦诚相待，永世不忘！”姬昌：“你们远道而来，一路辛苦，先安顿下来歇息几天。朕将供给你们半年的粮食，指给你们一块地方，发给你们耕牛、农具和种子，让你们自由去耕作。同时，免除你们三年的赋税和劳役。你们自由自在地生活吧，不会有人来欺压你们，不会有人来敲钉磕索。但是，我们国家如果发生战事，你们一定要踊跃参加保卫西岐的战斗，好吗？”唐泰：“好。我们安顿下来以后，青壮年白天下地劳动，晚上学拳练武，增强本领，随时听从大王的召唤！”

周王姬昌指着远山峡谷中一块平地：“很好很好。你们看：从左边山顶到右边山顶，中间这一大片有山有水有平地的荒地，就划给你们任其开垦耕种。你们喜欢这片土地吗？”唐泰大声地回答：“非常喜欢。谢谢大王！”众人齐声回应：“太好了，感谢大王！”

唐泰等目送周王远去后，同大家商议：“我们在周王姬昌指定的地方按户分块，开荒种地，搭建房舍，建造村落好不好？”众：“好！”

定居西岐

荒地。荆棘丛生。唐泰带着这一群賨人在周王指定的荒地里挥锄抡镐，斩荆棘、刨树根，开垦土地。人们有的牵着绳索丈量土地定疆界；有的抡镐翻土垒垄成行。荒地里很快开垦出了一大片可耕种的土地。人们一家一家，一户一户，老的壮的都到田间地头劳动。左邻右舍互相帮助，展现出一派热烈的劳动场面。唐坚正刨着树根，突然，一只麂子从他身旁蹿过，他提着锄头就追，并大声呼喊：“泰儿哥，捉麂子啊！”唐泰和邻近正在劳动的人们听到呼喊声也一齐参加追赶。人们撵了几沟几坡，终于将麂子打死。唐泰、唐坚和几个人一起将麂子拖回工地，找来干柴，燃起篝火，将麂子肉烧烤起来。人们围着篝火，边吃麂子肉，边唱边跳起来："从丛杂树，从丛荆棘，从丛野草，覆盖原野。这就是周王指给我们的地方。我们快快用双手开垦吧，这里就是希望。快快耕种吧，我们播种希望！"

一行人牵着耕牛，扛着犁头远远地向正在开垦荒地的人们走来。突然，有人高喊："唐泰，周王派人给你们送耕牛和犁头来了，快去迎接！"

唐泰立即带领大家迎上前去接过耕牛和犁头，在荒地里耕作起来。看着耕作速度的加快，唐泰高兴地说："乡亲们，感谢周王发来耕牛和犁头，我们深耕土地就省力气多了。大家齐努力，快快耕种，早种早播早收获。"众："对，早种早播早收获！"

红日当空，小河断流，田地龟裂。唐仁："几个月不下雨了，几次拜请龙王下雨也不应验，眼看今年的粮食没法种了，这可如何是好？"唐泰："我看不远的雪山，定有水源。我和唐坚兄弟前往雪山引水灌田可也。"唐坚："这是个好主意，我们马上出发。"

唐泰和唐坚冒酷暑，顶烈日，走到雪山下，只见河水哗哗流淌，两岸绿树成荫。他们捧着喝了一口："好香甜的甘露啊！要是能灌溉我们的土地该多好哇！"唐坚："这个工程可浩大啊！"唐泰："路途虽远，工程虽大，但是这里居高临下，很好施工。只要大家齐心协力，相信很快能够办成。"

唐泰、唐坚勘测好路线，动员大家："青壮年同我们一道去引冰好不好？"

众："赞成！"

黄昏。有个青年发出怨言："干了一整天，还不见个影影，这么大的工程，什么时候才能将水引到我们賨人村啊？"唐泰："我们的父母、兄弟、姐妹都盼着我们快快将水引到，可不能泄气啊！"众："是啊，我们只能干，决不能泄气啊！"

大家挥镐扬锄拼命干，水渠迅速向前延伸，雪水欢快地向前奔流。大家在太阳下挥汗如雨地干；在月夜里，挥汗如雨地干。水渠修成了。老人、小孩喝着引来的水，高兴地笑了。

红日当顶，人们在田间顶着骄阳挥汗如雨，抓紧时间劳动。罗蓉和一群老人小孩走到地头，高声招呼："歇歇气，吃饭了！"唐泰端着冒着热气的喷香米饭："坚儿、大全、小翔、修文兄弟，歇气吃饭了！"唐坚端着饭也向大家招呼："吃饭了！"人们高声地互相招呼吃饭，此呼彼应，欢笑声传遍山野，响彻云霄。

刚开垦的土地垄沟通向远方。春天，冰雪融化，鲜花盛开，迎风起舞。人们扛着锄头、犁耙，担着肥料，去到田间，将各种各样的种子播撒下去。

夏天，骄阳似火。唐泰、唐坚等头戴草帽，顶着烈日，不顾汗水直淌，小心翼翼地精心锄草。秋天，田野里一片金黄。唐泰、唐坚等人挥舞镰刀高高兴兴去收割。田野里一片唰唰的割谷声。男子成群结队搬运粮食到晒场，妇女成排在打谷场上扬起木锨打场。

浓烈思乡情

晒场上，敲锣打鼓，管弦齐奏。人们载歌载舞，喜庆丰收。晒场边。茅草棚。厨师们忙个不停。灶火熊熊。灶上，热气腾腾的几口大锅里分煮着牛、羊、猪肉。桌面上，大碗的酒冒着酒花。收割完毕，唐泰、唐坚等将人们聚章在一起，聚餐喝酒，喜气洋洋，边舞边唱："敲锣打鼓庆丰收，宰牛杀猪又宰羊。粮食多了酿琼浆，杂酒清酒回味长。甘醇美酒祭先祖，邀请邻居共品尝。邻里和谐互祝愿，幸福不忘谢周王！"

唐泰向唐纯敬酒："祝族首颐养天年！幸福安康！"唐纯端起酒杯："感谢泰儿来祝福，幸福安康大家享。但是，在这个高兴的时刻，我窝在心里的话还是不得不说。我们现在虽然在这里过上了安定的日子，有吃有穿，无忧无虑。但是，这里毕竟不是我们的归宿之地。刚才大家唱得好：供奉祖先来享受。可是，我们的祖先在哪里？他们知道不知道我们在这里？他们怎么知道到这里来享受我们祭祀给他们的供品？清明时节是我们祭扫祖坟的时候，可是我们不能到祖宗的坟茔祭扫，只能在这里设坛遥遥地祭祀。想起这件事情我就掉泪。"唐仁："古人说得好，落叶归根。我们祖宗的坟茔在賨国，帝辛却把我们的土地强占，这怎能让我们的老祖宗得到安宁？我们不能忘了老祖宗，今后还是应当回到故土去重建家园，清明节才好祭扫我们祖宗的坟茔。"唐纯、唐仁等几个老人一齐端起酒杯向东南方向恭恭敬敬地洒下："望祖宗保佑我们早日回到故乡去！"大家一齐举杯面向东南方："望祖宗保佑我们早日回到家乡！"

唐泰流着泪："大家思念家乡的心情我很理解。大家都有一片孝心。我也时常惦念着老祖宗，我也有孝心。落叶归根嘛，我赞成大家的想法，但是，我们刚刚杀了帝辛的爪牙闾胥朴明，帝辛又刚刚派大兵屠杀了我们的众多乡亲，这个时候我们能马上回去吗？我认为，我们现在还不能回去。我们现在一定要把这里建设好！积蓄钱财，等待时机成熟再回去！"众人齐声回答："我们现在要把这里建设好。今后有了机会，还是要回到故乡去重建家园！"

唐泰思龚栗

唐泰的眼前浮现起了唐家寨美好的风光和龚栗灿若桃花的笑脸，不由自主地唱道"庆丰收个个喜笑颜开，提故乡人人悲从中来。想家乡不由我想起龚栗，想龚栗想家乡怎可分开？思亲人思故土本是同一桩事，不由我黯然神伤无限悲哀。想龚栗被劫后音信全无，我时刻想救你出牢笼夫妻团聚。栗妹你受难我好心痛，誓为你报仇雪恨除难灭灾！"众人帮腔数次，更引起大家无限的思乡之情。唐泰："我们越是思念故乡，越要练好武艺，既是不忘周王对我们的期望，也是为我们尽快回到故乡做准备。我们青壮年继续坚持白天生产，晚上学拳练武，好不好？"众人齐声回答："好！"

第 37 章
唐泰拜师不畏难　鄂蕾感动督巴山

唐泰率众练武

晒场上。皓月当空，篮天下，青壮年们在唐泰的带领下，挥拳使棒，左旋右转，前进后退，紧粪地练习武艺。操练一阵后，人们感到有些困乏。唐全发牢骚说：“我们白天种地晚上练武太辛苦了，吃不消了。”唐泰：“乡亲们，我们原来在大巴山下，渠江水旁，受尽了帝辛统治的欺凌，吃尽了帝辛统治的苦头。为什么？因为弱小！现在来到西岐，受到了周王的关照，过上了不受欺压、有吃有穿的幸福生活。为什么？因为周王强大！帝辛不仅强占了我们的家乡，而且随时都可能进攻周国。我们的幸福生活没有保障，时刻都有失去的危险。幸福日子要靠我们自己来保卫，周王的患难我们应当帮助排解。我们原是受苦人，不能好了伤疤忘了痛。我们要练好本领，随时听从周王的召唤。时机成熟，我们打回老家去，重回我们的故土！”唐全说：“听了泰儿兄弟一席启发，我深感愧意。泰儿兄弟，你带领我们好好练吧。”

青年们受到教育，纷纷表示：“泰儿哥，你带领我们练吧。我们要想不受帝辛欺负，只有自强！坚决克服怕苦怕累的思想，练好本领，保卫家园！寻找时机，赶走商军，重回故土！”唐坚见大家精神振奋起来，向唐泰建议：“泰儿哥，何不叫大家一道唱歌，边唱边练武习艺，那该多好！”唐泰：“你的意见很好，正合我的心意！”

唐泰将大家集合起来，边唱歌边练武：“手持刀矛气势宏，运转杀敌快如风，前进后退有度数，賨人个个是英雄！”大家越唱声音越洪亮，越唱越有精神，越练步伐越整齐。他们将歌曲演练成战歌，将舞蹈演练成战舞；练手镖打击近处目标，用投枪打击远处目标。越练越有劲，越练越准确。烈日下，人们在练；狂风暴雨中，人们在练；皑皑白雪下，人们在练。人们练，练，练！精神抖擞，步伐整齐，勇往直前！

姬昌封唐泰为賨人都尉

山头。有人高声喊道:“泰儿哥,周王看我们来了,快接驾!”唐泰:“好。我们来了!”

固源賨人聚居地。晒场。艳阳高照，鲜花争艳，百鸟欢唱。周王姬昌龙辇及随行人员进入晒场。賨人敲锣击鼓，跳着巴渝舞，欢迎姬昌。唐泰带领賨人队伍接受检阅，唱着自己编的歌曲：“賨人賨人，勇猛刚强！不畏强暴，不欺善良！团结友爱，和谐四方！”歌声嘹亮，舞步整齐，精神抖擞，显示出强大的战斗力。姬昌十分高兴地说：“賨人勇猛美名传四方，今日得见，果然名不虚传。”唐泰：“感谢大王的称赞，我们一定好好训练，决不辜负大王的期望！”大家受到了周王姬昌的极大鼓舞，训练得更加认真。

固源城。严狁攻入城中杀人放火，固源城一片狼藉。姬昌命唐泰率队出击。唐泰率领自己所训练的队伍勇猛冲杀，迅速地将严狁打败，夺回了固原城，并夺得了不少武器与辎重。唐泰将战果上报周王，得到了周王的嘉奖。

河东都尉府。王宫使者宣读命令:“周王令:国之兴衰在于用人。人用其力,将用其才。朕特令唐泰为賨人都尉，率队驻防河东。河东全体军民人等悉听其调度，不得违令。”众:

“祝贺唐泰荣升賨人都尉！”

河边。唐泰率队巡逻行至河边，同商军遭遇打了一仗。唐泰等武艺高超，占了上风，杀死了几个商兵。商兵仓皇退逃。正当唐泰等向前追击时，却被商兵远远地拔箭射来，一下子就死伤了几个兄弟。唐泰率队向商兵追击，可是相距太远，追赶不上，商兵早已遁去。唐泰抱着被射杀的兄弟失声痛哭：“皇天啊，我们用什么办法才能抵御商军的武器？我们怎样才能为自己兄弟报仇雪恨？”众弟兄劝他：“唐都尉，不必过于悲伤，我们还是赶快想办法报仇吧！”兵士甲：“报告唐都尉：商军使用的强弓箭，可以在百步之外置人死地。这种武器十分厉害。”唐泰收住眼泪：“有什么办法可以防御这种武器？”兵士甲：“听说巴山老祖有防御这种武器的办法。”

唐泰对唐坚说：“我想起了龚药仙讲的督罡，人称他为巴山老祖。龚药仙说，督罡就隐居在这摩天峰大山中。他可能有对付这种武器的办法。”唐坚恍然大悟：“我也听说过这位高人，我们马上去向他请教，才能尽快摆脱困境。”唐泰：“大家继续操练武艺。唐坚兄弟同我一道去寻访巴山老祖，拜求御敌之法。”众：“是！”

唐泰、唐坚访师

高山群立，险峻陡峭，壁如刀削。唐泰带着唐坚在高山峡谷间探索前进，突然看见半山腰有一个岩洞冒出一缕青烟。唐泰：“洞中有青烟冒出，一定有人居住，我们何不前去问问？”唐坚：“对，我们前去问问。”

唐泰、唐坚攀藤附葛向山岩上爬去。只见洞额刻有“摩天峰白云洞”六个大字。二人行至洞前，只见洞中微弱的松明光亮照耀处，一白发白须白胡白衣老人盘腿而坐，便一齐上前行礼：“请问老伯，你可认识巴山老祖？可知他住在什么地方？”白发老人微微睁开双眼：“你们从什么地方来？问他作甚？”唐泰：“我们从固源河东来，特地向巴山老祖请教救命之法。”白发老人：“你们所遇何事？他有什么救命之法可以教你们？”唐泰：“商兵用飞箭在百步之外就射杀了我几个弟兄，我特地寻访巴山老祖，向他请教防御飞箭之法。”白发老人：“你们为什么要反对商军？”唐泰：“帝辛无道，强征暴敛，逼得我们老百姓活不下去了。”白发老人：“帝辛虽然残暴，可是他兵强马壮，你们咋个斗得过他？”唐泰：“我们的力量目前虽然弱小，但是普天下的老百姓都十分憎恨帝辛，我们相信总有一天是可以打败帝辛的。”白发老人：“帝辛力大无穷，普天之下都是他的土地；世间所有的官员都是他的臣子；天下的百姓都是他统治的百姓。他可是有了不起的力量啊！”唐泰：“帝辛是个无道暴君，并不是所有的老百姓都怕他，都服他。事实上，不服他暴虐统治的人就很多。不少人发誓说：就算他是太阳，我们也要同他拼个你死我活！我们决不会被帝辛的淫威所吓倒！”白发老人：“好小伙子，有骨气！”唐泰：“老伯，请你告诉我们巴山老祖住在什么地方吧，我们好快快前去拜访他，向他拜师学艺，增强打败帝辛的本领。”

真诚拜师不畏难

松明骤亮。白发老翁：“远在天边，近在眼前，不须远寻，鄙人就是。”

唐泰立即拉唐坚一同跪下：“老伯，请收我们为徒，教我们防箭之术吧。”白发老翁：“我怎么能随便收徒？我的防箭之术岂可随意授人！”唐坚：“你要我们用什么报答你？请您尽管吩咐。”白发老翁：“报不报答是将来的事。”

唐泰：“你眼前需要我们干什么？”白发老翁：“你们看我现在需要什么就干什么。”唐泰和唐坚在洞里看了一遍，再回到白发老翁身边：“你不缺吃，有水有粮；不缺用，有穿有戴；看不出你缺什么。”白发老翁：“我缺光明！”

唐泰恍然大悟：“你需要松明？”

白发老翁：“帝辛无道，天昏地暗，我需要的是这种大光明！你们一时办不到。你说对了，我眼时需要松明这种小光明。可是，我不能给你们任何工具。你们只能用手掰。必须给我掰够一年用的松明！”唐泰和唐坚：“老伯，我们马上到松林中去给您掰松明。”

青松挺拔，高耸入云。唐泰和唐坚在松树上用手掰松明，手上很快掰出了鲜血。他们咬着牙顽强地坚持着掰。大半天过去，松明堆了一大堆。他们找来葛藤将松明捆成两大捆，吃力地背进了山洞。

山洞。唐泰：“巴山老祖，我们给你掰了两大捆，可以了吗？”白发老翁：“这点松明够我用一年吗？”唐坚：“我看省着点用就够用一年了。”

白发老翁生气地说：“这么丁点儿就够我用一年？你们这种态度就想学真实本领？你们就是用这种态度对待老人？”唐泰连忙赔不是：“对不起老伯。我这位兄弟手掰肿了，流了许多血了。我们明天继续给你掰，直到你满意为止。”

松林。鸡鸣声声，东方发白。唐泰和唐坚继续到林中掰松明，手肿得更凶了。唐坚掰了一会儿停了下来，对唐泰说：“泰儿哥，看来这老头儿不一定有什么真本事，却故意来磋磨我们。我们回去算了！”唐泰：“坚儿兄弟，不能那么说，我们诚心诚意来向他请教就不要怕困难。你看我的手不是也和你的手一样掰肿了吗？为了学到真实本领，再困难我们也要给他掰。”他们咬着牙，继续坚持用手掰。黄昏时，他们又扛回了两大捆松明。

洞中。白发老翁：“你们说手掰肿了，把你们的手伸过来给我看看。”唐坚没好气地将红肿的手伸过去：“你看嘛，血淋淋的，肿得都像熊掌了！”

白发老翁顺手就是一巴掌重重地打在唐坚的手上，痛得唐坚直叫唤：“哎哟！痛死人了！你也太狠心了，不仅不怜悯我们，反倒还要打我！”白发老翁笑了笑：“你娃儿别的不学，装得倒好像，手明明是好好的，哪里肿了？”唐坚仔细一看，原来红肿的双手又变成了原来健康的样子。他不相信地甩了甩手：“真奇怪！我红肿的手呢？”唐泰看看自己的手也恢复了原样。唐泰、唐坚一齐跪在白发老翁面前：“老伯真神仙也，请受徒弟一拜！”他们向白发老翁连续磕了几个响头。

白发老翁用手摸了摸他们的头：“心诚则灵。你们的诚心我认了，就收你们为徒弟吧。”唐泰、唐坚：“谢谢老师收我二人为徒。一日为师，终身为父。请师父受徒儿一拜。”白发老翁：“好好好，随我好好学武艺吧。”唐泰、唐坚：“徒弟一定专心实意地学好。请问师父，你尊姓大名，你的武艺是向什么人学得的？”白发老翁再次添加松明：“我姓督名罡。你们是怎么知道我在这里呢？”唐泰：“我们早就听到您的威名，早知道您隐居在秦巴山中，只是不知你隐居的具体地方。我们在这茫茫崇山峻岭之中四处寻找，终于将找到您了。您是怎么隐居在这里的呢？”

督罡话身世

督罡：“说来话长。我是賨人，本名督罡，老家在賨国，从小学习祖传武功巴山功夫中的风雷掌、阴阳拳、巴山绝拳。后来在商国当兵屡立战功，做过帝辛之父帝乙老大王的殿前都尉，也做过边关总兵，授大将军衔。”唐泰：“难怪老师武艺如此高强啊！”

督罡：“老大王帝乙驾崩后，帝辛继位。他仗恃智慧超群，手格猛兽，穷兵黩武，北征鬼方，西征氐羌，南征九苗，东讨东夷，建立’百克'之功，钓取’殷哲王'天下之杰的美名。他滥用民力财力，暴虐无道，肆杀生灵，残忍无比。我对帝辛的暴虐行为十分不满，便在殿堂当面向帝辛谏言，希望他珍爱天下生灵，戒除暴行。帝辛刚愎自用，不仅不听忠言，反以侮辱大王罪名将我暴打治罪。后来，我的师弟唐铜救罗雁受到追杀，躲入我府中避难。帝辛不直接派兵捉拿，便下旨征召我孙女儿入宫做他的妃子，以此逼我交出唐铜。我断然拒绝交出唐铜和将孙女儿送进宫中给帝辛做妃。帝辛便派三公子带着卫队将我住宅围住，要强行抢走我的孙女儿。我带领家人同三公子所带卫队对打起来。三公子诬我谋反，指挥卫队将我一家二十余口及师弟唐铜杀死。正在危难之时，师弟唐戲带来数人，掩护我和孙女儿督玲逃出了家院。二弟督伦一家只逃出了我的侄孙女督娥。唐戲未找到我，便独自逃回賨国。我带着督玲、督娥向另一个方向逃去。三公子带着商军穷追不舍。我断后，三公子将我和督玲、督娥强行隔开了。我找了一年多，她们杳无音信。我才十分失望地寻找隐居地，换了几个地方都觉得不安全，最后才在西岐和賨国、商国接壤的秦巴大山摩天峰白云洞隐居下来，心情悲苦，不多时日即须发如雪，被山民尊为巴山老祖。”唐泰：“老师的不幸遭遇十分令人同情。”唐坚：“老师隐居，再也无法寻找你孙女儿、侄孙女儿了。”

督罡：“我孙女儿和侄孙女儿都武功高强，有很强的独立生活能力，不会轻易落入帝辛之手。不知唐戲回到賨国后的情况怎样？”

唐泰：“我爷爷唐戲回賨国后任镇平关总兵，在与帝辛交战中，为保护鄂桓大王不幸被俘，头撞帝辛龙辇壮烈献身。鄂桓大王命武成王鄂典扶柩厚葬和抚恤。特别教导我兄弟俩要继承祖父遗志，练好本领，报效国家。龚文回国后继续行医，治好了许多人的病，被百姓称为龚神仙，现在已病逝了。”督罡十分感慨地说：“你的爷爷也是爱憎分明的铮铮男子。鄂桓大王倒还仁义。帝辛多行不义必遭天谴。我本不愿收徒，念你们是我师兄的孙子，又能分清是非，不做帝辛欺压百姓的鹰犬，破例收你们为徒。赶快学习防箭之术吧。”唐泰、唐坚：“徒儿拜谢师父！”

督罡授防箭制箭之法

板盾。督罡拿出一块齐肩高，两肘宽的一块木板，用左手握住后面的手柄，左遮右挡地比画起来：“你们不是害怕商兵的飞箭吗？这样可挡住正面飞来的箭，这样可以挡住左右边飞来的箭！”唐泰：“祖师爷，请问这种防箭方法，是名师传授，还是祖师爷自己创造的？”督罡：“不要叫我祖师爷。既然拜我为师，还是叫我师父为好。这个木板叫板盾。这板盾是我在深山就地取材，反复摸索制作出来的。”唐坚：“难怪其他地方还没有人知道这种方法。”督罡：“这板盾使用得法，防箭十分有效。使用时一定要掌握要领，才能运用自如。”督罡边说边做演示了一遍。唐泰接过木板学着做了一遍：“感谢师父指教！”唐坚接过去挥了几下，感到不自然：“我怎么使起不顺手？”督罡捻着胡须笑了笑：“功到自然成！”唐坚练了一会觉得有些顺手了：“师父所言极是！”

督罡盘腿坐定：“你们只学挡箭之法是远远不够的，还应该学造箭之法！”

唐泰急忙拉着唐坚跪下：“还望师父教我们造箭之法。”督罡：“必须有上等好木条、牛筋、箭杆和箭镞，才能造出好箭！”

熊熊炉火。唐泰和唐坚找来好木条，督罡用火焙烧，使其为弓；缚上牛筋，使其为弦。然后搭上羽箭，便成弓箭。试射，百步可穿兽皮。唐泰和唐坚鼓掌而呼：“真神奇也！”

督罡授賨人阴阳掌

督罡站在洞前打了一套賨人阴阳拳：“你们会这套功夫吗？”唐泰：“会是有些会，只是不精。小时，爷爷教过我。我还没学会，他就阵亡了。后来便是父亲所教。我们父亲因失去左臂，难免出现一些差错。”督罡：“有传错了的，也有传得比原来更好的。”唐泰谦虚地：“我们只是学得一个表皮，难得老师的真传。”督罡：“好吧！你先做一遍我看看。”

唐泰、唐坚做了一遍。督罡："你们已经练得很不错了。关键要做到稳、准、狠、快，才可避敌锋芒，置敌于死。"督罡演练了一遍，唐泰、唐坚看得眼花缭乱。督罡手把手地教，唐泰、唐坚认认真真地学。

督罡授行军布阵法

督罡："这套拳术叫巴山阴阳掌，这巴山阴阳掌只是适用于个人的攻防之术。你们既然是带兵之人，不管你自己有多么高明的攻防之术，还是不能打胜仗的。"唐泰："请老师教导我们带兵之法。"督罡："带兵之法内涵丰富，最重要的是要把行军布阵之法学好。"唐泰、唐坚："请老师不吝赐教。"督罡："带兵之法主要包括两大内容：一是将自己所带之兵，无论是成千上万都要形成一个人，头脑手脚运转自如；一是行军布阵没有疏漏，进能消灭敌人，退能保存自己。带兵之法精妙无比，要学好不是件容易的事，非下苦功夫学习不可。"唐泰、唐坚："再苦再累我们都不怕。"

督罡："我先给你们讲行军布阵之法，内涵博大精深，非一朝一夕可以学得。我有一本黄帝著的《行军布阵十八法》，你们拿回去好好研读。这《行军布阵十八法》的核心是军队必须有严格的纪律，战前要做好充分的准备：做到知己知彼，做出正确判断；战斗部署要恰当，要灵活变通，不拘泥一法；善于使用假象迷惑敌人，使敌不知我的主攻方向，不知该怎样逃避打击；正确使用奇袭、包抄、袭扰之术打击敌人。作战中，要当机立断，果敢对敌，正确估价自己：不能高估对方，更不能高估自己；不被敌方假象迷惑。知己知彼才能战胜敌人。不过，这本书只是讲了个原则，实际情况要比书上说的复杂得多，千万不要生搬硬套。不然的话，这本兵书不仅不会帮助你们打胜仗，反而会害你们吃败仗。你们回去好好地研读，好好地报效姬昌吧！"唐泰和唐坚跪在督罡膝下："感谢老师教诲，徒弟永生不忘！"

师徒挥泪告别，唐泰、唐坚走下山去。督罡站在山崖上，目送着唐泰和唐坚走下山去，消失在山沟里，依依不舍地："他们是多么聪明，多么有雄心壮志的好小伙子啊，可惜处在帝辛这样暴虐昏庸的时代，发挥不了作用。"

这时，从山下往山上走来三个人。督罡仔细一看，只见走在前面的是一个老翁，中间的是一位老妇，后面背着包袱的是一位年轻英俊的后生。老翁远远地询问道："请问山上大哥，向西岐的路该怎么走？"督罡："眼看天色已晚，这深山里很远都见不着人家，还是到敝处歇息一下再走吧。"老翁："麻烦老兄多有不便。"督罡："出门人何必见ˆ卜？"老翁："如此甚好。"

洞中。老翁走进石洞见礼毕坐下。督罡："请问老兄尊姓大名？"老翁："贱姓费名单。这老妪是我的老伴，这个后生是我的犬子。"老妪和年轻后生一齐向督罡行见面礼："向大伯施礼了。"督罡："无须见外，请坐请坐。你们从何处来？为何要到西岐去？"老翁："既蒙老兄相问，我就将我为何要到西岐的原因给老兄摆谈摆谈。"

费单收鄂蕾为义女

雷雨过后，东方发白。费单对妻子说："昨夜一阵好雨，今日漩洞中定可捉到娃娃鱼，我们早点去啊。"妻子回答："先到哪个漩洞？"费单："当然是先到玉女洞啊。"

费单与妻子穿过一座长洞走入漩洞，只见光亮处一个年轻女子躺在洞中。老妪急忙上前用手探了探鼻孔，发觉还有气息，便掐人中等穴位将她救活。姑娘醒过来后大哭："昝牛哥，你不要走，等等我。"老翁和老妪："姑娘，你是怎么掉进漩洞的？"鄂蕾："我是跳进漩洞的。"老翁："姑娘，有什么为难事给我们说，我们好帮你。"鄂蕾痛哭道："老爹老妈，你们没法帮我。你们是怎么走进漩洞里来的？"老妪："我们是从后山岩洞进来的。我们常常到漩洞里面来捉娃娃鱼。今天也是来捉娃娃鱼，正巧碰到你了。请问姑娘，你到底遇到了什么难事我们无法帮助你？"鄂蕾："我与昝牛哥被追到漩洞边，军士杀死昝牛哥以后，我跳下了漩洞。"老翁向坑顶看了看："幸好有几棵树枝挡了几下，不然你就粉身碎骨了。你是福大命大之人。有何难处尽管说，我们好帮助你。"

鄂蕾："大爹大娘，我与昝牛哥私订终身，母后、王兄和众大臣都不允许。我和昝牛逃至漩洞边，宕渠城总兵下令杀死了昝牛哥，拉我上轿回王宫。我才跳下了漩洞。我是生不如死啊。"老翁："你生在帝王家，与昝牛门不当，户不对，当然不能为王太后、大王和王公大臣们所容许。这样吧，你如不嫌弃我家贫穷，就做我的义女。我们以后让你自己挑选夫婿。"鄂蕾："大爹大娘，你们心肠好，我认了。但是，你们的儿女们能接受我这个苦命人吗？"老妪："我们一生就是为无儿无女发愁呢。你的到来，真让我们喜出望外。你用不着担心兄弟姊妹不同意的事。我们三个人一起过日子多好啊。"鄂蕾："既然如此，干爹干娘请受女儿一拜！"老翁、老妪："好好好，女儿，咱们回家去吧。"鄂蕾："请问干爹姓甚名谁？"干娘："你干爹姓费名单。"

这时漩洞口出现人影晃动。费单："快走，有人要下漩洞来了。"三人急忙走出山洞，回到了家中。

鄂蕾杀闾胥

闾胥公廨。闾丁："闾胥大人，人们传得沸沸扬扬，费家沱费单老头最近在漩洞里捡了一个如花似玉的少女，你说稀奇不稀奇？"曹富："真有此事？"闾丁："是真是假，一看便知。"

茅草房。曹富："费老头，你捡了个女儿为何不向我申报？"费单："闾胥大人驾到，小人不知，未曾远迎，恕罪恕罪。"曹富："你捡的女儿在哪里？"费单高声向屋内喊道："女儿，快快出来见过闾胥大人。"屋内立即传出银铃般的清脆声音："爹爹，女儿来了。"

曹富一双贼眼直盯盯地看着房门。只见走出一个姑娘，面若桃花，唇若涂朱，一双水灵灵的大眼令人心醉。身上穿着老妪的破烂衣裳虽不合体，却别有一番风味。曹富贼眼直溜溜地转。鄂蕾上前道了个万福："小女子拜见闾胥大人。"曹富："费老头，这么美的姑娘住你这破茅屋，穿你这破衣裳，多不得体。这样吧，这姑娘由我带走。你养这姑娘这些天，你要多少钱你说个价，我马上叫闾丁回去给你拿来。”费单：“这哪成呢？我的女儿你怎么能说带走就带走呢？”曹富：“费老头，我把姑娘带回家做我的五姨太，你就成了我的岳父大人了。我以后是不会亏待你的。”

鄂蕾杏眼圆睁：“闾胥，你想收咱为姨太太，看来你很有钱啰？”曹富：“不瞒你说，当然有钱。”鄂蕾：“我这些天花了老爹一百斤黄金，一千斤白银，你赔得起吗？”曹富：“哪里要得了那么多？费老头连什么叫黄金白银都不知道，你别涮坛子吓唬我。”鄂蕾：“你想要我做你的五姨太，必须拿一百斤黄金一千斤白银，否则休想！”曹富：“我的好姑奶奶，你怎么这么傻？尽帮费老头说话呢？你做了我的五姨太，你我就是一家人了，你的手肘不能向外弯嘛。不要说我拿不出那么多钱，就是能拿出来也要留着给你以后用嘛。”

鄂蕾：“既然拿不出来就给我滚！”曹富：“滚？小娘们儿，你也不知我曹富的厉害。你打听打听，我这堂堂闾胥，在我管辖范围之内，有什么想办的事办不成的！”鄂蕾：“你不要狗仗人势在此作威作福。快快给我滚！”曹富：“看来你是软的不吃想吃硬的，闾丁，将她给我抓走！”费老头上前阻拦，被闾丁打倒地下。老妪上前阻拦，亦被掀翻在地。闾丁伸手抓鄂蕾，被鄂蕾一个扫堂腿，打了闾丁一个嘴啃泥。曹富急忙上前抓鄂蕾：“看来你还会点武功，看我的！”

曹富说着，一拳劈头向鄂蕾打去。鄂蕾闪过身子，顺势一掌击中曹富后背，将其打倒在地上。此时，闾丁已从地上爬起来，抄起青铜剑向鄂蕾刺来。鄂蕾躲开身子，飞起一脚踢在闾丁的屁股上。闾丁滴溜溜地向前跑了七八步才趴在了地上，手中的青铜剑被抛出老远。曹富从地上爬起来也拔出青铜剑向鄂蕾刺来。鄂蕾急忙捡起闾丁的青铜剑与曹富打斗起来。战了几个回合，曹富一剑划破了鄂蕾的外衣。鄂蕾大怒：“你这个作恶多端恶贯满盈的家伙，休怪我手下无情了！”曹富：“你敢把本闾胥怎么样？”鄂蕾一剑直刺曹富咽喉。曹富顿时倒地毙命。闾丁跪地求饶：“姑奶奶，饶了我这条小命吧。”鄂蕾：“你狐假虎威为虎作伥，今日饶了你，明日又去危害百姓！”一剑结果了他的性命。

鄂蕾携二老奔西岐

茅草房内。鄂蕾将二老扶在凳上坐好，然后跪下：“干爹干娘，女儿给你们惹大祸了，随女儿一道逃走吧。”二老：“往哪里逃？”鄂蕾：“商国是个恃强凌弱的地方，不能去，往仁义周王的西岐去吧。”二老：“那里倒是个好地方，只是那么远的路程，你一个女儿身怎么出得远门？”鄂蕾：“女儿从小习武，爱女扮男装，从现在起，我就穿男装，你们呼我为儿子，不要再称为女儿了。好吗？”二老：“好吧。我们立即上路。”鄂蕾将曹富、闾丁尸体拖入茅草房内，关好门。三人向西岐方向而行。

督罡：“你们不用走那么远，就在賨国国内找个地方躲藏也行嘛。”鄂蕾：“天长日久难免走漏风声。我的行踪传到王宫里被太后和大王知道了又要招惹麻烦。我想走远些好让他们早些将我忘掉。”督罡：“你走远走近没什么，你干爹干娘走这么远的路程吃得消吗？”老翁：“我们边走边歇，也能走。”督罡：“你们就在我这里多住些时间也无妨。”鄂蕾：“多谢老伯。”

督罡收鄂蕾为徒

圆月高挂，大地一片银白色。鄂蕾走到洞前平坝中凝神聚气，挥拳踢腿，练起拳术。突然，一个声音称赞道：“好身手！”鄂蕾停下拳术：“啊，老伯，小女子献丑了。”督罡高兴地：“你这一套拳术是受何人教授呢？”鄂蕾：“受唐泰老师所教。”督罡惊奇地问：“这套拳术真是唐泰传给你的？”鄂蕾：“小女子岂敢说假话！”督罡喃喃自语：“你对这套拳术的套路已经初步掌握。”鄂蕾：“老伯是武林高手，请老伯不吝赐教！”

督罡：“我不会将武术轻易教人。”鄂蕾：“老伯要教什么人？”督罡：“推翻帝辛，这是我传授武术的大前提。你已具备了这个大前提。我一生只教两种人：一是自己的儿女，一是自己的徒弟。”鄂蕾：“老伯希望我做您的儿女还是徒弟呢？”督罡：“你已有干爹干娘，就做我的徒弟如何？”鄂蕾：“如此甚好，请受弟子一拜！”

鄂蕾拜过之后，立即在督罡的指导下，认真地练起賨人功夫风雷拳来。

第 38 章
唐泰志坚除叛逆　督罡出山复孝泉

唐泰在孝泉城抗击商军

河东都尉府。唐泰、唐坚回到营中，迅速制造弓箭和板盾，日夜教军士操练。商军一部前来进攻。唐泰率部与商军对阵，使出木盾，挡住了飞箭的射击；射出飞箭，击退了商军的进攻。正当他们向商军大举反攻时，一阵飞箭蝗虫般地射来，几个士遮躲不及倒在了地上。唐泰急忙命士兵停止反攻，将受伤兄弟救回原地。唐坚对唐泰："要是我们也能像商军那么密集地发箭就好了！"唐泰："商军人多，我们人少。"唐坚天真地问："人少能不能多发射飞箭呢？"唐泰："是呀，要是一人能同时射出几支飞箭就好了。"士兵甲："哪能一个人同时放出几支箭？"唐坚："能不能想办法做到呢？"

都尉府。唐泰就和唐坚一起琢磨起一个人同时放出几支箭的事来。他将两支箭搭在弦上同时射出，反复试验都不成功。后来他们终于制成可以连续发射的箭了。唐泰立即教全队士兵学习使用方法。有人问："这叫什么武器？"

唐泰兴奋地回答："就叫连弩吧。"几经改进，连弩成了战士手中的武器。唐泰将连弩用于实战，在战场上迅速发挥了作用。商军十分害怕这种新式武器。

河东都尉府。周王使者宣读姬昌圣旨："唐泰听旨：朕为嘉奖你屡立战功，特封你为剽悍将军，立即驻防孝泉城。"唐泰："谢主隆恩！"周王使者继续念圣旨："封唐坚、唐修、唐翔等为校尉。"唐坚、唐修、唐翔等："谢主隆恩！"周王使者："这孝泉城是周国最东边抗击商军的屏障。驻守孝泉城责任重大。孝泉城无事，周国东部就无大碍；孝泉城如若丢失，周国就门户大开，十分危险了。唐将军肩负重任，一定要尽忠职守，不要辜负大王对你的重托啊。"唐泰："末将一定尽心尽力，不负大王厚望。"

唐泰转向唐坚："坚儿弟，周王要我防守孝泉重镇。你可要多给为兄出主意啊。"唐坚："小弟一切听从哥哥吩咐就是。"唐泰："这才是我的好兄弟啊。"

孝泉城将军府。探哨：“启报剽悍将军，商军大军向孝泉城杀奔而来，请早为防备！”唐泰：“知道了，再去探来。”转向唐坚：“兄弟有何对敌之策？”唐坚：“兵来将挡，水来土掩。按《行兵布阵十八法》行事。”唐泰：“英雄所见略同。速速准备！”

商王宫大殿。帝辛：“闻仲丞相，姬昌反叛朝廷兵败被俘，已羁押羑里多年。姬发进献贡赋和美女，为他父王赎罪。你认为可以放回姬昌了吗？”闻仲：“微臣认为，姬昌年老体衰，悔过之心甚笃，久关无益，放他回国可以彰显大王仁德。”帝辛：“何人能担保姬昌不会再反朝廷？”比干：“姬昌年迈体衰已不足虑了。微臣愿作担保。”帝辛：“好，放姬昌回国。”

崇飞：“启奏大王，姬昌回国之后，招降纳叛，不再向朝廷贡献赋税和美女，反叛朝廷之心日显端倪。应当在他羽翼尚未丰满之时，及早将其铲除。”帝辛：“镇远大将军闻伦听令。”闻伦：“末将在。”“现在北蛮大举进攻周地，正好兵伐西岐，令其首尾难顾，我乘机灭掉周国。特命你率领五万人马攻打周国。”闻伦：“末将遵令，决不辜负大王重托。”

孝泉城外黑马山下，商军营帐。闻伦：“大王命我率军前往西岐问罪，我不得不即刻点兵往西行。风餐露宿行军多日，不觉已来到西岐边境孝泉城外黑马山下扎下大营。这孝泉城是西岐最东边与我商国相邻的一座小城。城不高，水不深，容易一鼓取胜。先锋吴贵听令，快快准备攻城！”吴贵：“启禀镇远大将军，孝泉虽城不大，墙不高，但是，孝泉城北面有任水河做天然屏障，其余三面重峦叠嶂，无法攀登，仅有崎岖小道通行。我大兵难于展开，怎么办？”闻伦：“先着左翼将军左联、右翼将军赵松率八千人马沿崎岖小道攻城。其余将士在后面依据山势分散驻扎待命。众将士听着：谁先拿下孝泉城，记首功，本将军重重有赏！”众将士：“诺！”

闻伦率左联、赵松等八千人马向孝泉城东门进伐。孝泉城东门外黑马山下黑池湾，是朝歌通向孝泉的必经之地。黑池湾是一块狭长谷地，两边高山陡峭，中间是一条不宽的峡谷。谷中仅有一条不宽的官道通行。官道的两边是松林和灌木林。左联率商军三千人马在前，赵松率三千人与押后进入黑池湾，大摇大摆地向孝泉城东门进伐。唐泰、唐坚等带领千余周军埋伏在松林、灌木林中，待商军进入伏击圈，一声鼓响，唐泰、唐坚、唐修带领周军一齐杀出，将商军杀死不少，仅有少部分向后逃去。左联走在前面想退回去已来不及，正进退两难之时，被唐坚一箭结束了性命。赵松闻报前军中了埋伏，急率骑兵前去救援。但沟中人、马的尸体挡住了通道，无法前进，只好退出峡谷。唐泰：“坚儿弟，我们已挫敌锐气，立即收兵回城。”唐坚：“好。准备明日再战。”

孝泉城下。闻伦率八千人马小心翼翼地从黑池湾两侧山上及沟中同时并进到了城下，布下阵来。

周军阵内。唐泰率兵布阵，策马上前质问闻伦道：“我西岐正与北蛮交兵，周国正处危难之时，闻将军乘人之危，发兵进攻孝泉太没道理吧？”闻伦：“西岐历年欠下赋税甚多，又不贡美女，实属无理之至！本将军奉帝辛之命，率大军前来问罪。识相的，马上自缚受罚，乞求大王宽恕。你孝泉城乃弹丸之地，兵不过五千，民不过三万，怎能对抗我天兵五万？你们昨日在黑池湾偷袭天兵已铸成大罪。本将军暂不找你算账。你若投降，此账可一笔勾销。倘再执迷不悟，妄图作螳臂当车之举，天兵攻城，瞬间城破身亡，你就后悔莫及了。”唐泰：“今帝辛暴虐无道，征调无期，造成天下汹汹，民怨沸腾。劝将军速速退兵，以免兵败名裂自取其辱。”闻伦：“想不到你小小年纪，倒伶牙俐齿，口吐狂言。左右，谁与我拿下这个叛逆之贼？”

商军阵内。一人应答：“末将愿往。”闻伦：“右翼将军小心为是。”赵松：“末将遵命。”唐泰骑马挥刀冲出周营：“无名之辈，无须前来受死。”

赵松：“唐泰，你这乳臭未消的臭小子，才真正是无名之辈。你胆敢与本将军应战吗？”唐泰：“无须多言，驰马前来接战。”

两人在阵中大战二十余回合。唐泰越战越勇。赵松渐渐乏力有所不支。唐泰寻个破绽，大喝一声，将赵松斩于马下。闻伦见状即令鸣金收兵。第二日，闻伦命先志将军搦战。唐坚出马，不数合，斩先志将军。闻伦见连失三员大将，指挥大军猛攻孝泉城。但由于兵力展不开，只好分批轮流攻城，多次打破城墙，使孝泉城险情不断发生。

唐泰杀朴七、罗震

唐泰率领孝泉城兵民及时杀退商军，加固城防，凭城固守，连败闻伦多次攻城。闻伦边攻城边派人到孝泉城中诱降，以高官厚禄引诱，串通了唐泰身边的朴七、罗震。

周王宫。周公旦：“启奏大王，今北蛮乘大王刚刚回国，您未得到帝辛册封，人心惶恐之机，大肆进攻我西岐；帝辛又派来大军进攻孝泉城，造成我腹背受敌之势。请大王速定应对方略。”姬发：“北蛮掳掠成性，帝辛羁押我父王，又派大兵来攻打我国，迫我就范。这可如何应对为好？”周公旦：“这两个敌人现在进行的都是灭我之举，面对周国生死存亡，如何应对不可稍有闪失。”姬发：“我权衡再三，传令孝泉城，唐泰将军固守待援，估计短时间内不会有大的险情。北蛮当剿除为先，待解除北蛮之患后再行解除孝泉之难。”周公旦：“大王决策英明。我立即率大兵专剿北蛮。”

孝泉城。都尉府。夜。唐泰看过周王固守孝泉命令后，在大厅中踱来踱去，烦躁不安。朴七、罗震二名校尉偷偷地来到唐泰面前：“请问将军心情为何如此烦躁？”唐泰：“闻伦所率商军包围孝泉日久，多次派人对我进行劝降。在外无援兵内缺粮草的情况下，怎能不忧心如焚？”朴七、罗震说：“唐将军，现在孝泉城外无援兵，内缺粮草，敌众我寡，势不堪敌。国家也不稳定：大王被囚，前途未卜。姬发尚未得到帝辛的册封。国内人心惶惶，周国前景堪忧。唐将军，小校认为，我们不必为周王效命，不如向商军投降，寻求一条生路，信许还可得个好的晋升。”唐泰：“你们二人所说的内忧外患虽然是事实，但是，只要我们齐心协力守城，我认为还是可以守住孝泉城的。”

朴七：“唐将军，周军在孝泉城仅五千人。商军五万人。两相比较，孝泉危若累卵。我们可不能以卵击石啊。”唐泰：“商军人虽多，跋涉劳顿，且出师无名；我军人数虽少，受爱国救民鼓舞，皆有同仇敌忾之心，且外有护城河拱卫，更有城墙环护，以逸待劳，仍有胜敌之数。”

罗震：“唐将军，商军奉真命天子帝辛讨叛逆之名，可谓名正言顺。周王忤逆帝辛，神灵不佑，恐怕会遭到天罚。我们劝唐将军还是早早归顺帝辛好。千万不要执迷不悟，误了自己的前程啊。”唐泰：“国内人心的确有些不稳。但是，周王对我等不薄，怎好随便离去？”

朴七：“凡人都有趋利性。相信唐将军你也有趋利性。现在周王自身难保。他给那么点小恩小惠有什么难于割舍呢？”

唐泰思忖：“我若就此揭穿他俩的阴谋，恐于我不利。我还是先稳住他们，从容准备后再揭穿他们。”唐泰：“你们的建议，容我考虑考虑。”

罗震：“此事事关身家性命，不容久久迟疑不决。投靠帝辛宜早不宜迟，请将军速作决断，以便我俩及时前去联络。”唐泰：“夜深了，你们回去吧。”

战场。商军搦战。朴七、罗震向唐泰请缨：“我俩前去抵敌。”二人说罢，不待唐泰下令即冲出阵去。战不两合，商军将领向阵外败去，朴七、罗震紧紧追去。瞬间不见了踪影。大家正在惊愕之时，他们三人又回到阵中厮杀。战了一阵，不见输赢，便各回本阵。

孝泉城都尉府。几案前。朴七、罗震向唐泰施礼毕：“启禀将军，我们已与商军约定，明晚子时举火为号，开启城门，迎接商军入城。事成之后，商军封你为明智将军，仍驻防孝泉城。请将军再勿抵抗！”唐泰：“二位辛苦，今夜已晚，可早早回去休息。此事需周密部署，不可走漏风声。明日上午再议。”朴七、罗震：“是！”随即退下。

清晨。唐泰召集众将校于灯火辉煌的大堂。大堂正中。周文王的画像高挂正堂。大堂庄严肃穆。唐泰率领将士向文王叩头：“大王，泰儿誓与孝泉城共存亡。”众将士：“我们愿跟随唐将军共抗商军！”唐泰：“请朴、罗二位校尉前来听令。”朴七、罗震：“小人在。”唐泰：“你们不忠不义，瞎了狗眼，想叫我叛国投降。左右，将这二个叛国之人推出斩首示众！”

朴七、罗震二人高喊：“唐将军，你身为賨国人，你的兵士也是賨国人，何必为周国卖命呢？”唐泰：“不错，我是賨国人，我的兵士也是賨国人。我们抵抗商军，不仅仅是为周国而战，也是为賨国而战，更重要的为反暴辛、为正义而战！”

朴七、罗震：“投降帝辛，福禄双至，荫庇子孙，前途无量。我们是为你好啊！”唐泰：“我永远不会到暴辛那里去找前途！众将士，你们说对不对？”众将士：“对，我们决不会到帝辛那里去找前途！”唐泰：“快将朴、罗这两个叛逆之徒推出斩首！大家听着，谁要投降，这二人就是他的下场！”

众：“嗨！”

唐泰：“我们驻守的孝泉城直接关系周国安危。我们守住了孝泉城这个周国的东大门，就保住了周国，帝辛才不敢轻易杀害文王，文王回国才有希望。大家共同奋斗啊！”众：“将军说得对，我们坚决守住孝泉城！”

深夜。孝泉城楼上冒出了火光。城门开启，吊桥放下。守候在城下的闻伦一挥手：“吴贵先锋带兵入城！”吴贵带着千余人刚冲过吊桥，吊桥突然升起，城门紧闭。城墙上乱箭齐发，商军将士纷纷倒。冲入城内的一部分商军将士，在街巷中被唐泰、唐坚所率兵士截杀。其余商军将士纷纷缴械投降。吴贵被周军乱箭射死。

北蛮战场。周公旦：“尔等北蛮与我大周世代为邻，为何屡犯我边境？”

北蛮帅：“我北蛮大王有令，天下者，北蛮之天下也。先灭周，后灭商，一统天下，为时不远。你们可早早投降，也有建国之功！”周公旦：“癞蛤蟆想吃天鹅肉，你野心不小，可知天下事并非是武力就可以决定一切的吗？”北蛮帅“闲话休讲。我与你一战定输赢！”两军大战，死伤狼藉，难决雌雄。周公旦：“北蛮牵制我军主力，商军乘机进犯我东部，令我首尾难顾，如之奈何？”

闻伦袭取孝泉城

孝泉城外商军大营。闻伦：“诸位将士，我受帝辛之命攻打周国，现在却在一个小小的孝泉城下伤亡不少，历时已久，仍攻不破，如何是好？”参军：“将军，我军攻城方法太单一。周军凭坚固守我们就拿他没办法。我们要想法分散守城兵力才好攻城。”闻伦：“怎样才能分散他的兵力？”参军：“如此这般如何？”闻伦：“此计甚佳。”

孝泉城下。闻伦：“唐泰将军，你我排兵布阵斗法，你若胜，我自行退兵；我若胜，你自行退出孝泉城如何？”唐泰“闻将军想凭人多势众取胜之意不是昭然若揭吗？”闻伦“非也。我若以五万之众对你五千人，当然是以多取胜。现在你我各派一千人出战，我若增加一人即为败。将军以为怎样？”唐泰：“好便是好，只是不知以何时为期？”闻伦：“以十日为期如何？”唐泰：“好，以十日为期。”

孝泉城将军府。唐泰：“闻伦要与我斗法，我们怎么对付？”唐坚：“赶快拿出巴山老祖给我们的兵书《行兵布阵十八法》来看，制定应对之法。”唐泰：“我们虽然在认真研读，但是还未真正入门。急时要用怎么行？”唐坚：“赶快请老师来协助我们吧。”唐泰：“坚儿弟，军情紧急，我不能脱身，只好由你一人去请。务必在两天内将老师请来。马上动身去吧。”

军需长唐翔：“启禀都尉，我们城中粮草将尽，怎么办？”唐泰：“我们原先派出唐修率领的那一支人马突围到村寨募粮，现在返回来没有？”唐翔：“还未返回。”小校：“禀报都尉，唐修在南门城下叫开城门。是否马上开城门？”唐泰：“后面有没有商军追赶？”小校：“后面有大队商军紧紧追赶。”唐泰：“坚儿弟，我们出城先将粮草接进城再出发。”唐坚：“对。”

城下。吊桥迅速放下。唐泰和唐坚一马当先，冲过吊桥，与商军激战。唐修的运粮队伍也返身杀敌。两军鏖战。

商军大营。闻伦：“小的们，唐泰出城救粮草，南城门大开，我们正好攻城。赶快打进城去，本将军大大有赏！”众：“是！”闻伦指挥大军抢占吊桥，攻入城中，周军抵敌不住，孝泉城被商军占领。

孝泉城上。闻伦：“唐泰将军，你坚守的孝泉城已落入我手中，快快向帝辛投降吧，包你有享不尽的荣华富贵！”

孝泉城下。唐泰：“闻伦将军所说太荒谬了。帝辛暴虐，天下人共愤，闻伦将军岂会一点都不知道？你助纣为虐能得到什么好的结果，你也不仔细想想。我劝你早日醒悟，不要做帝辛的替罪羊。你如早点投靠周王尚不失明智之举，早点退出孝泉城更是一种明智的选择。”

孝泉城上。闻伦：“唐泰将军，不要在此饶舌了。要么投降，要么攻城，悉听尊便！”

孝泉城下。唐泰指挥攻城，不利。唐泰：“兵退十里，再作道理。”

唐坚请师出山

周军后退十里扎下大营。唐泰：“唐坚校尉，丢失孝泉，周国门户洞开，罪责不轻。我人少不宜攻城，怎么办呢？”唐坚：“我们赶快前去请老师来帮助我们退敌吧。”唐泰：“情况危急，我怎能离开军队。还是你一个人前去请老师吧。”唐坚：“孝泉城刚刚失陷，你的确离不开军队，要稳定军心，随时提防闻伦偷袭。我马上去请老师。”唐泰：“老弟，拜托你了。你一定要想办法将老师请来帮助我们破敌。如果他不愿意亲自前来破敌，便请他把破敌方法讲清楚，我们才好照着去办。”唐坚：“小弟知道。我一定想办法把他请来。告辞了。”

摩天峰白云洞。唐坚：“老师，我与唐泰将军奉命驻守孝泉城，今不幸被商军夺去。周国情况万分危急。泰儿将军命我前来请老师帮助退敌。千万请老师走一趟。”

督罡：“商军带兵的人叫什么名字？”唐坚：“闻伦。”督罡：“是别人带兵我能去，闻伦带兵我不能去。”唐坚：“老师是怕他武功高强不能敌吗？”督罡：“不是。”唐坚：“是怕他智力过人不能敌吗？”督罡：“不是。”唐坚：“这也不是，那也不是，是怕什么呢？”督罡：“闻伦虽然年龄比我小得多，但是我与他在朝中时有八拜之交。我为长兄，他为幺弟。我们发誓同生死，共患难，我现在怎么能去打他呢？”唐坚：“老师反帝辛遭贬，闻伦保帝辛得宠，你们八拜之交还有没有用？你怎么不好见他？你是怕帝辛吧？”督罡：“我怕帝辛？我恨不得将帝辛碎尸万段！我是怕闻伦知道了我的下落。”

唐坚故意地：“闻伦早已知道你的下落了。”督罡：“他是怎么知道的？”

唐坚：“他是怎么知道的，他没给我们说。他问我们师从何人？唐泰将军说，说出来吓死你。我们师从’巴山老祖'督罡！他哈哈大笑一阵后说，这世道真叫人不可思议，像督罡这样的下三烂也称起’巴山老祖'来了。”督罡：“格老子！他闻伦是个什么东西？不认我这个大哥也罢，竟敢骂起老子来了！气煞我也！”唐坚：“老师，他还骂了你许多孬话。”督罡：“他是怎么骂的？”唐坚：“徒弟怎么说得出口？”督罡：“气煞我了。这么说来我是非去收拾他不可了？”唐坚：“看在师徒分上老师是该去走一趟。”督罡对鄂蕾说：“徒儿在此好好伺候义父母，我助徒弟收复孝泉后马上回来。”鄂蕾：“师父，徒儿带上干爹干娘一道去报仇雪恨！”

鄂蕾随师到孝泉

督罡："我徒儿真有孝心，随时将义父义母记挂心上。但是，战场乃是险恶之地，随时有不测之事发生。他们年事已高，不宜去担惊受怕。他们去了且有诸多不便。我山洞中十分安静，生活无忧，你在此伺候他们最好。"费老头："老兄，义女都不要为我们发愁。我们生活能够自理，还能为你看守山洞，你们放心杀敌去吧。"鄂蕾："义父考虑周全，就照义父说的办。"督罡紧握费老头的手："兄弟费心了。"大家与费老头夫妇挥手告别而去。

督罡同唐坚、鄂蕾飞速奔向孝泉。转过山冈，一片激烈的喊杀声扑面而来。唐坚对督罡说："师父，我哥正率周军与商军大战，我们怎么办？"督罡在山头上仔细观察两军对战情况后对鄂蕾说："你到周军同唐泰一起将商军引向西方，越远越好。我同坚儿才好使计。"鄂蕾答道："遵从师命。"

鄂蕾跨上战马飞奔周军前与唐泰见礼："唐将军，请随我来！"二人四目相对，十分惊讶。唐泰："公……"刚要出口，鄂蕾急忙打断："唐将军，称我鄂小弟好了。不要称我为公子。"唐泰急忙改口："好，不称公子，喊老弟为好。"鄂蕾："师父命我前来助你将闻伦弓 I 出孝泉城。"唐泰："遵从师命。"

督罡妙计复孝泉

唐泰、鄂蕾击败商军后冲到孝泉城下。唐泰高声喊道："闻伦老儿，快快让出孝泉城，否则，叫你死无葬身之地！"

闻伦大怒，率大军冲出城门、吊桥，与唐泰接仗。唐泰战不几合便退。只见英姿飒爽的一员女将前来接战。闻伦大笑："唐泰，你输得只能，找些女娃儿来能挡住本将军？"鄂蕾上前战不几合打出一飞镖，将闻伦的头缨打落。闻伦大惊："这小女子厉害！"闻伦往后退走。左翼先锋接住大战。战了十余回合，鄂蕾打出飞镖，正中左翼先锋咽喉。左翼先锋跌落马下，被商军救回。商军右翼先锋出战，鄂蕾战不几回合佯装力竭后退，唐泰立即命令军队后撤，高声说："保护好女将军。"闻伦见周军后撤："周军败了，快追！谁捉住这个女妖精就赏给谁！"商军高喊："杀呀，捉住女妖精当婆娘！"

唐泰和鄂蕾率队一口气跑了三十里。闻伦和右翼先锋率商军紧追不舍："小的们，今天务必要了唐泰的狗头！杀呀，本将军有重赏！"众："杀杀杀！"

孝泉城外小山。唐坚："师父，闻伦大军已出城与唐将军交战。我们是否可以攻城了？"督罡："不能攻城。"唐坚："唐泰已杀死商军一将，我们可以行动了？"督罡："还是不能行动。"唐坚："唐将军已撤走，闻伦率大军紧紧追赶，已不见踪影了，我们可以行动了吗？"督罡："可以行动了。大家穿好商军的衣服，打着商军的旗帜，随我来。"一队商军打着斗大"侯"字旗帜迅速向孝泉城而去。

孝泉城下。督罡高喊："城上守军开门！"城上军士问道："你们是什么人？"督罡："本将军是殿前都检点闻统，今奉帝辛之令，前来督战，快开城门！"守城将军说："我们不认识你，等闻将军回来后再开城门也不退！”督罡：“胡说！闻伦将军十天半月不回来，难道也叫本将军等他十天半月不成？你们敢不服从帝辛旨令？”守城将军：“你们受帝辛之命，有什么为证？”督罡手指手边大旗：“瞎了你的狗眼，帝辛颁发的大旗都看不清！还不赶快打开城门！”

吊桥放下。城门打开。督罡率唐坚等进入城中：“你们各队快到城楼、营帐巡视！本将军到闻将军议事厅等候闻将军。”众：“是！”唐坚带着队伍分头向城楼走去。督罡带着一支人马一直走到都尉府前停下：“来到闻将军议事厅。传帐前值日校尉问话。”帐前值日校尉：“请问将军有何吩咐？”督罡：“传令所有将士一律下城回营房休息。”帐前校尉：“城防咋办？”督罡：“诸位将士辛苦了，城防由将军所带将士代替你们守城。”帐前值日校尉：“将军所说不对吧？要说辛苦，你们千里迢迢一路劳顿比我们更辛苦，该你们歇息去吧。”

唐坚抽出宝剑架在帐前值日校尉的脖子上：“少啰唆，快传令！”帐前值日校尉：“是。”

唐坚指挥所带周军去到各军营将商军缴械。孝泉城楼重新竖起周军“唐”字大旗。

荒原。闻伦：“唐泰跑得比兔子还快，不必再追了，快快回城，明日再追！”众：“是！”

长烟落日。孝泉城门紧闭。闻伦在城下高叫：“开门！”

孝泉城上。唐坚指着迎风飘扬的“唐”字大旗：“将军息怒，孝泉城姓唐不姓闻了！”

孝泉城下。闻伦气急败坏地：“前面城不能进，看身后尘土飞扬，唐泰率队已经杀来，我们快快绕城而退吧。”众：“是！”

孝泉城都尉府。唐泰：“我重新收回孝泉城，全靠老师奇谋！”督罡：“帝辛气数已尽，闻伦无力回天，命该如此。”唐泰：“请问，对这次俘获的商军怎样处置？”督罡：“愿降周王又愿当兵的，编入你的队伍；想回家的发给路费放他回家；不愿投降又不回家的放回商国。”唐坚：“放回商国？老师，不能这么便宜了敌人！”督罡：“商军攻打我们之时是我们的敌人，现在放下了武器就不再是我们的敌人了。我们放走被俘虏的商军，为的是彰显周王仁义之举。”唐泰：“师父立意高远，我们应当照师父说的办。”

第 39 章
浴血守住东大门　唐泰督罡受封赏

鄂蕾月下诉衷情

孝泉城楼。月光下。唐泰和鄂蕾夜巡。城外，商军大营偃旗息鼓，只有几点鬼火不时打破寂静。唐泰：“看来，商军今晚不会有大的行动了。”鄂蕾：“随时提防敌人的进攻，才能做到有备无患。”唐泰：“对，还是公主考虑得周到。宁可千日不战，不可一刻不备。”

鄂蕾看着皎洁的明月，深情地对唐泰说：“泰儿哥，你看星星为什么总是跟着月亮走？”唐泰直率地答：“星星和月亮是好姐妹。”鄂蕾：“为什么月亮被乌云遮住，星星也无光了？”唐泰：“星星和月亮的命运紧紧相连。”鄂蕾：“我们远离賨国，为什么又在一起了？”唐泰：“他乡遇故知，这是人生的一大幸事。”鄂蕾：“泰儿哥，当年你不辞而别令我好伤心啊！”唐泰：“请公主一定要体谅小人的难处。”鄂蕾：“我坚信呇牛就是你的化身。呇牛被杀，我投漩洞自尽，幸得不死。天地这么大，老天又安排我们重新见面了。”唐泰：“公主，小人已与龚栗订婚，曾经向天立下誓言，永不变心。小人不敢违背立下的诺言。”鄂蕾：“泰儿哥，我现在不是公主，已经是费单的干女儿了。”唐泰：“不管你是公主还是平民百姓，我都把你当成是自己的亲妹妹看待。”鄂蕾：

“不管是公主还是平民，我都不是要做你的亲妹妹。我爱你之心永远不变！”唐泰：“妹妹，要不是帝辛，你我都不会受到这么多折磨和痛苦，都早已有了自己美满的婚姻和家庭。我们之间的感情是纯真的兄妹之情。帝辛是造成我们痛苦的恶魔，我们要齐心协力，推翻帝辛！”鄂蕾：“好，我们共同努力，早日推翻帝辛！推翻帝辛以后，我要和你永远在一起。”唐泰：“公主，推翻了帝辛，你我各自都可以找到自己的幸福。”鄂蕾：“泰儿哥，我对你的真心永远不会改变……”

唐泰烧船

探马飞速跑上城墙禀报道："报！任水河中发现几十艘商军的运粮运械船！请唐将军速定对策！"唐泰迅速走到督罡住处："请军师下达旨令。"督罡略作思索后说："唐泰将军带领一队劫运粮运械船；唐坚将军带领一队佯装劫营牵制闻伦大营主力；我和鄂校尉带领一队守城。劫船结束，大家立即收兵回营，不可恋战。现在大家分头劫营、劫船。"众：，'是！"

孝泉城南门大开，唐坚率领大队人马出城，每人高举两支火把快速巡回奔跑，高声呐喊，虚张声势，在急促的战鼓声中逼近商军营房，不时发射火箭，摆出劫营态势。闻伦大惊："敌人大队人马劫营来了，各营严守营房分头抵抗！"众："是！"

唐坚并不指挥军队冲入商军营房，仅在营房外绕着营房边走边摇旗呐喊。闻伦："夜晚不辨东西，不知周军虚实，立刻传令各营，大家不得擅自出营房杀敌，以免中敌奸计！"众："是！"

任水河边。唐泰带领周军悄悄地摸索前进到商军各船附近。大家一齐跳上船，将熟睡中的商军乱砍乱杀，迅速控制了各船。唐泰命周军将士将船上粮食和军械搬上岸。孝泉城中的百姓立即接住向城中搬运。人人都尽最大的力气搬运粮食和器械。唐泰见实在搬不走了，便令军士放火烧船。商军小校遥见任水河中火光冲天，急忙向闻伦禀报"将军，大事不好，唐泰劫我们运粮食、器械的船了。"闻伦大叫："我们中了唐泰声东击西之计了，快去救粮船械船！"

唐坚见闻伦向率队向河边赶去，虚张声势地追赶一阵后，立即收兵回营。

闻伦率队赶到河边，见各船都已烧去大半，有的已一半沉没，仅露一半在水面，救也无益了。闻伦看着烈火，捶胸顿足大呼："天灭我也。"

孝泉城中。唐泰："此次劫营、劫船都获大胜。粮食和盐巴，一部分留作军用，一部分分与参加运输的老百姓和老弱病残之人。将士们劳苦功高，除执勤之人上城监视敌人以外，其余人员早早安歇，准备明日抗击敌人！"

众："是！"

孝泉城外青松岭。商军大营。商军兵士："久旱不雨，酷暑难当如何是好？""我们将营帐移到松树下避避酷暑吧？""好，就这么办。"

军士们纷纷将营帐移进松树林。唐坚得知这个情况后，派出小分队到松林下放火。只见火借风力，风助火威，毕毕剥剥，将青松岭上商军烧死不少。

都尉府议事厅。军需长唐翔："禀告唐将军，此次劫营、劫粮、火攻商军虽然都取得了胜利，但是，经过这么久作战，我们库存的箭镞不多了！请赶快想办法。否则，商军攻城，我们无法抵抗！"唐泰："各位将士，大家共同想想办法吧。"唐修："我们不能想办法找材料自己制造吗？"唐翔："我们城中能制箭镞的竹子都砍光了，再也没有自己制造箭镞的原材料啊。"

唐坚："我们到城下去捡敌人射来的飞箭，可供一时之用。"唐泰："对呀，我们就用敌人射来的箭镞！"唐坚："敌人射来的箭镞不多啊！"

督罡借箭

督罡："我们能不能想办法叫敌人多送些箭镞来？"唐坚："除非敌人疯了，他能主动给我们送箭镞来吗？"唐泰："你说对了，我们就是要想办法，让敌人疯！"唐坚："谁有办法让敌人疯？"

议事厅案前。督罡："敌人当然不会轻易疯，主动将自己的箭镞送给我们。我和唐修校尉守城，你们去准备。"督罡招过唐泰附耳语数句。唐泰："此计大妙。我们照着军师说的办法去办，等着敌人送箭来！"

孝泉城墙。夜色朦胧。战鼓擂动。城门开启，冲出数个庞然大物，通过吊桥直向商军营栅逼近。庞然大物眼放绿光，口中不时吐出火焰，身上依傍着一个个身穿灰衣的将士。

商军大营。商军哨兵："启禀将军，周军不知弄了些什么十分凶恶的妖魔神怪前来劫营了！大家十分害怕，吓得不敢出营房迎敌！"闻伦："敌军用妖术劫营来了，这可不好对付。妖术难破，大家快放箭！防止敌军攻入营内！"商军一个个向周军神怪猛烈发射飞箭。箭头像飞蝗一样射中了灰衣军士的身体。灰衣军士身中飞箭，一个个垂吊在神怪身上不能动弹。妖魔鬼怪停下，不再向商军营栅靠近。商军士兵："启禀朴将军，妖魔神怪不再向我们逼来，停止在营栅外边了。看来，我们已将他的法术破了。周军灰衣将士一个个斜躺在神怪身上不能动弹，看来是被我们射死了！"闻伦："好，给我狠狠地射，看他还敢不敢劫营！"商军再一次猛射。周军的神怪在原地转动身子，不再前进。闻伦："在我军重击之下，周军妖魔鬼怪失灵，伤亡殆尽，怎能再行攻击我大营？停止射箭！"众将士："谨遵将军之令！停止射箭！"

周军的妖魔神怪在夜色掩护下慢慢退回城中。

孝泉城中。唐泰："军师神机妙算，战车胜利返回，可喜可贺！众将士劳苦功高，应予嘉奖！各营队立即将稻草人从战车上解下来，清理一下，此次从稻草人身上共得了多少支箭？"唐坚："启禀将军，军师的办法真灵，商军真的发疯，给我们送箭镞了。我们没费多大力气，一下子就获得了商军送来的七万支箭！"唐泰："我们除了好好谢军师以外，还该好好谢谢闻伦将军。哈哈！"督罡捋了捋胡须："还是唐将军指挥有方。"

唐坚："这正是：大军师巧设奇谋解燃眉，闻伦心甘情愿送箭来。"众将士："唐坚将军真是秀才，出口成章！可钦可佩！"唐泰："你们可别小看唐坚将军，他可是个学富五车、才高八斗、文武全才的将军啊！"唐坚："众位过奖了，唐将军过奖了，过奖了。"

商军大营。商军校尉："启禀将军大人，唐泰昨晚搞神怪袭营，为的是获取我们的飞箭。今晚不再搞神怪袭营之计了，仅在城墙上吊下黑衣人，不知要搞什么鬼花样。"闻伦："不要理睬它，这是唐泰搞的阴谋诡计引诱我再次给他送箭。他以为我们就那么愚蠢还会上他的当。唐泰智竭计穷，再也无新办法可想，只好出此劣招，见鬼去吧。"

唐泰夜袭

孝泉城墙高耸。乌云满天。唐坚："各位将士听着：唐将军命九成将士休息，一成将士继续垂下稻草人，擂鼓呐喊，骚扰敌人。"众："是！"

闻伦："大家不要被周军擂鼓迷惑，安心睡觉，养精蓄锐。唐泰蠢到极点，故技重施，以为我还会上他的当。大家别理他，好好睡觉，准备明日再战。"商军对城墙上的黑衣人连看都不看了。

将军府议事厅。唐泰："一连过了十来日，商军都不理会我们夜晚的行动。今晚挑选五百名勇士组成两个虎贲队，由唐坚将军带领一队袭击敌人东营；由鄂校尉带领一队袭击敌人西营。我和朴修文带一队前后接应。仍然照前几晚上那样垂下城去，悄悄潜入敌人营寨放火！"唐坚、鄂蕾："是！"

商军大帐。闻伦："大家好好睡觉，明天好上阵杀敌！"

黑云蔽空，星光暗淡，夜深人静。商军已熟睡。游动哨走过之后，仅有哨兵在营房门口打瞌睡。唐坚、鄂蕾率领虎贲队员分别靠近敌营，抹掉敌哨，冲入敌营，放火的放火，砍杀的砍杀。熟睡中的商军很多被砍死，活着的商军东窜西奔，争相逃命。凄惨的哭叫声直冲霄汉。唐泰率领大队人马乘机攻入商军营内，大肆砍杀。闻伦在慌乱中率领部分人马狼狈逃窜。唐泰："鄂校尉，停止追击。"

鄂蕾："敌军溃败，正好乘胜追击，为何停止追击？"唐泰："我军已追赶数十里，不知敌人后方情况，不可孤军深入，恐遭埋伏。"鄂蕾佩服地点点头："泰儿哥，你真是一个有勇有谋的将军啊！"唐泰："小妹，你不是也能带兵作战了吗？"

北蛮战场。周公旦："我与北蛮交战日久，尚未取得胜利，难以抽兵支援孝泉。不知孝泉战况如何？时刻让我焦心。"

唐泰骗取闻伦良马

孝泉城下。闻伦："泰儿将军，我今调集重兵又将孝泉城团团围困，你还是不要逞一时之勇对抗天兵，快快献出孝泉城，帝辛一定大大有赏！令你有享不尽的荣华富贵！"

孝泉城楼上。唐泰："将军之言甚佳。你我攻防数月，伤亡俱大。城民受困，将士疲惫，皆已厌战。我也不想守这座城了。你想得到孝泉城，可用五十匹良马来换。"

城下。闻伦："你要良马何用？"

城楼。唐泰："将军有所不知。周王最爱护老百姓，命令我城可以不要，但是，一定很好地保护老百姓。我之所以不能轻易撤离孝泉城，是因为城中有许多伤残人员没法撤走。他们没法撤走，末将便不可能丢下他们自己撤走。因此，末将撤走，需良马将他们一齐带出城去。闻将军若不用良马来换，我运不走伤病员，就只好在这里坚守不退，将军你就休想得到孝泉这座城池。"

闻伦："你要五十匹良马运伤员精神可嘉，要五十匹良马也不难，你可得说话算数！"

唐泰："这次说话当然算数。"闻伦："你运送伤病员只要有马就行，何必一定要良马？”唐泰：“做事一定要干净利落，我最看不来的就是拖拖沓沓。难道要我们撤几天也撤不出去才好吗？”闻伦：“泰儿将军说得也对。好，我就选五十匹良马给你送来。你可要速速撤出孝泉城啊！”唐泰：“这个自然！”

商军阵内。参军：“将军，唐泰不是讲信义之人，不可再次上当啊。”

闻伦：“兵不血刃，用五十匹良马换座孝泉城，值得！再说，他困守城中，如不出城，这五十匹良马拿去有何用处？城破之后，这五十匹良马，不仍然是我们的吗？快快送去马匹，看他再耍什么花招！”

参军带领一支人马将良马送到城下：“唐将军，五十匹良马已如数送到城下，请速派人接收。闻将军问你何时交城？”

城楼。唐泰：“请参军留下马匹，所带军队稍退，待我军查核这五十匹马是否真属良马以后再定交城时间。”

城下。参军：“请唐将军查验，此马皆属上等良马。”

城楼上。唐泰见送马的商军陆续退去，立即派军校打开城门将良马接入城中。唐翔：“禀报唐将军，此五十匹马确属良马。”唐泰：“好。”

唐泰立即挑选五十名精壮勇士组成虎贲队，将这五十匹良马全数分给五十员精壮勇士：“将士们，明日阵前虎贲队冲击敌阵之时，全军将士要勇猛杀敌，为国立功！”众精壮勇士：“听从将军将令！”

城楼下。闻伦叫骂：“唐泰，你收到良马已整整一天了，为何还不交城？你真是个无耻的小人，怎么一点信义也不讲，屡次欺骗于我？你怎么在这世上做人？”

城楼上。唐泰：“闻将军之言差矣。非是末将不兑现诺言，我本想撤出孝泉城，以免生灵受涂炭之灾。但是，伤病员都不同意撤，我正在极力对他们进行劝说。请闻将军不必性急。现在劝说还未见效，有什么办法？”

商军大营。参军：“我军被唐泰获虏后，一部分人被杀了头；一部分人被迫投降；一部分人发给路费放回家。”闻伦：“想不到唐泰这小子还会恩威并施，瓦解我的军队。这种方法对我极为不利。本将军奉帝辛之命率大军进攻小泉关为时已久，劳师动众，伤亡颇多，却久攻不下，难复帝辛之命。孝泉城墙不高却坚固，池水不深却难渡，强攻不成，封高官诱降更不抵用，这便如何是好？好不急煞人也。”

闻伦施用美人计

参军：“将军大人，看你茶不思，饭不想，坐卧不安，好为难啊。”闻伦：“你我受帝辛重托，却被一个无名之辈唐泰拖得如此狼狈，怎不令人又气又恼！”参军靠近闻伦一步：“强攻不成，封官许愿不成，何不另想良策？”

闻伦：“参军有什么良策请速速道来。”参军：“世界上最能打动男人的莫过于美女。古人说，英雄难过美人关。我们何不在美女身上做点文章？”闻伦：“参军不提醒，我到忘了。只是此事操作十分不易。”参军：“这个不难，只要将军舍得出钱，此事包能办成。”闻伦：“我不痛惜钱财。我们的军费已花去了那么多，都毫不痛心。如此计成功便可省下大量的军费开支，止息干戈，得一重要关隘。两相权衡，花费一点钱财又算得了什么？只是何人去办为好？”参军：“如果将军信得过不才，便交给我去办，我一定尽心竭力办好。”闻伦：“你去办理我最放心，你可速去朝歌城中办理。”参军：“将军大人，你听我的好消息吧。”

朝歌城。茶楼酒肆。歌舞廊坊。参军匆忙出入。“万年春”歌坊。参军与老板分坐于茶案两边。参军：“老板，这个美女就一百万定了。你要在一个月内让她进一步精通歌舞管弦多种技艺，并用珠宝翡翠金玉衣服将她装扮得美若天仙，我便来取！”老板：“必须再添二十万。”参军：“一个也不能再添。这是国家需用我才出此高价。平时，就是二十万你也休想得到！”老板：“好吧，一百万就一百万。交钱带人！”军师：“你也太小看人了，难道国家拿不出你这么点钱？”参军向老板交钱后将美女带回军营。

闻伦看过美女，对参军问道：“如此美女所花几彳可？”参军：“五百万出头。”闻伦：“如此昂贵？”参军：“老板还不干呢。还是我软硬兼施才讲下了这个价钱。”闻伦：“也罢。唐泰见了此美女，就是冰雪心肠也要被融化。参军真会办事。”军师：“谢将军夸奖。”闻伦：“参军带着我的书信去见唐泰将军，向他献此美女。另献九十九名美女犒劳众将士，请他交出孝泉城。”

都尉府大厅。唐泰：“使者到此，有何事见教于我？”参军：“闻将军欲向唐将军进献一美妓，以慰将军长久征战，离家之苦。另献九十九名美女犒劳众将士，谨听将军之命。如蒙允准，我回营马上送来。”唐泰答：“谢谢闻将军美意。今日已晚，明天早晨送来不退。”参军：“明日送来，众目睽睽多多有不便。今晚送来，神不么知鬼不觉岂不更好？”唐泰：“既是犒劳众将士，岂有不让大家知道之理！偌大一百个活人怎么避得开众人耳目，日久天长众军士怎么会不知道？我已说过，明晨送来方予接纳。”参军：“好。就依唐将军，明晨送来。”

军师帐下。唐泰：“军师，闻伦送来一百名美女慰问我们，你说怎么办为好？”军师心中大怒：“闻伦这小子在战场上捞不到好处，便用美人计来瓦解我军的斗志。这一招是对年轻将士们的一个严峻考验。唐泰能不能闯过这一关？”军师：“将军你打算怎么办呢？”唐泰：“很明显这是闻伦的美人计，妄图用美女来瓦解我军的战斗力，进而消灭我们。手段狠毒啊！”督罡：“古人言英雄难过美人关。你有此眼力，超过了千古英雄！你打算把美女怎么处置？”唐泰：“把美女统统杀掉，以免祸害天下！”督罡：“美女何罪？她们是无辜的！”唐泰：“把美女退回去，便宜闻伦那小子？”督罡：“退回美女能让天下人知道帝辛、闻伦的荒谬与无耻，更能显示我军守城毫不动摇的决心，从精神上战胜闻伦。”唐泰：“谢军师父教诲。”

都尉府大厅。宴席排列整齐。唐泰带领众将士全体早餐。军士向唐泰禀报：“启禀将军，闻伦的使者献妓来了。”唐泰：“让他进大厅来！”军士将使者及身着艳丽服饰的一百名美妓引入大厅。众将士十分惊愕地看着最前边的一个美女：花容月貌，举止端庄，雍容华贵，步履轻盈，真是人间少有，恰如天仙临凡。有的将士发出了惊叹声：“人间哪来如此美女，真神仙下凡啊。”唐泰面无表情，大声地对众将士说：“闻伦将军怜我唐泰离家室久远，舍美妓见赠，实在是关怀备至也。然而闻将军不知，我唐某妻子早已被帝辛掳走，至今并无家室。我发誓不找回原配妻子，今生决不另娶。闻将军送美女为的是要我让出孝泉城，以美女换孝泉城。可是，他不知道，孝泉城不是我唐泰的私产，而是周王的孝泉城，不是我唐泰能够随意支配的孝泉城！周王命我守孝泉城，我受周王恩深，誓不背叛，决不会放弃孝泉城。况且，我手下将士战卒近万人，浴血奋战，皆远离妻子，我们岂能以女色为乐，置大义于不顾？”唐泰说完啼泣呜咽。三军将士都感动得流下了眼泪。众将士：“唐将军是我们的楷模，我们要像唐将军一样忠心报国！”唐泰“我原打算将美女全部杀掉！军师教导我，美女无辜，罪在帝辛与闻伦。我决定将美女放回去。让天下人知道，我周军将士是不为色利所动的铮铮男子！让天下人知道，帝辛与闻伦是毒害天下的祸星！”众：“对，退回美女！”

商军大帐。参军灰溜溜地将美妓带到闻伦面前跪下：“闻大将军，唐将军愚蠢至极，不愿纳妓，真是世界上少有的蠢男子也。这样的人是四季豆——不进油盐，如之奈何？”闻伦：“唐泰软硬不吃，只有强攻。我已再次调集万人将孝泉城围困。”参军：“将军英明，捉住唐泰，将他碎尸万段！”

城楼下。闻伦对参军：“现在布阵攻城，务捉唐泰这个毫无信义的小人。”

闻伦指挥攻城，军队刚开始调动，孝泉城门突然大开，唐泰带领五十名精壮勇士从城门中飞驰而出，迅速冲入正在调动的商军阵中，直奔闻伦帅字旗大砍大杀。唐坚立即率领大军紧紧跟随，杀向敌阵。闻伦慌忙指挥抵抗。可是，阵脚大乱，将士们只顾自己逃命，不听指挥。闻伦不得已，也只好骑马逃命。周军五十名精壮勇士在唐泰的带领下与唐坚所带人马会合，俘获三百多名商军将士后撤回孝泉城中。

周军营内。唐泰面对俘获的商军军士说：“帝辛残暴引起天下共愤。你们愿意参加周军的，站到右边。愿回家的，站到中间，我发给你们盘缠，放你们回家。死心踏地保帝辛的，留在左边，一律杀头！”顿时，大部分人站到了右边，表示愿参加周军。唐泰：“唐坚将军，你将愿意参加周军的弟兄重新编队。”唐坚“是！”面对站在中间的人，唐泰说“唐翔，发给这部分兄弟一些盘缠，让他们回家。”唐翔：“是！”面对站在左边的几个人：“你们真的愿意为帝辛而死？”几个人回答：“帝辛才是真命天子，你们造反是大逆不道，是要遭到上天处罚的！”唐泰：“你们既然死心塌地为暴君卖命，我现在就让你们如愿以偿！”唐泰转过身去，命令士兵：“送这几个冥顽不化的死硬分子上路吧！”几个士兵立即上前，迅速砍去了几个死硬分子的脑袋。

督罡论奖赏

都尉府大厅。唐泰：“我们数次打败商军，为何有的人口出怨言？”唐坚：“一些将士说我等拼死守城，连连得胜，却得不到周王的任何奖赏。因此口出怨言，说周王对我们太不公道了。”督罡：“周王与我们不通消息，没派人来慰问将士，因此引起将士怨恨。必须立即疏解将士们的怨气。”唐泰：“全军集合！”

校场。微风吹拂，旌旗飘扬，队列整齐，鸦雀无声。唐泰：“将士们，我们坚守孝泉，流血牺牲，有大功而无奖赏，有人口出怨言，这对不对？”众：“不对！”也有人说：“对！”

唐泰："请说口出怨言的理由！"一人高声说道："奖惩乃安邦治军之道。"唐坚："周王是奖惩分明的。"一人高声说道："我们扛住了商军的进攻，为什么得不到丝毫奖赏？"唐泰："我们的父母兄弟姐妹子女亲友，送我们上前线为的是什么？"众："为的是保卫国家平安。"唐泰："他们送我们上前线，现在平不平安？"众："平安！"督罡："大家说得对！我们守孝泉，我们的父母兄弟姐妹子女亲友才能平安地生活，对不对？"众："对！"

督罡："我们在前方打仗，没有得到奖赏，心中该不该有怨气？"有的说："不该有怨气！"有的说："该有怨气！"唐泰："有怨气该怨谁？"一个军士高声说："怨周王。我们在前方流血牺牲，他一点奖赏都不给！完全忘了我们！"唐泰："周王没有忘记我们。前不久还给我们送来了慰问信。"士兵："慰问信有什么用？能当饭吃吗？"督罡："慰问信证明周王没有忘记我们。我们绝不是为了领取奖赏才来参加战斗的。我们参加战斗，是保卫我们自己的家园，是报答周王的大恩！是保卫父老乡亲。如果连自己的父母妻儿都不能保卫，还算什么血性男儿？孝泉城被围数月，一直与周王通不了音信。大家克服了许许多多难以克服的困难，流血牺牲，英勇杀敌，没有丝毫退缩，说明大家是顶天立地的血性男儿！我们的情况无法禀报，周武王正率周军与西狄作战，怎么能够对我们进行奖赏呢？我们能够因为没有得到周武王的奖赏，就对周王产生不满情绪，就不保卫我们父母妻子吗？"唐坚："军师说得好，我们是为保卫周国而战，是为保卫我们父老乡亲不做帝辛的奴隶而战，绝不是为奖赏而战！"众将士："对，我们是为自己不受帝辛的奴役而战，不是为奖赏而战！"唐泰："为自由，不管有没有奖赏，我们都要坚决战斗到底，决不退缩！只要还有一个人在，孝泉城都绝对不能丢！"众将士十分感动，纷纷说道："我们没有怨气了。人在孝泉城就在，请将军带领我们杀敌！"

督罡:"今晚,以五十名骑兵编为一个虎贲队,唐修、唐翔、唐全各带一个虎贲队,分南、西、北三门出城，对敌人发动袭击。唐泰、鄂蕾各率五十名骑兵出东门袭击敌军主帅营。唐坚负责守城。大家行动要快，杀敌要狠，撤退要迅速，办得到吗？"众："办得到！"

吊桥放下,城门突然打开。唐泰、唐全、鄂蕾、唐修、唐翔一齐冲出城门冲入商军营内。他们看见商兵近处就用刀砍，远处就用箭射。酣睡中的商兵来不及抵抗就被砍杀不少。

闻伦见唐泰所带兵士不多，不禁哈哈大笑："些许小兵也来夜袭，自取灭亡之道也。小的们，立即迎战，活捉唐泰！"

唐泰："消灭闻伦，在此一战，有进无退！"

全体将士人人志在死战，锐不可当。商军招架不住，纷纷溃退。闻伦见无法抵抗，只得率领亲兵且战且退。唐泰、鄂蕾与唐坚合兵一处，合力杀向商军，迅速斩杀商军将官三十多人，杀死商军数百人，追杀数十里，直到不见闻伦旗帜为止。唐泰、唐坚点检自己军队无一人伤亡，胜利而归。众将士："闻伦败回商国，孝泉城得到保全，皆赖军师神算，所以得此大胜！"督罡："非我之神算，皆赖众将士勇猛神力。在战场上，你越勇猛，敌人就越难伤害你；你越胆怯，就越容易受到伤害！"

武王奖赏孝泉功臣

周王宫。姬发："唐泰将军以五千之军力抵抗五万商军，孝泉城失而复得，扛住了商军的诱降和美人计，巩固了我国东部边防，解除了我东顾之忧，为国家立了大功，立即重赏！"唐泰："谢大王！我们能战败商军，一是靠大王洪福齐天，二是靠众将士英勇善战。因此，不应重赏我，应当重赏浴血奋战的全体将士。没有他们的流血牺牲、英勇作战，仅靠我唐泰一人恐怕任何一件事都不可能做成。"周公旦："孝泉乃周国东部门户，没有你们的坚守，一旦失守，周国立即就会面临灭顶之灾。现在孝泉守住了，既保全了周国，又为进军朝歌保持了一条很好的通道，唐将军为我们周国立下了不朽的功劳。"姬发："对唐将军所率军队应予重重奖赏！"

唐泰："启奏大王，巴山老祖也应嘉奖。"姬发："巴山老祖是谁？"唐泰："启奏大王，巴山老祖也是賨人，曾任商王帝乙的殿前都尉和边关总兵。他当面斥责帝辛暴虐无道，受到三公子追杀；隐入秦巴山中，不多时日须发皆白，山民称之为巴山老祖。"姬发："对巴山老祖即刻给予重赏。"唐泰："賨国公主鄂蕾也应给予重赏。"姬发："鄂蕾公主是怎么到孝泉的？"

唐泰："賨国公主鄂蕾争取婚姻自主，与昝牛逃出王宫，受到追杀。昝牛被斩杀后，鄂蕾公主跳涧寻死，幸得义父母救助。鄂蕾公主将妄想强行收自己为妾的乡正杀死后，带义父母投奔西岐，历经生死磨难，幸遇巴山老祖，并被收为徒弟。在巴山老祖的教导下，武艺更加精湛。她在孝泉保卫战中，同我们一起浴血奋战，立下了赫赫战功。"

姬发："快快请公主鄂蕾、督罡大将军。"周公旦："请公主鄂蕾、督罡将军进宫。"姬发见师徒二人走进大殿，十分高兴地说："两位俊杰光临，甚幸甚幸。周、賨两国世代为邻，世代友好。唇齿相依，情深似海。督大将军忠勇剽悍，敢于当面直斥帝辛暴行，声名远播宇内，我们深感佩服！今日得睹尊颜，果然精神矍铄，光彩照人！鄂蕾公主敢于反抗帝辛，上阵杀敌，不亚须眉，令朕钦佩不已！来到周国，在保卫孝泉的战斗中，再次显示巾帼英雄本色。朕决定给予督大将军重赏！并隆重嘉奖犒劳守卫孝泉众将士，抚恤阵亡将士家属和伤残将士。封唐泰为大将军，鄂蕾公主为巾帼将军，唐坚为将军，督罡为大将军兼军师。唐全、唐翔、唐修均授校尉。"众："谢大王重赏！"

姬发："将士们，我们虽然击退了这一次商军的进攻，但是，帝辛仍然会派商军来进攻我们，时刻威胁着我们。面对这险恶形势，怎么办？"唐泰："帝辛一日不除，天下百姓便一日不得安宁。微臣谏言，打到朝歌去，推翻帝辛，解救天下百姓出苦难！"姬发："唐将军这个建议非常好，说出了天下百姓的心声。但是，帝辛现在的势力还很大，我们的力量还不能够马上推翻帝辛。我们必须广招人马，加强军事训练。等到力量强大后，才能够打到朝歌去，推翻商王朝。"督罡："大王英明，既高瞻远瞩，对天下大势了然于胸，又脚踏实地，深知敌我短长。微臣谏言，大王推翻帝辛，深得天下人心。只要发出号召，必能招得无数人马。末将虽别无多少长处，却深知训练新兵不难，老朽愿为大王训练新兵贡献绵薄之力。"唐泰等："我们听从大王旨令，广招新兵，加紧训练，尽快实现伐辛伟业！"姬发："好！大家分头行事去吧。"众："遵令。"

第 40 章

唐泰设计捉策虎　鄂旺朝议助大周

文王访得姜子牙

茅草房前。姬昌正与几个老人促膝谈话：“帝辛无道，将朕骗到朝歌羁押于羑里，长达数年。现在，朕终于脱离了帝辛的牢笼，回到了周国。朕跋山涉水，不辞辛劳，四处访贤，招揽人才，为的是励精图治，振兴我周国，推翻帝辛的残暴统治，让老百姓过一个安定的生活。请你们将知道的贤能之士向朕推荐好不好？”白发老翁：“大王你思贤若渴，举国皆知。小民向您推荐一个人才，他就是拥有文韬武略的姜子牙。姜子牙早就显露出治国安邦的奇才，帝辛听信妲己毁谤之言，不给他施展才干的机会，并对他进行打击陷害。姜子牙逃出王宫，隐姓埋名到渭津垂钓，但他却声名远播。大王你何不请他为你出力，共襄振兴周国的盛举呢？”姬昌：“感谢老翁指教，我立刻出发，前去拜请他。”

山道。车轮辘辘。姬昌日夜兼程，赶往渭津。渭水河边。头戴斗笠，身披蓑衣的姜子牙正坐在一块大石上专心垂钓。姬昌在石下躬身静候。殿前都尉等得不耐烦了：“大王，无须久等，待微臣前去唤他前来见您就是！”姬昌：“姜子牙是天下英才，岂可随便召唤，需真诚拜请，方表诚意。必须耐心等待，不可造次。”

钓竿。大鱼。姬昌等待良久。姜子牙慢吞吞地举起钓竿，只见钩上已有了一条大鱼：“皇天不负有心人，终于有大鱼上钩了！”

殿前都尉上前躬身行礼：“姜太公，周王静候你几个时辰了！”姜子牙哈哈大笑：“周王找草民何事？”姬昌急趋上前：“太公，朕特地来拜请你助朕治理周国。”姜子牙：“草民失敬了。”姬昌：“不必谦逊，朕是诚心拜请您的。请先生教我救民治世之道。”姜子牙：“尧舜之时，仁政治国，百姓乐业，人人安定。帝辛以武力东征西讨，胁迫天下顺从，造成人神共愤。施行尧舜仁政，推行帝辛暴政，天下才可太平。”姬昌：“请先生助朕治世去辛。”姜子牙：“草民遵命。”

周文王将姜子牙延请入宫，聘为冢宰，委以治国治军重任。姜子牙施展治国安邦的雄才大略，全力辅佐周王治理周国，很快使周国强盛起来。周王见国力逐步强大，老百姓已丰衣足食，便扩充军队，准备伸张仁政大义，讨伐暴虐帝辛。

唐泰等闻姬昌升天噩耗，推翻帝辛志弥笃

孝泉城。训练场上。唐泰率领大家进行紧张的训练。周王宫使者来到训练场上，十分沉痛地说：“賨人兄弟，告诉你们一个十分不幸的消息：我们敬爱的周王姬昌升天了！”唐泰急切地问：“我们敬爱的周王姬昌得了什么病？”使者：“我们敬爱的周王姬昌是被残暴帝辛折磨死的。帝辛真狠毒啊，设计将我们敬爱的周王姬昌骗到朝歌软禁到羑里，折磨了几年，使周王得了不治之症。周王回国后，延请姜子牙等一大批能人，安抚百姓，励精图治，振兴周国。但天不假时，周王回国后不久就病发升天了。帝辛虎视眈眈，随时准备灭我周国。现在周国由周王的二儿子姬发代行王权。姬发大王命令各军加紧军事训练，随时准备抗击商军的进攻。大家要加紧训练，效忠武王啊！”

众将士闻此噩耗，无不痛哭失声。大家声讨帝辛的罪恶，歌颂文王惠民爱民的高贵品德。唐泰：“闻听文王姬昌逝世噩耗，不由得我悲痛欲绝气愤填膺！暴虐的帝辛欺压百姓手毒心狠，使天下的老百姓无处安身。我们賨人深受周王恩惠，应当用实际行动报答周王大恩！”唐坚：“老百姓受帝辛之苦太深了。在帝辛残暴统治的地方，没有一块地方可以得到安定，连年大灾大难没有止境：一些地方连降大雨，洪水泛滥，淹死人畜；一些地方，病虫危害严重；一些地方，连年干旱。这些灾害都造成庄稼没有收成。老百姓没法活命，投靠周王，全靠周王给了我们一个安居之地，才有了今天的好日子。”

唐翔：“老百姓生活如此凄惨，残暴的帝辛欺压百姓却丝毫不作收敛，致使老百姓在苦难深渊中越陷越深。老百姓的田地他随意霸占，强征暴敛巧取豪夺更是没有止境。暴虐帝辛实在是可恶可恨！民怨沸腾无处把冤申！”唐坚：“这个社会是非颠倒：老实本分的人原本并无罪过，帝辛却滥施刑罚将他投进监牢关押；一些人原本是罪恶之徒，帝辛却赦免他们的罪过并且加以重用。因此，行凶作恶之人为非作歹，更加肆无忌惮。”唐修：“人们整天提心吊胆，不知何时会飞来横祸。老百姓惧怕帝辛的官吏犹如惧怕老虎和瘟疫。”

唐泰：“周王为老百姓排解困难，深受老百姓爱戴，帝辛却将他当作仇人。老百姓怎么不对暴虐帝辛产生怨恨之心！”唐修：“阴险的帝辛罗织罪名大搞陷害，良臣贤士被迫害得四处逃亡，无处安生。”唐坚：“帝辛已成为天下罪恶之源。照这样下去，谁还会热爱帝辛统治下的这个国家？危急之时谁还会愿意出力救助帝辛这个国家？”

唐泰：“在暴虐帝辛的统治下，正人君子受到无情的摧残，他们忧国忧时的心一天比一天感到绝望，一日一曰忧愁成倍地增长。面对人心怨恨，帝辛不但不纠正自己的过错，反而大肆兴兵，讨伐不听话的诸侯，屠戮生灵！帝辛只顾自己享乐，大修宫苑亭台和肉林酒池，使老百姓疲于奔命，流离失所，家破人亡！”唐全：“老百姓度日如年，时时

亥咳阖想推翻这个暴君！”

使者：“你们说的完全是事实，我们都看在眼里气在心里。现在国家危急，你们要好好训练，增强本领，为国出力啊！”众：“我们时刻听从武王号令，赴汤蹈火在所不辞！”

校场。唐泰：“我们原本是賨民，被帝辛压迫得无法生存，才投奔西岐谋生。周王不歧视我们，把我当亲兄弟看待，发给我们粮食，解决我们的生活问题；将大片高山荒凉之地划拨给我们开垦耕种，还送来种子、耕牛和犁头，教我们将荒山野地治理成生长庄稼的土地。我们在这里盖起了新房，种着庄稼，过上了不愁吃穿的幸福生活。”唐坚：“不仅我们这一支賨人到了西岐，四方无法生存的贫苦百姓都远远地来到这里谋生，同样地受到了周王的关怀和照顾。大家把岐山的荒地开垦成良田，把岐山的道路修建得平平坦坦，把荒山野地建设成美丽的庄园，把这里打造成一片朝气蓬勃的繁荣景象。”

唐泰：“周王本是爱民的君王，他善用贤臣而且法令分明，使人民生活得到了安康。周王是我们的好君王，我们应当永远怀念他，忠于他。我们建设好了周王这个国家，不仅惠及自身，造福于当代，同时也是为子孙造福，世世代代不再受帝辛的欺压！我们大家齐心协力为振兴周王这个国家献计出力好不好？”大家齐声回答：“好！”

唐坚：“请泰儿哥将大家对老大王悼念的心意向武王汇报去吧。”唐泰：“这个建议太好了。每人马上折一朵白花，我立即将它送进王宫。”

帝辛不听比干劝谏

帝辛宫。闻伦：“启奏大王，桀骜不驯的姬昌死了。”帝辛哈哈大笑：“姬昌反对朕早就该死！现在该朕安享安乐了。现在朝歌和鹿台两处扩建王宫工程进展如何？”冢宰奏道：“两处工程进展很快，不日就可请大王巡视了。”帝辛：“加紧修建，不可延误了朕定下的工期。”冢宰：“是。”帝辛：“到肉林酒池边玩耍去吧。”众：“遵旨。”

朝歌城。鹿台城。两地帝辛王宫扩建工地。建筑脚手架高耸入云。监工挥舞皮鞭，驱打服徭役的民工：“快快干活，误了工期，帝辛要砍了你们的头！”民工敢怒不敢言地看了看监工，继续干活。

肉林酒池边。琴声悠扬，舞女婆娑，半裸男女追逐嬉戏，欢笑之声不绝。群臣大块吃肉，如牛饮酒。帝辛搂着妲己边吃肉喝酒，边狂叫：“再如牛饮一次！哈哈！”比干：“启奏大王，征伐鬼方、西狄、九苗等地已耗尽财力，现在正对东夷用兵，所需费用更多。天下百姓不堪重负，啼饥号寒，或卖妻鬻子，或背井离乡远死沟壑，甚为可怜。您却又大建肉林酒池，大兴土木，劳民伤财。老百姓快活不下去了。这样下去，国家很危险了啊。想帝尧治天下以俭为本，时刻想到老百姓的安危，所以甚得民心……”

帝辛：“你口口声声称帝尧，你的心中只有唐尧。唐尧有什么能耐？他治理的不过是一个小小的国家，怎能与朕泱泱大国相比？朕天资聪敏善辨是非，膂力超人徒手能斗猛兽。朕开疆拓土，囊括海内，功盖日月，岂是唐尧之流可比？朕为堂堂天子富有天下，万民称颂，何来忧愁可言？想不到你比干却危言耸听，大放厥词，散播诋毁朕之秽言，污蔑朕行为不端。说什么朕没有将聪明才智用在治国安邦的正道上；攻击朕穷兵黩武，荒淫无度，杀忠良贤臣为无道之举。简直是胡说八道！朕为天下之主，多找几个美女充实宫廷，多和几个女人玩玩就是荒淫？将朕惩办恶毒攻击朕的九侯铊为肉浆，把疯狂咒骂朕的鄂侯做成肉干，说成是朕的无道之举，真是无稽之谈！难道朕不该惩罚他们，听任他们诋毁咒骂？真是可恨至极！”

比干：“大王，你如果不立即停止荒淫暴虐，残杀忠良之举，国家就会立即招来灭亡之灾啊！”帝辛：“你不要以长辈身份教训朕！更不要与那些反对朕的人沆瀣一气，诋毁朕。来人，将比干赶走！”比干高叫：“帝辛大王，不听劝谏后患无穷啊！”比干被几个武士连拖带拽拉走了。帝辛：“大家尽情玩吧，不要被比干扫了兴致。”众：“是。”欢声笑语顿时响彻云霄。

唐泰献计组建伐辛联军

文王灵堂。唐泰背着一大袋纸钱、白花，走近文王灵前，跪献白花，焚烧纸钱：“老大王恩重如山，却遭到了帝辛的迫害和摧残，我们賨人向老大王敬献白花，表明我们賨人誓死为老大王报仇雪恨的心意！”武王扶起唐泰，面对大家说道：“众卿和众将士：帝辛不仅迫害父王，更是穷凶极恶地摧残天下百姓。帝辛横征暴敛逼得天下百姓实在过不下去了。我们现在必须加紧招募兵士，扩充军队，尽快组建一支讨伐暴君帝辛的大军，既为父王报仇，更为早日解救天下百姓出苦难。怎样才能尽快实现灭纣大业，请众爱卿多献良策。"众：“是。”

唐泰：“启奏大王，近年来，末将等仅招得数千新兵。像这种速度，不知何年何月才能积聚起伐辛的力量。微臣谏言：要组建大军讨伐帝辛，只招收周国的人远远不够。怎么办？大家知道，讨伐暴辛是天下百姓的共同心愿。我们完全可以联合天下愿意伐辛的国家共襄盛举。”武王边听边点头：“这个谏言很好。”唐泰：“请大王派出使者联系邻近愿意伐辛的各国大王，请他们派兵组成伐辛联军，共同推翻暴辛。只有联合伐辛，才可以尽快增强我们的力量，更快推翻帝辛。”武王连连点头：“唐将军说得极是。请尚父立即制定国书，派出使者，到可靠友邦去联系吧。嗯，賨国是唐将军的故乡，请唐将军带着朕的印信回賨国去请賨王助周伐辛好吗？”唐泰：“微臣遵命。微臣还有一事启奏，我的乡亲一直惦念着要回到老家去。请大王恩准他们实现自己的心愿。”武王：“热爱家乡是一个人的美德。热爱自己的家乡，必定热爱自己的国家。热爱自己的国家是大忠大孝表现。朕知道，你的乡亲都是大忠大孝之人。周賨是世代友好邦国，你告诉乡亲，他们虽然回到了賨国巴林县，不要忘记曾经生活过的西岐。”唐泰：“我代表家乡父老深谢大王！我们决不会忘记曾经生活过的西岐。”

唐纯率众重回唐家寨

西岐原野，賨人屯。唐泰回到西岐住地对唐纯说：“族首老辈子，告诉你一个好消息。我已请得武王恩准，我们投奔西岐的父老乡亲可以马上回归故土了。”唐纯立即高声地对大家说："乡亲们，仁慈的周王派唐泰出使賨国联络賨王派兵助周伐辛。鄂王已经把我们的家乡巴林县收回賨国了。唐泰已奏请周王同意让我们重回故乡。愿意留下的留下，愿意回故乡的，大家一起随唐泰将军回故乡。"众："太好了，我们都愿意随唐泰将军一道回故乡。"唐纯、唐仁立即带领投奔西岐的唐家寨人踏上了回归賨国的路程。

唐泰、唐纯、唐仁带着一起投奔西岐的父老乡亲回到賨国巴林县地，只见满目疮痍，令人发指。唐纯气愤地说："帝辛把我们可爱的家乡破坏得多惨啊！"唐仁："我们要立即重建家园。"唐仁走到一口古井边，捧起井水咕咕咕地喝了个够："我朝思暮想的家乡水啊，今天终于又重新喝进嘴里了，好清甜！"唐泰、唐坚跪拜在唐戬坟前："爷爷，孙儿祭拜您了！"

突然，山沟里传来哭叫声："遭天杀的强盗，光天化日之下活抢人啊！""救命啊！""打土匪啊！"唐泰、唐坚等抄起武器直奔山沟，只见一伙土匪，用刀枪逼着老百姓高声喊道："快快交出你们的粮食财物，可饶你们不死！"唐泰、唐坚等立即上前与土匪大战："不准危害老百姓！"一个老翁高声骂道："这帮土匪活抢人啊！"一个土匪头高声喊道："老子们是督县令、夕县尉派来收赋税的官差！你们别以为鄂旺打走了商军，龚善重做了县令就可以过上安稳日子了！这巴林县仍然是督县令的天下！谁敢不向督县令交赋税就叫他家破人亡！"唐泰、唐坚、唐仁、唐纯等带领众乡亲一齐上前将土匪打得大败而逃。土匪边跑边说："你们别猖狂，咱们走着瞧！"

唐泰见大股土匪已逃走，大声说道："不用再追了。乡亲们，鄂旺大王赶走了商军，使巴林县重新回到了賨国的怀抱。"众乡亲："太好了。"老翁："可是，督策、夕虎却仍然纠集一些人以征赋税为名到处打家劫舍祸害百姓，造成人心惶惶。"

唐坚捉住一个土匪厉声喝道："你们是什么人胆敢如此放肆！"唐纯审问土匪："你叫什么名字？官府可曾追捕过你们？"土匪："小人名叫朴述。官府曾多次追捕我们，都被我们逃脱了。"唐纯："这支土匪不除，我们怎能得到安宁？唐泰，你必须马上想办法剿灭这支土匪。"老翁："督策、夕虎的土匪队伍十分狡猾，官军追捕，他们便四处流窜。官军见不到人影，他们又疯狂劫掠。"唐坚："这么说来，督策、夕虎不是一时可以消灭的……"唐泰："督策、夕虎虽然纠集了一些害人虫扰乱社会，但毕竟是邪不压正，成不了大气候，终究要被消灭！朴述，我问你话，你愿不愿意改邪归正重新做人？"朴述："小人原本是正直之人，跟随督策打家劫舍是受督策裹挟迫不得已之事，心中时常受到良心的责备。现在遇上了你们这些好人，愿意重新做人。"唐泰："你必须说实话。"朴述："小人若有半点假话，天打五雷轰！"唐泰："你如果真有良心，就应当同我们一起消灭督策、夕虎纠集的土匪。"朴述："小人愿意和你们一道消灭这支土匪。说实话，你们不容易消灭他们。"唐泰："你愿不愿意戴罪立功？"朴述："小人愿意戴罪立功。督策、夕虎作恶多端，心底里十分却害怕遭到报应，经常找仙师算命，给神仙烧香，寻求解脱。"唐泰："他们亲自找仙师算命吗？"朴述："他们通常是通过罗霞的父亲罗嘉找仙师算命。"唐泰："罗霞是什么人？"朴述："罗霞是夕虎最宠爱的一个宠妾。夕虎很多算命求仙的机密大事都通过罗霞的父亲罗嘉去办。"唐泰："现在给你一个重新做人的机会。你能带我们去见罗嘉吗？"朴述："小人愿意带你们去见罗嘉。"

唐泰将唐坚、唐修等几个兄弟叫到一边，紧急磋商捕捉督策、夕虎的办法：“武王交付的使命必须在最近完成。乡亲们的祸害必须尽快清除。请鄂旺大王派大军远水不解近渴。时间紧迫，如何是好？”唐坚：“我认为可以冒险利用朴述进行智取是最好的办法。”唐修：“要是朴述说假话，让我们落入他设的圈设套怎么办？”唐坚：“我们控制好朴述，在村外设好埋伏，能够确保万无一失。”唐泰：“利用好朴述进行智取，大家这么办……”众：“对。”

唐泰扮仙师获得罗嘉信任

夕家大院门渠江边，罗嘉与几个亲友宴于临江亭上。朴述敬酒道：“夕老爷派小人专程送来黄金十两，祝罗老先生福寿双全，你应高兴才是，可是您为何脸露愁容？”罗嘉叹了口气：“烦心事不少啊。”忽听得亭外有人叫道：“不用五行四柱，能知祸福凶吉！”罗嘉问：“什么人敢说这种大话？”朴述：“他是新来的仙师。”罗嘉道：“给我叫来。”朴述立刻呼叫：“仙师过来。”不一会儿，只见走来一个头戴破帽，身穿烂衫，弯腰曲背，手执布幡的仙师。布幡上画着伏羲神像，神像两侧分别写着“指点迷途君子祸福”“能知过去未来吉凶”的偈语。仙师边走边摇动神环。江边迅速聚集起一群看热闹的人。

朴述问道：“仙师果能知过去未来？”仙师：“自幼熟读伏羲《变经》，所以能前知五百年，后晓五百年之事。不知你有何疑难需解？”朴述说：“仙师，你仙术灵验吗？”仙师：“不灵验任受贬责！”朴述“我家耕牛被盗三日了，求个卦，看看还能不能找回来？”仙师：“请将你的生辰八字报来。”朴述：“子时、甲日、庚月、巳年。”仙师掏出仙卦，口中念念有词一阵，将卦打出：“是个和卦。”他掐着指头算了一阵：“东家耕牛未被盗，只在东山脚草丛中去找就是。”朴述匆匆而去，不多时牵着一头大水牛而回：“仙师真灵！耕牛果然在东山脚草丛中找到了。”众：“仙师真神奇！我算我算！”

罗告：“仙师，我家房屋垮塌，何时可动土？”仙师掐算一阵道：“今日不能动土，动土必伤人。”亭外一人跑来喊道：“罗告，你家伤人了，快回去！”罗告：“今日动土家中果然出事。仙师真神算啊！”匆匆离去。

罗嘉：“人多嘈杂，请仙师借一步说话如何？”仙师：“仙机不可泄露，请各位暂避一下如何？”朴述：“大家避一避吧。”众：“好。”罗嘉见众人离开后，低声问道：“仙师，我问一个人的生死。”

仙师：“老翁将他的生辰八字报来。”罗嘉用手指在仙师手上画了几画。仙师沉吟一阵后慢慢说道：“此人命悬一线，危在旦夕。”罗嘉：“你可知他前世？”仙师：“此人前世是个蛤蟆精，作恶多端，被关在昆仑山下牢房。经过上千年的拘押与折磨，他表面上改过自新，发誓痛改前非；暗地里买通看守他的押狱，获得出监投胎为人机会。他本应用自己的聪明才智造福于人，他却用自己的奸诈狡猾和武功，称霸一方。多行不义必自毙，去年当死。”罗嘉：“他为何没死？”仙师：“他的牢头留他有用，将他保下了。不过今年又有大凶。”罗嘉：“今年的大凶是否可解？”仙师沉吟良久：“今年这关嘛，不用算了。”罗嘉：“怎么不用算了？”仙师：“护短休问。”罗嘉：“决不护短。”仙师：

“再请年月日恐有差误。”罗嘉再次说了八字。仙师再为他打了一卦：“老翁，且休再为你的亲人卦算。”罗嘉：“我不忌讳，诚心求解。在下一定重谢！”仙师：“卦象不好：白虎罩顶，大难临头！”罗嘉：“此卦主何灾福？”仙师：“实不相瞒，主你求算之人当死。”罗嘉：“却是何年何月死？”仙师：“就在今年十月。”罗嘉：“是否可解？”仙师：“实在难解。”罗嘉：“仙师不知我罗某为人，我从来不吝惜金银，请仙师一定为我的亲人排解劫难。事成之后，我一定重谢！”仙师：“老先生也不知本仙师的为人。本仙拆字行卦排解他人劫难，只为自己和子孙行善积德做好事，而不是借机敲诈钱财。”

罗嘉：“请仙师为我亲人指明排除劫难方法。”仙师：“罗老先生，求神算卦最讲究心诚，心诚则灵；不诚，说之无意。”罗嘉：“老朽心最诚。仙师教诲如有不遵，天打五雷轰！”仙师：“罗老先生言重了。既有诚心，我就为你乞求排解劫难的方法吧。”仙师又虔诚求卦：“此是仙机，不可泄露。如果泄露，必受大灾！”罗嘉：“老朽岂敢泄露天机。”仙师：“既然如此，你愿早解还是迟解？”罗嘉：“当然是早解。”仙师：“早解，恐怕你办不到。”罗嘉：“没有什么办不到的。”仙师：“今天九月初九是个最好的日子。子时，你的亲人必须亲自到雷震山山顶焚香化纸祭拜天地、祖宗及四方鬼神，乞求消灾，方得灵验。”罗嘉：“需要带些什么祭品？”仙师：“我为你算卦之人画一道乞神护佑神符，带一只大红公鸡，一壶清酒，十炷清香，一令黄表纸，一对大蜡烛烧化即可。”罗嘉：“这点祭品就能排解大难？”

仙师：“神不敛财。祭品不在多寡，心诚则灵。难，有可解不可解之分：可解的点到即可解除；不可解的就是一座大金山也化解不了。只要他亲自去祭拜，诚心悔过，就没有解不了的劫难。记住，必须亲自到场才灵验。”仙师迅速画好符，递与老翁：“天机不可泄露，切忌给别人谈及此事！”罗嘉：“多谢仙师指点。”

唐泰率众捉夕虎、督策

黄昏。仙师收拾好布幡，行至村口与唐坚、唐修等会合。唐修说：“泰儿哥，你这个仙师真神啊。”唐泰：“没有你们的全力配合，我这个仙师能成仙师吗？”唐坚：“只是不知罗嘉上不上钩？”唐泰：“安心等到九月初九擒贼吧。”

雷震山高耸入云。九月初九夜晚。半轮圆月时隐时现更增添了山野的神秘与静寂。罗嘉带着几个家丁举着火把向山顶登去。山顶一侧。唐泰带着唐坚及数十个勇士静静地观察着罗嘉一行人的行踪。山脚。数百名官兵迅速封锁了下山通道。罗嘉登至山顶，摆上供品，点燃香蜡和纸烛，虔诚地祭拜起来：“老天在上，保佑我女婿夕虎度过眼前这一劫难，他将悔过自新，重新做人！”唐泰上前：“老先生，我给说过，你的亲人不亲自跪拜，神灵不会庇佑。到时，休怪本仙师没有为你求到真神！”夕虎从家丁中走出：“仙师休得谁我！”

唐泰挥舞令箭：“众仙如律令！”唐坚等立即从树丛中跳出，一齐向夕虎及家丁扑去。夕虎狂叫一声：“我们误入圈套了，大家快护我下山！”夕虎带领家人立即同唐泰、唐坚等勇士们边打斗边向山下撤退。突然，山脚灯火齐明。众人齐声吼道：“夕虎已无路可逃！”“夕虎快投降！”

夕虎急红了双眼，像猛兽扑向众将士，顿时杀死杀伤数人。唐坚带领众人围住夕虎家人厮杀。夕虎顾不得家人，迅速向山下跑去。唐泰追上夕虎对打起来。夕虎刀刀直逼唐泰胸口，唐泰剑剑直刺夕虎要害。唐坚迅速追上。夕虎受前后夹击，身中一刀，哎呀一声跌倒在地。唐坚和众将士一齐上前将夕虎捆绑起来。唐泰：“夕虎，督策现在哪里？”夕虎昂头冷笑道：“督县令你是抓不到的！”唐修在山下高喊：“泰儿哥，我们抓住督策了！”夕虎低下头像只蔫了的丝瓜。

巴林县衙。唐泰：“感谢朴大人鼎力相助。”朴述：“唐将军和诸位兄弟为地方除害，感激不尽。”唐泰：“此二人属钦犯。请你亲自押送宕渠城。”朴述：“唐将军，我们从督策家中搜到的十斤黄金、二十斤白银，是否立即上缴王宫？”唐泰：“对！这是老百姓的血汗钱，应当一同押送进京。”

唐泰见鄂旺

宕渠城。王宫大殿。唐泰进入大殿施礼：“微臣拜见大王。”鄂旺：“啊，唐泰，当年你为何不辞而别？”唐泰：“我为了不给公主添忧愁。”鄂旺：“这些年你跑到什么地方去了？”唐泰：“我的家乡巴林县被帝辛强占后，被迫投奔周王去了。”鄂旺：“好个唐泰竟敢投奔周国，给我拿下！”唐泰：“大王，我唐泰和家乡父老是在万般无耐的情况下才去投奔了周国。周国是我国的友好邻邦，不是敌国。周王开明，广纳天下之人，并来去任便，所以十分得人心。我唐泰上可对天发誓，没有做任何一件损害自己祖国賨国的事情。我们到西岐去的賨人，时时刻刻都想回到賨国。我在回国之时，已将我们同去西岐的父老乡亲带回了唐家寨。我现在是以周王特使的身份来拜见您的，请不要开口就说拿下。”

鄂旺：“你说你是周王的特使有何凭据？”唐泰从怀中掏出周王的印信：“请大王验视。”鄂旺看过周王的印信：“你既是周王派来的特使，请坐下说明来意。”唐泰：“启奏大王，说明来意之前，微臣先给大王送一个礼物。”鄂旺：“什么礼物？”唐泰：“龚县令，快将礼物给大王送上来。”

龚善：“巴林县令龚善拜见大王。小的们，快将唐泰将军送给大王的礼物送上来！”几个军士押着督策、夕虎二犯跪在大王面前。

鄂旺：“这两个家伙阴险狡诈，祸国殃民，险些要了朕的性命。关入死牢秋后问斩！”军士将督策、夕虎押走后，鄂旺：“唐将军，你是怎么捉到这两个坏蛋的？”龚善：“启奏大王，唐将军真睿智超群！他和唐坚等本家兄弟精心策划后，亲自装扮成算命仙师进行诱捕的。”唐泰：“龚县令巧妙配合，出动了四五十个捕块进行围捕。夕虎和家丁拼命顽抗。在打斗中，牺牲了十来个公差，才将他们捕获。捕获督策、夕虎是龚县令和众捕快的功劳。”鄂旺：“唐爱卿真神仙也。不贪功自傲，谦虚让人，真君子也。”唐泰：“启奏大王，周王派我来请您参加联合伐辛战争。周王许诺，伐辛成功之后，大家同享胜利成果，共享太平。”鄂旺：“帝辛暴虐无道，祸害天下，推翻暴辛是天下百姓的共同心愿，朕应当响应。内侍，立即传令文武百官大殿议事。”内侍：“是。”

鄂旺朝议伐辛

賨王宫大殿。鄂旺：“各位爱卿，周王派使者前来联络我国共同伐辛，大家说说怎么办才好？”太傅鄂原：“帝辛无道，天怒人怨，早就该讨伐。但是此事由周王发起，召我国参与，有辱我賨国的声威，微臣认为此事不可行。”朴章：“帝辛无道，天下共怒。帝辛每年向我们不断地征调粮食、牛羊，把老百姓逼得实在活不下去了。这样的暴君怎么不该推翻？”罗毅：“帝辛是该讨伐，但是，帝辛统治着万国九州之地，兵精粮足，国力雄厚。我认为就是倾我们賨国、周国之兵，也不可能取胜。反帝辛即是叛乱，如若不胜，后果不堪设想。末将认为，应当将周国来使绑送帝辛，以免我賨国遭受灭顶之灾！”罗聪：“周国使者本为我賨民，吃里爬外成了周国使者，是不是帝辛又想灭我賨国派来的细作？刀斧手何在？立即将这个假冒周国来使的叛国之人斩首示众！”军士迅速将唐泰捆绑起来。

鄂旺上前将绳索解开：“慢来！两国交兵尚不斩来使，况来使乃是我睦邻友邦周国所派！周王印信不假，怎能说他是假冒周国来使？”朴章：“周王为天下谋福祉，把我国当兄弟相待，许诺伐辛获胜后同享胜利成果，共享太平。这不是贬低我賨国，而是看得起我賨国。这正是我们賨国求之不得的大好事。微臣认为应当积极响应。”

唐诚：“推翻帝辛残暴统治是上承天命下得人心的义举，我国应当踊跃参加。我国以前多次受到商军攻击，也曾多次向周国求救，都得到了他们的坦诚帮助。周文王姬昌亲率大军助我抗纣，还因此受到了帝辛的多年囚禁摧残而早逝。现在周武王姬发高举伐辛大旗，推翻暴辛统治，解天下百姓之困，是天大的好事。微臣认为此事不仅完全可行，而且应当派我最精锐之师参加伐辛壮举！”

鄂旺：“各位爱卿言之有理。我与周王本是友邦兄弟，休戚与共，也曾多次互相支援。现在，周王既然平等待我，以大义相邀，朕认为完全可行。朕决定亲率大军参加伐辛义战。”

龚睿奉命代王参加伐辛义战

唐诚：“此次伐辛义战，本应由大王亲自出征，方表我賨国参加伐辛义举的诚意。但是，帝辛派大军侵略我国造成的创伤急待医治，百姓困苦事情急需救助。微臣建议由龚睿将军代您出征，也能表达我賨国参加伐辛诚意。”众大臣：“老冢宰考虑周到，大王不能离开我国。我等完全赞成龚将军率军参加伐辛义战。”鄂旺用征询的目光看着龚睿：“龚爱卿愿意代朕出征吗？”龚睿拱手行礼，诚恳地答道：“末将深受王恩，代王出征是莫大的荣幸。愿遵从王命！”鄂旺转向唐泰：“唐泰将军，你既是周王使者，又是我賨人，随军出征拥有双重身份，具有双重意义。你与龚睿将军同为代王出征賨军统帅，择日起程去吧。一定要为我賨人争光！”唐泰恳切地回答：“末将既是周王的将军，更是賨国的臣民，请大王放心，我一定遵照您的旨令而行，不辱使命，为我们賨人争光。”鄂旺：“你们在伐辛义战中要英勇顽强，打出我賨国威风！出征之日，朕将为你们饯别，以壮行色！”龚睿、唐泰：“谢大王！”

伐辛联军聚西岐

山道。賨旗飘扬，号角嘹亮。龚睿带领一万人马，在唐泰的引导下浩浩荡荡地向周国进发。龚睿等行至周国都城镐京郊外扎下营寨。唐泰走进王宫：“启奏大王，賨军已到城郊扎营。”姬发：“立刻前去会见賨国友军！”

姬发带领姜子牙等大臣走进賨军军营，慰问道：“龚将军一路辛苦！賨军兄弟一路辛苦！”龚睿拜谢姬发：“賨周两国世代友好，同受帝辛欺凌。今周国发起伐商义举，正合賨国民心。末将奉鄂王旨令，专程前来助一臂之力。我賨军一切行动听从大王号令，赴汤蹈火，在所不辞！”賨军排列整齐，个个精神抖擞，昂首挺胸：“我等皆愿听从大王号令，誓灭暴辛！”

姜子牙走到武王面前：“启奏武王，巴、庸、蜀、羌、髳、微、卢、彭、濮国王已到王宫大殿。请武王共商伐辛大计。”武王：“好啦，尚父，带领龚将军、唐将军等賨军兄弟，到王宫共商伐辛大计去吧。”众：“遵命！”

第 41 章

武王牧野大誓师　賨人歌舞建奇功

武王誓师

黄河渡口。武王在唐泰护卫下登上大船，向对岸驶去。急流中，一条大鱼蹦入船舱。船工高兴地说："好了，中午有鱼吃了！"姜子牙说："天降祥瑞，你们不可乱来！"唐泰急忙点上蜡烛："大王，快跪谢上苍降福！"武王跪拜："武王姬发跪谢上苍降福，此次伐辛定遵天意，只除暴辛，造福百姓，绝不妄杀生灵！"唐泰："武王伐辛顺天意，符民心，定能马到成功！"武王双手捧鱼，轻轻地放入河中，看着它自由地没入水中。姜子牙："武王，在伐辛之战中不要忘了立下的爱护天下百姓的誓词。"武王："朕将牢记在心。"

船到中流，暴风舌帽天昏地暗，巨浪翻滚，拍打着船舷，像是要颠覆大船。武王站在船头，左手握金斧，右手执旌旗，瞪大眼睛，用旌旗指着巨浪说道："我现在奉天命，率天兵，担当推翻暴辛的重任，谁敢阻拦就是逆天之贱！"顷刻间，风停浪息，军队安然渡过黄河。将士们高呼："武王万岁！"姜子牙："武王，讨伐帝辛顺天意，符民心，今已渡过天险黄河，留下渡船反会动摇伐帝辛军心。微臣建议立即焚毁渡船，以表伐帝义无反顾之必胜决心！"武王："我为报父仇，解天下黎民倒悬，绝无生还之心！"

岸边顿时燃起熊熊烈火，所有渡船全部化为灰烬。

牧野大地。一支扛着周字白色大旗的军队从西向东疾速挺进。一支扛着商字黑色大旗的军队向西飞奔而来。周军中，武王姬发骑着高头大马，与白发白须的姜子牙并辔而行。走在最前面的伐辛联军值日前锋唐泰突然发现商军大队人马迎面而来，便急忙掉转马头，跑到武王马前，高声奏道："启奏大王，商军正向我军迎面而来。"武王手搭凉棚，仔细观察正前方，对姜子牙说："尚父，我军是否扎营待敌？"姜子牙："商军离我还有一天路程。我军应抓紧时间靠近商军，待天黑后再扎营。”武王：“好。唐泰将军，传令三军快速前进。”唐泰：“是！”

夕阳西下。白色周字大旗被夕阳染得透红，飞速向前。后面紧跟着的是賨、巴、庸、蜀、羌、髳、微、卢、彭、濮等旗帜。武王看着勇士们精神抖擞，齐步向前，高兴地对唐泰说：“传令三军，扌扎营安歇，养精蓄锐，灭辛立功！”唐泰立即传下旨令，三军停止前进，扌扎下大营。武王：“唐泰将军，今日你做前锋的任务已完成。明日即将大战，你回到賨人义军去吧，组织好明日的进攻。”唐泰：“微臣遵命。”

唐泰随即向賨人义军军营走去。姜子牙看着唐泰的背影对武王说：“这小伙子精明能干，是个难得的好将才。”武王赞许地说：“他的身上凝聚了賨人的诸多美德，以后要给予重用！”

星光暗淡，黑夜沉沉。姜子牙走出周军大帐，遥望商军营寨几许暗淡灯光，衬映商军营寨依稀可辨，掐指一算：“明日是大破商军的良辰吉日！”

姜子牙随即对身边的中军校尉说：“立刻传令各营卯时用餐，辰时出发！”

中军校尉应声而去。武王走出大帐，来到姜子牙身边：“尚父，你彻夜未眠，现在离天亮还有一点时间，您还是回帐歇息一下吧。”姜子牙看着武王瘦削的身影：“大王，你不是同样彻夜未眠吗？大战在即，我无法入睡啊！”武王看着姜子牙满头银发，深情地说：“暴辛一日不除，天下百姓一日不安。这些年你日夜操劳，现在眼看伐辛大功即将告成，是睡不着啊。”

姜子牙：“百姓的苦难马上可以解除了，先王的冤仇马上可以在您手中雪恨了。这的确让大家都感到兴奋。但是，我们现在面临的是一场生死决战。帝辛大军七十万，装备精良。我们联军不到五万，是一比十四的作战啊。伐辛大功是否能马上宣告成功还很难说，我们面临穷凶极恶的帝辛和他的七十万大军，稍有闪失，就会功亏一篑。”

武王：“推翻暴辛是天下百姓共同心愿，伐辛义举深得民心，我军士气高昂，您运筹指挥得当，胜利在握，当不在话下。帝辛的军队虽多，真正训练有术的不到一半。大多是刚刚组建起来的奴隶新军，未经训练，战斗力不强。”

姜子牙：“不可小看帝辛的军队，他们人多势众，我军不可能轻易取得胜利。我军即或取得首战胜利，帝辛退回朝歌城，还有城高池深之险可依；我军攻进城去，还有诸多小巷也难进军。对帝辛一点疏忽大意不得啊！”武王：“对！我们必须稳扎稳打，麻痹大意不得，稍有闪失，后果不堪设想。”

姜子牙：“现在十分重要的事情是凝聚人心，开好明日的誓师大会。大王，明天就看您如何宣讲誓词了。”武王：“朕早已打好腹稿。”

东方明亮，太阳冉冉升起。远处传来商军战马嘶鸣之声。周字白色大旗下，武王和姜子牙率领大军奋勇向前，刀枪林立，闪耀着耀眼光芒。一队队人马、一排排战车滚滚向前。斥候飞速跑到武王面前奏道：“启奏大王，帝辛率领七十万大军正向我们迎面而来！两军相距已不到十里了。”武王：“传令三军就地誓师！”

大军迅速向武王和姜子牙巍然屹立的战车靠拢。人人精神振奋，斗志昂扬，注视着周公旦、召公奭和姜子牙等人簇拥下的姬发。姜太公环视三军后，大声宣布：“伐辛誓师大会现在开始！请武王宣讲誓词！”

姬发向前走了一步，向大家拱手行礼，高声讲道：“辛苦了，从西方来的勇士们，从各地来的各位友邦国君和辅佐国君的大臣，以及賨、巴、庸、蜀、羌、髳、微、卢、彭、濮国君，全体将军、千夫长、百夫长、十夫长，各位勇士：请举起手中的戈，排好手中的盾，竖起手中的矛，听朕宣读誓词：现在强夺我们财物，残杀我们亲人的帝辛，正率领七十万大军向我们疯狂扑来！大家怕不怕？”众：“不怕！”

姬发：“对，不怕！今天聚集在这里的，都是饱受帝辛欺凌之人，也是立誓讨伐暴君帝辛之人！我们为什么要讨伐自称上天之子的帝辛？大家知道，天地是万物的父母，人人应当敬天敬地敬神灵，这是做人的本分；人是万物之灵，人人应当受到尊重，这是上天赋予每个人的权利；天子是百姓的父母，天子必须像爱护自己的子孙一样地爱护老百姓。号称天子的帝辛却违背天理人伦，不敬天不敬地，不祭祀祖宗，不把百姓当人！他亵渎神灵，连大家最尊敬的女娲皇帝也敢戏谑！”

女娲庙神殿。帝辛在女娲神殿烧香结束后，起身走到帷幔前：“传说女娲美丽无双，朕身为人王，何不一睹女娲的倩容？左右快快掀开帷幔让朕观看观看！”冢宰闻仲：“启奏大王，女娲是人类的始祖，是至高无上的神灵，人神隔绝，女娲神像不可窥视，不可亵渎。”帝辛两眼放出阴冷凶光，手按宝剑，怒气冲天：“朕贵为人王，有什么不可以观看？观看一下女娲神像，怎么就是亵渎了女娲神灵？快快将帷幔掀开，让朕观看！”闻仲无可奈何地：“遵大王命。内侍，快将帷幔掀开！”帷幔被慢慢打开，露出女娲精艳绝伦神像。帝辛上前仔细观看，拉着女娲的手，连连称赞：“女娲果然美貌无双。朕贵为人王，聚天下美女于后宫，不下万人，哪一个能同女娲相比？倘若女娲能伴朕一宿，朕也不枉为当世君王！”帝辛摇头晃脑地赞美一番之后，迈步走向殿门。刚走两步，又回过头来观看，捋了捋胡须，唏嘘不已：“内侍拿御笔来！”内侍看着闻仲，闻仲不得不点头，示意奉上御笔。内侍递上御笔：“大王，御笔在此。”帝辛接过笔，略微思索片刻，随即在女娲神像侧墙壁上题诗一首：“朕为人王贵如天，上万嫔妃争奇艳；女娲面前全无色，倘伴一宿心也甜！”题毕，重念一遍，然后怅然离去。帷幔闭合……

姬发怒声斥道：“这个自称是上天之子的帝辛，这个藐视神灵的大淫棍，对人类始祖女娲大不敬！就是这样一个人面兽心！他不仅偷窥女娲神像，还写艳诗亵渎戏谑女娲；帝辛不仅对神灵大不敬，而且像野兽一样没有人性！人世间宗族兄弟至亲至爱，帝辛却遗弃同祖同宗兄弟不用，而大肆重用有罪的逃亡之人；他滥杀向他进谏直言的忠良之臣，将忠臣剁为肉浆，制成肉干，真是绝灭人性！暴虐绝伦！不仅如此，他还广设监牢，涂炭天下百姓！”

城镇大道，乡间小路。被绳索捆绑串联成队的囚徒蹒跚而行，狱差杖击其身，囚徒哀号于天：“冤枉啊！”“老天啊，救救我们无辜百姓吧！”监门开启，又推进几个犯人。满屋囚犯皆怒：“哎哟，踩到我的脑壳了！”“挤不下了！”……

姬发悲愤地讲道："帝辛不仅在全国遍设监牢囚禁敢于讲真话的正直之人，而且创制炮烙、蛇窟等诸多刑具摧残生命。帝辛还狂征滥伐，嗜杀成性，用战争毁灭了无数人的生命！"

高耸入云的建筑脚手架。肩负重物，赤脚爬行的人群。骨瘦如柴的愁容。流泪的眼睛，挥舞皮鞭的监工。一人昏倒从脚手架上滚下，监工用脚将他踢置路旁。肉林酒池边，帝辛开怀畅饮。御春苑内，少女泪水涟涟。

姬发愤怒地讲道："天下本是老百姓的天下，帝辛却将天下据为私有！帝辛整天只顾自己享乐，对老百姓的生死饥寒不闻不问，耗竭民力，大修宫苑亭台，大修楼台亭阁，大建肉林酒池，大抢民女入宫进行蹂躏。搞得不少人倾家荡产，妻离子散，家破人亡！这种暴虐无道的昏王视老百姓生命如草芥。老百姓一个个恨他如豺狼，都想喝他的血！吃他的肉！帝辛的罪行罄竹难书，真是天怒人怨，人神共愤！"

荒野，饿殍、白骨、乞讨之人，惨不忍睹。镜头转入官府门前。手握锄头、木锨等劳动工具的人群，蜂拥而至。官府冒出腾腾火焰。官军大杀百姓，妇女儿童哭声震天……

洁白的大周旗帜随风飘扬。整齐的战车、战马和步兵队列。闪光的刀枪。一双双炯炯有神的眼睛怒视帝辛。微风吹动，旗帜上不时显露"賨""微""卢""彭""濮""巴"等大字。一列列装束不同的武士。一双双兴奋的眼睛。一张张憨厚朴实的面孔。

姬发诚恳地讲道："今天，我受上天之命，带领战车三百乘，虎贲三千人，甲士四万五千人讨伐无道暴君帝辛，为百姓解除苦难。"众："讨伐暴辛，解民倒悬！"

姬发高兴地讲道："我们的伐辛义举得到了天下人的赞同，特别得到了賨、庸、蜀、羌、髳、微、卢、彭、濮、巴等各兄弟友邦的大力支持和有力配合。友邦军队和周军组成了强大的伐辛联军。我们以前都曾反对过帝辛的欺凌，相互间都进行过无私的援助，我们的血流到了一起，心连到仃一起！今天，我们共同向帝辛讨还血债的时刻来到了！大家有没有推翻暴辛的决心？"众将士举起刀枪，齐声高呼："效忠周王，消灭暴辛！决战决胜，为百姓解除苦难！"

姬发自豪地讲道："我们这就是革命！革帝辛的命，革我们自己的命！革天下穷苦百姓的命！革命胜利后，大家共享胜利成果！效法尧帝施仁政，共建和谐，不再受暴辛欺凌！大家愿意不愿意？"众："愿意！"高呼声声震山河。姜子牙走到台前，挥动手中令旗："众将士听令：一齐向帝辛军队发起攻击！消灭暴辛！"众："消灭商军，杀死暴辛！"

周军排山倒海般地杀向商军阵营。

帝辛阻击姬发，两军在牧野相遇

商国王宫御苑。肉林酒池边。帝辛半裸躺在龙床上。妲己偎依在他身旁，一宫女为他打扇。几名宫女为帝辛捶背揉脚。群臣半裸身子同宫女们追逐嬉戏，欢笑之声不绝于耳。妲己夹起一块肉送到帝辛嘴边："大王，吃过这块肉再喝一碗酒。"帝辛抓住妲己的纤纤细手："这块肉爱妃吃。"妲己撒娇："不嘛，臣妾肚子都快胀破了。大王吃！"帝辛："爱妃再跳一曲舞，再唱一首歌，朕才吃。"妲己："臣妾刚才跳了，唱了，您不吃，大王您哄臣妾了。"帝辛将妲己揽入怀中："美人，快跳快唱。"

妲己起身边跳边唱："太阳明太阳亮，大王恩泽庇四方！大王就'殷哲王'，大王永远放光芒！"帝辛指着众臣和宫女："快为妲己娘娘打肉莲花落助兴！"众大臣和宫女便在自己脸上身上打起清脆响亮的肉莲花落为妲己伴奏。帝辛连声称好。妲己跳完，走到帝辛身边坐下，夹起一块肉："大王，这下该吃了吧？"

帝辛让妲己将肉送入口中，边吃边说："爱妃把朕逗乐了，吃起来真香。"

妲己双手捧上一杯酒："大王，边吃边饮更香。"帝辛将酒呷了一口："真香。"说完，将头一偏，不理妲己。妲己："大王，为何不理臣妾了？"帝辛："你累了。朕怎么乐得起来？"妲己："让大家都陪您玩不就乐起来了吗？大王，您喜欢看什么？"帝辛："朕喜欢看你跳舞。"妲己："臣妾确实累了。"帝辛："叫群臣和宫女追逐为乐吧。"内侍高声传旨："大王有旨：群臣和宫女追逐为乐！"群臣和宫女高声回应："遵旨！"立刻相互追逐。有的白发翁在追逐中跌倒，宫女便背着老翁跑。有的实在跑不动了，便伏在酒池边如牛喝水。帝辛看了大笑："哈哈，喝酒要发出牛喝水一样的声响。不行，声音太小了，再如牛饮一次！"几个人喝醉倒在池边。帝辛："大家一起如牛饮，看哪个声音最响亮，朕有重赏！"

众臣和宫女伏在酒池边，喝酒声此起彼伏。帝辛："不好听，大家要一齐喝才好听。"他举起右手："大家注意，听口令，预备，喝！"一个响亮的喝酒声把帝辛逗乐了："好！再来一次！哈哈！再如牛饮一次！哈哈！"

崇飞风燎火急地跑到帝辛身边跪下："启奏大王，大事不好……"帝辛若无其事地："什么事如此惊慌？"崇飞："今得边报，周武王姬发带领五万大军杀向朝歌来了！"

帝辛一惊："姬发吃了豹子胆？"崇飞："姬发受姜子牙怂恿，纠集賨、巴、微、卢等十多个小国，组成五万伐辛联军，浩浩荡荡杀向朝歌来了。"帝辛："些许毛毛兵也敢逆天而行！现在他们已兵至何处？"崇飞："现在他们已渡过黄河，即将到达牧野了。"

帝辛："闻伦将军听旨！速发大军七十万，务必将姬发叛军消灭于牧野！"

闻伦立刻应答："启奏大王，我，手里不足三十万……"帝辛："将俘虏和奴隶兵一齐用上！"闻伦："末将遵旨。"转身离去。帝辛："转来！朕将御驾亲征牧野。你可要用心调集军队！"闻伦再次应答："微臣领旨。"

闻伦走出御苑，率大军出朝歌城西门，浩浩荡荡直奔牧野。远远地看见了周军。闻伦传令："各将士听令，今日已晚，立刻就地安营扎寨，明日消灭叛军！"众："遵令！"

天大亮，红日高照。牧野大地，军旗飘扬，人喊马嘶，鼓角震耳。商字大黑旗下，帝辛头戴冲天冠，身穿黄金铠甲，足登御靴，亲自驾着嵌有黄色珠宝的战车，手持大钺，在众将士的簇拥下，威风凛凛地立于中军正中。他用大钺指着周军："将士们，姬发纠集区区五万叛贼，就想反叛朝廷，真是白日做梦！朕御驾七十万大军，瞬间即可将这伙叛逆剿灭。尔等齐心杀贼，朕有厚赏！”

闻伦等：“臣等愿为大王效力，定当很快剿灭此等叛贼！”

帝辛带着七十万大军气势汹汹地向伐辛联军杀来。

两军对阵

面对旌旗招展，刀光闪耀的商军，姬发头戴平天冠，身穿白铠甲，脚穿平民鞋，骑着白色的卢飞，手持降龙剑，在姜子牙等人的簇拥下，精神抖擞地站在中军正中，对众将士再次宣讲战斗誓词：“各友邦君长，各位将士，别看帝辛威风凛凛，大军云集，实际虚弱得很！我伐辛联军人数虽然比不上商军，武器也不比商军精良，但是，我们人人都有一颗报仇雪恨，推翻暴辛的决心，这是商军无法抗拒的！我们是正义之师，所以人人都斗志昂扬，个个能一以胜十！兄弟们，现在是灭纣立功的时候到了！我们一定要消灭暴虐的帝辛，不辱上天之命，不负百姓之托！”众将士：“听从大王旨令，消灭暴虐帝辛，为民除害！”武王：“大家要团结一心打击敌人！前进不超过六七步，就停下来等队伍整齐；刺杀不超过五六次就停下来，等队伍整齐，只有队伍整齐，才能战胜敌人！勇敢地杀敌吧，勇士们！你们必须像虎豹一样的凶猛顽强，像熊罴一样的威武雄壮，才能战胜强敌！但是，朕也要提醒你们，不要拒绝投降，不要拒绝能够给我们周国提供帮助的人！勇士们，奋勇前进！朕将奖励有功之人；严惩畏缩不前的贪生怕死之人！”众高呼：“谨遵王命，英勇杀敌！”

两军相遇，迅速布下大阵。战鼓擂动，杀声响起。帝辛环视周军，只见伐辛联军中靠右侧有一个方阵，賨字大旗下，一个个将士左手持板盾，右手持大刀长矛，身背牟弩，排列整齐，精神抖擞，十分耀眼。领头的就是龚睿和唐泰。帝辛：“姬发好小子，把朕的死对头賨军也搬来了。想当年賨王鄂桓随朕御驾亲征西狄，对朕是何等忠心，朕也给予特别封赏……不想后来几次羞辱朕，让朕颜面丢尽！旧仇未报又添新仇，今日相遇，誓将两仇同报！众将士听旨，剿灭叛逆，杀敌立功，朕有重赏啊！”众：“杀！杀！杀！”

賨人歌舞战商军

武王誓师结束，周、商两军即行列队对阵。两军布阵已毕。战鼓擂动，杀声响起。周军队列整齐，步步逼向商军。

商字主帅大势下，帝辛对闻伦说：“闻将军可前去对叛军晓以大义，让他们看看，我浩浩荡荡七十万大军，旌旗遮蔽日月，刀枪可断江河。姬发区区不及五万人，岂可与我王师匹敌！他们如阵前醒悟，自动退军，朕秉仁慈之心，对他们逆天而行的叛变行为，可既往不咎，免除他们死罪！否则，灭诛他们的九族！”

闻伦应声“是”后，随即跃马冲到周军阵前，高声叫道：“周军将士听着：天子之尊，上等于天。君父有过，为忠臣孝子的只能委婉劝谏。你们不尽人臣之道，对天子不尽心苦谏，却肆意暴露天子的罪过。现在，你们竟敢聚集叛众，兵指朝歌，这完全是违抗天子之命的乱臣贼子行为。你们干愿冒犯反叛罪名而受后人的唾骂吗？帝辛大王有旨：现在醒悟者，放下武器，各自回家，不追究其罪过，否则，诛灭九族！”

姜子牙高声斥道：“闻伦休得在此胡说八道！古人有言：天下者非一人之天下，乃天下人之天下！尧有天下传诸舜。舜有天下传诸禹。尧、舜、禹皆是有道明君，所以受到天下人世世代代的拥戴和歌颂。夏传至桀，而桀荒乱朝政，使天下百姓民不聊生，卖妻鬻子，人人皆欲食桀之肉！成汤以大德承天命，率兵伐桀因而有商的兴起。商传至纣，纣比桀暴虐更甚万分。纣已成为天下共弃之人！他怎么称得上是上天派来治理国家的天子啊？今天下诸侯共伐无道昏君帝辛，正是奉天命救民于水火的义举啊！周王姬发正是奉天命讨伐暴辛，何错之有？所行正义，何来篡弑之罪名！”众将士：“闻伦狐假虎威，助纣为虐，是制造祸端的罪魁祸首，不杀不平民愤！”姜子牙征询地说：“闻伦是帝辛的一只鹰犬，穷凶极恶。他数次带兵侵犯我西岐和賨国等一些诸侯国家，杀害了许多无辜百姓，双手沾满了百姓的鲜血，哪位将军前去斩了闻伦？”唐泰：“末将与闻伦是战场上的老对手，愿前去消灭此敌！”姜子牙：“唐将军前去需多加小心。”唐泰：“听从军师教诲，末将小心就是。”

两军阵前。唐泰挥舞大刀，闻伦抖动长枪，冲到阵中，大战三十回合，尚未分出胜败。正激战时，商军阵中冲出虎纯挥舞大刀直向唐泰砍去。唐泰左臂受伤。商军中又杀出五员猛将。战斗正激烈时，阵中有人泣不成声，有人尖声哀号。唐坚高声唱道：“帝辛无道，人神共愤。天下百姓，同仇敌忾，山怒水吼，共灭商军！”歌声压住了车轮辘辘碾压和刀枪碰击声，唤起了将士们对帝辛的仇恨和对胜利的向往及坚强勇敢精神。大家拿起武器，随唐泰边高歌边勇猛地杀向敌人。鄂姬立即打出飞镖，正中虎纯的面额，应声倒下。鄂蕾、唐坚、唐全、唐修、唐翔等一齐杀出，与敌展开浓烈战斗。商军大队扑来。龚睿率部向前，挡住了商军的冲击。

唐泰暗想：“闻伦枪法娴熟，武艺高强，非等闲之辈，力战难于取胜。孝泉之战时，师父督罡就曾经教我对闻伦必须智取，不能正面硬拼。我左臂受伤，正好使计。”唐泰主意想定，于是左手拖刀挡住闻伦的长枪，右手伸入怀中掏出流星飞练锤，迎面打去。闻伦见唐泰受伤，直扑而来，未曾提防。直到唐泰将流星锤打来，只好将头一摆进行躲闪，但为时已晚，流星飞练锤擦脸而过，闻伦被挂掉了一只耳朵。唐泰急忙将流星飞练锤收回，再次打出，又挂掉了闻伦一只耳朵。唐泰再次打出，击中了闻伦的面部，闻伦“啊呀”一声倒于马下。唐泰立即上前挥刀砍向闻伦，商军战车冲上前来将闻伦救走。众将士：“唐泰将军杀得痛快，大快人心！”

指挥车上。姜子牙见唐泰杀败了闻伦，立即挥旗下令：“三军将士听令：擂鼓进军，直冲敌军主阵！”众将士：“诺！”众将士一齐冲向敌军主阵！

賨军阵地。唐泰、鄂蕾、唐坚等带领大家放声高唱《賨人之歌》：“我们是顶天立地的賨人，板盾牟弩是我们的武器。巴山培养了我们的坚强，渠江孕育了我们的忠诚。我们不畏强权，我们敢于抗争！勤劳质朴是我们的本分，剽悍健勇是我们的天性。谁要胆敢将我欺凌，定叫他碎骨粉身！”歌声激发了将士们的斗志，众将士勇猛地杀向商军。

賨军大旗下，龚睿：“军师命令周军做主军，我们友邦军队做辅军。唐将军，你我各率一队人马从两侧攻击敌人如何？”唐泰：“龚将军，作战必须兵力集中，我们不要相距太远，才好互相照应。”龚睿：“说得对。”

賨人方阵立即分为两队，边歌边舞杀向敌人。歌声由弱而强，由远而近：“革命！前进！伐辛联军！革命！前进！伐辛联军！齐步向前，勇敢杀敌！为了拯救受苦的百姓，为了造福子子孙孙，我们不怕流血，不怕牺牲！帝辛将我们当牛马，帝辛将我们肆意蹂躏。这样的苦日子不能再过了。我们要拯救自己，我们要造福子孙！我们不愿做奴隶，我们要做真正的人！”

歌声响彻云霄，歌声振奋人心。龚睿率领一队賨军正向前发起冲锋时，一队商军迅速将龚睿所带人马围困。唐泰率賨军奋力冲杀，为龚睿解围。

周军大阵一侧。“賨”字旗下。龚山在前奋力拼杀，夕义、罗黑紧紧跟随，龚睿压后，带领大家一齐奋力冲杀。他们迅速冲到商军阵前，商军乱箭射来，唐全和几个军士不幸中箭倒下。大队商军飞快地向賨军包围过来。龚山暴跳如雷，厉声骂道：“狗娘养的！哪个狗日的敢下来与老子拼！”

罗黑连忙用板盾护住唐全的身子，奋力将唐全身上的箭头拔出，伤口血流不止。罗黑撕下一块衣衫将唐全的伤口包扎起来。一校尉说：“罗校尉，唐全校尉已没有气了，别管他，我们赶快突围吧。”罗黑急红了双眼：“就是尸体也不能让商军蹂躏！一定要将他背下去！”罗校尉背着唐全的遗体向人群中撤去。一队商军迎面杀来，唐破走到罗黑身边：“罗校尉，让我来背唐全，你好杀敌！”罗黑：“好！”将唐全的尸体交给唐破后，提着大刀杀敌去了。夕义连砍几个商军将领：“叫你们尝尝老子大刀的厉害！”

龚睿率队向商军左边阵地冲击，商军向左边集结；向右边攻击，商军向右边集结，始终冲不出商军的包围圈。鄂蕾几经厮杀已筋疲力尽，倚在战车上稍事休息后，便站起来：“前方战斗这么激烈，我怎好在此袖手旁观呢？賨人姊妹们，快随我上前杀敌人！”

鄂蕾带着一队英姿飒爽的女战士排列整齐，唱着战歌，跳着战舞向商军大阵冲去。

商军大阵。帝辛和闻伦指挥商军凭着人多势众，武器精良，乱箭齐发，将龚睿所率人马困在垓心。龚睿率队左冲右突无法脱身，将士伤亡越来越多。唐泰、罗黑、夕义也杀得满身伤痕，血透铠甲。情况十分危急。帝辛令商军向周军反冲锋，周军伤亡惨重。帝辛连声叫：“好！”

武王和姜子牙看见周军失利，急忙令友邦军队向周军靠拢。但是，商军顽强阻击，各国军队被商军分割包围，尽管奋力拼杀却难以有所作为。正在难解难分之时，鄂蕾带领賨人女子队高唱战歌、跳着战舞奋力冲杀。商军将士一个个抱头鼠窜。帝辛手提大钺，大声喝道：“快抵抗，快抵抗！”可是，众将士各自顾命，只管逃跑。帝辛气急败坏地命身边的几员战将：“赶快剿灭这支賨人女兵！”

商军将士随帝辛杀向賨人女兵。商军将士被女子队的飞镖打伤打死倒于地下。帝辛用大钺左遮右挡将飞镖打落地上，猝不及防，一镖正中左肩。帝辛大惊：“啊呀！”向后倒去。商军将士惊恐不已。闻伦急令将士：“挡住飞镖！”立即上前扶住帝辛：“大王，伤到哪里了？”帝辛立即站起身来，强装镇定地说：“朕没有受伤，没什么。”顺手将镖拔出：“女人的雕虫小技于朕何伤！大家赶快杀敌，不要管朕！记住这个女人，捉住她碎尸万段！”骚乱的商军将士立即安定下来。鄂蕾率队向帝辛冲杀，被商军众将士上前接住厮杀，双方展开激战。

周军阵前。唐泰见龚睿所部被围困，立即甩开围攻自己的敌人，率队向围困龚睿的商军背后杀去。正在向龚睿发动进攻的商军，遭受到唐泰一部的突然袭击，纷纷倒地。唐泰从包围圈外向内杀去，龚睿从内向外杀出，顿时改变了战场态势。围困龚睿的商军反倒成了腹背受敌，主动变成了被动，包围圈迅速解体。唐泰连续砍翻商军马匹，杀死几个商军将士，将龚睿等人解围出来。大家又重整队伍冲到商军阵中继续砍杀敌人。

伐辛联军同商军酣战，旌旗挥舞，车轮辘辘，战马奔腾，刀箭闪亮，鲜血流淌。賨人歌舞勇进，商军死伤狼藉。鄂蕾所率賨军女子队的冲杀，将帝辛左臂打伤，使商军将士不敢与賨军对阵。商军将士纷纷向后退去。姜子牙挥动令旗，调集援军，杀向商军。帝辛指挥御军顽强抵抗周军的进攻。龚睿、唐泰率领賨人方队，越战越勇，所向披靡，很快成为攻打商军的先锋。商军见賨军势不可当，纷纷举手投降和溃退。整个战场，周军越来越占据了优势。

商军阵营。帝辛指挥军士整齐射箭，飞箭像蝗虫般飞向周军。前列周军不少人倒地而亡，周军冲锋不得不暂时停止。商军边放箭边向周军冲击过来，周军方阵出现动摇。姜子牙挥动令旗，指挥伐辛联军稳住阵脚。龚睿、唐泰见状立即率队迎击敌人。

賨军方阵。高声地唱着战歌：“帝辛帝辛，暴虐乖张！不敬天地，鱼肉百姓，今天就叫他灭亡！”龚睿、唐泰率领将士举着板盾，挥动着戈、矛，跳着战舞，步步逼近纣军。前排军士个个手举板盾挡住商军飞箭；后排将士施放连弩。賨人方阵顶住了商军的冲击，伐辛联军因而稳住了阵脚。唐泰昂然屹立在战车上，精神抖擞，见商军左翼阵脚混乱，立即对龚睿说：“敌人左翼已有少数人后退，我们集中优势兵力向商军左翼发动猛烈攻击，定可打乱敌人阵脚！”龚睿立即下令：“賨人方阵前排将士听令：个个手举板盾挡住商军飞箭；后排将士施放连弩！”唐泰：“大家立即向商军左漠阵营发起最猛烈的进攻！胜利就在眼前，杀呀！”众：“杀！杀！杀！”

商军不敌賨军的猛烈攻击，开始后退。

战车上。姜子牙见賨人方阵打乱了敌阵，便立即挥动令旗，将龚睿、唐泰率领的賨人方阵调作前锋，冲向商军。伐辛联军浩浩荡荡乘势前进。此时，闻伦带领一大队商军边放箭边投枪杀向賨人方阵，妄图消灭攻入商军阵内的賨人方阵。商军投枪和飞箭如暴雨般飞向賨军。唐泰高喊：“将士们，用板盾遮挡敌人的飞箭！”

众将士用板盾挡住了商军的飞箭和投枪，高唱战歌，跳着賨人舞，冲向商军，见马就剁，见人就砍。前排稍停，后排立即上前，列列轮替，越战越勇，锐气不减。突然，崇飞带着一队商兵呐喊着横冲过来，乱箭如蝗虫般射向賨军，一下击倒了唐修、唐翔等十余个将士。唐泰抱着唐修高呼：“弟兄们，为唐修、唐翔兄弟们报仇雪恨啊！”众：“报仇啊！”

賨字战旗下。唐修“泰儿哥，别管我，快……快……快去消灭敌人！”唐修闭上了眼睛，心脏停止了跳动。唐泰瞪大了眼睛大喊“兄弟们，为死难兄弟报仇啊！”战士们大声高呼：“为死难兄弟报仇啊！”众将士奋勇直前杀向商军。

龚睿率领一队人马直向商军帅字旗冲去。唐破和几个賨军士卒将一辆战车上的商军打下了战车。几匹战马拉着车仍然向前奔跑。几个人上前抓住战车，却拉不住。唐破飞步上前抓住战车，大喝一声："我来！"人们松开了手，只见他双手将战车一扳，战车便侧翻倒下，几匹战马打了个趔趄也一齐倒下。唐破傻笑起来："看你再跑！"众将士一齐喝彩："唐破，好样的！"大家一齐向前攻击，一路掀翻了商军几辆战车，挡住了商军战车的冲击，杀死了不少商军士兵。

商军将士见龚睿所率賨军锐不可当，纷纷让开道路躲避。龚睿越来越靠近商军帅字旗。突然，数十辆战车将龚睿所带数百人团团围困。龚睿率队左冲右突脱不了身，便令将士掀翻商军的战车作为屏障抵挡商军战车的进攻。商军骑兵和步兵在战车的掩护下，步步逼近被围困的賨军。龚睿所率几百人马处在即将被消灭的危急之中。商军高声呐喊："你们反叛帝辛是大逆不道，投降吧，你们没有其他道路可走了！""不投降只有死路一条！""为了你们的父母，为了你们的儿女，投降吧！"

龚睿面对步步逼近的商军，高声喊道："賨军将士们，我们要革命，我们要解放！为国立功的时候到了！生是賨国人，死是賨国鬼！决不背叛賨国！杀呀！"众："坚决推翻帝辛！我们生是賨国人，死是賨国鬼，杀呀！"

第 42 章
龚栗冒死取地图　帝辛迁怒杀比干

板盾破敌显神威

龚睿、唐泰按照姜子牙令旗调动，立即率领将士举着板盾，挥动着戈、矛，跳着战舞，唱着战歌，步步逼近纣军。前排军士个个手举板盾挡住商军飞箭的进攻，后排将士施放连弩。射死商军战车驾车人和战士。有的砍伤马脚，商军骑兵纷纷落马。賨人方阵顶住了商军的冲击势头，伐辛联军因而稳住了阵脚。龚睿登上一辆商军战车，指挥賨军发动反击。他高声地对唐泰说："唐将军，你看商军大阵发生了什么变化？"唐泰说："我们的板盾挡住了商军的飞箭，商军优势已不明显。商军战车攻势减弱，骑兵被我军的骑兵压得抬不起头。步兵不敢上前接战。商军锐气已经减弱，这正是我军反击的大好时机。"龚睿："我们集中力量，攻敌闻伦最强悍的一支部队，压住敌人的嚣张气焰，离胜利就不远了。"唐泰："对。我们咬住闻伦的军队狠狠地杀！"

龚睿大声发布命令："賨人方阵将士们！商军害怕我们賨人的板盾和连弩，我们好好运用板盾和连弩这个优势就能打败商军！现在我命令：前排将士个个手举板盾挡住商军飞箭，后排将士施放连弩攻击商军！后排将士放完箭立即上前举板盾防御敌人飞箭，前排将士退后施放连弩！"

唐泰："将士们，按照龚睿将军所说的战法，齐心协力向商军阵营发起最猛烈的进攻！杀呀！"众："杀！杀！杀！"賨人方阵奋力插入敌阵，商军开始后退。

指挥车上。姜子牙见賨人方阵撞开了敌阵，便立即挥动令旗，将龚睿、唐泰率领的賨人方阵调作正面前锋，冲向商军。伐辛联军士气大振，乘势浩浩荡荡冲向敌阵。

帝辛竭力战賨军

帝辛见商军后退，立即带御林军边放箭边投枪杀向賨人方阵：“各将士注意，賨军依靠板盾和牟弩，对我军构成了极大威胁，现在集中兵力消灭賨军才能挽救战局！冲啊！”众商军：“杀啊！”

一些后撤的商军战车、骑兵、步兵又纷纷倒过头来冲杀周军，战局很快发生逆转。数十辆战车将龚睿所带数百人团团围困。龚睿率队左冲右突脱不了身，便令将士掀翻商军的战车作为屏障抵挡商军战车的进攻。商军骑兵和步兵在战车的掩护下，步步逼近被围困的賨军。龚睿所率几百人马处在即将被消灭的危急之中。闻伦大喊：“你们反叛帝辛是大逆不道，投降吧，你们没有其他道路可走了！”崇飞：“不投降只有死路一条！”庹嵩：“为了你们的父母，为了你们的妻子儿女，投降吧！”

唐泰奋力救龚睿

龚睿面对步步逼近的商军，高声喊道：“賨军将士们，我们要革命，我们要解放！为革命立功的时候到了！为賨国立功的时候到了！我们生是賨国人，死是賨国鬼！决不背叛賨国！杀呀！”众：“坚决推翻暴辛！我们生是賨国人，死是賨国鬼，杀呀！”

唐泰、鄂蕾、唐坚等率领一支队伍一路冲杀，突然看见商军阵中龚睿高举的賨国大旗。唐泰：“弟兄们，我们賨国的大旗被围困在那里了，赶快前去救援啊！”鄂蕾：“大家集中力量先冲破商军的包围圈！”唐坚：“我冲前头，大家紧紧跟上！”唐坚刺死商军战车上的将士，命令后边的将士：“将战车掀翻！挡住商军进攻道路！”几个士兵一声呐喊，掀翻了一辆战车。唐泰：“砍马脚！不要直接与战车上的敌人对战！”

唐泰受伤，鄂蕾撕衣包扎

又是几辆商军战车被推翻。唐泰正冲杀间，左臂被敌射中一箭。一个士兵喊道：“唐将军，你中箭了！”唐泰用力拔掉箭镞：“没有啊，大家专心杀敌！别管我！”鄂蕾见唐泰左臂鲜血直淌，急忙撕下自己衣服的一角为唐泰包扎：“泰儿哥，疼吗？”唐泰额角上冒出豆大的汗珠：“没……没事。你要多注意保护自己。赶紧杀敌！给龚将军解围！”鄂蕾眼泪直淌：“泰儿哥，我背你下战场！”唐泰：“公……主……弟弟，我不要紧，别管我，给龚将军解围要紧！”鄂蕾迅速为唐泰包扎好，擦干眼泪：“你多保重，我给龚将军解围去了。杀！”

鄂蕾骑着战马，身穿金滕铠甲，肩披黑色风衣，头戴金鸾凤冠，手挥长枪，领着一支人马，在敌营中大砍大杀，如入无人之境，将商军阵营拉开了一条大大的口子。伐辛联军见賨军杀开了一条血路，立即迅速跟进，浩浩荡荡，排山倒海，势如破竹地杀向商军。

唐泰用右手挥动大刀：“弟兄们，我没事，赶快给龚将军解围啊！”众将士：“给龚将军解围啊！”

鄂蕾驱动战马逼近商军，远处便用镖打，近处便用枪刺，连破商军几辆战车。紧紧跟随的賨军将士迅速将战车上的商军杀死，并推翻战车。商军将士见战车被推翻，十分惊慌，纷纷后退。

商军包围圈中。龚睿见周军在向自己靠近，大声地说："弟兄们，周军兄弟来给我们解围了，我们往夕卜中啊！"将士们受到鼓舞，全力向夕洒杀。商军纷纷溃退。

姜子牙见賨军方阵处于危险之中，立即调动大军向賨军增援，迅速消灭了围困龚睿的大部商军。姜子牙见龚睿破围而出，指挥大军配合賨军猛攻商军右翼。商军不支，纷纷溃退。

奴隶新军阵前倒戈

战场一角。周商两军正鏖战中。唐泰高喊："商军中的奴隶新兵弟兄们，帝辛强占了你们的土地，杀了你们的父母妻儿，掳掠了你们的姐妹，把你们俘虏后变成了奴隶。不是老天惩罚你们将你们变作奴隶，是帝辛这个暴君残酷迫害你们把你们变成了奴隶！帝辛只要你们奴隶为他当牛做马，不把奴隶当人，灭绝人性地随意残杀，你们的亲人备受帝辛欺凌的情况，你们都十分清楚。周武王举义旗讨伐帝辛，就是为解放你们，使你们不再做牛做马，不再受帝辛任意屠杀，让你们做不受欺凌的人。你们难道愿意为你们的仇人帝辛卖命吗？你们愿意为让你们获得自由的周武王带领的伐辛联军拼命吗？你们不应该再为残害你们的这个暴君卖命了。快快起来革命，反戈一击，共同推翻暴虐帝辛！伐辛联军欢迎你们！"

商军奴隶新兵阵中骚动起来，一人突然高声喊道："周军兄弟！你说出了我们的心里话！我们不愿再为残害我们的这个暴君卖命了。我们懂得必须推翻帝辛的道理了，今天是天灭暴辛的时间到了。我们奴隶新兵愿意起来革命，决定阵前倒戈，愿意同你们一道共灭暴辛！请随我们一起消灭帝辛！为我们受苦受难的奴隶兄弟报仇！"奴隶新兵一人大声高喊："革命！革命！倒戈，倒戈！共灭暴辛！为奴隶兄弟报仇！"顿时，奴隶新兵纷纷倒戈："我们要革命，我们要革命！"他们带领周军一齐杀向帝辛的御林军及随身卫队。商军阵营顿时大乱，纷纷溃逃。

周军阵内。唐泰："将士们！伐辛义举已经得到了的奴隶新兵的响应！我们欢迎他们阵前倒戈！我们同他们一道共同战斗！商军已败，赶快向帝辛的老巢朝歌城进军！"周军众将士："奴隶兄弟们，我们共同战斗，解放自己！"

商军阵内。奴隶新兵："好，我们反戈一击，共灭暴辛！"奴隶新兵反戈向商军中杀。商军将士纷纷溃退。

帝辛败退朝歌城

商军不敌賨军和奴隶新兵猛烈攻势，纷纷溃退。帝辛见商军溃军如潮水般后退，急令："不准后退！顶住周军，违令者斩！"他挥动大钺连杀数人，却根本制止不了大军后撤，只好重新发布旨令：“闻伦传旨：全军退回朝歌城，准备再战！”闻伦：“末将领旨！全军将士退回朝歌城！”

帝辛首先调转马头，向朝歌城狂奔。闻伦大声发布命令：“大家紧紧跟上大王！”崇飞、虎嵩跟随商军乱糟糟地向朝歌城而去。

黄昏，残阳如血。牧野战场上留下战车、战马、伤兵无数。尸体纵横交错，遍野血流成河，战车、兵器散乱弃置遍野。鸿雁在乌云翻滚的天空中哀鸣；受伤的战马在腥风血雨中嘶叫。

周军兵临朝歌城下

姜子牙高声发布命令：“全军将士听令：商军已败，且已逃回朝歌城。我们要乘胜追击，直捣朝歌城帝辛老巢，消灭暴虐帝辛！”众将士：“杀进朝歌城，消灭暴虐帝辛！”

日落。暮色苍茫。黄河岸边。鼓角声声，战马嘶鸣。周、賨、巴等旗帜飞速向前。姜子牙挥动令旗：“全体将士听令，灭纣之战在此一举，兵伐朝歌！”众：“兵伐朝歌，消灭帝辛！”

在漆黑的夜空下，将士们聚集在黄河岸边的空地上，唱起灭纣之歌。歌声回荡在山间及原野。将士们受到了激励，眼中放射出振奋的光芒。姜子牙一声令下，伐辛联军快速行进，浩浩荡荡杀向商国都城朝歌。“賨”字旗下，唐泰兴奋地说：“龚将军，我们賨人兴义师灭暴辛报仇雪恨的日子终于来到了！”龚睿充满信心地回答：“对，唐将军，我们可以向暴虐帝辛讨还血债了！我们賨人出头之日来到了！”唐泰赞叹地说：“文王开创的伐辛大业，今天终于在武王的手中即将如愿以偿了。”龚睿：“我们能参加伐辛伟业太幸运了。”

帝辛部署朝歌城防

商廷大殿。帝辛：“各位将军听旨：周军兵临城下，朝歌城要严防死守！

闻伦将军随朕统筹全局，崇飞将军守东门，文卜将军守南门，李肖将军守西门，郝达及虎嵩将军守北门。各位将军职责已定，是忠是奸就看你们的行动！希望大家恪尽职守，报效国家，建功立业，朕有重赏！”众：“臣等听从大王旨意，报效大王，誓与朝歌城共存亡！”

唐泰奉命进城取图

賨字大旗下，龚睿、督罡、唐泰、鄂蕾、唐坚、龚山、罗黑等一个个精神抖擞，领着賨军将士左手握板盾，右手拿刀枪，向朝歌城奋勇前进。深夜，大军直抵朝歌城下。武王：“尚父，我军何时攻城？”姜子牙：“众将士现在都十分疲惫，不能马上攻城。城中街巷甚多，道路复杂且有许多死巷，小股部队进入死巷，容易被敌人围歼。”武王面带忧有 6 之色：“这可如何是好？”

姜子牙："我想起来了，唐泰曾说过，他的妻子被抢进宫中以后，刺绣的《万里山河迎春图》的背面是朝歌城区及鹿台苑囿图，可命他进入宫中将图取来。"

武王："快召唐泰。"

龚栗冒死取下《万里山河迎春图》

御春园一角。唐泰对龚栗说："栗妹，我们马上攻城了，有一件事你马上必须去做，你敢不敢？"龚栗"为了我们夫妻早日团圆，为了推翻帝辛，我什么事都敢去做！什么事？泰儿哥快说！"唐泰："你马上去将你刺绣的《万里山河迎春图》拿来交给我。"龚栗："我刺绣好以后，帝辛将它挂到王宫大殿去了。《万里山河迎春图》对你们攻打朝歌城推翻帝辛有用吗？"

唐泰："有用，太有用了。朝歌城中街道纵横交错，有很多断头死巷。我们伐辛联军路径不熟，如果误入死胡同，就容易被帝辛的军队消灭。这幅图的背面就是王宫和朝歌以及鹿台地图，我们攻城急需用它指明道路，才能顺利消灭帝辛的军队，才不会闯入断头巷受到不必要的牺牲。"

龚栗："这幅图太重要了。可是，王宫大殿有军队看守，那幅图又挂得很高，我恐怕很难一时把它取下来。"唐泰："你是害怕不敢去取吗？"龚栗："当然有点害怕。但是，为了消灭帝辛，为了我们早日团圆，我什么都不害怕了。只是担心要拿到那幅图恐怕一时难以办到。"唐泰："不能等。我们马上就要攻城了，必须用此图。你马上换上王妃服装，我们一同去取。"龚栗："好，我马上去取。"

唐泰带领唐坚等随龚栗迅速向王宫大殿走去。王宫卫士围了上来："站住！干什么的？"唐泰："你可知道这位娘娘是谁？"守殿军士："小人不知。"唐泰镇定说："她就是帝辛最宠信的龚妃娘娘。"守殿军士："小人只知道大王宠信妲己娘娘，不认识龚妃娘娘。"唐泰："帝辛妃子上万人，宠信的妃子上千人，你认识得完？"守殿军士："龚妃娘娘到此何事？"龚栗："本妃奉大王钦命前来取《万里山河迎春图》。"守殿军士："大王有令，任何人不能取下《万里山河迎春图》。"龚栗："大王命本妃马上将《万里山河迎春图》送阅兵场城楼有急用，你敢抗旨？"守殿军士："小人并未接到将《万里山河迎春图》送到阅兵场城楼之旨，请龚妃娘娘出示大王圣旨。"

龚栗："大胆，小小军士竟敢向本妃索取大王圣旨！此图乃本妃亲手所绣，大王命本妃亲自来取，还需向你下旨？你有几个脑袋胆敢阻挡本妃取下《万里山河迎春图》！"守殿军士伸了伸舌头："小人只有一个脑袋，不敢抗旨。龚妃娘娘，请您自己去取吧。"龚栗搭梯取下《万里山河迎春图》。走出大殿，巡逻队迎面走来："你们在干什么？"

龚栗："奉大王命，取《万里山河迎春图》。"巡逻队军士："那可是帝辛极为欣赏的镇殿之宝，现在取它干什么？"龚栗："大王命取，谁敢细问？我必须马上将它送到大王手里。"军士："大王已去西校场阅兵，我们代你送去。"龚栗："大胆，有帝辛大王贴身卫队在此，还需你们去送？你们想窃取《万里山河迎春图》？"军士："我们害怕娘娘在路上出事，想保护你。"龚栗："大王已派贴身卫队护我，都不怕我路上出事，你们倒担心我在路上会出事，是何居心？还不快去巡逻！”军士：“是！遵娘娘命，我们立即去巡逻。”

王宫后花园。龚栗：“泰儿哥，你们快快攻城。帝辛发现这幅刺绣不见了，我的性命不保。”唐泰：“我们把你带出城去。”龚栗：“我同你一路出城目标太大，遇上巡逻队容易暴露。你马上回营去吧。”唐泰：“你一个人留在宫中，我放心不下。”龚栗：“你不用为我担心。快将图送回去！”巡逻队迎面而来。龚栗将唐泰推向城墙边：“快走！”巡逻队逮住了龚栗。唐泰挥刀救援。龚栗高喊：“别管我，快去复命！”巡逻队向唐泰扑来。唐泰：“栗妹一”龚栗厉声喊道：“快走！”唐泰泪流满面纵身飞下城墙。

帝辛再组奴隶新军抗击姬发

王宫大殿。群臣齐集。帝辛在龙台上匆忙来回走动，焦躁不安，数次抽出宝剑又快速推进剑鞘：“今日牧野一战，损我七十万大军，你们一个个是干什么吃的？丞相闻仲、武成王费龙，老子真想把你们一个个推出去斩了！”

众臣一齐跪下：“大王饶命！”丞相闻仲叩头奏道：“请大王息怒。微臣认为，牧野失利非臣等之过。”帝辛怒发冲冠：“不是你们这帮无能之辈的过错难道是朕的过错？”费龙：“事已至此，斩杀朝臣于事无补，还是商议对策为好。”众：“请大王息怒，及时商议对策为好。”

帝辛：“大家有何良策速速献来！”闻仲：“大王，请速发圣旨，命征伐东夷的闻伦将军火速回军朝歌保卫京师！”帝辛：“武成王费龙速传圣旨。”费龙：“启奏大王，周军前锋已兵临城下，征讨东夷的商军远离京城，回军保卫京师恐怕来不及了！”帝辛“你说咋办？”费龙：“立刻在京城内扩建军队，加强京师防务。”帝辛：“军人从何而来？”闻仲：“可火速将王畿内从事各种劳役的奴隶章中起来编为军队，各官家奴隶从军，立有战功，奖励官家。”帝辛：“准卿所奏。众臣分三拨行动：一拨人火速发出调军令，命驻东夷各军尽快回救京城；一拨人组建奴隶新军；一拨人带领京城军队加强城防。闻伦将军听令，命你带领所部加强京师城防。”闻伦：“末将遵令。启奏大王，末将所部兵力薄弱，难以完成京城防守任务。”

帝辛：“你带领所部去加强京师各大要隘的防务就是。扩充奴隶新军将立即补充你的防地。武成王费龙听令。”费虎：“微臣在。”帝辛：“命你火速将王畿内从事各种劳役的奴隶集中起来编为军队，发给戈、矛等武器，协助闻伦将军，严惩叛军！守卫京城！”费龙：“微臣遵令！”

帝辛：“闻仲丞相，朝歌城中的奴隶一共可以组建多少军队？”闻仲：“据微臣所知，一共可组成五十万大军。”帝辛：“你同武成王立刻去组建新军。”闻仲：“是。”

朝歌城被火炬照亮。枪械库前，一个个刚穿上军衣的奴隶，用颤抖的双手接过枪械，茫然不知所措。奴隶甲：“我们就这样去打仗吗？”奴隶乙：“不是这样去打仗，你还想怎么样？”奴隶甲：“不经过任何训练就去打仗，不是白白送死吗？”奴隶乙：“今日牧野一仗，不知死了多少人。反正我们奴隶的命不值钱，受帝辛所迫，白白送死也得去上战场。”

龚栗不惧帝辛淫威

王宫大殿。帝辛气急败坏地看着群臣：“咋日牧野大战失利，快取《万里山河迎春图》来，朕要重新布置朝歌城中防务。定要将周军消灭在朝歌城中！”殿前都尉急忙上前跪下：“启奏大王，《万里山河迎春图》已被宫女取走。”帝辛十分生气地说：“马上给我查清楚是谁取走的？”右冢宰上前跪下奏道：“据守殿军士报告，宫女龚栗说是奉大王之命取走的。”帝辛暴跳如雷地吼道：“岂有此理！朕何时下过这样的旨令？”左冢宰：“微臣已查明，是龚栗假冒圣旨将《万里山河迎春图》取走的。”帝辛七窍生烟地吼道：“快将龚栗捉来见朕！”

龚栗被押上大殿。帝辛横眉倒竖：“大胆賨女，竟敢将朕心爱之物《万里山河迎春图》盗走，快快从实招来！”龚栗淡淡地答道：“《万里山河迎春图》为我所绣，我将它取下，不能说是盗走。”帝辛以手指着龚栗：“快说！你偷它有何用处？将它藏到什么地方去了？”龚栗镇定地答道：“我看周军快攻进城里，大王的江山难保，所以已将它烧了。”帝辛发出狰狞的笑声：“一个无知的蠢妇竟知朕的江山不保！”闻伦目露凶光：“大王，大敌当前，还有许多要事要办，这样的賨奴留她何用？将她杀了算了！”

帝辛抽出宝剑指向龚栗：“你这个賨国悍妇，胆敢擅自烧毁朕心爱宝物，看朕马上要了你的狗命！”龚栗昂首相向：“为正义献身，死而无憾！”帝辛狂叫：“好一个死而无憾！你想这样痛痛快快地死，没有那么便宜！你将《万里山河迎春图》弄到哪里去了，必须弄个明白！殿前都尉，将她痛打之后关入御春苑死牢，待朕消灭了叛逆姬发后再来慢慢收拾你，叫你度日如年，生不如死！”殿前都尉命令军士：“将她押送御春苑死牢关押！”

罗雁护龚栗

御春苑。军士将被打得遍体鳞伤的龚栗交给罗雁：“大王有令，将此賨女关入御春苑死牢，待消灭姬发叛贼后，大王要亲自处死她！”罗雁：“此賨女所犯何罪？”军士：“她将大王最心爱之物《万里山河迎春图》盗走了。”

罗雁：“知道了，你们回去吧。”

军士离开后，罗雁走进牢房，细声问道：“栗妹，你盗《万里山河迎春图》有何用处？”龚栗兴奋地说：“雁姐，周军攻城有大用。革命快成功了，我们快解放了。”罗雁也兴奋起来：“太好了，除掉暴虐帝辛是我们共同的心愿，栗妹，你做得好。你放心，我不会把你关入死牢。我把你安排在最好的房间里，等周军攻进城来，我们就一起去迎接周军吧。”

龚栗紧握罗雁的双手：“谢谢你，雁姐，你真是我的好姐姐！”

帝辛阅兵壮胆实心寒

王宫大殿。帝辛："武成王，命你立即调集王宫卫队和新组建起来的奴隶新兵到西校场集中，朕要亲自阅兵！大敌当前，必须鼓舞士气！"费龙："微臣遵令！"

火炬照耀。阅兵场城楼。帝辛在妲己等爱妃及众多文臣武将的簇拥下，健步登上城楼。妲己："大王，臣妾听说我军在牧野被打败，周军已来到朝歌城下，马上要打大仗了吗？真吓人啊！"帝辛："不用害怕。朕还有大军能消灭周军！朕马上检阅军队，你可仔细看看。不用害怕！"

帝辛环视左右后指着刀矛闪光，黑旗飘扬的队伍，对妲己等爱妃说："尔等不必惊慌。区区周兵，何足惧哉！你们看，朕有这么强大的军队，堪称虎狼之师，还有这高大坚固的朝歌城，有何惧哉！"闻仲、费龙、崇飞等文臣武将附和道："对，此战一定叫姬发叛贼有来无回！"

帝辛转过头去连连催问费龙、崇飞："所调东夷驻军回京城勤王的圣旨发出去了没有？"费龙、崇飞等大臣连连回报："已发出去了。"帝辛："要接连不断地发出圣旨去催！"费虎、崇飞连连点头应答："是！"

殿前都尉飞奔前来报告："启禀大王，周军已齐集朝歌城下。"帝辛暗自叹了口气："牧野大败，元气已伤，现在虽又拼凑了五十万之众，这些大多数没有受过军事训练的人，哪堪战阵之用？只能作虚张声势的道具。本想等能征惯战驻守东夷的军队回来后再去歼灭周军，奈何周军已抵朝歌城下。罢罢罢，只好让这批乌合之众去打头阵，看看能不能吓退周军。"帝辛转向费龙、闻伦等大臣："传朕旨令：新编军队排列头阵以作先锋；亲军、卫队押后督阵！大家一齐向前，消灭周军！胜利之后，朕大大有赏！"众："是。"

帝辛迁怒杀比干

帝辛在大殿龙台上转来转去，深感无计退敌。他长长地叹了一口气："周军兵临城下，奴隶新兵退敌希望不大，这可如何是好？"闻伦献计："大王，请众大臣一起出主意吧？"帝辛摇了摇头"这群酒囊饭袋之人，只知贪赃枉法欺压百姓，出得了什么主意？"闻伦"不然请比干王叔出出退敌主意。"帝辛立即下令："传比干。"内侍："传比干王叔登楼。"

比干登上阅兵楼："微臣参拜大王。"帝辛："现在叛臣姬发已率周军兵临城下，你原来百般袒护姬昌、姬发，担保他们不会造反，现在姬发已率叛军来到了城下！你可说服姬发退兵，以免天下生灵涂炭。"比干："微臣无能，不可能叫姬发退兵。"帝辛："没有你的劝阻，朕早已将姬昌、姬发斩杀，何来今日祸害？今日之祸由你造成，你不前去令姬发退兵谁去？"比干："大王，今日之祸非微臣造成。"帝辛："由谁造成？"比干："实由大王你暴戾恣睢造成，与微臣何干？"

帝辛："当年朕要杀姬昌，你力谏朕行王道，施仁政，将他囚禁羑里；后来又谏言将他封为文王，以便将他感化。还担保让他回国。文王死后，你又谏言将姬发封为武王，进行羁縻。事实证明，姬昌、姬发都不是忠臣，而是地地道道的阴谋家、野心家。造成今天这种状况，你有不可推卸的责任！”比干：“造成现在这个情况，完全是你的暴虐造成的。你将天下作为私产，把天下百姓都当作你的奴仆，想蹂躏就蹂躏，想宰杀就宰杀，能不引起怨恨？”

帝辛：“朕开疆拓土，囊括海内，光耀祖宗，建不世之功，成为天下之主，理所当然应当役使天下。你假发慈悲，使天下百姓共同仇恨朕，是何居心？你上悖于天，下悖于人主，还有什么话说？”比干：“你亵渎圣母女娲，践踏人伦道德，天理难容！微臣反复劝谏，你不思悔改……”比干眼前立刻呈现肉林酒池边，琴声悠扬，舞女婆娑，半裸男女追逐嬉戏，欢笑之声不绝；群臣大块吃肉，如牛饮酒。比干奏道：“启奏大王，今天下百姓啼饥号寒，或卖妻鬻子，或远死沟壑，甚为可怜。您却为了自己享乐，大建肉林酒池，大兴土木，置百姓生死于不顾。这样下去，离亡国不远了啊。”

比干：“大王，你如果当年听从忠臣劝告，停止摧残百姓，停止残杀忠臣，国家怎会立招来灭亡之灾啊！”帝辛:“你与叛臣相勾结，诚心与朕为敌，时刻妄图动摇朕的社稷，是一个十足的丧门星！你口口声声行王道，做圣人，你想当圣人是不是？你想篡夺王位，代朕面南称王是不是？今天朕算是把你的反心看透了，刀斧手听旨，将他拿下！”比干：“我何曾有丝毫的反叛之心？古人有言，君王有过错，人臣当以死相谏。今天下百姓有什么罪过要受你暴虐之政的磨难呢？你事到临头还不知悔改！”帝辛：“你太聪明了，把天底下的事情都看透了，说透了。你把圣人才能看得透的事情都看透了，你把圣人才能说的事情都说完了。你想当圣人是不是？不，不是你想当圣人，而是你本身就是个圣人。你比圣人还圣人！朕要用你这颗圣人之心退敌！”比干：“大王，微臣只不过是有一颗护民爱民之心，并不是想当什么圣人，微臣是想让大商王朝长治久安、永葆太平啊。”帝辛:“朕听说圣人之心有七窍。比干，你是圣人，我要看看你的心是不是有七窍。刀斧手，快将他的心挖出来看看是不是真的有七窍？”

众武士上前将比干的心挖出。比干惨死在帝辛的屠刀之下。众武士：“启奏大王，比干之心与普通人一样，没有七窍。”帝辛：“哈哈，比干之心并无七窍，可见他并不是圣人！他嘴里吐不出什么真言！哈哈哈哈！”

闻伦：“启奏大王，周军开始列阵了，我军如何对敌？”帝辛：“城下列阵对敌！将比干之心送与周武王，看他能不能见比干之心退军！”

寶军请缨

周军大帐。唐泰将《万里山河迎春图》捧给姜子牙。姜子牙双手接过去，翻过来仔细观看了一阵，面对大家：“唐泰将军取回来的这幅《万里山河迎春图》太珍贵了。帝辛宫和朝歌城巷道纵横交错，多为死巷。误入其中，便有被歼灭的危险。有了这幅图，对巷道了如指掌，我们攻进朝歌大城和王宫就不会迷失方向了。”武王：“龚栗女士冒死取出《万里山河迎春图》，为伐辛大业建了奇功。唐将军劳苦功高，功不可没。战争结束都应重赏！”唐泰：“谢武王，这是微臣应当做的。”

校尉提进一个木匣子：“启奏武王，商军送来比干心脏。”姬发顿时泪流满面：“恩人遭受屠戮，令我五脏俱焚！”姜子牙扶住姬发：“帝辛灭绝人性，人神共愤，定遭恶报！”武王泪涕满面，将比干之心装入锦盒：“全军为比干默哀致敬！”默哀毕，武王高声讲道：“帝辛灭绝人性，人神共愤！将士们，消灭这个灭绝人性的豺狼啊！”众：“消灭暴辛，伸张正义！”姬发：“准备攻城！”

姜子牙面对排列整齐的将帅，高声讲道：“诸位将军听令，现将攻城任务分配如下：一师攻东门；二师攻南门；三师攻西门；四师攻北门；五师作总预备队。希望大家记住城中街巷情况，一定要照图进军，不要走进死胡同，做商军的肉包子！”众将军：“有了这幅图就好了，不用担心走进死胡同。”

唐泰高声问道：“请问军师，賨军进攻何地？”龚睿：嗟军请战！”巴、微、卢、彭、濮等国君长齐声：“军师，我等皆请战！”

武王：“昨日牧野大战，友邦军队出力甚多。今日攻城留作预备队。”龚睿“启奏武王，昨日牧野大战，周师与我们并肩作战，大家同等辛苦。今日之战，请分配我们与周军同等任务，不应将賨军作客人看待。”众：“对，不能把我们友邦军队当作客人看待！”姜子牙：“好！推翻帝辛是我们的共同心愿，各国友军与周军同领作战任务。现在，我宣布：賨军攻东门，巴军攻南门……”众：“遵从军师号令！”

朝歌城郊。火炬熊熊。伐辛联军士气倍增。人们摩拳擦掌准备攻城。

第 43 章
洛定奉命参义战　鄂蕾鲜血洒鹿台

唐泰率队袭商军

凌晨。朝歌城下。伐辛联军大营。姜子牙："龚睿将军，你部可乘着黎明前的黑暗，向商军城下营寨发动一次袭击。"龚睿："是！"唐泰："军师，此任务可交我来完成。"姜子牙："为什么？"唐泰："龚将军要统筹攻城大战。"姜子牙："你一夜未眠。"唐泰晃了晃右臂："没事，我精神好着哩。"姜子牙笑着点了点头："小伙子，见到妻子就兴奋不已，要小心点！"唐泰："是！"

商军营帐。军士尚在酣睡。唐泰率领鄂蕾、唐坚等部分精锐将士十分英勇地冲入商军营寨，挥动刀枪见了敌人就砍就刺。商军不少人在睡梦中就被砍掉了脑袋，刺破了喉咙。刚刚醒来的人，有的茫然不知所措，有的人则像无头苍蝇四处乱窜。顿时，商军营寨火光闪烁，照耀着人和马的尸体交错倒地，血流成渠。商军啼哭之声直冲霄汉。天色微明，唐泰等砍杀一阵以后，率部胜利返回。唐泰："末将唐泰向军师交令，已杀敌而归！"姜子牙："唐将军旗开得胜，给你记下攻城首功！"唐泰："全靠军师指挥有方，战功应当记在军师名下。"

周军进攻朝歌城

旭日东升。朝歌城下。战鼓擂动，号角阵阵。两军在朝歌城下列阵。商军举着黑旗，衣着整齐，刀光耀眼，十余万人黑压压一大片，缓步列阵。帝辛高踞城楼，头戴流旒，身穿龙袍，腰扎蟒带，足登龙靴，精神抖擞地注视着战场。只见周军虽然人数远比商军少，可是队形整齐，旗帜鲜明，箭戟耀眼，战鼓齐鸣，士气高昂。特别是賨军，左手执板盾，右手拢刀枪，身背牟弩，精神百倍。帝辛回头看看自己的军队，人马虽多，衣甲闪光，武器虽好，却队形凌乱，士气不振，不觉倒抽了一口冷气。妲己等妃嫔尖声叫道：“啊，周军如此气盛！”

帝辛强打精神对妲己等妃嫔说道：“不用害怕！区区叛军，不难消灭！你们看，叛军那点人马，经不起王师一击！再说，朝歌城墙这么坚固高大，护城河这么深这么宽，叛军岂能破我固若金汤的朝歌大城！”妲己等：“大王说的是。臣妾等在此观战！”帝辛：“不！妃嫔回后宫，爱妃回鹿台，听候朕灭敌消息！”妲己等：“遵命！”

朝歌城下一侧。伐辛联军阵前。姬发再次进行战前鼓动：“各友邦君长，各位将士，我们在牧野已取得了大胜，但是，帝辛仍然盘踞着朝歌城，仍然有庞大的军队。我们还需战斗到底！现在是与暴虐帝辛决战的生死关头，大家更要团结一致，齐心协力，共同对敌作战：大家要互配合，互相支援：前进五六步必须环顾左右战友是否已经跟上；杀五六个敌人必须环顾左右战友看是否能够相互照应。面对貌似强大的帝辛，只要这样团结一心，互相配合，互相照顾，我们就一定能够除掉暴辛，取得最后的胜利！现在是立功的时候到了！我们一定要消灭暴虐的帝辛，不辱上天之命，不负百姓之托！”众将士齐声回答：“坚决消灭帝辛！只有前进！决不后退！”

伐辛联军将士人人精神百倍，个个斗志高昂！

朝歌城下。两军布阵已毕。战鼓擂动，杀声响起。周军队列整齐，步步逼向商军。伐辛联军中靠右侧有一个方阵，賨字大旗下，一个个将士左手持板盾，右手持大刀长矛，身背牟弩，排列整齐，精神抖擞，十分耀眼。龚睿骑着高头大马昂首站立队前。

商军大营。帝辛用右手捂住左肩：“周军攻势太猛，奴隶阵前倒戈，大家赶快退入城中抵抗！”商军退入朝歌城中。

周军直抵朝歌城下。姜子牙：“将士们！我军得到了商朝奴隶新兵的助战和开路引导，已直抵帝辛都城朝歌城下。马上搭梯攻城！”

一些将士抬着云梯靠着城墙向城墙上爬去。商军将士不时将云梯掀翻。周军将士纷纷滚落地上。另一批周军将士又勇敢地将云梯搭好，爬梯攻城。战斗十分激烈。

朝歌城南门。龚睿和唐泰率领賨人军士抬起一根大圆木撞击城门，在最前面的正是唐破。他抱着大圆木，喊着号子：“大家一齐来，城门就撞开！大家加把劲，帝辛就没命！”

大家抬着圆木一齐撞击城门，很快将城门撞垮。城门倒向賨军，不少人上前顶住。唐破急忙一手撑住城门，一边喊：“大家快进城去杀敌！”众将士从门下迅速进城。唐破见大队已过，准备推开城门，突然右臂一震，竟被射中一箭。他立即将城门推到一边，拔出箭镞，拿起大刀，随大队賨军将士奋勇杀进城中参加巷战。

朝歌城西门。周军凭云梯奋勇爬城，不少人登上了城墙。城墙上，商军旗帜飘落，伐辛联军旗帜高高飘扬。周军进入城内追击商军，不少地方燃起了熊熊大火。

帝辛命将御春苑被关宫女斩尽杀绝

朝歌城中，四面烈焰滚滚。“杀死帝辛！”强烈的呐喊声由远而近逼近王宫。寺人和宫娥彩女纷纷四散躲避。帝辛令殿前都尉：“殿前都尉听令，马上将妲己送去鹿台！”

殿前都尉应声而去。帝辛突然想起一事："殿前校尉听令，命你带一队人马速到御春苑将盗走《万里山河迎春图》的竇女龚栗及所有被关押人员处死，一个不留！"闻伦惊奇地问："大王，现在抵抗周军要紧，还去管那些姑娘干什么？"帝辛叹了一口气："看来朕的江山已不可保，留下她们将使朕淫秽之事暴露于天下，毁我一世英名！"闻伦似已明白大王深意："殿前校尉快去行事！"殿前校尉："是！"

帝辛从暗道逃向鹿台

帝辛看城中到处是周军在追杀商军，王宫大门也正被撞击，便对闻伦说道："闻仲、费龙听旨：你们带领一支御林军开北门出王宫，将周军引开。"

闻仲、费龙："遵旨！"帝辛："闻伦将军，你随朕从暗道向鹿台撤退！"

闻伦："是！"

闻仲、费龙一支御林军从王宫北门杀出，故意高喊："保护大王！"落荒而逃。多数周军出北门追击商军而去。王宫内顿时空无一人。

姜子牙从图中发现帝辛逃走暗道

龚睿、唐泰等率众攻入王宫："大家分头寻找帝辛！"有人说："帝辛可能从北大门逃走了！"唐泰："帝辛不会轻易离开王宫，我们不要上他金蝉脱壳之计的当，在王宫内仔细搜查！"龚睿："对，大家仔细寻找，不要放过任何可疑的角落！"大家四散搜寻一阵以后，唐坚、夕义跑到龚睿面前汇报："龚大将军，我们四下寻找，不见帝辛踪影。"

姜子牙大步走进王宫，远远地向龚睿问道："龚将军，捉住帝辛没有？"

龚睿远远地回答："回军师话，现在还未找到。"他转向身边的将士："众军士四下搜寻都不见帝辛及他贴身卫士的踪影，难道他插翅飞了？"唐泰对大家说："再仔细搜寻！活要见人，死要见尸！"姜子牙："别着急，待我查看《万里山河迎春图》。嗯！在这座凉亭下有一条通往鹿台的暗道，准是从暗道逃往鹿台去了。"龚睿"帝辛太狡猾了。"

洛定向龚睿请战

洛定带着十来个兄弟跑到龚睿面前："龚将军，我们找你找得好苦啊！"

龚睿："洛定兄弟，你怎么来到了这里？"洛定："我南蛮人深受竇国大恩，无以为报。我们南蛮王听到你们的伐辛义举之后，特地派我们前来同你们一起参加竇国助周伐辛义战……"

鄂旺救援南蛮国

南蛮山国。王宫。格玛儿："启奏大王，我南蛮国连遭三年大旱，人畜饮水都十分困难，已饿死了不少人，怎么办呢？"国王洛智立说："洛定兄弟，你带上山货到賨国求援去吧。"

賨国王宫。鄂旺："南蛮国遭受大难，送来一些山货做礼品向我国求援，大家议议吧。"罗聪："从前，南蛮国多次侵扰我国，造成无数伤亡和财产损失，现在不如趁此时机将他灭掉，以绝后患。"唐诚："旧话无须再提。我们不能乘人之危，救人要紧。"罗聪："我的意思是借老天爷之力将这样一个仇国灭掉算了。"唐诚："当年老大王已与南蛮国签订和约。"罗聪："我知道，停止战争，互通有无。他们有多少山货来换取粮食，我们给他多少粮食好了，总不能白给他吗。"唐诚："南蛮国受大灾，有山货换取粮食，还须向我国求援？济人之难是我们賨人的优良传统。我们应当毫不犹豫地给他们送去粮食，让他们渡过难关！"众："老冢宰言之成理，我们不能见死不救！"鄂旺："同意老冢家的意见。罗毅，立即向南蛮国送粮一百石。"罗毅："微臣遵命。"

南蛮国王宫大门前。饥民排队领取粮食。有的不依次序向前拥挤。罗毅高声劝阻："各位朋友，大家不要拥挤，依次前来领取。这批发完，下批随后就到，不用担心领不到粮食！"洛智立招呼道："乡亲们，不要拥挤。这是賨人兄弟送给我们的救命粮，我们永远不能忘记賨人兄弟的救命大恩，要好好感谢賨人兄弟的救命大恩！"南蛮国人一齐向賨国方向跪拜："谢賨国救命大恩，世代不忘！"

罗毅："兄弟们起来吧，起来吧。我们毗邻兄弟互相帮助是应该的！"

洛智立望了望火红的太阳："老天啊，快快降下甘露吧！"

山路上，几匹快马向南蛮国都城奔来。一人下马向洛智立跪下："启奏大王，南郡发生山火，无法扑灭！"格玛儿骑马奔来："启奏大王，东郡、西郡、北郡都发生大火，无法扑灭！"

洛智立举手遮眉向四方望去，只见烟灶直冲云霄，烈火熊熊，人们哀号之声从四方传来。洛智立大哭："老天啊，朕犯了什么大罪遭到这么大的处罚啊？叫我南蛮人怎么生存啊？"格玛儿："大王，为今之计，只有再派洛定向賨国求援。"洛智立："这真有点不好说出口。"格玛儿："救人要紧。"

洛定"大王，賨王仁义，定会体谅我们的难处。"洛智立："兄弟，麻烦你再到賨求援。"洛定："为救大家渡过难关，再苦再难我也决不推辞！"

洛智立目送飞速离去的洛定，赞叹道："真是我的好兄弟。"

賨国王宫。洛定再次走进大殿，跪在鄂旺面前，泣不成声："大王，南蛮国旱灾未除，又发天火，请大王开恩再施救援之手。"罗聪横眉冷对地说："洛定，你茅厕边捡块竹片真好开口啊？我賨国人多粮少，前次相救，已是勉为其难，现在又来求助，还要不要我们自己活人？"

鄂旺走下龙台扶起洛定："不可如此说话。罗毅，再速备一百石粮，朕亲自前去救援。"

山道。鄂旺带领罗毅及民夫冒烈日前行，挥汗如雨。远处传来南蛮国人声音："賨国救命恩人请止步。”鄂旺：“怎么回事？”洛智立飞速前来施礼“大王，请受小王一拜。”鄂旺：“无须大礼。洛王，你带领那么多人怎么走到这里来了？”

洛智立看了看身后扶老携幼的难民，眼泪夺眶而出：“大王，前不久得到您支援的粮食，眼看即将渡过难关。谁知又突发天火，我国六成以上森林全被焚毁，野兽被烧死，药材被烧尽，民房也大部分被焚毁，我们再无生路了。我们不知哪辈子造了孽，现在遭受这么大的惩罚。山上已无法立足，思来想去，还是只有前来投靠賨国。请大王收留我们，给大家一条生路。我们下辈子就是做牛做马也要报答你们的救命之恩！”南蛮国众人一齐跪下：“请大王收留我们，给我们一条生路！”

洛智立：“我们甘愿献出我们的土地，做您的臣民！”众：“大王，我们心甘情愿做您的臣民！”鄂旺：“洛王，南蛮兄弟，你们遭到这么大灾大难，我賨国将倾其所有援助你们，不要你们做任何回报。你洛王还是洛王，南蛮国还是南蛮国！”洛智立：“大王，我们是真心归顺您啊！”南蛮人齐声高呼：“大王，我们是真心归顺您啊。”鄂旺：“我賨国向以大义立国，绝不做乘人之危占人土地、灭人国家的不义之事。”洛智立走上前拉着鄂旺的手：“大王，并不是你要灭我南蛮国，是我们走投无路，心甘情愿加入你们大賨国，求个依靠。请您收留我们吧！”南蛮国人“大王，我们是真心归顺您啊！”

鄂旺紧握洛智立的双手“这样吧，你们现在的生活由賨国供给。朕划给你们一块土地，你们去耕种，自食其力吧。”洛智立眼中放出乞求的光芒：“我们南蛮国的土地请大王派人管理。”唐诚：“兄弟同心，其利断金！南蛮国融入我们賨国，不管是对我们賨国还是对南蛮国都是件大好事：对外，有更强的抵抗力；对内，不管发生什么天灾人祸，都好克服！”洛智立十分赞同地说：“对，这就是我们希望融入賨国的原因。”鄂旺：“好。唐冢宰，赶快派人把南蛮国的土地管理好。”

洛智立：“大王的仁义太令智立我感动了。不瞒大王说，以前帝辛曾给我许多承诺，他也给过我一些他废弃不用的破烂儿武器，我受他的支使，多次骚扰賨国，你们都大义宽恕了我。当我国受三年大旱向帝辛求援时，他却一颗粮食不给。我们向您求援，您慷慨支援百石粮食。当发生天火以后，您更是亲自前来救援。您的行动使我认清了谁是真正的朋友。远亲不如近邻，您真正践行了亲为亲邻为邻的诺言！你们把帝辛这个只知占人便宜，关键时刻却显露贪心私心的画皮给彻底撕破了。我向大王请罪！”

鄂旺：“洛王快快请起。现在，不少人看清了帝辛是天底下最自私的动物。他口口声声要推行天道，却凭借武力四处征伐，不惜残害天下生灵。他的心中只有他自己的权力和利益。现在也还有一些人没有识破他的本质，还在跟着他跑。有的人则是拉大王的大旗做虎皮，狐假虎威欺压弱小国家。所以，帝辛目前还有很大的力量。但是，他越是四处征伐，便越是树敌于天下，便越接近他灭亡的末日。因为，天下人绝不会甘心世世代代永远做他的奴隶。”

洛智立："对，我们绝不会甘心世世代代做他的奴隶！”

南蛮人在鄂旺的照料下，在賨国生活得快快乐乐。

洛智立命洛定参加伐辛义战

賨国王宫大殿。洛智立：“大王，听说您派龚将军率军助周伐辛去了？为什么没有告诉我一声？我南蛮国人也请求参加助周伐辛这个伟大事业。”鄂旺：“龚将军已出发很久了。当时考虑到你们到我国新安家有许多事情需做，所以没有要你们派人参加助周伐辛之战。”洛智立：“大王处处为我们着想，太感谢您了。但是，我国也是备受帝辛欺凌之国，不能不为伐辛义举尽一分力量。”

南蛮新村。洛智立将洛定喊到自己家中，亲切地问道：“兄弟，你离得开家吗？”洛定：“有何要事？王兄请讲。”洛智立：“我知道你刚生了小孩需要照料。”洛定眼前立刻浮现起与龚花结为夫妻的往事。

洛定与龚花结为夫妻

宕渠城繁华的街道上，人们熙来攘往。洛定被一个无赖拦住：“南蛮人，你以假山货骗我，今天非得赔偿我的损失不可！”洛定：“本人从不贩假货，也从未与你做过交易，怎么骗了你？”无赖：“你不赔钱休想走人！”龚花上前：“你不能欺侮南蛮人！你说他骗了你，拿出证据来。”无赖瞪着眼睛吼道：“黄毛丫头，你敢为一个外国人说话？”龚花：“不管什么人，都要说公道话！”无赖挥舞拳头：“你不怕老子报复你？”龚花理直气壮，毫不示弱：“你就不怕老天爷处罚你？”

无赖挥拳向龚花打来，洛定奋力上前将无赖打斗。两败俱伤。无赖逃走。龚花为洛定擦去血迹。从此二人产生好感，后来结为婚姻。一年后，生了一个小孩。

洛智立对洛定说：“賨军参加賨国助周伐辛纪事去了。你带几个兄弟前去找龚将军请求参加賨国助周伐辛战争。能离开自己温暖的小家吗？”洛定：“能参加伐辛义战是小弟的荣幸，小弟岂是只顾小家不顾大义之人？自当遵命，前去参加賨军助周伐辛。”洛智立：“你真是我的好兄弟！你要争取立功，如果伐辛不顺利，你速派人回来传信，我立即率全体丁壮前去参战！”

龚睿：“好，洛定，带领你的几个兄弟同唐泰将军一起战斗吧。”洛定：“遵命！”

洛定献身

姜子牙指着凉亭中间的一块石碑：“这里就是暗道入口处。”唐泰：“大家推开石碑！”唐坚、洛定、夕义等立即上前推开石碑，只见一条暗道向远处通去。唐泰：“军师，我带领一支军队从暗道追击帝辛！”

姜子牙、龚睿：“唐将军在暗道中要多加小心！”唐泰：“是！”鄂蕾：“唐将军，我同你一起去追击帝辛！”唐泰：“不，你同龚大将军一道杀敌去吧。”鄂蕾：“不，时间紧迫，我同你一起去追击帝辛！”洛定：“走，赶快追击帝辛！”唐泰：“大家要特别小心，防止敌人阻击！”众：“是！”

洛定举起火把，同唐泰走在前面。在火把的照耀下，唐泰左手举板盾，右手拿大刀，同洛定一齐向暗道走去。鄂蕾紧随身后。唐坚、夕义等紧紧跟上。行不多远，突然，数箭飞来，洛定等几个战士倒地。唐泰左臂又多处受伤，便用右臂举板盾挡住前方：“洛定兄弟，洛定兄弟！我对不起你们！没有保护好你们！”唐坚等举板盾将洛定保护起来。

唐泰用力拔去自己左臂上的羽箭以后，试着拔去洛定前胸的几支羽箭。洛定喘着气对唐泰说：“唐将军，不用管我，杀敌要紧。唐将军，我能参加伐辛义战，死而无怨。只是，我的爱妻龚花，我的小孩洛美，我放心不下。战争胜利后，请你们好好照看他们。拜托了……”唐泰镇定地说“洛定兄弟，你要坚持住，我们的郎中一定能治好你的伤。”夕义“洛定兄弟，你的话我们都记住了。”洛定有气无力地说：“好，谢谢你们。我的伤不用治了，杀敌要紧！”将头一偏咽了气。唐泰高声叫道：“洛定兄弟！你的嘱托我永远不会忘记！南蛮兄弟，你们靠后！”南蛮兄弟：“唐将军，我们不埋怨你，我们一起赶快杀敌要紧！为洛定报仇！”

大家行至洞口，看到了洞外的亮光。唐泰：“大家放下火炬，举起板盾，冲出洞口！”大家冲出洞口，只见鹿台城楼下还有一些商军在顽强抗击周军。唐泰大声命令：“大家分头消灭商军！”众将士便分为小队杀向商军。

帝辛指挥鹿台守军抵抗伐辛联军，战斗十分激烈。闻伦：“启奏大王，周军攻势太猛，我们上鹿台去吧？”帝辛：“妲己现在何处？”闻伦：“微臣已派人将她送上鹿台城楼了。”帝辛：“好，扶朕上楼！”

鄂蕾眼尖，一下就看到了在闻伦搀扶下向鹿台城楼大门逃去的帝辛，急忙向唐泰说：“泰儿哥，快！追击帝辛！”唐泰立刻和鄂蕾迅速向帝辛追击。

鄂蕾中箭

鄂蕾高声对后面的战友说道：“我们已杀到帝辛的老巢鹿台城下，大家分头杀敌，消灭商军！”

帝辛边跑边说：“费龙、闻仲、闻伦、崇飞、庹嵩听旨！”众：“臣等听旨。”帝辛：“周军已包围鹿台，朕一世英名毁在旦夕！但是，你们要坚信，上天可惩罚朕的过失，但绝不会亡商！商的龙种尚在，就应兆在三公子身上，朕倘有不测，你们要辅佐三公子，重振大商基业！”众：“遵从大王旨令！”帝辛：“闻伦将军护驾随朕进鹿台，其余的人分散突围！”众：“听令！”

数股商军向賨军杀来，伐辛联军分数路杀向商军。费龙、闻仲、崇飞、庹嵩分头逃窜不知去向。闻伦看见迅速追来的賨军，扶着帝辛，喘气说道：“大王，周军准是通过《万里山河迎春图》找到了暗道，追上我们了！快登鹿台城楼！”

帝辛和闻伦很快登上了二楼。帝辛回头向楼下望去，只见跑在前面的唐泰和鄂蕾已来到楼下，高声说道：“来得好，朕看清楚了，跑在最前面的就是在朝歌城下用飞镖打伤朕的那个悍妇！拿箭来，让朕亲手报这一镖之仇！”闻伦递上弓箭：“大王，你左手受伤，还能开弓吗？”帝辛：“些许小伤何足挂齿！”

帝辛边说边拉满了弓弦。唐泰和鄂蕾不顾一切地向鹿台城楼追击。鄂蕾行至楼梯转弯处，步伐稍缓，帝辛看得真切将箭射出，正中鄂蕾头部。鄂蕾打了个趔趄：“泰儿哥，注意楼上有人偷袭，我中箭了！”唐泰见鄂蕾中箭：“公主，赶快到楼下隐蔽。我来对付偷袭的无耻小人！”

唐泰向城楼楼梯上望去，只见帝辛正用箭向自己瞄准。他立即用连弩箭向帝辛射去。闻伦见状，猛冲上前，用身子挡住了飞箭，倒地身亡。唐泰再次发射连弩射中了帝辛的身躯和左臂。帝辛举了举弓箭，左手已不听使唤，知道自己不能再用弓箭射杀唐泰了，便急忙放下楼梯口的闸门，拴好门闩，将唐泰挡在楼下，然后没命地向楼顶跑去。

唐泰跑到楼梯口撞不开闸门，便立即返回一楼楼梯抱住鄂蕾大喊：“公主，你醒醒！你醒醒！”鄂蕾慢慢睁开眼睛：“泰儿哥，帝辛躲到什么地方去了？快追！”唐泰：“帝辛躲进城楼再无处可逃了。妹妹放心，我一定宰了帝辛为你报仇！我先背你去治伤。”鄂蕾：“不，我想静静地给你说说话。你看天上的月亮是多么明亮，明天一定是个艳阳天！”唐泰：“乌云散去了，帝辛被消灭了，我们的明天一定会更美好！”鄂蕾：“可惜我看不到美好的明天了！”唐泰：“妹妹，你看得到明天光辉明亮的太阳。你一定要坚持住，一定能看到光辉灿烂的明天！”鄂蕾：“帝辛的毒箭穿透了我的心脏。我无怨无悔，有你陪伴在我的身旁，我此生心满意足了！”唐泰号啕大哭：“妹妹，你一定要挺住，一定要鼓足勇气活下去！我们一起消灭帝辛！”鄂蕾：“泰儿哥，你不要管我，赶快去消灭帝辛……”将头一偏闭上了眼睛。

唐泰发疯似的高喊：“公主，乌云散去了，月亮更明亮了，太阳升起来了！妹妹，你醒醒！你不要离开我！帝辛马上就要被消灭了！你睁开眼睛看看，我们胜利的旗帜已经飘扬在城头上了！快看，光辉灿烂的太阳已经从东方升起来了！”

第44章
唐泰说得闻伦降　武王仁政解民困

唐泰眼前浮现出在龙潭别宫教鄂蕾练武时的情景

唐泰眼前浮现起微服察访时鄂蕾天真活泼的笑脸：“泰儿哥，我真想和你一起就这样永远察访下去！”龙潭别都明月夜，鄂蕾热切地说：“泰儿哥，你就是我身边最明亮的星星！”在孝泉城楼上，鄂蕾说：“天地这么大，老天安排我们在千里之外又见面了，我们真有缘分！”在牧野、朝歌战场上，鄂蕾说：“我们一起奋战，消灭帝辛！”“我期盼胜利之后永远不分离！”

唐泰流着眼泪背着鄂蕾的尸体，面对追赶而来的唐坚等人高喊：“杀死帝辛，为公主报仇！”唐坚等高喊：“杀死帝辛，为公主报仇！”唐泰将鄂蕾尸体背进一座小阁楼，安放好鄂蕾遗体以后，命令身后一队军士：“把公主遗体看守好！”军士：“是！”唐泰手提大刀，带领众将士猛烈撞击鹿台城楼闸门……

帝辛、妲己诉衷肠

帝辛跑上楼阁，拉着妲己登上高耸入云，堆满各种珍奇玩物和柴薪的鹿台顶楼，向楼下看去，只见周军在大街小巷追捕商军。商军已溃不成军，四散逃走。远处浓烟滚滚，直冲云霄。大队周军齐集鹿台城下，纷纷搭梯攀登鹿台。少许商军抵挡不了周军的强大攻势，纷纷倒下。帝辛见大势已去，叹道：“妲己爱妃，想不到朕的浩浩天下，顷亥之间就土崩瓦解了。爱妃，朕死之后，你要好自为之，不可受辱于乱臣贼子！”

妲己：“大王，臣妾入宫以来，从不过问朝政的是与非。妾并不贪恋大王的权力与声势，只想与大王时时刻刻长久相伴相随，平平安安度过此生。谁知乱臣贼子乱朝纲，造成国破与家亡。世人不知造成这种恶果的根本原因，反将臣妾骂作是妖惑君王以色误国的妖精。

臣妾之苦向谁诉？臣妾之冤有谁怜？”帝辛：“爱妃，是朕毁了你。朕一世英名毁于一旦。朕想一死了之，只是牵挂着你！”妲己：“大王，臣妾愿代大王去死！”帝辛：“朕自作自受，谁也代替不了朕，你要好好活下去！”妲己泣不成声：“大王如升天，臣妾生不如死，一人留在这人世间何益？臣妾愿随大王一起去死！永远陪侍大王！”

帝辛：“爱妃，你我恩爱多年，本想同享荣华富贵一生，朕身为人王，却想不到不能善得终年。何其悲也。朕已年迈，逃生乏术。你年纪轻轻，余年尚多。快快逃生去吧，不要受朕的拖累。”妲己：“臣妾受大王恩宠有加，人间荣华富贵已享尽，志得意满，虽死不足惜，怎能离开大王独自逃生？苟存性命！”

帝辛：“爱妃，快穿上你最喜欢的衣服，佩戴好你最喜欢的服饰，让朕再好好欣赏一下你的仙姿美容！”妲己穿戴好衣服，佩戴好服饰：“臣妾已一切如愿。大王您请看，衣服是刚刚做好的绫罗绸缎，佩戴的是珍珠玛瑙和夜明珠。臣妾受大王恩宠有加已心满意足。今生今世再无憾事！”帝辛：“美人，我的爱妃，有了你的陪伴，我心满意足了！”帝辛旋转着，从头到脚仔细地注视着妲己的全身：“爱妃真个是光艳无比的仙女，人见人爱的美娇娘啊！太美了，随朕一起上路去吧！朕有你陪伴，死而无怨！”妲己：“大王，今生今世臣妾心中只有大王，臣妾只忠于大王！”

帝辛抽出宝剑：“妲己爱妃，你与朕在生比翼齐飞，死后也一路同行！休怪朕无情，事已至此，朕无力回天！也罢，拿大碗来，你与朕同饮三大碗！饮过之后，也好先送你上路去也！”帝辛说罢，与妲己连饮三大碗酒，然后一剑向妲己刺去。妲己惊愕地：“大王，你真下得了手啊！”说罢倒地而死。

帝辛抱起妲己的尸体，发出歇斯底里的狂笑：“哈哈哈！美人，朕是杀死你的凶手！朕是最爱你的人！你慢些走，等等朕！”

帝辛自焚鹿台

帝辛整理好妲己的尸体，自己穿戴好宝玉王服，将美玉宝器堆放在自己身边，仰天大叫：“老天啊，为何如此绝情？不助朕却助叛逆之人！使朕成了孤家寡人，使朕杀死了自己最心爱之人！若诸侯攻进高楼，将朕擒拿，一定会给朕莫大侮辱，他们一定要将朕斩首示众，抛尸荒野任凭猪拖狗扯！罢罢罢，与其让他们羞辱，不如自绝来得痛快！这鹿台就算作朕的葬身之地吧！左右，速将鹿台点燃！左右，速将鹿台点燃！你们都死了吗？你们都离朕而去了吗？”帝辛呼喊数声无人应答：“身边一个人也没有了，朕真正成了众叛亲离的孤家寡人了！也罢，没有人为朕放火，朕就自己放火吧。”他摸索着找到了钻木，迅速转动，顿时火星飞溅，点燃了钻木边的松明。帝辛拿着松明亲手点燃身边的柴薪。顿时烈焰腾空，鹿台高楼在烈火中迅速崩塌。帝辛结束了淫虐的一生。

伐辛联军攻进鹿台

帝辛宫门外。姜子牙：“鹿台火起，必是帝辛自焚其身。将士们，立功的时候到了！

前进！”唐泰：“兄弟们，立功的时候到了，冲啊！为鄂蕾公主报仇！为所有为推翻帝辛统治的烈士们报仇！为死去的奴隶们报仇！”众：“报仇！报仇！”唐泰率众撞破鹿台大门，快速登上楼顶，扑灭了大火，看到帝辛和妲己的尸体已烧得失去了人形，哈哈大笑几声：“帝辛，这就是你应该得到的报应！”

帝辛宫内。宫女、寺人有的慌忙收拾自己的东西；有的抱着东西乱窜乱跑！人心惶惶，宫廷内乱成一锅粥！

西门外。闻仲、费龙引军正逃。龚睿率军追上将闻仲、费龙战死，并将所带商军大部消灭。龚睿捉住一名商军：“帝辛到什么地方去了？”商军：“到鹿台去了。”龚睿：“杀向鹿台！”

北门。庹嵩：“周军攻入朝歌，大势已去。郝达将军，我们一起逃走吧。”郝达：“你忘了向大王的誓言与朝歌共存亡吗？”庹嵩一剑将郝达杀死，发出奸笑：“成全你效忠大王！”庹龙：“父亲，我们怎么办？”庹嵩：“逃回巴林县再作打算！”

山道。庹嵩与三公子所带数十人相遇：“三公子，大势已去，我们怎么办？”三公子：“遵父王令，重组军队，推翻武王！”庹嵩：“是！”

东门。崇飞：“周军攻入朝歌城，大家撤向鹿台！”行进中，崇飞遥望鹿台火起：“完了！纣王必不可保，大家各自逃生去吧！”

众将士一哄而散。崇飞对身边的贴身卫士说“大势已去，大家随我回金州庄园去吧。”众：，‘是！”

血溅御春苑

御春苑监房大牢。殿前校尉一行飞奔入内。罗雁：“殿前校尉为何擅闯御春苑？”殿前校尉：“回苑丞话，奉大王之命，将关押在死牢的賨女龚栗及苑内的所有姑娘一律处死，毁尸灭迹！”罗雁：“帝辛惨无人道，校尉何必充当刽子手助纣为虐？”殿前校尉：“王命在身，不得不耳！众军士给我杀！”罗雁：“众姐妹，帝辛为了掩盖他的罪恶，要将你们全部处死，大家拿起身边的一切可用的东西同敌人拼啊！”殿前校尉：“罗苑丞，你也要造反吗？”罗雁：“难道不该造反吗？姑娘们，难道你们就听从商军杀死吗？造反啊！”

御春苑内，火光冲天，一片哭闹之声。众姑娘拿起身边一切可用的东西，一齐向大门冲去。殿前校尉指挥军士挥刀向姑娘砍去，一些姑娘被砍死砍伤倒于地上；一些姑娘奋起反抗，夺下军士手中的武器，将军士砍倒。罗雁夺过军士一把刀向殿前校尉砍去。几个姑娘向殿前校尉冲去，被砍倒。罗雁高喊：“姑娘们，杀死这群兽兵！”

姑娘们分别杀死军士。众姑娘：“苑丞，你和我们一道逃命去吧！”罗雁迅速打开死牢大门：“你们别管我，快逃走吧！龚栗妹妹快逃啊！”殿前校尉冲上前来，一刀杀死罗雁。龚栗冲出牢门：“雁姐！我的好姐姐！”龚栗拿起罗雁丢下的刀，带领一群姑娘奋勇上前挥刀砍死殿前校尉。

姑娘们冲出御春苑大门，高兴地流出了眼泪：“革命了，自由了！我们自由了！”

大家纷纷涌出监门，互相招呼：“朴姐，罗姐，来，我们一道走！”

御春苑大门外。龚栗喊道：“朴翠姐、紫云姐，我们一道走吧。”朴翠：“我们往哪里去呢？”督云：“是呀，我们往哪里去呢？”龚栗：“我们找賨国军队去。”朴翠：“对，找到唐泰将军就好了。”督云：“是呀，我们一起去找唐泰将军。”

龚栗等被劫持

朝歌街道。逃亡人群如潮。一些商军残兵乘机抢劫财物和挟持妇女向城外逃去。龚栗同朴翠、督云一起走出宫院大门，随着扶老携幼的人群逃到朝歌城门。龚栗看着高大的城墙，从怀中拿出一个绣着巴山映山红的荷包挂到城墙上。朴翠：“栗儿妹，你的绣花荷包挂在这里，唐泰哥能看见吗？”龚栗：“我相信他一定能看见。”督云：“要是他看不见，还能叫心有灵犀能相通吗？”

龚栗走到一位老翁面前向他打听：“大伯，请问周军住在什么地方？”

老翁指着远方：“就在西南方向。”龚栗：“有多远？”老翁：“不远，就几里地吧。”她们便一起向老翁所指的西南方向走去。几个商军残军兵士将她们围了起来：“小娘们儿往什么地方去？”龚栗：“我们往什么地方去你们管不着，各走各的路。”小校：“这兵荒马乱的，你们几个小娘们儿没有人保护多危险，跟我们走吧，我们保护你们。”督云：“我们有周军保护，用不着你们管！”小校：“周军？周军会保护你们？走，跟我们一起走！”龚栗：“你们要干什么？”小校：“干什么？这年月，有刀枪就是草头王。我们要上山当大王，你们都去跟我们当压寨夫人！”龚栗：“现在周王已推翻帝辛，天下安定，容不得你们胡作非为，快快死了这条心吧。”小校：“什么天下安定？告诉你们，帝辛一死，天下大乱，现在谁还管得了谁？跟我们走，我们保护你们，包你们有吃有穿，生活无忧。”龚栗：“我们要找周军去，不能跟你们走。你们别胡来！”小校：“告诉你们，周军是兔子尾巴长不了。跟我们走，包你们生活得快快乐乐。”

龚栗等人被强行抱上马背脱身不得。龚栗等大呼：“救命！”无人敢上前救助。军士打马扬鞭而去。

朝歌城欢庆解放

朝歌城中。周军一队队行进在街道上。老百姓簇拥街头燃放鞭炮欢迎周军进城。三五个人敲击着舞狮锣鼓，一人手持拂尘，扭动身躯领着三五只狮左顾右盼，逗引观看群众。一人舞动宝珠，引导着两条长龙，一会儿低头吸水，一会儿腾云驾雾展现雄姿。一个人擂动手推车上的大鼓在前引路。一些人敲锣打鼓，后面紧跟着数只摇头摆尾的狮子一些人抬着身着花衣的童男童女，构图巧妙的彩亭；一些人吹着唢呐，一些人弹奏琵琶、三弦、古筝，一些人吹奏笛子和洞箫，一些人演奏翻山皎子。街道两旁挤满了观看热闹的人群。街道一些宽阔处，一些歌舞表演者吸引了众多的人群观看。

长长的鹿台旋梯上，武王姬发在姜子牙、周公旦及众武士的簇拥下健步登上虽然已烧去一阁，但依然亭台重叠，宫殿巍峨，雕栏画栋，玉饰金装的鹿台城楼，向城下军民高声宣布："帝辛自焚，已经死亡。周灭暴辛，天理昭彰。惠民者昌，虐民者亡！我们伐辛成功了！革命万岁！"城下军民高呼："万岁！万万岁！"周军将士个个眉飞色舞，个个喜气洋洋！齐声高呼："胜利万岁！"龚睿带领大家高呼："革命万岁！"唐泰率领大家举枪祝贺："胜利万岁！"

鹿台被烧毁的断壁残垣处。武王指着帝辛的尸体："帝辛竭天下之财穷奢极欲，使天下百姓饱受征敛之苦，荼毒之祸害，身处水深火热之中的苦日子今天终于熬到头了。"姜子牙："古今亡国之君，没有一个不是奢侈腐败之人。所以，圣贤明君再三告诫后人：成由勤俭败由奢，一定要坚决戒除奢侈！"武王："如今帝辛已灭，立即将帝辛聚积的财宝发散给诸侯，将聚敛之稻粟赈济饥民，让大家共享灭纣的革命成果！帝辛应给个什么谥号呢？"姜子牙："帝辛残暴又损害善良，应当谥为'纣'。"武王："对，给帝辛谥号曰纣，称纣王，以好后人鉴。"姜子牙："对，将帝辛谥纣王，为天下人鉴。大王兴利除弊，真社稷之福啊！"众："谢大王！"

唐泰同唐坚寻找龚栗

朝歌城。王宫。国家典籍馆。唐泰、唐坚仔细地翻看着典籍。唐坚："泰儿哥，这些典籍太重要了，要派人好好守护，别让它损坏了。"唐泰："好。我立刻派人来守护这个资料宝库。现在我们好好翻阅，把与我们賨国有关的资料找出来，把讨伐帝辛战争的有关资料找出来，一定大有用处。"唐坚："泰儿哥和我想到一起了。"

唐泰与唐坚走出国家典籍馆，一同走上街道，见到一对对夫妻欢庆胜利。唐坚高兴地对唐泰说："泰儿哥，暴虐帝辛倒台了。这下可好了，你可以同栗儿姐团圆了。"唐泰高兴地对唐坚说："是呀，推翻帝辛了，我和栗妹应该团圆了。你也很快可以和朱娅团聚了。现在你陪我一起到王宫中去寻找栗妹吧。"唐坚高兴地说："好，我陪你去找栗儿姐。"

朝歌王宫。一片狼藉。唐泰和唐坚在宫中飞快地跑着，喊着："龚栗妹妹，我来接你来了！""龚栗姐姐，我们来接你来了！你在哪里？"他们跑遍了王宫前院、后院和花园，不见一个人影。便走出王宫，街道上也是空无一人。唐坚："龚栗姐会到哪里去了呢？"唐泰："是呀，到哪里去了呢？难道是帝辛发觉《万里山河迎春图》不见了，将她杀死了吗？无论如何一定要找到她，生要见人，死要见尸！"唐坚："对，无论如何，我们一定要找到龚栗姐！"

朝歌城门。城墙内墙上悬挂着一个小小的绣花荷包。荷包上绣着一朵鲜艳的映山红。唐泰远远地看到了绣花荷包："多么漂亮的绣花荷包啊，好像是栗儿妹妹绣的。对，一定是栗儿妹妹绣的！"唐坚："泰儿哥，你看仔细啊，这荷包不一定是栗儿姐绣的。"唐泰："这荷包一定是栗儿妹妹绣的，只有她才能绣得这么漂亮！"唐坚："不见得吧，天下那么多能工善绣的高手，怎么只有她一人才能绣呢？"

唐泰从怀中掏出一个绣花荷包："兄弟，你请看，这两个荷包有什么不同？"唐坚："这就奇了，这两个荷包的大小、花形、颜色都完全一样。对了，泰儿哥，你判断得很正确：这个绣花荷包肯定是栗儿姐绣的了。”

唐泰回想起了龚栗给自己脖子上套荷包时的情景，耳边响起了龚栗唱的山歌：“此包绣的映山红，巴山之花情最浓。此花是我亲手绣，此包是我亲手缝。送哥荷包鲜又艳，时时刻刻挂前胸。见包如同见妹面，时刻把妹记心中。”唐泰：“这个荷包挂在这里说明什么？”唐坚苦苦思索：“这能说明什么？我一时想不明白。”唐泰：“这说明栗儿妹妹还活着，还没有走出朝歌城。她在城墙上留下标志，说明她也在寻我。她一定离这里不远。”唐坚：“心有灵犀一点通，你与栗儿姐真是心心相印啊！好，我们赶快向前寻找！”

百灵鸟传深情

山冈。唐泰正向前行，突然，一只百灵鸟落在他的前面。他没有管它，继续向前走去。走不多远，那只百灵鸟又飞落到了他的面前。他连忙上前将它捧在手中，仔细观看，只见小鸟腿上绑着一小块绸布。唐泰十分同情地自言自语道：“想是你不堪重负，累了。我帮你解开这沉重的包袱吧。”

唐泰解开绸布展开一看，只见绸布上绣着一朵巴山映山红：“这朵映山红多么像我荷包上的映山红啊！”他急忙又拿出胸前挂的荷包来比对：“形状、大小、颜色完全相同。对了，这一定是我栗儿妹妹绣的。不错，这一定是我栗儿妹妹绣的！对了，这不但说明栗妹妹还活着，而且说明栗妹妹是向南边这个方向走的！”他将绣花绸布捂在自己的胸口上：“栗儿妹妹，你在哪里？”

他反复看了又看，比对了又比对：“这一定又是我栗儿妹妹绣的！栗儿妹妹，看到你绣的巴山映山红，使我更加想念善解人意心灵手巧的你！同时也使我更加悲伤。我要加快步伐将你寻找，就是走遍天涯海角也要将你找到！”

森林小道上，被商军捆绑的龚栗高声叫道：“泰儿哥，快来救我！”龚栗的嘴很快被人捂住了。唐泰：“仔细听听，栗儿妹在呼救！”唐泰、唐坚四下张望，不见踪影，便飞马沿森林小道追寻。突然，狂风劲吹，大雪骤降。唐泰、唐坚在漫天大雪中疲惫地踉跄前行，他们呼唤着龚栗的名字。黎明时，他们走出森林，四下白茫茫一片，没有任何人的踪迹。

一马飞奔而来“唐泰、唐坚将军，武王召你们入宫议事！”唐泰、唐坚快速向王宫走去。

督罡、唐泰说闻伦降周

朝歌。周武王率领文臣武将向朝歌城进伐。百姓跪迎道旁。武王高声劝慰大家：“乡亲们，残暴帝辛把你们坑苦了！快快起来吧！”耆老：“武王伐辛，解民倒悬，我等深表感谢！”武王：“乌云已经散去，帝辛已经被打倒，好日子来到了。”众：“武王万岁万万岁！”

武王走进帝辛王宫大殿，高声讲道：“帝辛驻守京城的大军虽灭，他驻守东夷的大军实力仍然很强，对于这股商军是派大军进行征伐，还是派人说服他们投降？请丞相和众爱卿谈谈你们的想法。”姜子牙：“请众位王公大臣、将军和各国国王、将军谈谈各自的想法。”召公爽：“商都已控制在大周手中，我们大军云集朝歌，士气正盛，完全可以发大兵将驻守东夷的商军一举消灭。”周公旦：“兵戈凶器，动之则丧生灵。杀人三千，自损八百。我军攻占朝歌，消灭了百万余商军，声势显赫，但是，自己亦伤亡不少。看着众多妇啼子号，不能不让人感到心痛！我认为完全可以利用我军声震天下之势，派人对驻东夷商军宣讲伐辛大义，揭露纣王罪恶，晓以利害，劝其投降，收到不战而屈人之兵的效果岂不更好？”武王：“动武，我们有可用之兵；劝降，我们理直气壮，两者皆可用。众爱卿以为哪种办法切实可行？”众：“不战而屈人之兵的办法最好。”

武王：“谁愿担任使者？”众：“我等皆愿担此责任。”武王：“众爱卿都愿担此大任，甚好。但是，说降一事，犹如虎口谋食，与狼共舞，稍有不慎，即会遭到杀身之祸！谁个前去担此风险能取得最佳效果，还得仔细斟酌。”

督罡：“启奏武王，老朽与驻东夷商军主将闻伦以前曾有八拜之交，愿前去说服他来投降。”姜子牙：“督罡将军前去最好，既理直气壮，又有私谊，容易交谈，达成共识。但是，路途遥远，你又年事已高，仅你一人前去，我还是有些不放心。你最好多选精兵强将一同前往为好。”督罡：“老朽虽八十有余，但精神尚可称矍铄。跋涉数千里，应当不成问题。至于多带精兵强将，我认为带人越多，越容易引起闻伦惊惧和误判，反而会更增加危险。感谢丞相美意，我带徒儿唐泰一同前往即可。”武王：“督罡将军年事虽高，仍然勇于为国操劳，精神可嘉。今封督罡、唐泰二将军为特使，对东夷驻军进行劝降。”督罡、唐泰：“谢武王信任。我等将尽力而为，不辱王命。”

姜子牙：“启奏武王，说降必须以武力为后盾。今驻东夷商军是否能被正义感召尚未可知。因此，微臣建议，督罡、唐泰将军动身之日，必须派大军紧随其后，以防闻伦动武。”武王：“对。晓之以理，示之以威。先派两万大军，对外号称二十万，向商军驻东夷之地进发。大军与督罡、唐泰相距一天路程，保持联系，随时待命。”姜子牙：“这样就可以稳操胜券了。”武王：“拿酒来，为两位将军壮行！”督罡、唐泰举起酒杯：“谢武王！”

朝歌郊外。三公子如丧家之犬边跑边对庹嵩说道：“朝歌陷落，父王自焚，我们怎么办？”庹嵩献计道：“三公子勿忧，闻伦将军是忠臣，他拥有重兵，我们依靠他重振朝纲不成问题。”三公子：“好，到东夷大营。”三公子一行走进大营与闻伦以礼相见毕：“闻大将军，父王对你依重有加，授大军于你。今父王惨遭不幸，请你不负父王重托，立万世不朽之功，做大商中兴之臣。”闻伦：“帝辛对微臣恩重如山，微臣当不负帝辛重托。请歇息几天再议大事。”

东夷驻军大将军府。副将：“参拜大将军，今大周特使督罡、唐泰求见。”

闻伦：“督罡、唐泰所带多少人马？”副将：“他们只带了几个随从，没有带军队。”闻伦：“大门外将油鼎烧沸，从大厅内到大门外排列两行刀斧手，示之以威，叫他们知道我军的士气！将他们绑缚进厅，听我口令，将他们投进油鼎，让天下人知道作乱臣贼子的下场！”副将：“是！”商军排列整齐，刀枪明亮，齐声吆喝：“啊！”副将：“传大周特使！”

商军将督罡、唐泰绑缚起来：“你们休得反抗，否则马上将你投进油鼎！”

督罡、唐泰昂首阔步从商军刀枪下走进大将军府。督罡：“闻大将军，请问这是你的待客之礼吗？”闻伦：“督、唐二位将军到此意欲何为？”众人刀枪相碰，发出火花：“快说！”督罡：“闻伦大将军，武王兴仁义之师为民除暴，今帝辛已自焚鹿台，自绝宗脉。我们奉武王之命，前来劝你归降大周，将军意下如何？”闻伦：“武王犯上作乱之人，也称仁义之师？督将军原为帝辛子民，今也助周伐辛，留下叛逆骂名，我真为你感到羞耻，感到深为可惜！末将今手握六十万重兵，正欲兴师到朝歌为帝辛报仇雪恨。你今天来得好，正好以你们的头颅祭旗，以你们的血衅鼓，激励我士气伸张正义，一鼓荡平叛逆周军。来人！将这两个逆贼投进油鼎！”

督罡：“慢！闻伦，你身为帝辛大将军，应当是个明世理的人，可知自古两军交战不斩来使的大义？”唐泰：“想不到帝辛重用的闻大将军是这么个野蛮愚昧无知之人，还委以驻东夷大将军之重任，怎能不灭？”

闻伦：“我问你们，你们叛逆帝辛，怎么称得上是懂礼义、讲文明之人？答不上来，马上将你们投进油鼎祭祀帝辛！”唐泰：“闻大将军可知道什么叫礼义、文明？你自己认为是帝辛的忠臣，可是，你知道什么是忠的本义吗？”

闻伦：“胡说，难道叛逆才是忠的本义？”唐泰：“大将军知道帝辛的商朝是怎么建立起来的吗？知道商汤灭夏桀兴建商朝的故事吗？”闻伦：“商汤当兴，夏桀该灭，那是过去之事。现在，我身为天子之重臣，岂可向无义之人投降！”

唐泰：“将军之言差矣。帝辛暴虐无道，人神共愤，天下百姓皆欲食其肉。这样的昏君，怎能配称为上天之子？上天降子做百姓之王，只能为天下百姓造福。帝辛巧为害百姓之人，怎配称天下百姓之王？武王效法商汤除暴君，是代天行事，深得民心，怎能说是以下犯上？今武王已得天下之八九，拥有强军数倍于将军。将军虽拥有六十万军士，名已不正，心怎能齐？将军难道仍然想以天下之一二为已死的暴君帝辛效命吗？请将军仔细考虑，对帝辛效愚忠，逆天行事将会得到什么样的结果。古人说，识时务者方为俊杰。望将军切莫愚忠暴虐帝辛，作螳臂当车之举，贻笑世人！”督罡：“贤弟，你可曾记得你我八拜相交时立下的誓言：天下为公，秉持正义，造福百姓！”闻伦沉思良久：“谢二位将军为我阐明了忠孝的本义，为我指明了光明的前途。我不能做逆天行事、违背民心之蠢人！赶快解开两位将军的绳索，设上座以奉伺两位将军！”众：“是！”

闻伦将督罡、唐泰扶上大座，纳头跪拜：“愚昧之人受两位将军教诲，拨云去雾重见光明，深表感谢！多有失敬之处，望两位将军海涵。传令三军，立即降下商朝旗帜，升上武王大旗。我将自缚拜见武王，乞求赐罪！”督罡：“大将军幡然醒悟真君子也！”唐泰：“快随我们一起去拜见武王！”

军营降下帝辛黑旗，徐徐升起武王白色大旗。众军士举枪齐呼：“武王万岁！大周万岁！”

东夷大营中一小帐。庹龙匆忙跑进：“大事不好，闻伦降周了！”三公子急忙走出帐外，只见大帐上空商旗已降下，冉冉升起的周旗正迎风飘扬。他急忙下令：“传闻伦！问他是怎么回事？他承诺的话还算数不算数？”崇飞急忙阻止：“三公子，闻伦既已换旗，传他何用？等他来捉拿我们向周王邀功吗？我们赶快逃走吧，不然会死无葬身之地。”庹嵩：“旗帜都换了，还有什么好问的？快逃吧！”三人在十多人的护卫下，惶惶如丧家之犬，急忙逃入深山密林。

军营大帐。唐泰：“闻大将军，快派人捉拿三公子送武王惩处吧？”小校匆忙跑进：“禀报大将军，三公子一行已跑得无影无踪了！”闻伦：“快四下搜寻！”唐泰抄起兵器：“快追！”督罡制止道：“不用再追了，谅他成不了什么大气候。我们赶快向武王报告去吧。”唐泰：“留下帝辛孽种，后患无穷啊。”督罡：“我们向武王奏报东夷驻军情况后，再对三公子等人追剿不退。”唐泰只好随大队向朝歌进发而去。

山路上。三公子：“闻伦没有追击，我们下一步怎么办？”崇飞：“我们各自找个地方躲躲风头再聚集人马为帝辛报仇！”庹嵩：“我的庹家军还有五百来人，我带回賨国扩大队伍去。”三公子：“好。我随庹将军去賨国。崇司徒到金州庄园去聚集兵马。”三人各带随从而去。

行不多久，庹嵩停住脚步：“三公子，我看三公子情绪不对头。”三公子：“他想躲风头。”庹嵩：“崇飞还有相当实力，我们复月辟大计还需他支持。”三公子：“我们怎么办？”庹嵩：“我们慢慢到金州庄园，让他带上人马随我们一起到賨国去。”三公子：“好！”

朝歌。督罡、唐泰带着自缚的闻伦走进大殿：“启奏武王，驻东夷商军大将军闻伦已率部归降大周，请对闻伦大将军给予重赏。”武王亲为闻伦解缚：“闻伦大将军深明大义，幡然醒悟，使天下百姓免除了兵燹之灾，有大功于天下和大周，着封明义公，与丞相、王公同列朝班辅佐朕治理天下。”

闻伦：“谢武王不杀之恩，还委以重任。武王，罪臣未能将三公子诸人押来，是一重大罪过。”武王：“他们掀不起大的波浪，赦你无罪！”闻伦：“臣当忠心耿耿报效武王！”武王：“督罡、唐泰二位将军兵不血刃，说服闻伦将军归顺大周，为大周立下盖世之功，应予重赏！”督罡、唐泰：“谢主隆恩！”武王：“传旨授勋！”

督罡、唐泰、唐坚、龚睿婉谢武王封赏

王宫，旌旗飘扬。王宫大殿，群臣两班排列整齐，个个喜气洋洋。姬发登上宝座。众山呼万岁，朝贺毕。姜子牙：“这次灭纣战争，多亏了兄弟友军的大力帮助。特别是賨军兄弟，冲锋在前，打破了帝辛部署，为伐辛大业做出了巨大贡献。督罡将军和唐泰将军又兵不血刃，劝降闻伦，彻底解除了商军对大周的威胁。武王降旨，请各友邦兄弟及周军将领，将你们的战况报来，武王将一一给予封赏！”众“谢武王隆恩！”姜子牙：“将你们的功劳将记入史册！”唐泰：“启奏大王，您在牧野誓师时未点賨、巴等国之名……”姜子牙：“未点賨、巴诸国之名，是因为你们的国王不在场。”

姬发大声宣布：“朕灭暴辛，天下已定，当论功行赏。姜冢宰宣布公、侯、伯、子爵位，共享革命胜利成果。”姜子牙大声回应：“谨遵王命。各位请听封：太公望封齐

国、周公封鲁国、召公封燕国……賨、巴、庸、蜀、羌、髳、微、卢、彭、濮等国不变。共分封七十六诸侯国。帝辛子武庚封殷侯。周国原来所封公、侯、伯、子爵位俱各晋一级。不日将发出榜文公之于众，故不一一宣读。賨国龚睿封賨侯，督罡封巴山侯。唐泰、唐坚封大将军。”龚睿出班谢恩：“谢武王隆恩！微臣请武王收回封赏。”督罡、唐泰、唐坚一齐奏道：“微臣请武王收回封赏。”武王：“几位将军功勋卓著，为何不接受朕的封赏？”唐泰：“我等参加伐辛是为的推翻暴辛。今暴辛已灭，皆思乡心切。一可以向生养自己的父母尽孝，二可以为培育自己的国家尽忠。所以请大武收回高官厚禄。”姜子牙：“启奏大王，微臣曾与龚睿、督罡、唐泰、唐坚等诸位将军恳谈大王厚赏、重用之意。他们都婉谢厚赏和重用，思乡之意情深意切，令我感佩至深！”

武王：“今大周初建，百废待兴，朕本诚心留众爱卿辅佐朕治理天下，同兴伟业，但众爱卿思乡心切，忠孝赤诚之心，可钦可敬！朕既不能伤了你们的思家爱国心志，也不能埋没众爱卿家乡父老对推翻暴辛，做出的巨大的贡献，决定在抚恤烈士的同时，免除烈士所在乡里三年赋税；免除龚睿、督罡、唐泰、唐坚等将军世代赋税。”龚睿、督罡、唐泰、唐坚：“臣等代表全体将士及烈士亲属和父老乡亲深谢武王隆恩！”武王：“众爱卿虽离朕回国，朕时刻不会忘记你们。你们今后有什么需求，可随时向朕奏请，朕将尽量满足。”四位将军：“谢武王隆恩。敬祝武王万岁，万岁，万万岁！大周万岁，万岁，万万岁！”

武王关心天下百姓疾苦

武王：“帝辛狂征暴敛，造成天下百姓无衣无食，殊堪怜悯。怎样才能为民解困？”姜子牙：“武王，微臣建议，打开太仓，令天下缺粮之人领取一斗之粟，以解眼前之饥；打开鹿台之库，令缺衣之人领取布帛，以解当前之寒。请您定夺。”武王：“丞相此法不可用。”姜子牙：“武王认为怎么办才行？”武王：“帝辛暴虐，天下饥寒之人甚多，太仓之粟只能解附近饥民之饥，怎能解千里外饥民之饥？同理，鹿台之布帛也解救不了受寒之人之寒。”姜子牙：“武王的意思是……”武王：" 号召天下富裕之人，广施善心，广行善举，就近赈济饥寒之人。国家将根据他们所施善心的多寡分别给予赐官和表彰。”姜子牙：“武王之法太好了，只是如何才能使富裕之人愿意广施善举呢？”武王：“朕考虑，王公大臣首先带头广施善举，为天下做出表率；同时发布告示，对广施善举者给予嘉奖，可以善举金额酌情减免罪行，减少赋税徭役，甚至可以升任县乡闾等小吏……具体标准，由丞相与众大臣商议制定后，令遵照执行！”姜子牙：“妙！但是，微臣认为，要求王公大臣及富裕之人广施善举，可解燃眉之急，不能稳妥地解决百姓饥寒问题。还得想个长远的解决办法，才能确保天下安定。”

武王：“各地立刻恢复农稷之官，指导农耕；让无地之人开垦荒地，免除三年赋税；对老弱病残鳏寡孤独之人，官府给予特别赈济和扶持，使他们不致饿毙荒野或街头。”

姜子牙：“武王行仁政，天下之幸，百姓之幸！”

第 45 章
龚栗逃难遇歹徒　金州组建复商军

鄂旺御奠暖民心

唐家寨。锣鼓敲响，琴声悠扬，唢呐吹着欢乐的得胜曲。唐家院坝中央临时搭建了一座土台。乡亲们正隆重举行助周伐辛祝捷暨欢迎壮士还乡大会。远亲近邻穿红戴绿像过节日般地来到唐家院坝，把屋里屋外，房前房后挤得水泄不通。在院前一块平坝上，青年男女唱歌跳舞吸引了大批人群观看。小孩追逐嬉戏更增添热闹气氛。临时搭建的台子上，族首唐纯给唐泰、唐坚等胜利归来的勇士胸前戴上大红花后，高声地讲道："感谢上苍给我们送来了你们这几位大英雄。你们在伐辛义战中勇猛杀敌，建立了不朽功勋，既是你们自己的光荣，也为我们唐氏家族争得了荣誉，更为我们整个乡里争得了荣耀！我们全乡里的人，特别是青少年要以你们为榜样，讲文修武，增强本领，为国立功，为国家增荣耀！"唐泰："感谢乡亲们的盛情美意。虽然我被武王封为侯爵，弟弟唐坚等都被武王封为将军并给予了丰厚的奖赏，但是我们却忘不了生我们养我们的父母，以及帮助我们的乡亲和诸多兄弟。没有诸多兄弟们的鼎力相助，我唐泰和几个兄弟可能也早已抛尸荒野了。"唐泰说到伤心处，带领几弟兄弟向大家跪下磕了三个响头："我向上天发誓：这些阵亡兄弟的父母就是我唐泰和活着归来几个兄弟的父母：这些阵亡兄弟的姊妹就是我唐泰和活着归来几个兄弟的姊妹，我们将永远把他们当作亲生父母和亲生姊妹看待！"会场上顿时呼声不绝："唐将军不忘家乡父老，我们不忘唐将军！""唐泰真英雄！唐坚真英雄！""感谢唐泰！感谢唐坚！"接着，几个儿童向唐泰、唐坚等勇士献上了鲜花。在欢乐声中，唐泰、唐坚等几个勇士被青年抬着抛向空中又接入手中，更是把欢乐气氛推向了高潮。接着，唐泰、唐坚等被青年拥入歌舞的人群，跳起了欢乐曲巴渝舞，人群中，唐泰看到了唐修的妻子，立即走上前去，奉上周武王颁发的奖牌和奖金，安慰她："嫂子，唐修兄弟英勇地牺牲了，你要坚强！大家会照看你的！"唐修的妻子泪如泉涌，点了点头。

突然，有人高声喊道："大王看我们来了！"唐泰、唐坚等勇士及唐纯、唐仁等急忙跪迎："我等跪迎大王！"鄂旺急忙跳下马背搀扶唐仁、唐纯等人："乡亲们快快请起，乡亲们快快请起！"唐纯："我们不知大王驾到，未曾远迎，请大王恕罪！"鄂旺："你们无罪。唐家寨的父老乡亲为我们賨国争了光，朕特地前来感谢你们，怎能要你们远迎呢。"

人群中传出了抽泣声。鄂旺站在烈士墓前高声讲道："父老乡亲们，武王伐辛，解救天下百姓出苦难，无数壮士为此付出了宝贵的生命。我们活着的人都万分感谢这些最可爱的壮士！在唐家寨安葬着我们唐家寨三百多名在助周伐辛战争中英勇牺牲的英雄……他们是你们的亲人，也是我们全体賨人的亲人。我们都为失去了亲人而感到万分悲痛！他们用生命赢得了为解除天下百姓苦难而进行革命的胜利，他们的牺牲是伟大光荣的，他们虽死犹荣，将永远活在百姓的心中。他们是我们賨人的骄傲！朕的妹妹鄂蕾也牺牲在推翻帝辛暴虐统治的战场上。她和烈士们同样死得非常英勇壮烈，非常的有意义。是这些烈士们撑起賨国大旗，在牧野战场上动员奴隶反戈从而挽救了伐辛联军的危险局面；在朝歌攻城战斗中首先撞开城门攻进了王宫；在鹿台攻楼战中第一个登上了城楼，迫使暴虐帝辛自焚。他们总是冲在最前面协助武王消灭了帝辛，他们的英名和事迹将被铭刻历史典籍，将被世世代代永远铭记！现在暴辛已除，烈士亲属将得到国家抚恤！有困难，国家将尽力帮扶！我们要尽一切力量让烈士们在天之灵感到慰藉！"大家围到鄂旺身边："您是我们的好大王，您太体贴我们老百姓了！"鄂旺走到唐全娘的面前，紧握唐全娘双手："大娘，你臂戴青纱，哪个亲人牺牲了？"唐全娘："我的儿唐全在牧野大战中战死了。"唐修娘："我的儿唐修在鹿台战死了。"唐翔娘："我的儿在朝歌战死了。"唐山父："我的儿在牧野战死了。"

鄂旺："乡亲们！你们抚育了一大批英雄儿女，朕感谢你们！烈士们的坟墓都修建好了吗？"众："都修建好了。"鄂旺见烈士坟依山而建，墓碑上雕刻烈士们的生平事迹，便逐一献上花圈。他语重心长地说："要请最好的仙师为烈士们超度亡灵，让他们早转人生！"唐诚手指法场："这些都正在办理。"鄂旺向一台地上望去，只见一群仙师正在作法：号角齐鸣，锣、鼓、钹等敲响。掌坛巫师手持神剑、令牌等神器，口中念："伏法小弟子，低头跪在祖师前。拜请祖师展大法，驱走邪魔万万千！"众巫师随掌坛巫师号令摇动神器，手舞足蹈，边跳边唱："招回烈士魂魄归身，勿使飘散无依。烈士应有好报，乞请天神护卫。勿使妖魔鬼怪欺凌，早安正位早转人生！"掌坛巫师高声唱道："请回烈士魂魄，驱走邪恶魔鬼。大神归位扶正，烈士早转人生！法事做完，散场！"

鄂旺对唐诚说："为烈士超度亡魂做得很好，更要抚恤好他们的亲人！"唐诚："抚恤金都已全部送到烈士亲属手中了。"鄂旺："烈士亲属还有什么要求？"众："烈士为国献身无上光荣。我们受到抚恤已心满意足。"唐山父："失去亲人，我们都万分悲痛。但是，一想到他们是为国家而死，是为推翻暴辛、解救百姓出苦难而死，又感到无上光荣。我们的国家，没有他们英勇献身，不可能得到太平，我们也不可有今天安定的生活！"唐纯："我们国家从建国以来，为了保卫国家，牺牲了多少人？哪个数得清？我们要永远不忘这些为国捐躯的英烈！"鄂旺向大家施礼："我们的乡亲是多么通情达理的乡亲！

是多么的热爱自己的国家！朕感谢大家了！”

唐破的父亲拄着拐杖走了过来：“大王，我的儿唐破为什么烈士榜上无名？”鄂旺“怎么回事？”罗毅：“唐破等十人在护送烈士遗体途中被山洪冲走了，不是在战场上牺牲的。”鄂旺：“唐泰将军，为什么没有将他们列入烈士名单？”唐泰：“唐破等人在战场上立下了赫赫战功，但是他们不是牺牲在战场上，所以，只发给了与烈士同等数量的抚恤金，而没有将他们的名字刻入烈士名单。”鄂旺：“唐破等人虽然不是牺牲在战场上，但是，他们同样是为国捐躯，同样值得后人敬仰与爱戴，同样应该刻入烈士名单。唐冢宰，你尽快将此事落到实处，让烈士英名不致埋没，让烈士亲属满意。”唐诚：“遵旨照办。”唐破父：“我代表唐破等十位烈士的亲属感谢大王！”

龚睿拜托唐泰继续寻找龚栗

唐家寨大路旁。龚睿：“泰儿兄弟，现在打听到栗儿妹妹的线索了吗？”

唐泰：“有一点线索了。”龚睿：“她在什么地方？”唐泰：“具体地方还不知道。”龚睿：“怎么回事？”唐泰：“我与唐坚弟弟在朝歌城中四处寻找，看到了悬挂在城门上的一个绣着巴山映山红的一个荷包。这个荷包与栗儿妹妹赠给我的绣花荷包完全相同。这很可能是她在找我时特意留给我的标记。现在烈士陵园建成，烈士们已得到安息。大事为完，我就立刻动身再去寻找栗儿妹妹。我下定决心，不管会遇到什么艰难险阻，都一定要将她找到，与她团聚。”龚睿：“好兄弟，为兄知道你是一个重情重义的人！栗儿妹妹也是一个重情重义敢作敢当的人，你们相互珍爱对方的感情，珍惜前世修来的缘分！祝你们夫妻早日团聚。”唐泰：“谢大哥，我无论如何要找到她！”

唐泰、唐坚祭战友

黄昏。烈士陵园。亲人们端上酒肉饭菜，带上香蜡纸烛，为安息在这里的烈士们送去火把。香烟缭绕，魂幡飘动。人们扶老携幼跪拜坟前，孤儿寡母，呼天叫地，哭声一片。唐泰、唐坚低着头，含着泪，在鄂蕾坟前祭拜后，将火把插在坟墓前。然后逐个去安慰烈士亲属。他们走到唐修墓前，面对着陵园所有前来参加祭吊的人们高声而沉痛地说：“乡亲们，这里长眠着我们的烈士、战友，是他们用鲜血和生命推翻了帝辛的暴虐统治，为我们赢得了今天的幸福生活。乡亲们，你们的儿子牺牲了，我唐泰、唐坚以及一切幸存者都是你们的亲儿子；你们的兄弟牺牲了，我们就是你们的亲兄弟！”唐坚：“泰儿哥讲得好，你们的困难就是我们兄弟俩的困难，只要我们兄弟俩有饭吃你们就一定有饭吃。大王已经给了我们这么多抚恤，大家一定要化悲痛为力量，互相关照，奋发努力，我们的日子一定会越来越美好！”众：“你们说得好，我们一定继承烈士的遗志，创造美好的未来！”唐泰、唐坚等人扶着烈士唐修的爹娘为烈士点熠烛烧纸钱。

唐泰谢绝夕婆好意

唐泰心情沉重地在烈士陵园高高的石梯上一步一步向下走着，遇到了夕婆，便主动招呼道："夕婆你好？"夕婆关切地询问道："你可找到了栗儿姑娘？"唐泰摇了摇头，眼泪顿时簌簌地滚落下来。夕婆："孩子，别伤心，我再去给你找一个！"唐泰摇了摇头："不弄清栗儿妹妹的下落，我决不另外去找。"夕婆赞叹地："泰儿，世上像你这么痴情的男子太少了。"

唐泰独自一人穿过空空荡荡的院坝，走到门前小河边，呆呆地站在河岸上，回忆起了龚栗矫健的身影，耳边又响起龚栗清脆的声音："泰儿哥，我今生今世是你的人，永生永世爱你不变心！"唐泰大声呼唤："栗儿妹妹你在哪里？"但是，只有群山回应："栗儿妹妹你在哪里？"空谷回音，久久不息。

唐泰救意志消沉人

院坝边。唐泰娘再次为唐泰拉拉衣服，深情地说道："天苍苍，地茫茫，不知龚栗在哪里？儿子，你决心找龚栗，为娘不阻拦你。你打算到哪里去找龚栗？"唐泰劝慰地说道："我在帝辛宫中见到过龚栗，攻下鹿台后我同坚儿弟弟走进朝歌王宫，没有找到龚栗。帝辛死了，她获得自由了，按理，应当很快回到家乡。可是，她现在还没有回到家乡。可能是她没有出过远门，不知道回家乡的路应该怎么走。如果真是这样的话，她应当还在朝歌城。我决定再到朝歌城去寻找龚栗妹妹。"唐仁点头道："泰儿判断正确，赶快再到朝歌城去找。一定要把她找到了才回来。"唐泰："坚儿弟，父亲、母亲就拜托你照顾了。"唐坚："哥哥放心去找栗儿姐吧，家里的事一切有我。"

唐泰向父母、弟弟告别后，重新登上了寻找龚栗的征程。走进朝歌城，唐泰看见残壁残垣虽犹在，街道却已打扫得干干净净，商店已恢复营业。他向人们打听宫女们的下落，终于在一条小巷中找到了一个年迈的宫女。唐泰："请问老大姐，你可知道龚栗的情况？"苑婆"你算问对人了。我原来是御春苑的苑婆。听说龚栗同两个宫女一道向南方逃难去了，具体什么地方不知道。"唐泰先是十分高兴，终于有了线索；后来一细想又感到十分失望，还是茫然不知。他决定到南方去寻找。

黄昏。走了一整天，唐泰疲惫地走进一家鸡毛小店，向店家打听："店家，可曾有一个名叫龚栗的年轻女子到你店中投过宿？"店家："本店不曾有这个女子投过宿。"

唐泰被安排在一间破漏的茅草房中睡下。忽听到远处传来哀婉的笛子吹奏声，便循声而去。只见一壮年在小河边一棵大树下，对着泛起银波的河水吹着笛子。一曲悲哀曲子之后，壮年长吁短叹："妹妹，等等我！"随即纵身跳入水中。唐泰急忙跳进河中将壮年救起："老兄，为何在此寻短见？"壮年："我内心好痛苦啊。十多年前，渠江岸畔搭起了赛歌台。一个名叫督云的姑娘头上戴着玫瑰花，健步走上歌台唱了一首歌，我为她吹笛子当伴奏。她唱得非常好，台下的人发出雷鸣般的掌声。人们称赞玫瑰花最美丽，她比玫瑰还要乖。我与督云姑娘在赛歌场上相识以后，我俩从此相互产生爱情。正当我们定下终身准备结婚的时候，晴空霹雳一阵狂风袭来，帝辛的大兵将她强行掠走，棒打鸳鸯使我们俩瞬间分开，这些年我真是度日如年。”

唐泰越听越伤心，劝慰道：“老兄，为何不继续去寻找你的心上人，却在此寻短见？”壮年痛苦地说道：“周王伐辛取得胜利以后，我满心欢喜地到朝歌去寻找督云。在王宫内外，大街小巷，跑了一趟又一趟都未找到，一点线索都没有。今天上午，我遇到一个从三公子复商军逃出来的人。他说，前不久三公子一伙人将三个姑娘困于船上，强迫成亲。三个姑娘不从，跳江死了。听说其中就有我心爱的督云姑娘。督云姑娘死了，我的希望破灭了，孤苦一人活着还有什么意思？不如随她一起到地府中求个团聚。所以今晚在此吹奏她最喜欢听的曲子，算是献给她的一曲挽歌。吹奏完了以后我就投江，不想遇到了老弟打救。”

唐泰：“你能不能确定督云姑娘已死？是否看到了她的尸体？”壮年：“没有看到她的尸体。”唐泰：“你不应当失去信心。万一她还活着，你不是白白地丢了性命，让她痛苦一辈子？现在帝辛已死，天下太平，你应当找到督云姑娘同她快快乐乐地一起生活一辈子。”壮年醒悟地说：“兄弟之言提醒了我，我不该这么草率地丢了性命。感谢老弟搭救，我再去将督云妹妹找寻。”

唐泰遇罗薪

唐泰与壮年告别后，漫无目标地沿着小河边向前走去。山路。唐泰遇见一个上山打柴的壮年，便走上前去问：“老乡，问个路呢，这里是什么地方？”

打柴人抬起头：“这是巴林县梧桐乡。”唐泰仔细看着，惊奇地问道：“你不是当年救下虞璞的壮士吗？你走得多匆忙，连姓名也不愿留下来。我们怎么会在这里相遇呢？”打柴人也感到惊讶：“啊，你是唐侍卫长尉。真是千里有缘才相会。在下罗薪，賨国宕渠县人。我从小练武，长大后在龚武将军门下从军。龚武将军特别教我巴山阴阳掌，使我武艺更精，屡立战功，升至校尉。后来在同鬼方的一次战斗中，我受了重伤，肠子都掉了出来。帝辛见我奄奄一息，命将我埋掉。龚武将军的弟弟、御医龚文苦劝帝辛将我留下，由他医治。他真是个神医，很快就将我的伤治好了。我不仅体壮如初，还恢复了原有的武功。”

唐泰：“老兄为何不在军中施展才华，却到这山中打柴？”罗薪：“说来话长。我身体康复后，回老家宕渠县，打算与青梅竹马朴翠小妹完婚。婚事前夕，朴翠小妹被帝辛的人抢走了。我追到朝歌寻找，只见城楼高耸，宫门紧闭，根本无法进去。恰逢帝辛挑选卫士。我战胜了四十九个对手，成了帝辛的卫士。一天，帝辛命我押着刚抢进宫中的龚栗姑娘观看宫中美景，以动摇其心。我便带着龚栗观看鹿台、肉林酒池。龚栗越看越反感。我得知她是賨国人，便问她知不知道龚文。她说龚文是她的爷爷。我向她讲了龚文给我治病的经过。龚栗便要我搭救她出宫。我便乘夜带她出宫。宫中武士将她捉了回去。我杀伤两个追杀我的武士后逃出朝歌城。帝辛下令全国画图捉拿我。我只好带着老娘到深山老林躲藏，以打樵为生，苦度时光。”

唐泰起身向罗薪行礼："龚栗就是我要寻找的妻子。感谢罗大哥相救之恩。宫廷守卫甚严，要逃出虎口，实不容易。前些年，我在賨王宫做侍卫长尉时向帝辛宫送贡赋，寻得一个机会与栗儿妹妹秘密相见。她向我谈起了罗大哥冒着生命危险搭救她的感人事迹。在此，我向你表达深深的谢意。"罗薪起身将唐泰扶起："请起，不需谢。"

唐泰："我与龚栗定下终身决不动摇。在賨王宫做侍卫长尉时，为逃避公主鄂蕾求婚，弃官回乡；助周伐辛立了大功被武王封为将军，又弃官而去。我爱龚栗的心永远不变。我下定决心，一定要找到龚栗，活要见人，死要见尸，就是走遍涯海角，也不气馁。"罗薪："老弟一遍赤诚之心，真是感天动地，可歌可泣。"

唐泰："罗大哥，当年你搭救了庹璞，却连个姓名也不留下就走了。"罗薪："救庹璞也是巧遇。那天我正担柴下山，一辆马车将我撞倒。马受惊吓，滚下山沟。我急忙下山去看，只见赶车人跌死了，庹璞还活着。我解开捆绑她的绳索，取下堵塞她嘴巴的棉花，听到她的诉说。我将庹璞交给你以后，立刻回家，带着老母躲藏，几经辗转，才来到了现在这个地方。"

唐泰："你真是个大孝子呀。罗大哥，据前王宫苑婆讲，朴翠她们三人一同向南方向逃走了。我在途中两次发现龚栗留下她绣制的映山红荷包，说明她们很可能是朝着賨国巴林县回去了。当今已是周天子的天下，一路安全多了。不如我们结伴同行一道去寻妻吧。"罗薪："家有老母，不敢远去。老弟自去寻妻便了。如有朴翠小妹的消息，请你告诉她，不管发生了什么事情，我今生今世一定要与她团聚。"

唐泰："既然如此，小弟不敢强求大哥与我结伴同行。你在家好好侍奉老母亲吧。我如打听到了你所爱的朴翠姑娘的消息，一定前来告诉你！"两人依依不舍地分别而去。

龚栗、朴翠、督云被山民搭救

乡间小道。几个商军士押着龚栗、朴翠、督云跌跌撞撞地向前走着。突然，一支服装与商军不一样的部队迎面而来。龚栗远远地看见一匹马上骑着的一个人，十分像唐泰。龚栗高声地喊道："泰儿哥！泰儿哥！快来救我！"唐泰隐约地听到了龚栗的呼救声，便四下张望，并大声呼唤龚栗的名字，但只有空谷回音。

商军捂住龚栗、朴翠、督云的嘴巴，将她们隐没在草丛中。行进中的士兵们没有听到呼救声，也没有发现她们的身影，迅速地远去了。

小河边。龚栗："将军，我们走了大半天，实在有些走不动了，坐下来歇一会儿好吗？"朴翠、督云齐声回答："请将军发发慈悲，让我们歇歇脚吧。"小校为了缓和气氛地说："你们要老实点，不准乱跑！"她们跑到河边，捧起清清的河水，连喝几捧。龚栗："真甜呀！"朴翠、督云："真香呀！"

她们喝过凉水，十分疲惫地在岸边坐下，不久就互相依傍着睡着了。几个军人在一旁低声议论："校尉，你眼睛真好，看这三个小娘们儿多乖，弄去给我们当婆娘多安逸！你是官，你先挑！"军人甲问："看来她们还有些不愿意，怎么办？"军人乙答："强行带她们走。反正在我们手中，还怕她们反抗不成？"

龚栗突然惊醒，拉着同伴就走。一个军人上前拦住：“跟我们走吧，你们三个弱女子在兵荒马乱的时候走路是多么的危险！有我们保护就什么都不用害怕了！”龚栗坚决地：“再危险我们也要自己走。”校尉露出凶脸：“走也得跟我们走，不走也得跟我们走！”他们把龚栗、朴翠、督云强抱上马，在山间小道上狂奔。龚栗边挣扎边骂道：“放开我！你们这群遭天杀的强盗！”

校尉：“强盗？你说对了。以前我们当商军时看不起强盗，现在帝辛灭了，商军垮了，我们只能做强盗了！走！”

龚栗、朴翠、督云被押着走进一座大院。校尉见空无一人：“老子们肚子饿了，就在这里弄顿午饭吃了再走。”校尉指挥兵士们杀牛斩羊，烧火做饭，忙得不亦乐乎。正当火势熊熊，午饭即将做熟时，突然一声梆子响，从山林里杀出大队人来。他们呐喊着冲向军人。几个军人在混战中全被杀死。村民见了龚栗和朴翠、督云，问道：“你们是什么人？跟那几个军人是什么关系？”

龚栗：“感谢乡亲们相救。我们是刚刚被这几个军人强行押到此，与军人没有关系。请放我们走吧。”村民：“天色已晚，你们几个姑娘行走不方便，找个地方住过今晚再走。”

一位老翁招呼一位老太婆：“郝二嫂，你暂且将这几位女子收下可好？”

郝二嫂：“全在我家住下不妨。”龚栗向老翁、郝二嫂施礼：“多谢老伯，多谢大娘。”龚栗、朴翠、督云随郝老太婆走进破茅草房。郝老太婆招呼龚栗等坐下：“你们就叫我郝老娘吧。你们逃难到此，十分不易。我只有一个儿子，叫咎牛，已外出多年。我孤苦一人，你们正好与我做伴，就安心在我这里住下吧。”

龚栗、朴翠、督云对郝老太婆：“郝大娘，有什么活，尽管吩咐我们帮你做。”

郝老太婆：“好，你们分别做饭、洗衣及做针线活吧。”她们做得既快又好，大获老太婆喜欢。

龚栗、朴翠、督云再入魔掌

茅草房。清晨。敲门声突然响起。郝老太婆：“谁呀？”朴狗回答：“娘，我是朴狗儿呀。”郝老太婆三步并两步地打开了门：“儿啦，你终于回来了，这几年可把老娘盼苦了！”朴狗走进屋里，看到了三位姑娘：“娘，这三位大姐是谁？”郝老太婆将三位姑娘作了简单介绍：“她们是逃难之人，心肠真好，手脚勤快，帮我做了不少活。”朴狗：“感谢三位姐姐帮忙。”龚栗等：“逃难之人，有幸在此安身，还多亏老人家照看呢。”

朴狗仔细端详，三位姑娘都十分美丽，心中便打起了鬼主意，暗自想道：“天赐良机，我朴狗出头之日到了。”他笑了几声后又默默自语：“我这几年不再干剪径的勾当，混进商国司徒大人崇飞手下当差，被崇飞派到他的金州别墅守护庄园。这几年吃香喝辣，巴结逢迎，也学到了不少手段，很受崇大人喜欢。最近，我见崇大人从朝歌回到庄上，每日里心情十分郁闷。我们当下人的也不敢问他有什么心事。但是，凭我的灵感，我知道是我巴结上司的时机来了，于是向崇大人说：’大人不用闷愁。我回老家去给你物色一位如花似玉的姑娘来，包能让你解除郁闷，感到满意就是了。'崇大人于是让我回家乡去物色姑娘。到底能不能为崇大人物色到满意的姑娘，其实我心中也没数。我离开家乡已这么多年了，到底有没有能使崇大人满意的美人，全然不知。我也是十五个吊桶打水七上八下，忐忑不安地回到家里，怎知天上降下如此三个美女，真使我喜出望外。难道真是我朴狗时运到了吗？”

朴狗思忖一阵之后，对龚栗等三位女子说：“我将带三位姐姐到一个好去处，包你们满意。”龚栗：“兄弟要将我们带到哪里去？”朴狗：“三位姐姐有所不知。我朴狗这几年在商国司徒大人崇飞的金州庄园当差，谋上了个好职位，很受崇司徒大人信任。崇司徒大人在帝辛殿下当大官，仅这金州庄园，即拥有方圆百里之地。这个庄园兵多将广，雄踞一方，十分了得。金州庄园府方圆十里，假山高耸入云，楼台亭阁无数，水池桥梁数处，绿荫蔽日，鸟语花香，真人间仙境之地。崇司徒大人是帝辛最喜欢之宠臣。三位姐姐如愿做崇司徒大人的姨太太，去到金州庄园，包你们终生有享不尽的荣华富贵。”龚栗：“感谢兄弟一片美意，只是我生来命贱，享受不了那等荣华富贵。”朴翠、督云：“我等没有那个福分，兄弟还是另找他人吧。”朴狗：“既然三位姐姐都不愿意做崇司徒大人的姨太太，也就作罢。你们在此多住几天也无妨。只是，我老娘一人生活费用有限，你们拿出些生活费用做些补贴就行了。你们多保重，我办事去了。”说罢，匆匆地离家而去。

房前。龚栗：“朴翠、督云二位姐姐，我们打扰郝老太婆时间不短了，应该给她一些生活费用，把我们的金簪和耳环一样给她一件好吗？”朴翠：“我们三人一个给她一件，也够老人家一年的生活费用了。”她们取下金簪、耳环和玉佩给郝老太婆：“老人家，我们打扰你这么长时间了，无以为谢，留下这几样东西给你，急需时可以换成钱或粮食解不时之需。我们就此告辞了。”郝老太婆：“再住几天也没关系，怎好收你们的心爱之物！”龚栗：“感谢太婆这些天来对我们的关照，这些东西是我们的一点心意。你收下吧。”三人千恩万谢地辞别了老太婆，走上了通向南方的大路。

龚栗三人行至一片树林，树林中突然跳出十多个粗壮男人拦住去路：“留下买路钱来！如若不从，休怪坏了你们的性命！”龚栗：“壮士饶命，我们弱女子哪来买路钱？饶了我们吧。”朴翠、督云：“大王，可怜可怜我们这些弱女子吧。”朴狗走到她们的面前：“没有买路钱就随我到金州庄园府去做崇司徒大人的姨太太！”龚栗、朴翠、督云：“原来是你这没心肝的人设计的圈套，誓死不从！”朴狗冷笑几声后：“想一死了之？没门！”他指挥随从：“把她们捆起来抬起走！”

龚栗、朴翠、督云被强行抬进金州庄园中，关进一间大屋子里。朴狗带着崇飞从窗户眼里观看十分美丽的三位姑娘。崇飞拍着朴狗的肩膀非常高兴地低声说道：“你小子真会办事，我一定要好好赏赐你。”朴狗听了十分高兴地说：“只要大人您看得起小人就满足了，哪敢要您老人家的厚赏。”崇飞：“要是这三位姑娘不愿意做我的姨太太咋办？”朴狗：“心急吃不得热豆腐，此事得慢慢来。你给她们吃最可口的食物，穿最华丽的衣服，给她们戴最珍贵的首饰，把她们带到最秀美的园林去游玩，天长日久慢慢软化她们，不怕不能打动她们的芳心！”崇飞点点头：“嗯，好主意，好主意！只是我公务繁忙，哪有时间等？”

三公子、庹嵩串通崇飞谋复辟

突然，一个家人远远地边跑边喊：“崇大人，庹嵩大人前来拜访您来了。”

崇飞：“好，把客人接到书房。”

书房。庹嵩与崇飞施礼毕，急切地说：“崇大人别来无恙？”崇飞：“一路风餐露宿，心怀恐惧，回家就病倒了。”庹嵩：“这么说来你还未招兵买马？”崇飞：“开始做了，效果还不理想。”庹嵩：“武王叛逆，国遭不幸，帝辛升天，崇大人似乎无动于衷？”崇飞无奈地说：“我仓皇逃回金州，就生了病，我看是天意不顺，所以进展迟缓。庹大人不是要回賨国吗？请讲讲你的情况。”庹嵩：“我本来打算立即回賨国。三公子重建商军，复兴商朝心切。他制定了复商大计，已派出十多个大臣分赴各地，联络王公贵族和大臣，招兵买马，共举大事。推翻武王之后，论功行赏，与大家共享荣华富贵。他特派我前来与你商议此事。”崇飞：“复商灭周这是天大的好事。我深受帝辛大恩，自当为帝辛复仇，恢复商朝天下尽心尽力。只是我们一时哪能组建起对抗武王的军队？”

庹嵩：“帝辛乃真命天子，本可稳据宝座。武王凭着西岐一隅之地，纠合賨、微、濮等几个小国，采取突然袭击的方式，打进朝歌城，把帝辛逼上了绝路。你知道，天下人对帝辛之死多有不服。真命天子是帝辛。武王是篡逆之贼。三公子领头一呼，天下将应者云集，何愁聚集不起推翻姬发的力量！”

崇飞：“庹总兵大人分析十分正确。三公子现在在什么地方？”庹嵩：“就在庄外，我们此刻就去迎接他进庄，共商大计。”崇飞：“如此甚好，快去迎接。”崇、庹虎二人来到三公子身旁：“微臣拜见三公子。”三公子：“崇司徒，你是朝中干臣，今国家遭此不幸，不能就此销声匿迹算了。我们携起手来，复兴商朝，你就是我新商朝大大的元勋啊！”崇飞：“感谢三公子信任。微臣回庄以后已开始着手招兵买马，只是一时还不理想。”三公子：“复商灭周是我等最紧迫之事，决不能慢吞吞地畏缩不前。”崇飞：“微臣病体稍好，即行将我金州庄户青壮年全部编入军队，为三公子复辟大业效力。”三公子：“你庄上有多少青壮年？”崇飞：“有一千余人。”

三公子：“好，将这些人全部编入军队，你就是兴国上大将军。复国之后，你就是武成王。封定国公。”崇飞故意讨好庹嵩：“三公子，可别亏待庹总兵大人啊。他可是很有实力的啊。”三公子：“那哪能亏待庹将军啊。他做冢宰，封靖国公。”崇飞暗想：“我本只是敷衍一下庹嵩，想不到三公子把他的位置放得比我更高啊！”崇飞强压心中不快：“三公子想得很周到，微臣佩服！”庹嵩假装推让：“大功告成之后，冢宰之位还是由崇司徒大人担任为好。微臣功成身退之后便回家养老。”

三公子：“庹总兵就不必推让了，只要复兴大业成功，你们哪个的功劳我敢不认真对待？你们放心地好好干，我绝不会亏待你们的。崇司徒，你明日就将庄户青壮年全部编入军队，办得到吗？”

崇飞：“他们居住分散，一两天之内要将他们全部召集拢来很难。这样吧，三天内编齐。”三公子：“复辟大事刻不容缓。军情紧急，可不要磨磨蹭蹭耽误时间啊！”崇飞：“三公子请放心，耽误不了复商时间。复商灭周大事，可不能急，事情总是要一步一个脚印地扎扎实实地办才能办好。三公子艳福不浅啊。”三公子：“你鬼心眼真多，又在卖什么关子？”崇飞诡谲地凑近三公子：“三公子真想不到天下竟有如此艳福。”

三公子：“什么艳福？”崇飞：“您还记得当年我们在紫金关为老大王抢的那个賨人美女吗？想不到六年后的今天又落到我手里来了。”三公子摇摇头“六年了，人老珠黄，哪里还称得上是美女！”

崇飞迫不及待地说：“称得上，称得上。虽然过去六年了，可她仍然光彩照人，水汪汪的眼睛，肤色红润，一点也不显老，而且显得更加成熟更加楚楚动人了。在我们组建复辟军之时她的出现，是上天降给我们的一个祥瑞，预示着我们的复辟大业一定能成功。就让她做你的王后吧。”三公子：“她愿意吗？”崇飞狡诈地说：“明日游渭丽江，三公子晓之以理，动之以情……”庹嵩："如若还不行，就示之以威。”三公子高兴地说：“这么说来准成啰。”三人相视大笑。

龚栗跳江

渭丽江。风和日丽。金光闪耀。彩船泛游。彩船上。崇飞指点如画风景对龚栗等三人说：“三个小妹妹，我真诚地告诉你们：我们在三公子率领下即将做成翻天覆地的大事，三公子即将登上商国大王之位，只要你们愿为三公子妃，就有你们看不完的美景，就有你们享不尽的荣华富贵！”三公子见龚栗毫无反应，便十分自信地套近乎：“美女，别忘了当年在紫金关我就想纳你为妃。”龚栗怒目圆睁：“你原来就是抢我进宫之人？”三公子：“美女息怒，当年不是抢你，是想将你奉献给老大王，那是何等荣耀幸福之事！我盘算在老大王过世继承王位之后再将你纳为王妃。你执意不做老大王妃，我更是十分高兴，才将你送进御春苑修养的。”龚栗：“好个修养！”

三公子：“那都是过去的事不说它了。这几年风云变幻人世沧桑，狼奔豕突，各自寻求生路。天苍苍，地茫茫，歧路如丝，相寻无方。想不到我们却在此相逢，这难道不是老天着意安排的缘分？这说明我们有真正的缘分。千万不可辜负和错过这个上天安排给我们宝贵的缘分。本三公子的年纪虽然比你大了一点，但是，我对你是真心实意的。你也知道，凭着我现在掌握的军队，是完全可以任意摆布你的。我只是想用真心换取你的芳心，我要让你心悦诚服地跟着我恢复大商王朝，为新商王朝带来喜气。等到我们复辟大业成功时候，你就是光耀天下的王后娘娘了。为了我们的复辟大业，我要以我的真心换取你的芳心。我不相信我的真心换不来你的芳心！”

龚栗只是不屑一顾地看了他一眼。三公子迫不及待地上前将她抱住：“卿卿，你就答应我吧。”龚栗奋力挣脱，甩手就给三公子两耳光：“好个丧天良坏人伦披着人皮的狼，竟敢调戏起老娘来了！你搞清楚点：老娘是你母亲的辈分，你知耻不知耻！”三公子正想疯狂地再次向龚栗扑去：“我不相信你就只长了一副有福不享的铁石心场！”

狂风吹来，波涛涌起。突然，一道闪电划破长空，一声炸雷震得天摇地动。彩船顿时剧烈地颠簸起来。龚栗甩开三公子，快步跑到船头，纵身跳入波涛汹涌的水中。三公子惊叫：“龚栗跳水了，快救人！快救人！”崇飞、庹嵩抓着船舷高叫：“快救人！快救人！”几个随从跑到船边面对汹涌波涛咋了咋舌：“启禀三公子，风浪太大，不见踪影，无法救人。”

彩船剧烈颠簸，随从不敢跳入江中，只有用竹篙在水中乱搅。船下波涛汹涌中哪见什么人影？崇飞连忙回头看朴翠、督云，也不见了踪影。急问：“那两个姑娘呢？”朴狗：“也一齐跳入江中去了。”崇飞气急败坏地上前，一掌将朴狗打入江中：“不中用的东西，留你何用？你也一道去吧！”

第 46 章

龚栗谢恩养义母　唐泰大义说督玲

三公子组建商朝复国第一军

三公子、庹嵩、崇飞没精打采地回到庄上。三公子垂头丧气地说："本想要这三位姑娘为我复辟大业冲冲喜气，想不到她们不识抬举，倒叫我感到晦气！"

庹嵩宽慰道："天公不作美，狂浪将她们吞食就算了吧，三公子。这几个姑娘哪有做王妃的福分？天下配做王妃的美女多的是，您就不必为这几个贱娘们儿挂怀在心了。崇司徒大人还是赶快到各村庄催促青壮年马上随三公子一起行动吧。"三公子："你到底能召集到多少庄勇？"崇飞："全庄青壮年到齐了，可上一千人，加上我原有护庄卫士总共可达一千五百余人。"三公子："好，我们现在立马便可聚集两千多人。这支军队暂名为恢复商朝第一国军，简称复商军，第一军。总兵崇飞，从总兵庹嵩。这就是我们复兴商朝的巨大本钱。传我命令，立即举行建军誓师大会！"众："是！"

庹嵩暗自想道"崇飞临时拼凑一点乌合之众便当起了总兵，一点也不晓得谦让。看来，三公子还是心向着崇飞的，对我并不信任。他不信任我也罢。这两千多人，真正能打仗的，还是只有我的这支能征惯战的二百多庹家军。我倒要看看他崇飞怎么当这个总兵？"

庹嵩将庹虎喊到一边说："你马上秘密去找夕太王太后和罗聪大人，叫他们组织人马配合复商军行动。特别要告诉罗聪大人，只要尽心尽力参加复辟大业，成功之后封王封侯随他任选。"庹虎："我们下一步的行动计划是……"庹嵩："别看复商军是三公子挂帅，崇飞临时凑集一些人当了总兵，他们没有多少实力。打主力还得靠我们庹家军。这年头谁有实力谁才说得起硬话。复建的商王朝还得我说了算。到那时，我就不是一个小小的賨王了。我们复商军必须依靠我庹家军，才能完成复商伟业。你找到夕太王太后和罗聪大人后，尽快与我原来组建的庹家军取得联系，让他们在时机成熟时配合复商军行动。有我原来组建的庹家军，有夕王后、罗大人等配合，定能成大事！"庹虎："好，我马上动身回賨国。”庹嵩：“告诉他们一定要加紧准备，积蓄力量，等待时机，不可轻举贸然行动。”庹虎：“是！”

金州庄园赛马场。人头攒动，人声嘈杂：“为帝辛报仇！”“三公子真能干！”崇飞：“请三公子训话！大家鼓掌！”一阵掌声过后，三公子说：“忠于帝辛大王的臣民们！逆贼姬发杀我父王是我们共同的敌人！不报此仇是我们共同的耻辱！今天，我和崇飞司徒、庹嵩将军，同你们聚会一起，歃血为盟：消灭姬发，恢复大商！”众：“消灭姬发，恢复大商！”三公子：“现在我宣布：商国复国第一军成立了。总兵崇飞，从总兵庹嵩。全体到会人员都是复我商国的开国元勋！你们现在人人都是校尉，以后论功行赏，封侯封公爵位看各人的贡献！”人们兴奋起来：“好，我们都是复国元勋！前途无量！”崇飞：“三公子就是我们恢复商国后的商国大王！”

一人飞跑进庄：“三公子，周军杀来了！”三公子：“哪来的周军？”

庹龙：“可能是本地郡府的周军。”庹嵩：“大家别怕！本地郡府周军没打过什么大仗，我去对付！庹家军将士们跟我来！”

庹嵩在前，庹龙等紧随其后，冲出庄园，与周军厮杀起来。不几回合，本郡周军留下大片尸体，仅有几人逃走。庹嵩回到庄园：“启禀三公子，末将已将来犯周军消灭！”三公子：“好！旗开得胜！给庹将军记下大商复国第一功！不过，此地不宜久留，下一步怎么办？”

庹嵩：“微臣的庹家军来自賨国，微臣在賨国有很好的基础，还可以招募很多人，还是到賨国去招募军队吧。”崇飞：“现在就去进攻姬发，打他个措手不及！”三公子：“复商大业任重道远，不要想一蹴而就，要成就复辟大业，目前这点人马远远不够。賨国在大巴山南麓，那里山高林密，险隘甚多，地势险要，你们是本地人自不用说，我和崇总兵都比较熟悉。周军大军来攻打我们，兵力展不开；小股部队反倒容易被我们消灭！这个地方进可攻退可守，利于我们今后的发展。好，向賨国进军！”崇飞：“三公子，微言认为复商军到賨国大巴山区虽有一些便利，但到那里去，人地生疏，没有在山地作战经验。賨国军队生长于大巴山，地形熟悉，善走山路，如若发动进攻，我们难于招架。我看还是选择中原作为发展方向为好。”庹嵩迫不及待地说：“总兵大人不必转弯抹角，说穿了是怀疑我庹家军不能密切配合复商军行动。我庹嵩深受帝辛大王大恩，受三公子和崇总兵信任，岂敢有不竭尽全力配合复商军行动的丝毫异心？再说，到中原，我们这点人马经受得起周军的打击，站得稳脚跟吗？”三公子：“庹总兵说的在理。到伸原，我们这点人马怎能抵抗姬发大军的攻击？两利相权取其重，两害相衡取其轻，立刻向賨国大巴山区进军！”众：“听令！”

宕渠城。司寇府密室。庹虎：“罗叔叔，三公子和我父亲组建复商军打算以賨国为基地，开创复商大业。请您与夕太王太后迅速将一切可用的力量集合起来配合行动。三公子说，您和夕太王太后都是复国元勋。复辟成功之后，王侯勋爵任你们挑选。”罗聪：“好。我一定尽力而为。”

庹家寨。庹虎面对庹家军队伍高声讲话：“父老乡亲们，我们庹家出头的日子就要来到了！，，一些人撩衣扎袖地高喊："二公子，立即带领我们攻打县城，与复商军形成掎角之势，互相呼应吧！"庹虎："慢！现在我们力量有限，还不能立即攻打县城。大家四处串联，积蓄力量，等复商军到了我们这里才公开行动！"

太后寝宫。罗聪："太后，庹二公子前来传达三公子和庹长史组建复商军，要我们积极配合的旨令，您看怎么办？"夕姝："帝辛暴虐，丧失民心，是自取灭亡。武王已夺取天下，甚得民心。三公子和庹长史搞复商军是逆天而行，成得了什么气候？你不要逆天而行，还是老老实实地做你的司寇吧。"罗聪："王太后，你不必害怕。三公子和庹长史已聚集上万人马，打算以賨国为基地，创建复商大业。你我参与其事，皆为复国元勋。在賨国我虽为司寇，唐诚等人对我却处处打压。这种憋屈的日子我一天也过不下去了。"夕姝："老身身处深宫难有作为，你好自为之吧。"罗聪："太后旨令还是有人听从的。"夕姝不再说话。

罗聪回到司寇府，迅速聚集一群人，鬼鬼祟祟地进行操练。

龚栗获救

江水南流。回水沱。一只渔船在江面上慢腾腾地划着。站在船头上的渔翁手里拿着渔网，眼睛仔细地观察着江面，随时准备将渔网撒下。推船的是一位白发白须的老妪，用力地划着桨。渔翁抬头望了望天空："这雨过天晴正好打鱼，快向前划去！"老妪："今天准可打到大鱼。"

龚栗跳入水中被波涛卷着向下游漂去。不知过了多久，被卷到了回水沱中。渔翁指着水上漂着华丽的衣服比画着："老妈子，前面有件花衣服，快将船划过去捡。"渔翁待船靠近花衣服，急忙用木钩将花衣服拉到船边，仔细一看，见是一位姑娘便拉到船上。渔翁妻用手凑近龚栗的鼻孔："这姑娘还有一丝气息，赶快给她灌姜汤！"

渔翁急忙升火烧姜汤。渔翁夫妇给姑娘灌下几口姜汤后，龚栗醒来："你们是什么人？这是什么地方？我怎么会在这里呢？"渔翁："姑娘别怕，我们是老实巴交的打鱼人，不会伤害你的。这里是文县与巴林县交界之地罗家村。我们刚刚把你救起来。"老妪："姑娘，你是哪里人呀？怎么掉进了江里？"龚栗哭着说："我命真苦呀。刚逃出帝辛的御春苑，又被朴狗抢入金州庄园，落入帝辛三公子的魔掌。我只好跳水……幸好得到大伯大娘打救，不然，我早就没命了。请问大伯大娘姓甚名谁，小女子日后也好有个感谢！"说着，向二老跪拜磕头。老妪扶起龚栗，叹了口气："老头子姓罗，叫罗平。我是他的妻子。帝辛真可恶呀，朴狗也太缺德了，把你害得好苦啊。孩子，我们也是受苦受难的人。我们早先生育的几个孩子都饿的饿死，病的病死，现在成了无儿无女孤苦伶仃的一对老人。种几亩薄田，打点鱼维持生计。你要是不嫌弃，就委屈做我们的养女吧。"

龚栗急忙跪下给二老磕头："感谢二老救命之恩。既蒙不弃，女儿愿意拜二老为养父养母，情愿服侍二老到终生。只是小女子早已是唐泰的妻子了，一旦有了丈夫音信，便要到朝歌和宕渠城去找我的丈夫唐泰。"罗平："朝歌、宕渠城离我们这里可远了。现在天下还不太平，你一个女儿身，怎么能独自一人到那么远的地方去呢？等天下太平了，你再去寻找你的丈夫吧。”

龚栗暗自沉思：“我现在就离开他们吧。他们救命之恩还未报答。他们是善良人家。我应当留下来用劳动来感谢他们的救命大恩。”于是向二老说道：“多谢两位老人的好意。如二老不嫌弃，小女子愿意拜二老为义父义母，情愿服侍二老到终生。”罗平：“姑娘如此忠诚，我们就收你为义女吧。”龚栗立即下跪：“小女子拜谢义父义母。”

朴狗一身湿淋走进渔翁家。龚栗见了，拿起渔叉，怒斥道：“朴狗，你这个没良心的，怎么追到这里来了？”朴狗哀求道：“小妹，我不是来追赶你的。你们跳水之后，我也被崇飞推入水中……崇飞是一个狼心狗肺之人。我恨死他了，一定要报这杀身之仇！”

梆、锣声骤然响起。火焰冲天。凄惨的救命声传向四野。罗平和朴狗走出房屋，向村庄看去，只见几处房屋起火，一群复商军紧紧地追赶跟着四散逃跑的村民。村民高喊：“复商军抢人了，复商军抢粮食了！”一群青壮年拿着锄头、木棍同复商军进行激烈的厮杀。罗平递给朴狗一根废木桨：“走，一起杀复商军去！”朴狗拿着木桨跟了上去。一人远远地喊：“乡亲们，快去夺回我们的粮食，救回我们的人啊！”罗平招呼朴狗：“快随我一起去夺粮、救人！”朴狗：“好。”他们冲上前去同复商军厮杀起来，很快夺回来一些粮食，救回来几个人。正当罗平、朴狗一起向前冲杀时，一队复商军从后面杀出。罗平、朴狗被杀。大队村民将复商军赶走。罗平妻抱着罗平的尸体大哭：“万恶的复商军啊，我可怎么办啊？”龚栗扶着老妪劝慰道：“老妈妈，你不要太伤心，保重身体。人死不能复生。义父虽然走了，还有我在。你是我的救命恩人，是我的再生父母。女儿决不会丢下你不管，我要一辈子陪伴着你，把你送老归终。”

田间。红日当空。龚栗正挥锄干活，满面汗水直淌。养母拖着年迈的身子提着陶罐，送饭送水到田头：“女儿整天治病采药种田打柴，劳作不息，我十分过意不去。女儿，喝口水，切莫累坏了身子啊！”龚栗放下锄头，为老妈擦汗：“老妈，路这么崎岖难行，要是跌倒了，叫女儿心里多么难受呀。你在家好好歇着，另，送饭送水到田里，我自个回家吃吧。”老妪拂去龚栗身上的尘土：“女儿，我家毕竟不是你的归宿之地。我想托个媒人给你说个人，招个上门女婿。你还是早点成个家吧。”龚栗：“妈妈，你们对我恩重如山，我要伺奉你到老。快别说托媒人的事了。”

火辣辣的太阳。龚栗放下肩上的粪桶，擦擦脸上的汗水，遥望大地蒸蒸升腾的热气，眼前浮现起了唐泰的身影。银盘高挂，皓月当空。茅草房院坝中。张摆好桌椅，搀扶老妪坐下：“母亲，今天是中秋，明月东升，请你老赏月。”老妪：“月到中秋分外明，每逢佳节倍思亲。”龚栗听了不觉簌然泪下。老妪：“我深知我儿内心的痛苦。你去寻找唐泰吧。我不能拖累你。”龚栗：“小女一时失嘴，让娘为儿悲伤，心实不安。望娘放心，今生今世，女儿绝不离开你。”

龚栗谢绝义母好意

罗平妻拂了拂龚栗身上尘土：“女儿，说不定唐泰早就另有妻室了，我儿苦苦等他有何用？”龚栗：“母亲，我相信唐泰不会另娶妻室的。我这一辈子是不会另嫁的。”

罗平妻：“女儿，你等他等老了可怎么办啊？”

夜。一轮明月透过窗户照在床前。龚栗看着明月再也无法入睡。她想起了同父亲上山挖药；想起与唐泰相互许下永不变心的诺言；想起赠送唐泰定情信物巴映山红荷包；想起为唐泰取《万里山河迎春图》的情景……她在床上翻来覆去，抽噎着，泪水打湿了枕头。龚栗将挂在蚊帐杆上的一对绣着巴山映山红荷包，取下来吻了又吻再挂了上去。

罗平妻生病后，龚栗上山采回药材，很快治好了义母的病。此事传开后，附近的乡邻一有病痛便纷纷请求龚栗医治。龚栗既不收取钱财，也不推辞，经常利用农闲之时上山采药，尽力为乡邻解除伤病痛苦，因此被大家尊称为神医先生。

鄂旺命各地组建民团抗击复商军，圣旨传到罗家村，罗薪立即遵旨组建罗家村民团，将龚栗聘为先生。

唐泰寻找龚栗，行进在崇山峻岭崎岖山路上，涓涓溪流旁，坦坦平坝里。寒风怒号，春鸟鸣唱，烈日当空，秋收谷黄。朝夕往返，历经千辛万苦。他不停地向人们打听，得到的回答都是摇头摆手。他摸摸自己胸前的胡须，摇了摇头，苦笑着显得有些失望。唐泰在行进中听到有人在歌唱：“痴心男子情意坚，时刻想妹到面前。日想太阳夜想月，思想与妹来团圆。”

客店。夜沉沉，漆黑黑。远处传来刺耳的呼救声：“救命！”唐泰问：“店家，是何处传来呼救声？”店家：“不知何人呼救。客官，早点安歇吧。另惰闲事。”唐泰：“见死不救，罪不容诛。我们应当前去搭救才是。”店家：“好。你自己去。”深宅大院。唐泰循声破门而入，只见两个男人正按住一个女人剥衣服。唐泰冲上前去抓住一个男人问:“你们在干什么？”男人：“这个女人是我们花钱买的。你休管闲事。”唐泰：“那女子，你是他们花钱买的吗？”女人:“不是。他们说的全是谎言。我是他们两个歹人强行抢来的。恩人快救我！”唐泰喝道：“你们不能抢人，将她放了。”两个男人一齐拿出刀来：“大胆狂徒，竟敢破坏老子们的好事。看刀！”唐泰退后几步：“你们是否懂得多行不义必自毙的道理？奉劝你们停止作恶，重新做人！”两个男人仗着手中有利刃，不把唐泰放在眼中：“看来你是活得不耐烦了，我们先把你送上西天再说！”两人一齐挥刀向唐泰杀来。唐泰飞起一脚踢倒一人，然后转身与持刀之人周旋。二持刀人步步逼近，唐泰与歹徒周旋数圈:“你们二人硬是要作恶到底？”持刀人“你要逞能，就到阎王那里去逞能！”唐泰见二歹徒毫无悔改之意，便施展空手夺刀手法夺得一刀在手，杀死一人。另一人上前与唐泰恶斗几个回合，哪里是唐泰的对手，也被唐泰结果了性命。

唐泰走到女人身边：“请问大姐，你叫什么名字，是哪里人，为何到此？”女人：“我叫督云，原是被帝辛抢进宫中关进御春园的不从之人。帝辛鹿台自焚后，我同龚栗、朴翠妹妹一起逃到金州，被朴狗抢进崇飞庄园。崇飞将我们献给三公子做妃。我们不从，在游渭丽江时，恰逢大风大浪，龚栗首先跳入江中。我和朴翠乘船上人慌乱之时也跳入江中。我被一渔夫救起。这两个歹人杀死渔夫，将我劫持到此欲行强奸。我因此呼救。”唐泰：“听大姐说，你认识龚栗，她是哪里人？”督云：“龚栗是賨国人，也是被帝辛抢进宫里做妃不从被关进御春怨的。”唐泰：“龚栗现在在哪里？”督云：“跳进江中不知去向。”唐泰：“啊呀，我苦命的妹妹呀！”督云：“大哥，你认识龚栗？”唐泰：“龚栗就是我的妻子。”督云：“你就是唐泰兄弟？”唐泰：“在下正是。”督云：“龚栗妹妹天天念着’泰儿哥'，还熬更守夜专门为你绣了一朵巴山红杜鹃。她将绣的巴山映山红绑在一只百灵鸟腿上，希望你看到了会去救她。”唐泰边哭边掏出胸襟里的荷包递给督云看：“她可是绣的这种巴山映山红？”督云：“正是正是。”唐泰：“栗儿妹妹要是能像你这么活着多好啊！”督云“栗儿妹妹心地那么善良，一定能活着。”唐泰：“云儿姐，你打算怎么办？”督云：“我打算回我老家去。”唐泰：“我送你一两黄金做盘缠，一路小心。”督云：“多谢泰儿兄弟。祝你与龚栗妹妹早日团圆。”二人挥手依依惜别。

虎头山唐泰被劫

唐泰不分天晴落雨，酷暑严寒，饥餐渴饮，昼行夜宿，没完没了地寻找着妻子龚栗。一日，唐泰正行进在密密松林中，突然被绊脚绳绊倒。一声梆子响，拥出数十个手持宝剑和棍杖的人来，一齐上前将他绑起来，押往山上。唐泰：“你们为何将我绑缚？”小头领：“到山寨中便知。”

龙潭别都。罗川被杀后，鄂姬耿耿于怀，誓杀夕金等人为罗川报仇。夕金、唐陶等奏报宕渠城火攻商军情况后，受到鄂姬追杀。夕金逃入虎头山，被喽啰捕入山寨，督玲见他武功不错，又口齿伶俐，便任他做了军师。

山寨大堂。唐泰被推到大堂中。夕金高声喝道：“见了我们大王为何还不快快跪下叩头！”唐泰举目一看，只见正堂宝座上坐着一位娇美女郎，头戴花翎，水盈盈的大眼炯炯有神。樱桃小口，朱唇微启：“台下何方人氏，可是官府细作？快快如实招来！”唐泰：“我是賨人唐泰，并非官府细作。”山大王：“既非细作，为何闯我山寨？”唐泰：“我因寻找妻子龚栗路过此山，行至松林处，被绳索绊倒，捉拿到山上，并非有意擅闯大王山寨。请大王恕罪！”

督玲欲招唐泰为婿

女大王：“既非有意闯我山寨，便是远方来的客人。左右快快与客官松绑，以上宾招待。”众喽啰：“是！”喽啰甲立即上前解去绑缚唐泰的绳索，对唐泰说：“算你造化，不杀你，还给你解去绳索！”女大王：“夕金军师，快快与这位客人排宴压惊！”夕金：“是，快快排宴侍候！”众喽啰：“是！”

书房。女大王将夕金召进书房：“看这位客官是忠厚老实之人，你去问他，他是干什么的？”

夕金走到唐泰身边问道“这位先生，你是哪里人氏？做何营生？”唐泰“我是賨国人，也是一位将军，参加助周伐辛战后，尚在寻找妻子。”夕金：“先生所言不虚？”唐泰：“不敢有半点虚假。”

书房。夕金：“大王，这位先生是参加助周伐辛的将军，现在正在寻妻。”女大王：

“看样子，这位先生非常诚实。你告诉这位客官，不必再辛勤奔波寻妻了。我愿招他为婿，叫他就在山寨上安享快活！”夕金：“他说他在寻妻，可见他是个有妻室的人啊！”女大王：“我看他气宇轩昂，一表人才，绝非一般庸人。我将终身托付于他，也不枉了此生。你叫他不必再受苦受累去寻什么妻室了。”

宴会厅里。夕金和唐泰分宾主坐下。夕金：“尊贵的客人，在下奉女大王之命为客人设酒压惊。请客人无须拘礼，请开怀畅饮！”唐泰：“兄弟萍水相逢，受此殊礼款待实不敢当。”夕金：“客人有所不知。我们女大王见公子风流倜傥，一表人才，神采奕奕，英雄气概，十分羡慕，愿托付终身于你。你可不要错过了这个天赐良缘啊！”唐泰：“军师过奖了，女大王也看走眼了。我唐泰并非英气夺人之辈。我本一村野小民，无能之辈，怎能与女大王相匹配？请她快快打消了这个念头！”夕金：“我们女大王督玲并非等闲之辈，她的父亲原本是战功赫赫的著名武将。她从小跟她父亲学习武功，武艺超群。帝辛暴虐无道，当得知她艳压群芳又武功高超以后，便下旨召她为妃。她父女俩坚决不从，力战前去抢掠她的商军，一家二十余口被杀。她二叔也是朝廷命官亦被杀害。她和父亲及两个堂妹经过浴血奋战，才逃出了朝歌城。”唐泰：“她是怎么上山落草的？”夕金：“帝辛派三公子带兵追赶，将她父女俩分隔围困。她带着堂妹督娥、督审拼力杀出重围，寻找父亲路过虎头山时，寨主强迫她做压寨夫人。她杀死了寨主。大家决定举行比武大赛公选寨主。督玲被迫参加比武大赛。山寨无一是她的对手。大家心悦诚服地推举她当了寨主。她身为寨主，待人和蔼，处事公正，个个对她都佩服得五体投地。”唐泰：“她就这么当一辈子山大王吗？”夕金：“不，她时常想回归正道，只是苦于没有一个正当的时机。她一个洁白女儿身，又才貌双全，愿与你结为伉俪，你也该心满意足了。”

唐泰拒婚

唐泰：“听军师所言，大王也是一个刚烈女子，可钦可佩！但是我唐泰并非势利小人。我早已与我妻子立下山盟海誓，不能违背。不然遭到天谴就后悔莫及了！”夕金：“你不必太迂腐，不要辜负了我们大王对你的一片良苦用心！”唐泰：“我心意已决，不可更改！”夕金：“你就不怕女大王一怒之下结果了你的性命？”唐泰：“就是结果了我的性命我也断难从命！”

书房。夕金：“大王，我再三劝说，这客官还是断然不愿改变他的初衷，不愿与你结为百年之好！”督玲：“这个人太不识抬举，给我斩了他！”夕金：“大王，万万不可诛杀这无辜之人。当年你拒绝做帝辛妃，帝辛一怒之下，杀了你家二十多人，欠下了你的血债；你现在不能因为这个年轻人不愿做你的夫婿，你又欠下这样的血债。”督玲：“难道就这样轻易放过他不成？”夕金：“可将他软禁起来，你慢慢地用真情去感化他。说不定日久天长，他能回心转意。”督玲：“如此甚好，此事就交你去办吧。”

督玲知情释唐泰

花厅。唐泰被软禁花厅内，四周布满了岗哨。唐泰请小喽啰传话：“兄弟，请将女大王请来，我有话与她面谈。”督玲来到花厅：“壮士，对我有何话说？”唐泰：“大王，人非草木孰能无情？您对我的一片真心诚意，我永生永世忘不了。但是，我们賨人有个传统，最讲忠诚信义。我早在几年前就与我妻龚栗定下终身。坐歌台那天晚上，我妻龚栗被帝辛三公子抢走，我们才被强行分开。现在帝辛已灭，我被武王封为了将军。我必须寻找我的妻子龚栗，与她团聚，践行我们的婚约。如若我中途变卦，恐遭老天惩罚。我听说大王你也曾经受到帝辛的迫害，你的父亲也是帝辛淫威下的一个冤死鬼。你我都是不幸之人，应当同病相怜。请大王大发善心，放我下山寻找我的妻子，让我们夫妻团聚。”督玲：“你的妻子可能早已被帝辛霸占了。”唐泰：“不可能。她是宁愿去死也决会不会屈从帝辛的。”督玲：“她也许早已死了。你我萍水相逢，也是今生有缘。我是真心实意留你在山寨共享快乐的。”

唐泰：“谢谢大王的一片真情。我也是个知情重义之人。对大王一片真情，深情难却。我无以报答，只有请大王放我继续下山寻妻。”督娥提剑直逼唐泰：“你为什么如此不通人性，辜负大王一片痴心？我一生最恨无情无义之人！”唐泰：“我唐泰不说半句假话。对大王一片赤诚之心，现在真的不能接受。”督娥：“将来呢？”唐泰：“如若我妻龚栗确已不在人世，我唐泰定来山上与大王团聚，结为百年之好。如果我找到了我的妻子，我要尽快上山，与大王结为兄妹，不耽误你的青春。此事以三年为期，我若食言，天打雷殛！”督玲：“妹妹把剑放下！唐将军发此毒誓，可见是心诚至极！我们同是受帝辛迫害之人，感君如此重情重义，不能为难于你。想必你不会食言。好吧，我给你两年时间。我在两年内一定等你回来！”唐泰：“大王既然应允放我，就请立刻放我下山。”督玲：“你放心，我也是一个重情重义恪守诺言之人，决不食言。我已命令军师为你备办一点行李，让你在路途上解不时之需。”唐泰：“谢大王想得周到！”

山寨门前。夕金将一个包袱递与唐泰：“这是我们大王给你准备在路上用的行李，请你不要忘了我们大王对你的一片真情。”

督玲骑着一匹又高又大的白马飞奔而来，走到唐泰面前下马：“唐将军，这匹马已伴随我多年，送给你代步。祝您一路顺风！”唐泰接过马鞭飞身上马，拱手告别：“谢谢大王一片深情！在下终身不忘！”督玲：“唐将军一路多多保重，但愿后会有期。”唐泰挥手：“后会有期。”

督玲立山寨大门前的一块岩石上，目送唐泰良久，直到身影消失才怅然回到书房。督娥怒气冲冲地走进书房：“姐姐，你真对那个萍水相逢的人动了真情？”督玲：“妹妹坐下叙话。”督娥：“姐姐，我们死里逃生，好不容易安下身来，过了几天快活生活。那个人我怎么看都不像个将军，你不要被那个骗子骗了！”督玲：“将军应该像什么模样？他相貌堂堂，有什么值得怀疑？”督娥：“一个将军会这么一个人去寻找自己的妻子？”督玲：“他情真意切不是骗子。”督玲内心自言自语道：“唐泰将军如此忠诚，令人钦佩！督娥妹妹产生怀疑也不无道理。难道唐泰真不是个将军？那么他要骗取什么呢？对这个人我是得好好验证他说的话是否属实，看看他是不是欺骗我的伪君子。”督玲主意打定，便对督娥说：“去将夕金召来议事。”督玲对夕金说道：“军师，我要下山观察唐泰行踪。寨中之事由你全权处置。督娥、督审同我一起女扮男装，尽快打点行装，下山去吧。”三人回答：“听从大王吩咐。”

第 47 章

武王仁政入人心　山寨义军破复辟

唐泰化悲痛为力量，决心惩治复商军

鸡毛小店。唐泰走进店去：“店家，可有住处？”店家：“客官请进。有住处。”唐泰住进客店以后，忽听有啼哭之声。唐泰循声而去，见一老翁和一年轻女子相向而哭。唐泰问讯道：“老伯，有何难处？为何如此伤心啼哭？”

老翁：“既蒙客官相问，我就实说了吧。我们是巴林县金竹乡人。帝辛被消灭以后，三公子、崇飞、庹嵩等纠集帝辛的一些老臣和商军的一些残兵败将重新拉起了帝辛的旗帜，说什么帝辛才是真命天子，没有死，很快就要重新坐天下。周武王是乱臣贼子，坐不了天下。”唐泰：“这批坏蛋胡说八道，他们现在在什么地方？”老翁：“他们已逃窜到了庹县，离我们巴林县仅一沟之隔，他们抢掠民财，强迫青壮年当兵，骚扰祸害平民百姓，手段非常残忍。我的儿子被抓去当兵，逃跑不成，被抓回去活活打死了。我爷孙俩逃难到此，想到暗无天日，无依无靠，所以在此啼哭。据说黎明乡唐家寨比我们的遭遇还惨。庹嵩带着两三百人复商军烧毁了村庄，捣毁了烈士陵园，唐泰父母和唐氏族人多人遭到杀害。”

唐家寨。庹嵩站在烈士坟茔边，疯狂地吼道：“唐家寨的村民们，你们要看清形势，周武王采用阴谋手段占据了朝歌城，坐上了王位。他是乱臣贼子，坐不了天下。帝辛才是真命天子。有人造谣说帝辛已死，你们不要受骗上当！现在，帝辛的三公子、司徒崇飞大人和我一起，带领复商大军来到此地，和你们一起共商复商大计，希望你们都做复商的开国元勋。请三公子训话！大家鼓掌欢迎！”

几声稀落掌声之后，三公子干咳了一下：“乡亲们，你们原来都是父王帝辛的忠实臣民，父王帝辛十分关心体贴你们。周武王这个乱臣贼子，乘帝辛不备袭击朝歌和鹿台，取得了表面上的所谓胜利。上天是不会饶恕他的。现在，我奉上天之命恢复商朝，组建了复商大军，希望你们积极参加复商行动，做复商元勋：青壮年全部参加复商大军，建功有重赏；各家各户向复商大军捐献粮食作好记载。复商大功告成以后，朝廷将重谢你们，免除你们十年的赋税！”

崇飞见大家无动于衷“大家快报名吧，争当复商元勋！”庹嵩“你们先不报名也可以，现在你们马上各自回家拿上工具，至这里来集合！不准一人不到！”

村民们陆续散去。路上。唐仁：“唐纯老弟，那些家伙喊我拿工具干什么？”

唐纯：“看样子是要破坏我们的烈士坟茔。”唐仁：“我们决不能让那些家伙胡作非为！”唐纯：“对，就是拼上老命也不能让那些家伙动我们的烈士坟茔。”

坟茔边。庹嵩面对陆续到来的村民大声吼道：“这是一伙叛逆贼子的坟墓，大家一齐捣毁它！解除压在我们头上的精神枷锁！”唐仁：“庹嵩！你这賨人的败类，休得污辱英灵！乡亲们，除掉这个奸贼啊！”唐纯：“铲除这伙叛贼，杀呀！”众人一齐挥舞工具向庹嵩、三公子、崇飞打去。崇飞：“勇士们，杀死这批刁民！”

陵园变成了战场。劳动工具抵抗不了真刀真枪，分散的民众抵敌不了经过正规训练的兵士。唐仁虽武艺高强，毕竟只有一只手，难敌数人的围攻，被庹嵩乱刀砍死。唐纯虽然杀了几个敌人，也惨遭敌手，被杀伤昏倒地上。庹嵩看着大片倒下的村民发出奸笑：“几条泥鳅也想翻大浪！谁想抗击复商军就叫他灭亡！”

陵园外。唐泰娘带着妇女儿童冲向复商军：“杀死庹嵩！杀死三公子！杀死崇飞！杀死复商军！”崇飞：“将士们，将这些刁民斩尽杀绝，一个不留！”众：“是！”

妇女、儿童的尸体横七竖八地倒了一大片。远处响起村民的喊杀声。庹嵩手搭凉棚向四下看去，只见数路人手握刀枪或农具向陵园而来，急忙说道：“三公子，数路刁民向我们杀来了，这里不是久留之地，我们快向巴林县夕家湾村转移！”三公子：“好，大家紧紧跟上，不要掉队！”

客栈。老人：“我知道的情况就是这些。”唐泰悲痛欲绝：“这批叛贼竟然这么猖獗，唐家寨的人进行反抗没有？”老翁：“怎么没有反抗！听说唐家寨的人很齐心，同他们进行血战，大都壮烈牺牲了。附近村寨的人杀向烈士陵园，复商军才慌忙逃走了。”

唐泰听说唐家寨遭到复商军血洗的情况以后，顿觉如雷轰顶，天旋地转，五脏俱裂，痛哭失声地跪拜道：“老父老母，不孝儿向你们跪拜了。不孝儿不为你们和众乡亲报此深仇大恨，誓不为人！”哭过一阵，他稍事镇静下来，暗自想道：“国恨家仇不报我还做什么人？我原以为消灭了帝辛，说降了闻伦，天下就太平了。三公子、崇飞、庹嵩等残渣余孽成不了气候，便会停止叛逆活动，想不到他们纠集歹徒还妄想复辟，还要做垂死挣扎，对国家和百姓犯下不可饶恕的罪行。国恨家仇不报，妄为世人！对这伙绝灭人性的叛军我不能不管！可是，我身单力薄手中无兵又咋个管呢？找武王和鄂旺大王，路途太远，不能及时消灭这伙叛徒，这伙叛贼将会危害更多的老百姓。找龚睿将军，他率大军正在归国途中，什么时候能找到他呢？对了，这里离虎头山寨不远，我何不去找督玲大王，请她带领山寨义士出来剿灭这伙叛乱之贼，为国立功，回归正道，岂不是好？”他急忙向山寨走去。走不几步，他突然想到，督玲妹妹会不会同意率领山寨兄弟攻打复商军呢？督玲妹妹是一个深受帝辛迫害又有正义感之人，相信她是会愿意为国家出力的。为国家出力是山寨弟兄回归正道的一次极好的机会。现在国家大局已定，督玲妹妹应当带领众兄弟走出山林为国家出力。我应当说服她，不可放弃这次极好的回归正道的机会。唐泰主意想定，急忙返回，掏出一锭大银给爷孙俩："你们暂时住在这里，等天下太平了再回家去吧。"爷孙俩千恩万谢："你真好，谢谢您了。"

唐泰大义说督玲

唐泰走出旅店，向来路返回。正行走间，突然看见两个青年骑马飞奔而来。

山路。马背上。督娥远远地看到了唐泰，急忙对督玲说："姐姐，你放走之人又返回来了，莫不是后悔没有和你相好，现在醒悟了，专门回来找你来了？这个人反反复复，不是真诚之人，你可不要受他的骗上他的当。"督玲压住心中的喜悦之情，故意责备地说："你个饶舌鬼倒是会胡思乱想。这样吧，你去问问他为何往回走，打算到什么地方去，问清楚后再说。"

督娥飞马跑到唐泰身边："站住！你为何去而复返？是不是要打什么鬼主意，想欺骗我们大王？"唐泰："小兄弟，话不要说得那么难听嘛，你怎么知道我去而复返是要找你们山寨大王呢？"督娥："你在虎头山上住了这几天，我可认识你了。你休想打我们山寨大王的鬼主意！"唐泰真诚地说："啊，小兄弟，你是虎头山寨的人啰。你们大王现在还在山寨吗？"督娥："我问你话你还没有正面回答，你倒反问起我们山寨大王来了。你问我们大王做啥？是不是想真和她好了？我可警告你，别在她身上打什么鬼主意，否则我们山寨可饶不了你！"唐泰坦诚地说："说实话，我此次去而复还就是专门为了找你们山大王的。"督娥："我们山大王对你真心真意，你倒好，无动于衷，竟扬长而去，把我们山大王一片痴情给冷落了。你知道不知道，难道你还没有把她气够？"唐泰："我此次返回是想找你们山大王办一件大事情。"督娥："什么大事情？你们之间除了婚姻还有什么更大的事情？"唐泰："老弟，不用在这里饶舌，快引我去见你们大王吧。"督娥："你若不是真心实意，休想要我带你去找我们的山大王。"唐泰："兄弟，我见你们山大王当然是真情实意，一时给你说不清楚，赶快带我去见你们的山大王吧。"督娥往来路上招招手，然后对唐泰说："你看，那是谁？"

山路。督玲见督娥招手飞马而来，远远地向唐泰施礼："唐将军，小妹有礼了。"唐泰高兴地说："大王，真没想到，说着你就见着你了。"督玲十分高兴地说："这是我们俩的缘分好嘛。"唐泰诚恳地解释道："大王，我来找你是要办一件关系国家安危的大事，不是谈你我之间缘分的事。"督玲先是一怔，然后细声地说："关乎国家安危的大事？我这个山寨之人沾得着边吗？"

唐泰："沾得着边。不仅是你沾得着边，而且，全体山寨兄弟都沾得着边，大家都可以从此走上光明大道。"督娥："别听他瞎编！"督玲："让他把话说完。"唐泰真诚地说道："周武王灭掉帝辛，我以为从此可以天下太平无事了。所以，辞去了武王的封赏，一心寻找自己的妻子，打算回家过安乐日子。谁知，帝辛三公子纠集崇飞、庹嵩等一批残渣余孽打起复商旗号，组建复商军，窜到巴林县、镇南县一带，骚扰百姓，把我们修建的伐辛烈士陵园给捣毁了，妄图重新复辟商王朝，让天下百姓重受他的压榨与欺凌。我不能坐视不管！”督玲：“你打算怎么办？”唐泰：“现在，三公子麇集的人还不多，势力还不大，容易消灭。要是让他麇集的人多了，势力发展大了，就不容易消灭了。”督娥：“你是周武王的将军，赶快调军队消灭复商军啊！”唐泰：“调远处的军队非一时能办到之事。复商军就在眼前蹂躏百姓，天天杀人放火，我不能不管。为了尽快消灭复商军，解除百姓的苦难，我想请大王率领山寨壮士同我一道消灭这股复辟叛军，为国立功。这可是你们回归正道的一个极好机会。”

督玲：“这的确是关系国家安危的大事。也是我山寨之人回归正道的一个极好机会。但是，我山寨之人，只干些打家劫舍的事，可从来没有同正规军队打过硬仗。我们恐怕对付不了帝辛三公子的复商军。弄得不好，我们消灭不了复商军反倒被复商军给消灭了，误了你想办的大事。”

唐泰：“大王的担心不无道理。但是，帝辛三公子纠集的这支军队，沿途骚扰百姓，抢劫民财，荼毒生灵，老百姓天天在流血，一切有正义感的人都不可能对百姓坐视不救。复商军打着复商旗号，逆天而行，得不到多少人拥护。三公子、崇飞、庹嵩都是被我们打怕了的残兵败将，他们一听说周军、賨军都感到害怕。表面看，他们气势汹汹，实际没有多大战斗力。我们赶快制作大周、賨字大旗，从声势上压倒敌人。三公子一伙见到我们的阵势，就在心理上畏惧几分了。山寨壮士人数虽然比复商军少，我们只要进攻方法对头，就一定能消灭这伙谋乱之徒。现在，最重要的是解除山寨壮士的畏惧心理。”督玲：“消灭帝辛是我们山寨人的共同心愿，我们立刻回山寨说服大家，积极参加消灭这支叛乱之贼的义举吧。只是，我们能制作周国、賨国的旗帜吗？伪造国旗可是杀头之罪啊！”唐泰肯定地说：“能，出了差错我独自一人承担！”督玲：“好，马上缝制两国大旗。”唐泰：“走，上山寨。”

督玲指着督娥：“妹妹，快叫夕金几个弟兄到山寨议事厅议事！”督娥应声而去。

唐泰、督玲组建义军

山寨议事大厅。灯火通明。会场鸦雀无声，气氛严肃而紧张。督玲：“请唐将军讲话！”唐泰起身向大家抱拳行礼：“各位兄弟，请你们回答我一个问题，你们有父母妻子儿女吗？”众：“谁个没有父母妻子儿女？”唐泰：“你们有自己的亲人，有一个温暖的家，为什么抛开他们不管，来到这山上落草？”众：“是贪官污吏、土豪恶霸把我们逼上山的！”

人们陷入了悲痛的回忆之中，不少人放声痛哭。夕金：“我们的亲人有的被贪官污吏、土豪恶霸逼死了，有的被抢走了。我们每个人都有血海深仇！”

唐泰：“你们有血海深仇，我也有血海深仇。大家知道贪官污吏和土豪恶霸为什么能欺压我们吗？”

人们瞪大眼睛看着唐泰。唐泰：“贪官污吏和土豪恶霸受帝辛保护，所以能为所欲为欺压百姓！”众：“对！贪官污吏、土豪恶霸之所以能横行霸道欺压我们，是因为有帝辛为他们撑腰！”

唐泰：“告诉大家一个好消息：贪官污吏和恶霸的总头子暴虐帝辛已经被周武王消

灭了！”人们十分高兴地问：“真的？”唐泰十分肯定地说：“这是千真万确的事情，山下老百姓都知道的事情！武王行仁政，让天下百姓安居乐业，因此受到百姓拥戴。但是，帝辛虽然死了，他的孝子贤孙和王公大臣却不甘心！他们不甘心帝辛给予他们欺压奴役我们的特权被剥夺！最近，帝辛的三儿子也就是三公子伙同崇飞、庹嵩等纠集一些叛逆之人组建复商军，逃到了巴林县一带，大肆招兵买马，妄想推翻刚刚建立的周王朝。大家愿意让三公子一伙重新骑在我们头上拉屎拉尿吗？”众：“不愿意！”夕金：“我们决不能让三公子一伙重新骑在我们头上拉屎拉尿！”

唐泰：“对！我们有没有胆量去消灭这伙妄想复辟之人？”有人问：“三公子一伙有多少人？”唐泰：“他们号称五千人。据我了解，实际也就一千来人。”有人咋舌：“凭我们这百十号人去消灭三公子千多人，行吗？”唐泰胸有成竹地回答：“天下百姓都吃尽了帝辛暴政的苦头，有多少人愿意再受帝辛暴政的蹂躏？别看三公子麇集了上千人的队伍，他复辟商王朝不可能得到老百姓的支持。我同商军多次作战，在西岐孝泉以五千人打垮了商军五万人的进攻；伐辛联军五万人在牧野更是把七十万商军打得落花流水。现在早已被周军打怕了的三公子这些人，见到周军的旗帜都害怕，我们这支队伍虽然人数不多，但是，个个都武艺高强，完全能以一当百地消灭这支复辟商军！”督玲：“唐将军，我们没有商军的军旗和服装，三公子的复辟队伍不可能害怕我们怎么办？”唐泰：“督大王这个问题提得好，我们没有周军的军旗和服装，现在要赶制周军服装也来不及了。但是，我们赶制周军的大旗是来得及的。三公子的复辟军见到这些军旗都害怕！”督玲：“对，赶制几面军旗一夜之间不难完成！”夕金：“我们有七八个姐妹是飞针走线的好手，还有哪些兄弟也会针线活的请举手！”几个兄弟举起手来：“我会！”“我也会！”督玲：“好，今晚就在这议事大厅绣大旗，请唐将军指导！其余的弟兄，分别准备军械粮草！明日早上出发歼灭复商军！”众：“是！”

议事大厅。灯火辉煌。唐泰勾画军旗图样，人们便分别刺绣起来。

营房内外。夕金指挥大家分头做着战前准备：有的磨刀霍霍，不时察看刀锋；有的捆扎箭镞；有的为马切添饲料；有的挑水劈柴，有的炒制干粮……大家干得热气腾腾。夕金来回检查，不时排解人们的难题。

议事大厅。督玲绣好一面军旗：“唐将军请看，这面旗帜绣得如何？”唐泰：“太好了，你真能干！与周军大旗完全一样！”督玲：“多亏你指导有方嘛。”

督娥：“唐将军，你来检查我绣制的这面賨军旗帜。”唐泰：“也很好。你手工不错嘛！”督娥：“唐将军，我这面旗帜也绣好了。”唐泰：“后来者居上，真是落尾巴结大瓜！你这面賨军旗一定能令敌胆寒！”

夕金抬头看天，只见东方已现出鱼肚白，急忙向督玲报告：“启禀大王，我们军械、干粮、马匹一切准备妥帖，请你下令出发！”督玲：“好，全体集合！”夕金大声呼唤：“全体集合！启禀大王，全体人员集合完毕，请你发布进军命令！”

众喽啰迅速齐集议事大厅前广场。督玲：“各位兄弟，三公子所带的复商军在我们不远的地方蹂躏百姓，大家有没有决心消灭复商军？”众：“有！”唐泰：“对！大家有决心也有能力消灭复商军！古人说，名正才能言顺，言顺才能事成！我建议山寨所有人员组建成山寨义军，我们用山寨义军的名义前去消灭这伙复辟叛军！大家说好不好？”督玲：“太好了，我们就称山寨义军。”众：“我们称山寨义军好！”唐泰：“督大王就是总兵！大家都要听从她的号令！”

督玲：“各位兄弟，现在我宣布，虎头山义军正式成立了，我为总兵，唐泰将军为周王特派监军，夕金为军师。从现在起，我不再称大王，请大家把我称作姐妹。”唐泰：“督总兵说得好，我们虎头山的兄弟不再是绿林兄弟，从现在起，大家都是义军兄弟姐妹，都是武王的义军战士。现在我们马上去歼灭帝辛三公子组建的复商军，大家愿意吗？”众：愿意！

夕金：“现在，我宣布义军纪律：一、遵守武王旨令；二、服从总兵、监军指挥；三、不抢夺老百姓财物；四、不滥杀无辜。大家愿意遵守这四条纪律吗？”众：“愿意！”督玲：“好！现在我发布向巴林县进军，剿灭复辟军的命令：虎头山义军分为三个大队：第一大队举周军大旗，唐阳接旗！第二队举賨军大旗，督娥接旗！第三队举义军战旗，督达接旗。”

朝霞满天。唐泰接过夕金送来的军旗，授给各队接旗人。大家看着大旗迎风飘扬，个个露出一张张兴奋的笑脸。督玲：“出发！”

一队精神抖擞、意气风发、斗志昂扬的义军队伍，迎着朝阳昂首阔步地行进在山道上。

队伍正行进间，罗大娘气喘吁吁地向队伍跑来：“督大王，快！”话未说完昏倒地上。督玲：“快救醒大娘！”罗大娘苏醒过来：“督大王，复商军到我们村里抢粮，我家老头子和几十个男人被他们乱刀砍死了！您要为我们报仇啊！”督玲：“复商军现在在什么地方？”罗大娘：“罗家村。”

罗家村民团驻地。民军战士磨刀的磨刀，喂马的喂马，干得正欢。一人问罗薪：“大哥，你说复商军会不会到我们这里来呀！”罗薪：“不管复商军来不来，你把刀磨快，马喂饱！来了就打，绝不能让复商军糟蹋老百姓！”众：“对！”

山道上。庹龙带着数十人飞速向罗家村扑来：“大家快跑，抢到了粮食，马上运到夕家村去解救大军断炊之急。谁要是耽误了大事，老子要了他的狗命！”庹龙带着复商军冲进民团住地见人就砍，见东西就抢。罗家村呼号之声传向四方。

罗薪听到喊杀声起，立即集合队伍：“乡亲们，复商军抢劫来了，大家跟我一起去保护老百姓！龚先生，你带领这几个女娃儿就在山上等候消息，伤员运到，立刻救治！”龚栗等几个女娃儿齐声请求：“罗大哥，我们一起去参加战斗！”罗薪：“你们不会武功，不能参战！就在这里救护伤员！”

庹龙带着复商军扑向民团。罗薪带着民团奋起反击。刀枪碰撞，溅起火花。双方不断有人伤亡。龚栗带着几个女战士从药房冲出，拿起一把大刀参加战斗。几个复商军军士将她团团围住。龚栗左击右防，多处受伤，渐渐不支。罗薪所带民团被复商军包围，双方展开激战。庹龙冲向龚栗将其抓获。罗薪高叫：“快救龚先生！”

庹龙押着龚栗飞跑进夕家大院，走到三公子面前：“三公子，我们俘虏了这几个女娃儿，将她们杀了算了？”三公子：“将这几个女娃儿关起来！”

龚栗等被押入夕家大院内关进一间黑屋。虒龙走出屋子后，三公子点燃松烛，走近龚栗，发出了奸笑：“小妹子，我们真是有缘分。不管你跑到哪儿去，老天都还是要把你送到我身边来。”龚栗：“三公子，我正告你别好话说尽坏事做绝！你要知道，头上三尺有神灵，老天绝不会放过作恶之人！”三公子：“小妹子，别把好事想歪了！你若在金州庄园应允作王后，何至于又受那么多苦？现在好了，我的复商大计即将告成，老天把你又送到我身边来了。”龚栗：“复商大计即将告成？简直是白日做梦！你听听，周军、賨军大军到来，马上就要剿灭你们了！你休想复辟商王朝！”

虒龙气急败坏地推门进屋：“三公子，外面快抵挡不住了，请你赶快出去指挥反击！”三公子：“小女子好好想想，我消灭了这支賨军就回来！”三公子跨出房门：“复商军的勇士们，周军、賨军快完蛋了，杀敌立功啊！”一群乌合之众受到鼓舞，疯狂地冲向追来的罗薪等人。罗薪等人与复商军展开激烈厮杀。复商军凭着人多势众，将罗薪等人团团围住。罗薪等人毫不畏惧地左右冲杀，毕竟人数不多，始终突不出重围。

罗黑奉命征剿复商军

賨国王宫。鄂旺：“龚大将军代朕率賨军助周伐辛，出征商国，鏖战牧野，强攻朝歌，围歼鹿台，立下赫赫战功，大显我賨国军威国威，深受武王称赞和奖赏。今日载誉归来，受到国人隆重欢迎理所当然。朕举行庆功国宴，隆重奖赏龚睿将军和全体参战将士。”

龚睿：“深谢大王对微臣的嘉奖。但是，助周伐辛之功，靠的是大王英明决策，靠的是众将士忠君爱国一片赤诚之心，靠的是众将士无私无畏的献身精神。微臣不敢贪众人之功为己有。微臣特别感到痛心的是，由于自己指挥不力，导致公主蒙难，众多将士阵亡，愧对大王，愧对国人和阵亡将士的父母及亲人……”

鄂旺：“杀人三千自损八百，公主蒙难，将士阵亡，非你之过。现在举国欢庆伐辛胜利，奖赏你们的功劳是应当的。”

唐陶：“启奏大王，巴林县传来火急情报：三公子率领复商军，流窜到我国巴林县，劫掠百姓财物，焚毁房屋，所过之处一片废墟，前不久，捣毁了唐家寨烈士陵园，气焰十分嚣张。受难民众，迫切请求朝廷速派大军剿灭这支叛军！”龚睿：“三公子如此穷凶极恶，令人发指！微臣熟悉巴林县地形和风土民情，愿带五百精兵将其剿灭！”

鄂旺：“龚大将军一路劳顿，不宜马上到巴林县歼灭叛军。”罗黑：“启奏大王，微臣十分熟悉那一带情况，愿带三百人前去剿灭复商军！”唐陶：“启奏大王，微臣愿前往……”众：“微臣愿前往！”罗黑：“请大家不要争，我的三百将士就驻扎在巴林县城。兵贵神速，我即刻动身，可比你们提前五六天追上复商军。早消灭一天复商军，可早解除一天百姓的痛苦！”

鄂旺：“罗黑将军忠君爱民之心溢于言表，可钦可敬！这样吧，罗黑将军的三百人做前锋，唐陶将军调集一千将士前往增援。如还不够，朕再与龚睿将军率大军御驾亲征，务必将复商军消灭在巴林县境，决不能让它流窜伤民！”罗黑施礼：“微臣遵命！”罗黑飞马回到军营，带领贴身军士，快速向巴林县奔去。

唐泰、督玲进攻夕家村

黄昏。夕家村外。督玲：“唐将军，我们已来到夕家村边。现在应当趁复商军对我们毫无防备时打他个措手不及！”唐泰：“不必仓促行动。斥候，你对复商军在村里驻扎的详细情况侦察清楚没有？”斥候：“已完全侦察清楚了。夕家村三面环山，三座山下分布着三座大院落。三公子住在中间的夕家大院。崇飞住在左边山坡督家大院，庹嵩住在右边山坡朴家大院。他们仅在半山腰设了三个岗哨。由于行军劳顿，现在已全部入睡了。”唐泰：“好，现在可以发布进攻命令了。”

督玲站在整齐的队伍前：“各位义军战士，我们的仇敌三公子带领的复商军就住在夕家村。现在，他们不知道我们已来到了身边，我们正好打他个猝不及防。这几天急行军，大家都十分疲倦，现在还没吃晚饭。古人说兵贵神速，我们能不能发扬不怕苦不怕累的精神，消灭了这支复商军再吃晚饭？大家说行不行？”众：“行！”

唐泰：“请军师夕金下达战斗任务。”夕金：“是。一队进攻夕家大院，二队进攻左边督家大院，三队进攻右边朴家大院！”众：“消灭复商军！”

三支队伍迅速向夕家村奔来。督玲、唐泰带着义军摸掉了复辟军的岗哨。三路分头行进。督玲、唐泰转过山弯，听到格斗声，急忙向夕家大院冲去。督玲：“立刻点燃火把，向夕家大院发起攻击！”复商军慌忙抵挡。唐泰大声说道：“周军来到，复商军为何还不快快投降？”义军唱起了威武雄壮慷慨激昂的战歌：“武王灭暴辛，百姓得安康。谁敢搞复辟，就叫他灭亡！"

夕家大院楼房。庹龙气急败坏地冲进王公子住房：“三公子，周军杀来了！”

三公子跳下床来“庹龙，什么人向我们杀来了？”庹龙：“周军、賨军向我们杀来了！”三公子：“这偏远之地何来周军？一定是小股賨军虚张声势，立即组织反击！”庹龙：“是不是小股賨军虚张声势，小校也不知道。但是，你听，他们唱的是朝歌战场上的战歌；你看，他们人山人海举着火把真像从天而降，前锋举着周、賨军大旗已冲到院墙下来了！”

三公子往窗下看去，只见周军旗、賨军旗帜在火光照耀下闪闪发光，不觉心中一怔。但他立即镇静下来，色厉内荏地对庹龙吼道：“不用害怕！他们不可能是进攻朝歌的周军、賨军！你给我组织好反击，务必将他们消灭在大门之外！”

庹龙率队冲出夕家大院大门外：“何方蟊贼胆敢到此骚扰三王爷的复商大军？”唐泰：“你睁开眼睛看看，周、賨大军来到，还不快快投降！”庹龙：“你们几个毛毛兵竟敢冒充武王军队？”唐泰：“你看看这旗帜是不是？你问问老子这手中的大刀是不是？”庹龙率队与唐泰等交战，双方拼杀，战斗十分激烈。三公子见唐泰等人数不多，高喊：“复商军的勇士们！这几个賨军不是周军、賨军，消灭他们不费吹灰之力！杀呀！”复商军一个个恶狠狠地向唐泰、督玲等杀来。

罗薪带着民勇追击庹龙到夕家村外，见人多不便动手，便低声说道：“等复商军入睡了再进村救龚先生。”众：“对！”突然，一支人马高举火炬，高唱战歌杀向夕家村。罗薪：“我们马上冲进村去解救龚先生！”民勇随罗薪冲入夕家村，见一支队伍正与复商军厮杀，急忙向其靠拢。火光照耀下看清了唐泰面目，便大声呼喊：“唐将军！”

唐泰：“这不是罗薪大哥吗？你怎么在这里？”罗薪：“我们罗家村民勇受到复商军袭击。龚栗小妹等人被押送夕家村，我们前来救援，想不到我们在战场上相见！快救龚栗妹妹！”唐泰：“龚栗妹妹被抓进了夕家村？”罗薪：“刚刚被抓进村。”唐泰、督玲、罗薪合兵一处杀向夕家大院大门。复商军人多势众将他们围在垓心。

崇飞漏网，庹嵩被捉

夕金、督娥带领第二队义军战士冲入崇飞所住督家大院前院。卫士上前抵抗，双方激烈交锋。崇飞听到声音不对，急忙提着宝剑跳窗而逃。夕金等杀死卫士进入后院，见崇飞已逃，急忙在院里院外搜索，不见崇飞踪影。

唐泰带领第一队悄悄地进入庹嵩住房时，踩着了睡在门口地上的军士。军士大声嚷叫起来：“是哪个踩到了老子脑壳了，小心老子要了你的狗命！”庹嵩从梦中惊醒，急忙拿起长枪，捅向自己身边一个将士。被刺伤脑袋的将士高喊：“总兵大人，是我呀！”庹嵩正在发怔，几个山寨义军战士向他杀来，他抵敌不住，急忙逃走。义军追赶不及，只好返回。

唐泰、夕金、督娥向夕家大院奔来，见唐泰、督玲、罗薪苦苦冲杀，急忙冲入阵中协同作战。但仍然冲不出复商军的重重包围。

山路上。罗黑带着队伍飞速前进。探马飞马来到罗黑面前：“启禀罗将军，现在三公子正在夕家村与一支賨军激战。”罗黑：“立即进军夕家村，消灭复商军！”

夕家大院门外战场。三公子：“复商军的勇士们，賨军快完蛋了，杀敌立功啊！”复商军一个个嗷嗷叫着杀向山寨义军。唐泰、督玲、夕金、罗薪都受了伤，血流如注。一些义军战士倒在了血泊中。唐泰：“督妹、军师、罗兄，你们分头突围吧，我断后！”督玲、夕金、罗薪：“唐将军，我们生死在一起，决不离开你！”唐泰：“保存实力要紧！”

罗黑带领大军杀向复商军。三公子见势不可当，急忙退回大门，抱着龚栗跨上马背冲出大院，向山脚跑去。夕金高叫：“三公子逃跑了，快追！”唐泰、督玲跨马追上了三公子。唐泰截住三公子去路：“快快放下马背上的人下马投降！”

三公子冷笑：“投降？你们要认清形势，向我投降！大商重建之后，你们都是我的有功之臣，都可得到重赏！”唐泰：“放下劫持之人可饶你不死！”

三公子将宝剑逼向龚栗的颈项：“你休想救被我劫持之人。放我走，我可以留她一命，不然就马上将她杀死！快快退下，我喊一、二……”唐泰：“你不可伤她性命！”督玲：“快快放下劫持之人！”

三公子：“你们若要救她性命就马上退走！我喊出第三声她就没命了！”

龚栗高声喊道：“泰儿哥别管我，赶快向我射箭，消灭仇敌！”唐泰双手颤抖着拿出飞镖。三公子将龚栗推向唐泰一方：“你有胆量杀死你心爱之人就马上把飞镖打过来，她就是我的盾牌！我要你亲眼看着你是怎样杀死你心爱之人的！”

督玲从怀中取出飞镖低声地说：“唐将军我来！”督玲一镖飞出正中三公子右手。三公子啊呀一声手中宝剑落地，但很快镇静下来，又掏出匕首比着龚栗的脖子，对唐泰等人狂叫：“别动！你们休想前来救人！放了我她才能活命！”唐泰只好停住脚步。龚栗大声对唐泰说：“泰儿哥，别管我，杀死这个恶魔！”唐泰再次拿起飞镖：“三公子，放下人质，我们决不杀你！”

三公子冷笑“想让我放她？没门！你们赶快放下武器，让开道路，否则我马上杀了她！”

唐泰：“大家放下武器，让出一条道路！”龚栗：“泰儿哥，不要管我，不能放走这个恶人！快放箭！”三公子：“别说话，跟我走！不然我马上杀死你！”唐泰：“栗儿妹，不要害怕，我会来救你的！”手中飞镖打出，正中三公子脑门。三公子抱着龚栗跌落地上。唐泰走上前去，扳开三公子的手将龚栗抱了起来：“栗儿妹，受伤了吗？”龚栗慢慢地睁开眼睛：“泰儿哥，感谢你再次救了我一命！”唐泰：“现在好了，我们永远不分离了！”龚栗心潮澎湃地唱道：“三春迎来艳阳天，争奇斗妍百花鲜。巴山渠水同欢笑，喜庆夫妻大团圆。除却十年相思苦，除却十年泪涟涟，除却十年梦魂牵，除却千难与万险，猛然间得与哥见，是不是又是梦境重现？是不是又在梦中团圆？”唐泰唱道：“这不是梦中来相见，是实实在在的夫妻团圆。你是我心中的百灵鸟，我吃尽千辛万苦走遍天涯海角将你寻，爱你之心永不变！”龚栗唱道：“多少年多少次与你梦中相见，醒来却是泪水涟涟。你中的比目鱼，我不畏风浪游遍五湖四海将你找，爱你之心比石坚！”唐泰和龚栗同唱：“走过了高山与平原，渡过了一个又一个难关，盼望了一年又一年，火烧斑竹心不死，跟哥（妹）相爱到永远！皇天不负有情人，有情人终成眷属，终于迎来了夫妻大团圆！”

罗薪指着罗黑对唐泰说“罗黑将军已将复商军全部消灭了。”罗黑走到唐泰身边“恭贺唐将军夫妻战地重逢，你们夫妻团圆了！”唐泰：“感谢罗将军及时救援。赶紧捉拿庹嵩、崇飞！”夕金：“他们已逃走了。”唐泰：“将三公子装进囚车，押送武王处置！”众人押着三公子向镐京而去。

夜。庹嵩带着庹龙、庹虎等仓皇逃向庹家湾。崇飞从草堆中爬出，迅速地消失在黑夜中。

第 48 章

督罡督玲齐遇难　唐泰严词斥庹嵩

武王设宴犒功臣

王宫。国宴大厅，宽敞明亮，灯壁辉煌。鼓乐齐奏，欢歌阵阵。姜子牙高声说道："庆功宴开始，武王致辞。"武王："大周灭辛，天下称颂，废除暴虐，举国欢乐。可是，帝辛的孝子贤孙却蠢蠢欲动，妄想推翻大周，夺回他们失去的天堂。三公子纠集崇飞、庹嵩等人组建复商军流窜到賨国，掳掠财物，摧残百姓。唐泰将军得知复商军祸国殃民之事时，以天下为己任，在朕尚不知情的时候，立即奋不顾身，大义凛然地挺身而出，说服虎头山绿林义士组成义军，巧妙地运用周军、賨军声威进攻复商军，体现了忠心报国的赤诚之心！"姜子牙："唐将军耿耿忠心，胆识过人，自觉担当铲逆重任，实为天下楷模。"武王："賨王鄂旺得知复商军祸国殃民的情况以后，及时指派罗黑将军前去围歼复商军。同唐将军互相配合一举歼灭了三公子纠集的复商军，及时为国家消除了隐患，集中体现了賨人顾全大局的革命精神！"姜子牙："賨王识大体，罗黑将军不失军机，保证了歼灭复商军胜利，为保卫革命胜利成果立下了不朽功劳！"武王："虎头山义军将士临危不惧，侠肝义胆，表明他们有一颗坚持正义。忠心爱国之心。"姜子牙："山寨义士虽身处深山却明辨是非，积极响应正义召唤，也是国家之福。"武王："罗薪壮士带领的民勇，在歼灭三公子组建的复商军战斗中，也起到了十分重要的作用。你们都是大周的忠臣，你们为国家建立了不朽功勋，朕感谢你们，要重赏你们！国家有你们这样的忠臣是国家的大幸！在此，请大家举起酒杯，为忠臣们取得剿灭复商军胜利表示庆贺！"全体起立，高举酒杯一饮而尽："向赤胆忠心的英雄们学习致敬！"

鼓乐声起，人们推杯举盏，互相祝贺，场面热烈，尽享胜利欢乐。罗黑等賨军士更是情不自禁地跳起了欢快的巴渝舞。有人大声制止："停止唱歌跳舞，武王国宴圣地，请大家不要忘了礼仪！"大呼小叫之声顿时停息，欢快的舞蹈立刻停止。

武王不忘賨人歌舞气概

武王十分惊奇地问："怎么不唱啊跳啊？"周公："有人制止大家在国宴圣地不要失礼仪。"武王不高兴地："国宴圣地就不能唱歌跳舞了？歌舞是表达心声的最好形式。众爱卿！大家完全可以高歌欢舞尽兴！"

武王说罢带头跳起了舞蹈，姜子牙、周公等也一齐跳起舞来。顿时，众臣引吭高歌，随歌起舞。但酒酣醉意之中，声音嘈杂粗犷，场面越来越显得有些凌乱。武王对姜子牙说："这歌声这场面，欢乐之情倒是充分表达出来了，美中略有不足……"姜子牙："大王之意？"武王："大家尽兴之后，朕想听听有序的歌唱。"姜子牙大声呼喊："大家静静！请推选一名代表唱支歌给武王听好不好？"众："好！"

一人清了清嗓子，高唱起来："大巴山高插入云，賨人个个骨头硬！不怕帝辛大兵来，挺起板盾灭纣军！"武王："妙！賨国弱小，反抗帝辛大兵攻伐，却屡战屡胜，靠的就是敢于斗争的精神！今天下初定，有人便主张刀枪入库，马放南山，彰显国泰民安，致使靡靡之音渐浓。朕时刻不忘征战之苦，想再听听賨人在牧野、朝歌、鹿台之战时唱的战歌，那是何等的高昂激越，何等的振奋人心啊！"

唐泰手持宝剑边歌边舞唱起了《賨人之歌》："我们是顶天立地的賨人，板盾牟弩是我们的武器，巴山培养了我们的坚强，渠江孕育了我们的忠诚！我们不畏强权，我们敢于抗争！勤劳质朴是我们的本分，剽悍健勇是我们的天性！谁要胆敢欺凌我们，定叫他碎骨粉身！"

武王听后不满意地说："这首《賨人之歌》，在牧野、朝歌、鹿台战场上，賨军高歌猛进，唱得伐辛联军将士勇猛如虎；唱得敌人心惊胆战。现在唐爱卿虽然唱得铿锵有力，舞蹈也跳得好，但都没有朝歌战场上那种激动人心的气魄，昂扬斗志的韵味。"姜子牙："唐将军，你重唱一遍。"唐泰又再唱了一遍。武王还是摆头，不满意地："没有牧野、朝歌战场上的气势。"唐泰："大王，微臣浑身的劲都使出来了。"武王："是不是战事一过，你就不再练习了呢？"

唐泰："大王，唱歌是我们賨人排解忧愁、表达欢乐的最好方式。我们賨人喜欢唱歌胜过吃饭。不管在什么情况下，我们賨人都不会放弃唱歌。现在，帝辛虽然已经推翻了，战事结束了。但是，帝辛欺凌我们賨人的事一天也不能忘。所以，大家天天还在唱。刚才我算是尽心尽力了，不知为什么就没有能让武王感觉到当时牧野、朝歌、鹿台战场上，我们賨人义军边歌边舞打击商军时的气势和韵味。"

姜子牙："这是因为现在已无牧野、朝歌、鹿台战场那种战马嘶鸣、刀枪碰撞、车轮滚滚、惊心动魄的惨烈悲壮气氛。在朝歌战场上，群雄上阵，大家同仇敌忾，痛恨帝辛，所以有排山倒海之势，雷霆万钧之力。那是发之肺腑之声，展示同仇敌忾之情，非雕琢之作态，所以能撼天动地，摧枯拉朽。今唐泰展一人之喉，显一人之态，既无群体之形，亦无群喉之声，怎可重现牧野、朝歌战场磅礴之情景？"武王："那么，朕就再也无法听到牧野、朝歌、鹿台之战时賨人气势磅礴的歌声了吗？再也无法见到牧野、朝歌之战的情景了吗？"姜子牙："能，怎么不能！"武王："怎么才能？"姜子牙："令唐泰将军遍召能歌善舞的賨人，组成一个方队进行专门培训，重唱牧野、朝歌、鹿台之战的战歌，重蹈朝歌之战的战舞，就可以重现朝歌战场歌舞以凌殷人的宏伟场面了。”武王：“唐爱卿，你能办到吗？”唐泰：“微臣不用遍召能歌善舞的賨人，马上就能办到。”姜子牙：“你有什么办法？”唐泰：“賨人个个是歌舞高手。微臣新近编排了一组歌舞，可以重现牧野、朝歌、鹿台之战的场面。”姜子牙：“需排练多久？”唐泰：“可立即登台演出。”姜子牙：“好，立即演出。”

唐泰、督玲、罗黑率众再展賨人歌舞雄姿

唐泰、督玲、罗黑带领剿灭复商军壮士健步登上舞台。音乐声起，大幕拉开，广阔牧野，帝辛趾高气扬指挥商军大军气势汹汹向周军扑来；武王率领伐辛联军迎面反击勇往直前。两军冲杀，战车驰骋，万马奔腾。商军飞箭如雨，攻势凌厉；伐辛联军前仆后继，勇往直前。帝辛指挥商军凭着人多武器优良，将伐辛联军压迫到战场一角，伐辛联军不得不步步后退。千钧一发之际，武王、姜子牙挥动令旗，指挥若定。賨军从侧翼转为主攻，高举板盾挡住飞箭，放射牟弩挡住商军攻势。唐泰高声揭露帝辛暴政，号召奴隶新兵倒戈。奴隶新兵响应，倒戈反攻帝辛。商军大败，退入朝歌城。唐泰飞身入王宫，龚栗拿出《万里山河迎春图》，賨军撞击朝歌城门，姜子牙看图发出追击帝辛命令。伐辛联军围攻鹿台城楼，鄂蕾壮烈牺牲，帝辛绝望自焚……一幕幕再现牧野、朝歌、鹿台战场情景。战斗场面激烈，情景交融，引人入胜。演出人员个个舞姿雄健，歌声铿锵激昂振奋人心。春雷响起，帝辛旗帜化为灰烬，周军旗帜迎风飘扬。万众欢呼雀跃，胜利歌声传向四方……全场一齐高声唱道：“帝辛无道，百姓遭殃。武王爱民，除暴安良。帝辛已除，天下太平。共享盛世，百姓安康。”

武王不忘创业难

武王全神贯注观看演出，不时地对姜子牙说：“显示了牧野之战的激烈场面”；“展现了攻克朝歌的艰巨战况”；“重现了攻占鹿台的壮烈情景！”不住地夸奖：“唐泰构思巧妙，賨人聪明能干，这么快就把牧野、朝歌和鹿台之战的战场情景搬上了舞台，这是一首振聋发聩的史诗，使朕回想起了伐辛的艰难情景，提醒朕时刻不忘今日的太平盛世来之不易。朕要用他们的歌声，时刻提醒自己及子子孙孙，决不能重蹈帝辛的覆辙。一定要励精图治，使天下百姓幸福安康。”姜子牙点头：“賨人个个聪明能干，个个是能歌善舞的高手啊！”

歌舞在欢庆武王革命胜利的歌声中结束。大家如梦初醒，顿时爆发出雷鸣般的掌声。武王走上舞台，拍着唐泰的肩膀：“唐爱卿真是能文能武的贤才啊！你们的歌舞震撼人心，使朕回想起了牧野、朝歌、鹿台之战时的战斗情景。”姜子牙：“武王，微臣认为，这场演出的伐辛之歌舞是一曲发人深省的伐辛史诗，是教育王公大臣及天下百姓不忘推翻暴辛的创业艰难的好教材。因此，不仅要在宫中经常演出，而且要派出乐工到全国各地

传唱，让全国的老百姓都知道今日的盛世来之不易，必须倍加珍惜。”武王：“丞相言之有理，传令天下百姓学习賨人歌舞以育身心；学习賨人不畏强暴、敢于抗争、坚强不屈、乐于奉献的革命精神；学习賨人团结互助、和谐友爱的团结精神，学习賨人励精图治，建设幸福安康大周！”唐泰：“感谢武王对我们賨人精神的高度肯定。我们决不辜负大王的教导，发扬光大賨人精神！”

武王：“唐爱卿劳苦功高，朕赏你黄金十斤，美女十名，安享幸福去吧。”唐泰：“深谢大王隆恩。臣请将黄金分赐给参加演出的所有人员。美女留在大王身边伺候大王。”周武王惊奇地问：“唐爱卿，你是嫌弃朕赐的黄金太少，美女不美吗？”唐泰：“大王恩赐丰厚，微臣岂敢生嫌弃之心？我之所以将黄金分与众人，是因为有了他们的共同努力，才使賨人在伐辛战场的英雄气概得以重现。所以，应当得到赏赐的是他们，而不只是我一个人。微臣之所以不要美女，是因为微臣已是有妻之夫，是因为微臣之心早已只属于我妻子一个人。臣愿这十个美女留在大王身边伺候大王，使大王天天开心，好治理天下，赐福百姓。”武王十分高兴地说：“唐爱卿真贤臣也，好好地同你的爱妻一起过日子吧。”唐泰：“微臣遵旨。”

武王想起了龚栗

武王：“唐爱卿，你们刚才演出了一个女子献出《万里山河迎春图》的情景。这个女子是个巾帼英雄，为攻克朝歌城立下了大功，应予重赏。这个女子现在何处？”唐泰起身跪下：“禀告武王，这个女子就是我的妻子龚栗。现在賨国巴林县石窝乡。”武王：“她为什么会在石窝乡？”唐泰：“她逃出帝辛宫被商军残余劫持，受山民搭救，又落入崇飞魔掌。她跳水后得渔翁夫妇相救，认渔翁夫妇为养父母，行医尽孝。消灭复商军后，微臣原本打算带龚栗一同朝觐武王。龚栗面对罗家村山区痛苦呻吟的民众，谢绝了大家的邀请，毅然留下医治养母和民众的伤痛。”

武王：“她是一位巾帼英雄，更是一个忠孝双全的楷模！唐爱卿，你将龚栗接到宫中，一同在朝廷为官，辅佐朕治理国家好吗？”唐泰：“谢大王美意。庹嵩父子和崇飞还未捕获，这些歹人不除，将给国家留下重大隐患。请武王恩准微臣回国，捉拿庹嵩。”武王：“爱卿主动请缨，捕捉庹嵩父子，彰显大忠大勇的精神，朕深表谢意！冢宰，立刻下旨，令所有郡县，全力配合唐泰将军捉拿庹嵩！”唐泰：“启奏武王，庹嵩父子本身没有纠集到多少人，除庹家寨外没有支持他的人。他只能依靠庹氏族人进行复辟活动。俗话说杀鸡不用牛刀，剿灭一个小小的庹嵩不用劳动大军。再说，灭纣之战刚刚结束，各地急需集中人力财力医治战争创伤。捕捉庹嵩父子，不宜惊动天下郡县。微臣只带罗黑等几十个精兵强将明察暗访即可剿灭庹嵩等逆贼。”

姜子牙：“唐将军言之有理。剿灭庹嵩只宜智取，不宜动用大军。”武王：“賨地山势险峻，道路崎岖，河流阻隔，捕捉庹嵩父子，任务艰巨。唐将军只带几十个人前去捉拿，恐怕……”唐泰："今庹嵩父子已成丧家之犬，犹如泥鳅翻不起大浪，微臣回到賨国捕捉庹嵩父子，一定能得到旺王的全力支持，这就足够了。”武王：“庹嵩背叛祖国，投靠暴辛，给賨国造成了极大的伤害；谋划复辟，危害国家，其罪恶应当好好清算！唐爱卿主动请缨，甚称朕心！你在捉住庹嵩之后，送旺王彻底审理其罪行，让天下人知道，叛国可耻，天理难容！凡是叛国者人人得而诛之！”唐泰：“微臣回到賨国，人熟地熟，充分利用武王灭纣的政治优势，一定可以很快地将庹嵩父子剿灭！”姜子牙：“庹嵩父子虽然是万人痛恨之人，但他毕竟多年身居要职，利用家族误解形成的仇恨心理以及施行小恩小惠笼络了一些人为他效命。唐将军对庹嵩不可掉以轻心，必须认真对待。”唐泰：“谢谢冢宰的教导。”

夕姝、罗聪惶恐不安

庹嵩乘夜走进夕姝寝宫：“夕太王太后安好？”夕姝：“你怎么到我这里来了？帝辛死了以后，你到哪里去了？”庹嵩：“我和三公子以及崇飞组建复商军遭到唐泰拼凑的义军打击，三公子死了。崇飞不知下落。我父子所带十几个人逃得性命，打算另起炉灶。我专门来找你商量此事。”夕姝：“帝辛都被消灭了，你就不要再打什么歪主意，找个地方偷偷地度过此生算了。”庹嵩：“不！我的意志决不改变。我的夺权计划不能因受一点挫折就自行放弃。我决不能与姬发、鄂旺善罢甘休！”夕姝：“你原来积聚了三千人都成不了气候，现在只剩下十几个人，本钱都没有了，还想吃天鹅肉？”庹嵩：“谁说我没有本钱？我庹家还大有人在。妹子，你在宫中与我好好配合，我们还大有可为！”夕姝：“我一个孤老婆子怎么配合你？”庹嵩：“你与罗聪保持密切联系，对鄂旺的行动密切监视，随时派人向我禀报……”夕姝："我看罗司寇也是泥菩萨过江自身难保。”庹嵩：“不会吧？”

罗聪闯了进来：“没有半点虚假。形势对我极为不利，唐诚诸人早对我有疑心。”夕姝：“天啦，这可怎么办啦？罗司寇，你打算怎么办？”罗聪：“微臣再也隐藏不下去了，准备到巴林县找个僻静的地方度此残生算了。”庹嵩厉声说道：“你不能就此消沉！你完全可以回到你的家乡寻访尚未暴露的罗氏族人，聚集力量，与我好好配合。”罗聪无可奈何地说：“我在王宫快待不下去了。”庹嵩：“你要坚持往，不到万不得已不要离开王宫。你与太王太后多想点办法，一定要坚持到我率大军重返王宫！”一宫女禀报：“太王太后，唐冢宰派出的巡察队向我们这边走来了。”庹嵩：“现在就商量到这里，以后要随时保持联系。”庹嵩匆匆说完，立即同罗聪惊惶地向后门跑去，头也不回地走出太王太后寝宫，迅速消失在黑暗中。

督罡爷孙喜重逢

庹家寨。村道旁。唐泰、罗黑、督玲等行至村口，被一群村民拦住：“什么人胆敢闯我庹家寨？”罗黑：“我们是来找庹嵩大人的。”村民：“庹嵩大人在朝歌，你们到这里来胡闹，准是不怀好意！快滚！”唐泰：“我们是庹大人的朋友，路过此地，打算拜访他。既然庹大人不在家，我们走吧。”唐泰带着罗黑、督玲等沿来路返回。督玲：“庹嵩肯定回庹家寨了，我们进不了村，怎么办？”大家七嘴八舌地议论着，都拿不出好主意。

一行人护着一乘小轿远远地从山路上走来。唐泰眼尖，高兴地：“老师来了。”督玲：“哪个老师？”唐泰：“就是你的老爷爷啊！”督玲、督娥飞快地跑向来人，高喊：“老爷爷！”“大爷爷！”督罡掀开帘布：“孙女儿！想不到我们在此相见！”爷孙三人抱头痛哭：“想不到我们今生今世还能团聚！这都是托武王的福啊！”督玲：“老爷爷，鄂蕾姐的义父母在哪里？”督罡：“他们已作古，我已将他们安葬好了。”人们唏嘘不已。

督罡看着唐泰：“你们怎么会在这里？”唐泰：“复商军被消灭后，庹嵩下落不明，我估计他回老家联络他族人来了。所以和师妹、罗黑将军等人追击到此。”督罡：“进村捉拿这个叛国之贼嘛！”督玲：“我们刚行至村口，被村里人挡回来了。”督罡：“你们进不了村，老夫我去！”唐泰：“老师不能去。”督罡：“你们不捉庹嵩了？”唐泰：“我们打算晚上进寨捉庹嵩。”督罡：“庹嵩住哪里你们知道吗？”唐泰：“不知道。”督罡：“不知道怎么去捉？”唐泰：“老师给我们出什么主意？”督罡：“我亲自到寨里摸清情况再去捉不迟。”唐泰：“那样太冒险了。”

督罡父女同遇难

督罡：“不冒险能捉住庹嵩？唐泰，你们在村外做好抓捕庹嵩父子的准备，我到村中打听好庹嵩父子的情况后，你们再行动！”唐泰：“老师，你一人进村太危险！我不能让你去！”督玲：“爷爷，我随你一起进村！”督罡：“好，孙女儿和爷爷一同进村。”

村口。督罡：“请为我传个话，老友督罡拜访庹长史来了。”

督罡被村民带进庹嵩所住岩洞。庹嵩单刀直入地问：“督将军到敝处有何公干？”督罡正色劝说道：“吾闻庹长史拟作螳臂之举，特来对长史大人晓以利害：今帝辛已灭，武王甚得民心，希望你不要逆历史潮流而动！”庹嵩生气地呵斥道：“督将军反叛帝辛才真正是螳臂之举！”督罡镇静地说道：“事实证明我反对帝辛是反对对了。”庹嵩冷笑着说：“人各有志，各行其道。念你是年迈之人，我不杀你！快走吧！”督罡昂首挺胸地答道：“我一生经历过上百次死亡威胁，为大义而死虽死犹荣，有何惧哉！劝长史回头是岸！”庹嵩冷笑：“老糊涂，真想把今日当成自己的忌日？”督罡正色以对：“我死何足惜，劝你不要逆历史潮流而动，自取灭门之祸！”庹嵩疯狂地叫道：“小的们，将这老狗碎尸万段！”庹嵩、庹龙、庹虎等举剑一齐向督罡爷孙杀来。山洞中灯光晦暗，督罡、督玲施展不开，打斗多时，被庹嵩父子杀死。

唐泰、罗黑等杀死村口狂徒，冲入洞内，放出飞弩，将庹嵩父子杀伤后抓捕。

唐泰义正词严驳庹嵩

庹嵩被押着走到洞口，一眼看见唐泰，便高喊：“唐泰将军还认识我庹某人吗？”唐泰立刻回答：“啊，庹长史嘛，认识认识。”庹嵩：“唐将军认识我庹某就好。只是不知还记不记得我曾带你进王宫之恩？”唐泰：“记得记得，终生不忘！长史之恩当涌泉相报！”庹嵩：“不敢妄想要你作涌泉相报，只要你记得就好。你既然记得我对你还有一丝恩情，你就该想办法救救我。”唐泰：“长史大人要我怎么救你呢？”庹嵩：“不紧紧相逼，放我一马就当救我一命，放我一条生路啊！你当年在朝歌闯王宫大门，要不是我救你，你早就被帝辛的侍卫杀了。我将你带回賨国王宫，向大王推荐，你才能够当上大王的侍卫，才有了上进的机会。后来，我又带你进帝辛宫见龚栗……这些算不算得上是滴水之恩？你应不应该记得？该不该有所报答！”唐泰：“这些对我当然都是很大的恩情，我任何时候也不会忘记。滴水之恩，当涌泉相报。”

庹嵩：“这就对了，你放我一条生路吧，何必死死相逼！”唐泰：“你给我的都是大恩大德，我就是做牛做马都必须报答。但是，你给我的只是对我个人的恩惠。我应该报答你的也只是你给我个人的大恩大德。自古忠义不能两全时，都只能是先尽忠后尽孝。只有先尽了忠，才能称得上是真正的义。你背叛賨国投靠帝辛，带领商军杀了那么多的賨人同胞，对国家、对民族犯下了不可饶恕的罪行。我怎能为了报答你对我个人的恩情，将国家、民族大义抛在脑后呢？”

庹嵩：“你全是一派忘恩负义的胡言，知恩不报，你还算人不算人？”唐泰：“庹大人，你的大恩我是一定要报答的。我现在不放过你，是因为你对国家犯下了不可饶恕的罪行。对你如何处理，只有大王和朝廷才能决断。我无权也不能以私情害正义！我劝你及早回头，实际也是救你和你的九族。如若你受到国家惩处，我一定尽我之力，厚报你给予我个人的恩情！”庹嵩：“你现在只需一句话就能放我走，就能报恩，可是你却知恩不报，说这些废话何用？”

唐泰：“你为什么带人血洗唐家寨呢？”庹嵩：“我是一个有恩必报的人，同时也是一个有仇必报的人，绝不放过一次可以报仇的机会！我最仇恨那些有恩不报的人。你仔细想想，我有恩于你唐泰，你为什么没有丝毫报答？”唐泰：“难道你忘了'施恩不图报'才是真正正人君子的道理？”庹嵩：“施恩不图报，哪个愿意施恩？我施恩于你，是为了有朝一日要你报答我。但是，你不但不报答我，不帮助我，还处处与我为难，坏我的好事。自然你就成了我的死敌。要不是你将我组建庹家军的事奏报旺王，我夺得王权成了庹王，賨国不就成了庹氏天下？我兵变失败你又带领人马追杀，欲置我于死地。后来的宕渠城之战、朝歌之战，你都死心塌地地跟随鄂旺和周武王，逆天理而动，反对帝辛。要不是你们这些乱臣贼子弑君篡位，我怎会落得今天的下场？血洗唐家寨陵园仅仅是我给你的一点小小的处罚和警示！同时也是为了让世人知道，我庹嵩是一个恩仇必报至人！”唐泰：“你自称堂堂君子，原来却是一个势利小人。你施恩于我，原来为的是要我跟着你去干毁灭民族大义的坏事，做你篡权夺位的帮凶。你的恩仇必报理念荒唐之极！你的行为让世人看穿了你极端自私自利的丑恶本质！”

庹嵩：“唐将军，在下虽属胡言乱语，但确实是普通百姓所思所想所言所行的大实话。”唐泰：“简直是疯人的胡说八道！世上有几个你所说的普通老百姓？你以为用普通老百姓的名义就能掩盖你卑鄙龌龊的心理，简直是白日做梦！你真是一个恩仇必报之人，就应当只找我一个人报仇。你却把对我个人的仇恨变成了对我的父母、唐氏家族和所有村民的杀戮！你灭绝人性地将活生生的几百条生命在瞬刻之间化为冤鬼。你罪大恶极，犯下滔天大罪，还恬不知耻地胡说什么有恩于我！”庹嵩理屈词穷，低低地垂下了头。

鄂旺一一委重任

唐泰同罗黑带着人马，走到宕渠城王宫大门前。鼓乐阵阵，锣鼓铿锵，鞭炮声声。鄂旺、唐诚、罗毅迎接唐泰、龚栗、罗黑、罗薪一行归来。鄂旺：“诸位辛苦了。你们不仅及时歼灭了三公子的复商军，为巩固大周政权，立了新功。还捕获了庹嵩回国。朕要重赏你们。”众：“谢主隆恩！”鄂旺：“谁是龚栗女士？”龚栗行半跪礼：“小女子便是。”

鄂旺：“请起。你不畏帝辛淫威，忠贞不屈，智取《万里山河迎春图》，为武王灭纣立下大功；你孝敬义父义母，抚育义子，种种事迹感动了所有国人。你是賨国女子的楷模，国人为你而骄傲。朕授你为忠贞侯，带领和指导全国的桑蚕和刺绣业，为振兴賨国献计出力。”龚栗：“谢大王隆恩。小女子当竭尽所能，不辱使命。”

鄂旺：“罗薪爱卿，你救庹璞为国家立了大功。庹璞临死前揭露了庹嵩组建私家军队图谋叛乱的种种阴谋，使朕有准备地平叛了庹嵩的暴动，挽救国家免遭涂炭。爱卿立了这么大的功劳却不求赏赐，悄然离去。帝辛三公子组织的复商军祸乱百姓之时，又挺身而出，组织民众进行斗争。你忠于国家，不计个人名利，甘当无名英雄，是国人的楷模。你孝顺年迈的母亲，四邻传为佳话。你是大忠大义大勇大孝之人，朕封你为忠孝将军，做殿前都尉。”

罗薪：“谢大王。微臣赴汤蹈火，在所不辞。”

庹嵩对鄂旺吐真言

牢房。鄂旺走进庹嵩房中：“摆上酒来。”庹嵩惊奇地问：“大王，为何还要为必死之人摆酒？”鄂旺坦诚地说：“这是学生为先生摆酒。学生先敬先生一杯，以尽尊师之情。”庹嵩略露悔意：“先生愧对学生。”鄂旺目光直射庹嵩双眼：“想当年你教学生如何做人，讲得头头是道，可是你的所作所为却与你讲的完全相反，这是为什么？”庹嵩狡狯地避开鄂旺的目光：“当年我口中讲的是大道理，行的是贪心，愧对大王。”

鄂旺单刀直入：“朕待你一片真诚，为何还要反朕投靠帝辛？”庹嵩坦诚相告：“我受帝辛知遇大恩在前，小儿践踏国家御道在后，情况紧迫，不得不投靠帝辛。”鄂旺犀利目光直逼庹嵩双目：“你一身聪明才智本可为賨国的兴旺发达做出宝贵贡献，但是，你身为賨国人，却甘作帝辛奴仆，如何上对祖宗，下对国人？”庹嵩目光诡秘：“祖传賨国建国之时，本该我祖为王，不想却被你鄂家抢了去。所以，我一心要夺回王权，哪里还顾忌得了什么大义。”鄂旺收回目光：“一派胡言。我鄂家先祖为王，乃是在禹王的指导和监督下，经过民选和竞赛获得的。你先祖为谋私利想登大王宝座，受到淘汰是理所当然的事。王为天下人父母，应当为天下人谋福祉。你处处谋私利的所作所为能夺回王权吗？即或使用阴谋手段夺得了王权，能为天下人带来福祉吗？不能为天下人带来福祉，能保得住王权吗？你对你的所作所为难道就没有一点后悔之意？”

庹嵩目露悔意："我后悔错走一棋。"鄂旺："哪步棋？"庹嵩："后悔当年没有及时处死唐诚，更不该竭力拥戴你为王。"鄂旺故作惊讶地："你当年极力拥戴朕为王难道是假意吗？"庹嵩露底："我实话告诉你，当年之所以竭力拥戴你为王，一是认为你为我的学生，一定会听我的话；二是认为你年轻，无掌权经验，容易控制。"鄂旺似有所悟："这么说来你是在为自己做夺权准备。所以朕登上王位后，你以代朕操劳为名，千方百计捞取大权，制造冤案，大杀王室大臣，名为辅佐朕，实则架空朕？"庹嵩自认彻底失败："我当时利用你年轻，政治历练浅，治国无经验，杀戮王室宗亲及忠臣，目的是了剪除你的有力支撑，使你成为孤家寡人，再行夺权。但是，我无法排除劲敌、老谋深算的唐冢宰等元老重臣的监视。他们及时看清并不断地揭穿了我的计谋，使我的计谋难于达到目的。我终于寻得机会设计将唐冢宰投入大牢，打算寻得机会名正言顺地公开将他处死，以便彻底粉碎唐家在朝中的势力。真是人算不如天算，正当我的计谋步步实现的关键时候，庹璞偷听到了我的计谋并侥幸不死及时揭发了我的阴谋；我的不孝之子庹豹强抢民女受到追击又擅闯御道。情急之下，我不得不冒险进攻王宫，想挟持大王……可是，这一切都被您击得粉碎……"鄂旺："你知道你的阴谋不能得逞的原因吗？"庹嵩："我总觉得冥冥之中似乎有一种无形的力量在护着您……"鄂旺："不仅是冥冥之中有神灵护着，而且唐冢宰等一大批忠臣在护着朕。你的所作所为正应了善有善报、恶有恶报这一千古不变的道理。"庹嵩："现在我真正懂得了’头上三尺有神灵'的真实含义，只求大王宽恕。"

唐诚赞鄂旺奖功罚过治国有方

王宫。唐诚："大王去看庹嵩了？"鄂旺："去尽一下尊师之情。"唐诚："大王不忘尊师之道，用礼义治国，賨国前途无量。但是，难道就不用惩治庹嵩的罪行了吗？"鄂旺："庹嵩之罪朕不能赦。"唐诚："大王爱憎分明，不因庹嵩犯了大罪而否认师生之情；也不因庹嵩曾做过自己的老师，便有罪不罚。大王以仁治国，真正做到了有恩必报，有罪必罚啊！"鄂旺："朕行尊师之道为的是彰显我賨人有恩必报的礼义；有罪必罚为的是突显我賨国法理的尊严。庹嵩犯了大罪，朕不可不承认他犯罪前曾做过朕的老师；朕承认他犯罪前做过朕的老师，绝不能因此就不治他后来犯下的滔天大罪！朕是要天下人都知道：礼义不可缺，法理不可违！做点好事不是终身的护身符！"唐诚："大王真正懂得了仁政的要义，做到了功过分明，一定能治理好国家，一定能使賨国兴旺发达。"鄂旺："百姓不愁吃穿，国家兴旺发达，不是朕一人能办到的，要靠一大批像你这样的忠臣贤臣辅佐，更要靠全国民众的共同努力啊！"唐诚："大王时刻想着百姓冷暖，依靠臣民治理国家，真是有道贤王啊！"

第 49 章
不忘賨人建国史　鄂旺賨夜访唐坚

唐坚著书

唐家寨。唐坚牵着马，穿过密林，沿着山路兴冲冲前行至一茅草房前叫道：“贤妻，开门。”朱娅：“夫君归来，喜从天降。”唐坚：“我们的父母可安好？”朱娅：“公公婆婆在反对虎嵩捣毁烈士陵园的战斗中牺牲了，我已将他们送老归山。”唐坚：“啊呀，天杀的虎嵩！”

墓前。唐坚点燃香烛纸烛，跪拜在二老坟前：“父亲母亲，不孝儿来祭奠二老来了。儿子不孝，未能将二老送终，叫儿好心痛啊！”朱娅哭着说：“二老经常念叨着你……”唐坚：“我和哥哥也非常挂念二老，但是，不推翻帝辛，没法回来服侍二老。多亏贤妻一个人在家孝敬二老，真是太为难贤妻你了。”朱娅：“儿媳孝敬公婆是应尽的责任。妻子代夫行孝更是理所当然。我时常想，我这条命都是你和泰儿哥给的。我当年要不是你和泰儿哥打救，受到歹人糟蹋，早就寻短路不在人世了。你不忘立下的诺言，是一个诚实守信的君子。我这个孤苦伶仃的小女子才有了依靠。你是我的好夫君，大恩人！我为你一辈子做牛做马也心甘情愿。”

唐坚：“贤妻言重了。该好好感谢的是我而不是你。朝歌战争结束后，我婉谢了武王给我的高官厚禄，本应早点回家。但是，朝歌国家典籍藏馆的大量宝贵资料吸引了我。我废寝忘食如饥似渴地阅读和抄写我们賨人的资料，阅读和收集圣人伏羲所著的《变经》和《尧典》《舜典》《禹贡》等诸多典籍，我迫切想弄清社会上各种现象发生发展的原因。一位白发老翁告诉我，要想弄清楚自己想弄清楚的问题，只读典籍和名著还不够，还必须广交朋友和进行社会考察。”朱娅：“难怪你久久不能回家。”唐坚：“我去了一些名山大川，瞻仰了圣人伏羲、唐尧、虞舜、大禹等诸多先贤的发祥地；拜访了大批学者文人，和他们一起交换学识，饮酒赋诗，探讨人生和社会变化的根源，使我眼界大开，懂得了天、地、人生和社会变化的许多大道理，领悟了人生真谛。我决定带回来这些书简，为的是要写作《賨国志》和《賨国助周伐辛纪事》。我要像那些名流学者那样立德立言，让后人知道前人的功过是非，使贤人之事不致淹没而得到弘扬，使奸邪之人受到鞭挞而受到遏制。从而使正气永远成为社会的主流。”朱娅点点头：“夫君说得对。人世间正气与邪气始终存在，决不可让邪气压倒了正气。人生不过几十年，真如白驹过隙。给后人留下什么好呢？金山银山都有用尽之时，只有人的精神一也就是能分清是非善恶的精神一才是取之不尽用之不完的宝贵财富。这才是我们应当给儿孙做的事情。”唐坚拉着朱娅的手：“你真是我的知心贤妻啊。有了贤妻的支持，我还有什么事做不成呢？我准备在附近山上找个山洞静心著书，你同意吗？”朱娅：“同意。”

唐坚著书得到族人支持

山洞。深夜。松明光照下，大量的简牍靠岩壁整齐放置。唐坚伏在书案上睡着了。一阵清脆悦耳的鸟叫声将唐坚叫醒。唐坚睁眼一看东方已现鱼肚白，便慢慢地走出山洞，伸腰摔腿，手舞足蹈。此时，朝霞泛红，彩云涌动，托起一轮金光四射的红太阳，向天空升腾，茫茫云海泛起一片银白色的光芒。太阳越升越高，云海慢慢退潮。山峰挺立，沟壑纵横，清晰可辨。远山连成一片，近处庹丘如画，农舍升起袅袅炊烟。近山苍松翠柏葱郁，散发出沁人心肺的清香，倾泻而下的瀑布如丝丝银链悬挂空中。蜿蜒小道直通天际。山泉鸣琴，松涛阵阵，小鸟歌唱。鼓锣山的早晨生机盎然。

唐坚拊掌笑道：“天赐我宝地也。此地上观日月星辰，下视山岭河川，前可采日月之精华，后可吸山河之地气。正是我凝神静思，潜心著书的好地方。”

唐纯得知唐坚著书，立即到山洞嘘寒问暖，表示关心与支持。

唐坚初次体会到著书的艰难

稍事休息，唐坚灭去灯烛，将书桌从里屋搬至洞口，借着自然光线，开始写作，一刀一刀吃力地在简牍上刻着。朱娅坐在一旁边刺绣边看着他刻写简牍。朱娅见他刚刻一字就停刀陷入沉思，笑问：“怎么？累了吗？”

唐坚：“想不到这小小的刻刀比青铜宝剑还沉。”朱娅：“你都是快而立之年的人了，何必老来缠脚劳神费力，折磨自己；还是颐养天年，平平安安度过下半生算了。”唐坚：“我也曾这么想过。但是又一想，人生几十年，就那么平平淡淡地过了，实在可惜。大丈夫少时当立志，年壮当立德，年长当立言，死后才不致被后人看不起。现在，我再不抓紧时间立言，以后后悔就晚了。”朱娅：“夫君说的是。我不打扰你，你专心著书吧。”唐坚：“我从小读书，但从没有动手写过书，所以认为著书不难。看中原诸多学士，说到著作，立刻可抱出一捆捆竹简。雕刻细腻，文字精美，语言流畅，意气恢宏，弘扬正气，鞭挞腐恶，给人以思想启迪，给人以美的享受。但是，中原学子说刻写一本书要花去好多年时间，甚至毕生精力，当时我还不以为然。现在，自己初动刀笔刻书，才知其艰辛。

可见，中原学子所说完全真实，并非妄语。”

唐坚拒绝罗聪要求记叙编造的史实

通向山洞的路上。族首唐纯背着提着饭菜，大步地向前走着。山腰。一人背着包袱向山上爬来，远远地对着他喊：“请问大哥，上面可是唐坚先生著书之地吗？”唐纯：“请问先生是谁？”来人：“我乃朝廷司寇罗聪，特地来拜会唐坚先生。”唐坚听到谈话声迎出山洞：“司寇大人不辞辛劳，光临蔽处，有何赐教？”罗聪观看唐坚住地后赞叹地说：“先生居处幽静，真神仙住的地方，所以特地前来拜访。”唐坚：“大人在朝中为官，哪有清闲时间来到此地？”罗聪：“朝中现为奸佞当道，鄂旺年轻浮躁，唐诚年老昏聩，朝纲不举，百业废弛。我不愿为污浊同流，辞去了官职，遍游名山大川，陶冶心性。闻先生在此著书，特来拜访。望先生对朝中之事有个正确记述，以正视听，以教后人。”唐坚：“当今朝中之事我了解甚少，很难涉及。恐怕有失司寇大人厚望。”罗聪解开包袱，拿出一些竹简：“了解朝中之事不难，我专程前来给你提供你需要的材料。”

山洞前。突然冲进来几个捕快：“大胆罗聪，竟敢逃匿名山，躲避王法。大王鄂旺布下天罗地网，你终究逃不脱王法的惩处。还不快随我等到朝中受审。”罗聪：“我是冤枉的呀。你们不要听信妖言为虎作伥，留下骂名。唐坚先生，你要存真去伪，秉公直言啊！”捕快：“快走！休得颠倒是非，淆 ˆL 视听！蒙蔽唐坚先生，罪加一等。”唐坚：“请问公差，罗司寇犯了什么罪？”捕快：“罗聪与帝辛三公子的复商军相勾结，妄图推翻鄂旺大王，将賨国作为复商基地，祸害周天子。阴谋败露后逃窜到此，还想蒙蔽先生为他留下美言，混淆视听。真是罪不容诛！先生切勿上当！”捕快将罗聪竹简搜起，将罗聪押下山去。唐坚惊愕地说：“帝辛暴虐，人神共愤，被推翻，居然还有人为他翻案！我要是按罗聪之言记在书中，岂不让世人是非难辨？谁是好人谁是歹人？我在书中切不可胡乱记叙误导后人啊！我在书中必须是非分明，不能真伪不辨颠倒黑白，不能给后人留下不真实的历史啊！”

唐坚著《賨国志》和《賨国助周伐辛纪事》

唐坚拿起刻刀，在竹片上精心地刻了起来。唐坚自语：“此书定名为《賨国志》，既编写历史，评论治乱得失，又记述自然变化、生产生活技能，还总结治病、长寿经验。总之，此书应当成为治理我们賨国的有用之作。”

唐坚翻看陈旧竹简，陷入了沉思：“追溯我賨国刚被大禹封国时是何等的艰难。经过上千年的发展，生产生活条件都得到了很大改善。社会为什么时而安定，时而动乱？帝辛肆虐，商灭周兴，是什么力量，是什么原因造成了这种状况？我应当好好研究研究，在书中作一个很好的阐述。纵观历史，观察朝代盛衰更替的原因，我悟出了一个道理：民为天下之本，君王必须时刻关心百姓的疾苦。老百姓生活安定了，天下自然太平；老百姓没有安定的生活，自然就会群起抗争，社会就不得安宁。夏桀暴虐被商汤取代；商纣暴虐被周武王取代，是同一个道理啊！”

唐坚自言自语地说：“賨人助周伐辛是多么壮丽的历史画卷啊！我应当将它单独成书！对，书名《賨国助周伐辛纪事》。我应当抓紧时间记下这辉煌灿烂的历史时刻，让后人铭记这段历史，记取历史教训，不要重犯帝辛暴虐错误！”唐坚刻着刻着，耳边响起了賨人参加朝歌之战时高亢激昂的战歌声：“帝辛恶行，罄竹难尽。今我周王，替天为民。伸张正义，扶弱济困。同仇敌忾，除恶务尽！谁敢助纣，灭亡自身！賨人賨人，剽悍勇健，忠义为本，诚信待人，伸张正义，不畏强权。周賨兄弟，勇猛上阵。奉天灭纣，共享太平！”眼前展现出了鏖战牧野时的战斗场景：战车驰骋，旌旗飘扬，万军涌动，刀剑闪光，喊杀之声震天动地；賨军持牟弩举板盾，威风凛凛；龚睿和唐泰、罗黑率领賨军冲杀在前，连破数阵；公主鄂蕾率众賨女边歌边舞飞镖击中帝辛；商军反击，将龚睿将军围困；唐泰拨开枪林箭雨，力救龚睿脱离险境……

唐坚无限感慨：“牧野之战是何等激烈啊，不少勇士抛头颅洒热血，大显我賨军英雄气概！这血雨腥风、如诗如画的战斗情景是多么的令人难忘！我应当将这一切，亥入书中，使我賨人事迹永传于世，使我賨人浩气永不泯灭！”

唐诚、唐纯盛赞两书

山花烂漫，春风拂面。唐诚、唐坚和唐纯等人围坐山洞前石桌旁。唐纯翻开《賨国志》竹简，指着一处边念边讲解：“唐坚经过查阅大量历史典籍，还原了賨国建国情景。在书中作了详细的记述，十分生动感人。大家请看……”

黄河岸边。禹王：“兄弟们，刚刚接到报告，大巴山下渠江壅塞，急需整治。我准备带一百名有治水经验又身强力壮的兄弟前去治水。愿意随我一同前去治水的兄弟请站右边！”唐尚第一个站队：“我愿去！”禹王：“好，唐尚兄弟，你不愧是尧帝的曾孙，你第一个报名参加，带了个好头！还有哪些兄弟愿去？”众：“我愿去，我愿去！”禹王看着一长列队伍，十分高兴地说“有了你们这帮兄弟前去，还怕渠江不能治吗？出发！”

渠江洪水滚滚，在峡谷间、平地上咆哮着，发出雷鸣般的吼声。禹王带领唐尚等荷镐举耜，来到渠江岸边。禹王：“这水势不断上涨，下面一定有阻挡之物。”唐尚：“我下去看了，有巨石堵塞。”大禹：“走！排除巨石！”唐尚领着几个壮士及本地人鄂朗等走到巨石下：“禹王，还得用火烧水激之法炸掉巨石！”大禹：“好！”

唐尚、鄂朗、庹冲等在巨石边垒起高大柴火堆。唐尚点燃木柴，顿时烈焰腾空。木柴燃尽，唐尚带头向巨石泼水。巨石不断爆裂。唐尚领着大家撬动石块。经过几年治理，渠江水势渐消，两岸肥沃的土地上长出了庄稼。人们欢呼雀跃：“我们治水胜利了！”

禹王：“唐尚兄弟，渠江的洪水已得到治理。这里的人群应当建立自己的国家，才好带领大家齐心协力抵御外族入侵和抗击自然灾害发展生产，有个统帅才能有一个安定的生活。你说好不好？”唐尚：“太好了。可是由谁当国王呢？”禹王：“你设计几个考智慧、胆识、体力等题目，让大家按照题目自由竞争，选出最优秀的前三名，由大家推选吧。”众：“赞成禹王的办法。”经过智慧、胆识、体力等几个题目的竞赛，鄂朗、庹冲胜出。民众投票，选出鄂朗为国王。

唐尚："现在有国王了，国名怎么起？请大家定。"众人议论许久，定不下来。唐尚说："鄂朗兄弟，你认为定什么名好？"鄂朗："我也说不好，请禹王给我国命名吧。"禹王大声说："请大家静一下，我想将这个国家命名为賨国，百姓称賨民。唐尚、鄂朗兄弟，你们认为可不可以？"唐尚不解地问："为什么称賨？"大禹："賨是我将'宗'和'贝'二字结合起来的一个新创的字。"唐尚："为什么要创这样一个新字？"大禹："我看这里的人都很忠厚，是天下共主尧帝的忠实子民。取一'宗'字，是要他们永远忠于老祖宗尧帝，学习尧帝以仁爱治天下，永远保持忠厚诚实的美德。"唐尚："太好了。为什么加一个'贝'字？"大禹："加一'贝'字，是这个意思：我看渠江两岸风光秀丽，气候温和，只可惜尚未开发。你别看现在这里到处是荆棘丛生，开发出来，一定是一个美丽富饶的宝贝之地。"唐尚："大哥真是独具慧眼啊，为这里的百姓勾画了一个十分迷人的美好前景。"大禹："当然，美好前景是否能实现还需要人们去创造。"唐尚："是的。美好前景不会从天而降。"大禹："唐尚兄弟，你认为我这个'賨'字如何？"唐尚："大禹兄，你真有远见卓识，小弟佩服！"禹王："鄂朗兄弟接受这个名字吗？"鄂朗："接受！"禹王："还有没有不同意见？"众："没有！"

大禹高兴地说："好，国名就这么定下来。我为賨人拟了一副上联：'仁爱为本牢记尧帝御训'。"唐尚："下联呢？"大禹慢腾腾地说："这下联嘛，就要靠兄弟你来对了。"唐尚："老兄给我出难题了。这骤然之间我怎么能对得上？"大禹："老兄不为难你，不要你马上就对。你等我把话说完，你准能对得上。唐尚兄弟，賨民建立了自己的国家，但賨国仍然贫穷，老百姓缺衣少食；国家草创，典章制度尚需建立并逐步完善。请你将妻儿老小迁到賨国，帮助賨王鄂朗治理賨国如彳可？"

鄂朗："唐兄，请你一定留下来帮助我们建设賨国。"唐尚："好。遵禹王命，受賨王托，我就留下来吧。"鄂朗："唐兄，我賨国地瘠民贫，山险水恶，你可要吃更多的苦了啊！"唐尚："我们携起手来，共同改变这个穷困面貌吧。"禹王："唐尚兄弟，重任在肩，拜托了。"唐尚："禹王之命，在所不辞！"禹王："你真是继承了尧帝爱护天下百姓，胜于爱己的良好品德呀！这个賨字，有了你唐尚兄弟，内涵就更加丰富多彩啊！"

唐尚："有了。大禹大哥，你的下联老弟有对了。"大禹："说出来听听。"唐尚："请听下联：'忠义传家牢记禹王嘱托'！"大禹："妙呀唐尚兄弟！我不是说这个下联你一定能对吗？"唐尚："大禹兄，我不是说你睿智超群吗？"

大禹、唐尚、鄂朗三人大笑不已。唐尚："大禹兄，鄂朗弟，我要将这副对联作为我唐家祠堂的对朕，让后人永远铭记在心！"大禹："对，作为族风永远发扬光大！"

原野。唐尚、鄂朗带领众人披荆斩棘，春种秋收，粮食满仓。人们盖上了茅草房，穿上了新衣裳。唐尚指着农舍说："賨王，这几年，賨国改变刀耕火种的状况，采用中原先进生产技术和良种，提高了粮食产量。百姓丰衣足食了吧？"鄂朗："唐兄，多亏你给我们带来了先进的生产技术、工具、优良的品种和中原文化，教我们读书识字，使我们迅速改变了落后面貌。可是，你的生活却没有多大变化。你为了我们賨人能过上好生活，放弃了中原的舒适生活，吃了不少苦头呀！"唐尚："不客气，我们既然成了一个国家的人，就不应该分彼此了。”鄂朗：“对，对。唐氏家族真是我賨国的顶梁柱！我賨国人世世代代忘不了您的恩情啊！”

唐氏家族共建賨国

唐诚合上竹简，饱含激情地说：“唐坚辛勤搜集、撰写《賨国志》和《賨国助周伐辛纪事》，功不可没。他给我们记录和描绘了賨国建国迄今上千年的壮丽史诗，使大家深受教育和鼓舞，油然升起爱国之情。特别是我们唐家从先祖支援賨国起，迄今也已上千年。我们唐氏家族一直恪守诺言，真心实意辅佐鄂氏王朝，不争功，不夺权，不越位；以仁爱为本，不恃强凌弱，所以使賨国君臣以至百姓都和睦相处，爱国如家。不，应当说，爱国胜过爱自己的小家。”

唐坚谦逊地说：“冢宰总结的比我写的还好。”唐诚：“不。你把我唐氏族人的优良族风记录阐述描写得好，我读后受到启发才能说出这样的话。《賨国助周伐辛纪事》这部书把帝辛的暴虐，唐氏族人保家卫国英勇献身都写得很翔实。在助周伐辛之战中唐泰带领唐氏两百余名兄弟战死沙场、鄂旺大王带领文武大臣祭拜烈士、唐泰和龚栗的爱情故事，都十分生动感人。这两本书写得太好了。”唐坚谦逊地说：“不是我写得好，是千百年来，我们唐氏族人做得好。没有他们的言传和身教，我不可能凭空想象出来。”唐诚手指一处：“你这几句总结得更好。历史证明：唐氏家族忠诚质朴的族风是我们唐氏家族的荣耀，也是带动賨国良好风气的精神支柱。我们有责任，有信心，将这种优良族风世世代代传承下去，让賨国世世代代繁荣昌盛！”

唐坚：“写这两本书，我深亥龄则吾到以人为鉴，可以明是非；以史为鉴可以知兴替的道理。以史鉴今，以史育人，以史建国，以史强国，应当成为我们的治国方针和文化理念。夏桀、帝辛登基初期，依靠暴政治天下，积聚了一些财富，制造了夏国、商国强盛一时的假象。他们以国为家，以天下为私，以人为马牛，任意役使和宰杀，造成天下离散，相互仇杀，使一时的繁荣成为昙花一现的假象。只有以仁义治国，以人为本，实行开明的统治，让百姓安居乐业，享受生的乐趣，才能使賨国文明传承地久天长。丰富多彩的賨人文化，才是賨国的兴盛根基。”唐诚：“总结得太好了。这对阅读这两本书起到了画龙点睛的作用，也为我们振兴賨国找到了一条根本的途径。这不愧是你多年心血的结晶。”唐坚：“冢宰对这两部书作了很高的评价。这两本书记述的都是前人的经验与教训，没有前人的实践记载和传说，我不可能凭空编造出来。应当说，这两本书是我们唐氏家族智慧的结晶。”唐纯：“好书不能束之高阁，立即亥师十本供大家学习。”

兴建塾馆

唐坚：“书可以多刻，有许多人不识字没法读。”唐纯：“你和我想到一处去了。我建议你重开塾馆，教育我们唐家后代，使他们一个个知书识字，聪明起来。”唐坚：“你是长辈，开设蒙馆很有经验。”唐纯：“我已年老眼花，再无力担此重任。”唐坚：

“你为我打下了良好的基础。启迪民智，从蒙童抓起，是一个国家文明和希望所在。我乐意做教授蒙童这件事。我认为，知识不是一家一姓的专利。只有一族一家兴旺，不能说国家就很强盛。只有当全国的人都掌握了知识和本领，国家才能实现真正的强盛。因此，我们兴办塾馆不能只招收唐氏家族子弟，其他姓氏的子弟前来入塾求学，也要招收，才能带动大家掌握文化。”唐纯：“唐坚考虑得真周到。对，不分贫富，不分姓氏，所有天下人的子弟，我们都应当同我们本家的子弟一样欢迎入塾。”众：“好，我们立刻动手整修塾馆。”

唐家祠堂。大家立即动手，将破败不堪的课堂修葺一新。唐坚领着几个人为塾馆门柱贴上一副对联：“传圣言顺理成章兴賨国；教蒙童知书识礼成大器。”横联为：“育人至上”。唐纯看着对联高兴地对唐坚说：“招收蒙童授业解惑，利在当代功在千秋。古人说，十年树木，百年树人。难啦。这是件十分艰辛的事情啊。”唐坚满怀信心地说：

“我决定做这件事，就是再苦再累我也在所不辞，决不会中途而废。想当年我们賨国建国之时，是何等艰难。我们的先祖衣不蔽体，食不果腹，居无遮风挡雨的定所，时常受到外族侵凌和猛兽的袭击，生存何其艰难。先祖教民种植，建房屋，制衣被，学礼仪，建国家，定法度，使賨人走上了文明之路。历经千余年发展，现在賨人的吃穿住行等文明程度与中原之人可说已无太大的差距。国家也由弱而逐渐强盛起来。这种状况的出现，全靠一代一代言传身教，一代一代学习与创新啊！现在全国人口已由创建的几万达到二三百万，显示出与中原同等繁荣景象。这是为什么？这要归功于我们民族的团结奋斗和重文尚武的历史传承。我们只有一代比一代做得更好，才不愧对賨人的称号，才不愧对祖宗的光荣传承。请族首放心，再难的事我认准了就一定要干下去。学童们，入室听讲。”一群儿童鱼贯入室。唐坚讲道：“学童们，现在开始读书识字。”从此，唐家寨塾馆在唐家祠堂边巍然屹立，书声琅琅，传向四方。

夜。山道上，一队人马举着火把来到唐坚学馆门前。郡守：“唐先生请开门。”唐坚：“大人光临寒舍，有失远迎，望乞恕罪。”郡守：“大王来到，快迎接。”罗毅：“大王闻听先生著书、办塾馆之事，龙颜大悦。特日夜兼程前来拜访你。请赶快接驾！”唐坚：“草民拜见大王。”鄂旺：“爱卿请起。”唐坚：“谢大王。”

鄂旺走进学馆，赞不绝口：“先生辛勤著书、育人，令人敬佩！请先生同朕进京兴办国家塾馆。”唐坚：“草民遵旨。”

王宫。御案前。鄂旺：“先生不辞辛劳开办塾馆，朕闻之不胜之喜。先生胸怀宽广，目光远大，为启迪民智，传承文明，兴我賨国做出了不可磨灭的贡献，朕深表谢意！朕想在宕渠城开设一个大塾馆，延请国中名师教授学子，特请先生担任馆正。不知先生愿不愿意屈就？”唐坚：“受到大王如此厚爱，草民怎敢推辞？”鄂旺：“先生愿意屈就，甚符朕意。择吉日开馆。”

塾馆门前，震耳鼓乐声中，馆牌揭幕，露出一行大字：“賨国塾馆”。左联：“唐先生传承文明不畏艰辛办塾馆”，右联：“鄂大王仁义为本礼贤下士兴賨国”。前来祝贺的鄂旺带着众大臣散去后，塾馆里顿时书声琅琅。唐坚挂出“人、天、地、国、家”几个大字高声讲道：“人，上为头和躯干，下为双腿和脚。没有头便不能分清是非；没有躯干便不能站立和生存；没有腿脚便不能行走。天，是万物之父；地，是万物之母。有了天地，才有了我们的父母；有了我们的父母，才有我们这个人。所以，我们要敬天敬地敬父母。国，是一个国所有人的父母，所以，我们要爱国。家，是父母生我养我的地方；没有家就没有我们。所以，要热爱我们的家。孩子们，人天地国家的本源都应当尊重，才有美好的未来。你们是賨国的未来和希望：你们智，我们賨国就智；你们强，我们賨国就强！读书是破除愚昧开发智慧最好的方法，你们要好好读书啊！”

蒙童们专心专意地听着：“我们一定听先生的话，好好读书。”

田间。春花开放，春鸟歌唱。唐坚带着教师和蒙童到原野采花、作画、播种。晒场。黄澄澄的谷子、苞谷、大豆堆积如山。唐坚带着蒙童来到晒场。唐坚对孩子们说：“参加劳作，既活动了筋骨，体会到稼穑之艰辛；又享受到种植的愉快，收获的喜悦。你们想想看看：寒来暑往，花开花落。周而复始，年复一年，时令运转，大体相仿。春天才能播种，秋天才有收获。稼穑勿违农时，人生勿忘经营。年少时节应长身体学知识，中年时节应尽力劳作，创造出大量的物质财富，老年时节才有吃有穿，才能够得到静养，享受到颐养天伦之乐。谁错过了大好时光，未能及时做好自己当时应做的事情，都会受到报复和惩罚。因此我编了这样一首歌：’天行有度，四时不违。顺之者昌，逆之者亡。'你们说对不对？”孩子们说：“对！”

鄂旺决定将《賨国志》和《賨国助周伐辛纪事》作为治国宝典

御案旁。鄂旺翻看唐坚的竹简，面对唐坚，十分感叹：“朕看了先生的大作《賨国志》和《賨国助周伐辛纪事》，被书中每一句话，每一个字深深地打动了。《賨国志》讲述了賨民受禹王指导建国、唐氏家族恪守向禹王做出的辅佐鄂王的承诺，坚守礼义，团结賨国大小氏族，形成举国上下团结和睦、社会和谐，因而千年不灭的历史。先生拨冗去繁，提炼精辟，堪称賨国治国指南；《賨国助周伐辛纪事》翔实记载了賨国反抗暴辛的原因和几次大战；助周伐辛的经过和取得伟大的胜利，揭示了帝辛因暴虐必败，周王因惠民必兴的历史本源。朕一连数日废寝忘食地研读，深受启迪。这两本书是賨国的治国之宝典呀。朕决定令所有官员和一切有研究能力的人认真研读，效仿执行。”

唐坚谦逊地说：“我们賨国人才济济，智慧超群之人甚多，治国安邦之书不少。草民才疏学浅，哪敢将这些陋文作为振兴我賨国的宝典啊！再说，书中还有许多内容不够完善，论述还需进一步提炼和补充。”

鄂旺：“古人说，国之将兴，必有祯祥；国之将亡，必有妖孽。唐先生的书就是献给国家的祯祥。唐先生认为书中内容需要完善，论述还需提炼和补充，这是唐先生不满足于现有成果的真知灼见。内容需要补充和完善也不难。国家档案和藏书，你可以根据需要全部查阅。宫廷立即给你配备几个助手协助你查阅和整理资料，只要你尽快完成大作就好。先生不必太谦。朕敢肯定，诸大臣以及专家学者一定会对你的著作大加肯定大加赞赏的。朕任命你为太史监，掌管起草文书，策命诸侯卿大夫，记载史事，编写史书，兼管国家典籍、天文历法、祭祀等，给你一个施展安邦治国才智和教育后生的名分。”唐坚：

“谢大王委微臣重任。微臣肝脑涂地报答大王知遇之恩在所不辞！”

唐坚所著之《賨国志》和《賨国助周伐辛纪事》在鄂旺的关心和支持下，在王宫调配的几个助手的协助下，很快修订成书，并广为刻发，流传天下。《賨国志》和《賨国助周伐辛纪事》不仅在賨国得到普遍研读，而且在周天子治下的所有国家也广为流传，受到了人们的交口称赞。

第 50 章
感天动地賓人情　盛世迎来多喜宴

夕姝自戕

夕姝提着一个食盒走进牢房："庹嵩，我看你来了！"庹嵩轻声地说："夕太王太后，你不该到这里来。"夕姝："我为什么不该到这里来？你马上就要死了，我要见你一面，吐吐我内心的痛苦！"庹嵩："你不忘旧情，来了也好。我别无他求，请你念在我们多年的情分上，设法向大王给我求得一个完尸。"夕姝："你想得很美。你还有脸说我们有多年的情分！你诡计多端，你知道我还能向大王为你求得一个完尸？"庹嵩："你有难处，不能为我向大王求得完尸就算了。我今生今世对不住你，来世再来好好报答你！求求你，别说了，你来看我的意思我都知道了！"夕姝："不，你不知道！你不知道我内心有多么痛苦！你我本来可以做恩爱夫妻，过一辈子平平安安快快乐乐的生活，可是，你权欲熏心，一心想过欺凌人的人上人生活，丧心病狂，不择手段：你为了巴结帝辛，将我献给帝辛；你为了控制鄂桓，让我毒死了罗王后；你为了掌控大权，不顾血肉亲情，唆使你和我的亲生儿子鄂赵与鄂然争夺太子大位招致杀身；你为了发泄你对鄂桓的仇恨，毫无人性地杀死了我和鄂桓生的儿子鄂峰、鄂丹；你为了实现你夺取王权梦想，将我当成你随意摆弄的一枚棋子，把我变成了十恶不赦、孤苦伶仃的一个孤老婆子。你知道我每日以泪洗面，内心流血，终曰悔恨的心情吗？"

庹嵩："太王太后，你说的我都听不懂，你疯了！"夕姝："是的，我疯了，我是被你逼疯的！你是一个罪孽深重的魔鬼！为了权力，你什么都可以不要，连自己的妻子、亲生的儿子都可以不要！你明明知道鄂赵是你亲生的儿子，你却让他与鄂然去争斗，去夺权！去杀人，去遭人杀死！世人不知内幕，把一切罪恶，一切脏水都喷洒在我的身上……"

庹嵩："太王太后，现在说这些毫无用处。求求你快回去，好好休息！"

夕姝："我不回去！你要我休息？我能休息吗？我一闭眼，罗王后便拿着绳子向我索命；鄂赵、鄂然，还有老大王便围着我大喊：'冤枉！你这个十恶不赦的疯婆赔命来！'你要我等你我夫妻团圆，我苦苦等了二十多年，终于等到了今天。我等来的不是夫妻团圆，不是幸福和欢乐，而是万劫不复的罪名！我活着为的是要看看你的下场！你把我从一个十七八岁的如花美女，变成了孤苦伶仃、人老珠黄的孤老婆子；你把我从心地善良的姑娘，变成了罪孽深重的恶魔！我的一切都失去了：我的青春，我的美丽，我的丈夫，我的儿子，我的良心，我的人性，统统都失去了！我还有什么值得隐瞒的！这一切都是你造成的！我要把你的一切阴谋暴露于天下！让天下人知道你是一个多么凶残的恶魔。我就死在这里！让天下人知道，我本心灵纯洁，所受的骂名都是你强加给我的！"

夕姝摸出匕首，毫不犹豫地刺向咽喉。庹嵩回忆与夕姝结为恩爱夫妻、送夕姝入帝辛宫、怂恿鄂赵夺太子大位、给夕姝毒药毒死罗王后、怂恿执行官杀死鄂峰、鄂丹等历历往事，痛心疾首地狂叫："天啊！我造了什么孽啊！我不放弃一切夺权的机会，为权力疯狂，为权力变成了恶魔。我还叫人吗？老天能让我悔过自新吗？……"

公正判决

城墙。布告。一人高声念道："竇国不幸，连遭劫难。天网恢恢，疏而不漏。冤有头，债有主。因果报应，难逃法网。今已查明庹嵩、督策、夕虎、庹豹罪行，按王典判决如下：庹嵩为罪恶之首，诛灭九族。夕虎罪孽深重，诛灭三族。督策罪行巨大，但系受人驱使，且主动交代罪行，念其家人一直在山村老家靠劳动谋生，没有参与罪恶活动，因此，只斩其身，不株连其父母、子女、兄弟和族人。庹豹立即处死，不再殃及旁人。特昭告天下，彰明国家惩恶扬善之大法：告诫各级官员应尽忠职守，奉公守法，勤政廉洁，爱民护民，不得贪赃枉法！若有违犯，严惩不贷！切切此布！"

榜下，人们争相观看，万民欢呼："国法公正，是非分明！作恶多端，必受严惩！竇国振兴，指日可待！"

鄂旺确定以文治国、以文兴邦方针

竇王宫。鄂旺："武王发下帝辛谥号为'纣'，征询意见，大家认为怎样？"唐诚："帝辛凶残而且损害善良，应当受到'纣'这样的恶谥，以警示后人。"众："赞成武王给予帝辛为'帝辛'这样的恶谥。"鄂旺："暴辛已灭，武王以仁政治国，四海宴平。众爱卿，竇国怎样才能兴盛，请多出良策。"唐诚："微臣纵观古往今来治国之道离不开文武两手。"龚睿接过话头："武是夺取天下和守卫天下的坚兵利器。武王灭纣以后，帝辛被消灭了，但是他的残渣余孽仍然蠢蠢欲动，妄图颠覆武王政权，夺回他们失去的权利。所以，武王不准刀枪入库马放南山，而是加强军队的操练，以防止复辟势力死灰复燃，防备外族入侵。微臣认为，必须效法武王，整治好保卫国家的坚兵利器。"

鄂旺："唐冢宰、龚将军所论极是。坚兵利器只能加强，任何时候不能削弱。朕认为，现在最紧迫的任务是如何施行武王仁政思想，实现以仁治国。但路得一步一步走，事情得一件一件办。现在应当从何做起呢？”唐诚：“微臣认为，武王的仁政思想博大精深，包罗万象，内涵丰富，包括治理国家的方方面面。微臣认为，仁政的核心思想是爱人，珍爱人的生命。行仁政必须大力纠正帝辛不把人当人的暴政理念，建立仁爱的思想。建立仁爱思想，必须以文化为根基。没有文化根基，仁爱思想很难传播开去。因此，现在最重要的是要尽快提高国人的文化素养，才能逐步实现以文治国，以文兴邦。”

罗毅：“对。文化是强国兴邦的载体。微臣纵观我们賨国千多年历史，凡文化盛，国家就强盛；凡文化衰，国家就衰弱。文化的内涵十分丰富，重点是去暴政，讲文修德，传承优良传统。这就要整理典籍，兴办学馆，启迪民智。在全社会形成良好的学习风气。”

鄂旺：“好。发展文化现在要大力提倡两件事：一是重奖唐坚艰苦著书，使优秀文化得到保存和发扬；二是在全国各地要多办塾馆，聘请教授，让儿童和青壮年有读书识字的地方。国家还要尽快兴办一个大型的国家塾馆，凝聚智慧，培育人才，引导社会沿着仁爱的正确方向发展。”罗毅：“微臣最近得知，巴林县唐家寨唐坚参加助周伐辛战争后，回到家中，不辞劳苦，辛勤著述，编写了《賨国志》和《賨国助周伐辛纪事》，还兴办塾馆教育子弟，产生了很好的社会影响。”鄂旺：“国家需要这样的人才。唐家寨真是个出人才的地方。朕原来只知道那里出了唐泰等一批武将，没想到现在出了这么一个大文才，值得敬佩！国家急需这样的人才，朕要马上去拜访他！”唐诚：“大王思贤如渴，社稷之福。今日天色已晚，明日动身不退。”鄂旺：“振兴賨国，时不我待！速备火把，罗毅随朕即亥恸身！”

龚睿、龚栗兄妹喜相聚

马渡关总兵府。卫士：“启禀大元帅大人，外面一个女子自称是您的妹妹龚栗，请求相见，是见还是不见？”龚睿：“快快请她进来相见，相见。”龚栗：“小妹拜见大哥，哥哥可还认识小妹吗？”龚睿：“你可真是我的栗儿妹妹？”龚栗：“请哥哥仔细瞧谯。”龚睿：“一别近十年，变化太大了。我记得小妹耳后有块胎记，让我瞧瞧。”龚栗：“请哥哥仔细瞧瞧。”龚睿：“哎呀，果真是我栗儿妹妹呀，快快请坐，请坐。”龚栗：“哥哥，我不能坐。”龚睿：“妹妹，这是为什么？”龚栗：“外面还有一个人等着我啦。”龚睿：“他是谁？”龚栗：“他是唐泰。”龚睿：“哎呀，是泰儿老弟呀，快请他进来。”

唐泰走进大厅：“小弟拜见大将军大哥。”龚睿：“哎呀，兄弟，莫拜莫拜，你还是我的救命恩人呀！”唐泰：“你是兄长，该拜该拜。”龚睿：“泰儿兄弟，这么多年不见，我还以为你回到武王身边做官去了呢。”唐泰：“为了寻找栗妹妹，你离开周王后，我就四方寻找栗妹去了。”龚栗：“他历尽千辛万苦。”龚睿：“泰儿兄弟，你纯真之心可钦可佩！”唐泰：“为了找到栗妹，再苦再难心也甜。”龚睿：“今日终于遂心愿，可喜可贺！”唐泰：“大哥，你身为大将军，掌管全国兵马，怎么长住在此？”龚睿：“这是大王对我的信任。我是大将军，同时又兼任马渡关总兵，直接指挥三万人马，负责我国北部安全。所以，国家无战事时，我多数时间在此培训将校军官，操练军队。妹妹今后有何打算？”

龚栗“遵从旺王之旨，我想做两件事一是发扬祖传医术，救死扶伤，为病人解除痛苦；二是发展蚕桑业，传授刺绣技术，让国家刺绣业兴旺发达。”龚睿：“太好了。妹妹这么做，既能自食其力，又大有益于国家和老百姓，太好了！”

校尉：“启禀大将军，大王传令召见您。”龚睿：“好，我马上进京。唐泰兄弟，妹妹，你们在府中稍候，我见了大王就立刻回来。”唐泰、龚栗：“哥哥快去。”

鄂旺授唐泰重任

王宫。鄂旺：“龚大将军，诸事商议已毕。朕突然想起唐泰将军，你可知唐泰将军现在何处？”龚睿：“现在我马渡关总兵署。”鄂旺：“朕立刻前往马渡关会见他。”龚睿：“大王，不用您劳动大驾，我喊他来朝拜您就是了。”鄂旺：“他是朕的救命恩人，又是兴我大周的有功之臣，是我们賨国的骄傲，怎可轻慢于他？”

马渡关总兵府。唐泰：“拜见大王。”鄂旺：“唐将军是朕的救命恩人，是大周的开国元勋，声名远播四海。朕一直思念着将军。今日喜得重见，幸甚幸甚！”唐泰：“末将这些年为寻找妻子龚栗，历尽艰辛，未能前来拜见大王，惭愧惭愧，还望大王多多原谅！”鄂旺：“难得唐将军如此忠诚，朕要将你的事迹大大传扬，还要请你入仕，为国分忧。”唐泰“既蒙大王不弃，末将愿效犬马之劳。”鄂旺：“请唐将军屈就天锋关总兵之职如何？”唐泰：“谢主隆恩。末将愿为大王尽绵薄之力。”

唐泰、龚栗巧遇龚花

宕渠城街道。唐泰、龚栗并肩前行。突然，有人高喊：“失火了，救火啊！”唐泰、龚栗止住脚步。只见前面一家店铺里冒出浓烟和火光，并传出女人和儿童的哭啼声。唐泰立刻奔入店铺，抱出一个孩童，交给龚栗后，再次冲入店铺救出一个披头散发的女人。龚栗走到女人身边，将孩子指给女人看：“大姐，这孩子是你的吗？”

女人张开泪眼，惊愕地说：“谢谢大哥大姐救命大恩！啊，你不是栗儿姐吗？”龚栗：“你不是花儿妹吗？太巧了，我们又见面了。”二人相抱而泣。

唐泰：“花儿妹，你怎么会在这里？”龚花：“那年商军强占巴林县后，我和母亲逃难进了宕渠城，以乞讨为生。后来遇到洛定被欺诈，我挺身相救，使洛定摆脱了困境。洛定见我母女孤苦无靠，便买下店铺，由我母女为他经营。洛定托人作伐，要与我成婚。我想到与夕义有约，没有答应。但洛定三番五次派媒婆向我提亲。母亲对我说，你与夕义并未正式订婚，又多年没有音信，说不定变了心在外面成家了，或者在战场上牺牲了。你这样长期等下去有什么用？洛定人好心好，还是答应为好，好歹有个依靠。我反复考虑，母亲说的是大实话。在母亲的坚持下，我与洛定便结为夫妻了。”

唐泰：“花儿妹，这孩子就是洛美吗？”龚花：“是。唐大哥，你怎么知道他叫洛美？”唐泰：“洛定兄弟是个英雄。”

唐泰讲述洛定牺牲情况后，沉痛地说：“花儿妹，洛定兄弟是个好兄弟，他在朝歌追寻帝辛的战场上离我们而去了。”龚花眼泪夺眶而出：“洛定哥！你怎么丢下我母子二人……”唐泰劝慰说道：“花儿妹，你不要过度悲伤，我们一定会好好照看你的。”龚花：“洛定是个敢做敢当的好男人，对我体贴入微……”唐泰："洛定兄弟是个好男人，我们不会忘记他。”

龚栗眼前浮现起夕义的笑脸：“花儿妹，你知道夕义的情况吗？”龚花：“杳无音信。”唐泰：“夕义在伐辛义战中立了大功，被封为将军。”

龚花、夕义喜相逢

宕渠城街头。夕义骑着马行进在街头，突然远远地看到了浓烟，便对身边人说：“失火了，快去救火！”夕义飞马来到失火地，见火已扑灭，正准备离去。唐泰远远地看到了夕义，便高喊道：“夕义！”夕义看到了唐泰，便立即飞奔到唐泰面前，跳下马背向唐泰拱手施礼：“泰儿哥，你也在这里？小弟见礼了。”唐泰指着龚栗、龚花说：“啊哟，兄弟，太巧了。你认识她们吗？”夕义：“这是栗姐，这是……”龚栗夺口而出：“花儿妹！”

夕义、龚花四目相视绽起了火花。二人顿时回想起了龚栗坐歌台之夜的情景。龚花笑问：“你也想当将军？”夕义诚恳地答：“是的，不当将军我不见你。”龚花：“当了将军呢？”夕义：“当了将军就回来娶你做妻子！”

龚花揉了揉眼睛：“夕义哥，我真的见到了你吗？”夕义：“花儿妹，你真的见到我了。”龚花：“夕义哥，你忘记当年的诺言了吗？”夕义：“不，我永远不会忘记自己的诺言。这些年，我在四处寻找你一我正是按自己的诺言来寻找你的。”龚花眼中泪水夺眶而出：“夕义哥，我无脸见你了。”夕义：“花儿妹，不要那样说。”龚花：“夕义哥，花儿妹已不是你当年心中的花儿妹了。”夕义：“不！你还是我当年心中的花儿妹，你永远是我心中的花儿妹。”龚花：“可惜我已经是洛定的妻子了。”

夕义镇定地从龚栗手中接过孩子“你的情况我都知道了。洛定是我的好战友，好兄弟。我有义务照顾好他的妻子和孩子；更有信心圆我少年时即已对你产生的梦想！”龚花：“你不埋怨我嫁给了洛定？”夕义：“不管发生了什么，我的心都早已交给你了。”

龚花擦干了眼泪：“为什么那么多年不给我通个音信？”夕义：“我给你立下的诺言是当了将军才娶你。”龚花哀怨地：“你当上了将军，可是已经不能娶我了。”夕义：“为什么？”龚花：“退了。”夕义：“不退，一点也不迟。花儿妹，这迟来的爱，我将更加珍惜！”唐泰、龚栗从内心深处发出了赞美的声音：“夕义兄弟，你是真正的大丈夫！好男人！”

太后寿典

宕渠城王宫。张灯结彩，鼓锣声响，唢呐悠扬。斗大“寿”字高竖大殿正堂。两边各置一幅巨大寿嶂。左写“花甲年享六十个岁月椿萱并茂”；右写“古稀日添一百载春秋兰桂齐芳”。松柏枝梢几只仙鹤翩翩起舞，笑容可掬的寿仙塑像迎接宾客。两边站着娇嫩乖巧的金童玉女侍像。唐诚：“太平盛世喜事多。刚刚庆祝了周成王四十华诞，又迎来了我们太后的六十大寿。这正是：王宫大殿喜气扬，红烛高照祝寿堂。张灯结彩多灿烂，鼓乐欢奏何铿锵。太后六十大寿庆典开始！”

鞭炮声声震屋宇，长号奏鸣，唢呐悠扬，锣鼓铿锵，一派喜气洋洋。众大臣依次拜寿。唐诚：“南蛮国王洛智立拜寿。”洛智立：“小王敬贺太后千岁！”太后：“洛王请坐。”

洛智立：“賨国是我南蛮国人再生父母，我南蛮国人世世代代永等铭刻在心。自我两国息兵罢战，通商贸易以来，两国交好，百姓安居乐业。后来遭三年天旱天火大难，得到賨国救援，并安排土地给我牲畜农具，使我们渡过了难关，享受到了做賨民的快乐和幸福。现在我们共同沐浴在周天子的灿烂阳光下，同为大周邦国，应进一步加强商贸往来，互通有无，造福百姓。本小王特前来向太后贺寿。祝太后福寿双全！永远安康！”太后：“你南蛮国与我賨国同为一家兄弟，自然更应遵循武王’协和万邦'之意，互通有无，互惠互利。”唐泰：“太后，南蛮王的亲兄弟洛定是我们賨国的女婿，同我们一起助周伐辛，把生命献给了伐辛大业！”鄂旺：“南蛮国人同我賨国人的血流到了一起，结成了永不分离的友谊，我们更是一家兄弟呀！”洛智立：“对对对！从此以后，我们永远是一家兄弟！”

唐诚：“国子监唐坚拜寿。”唐坚：“微臣唐坚恭贺太后福如东海长流水，寿比南山不老松！”太后：“你是个大才子，正当壮年，应当多为国家出力啊！”唐坚：“微臣决不辜负太后厚爱。”

唐诚：“天峰关总兵唐泰拜寿。”唐泰：“微臣唐泰祝太后福寿安康！”

太后:“王儿，这唐泰是何许人也？”鄂旺“启奏太后，唐泰不仅是我们的救命大恩人，还是周王派来联络我賨国参加伐辛的使臣，在賨国助周伐辛纪事战争中立下赫赫战功的唐泰呀！武王封他为歌舞战侯他坚辞不就，寻妻好几年，吃尽千辛万苦，现在终于如愿以偿，夫妻团圆了。”太后:“啊，人老忘事多。是不是当年救我母子三人的大恩人唐泰？”鄂旺：“正是那个唐泰。”太后：“王儿，唐泰有大恩于国家，有大恩于蕾儿，是个难得的大忠臣，你可要好好重用啊！展开他的贺礼寿嶂《百寿图》让哀家看看。”

几个宫女展开寿嶂，只见红日东升，青松挺拔，白鹤翱翔，百兽跪拜，气势磅礴，寓意深远。太后十分高兴：“绣得太好了。这松鹤延年四个大字是谁写的？”唐泰：“微臣献丑了。”太后:“写得这么好，简直是龙飞凤舞，还说献丑？这是谁绣的？”唐泰:“是我妻子龚栗绣的。”太后:“绣得太好了。王儿，为何不叫唐泰之妻一同前来参加哀家寿典？”唐诚：“启奏太后，唐泰之妻龚栗排在女眷队里给您拜寿！”太后：“应当叫他夫妻二人一同前来给哀家拜寿。”唐诚：“是。马上请龚栗前来拜寿。”

御座前。龚栗向太后跪拜“小女子龚栗为太后拜寿！”龚栗跪拜在太后面前。太后:“你与唐泰夫妻团聚了？”龚栗：“我们夫妻团聚了。”唐诚：“他们夫妻托太后、大王及全体賨人的福啊！帝辛把和美的家庭搞得妻离子散，大王让离散的家人重新团圆！这真是风云变幻两重天啦！”太后仔细看着龚栗，眼里分明看见是自己的女儿鄂蕾，失声叫道:“蕾儿啦，快快请起。”唐诚：“太后，下面跪的是龚栗，不是公主鄂蕾啊！”太后落泪：

“龚栗多么像哀家的蕾儿啊。看到龚栗哀家就想起了苦命的蕾儿。哀家的蕾儿好命薄呀！”

鄂旺：“母后，今天是您六十大寿喜庆之日，别提那伤心事吧。”太后：“越是喜庆之时，哀家越为鄂蕾女儿感到悲伤啊！”鄂旺：“太后，都怪儿臣把名分身家看得太重，看不起小小的士兵，不理解更没有尊重妹妹自己的感受，铸成无法挽回的大错。”太后：“也不是你一人之错，哀家也是看不起那无名之辈啊。像唐泰、龚栗这样多好啊。他们没有等级贵贱之念，找到了人间真情，这比什么荣华富贵都珍贵啊！啊呀，苦命的女儿呀！”鄂旺：“苦命的妹妹呀！”全场一片哀哭声：“苦命的公主呀！”

太后：“王儿，你可要照看好蕾儿的坟墓啊。”鄂旺：“请太后放心，朕已委托唐家寨的父老乡亲按时祭扫。”太后：“哀家就放心了。”

鄂旺：“太后，这龚栗就是刺绣《万里山河迎春图》的高手，献《万里山河迎春图》的开国功臣啊！”王太后：“栗儿，你是真正的巾帼英雄啊。我賨国女儿都要奉你为楷模啊。”龚栗：“谢太后夸奖。祝太后万寿无疆！”

唐诚大声宣布：“为太后祝寿演出开始！”

太后收龚栗为义女

大殿。音乐声起。龚栗领着几个舞女手提祝寿花篮，莲步轻摇婆娑起舞，脆声唱道：“一生艰辛育大王，賨国蒙恩降祥光。耳顺之年青春在，太后恩泽庇四方。”太后：“舞跳得好，歌唱得好。前面那个跳舞的女子长得真漂亮，叫什么名字？”

龚栗走到太后面前跪下：“回太后，小女子姓龚名栗。”太后一怔：“哀家真是老了，太忘事了。”唐诚：“太后，不是你忘事，是她化了妆，所以难以辨认了。”太后哭泣：“龚栗这么活泼可爱，可惜哀家与女儿是永远不能团圆了。”唐坚：“太后不必悲伤，我们賨人的儿子都是您的儿子，賨人的女儿都是您的女儿！”龚栗：“太后，我们都会像孝敬自己亲生父母一样地孝敬您的。”

太后：“这是多么善解人意的贤淑女子啊。你多么像哀家的蕾儿啊！”太后看着龚栗，越看越像自己的女儿鄂蕾："啊，蕾儿，龚栗，你就是哀家的鄂蕾女儿。”龚栗：“太后，贱女不敢冒充您的公主女儿。”太后：“不是冒充，你就是哀家的蕾儿，你就是哀家的蕾儿。”

鄂旺上前奏道：“母后，您就收龚栗做您的义女儿吧，你就把她当作蕾儿吧。”太后招手将龚栗叫到自己身边，拉着龚栗，左右细看：“你就是哀家的蕾儿。让哀家仔细瞧瞧，大大的眼睛，高耸的鼻子，厚厚的耳朵，薄薄的嘴唇，简直像极了，没有一点不像哀家的蕾儿。你就是哀家的蕾儿！”

唐诚：“龚栗就是公主蕾儿再世。恭贺太后找到了自己的女儿！”百官：“恭贺太后找到了自己的女儿。”

太后问龚栗：“栗儿，你可曾举办过结婚典礼？”龚栗：“启奏太后，我与唐泰团聚不久，还未举行结婚典礼。”

太后嫁女

太后转向鄂旺“王儿，你给我儿龚栗举办结婚典礼，就按蕾儿婚事的规格去办。”鄂旺“谨遵母后懿旨。儿臣马上去操办。”太后：“你一定要把婚礼办得隆重喜庆，热热闹闹。这个婚事是推翻帝辛后我賨国的第一个婚礼。要通过办婚事展示我賨国太平盛世的喜庆气氛。”鄂旺：“遵从太后懿旨。请唐冢宰主婚，太师证婚。”众：“遵旨！”

宕渠城大街。鞭炮阵阵。在锣鼓笙箫唢呐悠扬声中，彩旗导路，唐泰胸戴大红花，骑着红色高头大马，从将军府走出，在城内各大街绕行一周后，向着王宫大殿缓缓前行。后面一群伴郎骑着黄色大马紧紧跟随。唐泰在大殿门前下马，恭候新娘到来。

太后宫门大开。在锣鼓笙箫唢呐队伍之后，五彩缤纷的五行抬盒队伍一长溜并列走出。随后是一台八人抬的龙凤花轿在众多宫娥彩女前呼后拥下，向王宫大殿而去。

花轿抬近。唐泰立即上前打开轿门，将红绳递给新娘，然后引导头戴凤冠，肩披霞帔的新娘缓缓进入王宫大殿。

大殿。红烛高照，大红双喜字高竖大殿台上。两侧鲜花列放。殿前彩旗飘扬。鞭炮炸响，鼓乐和鸣。唐泰和龚栗结婚大典在王宫大殿举行。

多喜宴中众人欢

王宫内外，一片忙碌。宫内杂役，来往匆忙，各行其是：洒扫楼台庭院，个个十分卖力；擦抹条台桌椅，人人特别认真；铺设婚庆华筵，桌椅整齐排列；满堂熠熠生辉，流光溢彩，更添喜庆气氛。

唐诚高声念道：“可喜太后得亲女，王宫内外俱欢颜。今朝嫁女盛典隆，鸾凤和谐佳音传一对新人多喜庆，吉祥如意把喜添。太平盛世同欢乐，国泰民安喜空前！”

祭史：“大殿正中大红双喜字闪闪发光，两边花团锦簇百花争奇斗艳。大殿内宫灯高悬增喜气，红烛高烧添快乐。陈设华贵：左边摆设雕花红玉瓶，右边摆放玛瑙珊瑚树。酒宴高雅：进酒宫娥成双结对起婆娑，添香美女并肩偕行嫦娥步。气氛温馨：黄金炉内焚起麝檀香飘满堂，琥珀杯中斟满宕酒玉滴雪花。摆设富丽：两边围绕锦绣屏，满座重铺销金簟。金盘犀箸，掩映龙凤山珍海味，整整齐齐；绣屏锦帐，围绕花卉翎毛凤角，叠叠重重。”

御膳监：“婚筵丰盛：休夸通江银耳宣汉黑耳渠县罗花，滋养身体，增寿延年；自有万源富硒巴山雀舌茶，益气提神，壮骨强筋。摆列兔丝、熊掌、聋猪、鸡蹄花，还有那万源巴山黑鸡开江板鸭南江罗羊宣汉罗牛，肉嫩味美，吃了一口令人终身难丢下；排放麂子、麋鹿、洋鱼、灵芝汤以及那东柳醪糟大竹豆腐干，渠县柑橘达县安仁柚子吃了叫人鸾舌缭牙。说不尽那赏心悦目火炮白杏，酱牙红姜，鹅梨、苹果、青脆梅，龙眼、枇杷、金赤橘。石榴盏大，秋柿球圆。漫斟那土溪醇厚清酒白干，还有坛装杂酒琼浆玉液，皆为上品。”

礼乐监：“婚乐悦耳。吹奏有巴山箫渠江笛，敲击有翻山皎子锣鼓，歌舞自然少不了那荡气回肠的巴渝舞，演唱自然有委婉动听的苏二姐。”

唐诚：“这正是：喜庆婚筵巴山土产特产应有尽有，賨国珍馐百味样样齐全。声声鼓乐曲曲动听传天外，喜庆之时人人欢。”

沙漏高悬，时指正午。祭史高声宣布：“午时已到，唐泰将军、龚栗小姐结婚庆典开始！”

金童玉女分别将五对新人导引至大红双喜字前。太后在宫女簇拥下来到大红双喜字前面对五对新人坐下。

唐泰、龚栗在太后面前跪下礼拜。太后：“龚栗、唐泰，你们永结同心，结下百年之好。愿你们夫妻恩爱，百头偕老。你们的喜庆，为哀家添福添寿，其乐融融呀！”众：“太后为女儿、女婿添喜添福，幸福无疆啊！”

唐泰、龚栗向鄂旺跪拜：“谢过太后谢大王。我们历尽艰险志不改，经受诱惑心不变。不变是忠，不改是诚，历经苦难情更坚，百折不变爱更深。我们能有团圆的幸福，深谢武王为我们创造了好时代。祝大王国泰民安江山永，风调雨顺得安康！”

鄂旺：“唐泰将军，栗儿姐，你们历尽千辛万苦终于夫妻团圆；你们身处盛世，结成美满夫妻，不仅是你们个人的喜事，家庭的喜事，也是王宫的喜事，我们賨国举国的大喜事呀。值得我们好好地庆贺！在这里我也要告诉大家，这样的喜事只有在太平盛世才会发生。这太平盛世来之不易啊。这太平盛世来之不易却丧失容易！夏桀、商纣都曾盛极一时，可是丧失却很迅速！夏桀败于贪残奢靡，商纣败于奢靡暴虐。贪残奢靡暴虐都是只顾自己享乐而置百姓的生死于不顾。这是我们应当深刻记取的教训啊！朕也告诉大家，做一个好的君王并不容易。朕也曾听信佞臣庹嵩、罗聪之言，差点成了夏桀、商纣一样的昏君。现在想来，还十分的后怕！”太后：“我儿有此醒悟，是我王室之福，賨国社稷之福，賨国百姓之福啊！”众：“大王常怀爱民之心，賨国一定兴旺发达！”

鄂旺：“朕从今以后，一定以老百姓之喜为喜，以老百姓之忧为忧。以老百姓的喜怒哀乐驾驭自己的心灵！賨人要能在世界上永远生存下去，要靠全国百姓齐心协力，自己奋斗，不能靠施舍，不能靠乞讨，只能靠自己坚强！坚强！”众：“我们一定要自己坚强！”

红烛前。唐泰、龚栗：“能享受盛世之福是我们的幸运，忠于爱情是我们的品德。感谢大王为我们操办喜事，我们将世世代代铭刻在心。不推翻帝辛，我们就不会有今天。没有大王为我们操心，我们的婚姻不可能有这么圆满！大王给予我们的幸福我们要倍加珍惜！太后给我们的恩情我们将永远铭刻在心！”

唐诚看着喜庆场面，十分高兴地大声说道：“婚筵丰盛快快乐乐，太平盛世喜事重重。喜庆时刻，百官朝贺。觥筹交错，直醉得人颠三倒四；山珍海味，直吃得人肚满胸胀。这太平盛世是何等的快乐啊，大家尽情地唱啊，跳啊！哈哈哈哈！”

音乐声起，人们跳起巴渝舞，齐唱：

推翻了帝辛暴虐统治，
人们过上了幸福生活。

人人辛勤劳作，
创造了太平盛世。
国家兴旺才有这人间喜剧，
社稷平要才有这美好时刻。
我们欢庆，我们祝福，
歌唱大写的賨人！
歌唱这幸福的美好时刻！

在歌唱声中叠映：唐戱碰龙辇；鄂典战闻伦；唐仁与复商军搏斗；鄂蕾飞镖射帝辛；鄂旺口谕：“国正天心顺，官清人自安！以文治国，共享太平！”唐纯在唐家祠堂前向族人训话：“家和才能族兴，族兴才能国兴！”等画面。

远处传来琅琅读书声：“君明臣贤，国家兴盛；百姓昭明，协和万邦！”

唐家祠堂。对联高竖“仁爱为本牢记尧祖御训”；“忠义传家不忘禹王嘱托”鲜艳夺目。唐泰携龚栗带着儿子走进唐家祠堂，跪拜祖宗牌位后，将儿子送进学堂，交与唐坚：“兄弟，后辈的培养教育就拜托你了。”唐坚：“哥嫂请放心。”唐泰抚摸儿子的头：“儿子，走进学堂一定要好好念书！国家要兴旺发达，唐家要成为名门望族，离不开读书！”孩子向唐泰、龚栗挥手：“孩儿一定听从爹娘教诲，好好念书！”

唐泰见儿子走进学堂后，从怀中拿出巴山映山红荷包：“愿我们賨国，愿我们唐家，永远像巴山映山红月月红月月放香，时刻鲜艳！”顿时漫山遍野开遍了映山红。优美的歌声响起：

巴山映山红
昂首傲苍穹
鲜艳夺目展雄姿
朴实无华人称颂
映红了巴山
染绿了渠江
不与松柏争强
不与牡丹争艳
不惧风雪雨骤
宁折腰不弯
月月飘香月月红
默默作奉献
这就是賨人
留下的宝贵遗产
岁月的风云
虽然抹去了它的名字

却永远留下了
它那金光灿烂的光环

尾　声

賨人是中华民族引以为骄傲的一个成员。賨人在上古时期开发大巴山，建立了賨国，与中原文化联系紧密。賨人助周伐辛（帝辛）后仍生生不息，至秦末，助刘邦灭秦兴汉，立下赫赫战功，仍然保持憨厚质朴品格，不接受朝廷厚赏，自行耕作营生。越四百余年至西晋末年，賨人李特、李雄带领流民反抗西晋王朝暴政，建立成汉王朝，轻徭薄赋，受人称颂。李雄死后不数年，宽政废弛，子孙奢靡，重蹈贪腐、暴虐覆辙而灭亡。此后，賨人在历史上不再有大的作为，很少得到历史典籍记述。宋代以后，賨人销声匿迹，史籍中不再见賨人独立族风族名。賨人创作了以巴渝舞为代表的歌舞及以《鹖冠子》为代表的著作，丰富了光辉灿烂的中华文化，为中华文明做出了宝贵的贡献。賨人虽然在历史上早已消失，但是，賨人坚强不屈的奋斗精神和创造的光辉灿烂文化却永远活在人们的心中。

（完）

后 记

上古时期，生活在大巴山、渠江一带的賨人，创造了辉煌的历史，可惜史籍记载不多，语焉不详，且这支民族已消失上千年，使人们难于对它做深入的研究。但零星史料对賨人勤劳质朴、能歌善舞、剽悍健勇、热爱平等自由、独立建国、敢于反抗帝辛暴虐、帮助周武王讨伐商王帝辛；帮助刘邦推翻秦王朝建立汉王朝；建立成汉王朝等作了弥足珍贵的点滴记载，从而为賨人留下了如流星划过天空般的闪光痕迹。賨人从史籍中销声匿迹已逾千年，但賨人的精神和文化以及生活习俗还留在这片广袤土地上。

我于1962年考入四川大学历史学系后，开始接触賨人资料，对賨人能歌善舞、剽悍健勇的闪光历史产生了浓厚兴趣，搜集了一些珍贵资料。我于198。年奉命从事地方党史及地方历史研究工作，对地方文化特别是賨人历史和賨人文化有了更多的接触机会，从而收集了更多的资料，并予整理。先后以《賨人巴人不是一族》《賨人的国都》《参加武王伐辛》《兴汉之功》《古老激扬的巴渝舞》《賨人曾是打虎英雄》《鹖冠子著书》《賨人到哪里去了》等篇名在《通川日报》《党建与党史》《五指山报》《巴渠史话》《巴渠文化初探》等书报、杂志上发表，向大众介绍了賨人的历史和文化。但是，由于资料缺乏，难于深入，便从2005年开始正式写作电视连续剧文学剧本《賨人恋》。历经十余载反复创作修改，现在正式定名为文学作品《宕渠情歌》。

《宕渠情歌》以賨人参加助周伐辛为主线，以唐泰和龚栗悲欢离合的爱情故事为纽带，演绎了賨国兴衰、帝辛暴虐、賨人协助周王讨伐帝辛、推行仁政、振兴賨国的一段历史。本剧巧妙地通过賨国内乱及振兴、反抗帝辛霸权和暴虐、揭露官僚贪腐、颂扬賨人行侠仗义，睿智果敢、忠实诚行、勤劳质朴等诸多美德，深刻揭示了氏族在人类历史发展进程中产生的重大凝聚作用。这是一种大胆的尝试。

《宕渠情歌》通过历史大变革时期，悲壮激烈、跌宕起伏、扣人心弦的故事和人物的不同命运，努力刻画賨人勤劳质朴、剽悍健勇、能歌善舞、忠义诚信等诸多美德和品质，多方面多层次多角度地演绎了賨国助周伐辛时期賨人生产、生活、民俗、民风等辉煌灿烂、丰富多彩的历史，深刻揭示了“得民心者得天下，失民心者失天下”这一历史规律和“善

有善报，恶有恶报，不是不报，时间未到”这一社会伦理对社会产生的巨大影响，无情地鞭挞了帝辛残暴统治造成社会黑暗对人性的摧残。

《宕渠情歌》将社会变化同青年男女的悲欢离合交织在一起，通过对帝辛使美好爱情化为泡影一夫妻离散；武王使天下有情人皆成眷属；賨王将美好爱情变为现实一为离散家人团聚举行庆典的描写，阐明了爱情离不开社会环境的制约，而忠贞的爱情却可以冲破社会环境束缚，达到崇高的境界这样一个真谛，从而热情洋溢地讴歌了作为人间永恒主题的爱情，具有超越社会束缚的强大无比生命力。

《宕渠情歌》尽可能多地融入地方传统文化元素，力图用生动的文学艺术形式宣传賨人历史，揭开賨人神秘面纱，以期引起世人对賨人的更多兴趣。据我所知，賨人历史题材的文艺和影视作品目前还是个空白。《宕渠情歌》试图填补这个空白。

对中华民族文化曾经做出过重要贡献的賨人，虽然早已销声匿迹，我的先祖是大明洪武年间以滇南太守离职移居到四川渠县的，与賨人并无任何无血缘关系。但是，賨人国都所在地渠县是我可爱的家乡。我是在先民賨人曾经开发、生活过的地方长大的。我与賨人同为生活在渠县热土上的人，自然对能歌善舞、剽悍健勇、疾恶如仇、忠贞不渝的賨人历史有一种亲切感。独具特色的賨人原生文化（特别是经久不衰的“巴渝舞”）使我倍感亲切，倍感骄傲，也使我们备受鼓舞。賨人消失已经上千年，为了不使賨人历史和文化湮灭，我不辞艰辛，从 2005 年元月起，花十余年之精力，在诸多友人的支持与帮助下，夙兴夜寐，废寝忘食，历尽艰辛写下了《宕渠情歌》。谨此，献给賨人曾经生活过的以渠县为中心的广阔热土上养育了我的父老乡亲，让更多的人了解和认识我们生长地历史上的先民一賨人，缅怀賨人，弘扬賨人敢于坚持正义，蔑视强权暴政的不屈精神。我也希望通过《宕渠情歌》的问世，对地方文化及旅游业的发展和繁荣，为建设文化强国尽一点绵薄之力。

诚然，用文学作品展示賨人历史，仅是我的肤浅尝试。毕竟，我不是从事文学艺术创作的专业人员，且已年过古稀，脑笨笔拙，心有余而力不足，一定还有许多不尽如人意的地方。恳请读者不吝赐教！

本剧在编写过程中得到了（以接触此事时间先后为序）唐雁、田龙强、蒋吉平、李彩云、夏厦、杨兴珍、廖瑞、杨作华、文世安等诸多友人的关心、支持与帮助，同时也自始至终得到了儿子唐渠东、唐渠北和孙女唐玉婷等家人的真诚支持，在此，一并谨致诚挚的谢意！

唐敦教

2016 年 6 月于达州